CW01648481

ALTIN KİTAPLAR

Okuduğunuz kitap bir romandır. Kitapta geçen isimler, karakterler, yerler ve olaylar yazarın hayal ürünüdür. Ölmüş veya yaşayan gerçek kişilerle, olaylarla veya yerlerle benzerlikler tamamen tesadüfidir.

KİTABIN ORİJİNAL ADI	ORIGIN
YAYIN HAKLARI	© 2017 DAN BROWN ALTIN KİTAPLAR YAYINEVİ VE TİCARET AŞ
KAPAK TASARIMI	MICHAEL J. WINDSOR
KİTAP TASARIMI	MARIA CARELLA
KAPAK GÖRSELİ	© SPIRAL MERDİVENLER ROSMI DUASO/ALAMY
ARKA PLAN	BIRUTE VIJEIKIENE/SHUTTERSTOCK
YAZAR FOTOĞRAFI	DAN COURTER
EDİTÖR	HÜLYA ŞAT
KAPAK UYGULAMA	GÜLHAN TAŞLI
BASKI	1. BASIM/EKİM 2017/İSTANBUL ALTIN KİTAPLAR YAYINEVİ MATBAASI

ISBN 978 - 975 - 21 - 2326 - 7

ALTIN KİTAPLAR YAYINEVİ
Göztepe Mah. Kazım Karabekir Cad.
No: 32 Mahmutbey – Bağcılar / İstanbul
Matbaa ve Yayınevi Sertifika No: 10766

Tel.: 0.212.446 38 88 pbx
Faks: 0.212.446 38 90

http://www.altinkitaplar.com.tr
info@altinkitaplar.com.tr

DAN BROWN

BAŞLANGIÇ

TÜRKÇESİ
PETEK DEMİR İNCEK

Yazarın Yayınevimizden Çıkan Kitapları

DA VINCI ŞİFRESİ

MELEKLER VE ŞEYTANLAR

İHANET NOKTASI

DİJİTAL KALE

KAYIP SEMBOL

CEHENNEM

Annemin anısına...

Gelecekte bizi bekleyen hayata
kavuşmak için önce kendi tasarladığımız
hayattan kurtulmayı istemeliyiz.

Joseph Campbell

GERÇEK

Bu romanda bahsi geçen tüm sanat eserleri, mimari yapılar, bilimsel çalışmalar ve dini örgütler gerçektir.

Önsöz

Eski çarklı tren baş döndürücü yokuştan tırmanırken, Edmond Kirsch yukarıdaki dağın testere dişini andıran tepesine göz gezdirdi. Uzakta, dik bir uçuruma inşa edilmiş heybetli taş manastır, dikey yamaca sihirli bir biçimde tutunmuş, adeta havada duruyor gibiydi.

İspanya, Katalonya'daki mabet, kendisini aşağı çeken yerçekimine dört yüz yıldan fazladır dayanıyordu. Asıl amacından, içindekileri çağdaş dünyadan ayırma amacından ise hiç sapmamıştı.

Nasıl tepki vereceklerini merak eden Kirsch, *ne tuhaf, bu sefer gerçeği ilk onlar öğrenecek,* diye düşündü. Tarih boyunca... özellikle de tanrılarının tehdit edildiğini hissettiklerinde dünyanın en tehlikeli insanları din görevlileri olmuştu. *Şimdiyse arı kovanına kızgın bir çomak sokmak üzereyim.*

Tren dağın tepesine ulaştığında, Kirsch platformda kendisini bekleyen yalnız birini gördü. Adam iskelete dönmüş bedenini saran mor renkli geleneksel Katolik cüppesinin üstüne beyaz bir tunik giymişti. Başında ise beyaz takkesi vardı. Kirsch, ev sahibinin kemikli çehresini daha önce gördüğü fotoğraflardan tanıyınca beklenmedik bir biçimde vücuduna adrenalin yayıldığını hissetti.

Valdespino beni karşılamaya kendisi gelmiş.

Piskopos Antonio Valdespino, İspanya'da güçlü bir şahsiyetti. Kralın dostu ve danışmanı olduğu gibi, muhafazakâr Katolik değerlerinin ve geleneksel siyasi standartların korunması için sözünü sakınmayan, ülkenin en etkili savunucularından biriydi.

Kirsch trenden indiği sırada, piskopos adeta mahkemede sanığa seslenen bir hâkim gibi, "Siz Edmond Kirsch olmalısınız," dedi.

Ev sahibinin kemikli elini sıkmak için uzanırken gülümseyen Krisch, "Suçluyum," diyerek espri yaptı. "Bu toplantıyı ayarladığınız için size teşekkür ederim Piskopos Valdespino."

"Bu talebin sizin için önemini anlıyorum." Piskoposun sesi Kirsch'ün tahmin ettiğinden daha net, güçlü ve etkiliydi. "Bilim insanları, hele sizin kadar önemli olanlar bize pek sık başvurmazlar. Bu taraftan lütfen."

Valdespino, Kirsch'ü platformun diğer tarafına geçirirken dağın soğuk havası piskoposun cüppesini kırbaçlıyordu.

Valdespino sohbeti başlattı. "İtiraf edeyim ki tahminimden daha farklı görünüyorsunuz. Ben bir bilim insanı bekliyordum ama siz daha çok..." Misafirinin Kiton K50 takım elbisesine ve devekuşu derisinden Barker marka ayakkabılarına küçümseyerek baktı. "Sanırım doğru kelime fiyakalı."

Kirsch nazikçe gülümsedi. *"Fiyakalı" kelimesinin modası asırlar önce geçti.*

Piskopos da benzer bir gülümsemeyle, "Başarılarınızın uzun listesini okumama rağmen, halen ne yaptığınızı tam olarak anlayabilmiş değilim," dedi.

"Uzmanlığım oyun teorisi ve bilgisayar modelleme üzerine."

"Yani çocukların oynadığı bilgisayar oyunları mı yapıyorsunuz?"

Kirsch, piskoposun kasten bilmezden geldiğini sezinlemişti. İşin aslı, onun teknoloji konusunda şaşırtıcı derecede bilgili olduğunu ve tehlikeleri hakkında insanlara uyarılarda bulunduğunu biliyordu. "Hayır, beyefendi; oyun teorisi, gelecek hakkında tahminlerde bulunmak için düzenleri inceleyen bir matematik alanıdır."

"Ah, evet. Galiba birkaç yıl önce Avrupa'da para krizi çıkacağını öngördüğünüzü okumuştum. Kimse sizi dinlemeyince de AB'yi ölümden döndüren bir bilgisayar programı icat ederek günü kurtarmıştınız. Şu ünlü sözünüz nasıldı? 'Şimdi otuz üçümde, İsa'nın dirildiği yaştayım.'"

Kirsch yüzünü ekşitti. "Kötü bir benzetme. O zamanlar gençtim."

"Genç mi?" Piskopos hafif şaşırmış gibi baktı. "Peki, şimdi kaç yaşındasınız? Kırk mı?"

"Yeni bastım."

Sert rüzgâr cüppesini savururken yaşlı adam, misafirine üzüntüyle baktı. "Dünyanın mütevazı kişilere miras kalması gerekirdi ama tam aksine gençlere kaldı. Kendi ruhlarına bakmak yerine bilgisayar ekranlarına bakan teknoloji bağımlılarına... İtiraf etmeliyim ki, bu konuda başı çeken bir genç adamla görüşmek isteyeceğimi hiç tahmin etmezdim. Size bazen *kâhin,* bazen de *peygamber* dediklerini biliyorsunuzdur."

Kirsch, "Eh, pek de iyi bir kâhin veya peygamber sayılmam haşmetmeap," diye yanıtladı. "Sizlerle özel olarak görüşmeyi talep ettiğimde, yalnızca yüzde yirmi kabul edilme ihtimalim olduğunu hesaplamıştım."

"Buradaki dostlarıma da söylediğim gibi, dindarlar daima inançsızlara kulak vererek bundan fayda sağlayabilir. İnsan şeytanın sesini dinledikçe Tanrı'nın dediklerini daha iyi anlayabilir." Yaşlı adam gülümsedi. "Elbette şaka yapıyorum. Lütfen yıllanmış espri anlayışımı mazur görün. Filtrelerim zaman zaman tıkanabiliyor."

Valdespino bunları söyledikten sonra ileriyi işaret etti. "Diğerleri bekliyor. Bu taraftan lütfen."

Kirsch gidecekleri yöne baktı. Dik bir yarın kenarına kondurulmuş heybetli, gri taş yapının yüzlerce metre aşağısında ağaçlıklı zengin bir dağ eteği uzanıyordu. Yükseklik yüzünden gerilen Kirsch, gözlerini uçurumdan kaçırdı ve dikkatini yapacağı toplantıya vererek kayalığın engebeli patikasında piskoposun peşinden gitti.

Kirsch buradaki bir konferansa henüz katılmış olan üç önemli dini lidere bir konuşma yapmak istemişti.

Dünya Dinleri Parlamentosu

1893'ten beri, yaklaşık otuz dünya dininden yüzlerce ruhani lider, dinler arası diyaloğu sağlamak adına birkaç yıl arayla farklı bir yerde toplanıyordu. Bir hafta süren bu toplantılara katılanlar; nüfuzlu Hıristiyan rahipler, Yahudi hahamlar, Müslüman mollalar, Hindu *pujari'ler,* Budist *bhikkhu'lar,* Jain'ler, Sihler ve diğerlerinden oluşuyordu.

Parlamentonun açıkladığı üzere hedefi, "dünya dinleri arasındaki ahengi güçlendirmek, farklı inanışlar arasında köprü kurmak ve tüm inançların kesişimini kucaklamak"tı.

Kirsch bunu nafile bir uğraş olarak görse de içinden, *onurlu bir çaba,* diye geçirdi. Ona göre tüm bunlar, bir dolu eski hikâye, fabl ve mit arasındaki uyum noktalarını bulmak adına yapılan anlamsız bir arayıştı.

Piskopos Valdespino patikada yolu gösterirken Kirsch'ün kafasında alaycı bir düşünce belirdi ve dağdan aşağı baktı. *Musa, Tanrı'nın sözlerini işitmek için dağa tırmanmıştı... Ben ise tam tersini yapmak için bir dağa tırmandım.*

Kendi kendine, bu dağa tırmanmasına neden olan teşvik unsurunun ahlaki bir yükümlülükten kaynaklandığını söylediyse de ziyaretini kibrin tetiklediğini biliyordu. Bu din adamlarıyla yüz yüze oturup onlara çok yakında sonlarının geleceğini söylemenin vereceği hazzı hissetmek için sabırsızlanıyordu.

Bizim için gerçeği sizin belirleme zamanınız geçti.

Kirsch'e şöyle bir bakan piskopos aniden, "Özgeçmişinize baktım," dedi. "Harvard Üniversitesi'ne gitmişsiniz."

"Lisans aldım. Evet."

"Anlıyorum. Bir süre önce Harvard Üniversitesi tarihinde ilk kez, yeni gelen öğrencilerde ateist ve agnostik sayısının herhangi bir dini inanca sahip öğrencilerden daha fazla olduğunu okudum. Bu istatistik, bir şeyler söylüyor Bay Kirsch."

Kirsch, ona, *"Ne diyebilirim, öğrencilerimiz gitgide akıllanıyor,"* demek istedi.

Eski taş cephenin önüne geldiklerinde rüzgâr daha da sertleşmişti. Binanın loş girişinde ağır bir buhur kokusu vardı. İki adam birlikte karanlık koridorlarda yılankavi yol alırken, cüppeli ev sahibinin peşinden giden Kirsch'ün gözleri ışığa uyum sağlamaya çalıştı. Sonunda alışılmadık ölçüde küçük bir ahşap kapının önüne geldiler. Piskopos kapıyı vurdu, başını eğip misafirine peşinden gelmesini işaret ederken içeri girdi.

Kirsch tereddütle eşikten adımını attı.

Yüksek duvarları deri ciltli büyük eski kitaplarla dolu dörtgen bir salona çıktı. Duvarlardan kaburga gibi çıkan ilave rafların arasına serpiştirilmiş dökme demirden radyatörler çıtırdayıp tıslayarak içeriye adeta canlıymış gibi ürkünç bir hava katıyordu.

İçeri kabul edilmenin şaşkınlığıyla, *ünlü Montserrat Kütüphanesi,* diye düşündü. Bu kutsal salonda, ömrünü sadece Tanrı'ya adamış ve bu dağda münzevi hayat yaşayan keşişlerin erişebildiği çok nadir yazmaların bulunduğu söyleniyordu.

Piskopos, "Gizlilik istemiştiniz," dedi. "En özel mekânımız burası. Dışarıdan çok az kişi girebilmiştir."

"Bu büyük bir ayrıcalık. Teşekkür ederim."

Kirsch, iki yaşlı adamın oturduğu masaya kadar piskoposun peşinden gitti. Yorgun gözleri ve matlaşmış beyaz bir sakalı olan soldaki adama yıllar pek de iyi davranmamış gibiydi. Kırışık bir siyah takım elbise ile beyaz gömlek giymiş, fötr şapka takmıştı.

Piskopos, "Bu bey, Haham Yehuda Köves," dedi. "Kabalistik kozmoloji hakkında epeyce kitap yazmış ünlü bir Musevi düşünürdür."

Kirsch masanın diğer tarafına uzanıp Haham Köves ile nazikçe el sıkıştı. "Sizinle tanıştığıma memnun oldum beyefendi. Kabala ile ilgili kitaplarınızı okudum. Anladığımı söyleyemem ama okudum."

Sulanmış gözlerini mendiliyle kurulayan Köves cana yakın bir edayla başını salladı.

Diğer adamı gösteren piskopos, "Ve bu kişi de saygıdeğer Ulema Seyyid el-Fadıl," dedi.

İslam dininin bu saygın din adamı ayağa kalkıp genişçe gülümsedi. Keskin bakışlarıyla tezat yaratan neşeli bir yüze sahip, kısa boylu tıknaz bir adamdı. Mütevazı, beyaz bir kandura giymişti. "İnsanlığın geleceği hakkındaki öngörülerinizi okudum Bay Kirsch. Sizinle aynı fikirde olduğumu söyleyemem ama okudum."

Kirsch kibarca gülümseyip onun elini sıktı.

İki din adamına hitap eden piskopos, "Misafirimiz Edmond Kirsch bildiğiniz üzere tanınmış bir bilgisayar uzmanı, oyun teorisyeni, mucit ve teknoloji dünyasında adeta peygamber sayılan biri. Geçmişine bakınca üçümüzle konuşmak istemesi beni şaşırttı. Bu yüzden geliş nedenini açıklaması için sözü şimdi Bay Kirsch'e bırakacağım."

Piskopos Valdespino bunları söyledikten sonra diğer iki meslektaşının arasına oturdu, ellerini kavuşturdu ve beklentiyle bakan gözlerini Kirsch'e dikti. Artık üçü birden mahkeme heyeti gibi yüzünü ona dönmüş, dostane bir din adamları buluşmasından çok, engizisyon benzeri bir ortam yaratmışlardı. Kirsch, piskoposun kendisine sandalye hazırlamadığını o an fark etti.

Karşısındaki üç yaşlı adamı incelerken hissettiği şey yılgınlık değil akıl karışıklığıydı. *İşte görüşmeyi istediğim Kutsal Üçlü. Üç Bilge Adam.*

Gücünü toplamak için bir süre duraksayan Kirsch, pencerenin yanına yürüyüp aşağıdaki nefes kesen manzaraya baktı. Derin vadide güneşin aydınlattığı pastoral toprakların oluşturduğu yamalar, Collserola Dağları'nın kayalık zirvelerine doğru uzuyordu. Kilometrelerce ötede, Balear Denizi'nin üstünde bir yerlerde, ufukta belalı fırtına bulutları toplanıyordu.

Bu odada ve ötesindeki dünyada sebep olacağı kaosu düşünen Kirsch, *birbiriyle uyumlu,* diye aklından geçirdi.

Aniden yüzünü onlara dönüp, "Beyler," dedi. "Tahminimce Piskopos Valdespino sizlere gizlilik talep ettiğimi iletmiştir. Devam etmeden önce, sizlerle paylaşacağım şeyin kesinlikle bir sır olarak kalması gerektiğini belirtmek isterim. Sizlerden sessizlik yemini etmenizi bekliyorum. Bu konuda anlaştık mı?"

Üç adam birden tasdik ettiklerini üstü kapalı biçimde ima ederek başlarını salladılar ama Kirsch buna zaten gerek kalmayacağını biliyordu. *Bu bilgiyi yaymak değil, gömmek isteyeceklerdir.*

Kirsch, "Şaşırtıcı bulacağınızı tahmin ettiğim bilimsel bir buluşum sebebiyle bugün buradayım," diye söze başladı. "İnsanlık deneyimimizin en temel iki sorusuna cevap bulma ümidiyle yıllardır peşinden koştuğum bir şeydi. Bu işi başarınca özellikle size geldim, çünkü bu bilginin tüm inananları derinden etkileyeceğine inanıyorum. Nasıl desem, 'yıkıcı' diye tanımlanabilecek bir değişikliğe sebep olabilir. Şu anda dünyada sizlere açıklayacağım bilgiye sahip tek kişi benim."

Elini ceketine sokup epey büyük bir akıllı telefon çıkarttı. Benzersiz ihtiyaçlarını karşılaması için bunu kendisi tasarlayıp yapmıştı. Telefonun canlı renklerde mozaik desenli bir kılıfı vardı. Bunu üç adamın karşısında televizyon gibi açtı. Cihazı, ultra güvenli bir sunucuya bağlanmak, kırk yedi haneli parolayı girmek ve onlara canlı yayında sunum yapmak için kullandı.

"Birazdan görecekleriniz, dünyayla paylaşmayı umduğum sunumun kaba bir kesiti. Bir ay kadar vakti var. Fakat bunu yapmadan önce dünyanın en etkili din adamlarına danışmak, en çok etkilenecek kişilerce nasıl algılanacağını öğrenmek istedim."

Derin bir iç çeken piskopos kaygılanmıştan çok sıkılmışa benziyordu. "İlginç bir girizgâh Bay Kirsch. Bize göstereceklerinizdünya dinlerinin temelini sarsacakmış gibi konuşuyorsunuz."

Kirsch kutsal metinlerin saklandığı bu eski mahzende etrafına baktı. *Temellerini sarsmayacak, yıkacak.*

Karşısında duran adamları inceledi. Üç gün içinde bu sunumu, şaşırtıcı olduğu kadar titizlikle hazırlanmış bir etkinlikle insanlara duyuracağını bilmiyorlardı. Bunu yaptığında dünyadaki tüm insanlar, dini öğretilerin gerçekten de ortak bir noktası bulunduğunu anlayacaklardı:

Hepsinin tümden yanlış olduğunu.

1. BÖLÜM

Profesör Robert Langdon, meydanda oturan on iki metre boyundaki köpeğe başını kaldırıp baktı. Hayvanın kürkü, çimden ve çiçeklerden oluşmuş canlı bir halı gibiydi.

Seni sevmeye çalışıyorum, diye düşündü. *Gerçekten.*

Hayvana bir süre daha baktıktan sonra, gelen misafirin ritmini ve yürüyüşünü bozmak için tasarlanmış, eşitsiz basamaklara sahip geniş merdivenlere inen asma yoldan devam etti. Basamaklarda iki kez tökezleyen Langdon, *görev tamamlandı,* diye düşündü.

Basamakların sonuna geldiğinde, ilerideki devasa objeye bakarak aniden durdu.

Bunu da mı görecektim?

Karşısında, ince demir bacaklarıyla devasa gövdesini taşıyan dokuz metrelik kocaman bir karadul heykeli yükseliyordu. Örümceğin karnından cam kürelerle dolu, tel ağdan yapılmış bir yumurta kesesi sarkıyordu.

Bir ses, "İsmi *Maman,*" dedi.

Bakışlarını indiren Langdon, örümceğin altında ince yapılı bir adamın durduğunu fark etti. Siyah brokar bir şervani giymişti. Ayrıca neredeyse gülünç bir şekilde kıvrılan Salvador Dali tarzı bıyıkları vardı.

"İsmim Fernando," diyerek konuşmaya devam etti. Önündeki masada duran isim etiketlerine hızlıca göz gezdirdi. "İsminizi öğrenebilir miyim lütfen?"

"Elbette. Robert Langdon."

Adam bakışlarını hemen yukarı kaldırdı. "Ah, çok özür dilerim! Sizi tanıyamadım beyefendi!"

Beyaz papyonu, siyah frakı ve beyaz yeleğiyle dimdik ilerleyen Langdon, *ben bile kendimi zor tanıyorum,* diye düşündü. *Yale Üniversitesi'nin frak giyen müzik grubu Whiffenpoof'a benzedim.* Langdon'ın Princeton'daki Ivy Kulübü günlerinden kalma klasik frakı neredeyse otuz yıllıktı, ama her gün yüzme alışkanlığı sayesinde kıyafet hâlâ üstüne iyi oturuyordu. Aceleyle hazırlanırken dolabından yanlış kılıfı aldığını fark etmemiş, her zamanki smokinini evde bırakmıştı.

Langdon, "Davetiyede siyah beyaz giyinin yazıyordu," dedi. "Umarım frak uygun düşer."

"Frak bir klasiktir! Etkileyici görünüyorsunuz!"

Adam acele adımlarla yanına gelip Langdon'ın ceketinin yakasına bir isim etiketi yapıştırdı. "Sizinle tanışmak bir onur beyefendi. Herhalde burayı daha önce ziyaret etmişsinizdir."

Langdon örümceğin bacaklarının arasından önlerinde uzanan parıltılı binaya baktı. "Aslında söylemeye utanıyorum ama daha önce gelmemiştim."

"Olamaz!" Adam düşecekmiş gibi yaptı. "Modern sanattan hoşlanmıyor musunuz?"

Langdon modern sanatın meydan okuyuşundan; özellikle de Jackson Pollock'ın damlatma tekniği ile yaptığı resimlerden; Andy Warhol'un *Campbell's Soup Cans* (*Campbell'in Çorba Konserveleri)* gibi çalışmalarından, Mark Rothko'nun renkli basit dörtgenleri gibi belirli bazı eserlerin başyapıt kabul edilmesinden hep haz almıştı. Buna rağmen, Hieronymus Bosch'un dini sembollerinden veya Francisco de Goya'nın fırça darbelerinden bahsederken kendini daha rahat hissediyordu.

Langdon, "Ben daha çok klasikçiyim," diye yanıtladı. "Da Vinci'yi Kooning'den daha iyi anlıyorum."

"Ama, da Vinci ile Kooning birbirine çok benzer!"

Profesör sabırla gülümsedi. "O halde Kooning hakkında daha fazla şey öğrenmem gerekecek."

"O zaman doğru yere geldiniz!" Adam kolunu büyük binaya doğru açtı. "Bu müzede, yeryüzündeki en güzel modern sanat koleksiyonlarından birini göreceksiniz. Umarım keyif alırsınız."

Langdon, "Ben de öyle umuyorum," diye cevap verdi. "Keşke neden burada olduğumu bilseydim."

"Siz de, buradaki diğer herkes de aynı şeyi istiyor!" Adam başını iki yana sallarken neşeyle kahkaha attı. "Davet sahibi bu akşamki etkinliğin amacı konusunda çok ketum davrandı. Müze çalışanları bile ne olduğunu bilmiyor. Eğlencenin yarısı gizemli oluşunda saklı, söylentiler almış başını gidiyor! İçeride yüzlerce davetli var. Pek çoğu ünlü simalar ama kimse bu akşamın programı hakkında bilgi sahibi değil!"

Langdon gülümsüyordu. Çok az davet sahibi, üzerinde "Cumartesi akşamı. Orada ol. Güven bana." yazan bir son dakika davetiyesi göndermeye cesaret edebilirdi. Bundan daha da azı yüzlerce VIP davetliyi her şeyi bir yana bırakıp etkinliğe katılmak için İspanya'nın kuzeyine uçmaya ikna edebilirdi.

Langdon örümceğin altından geçip yoluna devam ederken gözüne çarpan büyük kırmızı afişe baktı.

EDMOND KIRSCH İLE
BİR AKŞAM

Bunu eğlenceli bulan profesör, *Edmond'ın kendine güvenini hiç kaybetmediği belli,* diye düşündü.

Yirmi yıl kadar önce Edmond Kirsch, Langdon'ın Harvard'daki ilk öğrencilerinden biriydi. Genç bilgisayar dâhisi kodlara duyduğu merakla Langdon'ın birinci sınıf öğrencilerine verdiği seminere gitmişti: Kodlar, Şifreler ve Sembollerin Dili. Kirsch'ün çok yönlü zekâsı Langdon'ı derinden etkilemişti. Nihayetinde Kirsch, bilgisayarların parlak vaatleri uğruna göstergebilimin tozlu dünyasını terk etmiş olsa da Langdon ile mezuniyetinden itibaren yirmi yıl irtibat halinde kalacağı bir öğretmen-öğrenci ilişkisi kurmuştu.

Langdon, *öğrenci öğretmenini geçti,* diye düşündü. *Hem de birkaç ışık yılı farkla.*

Artık Edmond Kirsch tüm dünyanın tanıdığı biriydi; milyarder bir bilgisayar uzmanı, mucit ve girişimci. Robotik bilim, beyin bilimleri, yapay zekâ ve nanoteknoloji gibi farklı alanlarda geleceğe dönük büyük adımları temsil eden ileri teknolojilere öncülük etmişti. Gelecekte bilimde çığır açacak buluşlarla ilgili doğru çıkan öngörüleri, etrafında esrarlı bir hava yaratmıştı.

Langdon, onun kehanet konusunda ürkütücü derecede marifetli oluşunu, etrafındaki dünyayla ilgili geniş ölçüde bilgiye sahip olmasına bağlıyordu. Hatırladığı kadarıyla Edmond gördüğü her şeyi okuyan doyumsuz bir bibliyofil, bir kitap hastasıydı. Adamın kitap tutkusu ve içeriğini özümseme kapasitesi Langdon'ın bildiği her şeyin ötesindeydi.

Son birkaç yıldır ekseriyetle İspanya'da yaşıyor, bu seçiminin sebebini ülkenin eski dünya büyüsüne, yenilikçi mimarisine, alışılmışın dışındaki cin barlarına ve mükemmel havasına bağlıyordu.

MIT Medya Lab ile görüşmek için Kirsch yılda bir kez Cambridge'e döndüğünde, Langdon daha önce adını hiç duymadığı son moda Boston mekânlarında yemek için onunla buluşurdu. Asla teknolojiden bahsetmezlerdi. Kirsch'ün Langdon ile konuşmayı istediği tek şey sanattı.

Kirsch, "Sen benim kültür bağımsın Robert," diye espri yapardı. "Aynı zamanda benim özel, bekârlık sanatı eğitmenim!"

Langdon'ın evlilik durumuyla ilgili bu iğnelemenin, tekeşliliği "evrime hakaret" olarak nitelendiren ve geniş bir süper model yelpazesiyle fotoğraflanan bir bekârdan gelmesi daha da ironikti.

Kirsch bilgisayar biliminde bir mucit olarak ün saldığı için onun suskun bir teknoloji hastası olduğu sanılabilirdi. Oysa tam aksine, kendini ünlülerin çevresine girip son moda kıyafetler giyen, esrarengiz yeraltı müziği dinleyen, paha biçilmez empresyonist resimler ve modern sanat eserleri toplayan bir pop ikonu haline getirmişti. Koleksiyonuna katmak istediği yeni parçalar hakkında tavsiyelerini almak için sıklıkla Langdon'a e-posta gönderirdi.

Langdon içinden, *sonra da tam tersini yapardı,* diye geçirdi.

Bir yıl kadar önce Kirsch, sanat değil de Tanrı hakkında sorular sorarak Langdon'ı şaşırtmıştı. Doğrusu kendinden menkul bir ateist için tuhaf bir konuydu. Boston'daki Tiger Mama'da çiğ kaburga yerken çeşitli dini inanışlarla, özellikle de Yaratılış'la ilgili Langdon'dan bildiklerini anlatmasını istemişti.

Langdon ona Yahudiliğin, Hıristiyanlığın ve İslamiyetin paylaştığı Yaratılış hikâyesi ile Brahma'nın Hindu hikâyesinden Babil'in Marduk hikâyesine kadar dünya inançlarının bir özetini anlatmıştı.

Restorandan çıkarlarken Langdon, "Merak ediyorum," demişti. "Bir fütürist neden geçmişle bu kadar ilgilensin? Yoksa ünlü ateistimiz sonunda Tanrı'yı mı buldu?"

Edmond esaslı bir kahkaha patlatmıştı. "Keşke! Sadece neyle rekabet ettiğimi ölçüyorum Robert."

Langdon gülümsemişti. *Tipik Edmond.* "Bilim ile din rakip değildir. Onlar aynı hikâyeyi anlatmaya çalışan farklı dillerdir. Bu dünyada ikisine de yer var," diyerek fikrini belirtmişti.

Bu görüşmeden sonra Edmond onunla bir yıl süresince irtibat kurmamıştı. Ama sonra, üç gün önce birdenbire Langdon'ın eline, içinde Edmond'ın yazdığı davet notu ile uçak biletinin bulunduğu bir FedEx zarfı geçmişti. Cumartesi akşamı gelmesini bildiren notta ayrıca şöyle yazıyordu: "Robert, herkes bir yana ama eğer sen gelebilirsen benim için anlamı dünyalara bedel. Seninle son sohbetimizdeki görüşlerin bu akşamın gerçekleşmesine sebep oldu."

Langdon şaşırmıştı. O sohbette geçen hiçbir şey bir fütüristin etkinliğiyle uzaktan yakından ilgili olamazdı.

FedEx zarfın içinde ayrıca yüz yüze bakan iki insanın siyah beyaz bir çizimi vardı. Kirsch, Langdon'a ufak bir şiir yazmıştı.

Robert,
Yüz yüze gelecek olursak,
Aramızdaki boşluğa bak.

-Edmond

Çizimi görünce Langdon gülümsemişti. Birkaç yıl önce karıştığı bir işle ilgili zekice bir dokundurmaydı. İki yüz arasındaki boşlukta bir kadeh veya kâse beliriyordu.

Müzenin dışında duran profesör, eski öğrencisinin neyi ilan edeceğini duymak için sabırsızlandı. Bir zamanlar, gelişen sanayi şehrinin can damarı sayılan kıvrımlı Nervión Nehri'nin kıyısındaki beton yola adımını atarken hafif bir esinti ceketinin kuyruğunu uçuşturdu. Havada belli belirsiz bakır kokusu vardı.

Langdon yoldaki küçük bir dönemeci geçtikten sonra devasa ölçülerdeki parlak müzeye bakmak için biraz durdu. Tüm yapıyı bir kerede görmek mümkün değildi. Bu yüzden, uzatılmış tuhaf biçimleri anlayabilmek için binayı bir süre inceledi.

Burası kuralları kırmakla kalmıyor, diye düşündü. *Tamamıyla gözardı ediyor. Edmond için mükemmel bir yer.*

Bilbao'daki Guggenheim Müzesi uzaylı hayallerinden fırlamış gibiydi. Gelişigüzel biçimde birbirine yaslanmış gibi duran eğri metal formların meydana getirdiği kıvrımlı bir kolaj denilebilirdi. Uzayıp giden karmakarışık şekiller kütlesi, balık pulu gibi parlayan otuz binden fazla titanyum karo ile kaplanmıştı. Bu da yapıya, sanki fütüristik bir su canavarı nehir kıyısında güneşlenmeye çıkmış gibi, aynı anda hem organik hem de dünya dışı bir görünüm veriyordu.

Bina 1997'de ortaya çıktığında The New Yorker, Mimar Frank Gehry'yi "titanyum peleriniyle dalgalı formda fantastik bir hayal gemisi" tasarladığı için övmüştü. Dünyadaki başka eleştirmenlerse, "Zamanımızın en güzel binası!" "Merkür zekâsı!" "Şaşırtıcı bir mimari beceri!" diyerek hayranlık göstermişlerdi.

Müzenin toplum önüne ilk çıkışından sonra düzinelerce başka "yapıbozumcu" bina türemişti: Los Angeles'taki Disney Konser Salonu, Münih'teki BMW Dünyası, hatta Langdon'ın yetiştiği okuldaki yeni kütüphane. Bunların her biri alışılmışın dışında bir tasarım ve yapıya sahip olsa da Langdon herhangi birinin Guggenheim'ın şok ediciliğiyle yarışabileceğini sanmıyordu.

Profesörün attığı her adımda binanın cephesi değişiyor, tüm açılardan farklı bir görüntü sergiliyordu. Müzedeki en çarpıcı yanılsama şimdi ortaya çıkmıştı. İnanılmaz bir biçimde, bu açıdan bakılınca dev yapı, dalgaları müze duvarlarına çarpan "sonsuz" bir suyun üzerinde sürüklenir gibi duruyordu.

Bu etkiyi iyice anlayabilmek için bir süre duraksayan Langdon, cam gibi görünen suyun üstünde kemer yapan minimalist üstgeçitten karşı tarafa doğru yoluna devam etti. Yüksek bir tıslama sesiyle şaşırdığında köprünün yarısını yürümüştü. Ses, ayaklarının altından geliyordu. Yürüyüş yolunun altından dönerek yükselen bulutlar halinde duman çıkmaya başlayınca aniden durdu. Etrafında yükselen kalın sis perdesi göletin üzerine kümelendi, müzeye doğru yuvarlanıp tüm yapının tabanını sardı.

Langdon, *The Fog Sculpture (Sis Heykel)*, diye düşündü.

Japon sanatçı Fujiko Nakaya'nın bu eseri hakkında bir şeyler okumuştu. Hava akımının etkisiyle, zaman içinde oluşup dağılan bir sis duvarından yapılmış devrimci bir eserdi. Esintiler ve atmosfer koşulları günden güne değiştiği için heykel her seferinde farklı bir biçimde beliriyordu.

Köprünün tıslaması durunca Langdon sis duvarının sessizce gölete inişini sanki kendi iradesi varmışçasına kıvrılıp sürünerek ilerleyişini seyretti. Bu görüntünün aynı anda hem uçuk hem de kafa karıştırıcı bir etkisi vardı. Şimdiyse sanki tüm müze bir buluta konmuş, suyun üstünde havada duruyor gibiydi. Bu haliyle denizde kaybolmuş bir hayalet gemiyi andırıyordu.

Langdon tam tekrar yürümeye başlayacağı sırada suyun durgun yüzeyi bir dizi küçük patlamayla kırıldı. Aniden göletten gökyüzüne doğru beş alev sütunu yükseldi. Sisli havayı delip müzenin titanyum karolarına muhteşem ışıklar saçan alev sütunları füze motorları gibi gürültüler çıkardı.

Langdon'ın mimari beğenisi aslında Louvre veya Prado gibi klasik tarzdaki müzelere daha yakındı, ama göletin üstündeki alevlere ve sise bakarken geleceği net gören, yenilik ve sanat tutkunu bir adamın düzenleyeceği etkinlik için bu ultramodern müzeden daha uygun bir yer düşünemedi.

Artık sisin içinde yürüyen profesör müzenin girişine doğru ilerliyordu. Burası sürüngenimsi yapının içinde bir kara delik gibiydi. Eşiğe yaklaştıkça sanki bir ejderin ağzından içeri giriyormuş gibi tedirginlik duydu.

2. BÖLÜM

Deniz Kuvvetleri Amirali Luis Ávila yabancı bir kasabada, boş bir bar taburesinde oturuyordu. Kendisini on iki saat içinde binlerce mil uçurarak bu şehre getiren yolculuktan yorulmuştu. İkinci bardak toniğinden bir yudum alıp barın arkasındaki renkli şişe sergisine baktı.

Çölde herkes ayık kalır, diye düşündü. *Ama vahada oturup da dudaklarını aralamayı sadece sadık insanlar reddeder.*

Ávila yaklaşık bir yıldır şeytana dudaklarını aralamamıştı. Aynalı barda kendine bakarken, aynadan yansıyan görüntüsünden memnuniyet duyduğu ender anlardan birini yaşamak için kendine biraz zaman tanıdı.

Ávila yaşlanmanın zorluktan çok, kolaylık sağladığı şanslı Akdenizlilerden biriydi. Yıllar geçtikçe sert, kirli sakalı yumuşayıp kırlaşmış, koyu renkli ateşli gözlerine sakin bir güven oturmuş, güneşte kavrulan yanık teni kırışmış ve ona, sürekli gözlerini kısarak denize bakan bir adam görüntüsü kazandırmıştı.

Altmış üç yaşına rağmen biçimli ve formda bir vücudu vardı ve ısmarlama üniforması bu etkileyici fiziği daha da belirginleştiriyordu. Ávila beyaz deniz kuvvetleri üniformasını giymişti. Soylu bir görüntüsü olan bu üniforma; kruvaze bir ceket, siyah geniş apoletler, gösterişli bir dizi hizmet madalyası, kolalı dik yaka beyaz bir gömlek ve ipek şeritli bir pantolondan oluşuyordu.

İspanyol armadası belki artık dünyanın en kudretli donanması değil ama hâlâ asker giydirmeyi biliyoruz, diye düşündü Avila.

Amiral yıllardır bu üniformayı giymiyordu ama o akşam özeldi. Daha erken saatlerde, tanımadığı bu kasabanın sokaklarında yürürken kadınların beğeni dolu bakışları kadar erkeklerin ondan kaçınması da hoşuna gitmişti.

Kurallarla yaşayanlara herkes saygı duyar.

Güzel bar çalışanı, "*¿Otra tónica? (Başka tonik?)*" diye sordu. Otuz yaşlarında, cilveyle gülümseyen balıketli bir kadındı.

Ávila başını iki yana salladı. "*No, gracias. (Hayır, teşekkürler.)*"

Bar bomboştu. Amiral barda çalışan kadının hayranlıkla baktığını hissedebiliyordu. Yeniden fark edilmek kendini iyi hissettirmişti. *Cehennemden döndüm.*

Beş yıl önce Ávila'nın hayatını mahveden o korkunç olay sonsuza kadar zihninin derinliklerinde saklı kalacaktı. Sağır edici bir anda, sanki yeryüzü açılıp onu bütün olarak yutmuştu.

Sevilla Katedrali.

Paskalya sabahı.

Vitray camdan içeri sızan Endülüs güneşi, katedralin taş ortamına göz alıcı renkler saçıyordu. Binlerce inanan yeniden doğuş mucizesini kutlarken borulu org neşeyle uğuldadı.

Komünyon parmaklığında diz çöken amiralin kalbi minnetle kabarmıştı. Denize bir ömür hizmet ettikten sonra Tanrı'nın en büyük armağanlarından birine kavuşmuştu; bir aileye. Kocaman gülümseyen Ávila, dönüp omzunun üstünden genç karısı Maria'ya baktı. Sırada oturmakta olan karısı, hamile olduğu için oraya kadar yürüyemeyecek durumdaydı. Yanında oturan üç yaşındaki oğulları Pepe heyecanla babasına el salladı. Oğlana göz kırpınca Maria, kocasına sımsıcak gülümsedi.

Kadehi beklemek üzere yüzünü yeniden parmaklığa dönerken Ávila, *teşekkürler Tanrım*, diye içinden geçirdi.

Bir an sonra sağır edici bir patlama sesi katedrale hâkim oldu.

Bir ışık parlamasıyla tüm dünyasını alevler kapladı.

Patlama dalgası Ávila'yı komünyon parmaklığına sertçe savurdu, kor gibi molozlar ve insan parçalarının altında ezildi. Bilinci yerine geldiğinde yoğun duman yüzünden nefes alamıyordu ve bir an için nerede olduğunu veya neler yaşandığını kavrayamadı.

Sonra kulakları çınlarken ıstırap dolu çığlıkları işitti. Güçlükle ayakları üzerinde doğrulunca dehşet içinde nerede olduğunu anladı. Kendi kendine bunun korkunç bir rüya olduğunu söyledi. Dumanla dolmuş katedralde, inleyen ve uzuvları kopan kurbanlar arasında, birkaç saniye önce karısıyla oğlunun kendisine gülümsediği yere doğru ümitsizce sendeleyerek ilerledi.

Orada hiçbir şey yoktu.

Sıralar yoktu. İnsanlar yoktu.

Kömürleşmiş taş zeminde kanlı döküntülerden başka bir şey yoktu.

Bu ürkütücü anı, neyseki bardaki kapı çıngırağının sesiyle dağıldı. *Tónica*'sını eline alan Ávila hızlıca bir yudum içti ve daha önce pek çok defa yaptığı gibi karanlığı aklından savuşturdu.

Barın kapısı açılırken dönüp bakan amiral, çam yarması gibi iki adamın içeri girdiğini gördü. Detone sesle bir İrlanda maç şarkısı söylüyorlardı. Üzerlerinde, göbeklerini örtmeye çalışan yeşil birer futbol üniforması vardı. Anlaşılan o akşamki maç İrlandalı misafir takım için iyi gitmemişti.

Ayağa kalkan Ávila, *bu durumdan feyz alsam iyi olacak,* diye düşündü. Hesabı istedi ama barda çalışan kadın göz kırpıp ona eliyle gitmesini işaret etti. Ávila teşekkür edip gitmek üzere arkasını döndü.

Yeni gelenlerden biri amiralin gösterişli üniformasına bakarak, "Bu ne ya!" diye bağırdı. "İspanya kralı!"

Ona doğru yalpalayan adamlar kahkahayı patlattı.

Ávila etraflarından dolaşıp gitmeye niyetlendi ama daha iri olanı kolundan kabaca tutup onu bar taburesine geri itti. "Bekleyin majesteleri! İspanya'ya kadar geldik, kralla bir kadeh içeceğiz!"

Ávila yeni ütülenmiş ceketinin kolunda duran pis ele baktı. Alçak bir sesle, "Bırak," dedi. "Gitmem lazım."

"Hayır... bir bira içmek için kalman lazım amigo." Arkadaşı, Ávila'nın göğsündeki madalyaları dürterken iri olanı onu daha da sıkı kavradı. "Görünüşe bakılırsa kahramanmışsın babalık." Adam, amiralin en değerli armalarından birini çekiştirdi. "Ortaçağ'dan kalma bir asa mı bu? Sen de parlak zırhının içinde bir şövalye misin?" Çirkin bir kahkaha patlattı.

Ávila kendine, *hoşgörü,* diye hatırlattı. Bunlar gibi sayısız adamla karşılaşmıştı. Hiçbir şey için mücadele vermeyen, başkalarının uğruna savaşıp onlara bıraktığı hürriyet ve özgürlüğü körcesine suiistimal eden, basit düşünceli, mutsuz ruhlardı.

Amiral kibar bir sesle yanıtladı. "Aslında o asa İspanyol Deniz Kuvvetleri'nden *Unidad de Operaciones Especiales*'in sembolüdür."

"Özel Kuvvetler mi?" Adam korkudan titriyormuş gibi yaptı. "Çok etkileyici. Peki ya bu sembol?" Ávila'nın sağ elini gösteriyordu.

Amiral, bakışlarını kendi avcuna dikti. Yumuşak etinin ortasındaki siyah dövme, on dördüncü yüzyıla ait bir semboldü.

Gözucuyla ambleme bakan amiral, *bu işaret benim koruyucum oldu,* diye düşündü. *Gerçi artık ihtiyacım olmayacak.*

Sonunda Ávila'nın kolunu bırakan holigan, "Boş ver," dedi ve sonra dikkatini barda çalışan kadına çevirdi. "Hoş birisin. Yüzde yüz İspanyol musun?"

Kadın zarif şekilde, "Öyleyim," diye cevap verdi.

"İçinde hiç İrlandalı yok mu?"

"Yok."

"Olmasını ister misin?" Adam katılarak gülerken barı yumrukladı.

Ávila, "Bırak kadını," diye emretti.

Adam döndüğünde öfkeli gözlerle ona bakıyordu.

İkinci serseri, amiralin göğsünü sertçe dürttü. "Bize ne yapacağımızı mı söylüyorsun?"

O günkü uzun yolculuk yüzünden kendini yorgun hisseden Ávila derin bir nefes aldı ve barı gösterdi. "Beyler lütfen oturun. Size bir bira ısmarlayayım."

Bu subayın iki hödüğü sakince idare etmesinden etkilenen kadın, *iyi ki kaldı,* diye düşündü. Kendi başının çaresine bakabilecek biri olsa da barı kapatıncaya kadar yanında kalmasını diledi.

Bardaki yerine geçen amiral, iki bira ve kendisi için bir bardak daha tonik sipariş verdi. O sırada holiganlar iki yanına oturdular.

Biri, "Tonik mi içiyorsun?" diye ona sataştı. "Birlikte içeceğimizi sanmıştım."

Ávila, bardaki kadına sıkkın bir ifadeyle gülümseyip toniğini bitirdi. Ayağa kalktı. "Üzgünüm ama bir randevum var. Siz biranızı keyifle için."

O ayağa kalkarken iki adam birden, sanki daha önce provasını yapmışlar gibi kaba elleriyle omuzlarından bastırıp onu yeniden tabureye oturttular. Amiralin gözlerinde öfkeli bir kıvılcım ansızın belirip kayboldu.

"Büyükbaba, herhalde bizi buradaki kız arkadaşınla yalnız bırakmak istemezsin." Kadına bakan serseri, diliyle ona iğrenç bir hareket yaptı.

Uzunca bir süre yanlarında sessizce oturan Ávila daha sonra elini cebine soktu.

Adamlar onu tuttular. "Hey! Ne yapıyorsun?!"

Ávila çok yavaş hareketlerle cep telefonunu çıkartıp adamlara İspanyolca bir şey söyledi. Anlamadan amirale baktılar. Bunun üzerine İngilizce konuşmaya başladı. "Üzgünüm, karımı arayıp gecikeceğimi söyleyeceğim. Biraz daha burada kalacakmışım gibime geliyor."

İki adamdan iri olanı, "Şimdi konuşmaya başladın dostum," dedikten sonra birasını mideye indirip bardağı bara vurarak bıraktı. "Bir tane daha!"

Kadın, serserilerin bardaklarını doldururken aynadan, amiralin telefonundaki birkaç tuşa dokunduğunu ve sonra kulağına götürdüğünü gördü. Görüşmeyi yaparken adam hızla İspanyolca konuşuyordu.

"Llamo desde el bar Molly Malone," diyen Ávila, barın ismini ve önündeki bardak altlığından adresi okudu. *"Calle Particular de Estraunza, ocho."* Bir süre durduktan sonra devam etti. *"Necesitamos ayuda inmediatamente. Hay dos hombres heridos."* Sonra telefonu kapattı.

¿Dos hombres heridos? Kadının nabzı hızlandı. *İki yaralı adam mı?*

Kadın, onun ne dediğini anlamaya fırsat bulamadan amiral aniden sağına döndü ve dirseğini yukarı dikerek daha iri serserinin burnuna ezici bir darbe indirdi. Yüzü kıpkırmızı olan adam geriye doğru devrildi. İkinci adam karşılık veremeden yeniden, bu sefer soluna döndü ve dirseğini adamın soluk borusuna geçirerek onu taburesinden geriye doğru düşürdü.

Biri acıyla çığlık atan, diğeri soluk almaya çalışıp boğazını tutan yerdeki iki adama kadın şok içinde baktı.

Amiral yavaşça ayağa kalktı. Ürkütücü bir sakinlikle cüzdanını çıkartıp barın üstüne yüz avroluk bir banknot bıraktı.

Kadına İspanyolca, "Özür dilerim," dedi. "Birazdan polis gelip size yardım edecek." Sonra arkasını dönüp bardan çıktı.

Dışarı çıkan Amiral Ávila akşam havasını içine çekti ve Alameda de Mazarredo üzerinden nehre doğru yürüdü. Polis sirenleri yaklaşırken onlar geçene kadar karanlığa saklanıp bekledi. Yapılması gereken ciddi işleri vardı ve bu akşam daha fazla sorunu kaldıramazdı.

Naip bu akşamki görevi açıkça anlattı.

Ávila için Naip'ten emir almanın dinginlik veren bir yanı vardı. Karar vermesi gerekmiyordu. Hata yapamazdı. Sadece eylemde bulunuyordu. Emirler verdiği bir kariyerden sonra dümeni devredip gemiyi başkalarının idaresine bırakmak rahatlatıcıydı.

Artık sadece emir eriyim.

Birkaç gün önce Naip onunla rahatsız edici bir sırrı paylaşınca, Ávila kendini bu davaya vermekten başka çare görememişti. Bir gece önceki görevin gaddarlığını hâlâ unutamasa da yaptıklarının affedileceğini biliyordu.

Erdemin farklı biçimleri vardır.

Bu akşam sona ermeden önce başkaları da ölecek.

Ávila nehir kıyısındaki açık bir meydana vardığında, bakışlarını karşısındaki dev yapıya dikti. Metal karolarla kaplanmış, bozuk formlardan meydana gelen inişli çıkışlı bir yığındı. Sanki iki bin yıllık mimari gelişim, tam bir kaos oluşturmak için pencereden fırlatılıp atılmıştı.

Bazıları buna müze diyor. Ben ucube diyorum.

Yeniden odaklanan Ávila meydanın karşı tarafına geçti ve Bilbao'daki Guggenheim Müzesi'nin dışındaki garip heykellerin arasından ilerledi.

Tanrısızlar toplanmış.

Ama bu akşam onların düşündüğü gibi geçmeyecek.

Amiral şapkasını ve ceketini düzelterek kendini zihnen önündeki göreve hazırladı. O akşam aslında daha büyük bir görevin parçasıydı: bir erdem savaşının.

Müzenin girişine doğru avludan geçerken cebindeki tespihe nazikçe dokundu.

3. BÖLÜM

Müzenin orta alanı fütüristik bir katedrali andırıyordu.

Langdon içeri adımını atarken bakışları hemen yukarı kaydı. Tonozlu tavan, halojen lambaların yaydığı ışık yüzünden bembeyaz görünüyordu. Profesör, tavana doğru altmış metre yükselen cam duvarın yanındaki devasa beyaz sütunların daha da yukarısına baktı. Binanın tepelerinde, yukarıdaki galerilere girip çıkan ve yüksek pencerelerin önünde durup aşağıdaki göleti hayranlıkla seyreden siyah beyaz kıyafetli insanların seçilebildiği yürüyüş yolları ve balkonlardan oluşan bir ağ vardı. Yakındaki bir asansör, duvardan aşağı kayarak daha fazla davetli almak için sessizce zemine indi.

Burası daha önce Langdon'ın gördüğü hiçbir müzeye benzemiyordu. Ses yutan malzemelerle elde edilen her zamanki saygılı sükûnet yerine, müze taştan ve camdan sızan seslerin mırıltılı yankılarıyla can buluyordu. Langdon'a tanıdık gelen tek şey dilinin gerisindeki steril tattı. Müze havası dünyanın her yerinde aynıydı: Tüm parçacık ve oksidanlardan titizlikle arındırıldıktan sonra yüzde kırk beş nem oranına ulaşacak şekilde iyonize suyla nemlendirilirdi.

Langdon bir dizi sıkı güvenlik noktasından geçerken beklediğinden fazla sayıda silahlı görevli bulunduğunu fark etti. Sonunda kendini bir başka kontrol masasının önünde buldu. Genç bir kadın kulaklık dağıtıyordu. *"¿Audioguía?"*

Langdon gülümsedi. "Hayır, teşekkür ederim."

Tam masanın önünden geçip gitmek üzereyken kadın, onu durdurdu ve mükemmel bir İngilizceyle konuşmaya başladı.

"Affedersiniz beyefendi ama davet sahibi Bay Edmond Kirsch herkesin kulaklık takmasını istedi. Bu akşamki deneyimin bir parçası olacakmış."

"Ah, tabii, bir tane alayım."

Langdon kulaklıklara uzandı ama kadın, onun elini savuşturup uzun davetli listesini işaretledikten sonra, ismiyle eşleşen numaralı kulaklığı verdi. "Bu akşam her ziyaretçinin turu ayrı olacak."

Sahi mi? Langdon etrafına bakındı. *Yüzlerce davetli var.*

İki ucunda minik yastıkların bulunduğu, ince bir metal halkadan oluşan kulaklığa baktı. Yüzündeki şaşkın ifadeyi gördüğünden olsa gerek, genç kadın yanına geldi.

Cihazı takmasına yardım ederken, "Bunlar çok yeni," dedi. "Dönüştürücü transdüser yastıklar kulağın içine girmiyor, yüzünüze oturuyor." Halkayı başının arkasına geçirip yastıkları çene kemiğinin üstüyle şakağının altı arasında, yüzüne nazikçe sabitlenecek şekilde yerleştirdi.

"Ama nasıl?..."

"Kemik iletimi teknolojisi. Transdüserler sesi doğruca çene kemiğinize iletiyor ve oradan da doğruca kokleaya gönderiyor. Daha önce denemiştim, gerçekten de inanılmaz; sanki ses başımın içinden geliyordu. Ayrıca kulakları açıkta kaldığı için insan etrafındaki sohbetlere de katılabiliyor."

"Çok akıllıca."

"Bu teknolojiyi Bay Kirsch icat edeli on yıldan fazla oldu. Artık kulaklık üreten pek çok markada bulunabiliyor."

Langdon, *umarım Ludwig van Beethoven'a hakkını verirler,* diye düşündü. Kemik iletimi teknolojisinin asıl mucidi bu on sekizinci yüzyıl bestecisiydi. Kulakları sağır olduktan sonra piyanosuna bağladığı metal çubuğu, çalarken ısırarak çene kemiğindeki titreşimler sayesinde mükemmel biçimde duymayı başarmıştı.

Kadın, "Umarım tur deneyiminizden keyif alırsınız," dedi. "Sunum başlayana kadar müzeyi gezmek için bir saatiniz var. Yukarıdaki konferans salonuna gitme vakti geldiğinde kulaklıktaki rehberiniz sizi uyaracak."

"Teşekkürler. Herhangi bir şeye basmam gerekiyor mu?"

"Hayır. Cihaz kendiliğinden çalışır. Siz hareket etmeye başladığınız anda rehberli turunuz da başlayacak."

Langdon gülümseyerek, "Ah, elbette," dedi. Asansörleri bekleyen ve çene kemiklerine yaslanmış benzer kulaklıklar takan diğer davetlilerin arasına doğru yürümeye başladı.

Atriyumun yarısına gelmişti ki, başının içinde bir erkek sesi konuşmaya başladı. "İyi akşamlar. Bilbao Guggenheim'a hoş geldiniz."

Langdon sesin kulaklıktan geldiğini bildiği halde aniden durup arkasına baktı. Şaşırtıcı bir etkisi vardı; tam olarak kadının dediği şekilde, sanki başının içinde biri konuşuyor gibiydi.

"Hoş geldiniz, sefalar getirdiniz Bay Langdon." İngiliz aksanıyla konuşan samimi ve kibar bir sesti. "İsmim Winston. Bu akşam size rehberlik etmekten onur duyacağım."

Bu kaydı kime yaptırmışlar, Hugh Grant'e mi?

Ses neşeyle devam etti. "Bu akşam dilediğiniz her yerde gezinebilirsiniz. Baktıklarınızla ilgili sizi bilgilendirmeye gayret edeceğim."

Şen şakrak bir rehbere, kişiselleştirilmiş kayıtlara ve kemik iletimi teknolojisine ilaveten verilen kulaklıklar, nasıl bir açıklama yapılacağını belirlemek için ziyaretçinin müzede bulunduğu noktayı algılayabilecek bir GPS sistemiyle de donatılmıştı.

Ses, "Bir sanat eğitimcisi olarak en bilgili misafirlerimizden birisiniz," dedi. "Sanırım benim düşüncelerime pek ihtiyaç duymayacaksınız. Bundan daha da beteri, belki de bazı eserlerle ilgili yorumlarıma tümden karşı çıkarsınız," diye ekledi. Sonra da tuhaf bir biçimde kıkırdadı.

Ciddi mi bu? Okuduğu metni kim yazmış? Neşeli ses tonuyla kişiselleştirilmiş hizmet, sahiden de cazipti, ama yine de Langdon yüzlerce kulaklığın kişiye özel hale getirilmesi için nasıl bir çaba gerekeceğini düşünemiyordu.

Neyseki artık kulaklıktaki ses, önceden programlanmış hoş geldin diyaloğundan yorulmuş gibi susmuştu.

Langdon açık alanın karşı tarafında, kalabalığın üstünde asılı duran kırmızı dev afişe bir göz attı.

EDMOND KIRSCH
BU AKŞAM İLERİYE GİDİYORUZ

Edmond neyi ilan edecek acaba?

Langdon gözlerini asansörlere çevirdi. İki ünlü internet şirketi kurucusunun, tanınmış bir Hintli aktörün ve muhtemelen tanıması gereken ama tanımadığı diğer iyi giyimli VIP'lerin aralarında bulunduğu bir grup misafir sohbet ediyordu. Hem canı istemediğinden hem de sosyal medya ve Bollywood hakkında hoşbeş etmeye hazırlanmadığından, aksi yönde, duvara yaslanmış büyük bir modern sanat eserinin durduğu yere doğru gitti.

Sistem yerin altına yuvalandırılmıştı. Yerdeki yarıklardan çıkıp hızla yukarı giden ve tavandaki yarıklarda kaybolan dokuz taşıyıcı banttan meydana geliyordu. Eser, dikey düzlemde hareket eden dokuz yürüme bandını andırıyordu. Her bir bandın üzerinde yukarı doğru kayan ışıklı bir mesaj yazılıydı.

Sesli dua ediyorum... Kokunu tenimde hissediyorum... İsmini söylüyorum.

Fakat Langdon yaklaşınca aslında hareket ettiğini sandığı bantların durduğunu fark etti. Bu hareket yanılsamasına, dikey bantların üzerine yerleştirilmiş LED ışıklı "kabuk" sebep oluyordu. Işıklar hızla yanıp sönerek yerden çıkan ve hızla yukarı hareket edip tavanda kaybolan kelimeleri oluşturuyordu.

Çok ağlıyorum... Kan vardı... Kimse bana söylemedi.

Bu ışıklı dikey bantların etrafında dönüp duran Langdon eseri iyice inceledi.

Birden geri dönen sesli rehber, "Bu düşündürücü bir eser," dedi. "İsmi *Installation for Bilbao (Bilbao Tertibatı).* Kavramsal sanatçı Jenny Holzer'ın eseri. On iki metre uzunluğunda dokuz adet LED ışıklı tabeladan meydana geliyor. AIDS'in dehşeti ve geride kalanların çektiği acılarla ilgili Bask dilinde, İspanyolca ve İngilizce yazılar geçiyor."

Langdon büyüleyici ve biraz da üzücü bir etkisi olduğunu kabul ediyordu.

"Jenny Holzer'ın eserlerini daha önce görmüş müydünüz?"

Langdon yukarı doğru kayan yazının etkisinde kalmıştı.

Başımı gömüyorum... Başını gömüyorum... Seni gömüyorum...

Kafasının içindeki ses, "Bay Langdon?" diyerek araya girdi. "Beni duyabiliyor musunuz? Kulaklığınız çalışıyor mu?"

Langdon düşüncelerinden irkilerek sıyrıldı. "Affedersiniz... Ne? Alo?"

Ses, "Evet, alo," diye cevap verdi. "Sanırım daha önce selamlaşmıştık. Beni duyup duymadığınızı kontrol ediyordum."

"Ben... affedersiniz," diyerek kekeleyen Langdon esere arkasını döndü ve ortadaki açık alanın karşı tarafına baktı. "Ben sizin bir kayıt olduğunuzu sanıyordum. Orada gerçek bir insan olduğunu fark etmemiştim." Langdon zihninde, önlerinde müze kataloğu duran, kulaklık takmış müze görevlileriyle dolu bir oda canlandırdı.

"Sorun değil beyefendi. Bu akşam sizin özel rehberiniz benim. Kulaklığınızın bir de mikrofonu var. Bu program, birlikte sanat hakkında sohbet edebileceğimiz karşılıklı bir deneyim yaşayabilmemiz için yapıldı."

Langdon şimdi diğer misafirlerin de kulaklık aracılığıyla konuştuğunu görüyordu. Çift olarak gelenler bile biraz ayrılmış gibiydiler. Özel müze rehberiyle konuşurken birbirlerine şaşkınca bakıyorlardı.

"Buradaki her davetlinin özel bir rehberi mi var?"

"Evet beyefendi. Bu akşam üç yüz on sekiz misafirin her birine özel tur veriyoruz."

"Bu inanılmaz."

"Şey, bildiğiniz gibi, Edmond Kirsch doyumsuz bir sanat ve teknoloji hayranıdır. Bu sistemi, nefret ettiği tur gruplarının yerine geçmesi niyetiyle, özellikle müzeler için tasarladı. Bu şekilde her ziyaretçi kendi özel turunu alabilir, istediği hızda dolaşabilir ve grup içinde sormaya çekineceği soruları sorabilir. Böylesi çok daha özel ve hızlı."

"Geri kafalı demenizi istemem ama neden bize biri yanımızda eşlik etmiyor?"

Ses, "Yer sorunu," diye yanıtladı. "Müzedeki etkinliğe özel rehberler ekleyince içerideki insan sayısı iki katına çıkacak ve büyük olasılıkla gelenlerin sayısını yarıya indirecekti. Ayrıca aynı anda konuşan rehberlerin sebep olacağı kakofoni dikkat dağıtırdı. Bay Kirsch'ün her zaman dediği gibi, sanatın amaçlarından biri de diyaloğu artırmaktır."

Langdon, "Tamamen katılıyorum," diye cevap verdi. "İnsanlar bu yüzden müzelere sevgilileriyle veya arkadaşlarıyla gelir. Bu kulaklıkların biraz asosyal olduğu düşünülebilir."

Ses hemen atıldı. "Eh, sevgilinizle veya arkadaşınızla gelirseniz de tüm kulaklıkları aynı rehbere bağlatıp grup halinde sohbet edebilirsiniz. Bu gerçekten de hayli gelişmiş bir yazılım."

"Her şeye bir cevabınız var gibi."

"Doğrusunu isterseniz bu benim işim." Rehber mahcup bir kahkahadan sonra vites değiştirdi. "Şimdi profesör, ortadaki alandan pencereye doğru giderseniz müzedeki en büyük tabloyu göreceksiniz."

Langdon açık alanın karşı tarafına giderken, aynı beyaz beyzbol şapkasını giymiş otuzlarında bir çiftin yanından geçti. Şapkaların ön tarafına marka arması yerine şaşırtıcı bir sembol işlenmişti.

Bu Langdon'ın iyi bildiği bir simge olsa da, daha önce hiç beyzbol şapkasının üzerinde görmemişti. Son yıllarda bu süslü A harfi, gezegenin en hızlı büyüyen nüfusunun evrensel bir simgesi haline gelmişti. Ateistler, dini inancın tehlikeleri olarak gördükleri şeylere karşı her gün seslerini biraz daha yükseltiyorlardı.

Artık ateistlerin özel beyzbol şapkaları mı var?

Etrafında dolaşan teknoloji düşkünü dâhilerden oluşan topluluğu incelerken Langdon, bu genç analitik zihinlerin çoğunun tıpkı Edmond gibi din karşıtı olabileceklerini düşündü. Bu akşamki kalabalık, aslında dini semboller öğreten biri için pek de "hedef kitle" sayılmazdı.

4. BÖLÜM

ConspiracyNet.com

SON DAKİKA HABERİ

Güncelleme: ConspiracyNet'in "Günün 10 Medya Haberini" buraya tıklayarak görebilirsiniz. Ayrıca şu anda gelişmekte olan yepyeni bir haberimiz var!

EDMOND KIRSCH'ÜN SÜRPRİZ AÇIKLAMASI NE?

Teknoloji titanları bu akşam, fütürist Edmond Kirsch'ün Guggenheim Müzesi'nde verdiği bir VIP etkinliğe katılmak için Bilbao'ya akın etti. Çok sıkı güvenlik tedbirleri alındı ve ziyaretçilere etkinliğin amacı açıklanmadı. Buna rağmen ConspiracyNet içerideki bir kaynaktan, Edmond Kirsch'ün az sonra konuşacağına ve büyük bir bilimsel açıklama yaparak davetlilerini şaşırtacağına dair bir tüyo aldı. ConspiracyNet bu haberi takip etmeye ve öğrenir öğrenmez haber vermeye devam edecek.

5. BÖLÜM

Avrupa'nın en büyük sinagogu Budapeşte'deki Dohány Caddesi'nde yer alır. Heybetli ikiz kuleleriyle Magribi tarzda inşa edilmiş ibadethanede üç binden fazla oturma yeri bulunur. Aşağıdaki sıralar erkekler, balkonlardakiler ise kadınlar içindir.

Dışarıdaki bahçede yer alan büyük bir mezar çukurunda, Nazi istilası sırasında ölen yüzden fazla Macar Yahudi'nin cesedi gömülüdür. Bu yer, metal yapraklarına kurbanların isimlerinin kazındığı Hayat Ağacı ile işaretlenmiştir. Bir rüzgâr estiğinde, ağlayan söğüt ağacının yaprakları birbirine çarparak kutsal topraklar üstünde ürkütücü bir yankıya sebep olur.

Büyük Sinagog'un ruhani lideri, otuz yıldan fazladır Talmud âlimi ve kabalist Haham Yehuda Köves idi. İlerleyen yaşına ve sağlığının bozuk olmasına rağmen gerek Macaristan'da gerekse dünyada Yahudi cemaatinin aktif bir üyesiydi.

Tuna Nehri üzerinde güneş batarken Haham Köves sinagogdan çıktı. Marcius 15 Square adresindeki evine gitmek üzere, Dohány Caddesi'ndeki butiklerin ve esrarengiz "yıkıntı barlar"ın önünden geçti. Evi, eski Buda ve Peşte şehirlerini birleştiren Elisabeth Köprüsü'ne birkaç adımlık mesafedeydi. İki şehir resmen 1873'te birleşmişti.

Hamursuz Bayramı yaklaşıyordu ki bu, Köves'in yılın en sevdiği zamanıydı. Buna rağmen geçen hafta Dünya Dinleri Parlamentosu'ndan döndüğünden beri derin bir huzursuzluk hissediyordu.

Keşke hiç katılmasaydım.

Piskopos Valdespino, Ulema Seyyid el-Fadıl ve fütürist Edmond Kirsch ile yaptığı olağanüstü toplantı üç gündür zihnini kemiriyordu.

Artık evine dönmüş olan Köves doğruca ön bahçeye gitti ve *házikó*'nun kilidini açtı. *Házikó* denen bu küçük kulübe hem onun özel sığınağı hem de çalışma odasıydı.

Tek odadan ibaret kulübede, kalın dini kitapların ağırlığıyla bel vermiş yüksek kitap rafları vardı. Çalışma masasına gidip oturan Köves, önünde duran yığına kaşlarını çatarak baktı.

Bu hafta çalışma masamı biri görse aklımdan zorum var sanır.

Masanın üstünde, yapışkanlı not kâğıdıyla işaretlenmiş yarım düzine muğlak dini metin açık duruyordu. Bunun arkasında yer alan ahşap sehpadaki üç ağır cildin -Tevrat'ın İbranice, Aramice, İngilizce kopyalarının- hepsinde de aynı bölüm açılmıştı.

Yaratılış

Başlangıçta....

Köves elbette Yaratılış kitabını üç dilde de ezbere biliyordu. Onun aslında Zohar üzerine yazılmış akademik yorumları veya Kabalistik Kozmoloji teorisini okuması gerekirdi. Köves ayarındaki bir âlimin Yaratılış'ı çalışması, Einstein'ın okul matematiğini çalışmasına benzer bir şeydi. Yine de bu hafta yaptığı iş buydu. Masasının üstünde duran, elle karalanmış notların saldırısına uğramış gibi gözüken bloknotu öyle karışıktı ki, kendi bile anlamakta güçlük çekti.

Zır deliye döndüm.

Haham Köves işe Tevrat ile başlamıştı. Yahudiler ile Hıristiyanların Yaratılış hikâyesi birbirine benzerdi. *Başlangıçta Tanrı cennet ile cehennemi yarattı.* Sonra *Ma'aseh Bereshit* olarak adlandırılan *Yaratılış İşleri* ile ilgili hahamların açıklamalarını okuyarak Talmud'un eğitici metinlerine geçmişti. Bunun ardından da geleneksel Yaratılış hikâyesinde sezilen çelişkileri açıklamaya kalkışan saygın tefsircilerin açıklamalarından Midraş'ı incelemeye başlamıştı. Son olarak, dallara ayrılıp dört farklı evrenin yeşerdiği Hayat Ağacı denilen on farklı sefirot veya boyut ile bilinemez Tanrı'nın gösterildiği Zohar'ın mistik Kabalistik ilmine dalmıştı.

Yahudiliği meydana getiren inanışların esrarlı karmaşıklığı Köves'e hep rahatlatıcı gelirdi. Ona göre bu, insanların her şeyi anlamak için yaratılmadığına dair Tanrı'dan bir hatırlatıcı gibiydi. Ama yine de Edmond Kirsch'ün sunumunu gördükten, buluşundaki basit mantığı ve açıklığı anladıktan sonra, kendini üç gündür modası geçmiş çelişkilere bakıyor gibi hissediyordu. Bir noktadan sonra yapabildiği tek şey metinleri bir kenara itip aklını başına toplamak için Tuna kıyısında yürüyüşe çıkmak oldu.

Haham Köves sonunda acı verici gerçeği, Kirsch'ün buluşunun inanan ruhlarda altüst edici yankılar uyandıracağını kabullenmeye başlamıştı. Bilim insanının açıklamaları hemen her dini öğretiye cüretle karşı çıkıyor, üstelik bunu üzüntü verici derece basit ve ikna edici bir biçimde yapıyordu.

Kirsch'ün aşırı büyük telefonundan izledikleri sunumun elem verici sonuç kısmını hatırlayan Köves, *o son görüntüyü unutamıyorum,* diye düşündü. *Bu haber sadece dindarları değil, herkesi etkileyecek.*

Üç gündür inceden inceye düşünmesine rağmen hâlâ Kirsch'ün sunduğu bilgiyle ne yapması gerektiğini bilemiyordu.

Valdespino ile el-Fadıl'ın da bir sonuca varabildiğini hiç sanmıyordu. Üç adam iki gün önce telefonlaşmış ama verimli bir sohbette bulunamamışlardı.

Valdespino, "Dostlarım, Bay Kirsch'ün sunumunun... pek çok açıdan rahatsızlık verici olduğu muhakkak," diye başlamıştı. "Gelip konuyu benimle biraz daha derin tartışması için kendisini aradım ama ses çıkarmadı. Sanıyorum artık bir karar vermemiz gerekecek."

El-Fadıl, "Ben kararımı verdim," demişti. "Hiçbir şey yapmadan öylece oturamayız. Kirsch'ün dini küçümsediği çok iyi biliniyor. Buluşunu, inancın geleceğine mümkün olan en ağır darbeyi indirecek şekilde dile getirecektir. İleriye dönük hareket etmeliyiz. Onun buluşunu *bizim* duyurmamız lazım. Hemen. Etkisini yumuşatmak ve ruhani dünyanın inananlarına tehditkâr gelmemesini sağlamak için gün ışığına çıkarmalıyız."

Valdespino, "Halka duyurma konusunu tartışmıştık ama ne yazık ki, bu bilgi tehditkâr olmayan bir dille nasıl anlatılır düşünemiyorum," diyerek derin bir iç çekmişti. "Ayrıca Bay Kirsch'e sırrını açıklamayacağımıza dair yemin ettik."

El-Fadıl, "Doğru," diye karşılık vermişti. "Ettiğim yemini bozma konusunda ben de tereddütteyim, ama iki kötü arasında bir seçim yapmak ve daha faydalı olanın yanında hareket etmek zorundayız. Hepimiz saldırıya uğradık: Müslümanlar, Yahudiler, Hıristiyanlar, Hindular ve diğer benzer dinler. İnançlarımız, Bay Kirsch'ün altını oyduğu temel gerçeklerle uyuştuğu için bu bilgiyi topluluklarımızı üzmeyecek şekilde iletmeye mecburuz."

Valdespino, "Üzgünüm ama bunun mantıklı bir yanı yok," diye karşı çıkmıştı. "Eğer Kirsch'ün haberlerini halka duyuracaksak, en akılcı yaklaşım, buluşuna *şüphe* düşürmek olur. O, mesajını yaymadan önce itibarını sarsmak gerekir."

El-Fadıl, "Edmond Kirsch'ü mü?" diye sormuştu. "Hiçbir konuda yanılmamış dâhi bir bilim insanını mı? Kirsch'le yaptığımız toplantıda hepimiz orada değil miydik? Sunumu ikna ediciydi."

Valdespino homurdanmıştı. "Zamanında Galileo, Bruno veya Kopernik'in yaptığı buluşlardan daha ikna edici değildi. Dinler daha önce de bu güçlükleri atlattılar. Şu anda bilim kapımızı bir kez daha yumrukluyor, o kadar."

El-Fadıl birden, "Ama fizik ve astronomi buluşlarından çok daha derin bir seviyede!" diye karşılık vermişti. "Kirsch işin özüne, inandığımız her şeyin köküne meydan okuyor. İstediğiniz kadar tarihten örnek verebilirsiniz ama unutmayın, Vatikan'ın Galileo gibi adamları tüm susturma çabalarına karşın, buluşları sonunda galip geldi. Kirsch'ünkiler de öyle olacak. Bunu durdurmanın bir yolu yok."

Derin bir sessizlik olmuştu.

Valdespino, "Benim bu konudaki tutumum basit," demişti. "Keşke Edmond Kirsch bu keşifte bulunmasaydı. Onun buluşlarıyla başa çıkmaya hazır olmadığımızı sanıyorum. Kişisel tercihim, bu bilginin gün ışığına çıkmaması yönünde." Kısa bir sessizlikten sonra devam etmişti. "Aynı zamanda, dünyamızdaki hadiselerin Tanrı'nın planına uygun olarak gerçekleştiğine inanıyorum. Belki de dua ederse, Tanrı, Bay Kirsch ile konuşur ve onu, buluşunu halka açıklama konusunu yeniden düşünmeye ikna eder."

El-Fadıl sesli bir biçimde burnundan solumuştu. "Bay Kirsch'ün Allah'ın sesini duyabilecek türden biri olduğunu sanmıyorum."

Valdespino, "Belki de değildir," demişti. "Ama her gün mucizeler oluyor."

El-Fadıl hararetle cevap vermişti. "Bağışlayın ama eğer ilan etmeye fırsat bulamadan Allah'ın Kirsch'ün canını alması için dua etmiyorsanız..."

Artan gerilimi dağıtmak amacıyla Köves, "Beyler," diyerek araya girmişti. "Acele karar vermemeliyiz. Bu gece bir görüş birliğine varmamız gerekmiyor. Bay Kirsch bir ay sonra ilan edeceğini söylemişti. Çekilip dua etmeyi ve birkaç gün sonra yeniden konuşmayı teklif ediyorum. Belki derin düşünürsek en uygun yol bize kendini gösterir."

Valdespino, "Gayet münasip," diyerek kararı onaylamıştı.

El-Fadıl, "Fazla uzun beklememeliyiz," diye uyarmıştı. "İki gün sonra yeniden telefonla görüşelim."

Valdespino, "Anlaştık," demişti. "Son kararımızı o zaman veririz."

Bunlar iki gün önce yaşananlardı; şimdiyse diğer görüşmeyi yapacakları akşam gelip çatmıştı.

Házikó'da tek başına oturan Haham Köves giderek huzursuzlanıyordu. O akşam yapacakları görüşme on dakika gecikmişti.

Sonunda telefon çalınca Köves açtı.

Sesi telaşlı gelen Piskopos Valdespino, "Merhaba haham," dedi. "Gecikme için üzgünüm." Kısa bir an durduktan sonra devam etti. "Maalesef Ulema el-Fadıl bu görüşmede bize katılamayacak."

Köves şaşkınlıkla, "Öyle mi?" diye sordu. "Her şey yolunda mı?"

"Bilmiyorum. Bütün gün ona ulaşmaya çalıştım ama sanki ulema... yer yarıldı da içine girdi. Dostlarının hiçbiri yerini bilmiyor."

Köves içinin ürperdiğini hissetti. "Ürkütücü bir durum bu."

"Bence de öyle. Umarım iyidir. Ne yazık ki başka bir haberim daha var." Sesi iyiden iyiye kederlenen piskopos bir an duraksayıp devam etti. "Edmond Kirsch'ün buluşunu dünyayla paylaşmak için bir etkinlik düzenlediğini öğrendim... hem de bu akşam."

Köves şaşkınlık içindeydi. "Bu akşam mı? *Bir ay* var demişti."

Valdespino, "Evet, konuşulan öyleydi," dedi. "Ama yalan söylemiş."

6. BÖLÜM

Winston'ın dost canlısı sesi Langdon'ın kulaklığında yankılandı. "Profesör, tam önünüzde koleksiyonumuzun en büyük tablosunu göreceksiniz. Gerçi çoğu ziyaretçimiz hemen farkına varmaz."

Müzenin orta avlusunda etrafa göz gezdiren Langdon, dışarıdaki gölete bakan cam duvardan başka bir şey göremedi.

Winston bir kahkaha attı. "Şey, pek alışılmadık bir biçimde sergileniyor. Tuval duvara asılı değil, yerde."

Tahmin etmeliydim, diye düşünen Langdon, bakışlarını yere indirdi ve ayaklarının altındaki taş zemine yayılmış dikdörtgen tabloyu görünceye kadar ilerledi.

Bu muazzam büyüklükteki resim tek bir renkten oluşuyor, koyu mavi bir alan meydana getiriyordu. Çevresinde durup bakanlar, küçük bir göle yukarıdan bakıyormuş izlenimine kapılıyordu.

Winston, "Bu resim, yaklaşık beş yüz altmış metrekare," dedi.

Langdon bunun Cambridge'deki evinden on kat büyük olduğunu fark etti.

"Sanatçısının ismi Yves Klein ve zemindeki bu sevilen resim *The Swimming Pool (Yüzme Havuzu)* ismiyle anılıyor."

Mavinin bu tonunun zenginliği Langdon'a doğruca tablonun içine atlayabileceği hissini vermişti.

Winston, "Bu rengi Klein icat etti," diyerek devam etti. "Uluslararası Klein Mavisi deniyor. Resimdeki derinliğin, kendi ütopik dünya görüşünün maneviyatını ve sınırsızlığını çağrıştırdığını savunuyordu."

Langdon şimdi Winston'ın bir metinden okuduğunu fark etti.

"Klein en çok mavi tablolarıyla bilinir, ama *Leap Into The Void (Boşluğun İçine Sıçrayış)* isimli rahatsız edici bir yanıltıcı fotoğrafıyla da tanınıyor. 1960'da sergilendiğinde hafif bir paniğe sebep olmuştu."

Langdon, bu fotoğrafı New York'taki Modern Sanat Müzesi'nde de görmüştü. Rahatsız ediciliğin ötesindeki fotoğrafta iyi giyimli bir adam, yüksek bir binanın tepesinden kaldırıma kuğu dalışı yapıyordu. Aslında resim hileliydi; photoshop icat edilmeden çok önce dâhice tasarlanmış ve jiletle kurnazca rötuşlanmıştı.

Winston devam etti. "Bundan başka Klein, *Monotone Silence (Monoton Sessizlik)* isimli bir müzik parçası da besteledi. Bir senfoni orkestrası yirmi dakika boyunca tek bir D-majör akordu çalıyor."

"İnsanlar da *dinliyor mu*?"

"Binlercesi. Ayrıca tek nota sadece ilk an için çalınıyor. Devamında orkestra kıpırdamadan oturup yirmi dakika boyunca 'tam sessizlik' sergiliyor."

"Şaka mı yapıyorsun?"

"Hayır, çok ciddiyim. Öte yandan bu gösteri kulağa geldiği kadar sıkıcı değildir. Maviye boyanmış üç çıplak kadın, sahnedeki dev tuvallerin üstünde yuvarlanır."

Langdon kariyerinin büyük kısmını sanat üstüne çalışmaya adamış olsa da sanat dünyasının daha avangard sunularını beğenmeyi hiç öğrenemediği için canı sıkılıyordu. Modern sanatın çekiciliği onun için muammasını koruyordu.

"Saygısızlık etmek istemem Winston ama genellikle 'modern sanat' ile tepeden tırnağa acayiplik arasındaki farkı göremiyorum."

Winston duygularını belli etmeden cevap verdi. "Şey, genellikle sorulan soru budur, öyle değil mi? Sizin klasik sanat dünyanızda eserler sanatçısının icra kabiliyetine göre; fırçasını tuvale, keskisini taşa nasıl vurduğuna bakılarak saygınlık kazanır. Ama modern sanatta bir eserin başyapıt olması genellikle uygulamaya değil fikre bağlıdır. Sözgelimi, tek bir nota ve sessizlikten oluşan yirmi dakikalık bir senfoniyi herkes kolaylıkla besteleyebilirdi ama bu fikir Yves Klein'a ait."

"Doğru."

"Elbette dışarıdaki *The Fog Sculpture (Sis Heykel)* da kavramsal sanatın mükemmel bir örneği. Köprünün altına delikli boruları döşeyip gölete sis püskürtmek sanatçının *fikriydi* ama *uygulamasını* tesisatçılar yaptı." Winston bir süre sustuktan sonra, "Yine de ben sanatçıya eserini bir kod olarak kullandığı için epey yüksek puan veriyorum," dedi.

"The Fog bir kod mu?"

"Öyle. Müze mimarının anısına bir şifreleme."

"Frank Gehry değil miydi?"

"Frank O. Gehry. İsminin başharfleri İngilizcede sis anlamına geliyor," diyerek Langdon'ın yanlışını düzeltti.

"Zekice."

Langdon pencereye doğru yürürken Winston, "Buradan örümcek çok iyi görünüyor. İçeri girerken *Maman*'ı gördünüz mü?" diye sordu.

Profesör pencereden dışarı, göletin öbür tarafındaki dev karadul heykeline baktı. "Evet. Görmemek imkânsız."

"Sesinizin tonundan pek beğenmediğinizi anlıyorum."

"Beğenmeye çalışıyorum." Langdon duraksadı. "Bir klasikçi olarak ben burada sudan çıkmış balık gibiyim."

Winston, "İlginç," dedi. "Herkesten önce *Maman*'ı sizin takdir edeceğinizi sanıyordum. Klasik çakışma kavramının mükemmel bir örneği. Aslına bakarsanız bu kavramı öğreteceğiniz zaman derste kullanabilirsiniz."

Örümceğe bir göz atan Langdon, Winston'ın bahsettiğine benzer hiçbir şey göremedi. Çakışma kavramını öğretirken daha klasik bir şeyler tercih ederdi. "Sanırım ben *Davut*'la devam ederim."

Winston kendi kendine güldü. "Evet, Michelangelo altın standarttır. Kadınsı bir kırılganlık yansıtacak biçimde, gevşek bir sapan taşıyan elini kıvırıp Davut'a ustaca, efemine bir kontraposto pozu verdirmiş. Yine de Golyat'ı öldürme beklentisiyle tendonları ve damarları dışarı fırlarken Davut'un gözleri ölümcül bir kararlılık yayıyor. Eser aynı anda hem narin hem de ölümcül."

Anlattığı tasvirden etkilenen Langdon, kendi öğrencilerinin de Michelangelo'nun başyapıtını bu kadar iyi öğrenebilmesini isterdi.

Winston, "*Maman* aslında *Davut*'tan farklı değil," dedi. "Karşıt arketip kuralların, en az onun kadar cüretkâr bir çakışması. Karadul doğada korkulan bir yaratıktır, kurbanlarını ağında yakalar ve öldürür. Ölümcül olmasına karşın burada, hayat vermeye hazır halde, dışarı sarkmış bir yumurta kesesiyle tasvir edilmiş. Bu onu hem avcı hem de hayat veren haline getiriyor. İncecik bacakların üstüne konmuş güçlü bir karın, hem güç hem de kırılganlık ifade ediyor. Aslında *Maman*'a günümüzün *Davut*'u denilebilir."

Langdon gülümsedi. "Ben demeyeceğim ama itiraf etmeliyim ki yaptığınız analizler beni düşünmeye sevk ediyor."

"Güzel. O halde size son bir eser daha göstereyim. Edmond Kirsch'ün orijinal eseri."

"Öyle mi? Edmond'ın sanatçı bir yanı olduğunu bilmiyordum."

Winston kahkaha attı. "Buna siz karar verin."

Gezi rehberi onu pencerenin yanından geçirip bir grup davetlinin duvardaki kurumuş çamur tabakasının önünde toplandığı geniş bir girintili bölüme götürdü. İlk bakışta katılaşmış kil tabakası Langdon'a müzelerdeki fosil sergilerini hatırlattı. Ama bu çamurun içinde fosil yoktu. Onun yerine, ıslak betona çocukların çubukla çizdiğine benzer kabaca oyulmuş işaretler vardı.

Kalabalık etkilenmiş görünmüyordu.

Dudakları botokslu mink giymiş bir kadın, "Bunu Edmond mı yapmış?" diye mırıldandı. "Hiç anlamadım."

Langdon'ın içindeki öğretmen kendini tutamadı. "Aslına bakarsanız çok zekice," diyerek araya girdi. "Şimdiye kadar müzede gördüklerim arasında en çok bunu sevdim."

Bakışlarını çeviren kadın ona küçümseyici bir ifadeyle baktı. "Ah, *sahi* mi? O zaman beni aydınlatın lütfen."

Memnuniyetle. Langdon kil tabakaya kabaca kazınmış işaretlerin yanına yürüdü.

Langdon, "Öncelikle, Edmond kildeki bu parçayı insanlığın ilk yazılı dili olan çiviyazısına saygı göstermek için yazmış," dedi.

Şüpheyle bakan kadın gözlerini kırpıştırdı.

"Ortadaki üç büyük işaretse, Asur dilinde 'balık' kelimesini oluşturuyor," diyerek devam etti. "Buna piktogram denir. Dikkatle bakarsanız balığın sağ tarafa bakan açık ağzını ve üzerindeki üçgen balık pullarını görebilirsiniz."

Gruptakiler başlarını ileri uzatıp eseri yeniden incelemeye başladı.

Balığın sol tarafındaki çukurları gösteren Langdon, "Ve eğer buraya bakarsanız, balığın karaya çıkmasının tarihi evrimini temsil etmek amacıyla Edmond'ın balığın *arkasında* ayak izleri yaptığını görürsünüz," dedi.

İnsanlar anlayıp takdir ettiklerini gösterir biçimde başlarını sallamaya başlamıştı.

Profesör devam etti. "Ve son olarak, balığın yutacakmış gibi durduğu sağ taraftaki asimetrik yıldız işareti, tarihteki en eski Tanrı sembollerinden biridir."

Botokslu kadın dönüp kaşlarını çattı. "Tanrı'yı yiyen bir balık mı?"

"Öyle görünüyor. Darwin balığının şakacı bir türevi. Evrim, dini yiyor." Langdon gruba doğru dönüp omuzlarını silkti. "Dediğim gibi, zekice düşünülmüş."

Langdon oradan uzaklaşırken kalabalığın arkasından mırıldandığını duydu. Winston bu sırada bir kahkaha attı. "Çok iyiydi profesör! Bu hazırlıksız konuşmanız Edmond'ın çok hoşuna giderdi. Yaptığını herkes deşifre edemiyor."

"Eh, benim işim bu."

"Evet, Bay Kirsch'ün neden size ekstra özel bir davetli muamelesi yapmamı istediğini şimdi anlıyorum. Aslına bakarsanız, benden size bu akşam diğer davetlilerin göremeyeceği bir şey göstermemi istedi."

"Öyle mi? Peki neymiş bu?"

"Ana pencerelerin sağ tarafında kordonla ayrılmış bir koridor görüyor musunuz?"

Langdon sağına baktı. "Görüyorum."

"Güzel. Lütfen söylediğim yönde ilerleyin."

Şüphelenen Langdon yine de Winston'ın yönergelerine uydu. Koridorun girişine yürüdü ve kimsenin bakmadığını iki kez kontrol ettikten sonra gizlice kordonların altından geçip koridora girerek gözden kayboldu.

Müzenin açık alanındaki kalabalık geride kalmıştı. Yaklaşık dokuz metre ileride, yanında sayısal bir tuş takımı bulunan metal kapıya doğru yürüdü.

"Şu altı rakamı girin," diyen Winston, Langdon'a sayıları söyledi.

Langdon kodu girince kapı tıkırdadı.

"Pekâlâ profesör, lütfen içeri girin."

Ne beklemesi gerektiğini tahmin edemeyen Langdon bir müddet öylece durdu. Sonra kendini toparlayıp kapıyı iterek açtı. Önündeki alan zifiri karanlıktı.

Winston, "Sizin için ışıkları yakayım," dedi. "Lütfen içeri girip kapıyı kapatın."

Langdon karanlığa bakarken içeriye doğru birkaç adım ilerledi. Kapıyı arkasından kapatınca kilit tıkırdadı.

Salonun kenarlarında yavaş yavaş beliren yumuşak ışık, akıl almayacak derecede büyük bir alanı ortaya çıkarmaya başladı. Neredeyse büyük bir havaalanı hangarına benziyordu.

Winston hemen açıkladı. "Binlerce metrekarelik bir yer burası."

Müze buranın yanında cüce gibi kalıyordu.

Işıklar kuvvetlendiğinde Langdon, yerden yükselen birtakım büyük biçimler gördü. Geceleyin otlanan dinozorları andıran yedi sekiz belirsiz şekil vardı.

Profesör, "Şu anda neye bakıyorum?" diye sordu.

"İsmi *The Matter of Time* (*Zaman Meselesi*)." Winston'ın neşeli sesi Langdon'ın kulaklığında yankılanmıştı. "Müzedeki en ağır eser bu. Bin tondan fazla."

Langdon hâlâ neler olduğunu anlamaya çalışıyordu. "Peki, neden burada yalnızım?"

"Dediğim gibi, Bay Kirsch bu ilginç objeleri size göstermemi istedi."

Işıklar en parlak haline gelip geniş mekânı yumuşak bir aydınlıkla doldurduğunda Langdon karşısındaki manzaraya hayretle bakmaktan başka bir şey yapamadı.

Paralel evrene girdim.

7. BÖLÜM

Müzenin güvenlik girişine gelen Amiral Ávila, geç kalmadığından emin olmak için saatine baktı.

Mükemmel.

Davetli listesinden sorumlu görevlilere kimliğini gösterdi. Listede ismini bulamadıklarında bir an için nabzı hızlandı. En nihayet ismini, son dakika eklendiği en alt satırda bulduklarında içeri girmesine izin verdiler.

Tıpkı Naip'in bana söz verdiği gibi. Bunu nasıl başardığına dair hiçbir fikri yoktu. O akşamki davetli listesinin çelik zırha sarıldığı söyleniyordu.

Metal dedektörüne doğru ilerleyip cep telefonunu çıkardı ve kutunun içine koydu. Ardından, ceketinin cebinden büyük bir dikkatle, alışılmadık derecede ağır bir tespih çıkartıp telefonunun üstüne bıraktı.

Kendi kendine, *nazikçe,* dedi. *Nazikçe.*

Metal dedektöründen geçmesini işaret eden güvenlik görevlisi, şahsi eşyalarının durduğu kutuyu diğer tarafa taşıdı.

"Que rosario tan bonito, (Ne güzel bir tespih,)" diyen görevli kalın, boncuklu zincir ve yuvarlatılmış bir haçtan oluşan metal tespihe hayranlıkla baktı.

Ávila, *"Gracias, (Teşekkürler,)"* diye karşılık verdi. *Kendim yaptım.*

Bir sorun çıkmadan Ávila metal dedektöründen geçti. Tarama yaptıkları yerin diğer ucunda cep telefonuyla tespihini alıp nazikçe yeniden cebine koydu, sonra da alışılmadık bir kulaklık verdikleri ikinci kontrol noktasına doğru ilerledi.

Kulaklıkla sesli tura ihtiyacım yok, diye düşündü. *İşim var.*

Müzedeki açık alandan karşı tarafa yürürken kulaklığını gizlice bir çöp kutusuna attı.

Naip ile irtibat kurup, sağ salim içeri girdiğini bildireceği gizli bir yer bulmaya çalışırken kalbi hızla atıyordu.

Tanrı, vatan ve kral için, diye düşündü. *Ama en çok Tanrı için.*

O sırada Dubai yakınlarında, ay ışığının aydınlattığı çölün derinliklerinde, yetmiş sekiz yaşındaki muhterem Ulema Seyyid el-Fadıl kumlarda sürünürken acıyla kıvrandı. Daha ileri gidemeyecekti.

El-Fadıl'ın cildi yanıp su toplamıştı, boğazı öylesine kurumuştu ki zor nefes alıyordu. Kum yüklü rüzgârlar saatler önce gözlerini kör etmişti ama yine de sürünmeye devam ediyordu. Bir an uzaktan gelen kum arabalarının vınlamalarını duyduğunu sandı ama uğuldayan, rüzgârın sesi olmalıydı. Allah'ın onu kurtaracağına dair inancını kaybetmişti. Akbabalar artık daire çizmiyor, yanında yürüyordu.

Önceki gece onu arabayla kaçıran uzun boylu İspanyol, ulemanın arabasını çölün içlerine sürerken neredeyse tek kelime etmemişti. Bir saatlik sürüşün ardından durmuş, el-Fadıl'a arabadan inmesini söylemiş ve onu karanlıkta aç susuz bırakmıştı.

El-Fadıl'ı kaçıran kişi, kimliğini belli etmemiş, yaptıklarını açıklayacak bir şey söylemişti. Yaşlı ulemanın gözüne ilişen ipucu sayılabilecek tek şey, adamın sağ avuç içindeki tuhaf işaretti ama el-Fadıl bu simgeyi tanımıyordu.

El-Fadıl saatlerce kumda yorgun argın yürümüş ve boş yere yardım istemişti. Ciddi derecede susuz kalmış olan din adamı, boğucu kumların üstüne yığılırken kalbinin durduğunu hissetti. Kendine saatlerdir sorduğu soruyu tekrarladı.

Ölmemi kim istemiş olabilir?

Aklına gelen tek mantıklı cevap korkutucuydu.

8. BÖLÜM

Robert Langdon gözlerini bir devden diğerine çevirip durdu. Uzun ve eskitilmiş çelik levhalardan yapılmış her bir parça, zarifçe bükülmüş ve tehlikeli şekilde ince kenarının üstüne dikilerek kendi dengesiyle desteksiz ayakta duran bir duvar haline gelmişti. Kavisli duvarlar yaklaşık dört buçuk metre boyundaydı ve dalgalı kurdele, açık daire, gevşek sarmal gibi farklı şekiller almıştı.

Winston, *"The Matter of Time (Zaman Meselesi),"* diyerek tekrar etti. "Sanatçısının ismi Richard Serra. Böylesine ağır bir malzemeyle desteksiz duvarlar kullanması dengesiz duruyormuş izlenimi veriyor. Ama aslında hepsi de oldukça sağlam. Gözünüzün önüne kalemin etrafına sarılmış bir kâğıt para getirin. Kalemi aradan çekip çıkarttığınızda sarmal hale gelmiş olan para kendi geometrisinin desteğiyle, kenarlarının üstünde yıkılmadan durabilir."

Langdon durup yanındaki muazzam daireye baktı. Oksitlenmiş metal, yanık bakır tonu almış ve organik, ham bir havaya bürünmüştü. Bu parça hem büyük bir güç hem de hassas bir denge hissi veriyordu.

"Profesör, ilk şeklin kapanmadığını fark ettiniz mi?"

Dairenin etrafında yürüyen Langdon, sanki bir çocuk daire çizmeye çalışmış da yapamamış gibi, duvarın iki ucunun kavuşmadığını gördü.

"Bu çarpık birleşim, ziyaretçiyi heykelin içini keşfetmeye davet eden bir geçit meydana getiriyor."

Hemen oradan uzaklaşan Langdon, *bu ziyaretçi klostrofobik olmadığı müddetçe,* diye düşündü.

Winston, "Benzer şekilde, önünüzde paralel ilerleyen üç adet bükümlü çelik şerit göreceksiniz. Bu şeritler otuz metreden uzun iki dalgalı tünel meydana getirecek kadar birbirlerine yakınlar. İsmi *The Snake (Yılan)* ve genç ziyaretçilerimiz içinde koşmaya bayılıyor. Aslına bakarsanız, karşılıklı uçlarda duran iki ziyaretçi sessizce fısıldadığında sanki yüz yüzeymiş gibi birbirini rahatlıkla duyabiliyor."

"Bunlar dikkate değer Winston, ama Edmond'ın neden bana bu galeriyi göstermeni istediğini lütfen açıklar mısın?" *Böyle şeylerden anlamadığımı bilir.*

Winston, "Benden size özellikle göstermemi istediği parçanın ismi *Torqued Spiral (Bükümlü Spiral)* ve biraz ileride sağ tarafta. Gördünüz mü?"

Langdon gözlerini kısarak ileri baktı. *Şu bir kilometre uzakta görünen şekil mi?* "Evet, gördüm."

"Harika. Haydi oraya gidelim."

Temkinle etrafa bakınan Langdon, Winston konuşmaya devam ederken ilerdeki spirale doğru yürümeye başladı.

"Edmond Kirsch'ün çalışmalarınızın, özellikle de farklı dini geleneklerin tarihteki karşılıklı etkileşimi ve bunların sanata yansımasıyla ilgili düşüncelerinizin ateşli bir hayranı olduğunu duydum profesör. Edmond'ın farklı sistemlerin büyüyüşünü inceleyen ve zamanla nasıl gelişeceklerini tahmin eden oyun teorisi ve öngörücü programlaması da buna benziyor."

"Evet, bu konuda çok iyi olduğu belli. Ne de olsa ona günümüzün Nostradamus'u diyorlar."

"Evet. Gerçi bana sorarsanız bu benzetme hakaret sayılır."

Langdon, "Neden böyle söylüyorsunuz?" diye sordu. "Nostradamus tüm zamanların en ünlü kâhinidir."

"Ters düşmek istemem profesör ama Nostradamus'un açık uçlu kelimeler içeren binlerce dörtlüğü, dört yüz yıl boyunca hiçbir anlam içermediği halde anlam çıkartmaya çalışan batıl inançlı insanların yaratıcı okumalarının kaymağını yedi... İkinci Dünya Savaşı'ndan tutun da Prenses Diana'nın ölümüne, hatta Dünya

Ticaret Merkezi'ne yapılan saldırıya kadar. Tam bir saçmalık. Buna karşılık, Edmond Kirsch çok kısa bir zaman dilimi içinde gerçekleşen; bulut programlama, sürücüsüz arabalar, sadece beş atomla çalışan işlemci çip gibi sınırlı sayıda belirgin öngörülerde bulundu. Bay Kirsch, Nostradamus değil."

Langdon, *yanıldığımı kabul ediyorum*, diye düşündü. Edmond Kirsch'ün birlikte çalıştığı kişilerin sadakatini pekiştirdiği söylenirdi. Görünüşe bakılırsa Winston onun ateşli müritlerinden biriydi.

Konuyu değiştiren Winston, "Peki söyler misiniz, verdiğim turdan memnun musunuz?" diye sordu.

"Çok memnunum. Bu uzaktan müze rehberliği teknolojisini mükemmelleştirdiği için Edmond'ı yürekten tebrik ediyorum."

"Evet, Edmond yıllardır bu sistemin hayalini kuruyordu; gizlilik içinde geliştirmek için hesap edilemeyecek kadar çok para ve zaman harcadı."

"Gerçekten mi? Bu teknoloji o kadar da karmaşıkmış gibi gelmiyor. İtiraf etmeliyim ki ilk başta şüpheliydim ama beni heveslendirdiniz. Hayli ilginç bir sohbet oldu."

"Çok naziksiniz. Gerçi umarım şimdi gerçeği itiraf ederek her şeyi mahvetmem. Maalesef size karşı pek de dürüst davranmadım."

"Anlamadım?"

"Öncelikle, ismim sadece Winston değil. Diğer ismim Yap."

Langdon kahkaha attı. "Yap isimli bir müze rehberi mi? Takma isim kullandığınıza şaşmamak lazım. Tanıştığımıza memnun oldum Yap."

"Bunun dışında, neden size yürüyerek eşlik etmediğimi sorduğunuzda Bay Kirsch'ün müzede fazla kalabalık istemediği cevabını vermiştim. Oysa bu eksik bir cevaptı. Yüz yüze değil de kulaklıktan konuşmamızın bir başka sebebi var." Duraksadı. "Doğrusunu isterseniz ben yürüyemiyorum."

"Ah... çok üzüldüm." Langdon, Yap'ın bir çağrı merkezinde tekerlekli sandalyede oturduğunu hayal etti ve durumunu açıklamak zorunda kaldığına üzüldü.

"Benim için üzülmenize gerek yok. Emin olun bana bacak yakışmazdı. Ben tam olarak hayal ettiğiniz gibi değilim."

Langdon'ın adımları yavaşladı. "Ne demek istiyorsunuz?"

"'Yap' aslında bir isim değil, bir kısaltma. Bay Kirsch 'sentetik' demeyi tercih etse de ismim, 'yapay' kelimesinin kısaltması." Ses bir süre sustu. "İşin aslı şu ki profesör, bu akşam bir sentetik rehberle etkileşim halindeydiniz. Bir tür bilgisayarla."

Langdon tedirgin biçimde etrafına bakındı. "Bu bir çeşit şaka mı?"

"Hayır değil profesör. Çok ciddiyim. Edmond Kirsch sentetik zekâ alanına on yılını verip yaklaşık bir milyar dolar harcadı. Bu akşam onun çabalarının meyvesini tecrübe eden ilk kişilerden biri sizsiniz. Tüm turunuz sentetik bir rehber tarafından verildi. Ben insan değilim."

Langdon duyduklarını bir süre kabul etmekte zorlandı. Adamın telaffuzu ve dilbilgisi mükemmeldi. Şu acayip kahkahası dışında profesörün karşılaştığı en zarif konuşmacılardan biriydi. Ayrıca geniş bir yelpazeye yayılmış ayrıntılı konular hakkında şakalaşmışlardı.

Gözleriyle duvarlarda gizli kamera arayan Langdon, *izleniyorum,* diye düşündü. Sanatsal biçimde sahnelenen bir saçmalık tiyatrosuna, tuhaf bir "deneysel sanat" eserine istemeden katıldığını hissediyordu. *Beni labirentteki fare yerine koydular.*

"Ben kendimi pek rahat hissetmiyorum," diyen Langdon'ın sesi boş galeride yankılandı.

Winston, "Özür dilerim," dedi. "Bu anlaşılır bir durum. Bu haberi özümsemenin size güç geleceğini tahmin ediyordum. Herhalde Edmond bu yüzden sizi diğerlerinden ayrı, gizli bir yere getirmemi istedi. Bu bilgi diğer davetlilere açıklanmıyor."

Başka birinin daha orada bulunup bulunmadığını görmek için Langdon'ın gözleri loş mekânı taradı.

Langdon'ın rahatsızlığından zerrece etkilenmemiş gibi konuşan ses, "Sizin de bildiğiniz gibi insan beyni, ikili sistemdir," dedi. "Sinaps'ler ateş alabilir de almayabilir de, bilgisayar düğmesi gibi açık veya kapalı konumdadırlar. Beyinde yüz trilyondan fazla düğme bulunur. Yani bir beyin inşa etmek teknoloji değil ölçek meselesidir."

Langdon, onu pek dinlemiyordu. Galerinin bittiği yeri gösteren bir "Çıkış" tabelasına dikkatini vermiş, yürüyordu.

"Profesör, sesimdeki insan niteliğinin makine ile üretildiğini kabul etmenin güç olduğunun farkındayım ama aslında konuşma, işin kolay kısmı. Doksan dokuz dolar değerindeki bir elektronik kitap okuyucusu bile insan konuşmasını taklit etmekte hayli başarılı. Edmond ise bu işe *milyarlar* harcadı."

Langdon yürümeyi bıraktı. "Eğer bir bilgisayarsan bana şunu söyle: 24 Ağustos 1974'te Dow Jones Sanayi Endeksi kaçtan kapattı?"

Ses o anda, "Cumartesi günüydü," diye yanıtladı. "Yani o gün borsa açılmadı."

Langdon hafiften ürperdiğini hissetti. Fotoğrafik hafızasının yan etkilerinden biri de tarihlerin zihnine sonsuza kadar kazınmasıydı. O cumartesi günü, en yakın arkadaşının doğum günüydü. Akşamüstü katıldığı havuz partisini hâlâ hatırlıyordu. *Helena Wooley mavi bir bikini giymişti.*

Ses ardından hemen, "Bir önceki gün olan 23 Ağustos Cuma günü Dow Jones Sanayi Endeksi 17.83 puan düşerek yüzde 2.53'lük bir kayıpla günü 686.80'den kapattı," diye ekledi.

Langdon bir anlığına konuşamadı.

Ses, "Akıllı telefonunuzdan tarihi kontrol etmek isterseniz memnuniyetle bekleyebilirim," dedi. "Yine de bu durumun gülünçlüğüne değinmeden edemem."

"Ama... ben..."

Şimdi hafif İngiliz aksanı her zamankinden daha acayip gelen ses, "Sentetik zekânın asıl becerisi verilere hızla ulaşmak değil," diye devam etti. "Aslında bu hayli basit bir iş. Asıl becerisi, verilerin birbirine nasıl bağlandığını ve dolaştığını anlamak. Bu konuda siz daha üstünsünüz, öyle değil mi? Fikirlerin birbiriyle olan ilişkisi. Bay Kirsch yeteneklerimi bu yüzden özellikle sizin üzerinizde denememi istedi."

Langdon, "Denemek mi?" diye sordu. "Bende mi?"

"Üstünüze alınmayın." O acayip kahkaha bir daha duyuldu. "Denenen benim. Sizi insan olduğuma ikna edip edemeyeceğimi deniyoruz."

"Turing testi."

"Kesinlikle."

Langdon'ın hatırladığı kadarıyla Turing testi, makinenin insandan ayırt edilemeyecek şekilde davranıp davranmadığını ölçmek maksadıyla, kod-kırıcı Alan Turing tarafından ortaya atılmıştı. Bir makine ile insan arasındaki konuşmayı dinleyen hakem, eğer hangi tarafın insan olduğuna karar veremiyorsa Turing testinden geçtiği kabul ediliyordu. Turing'in bu ölçütü 2014'te Londra'daki Royal Society'den geçmişti. O günden sonra da AI denilen yapay zekâ teknolojisi göz alıcı bir hızla gelişmişti.

Ses, "Şimdilik davetlilerimizden hiçbiri bir şeyden şüphelenmedi," diye konuşmaya devam etti. "Hepsi de harika vakit geçiriyor."

"Biraz durur musun? Bu akşam buradaki *herkes* bir bilgisayarla mı konuşuyor?"

"Teknik açıdan, herkes benimle konuşuyor. Kendimi kolaylıkla parçalara ayırabiliyorum. Şu anda atanmış sesimi dinliyorsunuz, bu Edmond'ın tercih ettiği ses. Diğerleri başka sesler veya lisanlar duyuyor. Amerikalı erkek bir akademisyen olduğunuzu gösteren profilinize uygun olarak sizin için İngiliz aksanımı seçtim. Mesela sözcükleri uzatarak konuşan Güneyli genç bir kadından daha fazla güven telkin edeceğini tahmin ettim."

Bu şey bana az önce şovenist mi dedi?

Langdon birkaç yıl önce internette dönüp duran bir kaydı hatırladı: *Time* dergisinin büro şefi Michael Scherer'i öylesine insanı andıran bir telepazarlama robotu aramıştı ki, Scherer telefon görüşmesini herkesin duyması için internete koymuştu.

Geçen zamanın farkına varan Langdon, *ama bu yıllar önceydi,* diye düşündü.

Çeşitli buluşlarıyla zaman zaman dergi kapaklarına çıkan Kirsch'ün yıllardır yapay zekâ ile uğraştığını biliyordu. Anlaşılan Winston, onun en gelişkin modeliydi.

Ses, "Tüm bunların hızlı geliştiğinin farkındayım," diye devam etti. "Ama Bay Kirsch şu an önünde durduğunuz bu spirali size göstermemi ve spiralin içine girip merkezine kadar ilerlemenizi istedi."

Kıvrımlı daracık koridora bakan Langdon kaslarının gerildiğini hissetti. *Edmond'ın aklına gelen eşek şakası bu mu?* "Bana orada ne olduğunu söyler misin? Dar yerlerin pek de meraklısı sayılmam."

"İlginç. Bu özelliğinizi bilmiyordum."

"İnternetteki biyografime klostrofobim olduğunu yazmıyorum." Bir makineyle konuştuğunu hâlâ içine sindirememiş olan Langdon kendini tuttu.

"Korkmanıza gerek yok. Spiralin merkezindeki yer yeterince geniştir. Bay Kirsch özellikle merkezini görmenizi rica etti. Yalnız içeri girmeden önce kulaklığınızı çıkartıp yere bırakmanızı istedi."

Önünde duran yapıya bakan Langdon tereddüt ediyordu. "Sen benimle gelmiyor musun?"

"Anlaşıldığı üzere gelmiyorum."

"Biliyor musun, tüm bunlar çok acayip ve ben aslında..."

"Profesör, Edmond için buralara kadar geldiğiniz düşünülecek olursa, şu eserin içine yürümenizi rica etmek diğerlerinin yanında önemini yitiriyor. Çocuklar bu davranışları her gün yapıp hayatta kalıyor."

Langdon daha önce hiç, bir bilgisayar tarafından azarlanmamıştı ama yaptığı bu son yorum, istediği etkiyi uyandırmıştı. Kulaklığını çıkartıp dikkatlice yere koydu ve yüzünü spiraldeki açıklığa döndü. Yüksek duvarlar, giderek görünürden kaybolan dar bir kanyon oluşturuyordu.

"Bir şey yok," derken kimseyle konuşmuyordu.

Derin bir nefes alıp açıklıktan içeri adımını attı.

Tahmin ettiğinden çok daha uzun olan yol, kıvrılıp bükülerek ilerliyordu. Bir süre sonra kaç defa döndüğünü unuttu. Saat yönündeki her dönüşte geçit daralıyor, Langdon'ın geniş omuzları duvarlara sürünüyordu. *Nefes al Robert.* Eğimli metal tabakalar her an içeri doğru çöküp onu tonlarca çeliğin altında ezecekmiş gibi hissettiriyordu.

Bunu neden yapıyorum?

Langdon tam geri dönüp gitmek üzereyken geçit aniden sona erdi ve onu geniş bir alana çıkardı. Kendisine söylendiği gibi burası beklediğinden daha genişti. Langdon hemen tünelden bu açıklığa çıktı ve çıplak zeminle yüksek metal duvarları incelerken derin derin nefes aldı. Absürd bir üniversiteli şakasının içinde olduğundan şüpheleniyordu.

Dışarıda bir yerde bir kapı tıkırdadıktan sonra yüksek duvarların arkasında dinç ayak sesleri yankılandı. Langdon'ın gördüğü kapıdan galeriye birisi girmişti. Spirale yaklaşan ayak sesleri her dönüşte daha yüksek sesler çıkartarak Langdon'ın etrafında yürümeye başladı. Birisi sarmaldan içeri girmişti.

Adımlar dönmeye devam edip kendisine yaklaşırken geri gidip yüzünü açıklığa döndü. Staccato tıklamalar gittikçe yükseldi ve sonunda aniden tünelden bir adam çıktı. Delici bakışları ve kıvırcık siyah saçları olan solgun tenli, kısa boylu, ince yapılı bir adamdı.

Adama uzunca bir süre ifadesizce bakan Langdon'ın yüzüne en sonunda geniş bir tebessüm yayıldı. "Yüce Edmond Kirsch daima havalı girişler yapar."

Kirsch dostane bir tavırla, "İlk izlenimi vermek için insanın tek bir şansı olur," dedi. "Seni özlemiştim Robert. Geldiğin için teşekkür ederim."

İki adam birbirine içtenlikle sarıldı. Langdon, arkadaşının sırtına hafifçe vururken Kirsch'ün daha da zayıfladığını fark etti.

"Kilo vermişsin."

Kirsch, "Vejetaryen oldum," diye yanıtladı. "Eliptik bisikletten daha kolay."

Langdon kahkaha attı. "Seni görmek ne güzel! Her zamanki gibi kendimi aşırı giyinmiş hissettirdin."

"Kim, ben mi?" Kirsch başını indirip siyah dar kot pantolonuna, beyaz V yaka tişörtüne ve yandan fermuarlı pilot ceketine baktı. "Bu terzi dikimi."

"Parmak arası terlik de terzi dikimi mi?"

"Parmak arası mı?! Bunlar Ferragamo Guineas."

"Herhalde üstümdekilerin hepsinden daha pahalıdır."

Edmond yanına gidip Langdon'ın klasik ceketinin markasına baktı. Sıcak bir şekilde gülümseyerek, "Aslına bakarsan bu iyi bir frak. Fiyatları yakındır," dedi.

"Söylemeden edemeyeceğim Edmond, sentetik dostun Winston... sinir bozucu."

Kirsch'ün gözleri parladı. "İnanılmaz, öyle değil mi? Bu yıl yapay zekâda neler başardığıma inanamayacaksın. Kuantum sıçrayışı yaptım. Makinelerin yepyeni yöntemlerle problem çözüp kendi işleyişlerini düzenleyecekleri birkaç patentli teknoloji geliştirdim. Winston henüz devam eden bir çalışma ama her gün gelişiyor."

Langdon, onun çocuksu bakan gözlerinin etrafına son birkaç yıl içinde derin çizgiler oturmuş olduğunu fark etti. Yorgun görünüyordu. "Edmond, beni neden buraya getirdiğini lütfen söyler misin?"

"Bilbao'ya mı yoksa Richard Serra spiraline mi?"

"Spiralle başlayalım mesela. Klostrofobik olduğumu biliyorsun."

Kirsch sırıttı. "Kesinlikle. Bu akşamın amacı insanları rahat ettikleri sınırların dışına itmek."

"Bu senin uzmanlık alanın."

Kirsch, "Ayrıca seninle konuşmam gerekiyordu," diye ekledi. "Gösteriden önce görünmek istemedim."

"Rock yıldızları konserden önce davetlilerin arasına karışmadığı için mi?"

Kirsch şaka yaparak, "Doğru!" dedi. "Rock yıldızları sahneye büyülü bir şekilde duman bulutları arasında çıkar."

Tepedeki ışıklar birden zayıfladı. Kirsch saatine baktı. Bakışlarını yeniden Langdon'a çevirdiğinde yüzünde ciddi bir ifade vardı.

"Robert fazla vaktimiz yok. Bu akşam benim için büyük bir fırsat. Aslına bakarsan tüm insanlık için önemli bir olay olacak."

Langdon'ın içini aniden bir merak dalgası sardı.

Edmond, "Bir süre önce bilimsel bir keşifte bulundum," dedi. "Çok farklı yerlere götürebilecek çığır açıcı bir buluş. Henüz kimse bilmiyor ama bu akşam, yani biraz sonra, canlı yayında bulduğum şeyi dünyaya duyuracağım."

Langdon, "Ne diyeceğimi bilmiyorum," diye karşılık verdi. "Kulağa ilginç geliyor."

Sesini alçaltan Edmond kendisinden beklenmedik biçimde gergin konuşuyordu. "Bu bilgiyi halka duyurmadan önce tavsiyene ihtiyacım var Robert." Kısa bir an sustu. "Hayatım buna bağlı olabilir."

9. BÖLÜM

Spiralin içindeki iki adamın arasında sessizlik hâkimdi.

Tavsiyene ihtiyacım var... Hayatım buna bağlı olabilir.

Edmond'ın son sözleri Langdon'ın kulaklarında yankılanıyordu. Dostunun gözlerindeki huzursuzluğu gördü. "Edmond? Neler oluyor? İyi misin?"

Yukarıdaki ışıklar daha da zayıflayıp yeniden parladıysa da Edmond aldırış etmedi.

Fısıldayarak, "Benim için fazlasıyla olağanüstü bir yıl oldu," diye başladı. "Çığır açıcı bir buluşa yol açan önemli bir projede tek başıma çalıştım."

"Kulağa harika geliyor."

Kirsch başını "evet" anlamında salladı. "Gerçekten de öyle. Bu akşam bunu tüm dünyayla paylaşacağım için hissettiğim heyecanı tarif edecek kelime yok. Esaslı bir paradigma değişikliğini tetikleyecek. Buluşumun Kopernik devrimi ölçütünde yankılara yol açacağını söylersem abartmış olmam."

Langdon bir an için ev sahibinin şaka yaptığını düşündü ama Edmond'ın ifadesi ciddiyetini koruyordu.

Kopernik mi? Edmond asla mütevazı biri olmamıştı ama artık bu iddia abesle iştigaldi. Nicola Kopernik, gezegenlerin Güneş'in etrafında döndüğünü söyleyen güneş merkezli modelin babasıydı. Tanrı'nın yarattığı evrenin merkezinde insanın yer aldığını söyleyen Kilise öğretisini 1500'lerde yerle bir eden bilimsel bir devrim başlatmıştı. Buluşu Kilise tarafından üç yüz yıl boyunca yasaklanmış olsa da yeterli hasarı vermiş, dünya asla eskisi gibi olmamıştı.

Edmond, "Şüphe duymanı anlıyorum," dedi. "Darwin desem daha mı iyi olurdu?"

Langdon gülümsedi. "Aynı şey."

"Tamam, o zaman sana şöyle sorayım: Tüm tarihimiz boyunca insanoğlunun sorduğu iki temel soru nedir?"

Langdon bunu biraz düşündü. "Şey, sorulardan biri şu olmalı: 'Her şey nasıl başladı? Nereden geliyoruz?'"

"Kesinlikle. Ve ikinci soru da bunun devamı. 'Nereden geliyoruz?' değil de..."

"Nereye gidiyoruz?"

"Evet! Bu iki gizem insanlık deneyiminin kalbinde yer alıyor. Nereden geliyoruz? Nereye gidiyoruz? *İnsanlığın başlangıcı ve kaderi.* Bunlar evrensel gizemler." Gözlerini kısan Edmond, Langdon'a beklentiyle baktı. "Robert, yaptığım buluş... her iki soruyu da açıkça cevaplıyor."

Langdon içinden Edmond'ın sözleriyle ve onların çağrışımlarıyla boğuştu. "Ne diyeceğimi... bilemiyorum."

"Bir şey söylemene gerek yok. Umarım bu akşamki sunumdan sonra derinlemesine tartışma fırsatı buluruz, ama şu anda seninle konunun daha karanlık yönünü konuşmam lazım: buluşumun yansımalarını."

"Sence yankı uyandıracak mı?"

"Hiç şüphesiz. Bu soruları cevaplayarak yüzlerce yıldır yerleşmiş ruhani öğretilerle zıt konuma düştüm. İnsanın yaratılışı ve kaderi geleneksel olarak dinin hâkimiyetindeki alanlardır. Başkasının işine burnumu sokuyorum; hiçbir din ilan edeceğim şeyden hoşlanmayacak."

Langdon, "İlginç," diye karşılık verdi. "Geçen yıl Boston'da, öğle yemeğinde beni sorguya çekmenin sebebi buydu demek."

"Öyleydi. Sana bir şeyin sözünü verdiğimi hatırlıyor musun? Yaşadığımız süre içinde, dini efsanelerin bilimsel buluşlarla yıkılacağını söylemiştim."

Langdon başını salladı. *Unutmak kolay değil.* Kirsch'ün cüretkâr iddiaları kelimesi kelimesine fotoğrafik hafızasına kazınmıştı. "Hatırlıyorum. Ben de dinin bin yıl boyunca bilimdeki gelişmelere dayandığını ve toplumda önemli bir amaca hizmet ettiğini; dinlerin değişim geçirse bile asla sona ermeyeceğini söylemiştim."

"Aynen. Sana bundan başka, hayatımın amacını bulduğumdan bahsetmiştim: dini efsaneleri silmek için bilimsel gerçeklerden faydalanacağımı."

"Evet, iddialı laflar."

"Söylediklerime karşı çıkmıştın Robert. Dine ters düşen veya öğretilerini hafife alan 'bilimsel gerçeklerle' karşılaştığımda, din ile bilimin aynı hikâyeyi iki farklı dilde anlattığını fark edebilmem ümidiyle bir din âlimine başvurmamı söylemiştin."

"Hatırlıyorum. Bilim insanlarıyla din adamları evrenin tıpatıp aynı gizemlerini tarif etmek için farklı kelimeler kullanırlar. Genellikle konuyla değil de, anlambilimle ilgili tartışmalar yaşanır."

Kirsch, "Ben de senin tavsiyene uydum," dedi. "Ve son buluşum hakkında dini liderlere başvurdum."

"Öyle mi?"

"Dünya Dinleri Parlamentosu'nu bilir misin?"

"Elbette." Langdon bu grubun dinler arası diyaloğu artırma çabalarına hayrandı.

Kirsch devam etti. "Şans eseri parlamento bu yılki toplantısını Barselona yakınlarında yaptı. Evime yaklaşık bir saat mesafedeki Montserrat Manastırı'nda."

Dağın tepesindeki ibadethaneyi yıllar önce gezmiş olan Langdon, *görkemli bir yer,* diye düşündü.

"Bu büyük bilimsel duyuruyu yapacağım hafta toplanacaklarını öğrenenince, ne bileyim, ben..."

"Tanrı'nın bir işareti olabileceğini mi düşündün?"

Kirsch kahkaha attı. "Onun gibi bir şey. Bu yüzden onları aradım."

Langdon etkilenmişti. "*Tüm* parlamentoya mı seslendin?"

"Hayır! Bu çok tehlikeli olurdu. Kendim duyurmadan önce bilginin dışarı sızmasını istemedim. Bu sebeple içlerinden sadece üçüyle; Hıristiyanlığın, İslamiyetin ve Yahudiliğin birer temsilcisiyle toplantı talep ettim. Dördümüz içeri kimsenin alınmadığı özel bir kütüphanede buluştuk."

Langdon hayretle, "Seni kütüphaneye almalarına şaşırdım," dedi. "Oranın kutsanmış bir yer olduğunu duymuştum."

"Onlara telefon, kamera veya misafir alınmayan gizli bir toplantı yerine ihtiyaç duyduğumu söylemiştim. Beni o kütüphaneye götürdüler. Bir şey anlatmadan önce gizlilik yemini etmelerini istedim. Kabul ettiler. Şu ana kadar buluşumu yeryüzünde benden başka sadece onlar biliyor."

"Etkileyici. Peki, anlattığında nasıl tepki verdiler?"

Kirsch utangaç bir tavır takındı. "Mükemmel bir şekilde anlatmamış olabilirim. Beni bilirsin Robert, tutkularım alev alınca diplomatik davranmayı pek beceremem."

Langdon kahkaha atarken, "Evet, biraz hassasiyet gösterme dersi alman gerektiğini okumuştum," dedi. *Tıpkı Steve Jobs ve diğer vizyonerler gibi.*

"İşte ben de herkesin bildiği doğama uygun bir biçimde, doğrudan gerçeği anlatarak konuşmaya başladım. Dini her zaman toplu bir yanılgı olarak gördüğümü, bir bilim insanı olarak milyarlarca zeki insanın, huzur bulup yol gösterecek bir dini inanca sarılmasını zor kabul ettiğimi anlattım. Hemen hiç saygı duymadığım insanlara neden danıştığımı sorduklarında, buluşuma verecekleri tepkiyi ölçmek için gittiğimi söyledim. Böylece insanlara duyurduğumda inançlı kimselerin bunu nasıl algılayacağını anlayabilecektim."

Langdon başını salladı. "Mantıklı bir davranış. Bazen en iyi diplomasi dürüstlüktür, öyle değil mi?"

Kirsch, onun sözünü keser gibi elini salladı. "Dinle ilgili görüşlerimi herkes biliyor. Şeffaflığı takdir ederler diye düşündüm. Her neyse, daha sonra onlara çalışmamı gösterdim; ne bulduğumu ve her şeyi nasıl değiştirdiğini detaylarıyla açıkladım. Hatta cep telefonumu çıkarttım ve hayli şaşırtıcı olduğunu itiraf etmem gereken bir video izlettim. Hepsinin nutku tutuldu."

"Bir şey söylemişlerdir," diyen Langdon, Kirsch'ün ne keşfettiğini artık daha çok merak ediyordu.

"Ben sohbet edeceğimizi sanıyordum ama Hıristiyan din adamı, diğer ikisini bir şey diyemeden susturdu. Bilgiyi halka duyurma konusunu yeniden düşünmemi tavsiye etti. Ben de önümüzdeki bir ay içinde bunu düşüneceğimi söyledim."

"Ama *bu akşam* açıklıyorsun."

"Evet. Paniklemesinler veya engellemeye kalkmasınlar diye onlara haftalar sonra duyuracağımı söyledim."

Langdon, "Peki, bu akşamki sunumu öğrendiklerinde ne olacak?" diye sordu.

"Pek hoşlarına gitmeyecek. Özellikle de içlerinden birinin." Kirsch gözlerini Langdon'a dikmişti. "Toplantıyı ayarlayan kişi Piskopos Antonio Valdespino'ydu. Onu tanıyor musun?"

Langdon endişelenmişti. "Madrid'deki mi?"

Kirsch başını salladı. "Ta kendisi."

Langdon, *Edmond'ın radikal ateizmini anlatacağı ideal dinleyici kitlesi olmadıkları kesin,* diye düşündü. Valdespino aşırı muhafazakâr görüşleri ve İspanya kralına yakınlığıyla tanınan, İspanyol Katolik Kilisesi'nin güçlü simalarından biriydi.

Kirsch, "Bu yıl parlamentoya ev sahipliği yaptı," dedi. "Bu yüzden ondan toplantıyı ayarlamasını istedim. Şahsen gelmeyi teklif etti, ben de Müslüman ve Yahudi temsilcileri de yanında getirmesini rica ettim."

Yukarıdaki ışıklar yine zayıflamıştı.

Derin bir iç çeken Kirsch, sesini iyice alçalttı. "Sunum yapmadan önce seninle konuşmayı istememin sebebi, tavsiyene ihtiyaç duymam. Sence Piskopos Valdespino tehlikeli biri mi, bilmem gerekiyor."

Langdon şaşırmıştı. "Tehlikeli mi? Hangi anlamda?"

"Ona gösterdiğim şey dünyasını tehdit ediyor. Ben de ondan gelecek fiziki bir tehdit altında mıyım bilmek istiyorum."

Langdon hemen başını iki yana salladı. "Hayır, imkânsız. Ona ne dediğini bilmiyorum ama Valdespino, İspanyol Katolik dünyasının sütunu gibidir, ayrıca kraliyet ailesiyle olan bağları onu son derece nüfuzlu biri haline getiriyor... ama yine de o bir rahip, katil değil. Siyasi gücünü kullanır. Senin aleyhine bir vaaz verebilir. Ancak onun tarafından sana herhangi bir fiziki tehlike geleceğine inanmam çok güç."

Kirsch ikna olmamış görünüyordu. "Montserrat'tan çıkarken bana nasıl baktığını görmeliydin."

Langdon, "O manastırın en kutsal kütüphanesinde bir piskoposa tüm inanç sisteminin bir yanılgıdan ibaret olduğunu söyledin!" diye çıkıştı. "Çayla pasta ikram etmesini mi bekliyordun?"

Edmond, "Hayır," dedi. "Ama toplantıdan sonra bana tehditkâr bir sesli mesaj bırakmasını da beklemiyordum."

"Piskopos Valdespino seni mi aramış?"

Kirsch elini deri ceketinin cebine soktu ve alışılmadık büyüklükte bir akıllı telefon çıkarttı. Langdon telefonun turkuvaz kılıfının, yenilikçi Katalan mimar Antoni Gaudi'nin tasarladığı altıgenlerle süslendiğini fark etti.

Birkaç düğmeye bastıktan sonra telefonu kaldıran Kirsch, "Dinle," dedi. Önce cızırdayan hoparlörden yaşlıca bir adamın sert ve çok ciddi sesi yükseldi:

"Bay Kirsch, ben Antonio Valdespino. Bildiğiniz üzere, bu sabahki toplantımız beni ve diğer iki meslektaşımı çok rahatsız etti. Konuyu biraz daha tartışabilmek ve bu bilgiyi halka duyurmanın tehlikeleri hakkında sizi uyarabilmek için beni hemen aramanızı istiyorum. Eğer aramazsanız meslektaşlarımla ben, buluşunuzla ilgili sizden önce duyuru yapmayı, farklı şekilde anlatmayı, buluşu itibarsızlaştırmayı ve dünyaya vereceğinizi hiç görmediğiniz anlaşılan zararı azaltmaya çalışmayı düşünüyoruz. Aramanızı bekliyorum. Kararımı sınamaya kalkmamanızı öneririm."

Mesaj burada sona eriyordu.

Langdon, Valdespino'nun asabi konuşması karşısında gerçekten de şaşırmıştı. Yine de bu sesli mesaj onu korkutmaktan ziyade, Edmond'ın yapacağı açıklamayı daha da merak etmesine sebep olmuştu. "Peki, sen nasıl cevap verdin?"

Telefonu yeniden cebine sokan Edmond, "Cevap vermedim," dedi. "Boş bir tehdit olduğunu düşündüm. Bu bilgiyi ilan etmeyi değil, onu gömmeyi isteyeceklerinden emindim. Ayrıca bu akşamki sunumun zamanlaması onları hazırlıksız yakalayacaktı, bu yüzden benden önce davranmaya kalkışmaları konusunda hiç endişe etmedim." Durup Langdon'a şöyle bir baktı. "Bilmiyorum... sesinin tonundan olsa gerek... aklımdan çıkmıyor."

"Bu akşam tehlikede olduğundan mı şüpheleniyorsun? Burada mı?"

"Hayır, hayır, davetli listesi çok sıkı kontrol edildi. Ayrıca bu binanın mükemmel bir güvenliği var. Duyuruyu yaptıktan sonra olacaklardan endişeleniyorum." Edmond aniden bunu söylediğine pişman olmuş gibi bir ifade takındı. "Saçma. Gösteri öncesi heyecan işte. Sadece önsezilerinin ne dediğini bilmek istemiştim."

Langdon giderek artan bir kaygıyla dostunu inceledi. Edmond her zamankinden daha solgun ve endişeli görünüyordu. "Önsezilerim bana, ne kadar kızdırırsan kızdır, Valdespino'nun seni asla tehlikeye atmayacağını söylüyor."

Işıklar bu sefer daha ısrarlı karardı.

"Peki, teşekkür ederim." Kirsch saatine baktı. "Gitmem lazım ama daha sonra buluşabilir miyiz? Bu buluşun seninle tartışmak istediğim bazı yönleri var."

"Elbette."

"Mükemmel. Sunumdan sonra ortalık karışacak, bu yüzden kargaşadan kaçıp konuşabileceğimiz özel bir yere ihtiyacımız olacak." Edmond bir kartvizit çıkartıp arkasına yazmaya başladı. "Sunumdan sonra bir taksi çevirip şoföre bu kartviziti ver. Buradaki bütün taksi şoförleri seni nereye getirmesi gerektiğini anlar." Kartviziti uzattı.

Langdon arka tarafta bir otelin veya restoranın adresini göreceğini sanmıştı, oysa parola gibi bir şeye bakıyordu.

BIO-EC346

"Anlamadım, bunu taksi şoförüne mi vereceğim?"

"Evet, o nereye gelmesi gerektiğini anlar. Oradaki güvenliğe seni beklediğimi söyleyeceğim ve ben de mümkün olduğunca erken gideceğim."

Güvenlik mi? Kaşlarını çatan Langdon, BIO-EC346'nın gizli bir bilim kulübü olabileceğinden şüphelendi.

"Fazlasıyla kolay bir kod dostum." Göz kırptı. "Herkesten evvel senin çözebilmen gerekir. Bu arada, hazırlıksız yakalanma diye söylüyorum, bu akşamki duyurumda senin de bir rolün olacak."

Langdon şaşırmıştı. "Nasıl bir rol?"

"Merak etme. Hiçbir şey yapman gerekmiyor."

Bunları söyledikten sonra Edmond Kirsch spiralin çıkışına doğru yöneldi. "Benim hemen sahne arkasına geçmem gerek ama Winston sana rehberlik eder." Kapının eşiğinde durup arkasını döndü. "Seninle etkinlikten sonra görüşürüz. Ve umarım Valdespino hakkında yanılmıyorsundur."

Langdon, "Edmond sakin ol. Sen sunumuna odaklan. O din adamlarından sana bir zarar gelmez," diye onu yatıştırmaya çalıştı.

Kirsch ikna olmuş görünmüyordu. "Anlatacaklarımı dinleyince daha farklı düşünebilirsin Robert."

10. BÖLÜM

Madrid'deki Roma Katolik Başpiskoposluk Bölgesi'nin kutsal merkezi olan Catedral de la Almudena, Kraliyet Sarayı'na hemen komşu konumda neoklasik bir katedraldir. Eski bir caminin yerine inşa edilmiş Almudena Katedrali, ismini "kale" anlamındaki Arapça el-mudayna kelimesinden alır.

Efsaneye göre VI. Alfonso, Madrid'i 1083'te Müslümanlardan geri alınca güvenle korunması için kalenin duvarlarına gömülmüş kıymetli bir Bakire Meryem ikonasını bulmanın peşine düşer. Gizlenmiş Meryem'in yerini bulamayan Alfonso kale duvarlarındaki bir bölüm patlayıncaya kadar dua eder. Yıkılan duvar, içinde saklı ikonayı yüzyıllar önce gömüldüğü mumlarla birlikte ortaya çıkarır.

Bugün Almudena Bakiresi, Madrid'in koruyucu azizesidir. Hacılar ve turistler resminin önünde dua edebilme ayrıcalığına ermek için Almudena Katedrali'ne akın eder. Kraliyet Sarayı'yla aynı meydanı paylaşan kilisenin stratejik konumu, gidenler için ayrı bir çekicilik içerir: saraya giren veya saraydan çıkan kralı bir anlığına görebilme imkânını.

O akşam katedralin iyice içlerinde, genç bir papaz yardımcısı koridorda panik halinde koşuyordu.

Piskopos Valdespino nerede?!

Ayin birazdan başlayacak!

Piskopos Antonio Valdespino on yıllardır bu katedralin papazı ve denetçisiydi. Kralın uzun zamandır dostu ve ruhani danışmanı olan Valdespino, yenileşmeye hemen hiç taviz vermeyen açık sözlü bir gelenekçiydi. Seksen üç yaşındaki piskopos,

Paskalya'dan önceki Kutsal Hafta'da hâlâ ayak bileklerine pranga takıyor, şehrin sokaklarında inananlarla beraber ikonaları taşıyordu.

Herkes bir yana, Valdespino asla ayine geç kalmaz.

Papaz yardımcısı yirmi dakika önce giyinme odasında piskoposun yanındaydı ve her zamanki gibi cüppesini giymesine yardım etmişti. Tam giyindiği sırada piskopos, telefonuna bir mesaj almış ve tek kelime etmeden aceleyle dışarı çıkmıştı.

Nereye gitti?

Mabedi, giyinme odasını, hatta piskoposun özel odasını aramış olan papaz yardımcısı, Valdespino'nun çalışma odasına bakmak için koridordan katedralin yönetim kısmına doğru koşuyordu.

Uzaktan borulu orgun sesini duydu.

İlahiler başlıyor!

Piskoposun çalışma odasının önüne gelince, kapalı kapının arkasından süzülen ışığı görüp şaşıran papaz yardımcısı aniden koşmayı kesti. *Burada mı?!*

Usulca kapıyı çaldı. "*¿Excelancia Reverendísima? (Pek muhterem ekselansları?)*"

Cevap alamadı.

Kapıyı biraz daha kuvvetli yumruklarken, "*¡¿Su Excelencia?! (Ekselansları?!)*" diye seslendi.

Hâlâ ses yoktu.

Piskoposun sağlığından endişe eden papaz yardımcısı, tutamağı döndürüp kapıyı iterek açtı.

Cielos! (Tanrı aşkına!) İçeri dikkatle bakan papaz yardımcısının soluğu kesildi.

Piskopos Valdespino maun masasında oturmuş, dizüstü bilgisayarın parlak ekranına bakıyordu. Piskoposluk tacı hâlâ başındaydı, papaz cüppesi altında toplanmıştı ve piskoposluk asası gelişigüzel duvara yaslanmıştı.

Papaz yardımcısı boğazını temizledi. "*La santa misa está– (Ayin birazdan–)*"

Piskopos gözlerini ekrandan ayırmadan, "*Me he ocupado, (Ben hallettim,)*" diyerek sözünü kesti. "*El padre Derida me sustituye. (Peder Derida benim yerime bakıyor.)*"

Papaz yardımcısı hayretle baktı. *Yerini Peder Derida mı alacak?* Cumartesi akşamı ayinini daha düşük mevkiden bir rahibin yürütmesi alışılmışın dışındaydı.

Valdespino başını kaldırmadan, *"Ahora vete! (Şimdi git!)"* diye çıkıştı. *"Y cierra la puerta. (Ve kapıyı kapat.)"*

Korkan delikanlı kendisine söyleneni yaparak derhal odadan çıktı ve kapıyı arkasından kapattı.

Hızla borulu org sesinin geldiği yere giden papaz yardımcısı, piskoposun bilgisayarında, onu Tanrı'ya karşı görevinden alıkoyacak kadar önemli neye baktığını merak etti.

O sırada Guggenheim'ın geniş salonundaki kalabalığın arasında ilerleyen Amiral Ávila, incecik kulaklıklarıyla konuşan davetlileri görünce şaşırdı. Müzedeki sesli turda çift taraflı sohbet edilebildiği anlaşılıyordu.

Cihazı attığına memnun oldu.

Bu akşam dikkatimi hiçbir şey dağıtmamalı.

Saatine baktıktan sonra gözlerini, üst kattaki asıl etkinlik için yukarı çıkan davetlilerle dolmuş asansörlere çevirdi. Ávila bu yüzden merdivenleri tercih etti. Yukarı çıkarken dün akşamki aynı kuşku dolu ürpertiyi hissetti. *İnsan öldürecek bir adama mı dönüştüm?* Karısıyla çocuğunu kendisinden koparan inançsız ruhlar onu değiştirmişti. Kendine, *eylemlerim daha yüksek bir yetkili tarafından onaylanıyor,* diye hatırlattı. *Yaptığım işin bir erdemi var.*

Ávila ilk sahanlığa geldiğinde bakışları, yakınındaki asma geçitte duran bir kadına ilişti. Meşhur güzele bakarken, *İspanya'nın en yeni ünlüsü,* diye düşündü.

Kadın siyah verev çizgisi zarifçe belinden geçen, beyaz, dar bir elbise giymişti. İnce vücudu, koyu renkli gür saçları ve zarif edasıyla kolaylıkla hayranlık uyandıran biriydi. Ávila gözlerini ona çeviren tek kişi olmadığını fark etti.

Diğer konukların beğeni dolu bakışlarından başka, beyazlı kadın kendisini yakından takip eden iki güvenlikçinin de tüm dikkatini üstüne çekiyordu. İhtiyatlı panterlerin özgüveniyle hareket eden adamlar, armasının üstüne GR harflerinin işlendiği aynı mavi ceketten giymişlerdi.

Burada bulunmalarına şaşırmasa da onları görmek amiralin nabzını hızlandırdı. İspanyol Silahlı Kuvvetleri'nin eski bir üyesi olarak GR harflerinin neyi temsil ettiğini çok iyi biliyordu. Bu iki güvenlik refakatçisinin, dünyadaki eğitimli ve silahlı korumalardan bir farkı yoktu.

Ávila içinden, *burada olduklarına göre, her türlü tedbiri almalıyım,* diye düşündü.

Tam arkasından bir erkek sesi, "Hey!" diye çağırdı.

Ávila arkasını döndü.

Smokin giyip siyah kovboy şapkası takmış olan göbekli bir adam ona gülümsüyordu. Askeri üniformasını göstererek, "Harika kostüm!" dedi. "İnsan böyle bir şeyi nereden bulur?"

İstem dışı yumruklarını sıkan Ávila, ona baktı. *Bir ömür boyu hizmet edip fedakârlıkta bulunarak,* diye düşündü. Omuzlarını silkerken, *"No hablo inglés, (İngilizce bilmiyorum,)"* diye karşılık verip merdivenlerden yukarı çıkmaya devam etti.

İkinci kata geldiğinde uzun bir koridorla karşılaştı ve koridorun sonundaki tuvalete giden tabelaları takip etti. Tüm müzedeki ışıklar kararıp yeniden aydınlandığı sırada içeri girmek üzereydi. Bu karartma, davetlileri sunumu izlemek üzere yukarı çıkmaya yönlendiren kibar bir davetti.

Boş tuvalete giren Ávila son kapıyı seçip kendini içeri kilitledi. Yalnız kaldığında, kendisini boşluğa atmak niyetiyle içinden çıkmaya çalışan şeytanları yeniden hissetti.

Beş yıl geçtiği halde hatıralar peşimi bırakmıyor.

Ávila öfkeyle, dehşetli düşünceleri zihninden uzaklaştırıp cebindeki tespihi çıkarttı. Kapının üstündeki ceket askısına nazikçe geçirdi. Boncuklar ve haç, karşısında huzurla sallanırken kendi el emeğine hayranlıkla baktı. Dindar kimseler böylesi bir nesne yaratan kişinin tespihi lekelediğini düşünüp dehşete kapılabilirdi. Buna rağmen, Naip vahim durumlarda bağışlanma kurallarının esnetilebileceğine onu temin etmişti.

Naip, *sebebi böylesine kutsal olduğunda Tanrı'nın affedeceği muhakkaktır,* diye vaatte bulunmuştu.

Ávila'nın hem ruhunun hem de bedeninin kötülüklerden korunacağının garantisi verilmişti. Bakışlarını avuç içindeki dövmeye indirdi.

İsa'nın crismón'u gibi bu sembol de sadece harflerden meydana geliyordu. Ávila tam olarak kendisine söylendiği gibi demir safrası mürekkebi ve iğneyle üç gün önce kazımıştı. Dövmeyi yaptığı yer hâlâ kızarık ve hassastı. Naip ona, yakalanacak olursa yapması gereken tek şeyin avuç içini açıp göstermek olduğunu, birkaç saat içinde serbest bırakılacağını söylemişti.

Naip, *hükümetin en üst seviyelerinde biz varız,* demişti.

Sahip oldukları hayret verici nüfuza zaten şahitlik etmiş olan Ávila, kendini bir koruma pelerininin altında hissediyordu. *Hâlâ eski usullere saygı duyan insanlar var.* Bir gün bu seçkinlerin arasına katılmayı umut ediyordu, ama şimdilik oynadığı herhangi bir rolle de onur duyacaktı.

Boş tuvalette telefonunu çıkartıp kendisine verilen güvenli numarayı aradı.

Telefon ilk çalışta açıldı. *"Sí?"*

Son talimatları bekleyen Ávila, *"Estoy en posición, (Ben hazırım,)"* diye karşılık verdi.

Naip, *"Bien, (İyi,)"* dedi. *"Tendrás una sola oportunidad. Aprovecharla será crucial. (Tek bir fırsatın olacak. Onu yakalaman çok önemli.)"*

11. BÖLÜM

Dubai'deki parıltılı gökdelenlerin, insan yapımı adaların, ünlülerin parti verdiği villaların yer aldığı sahil kesiminden otuz kilometre ötede, Birleşik Arap Emirlikleri'nin aşırı muhafazakâr İslam kültürünün başkenti Şarika şehri yer alır.

Altı yüzden fazla camisi ve bölgenin en iyi üniversiteleriyle Şarika, din ve eğitim hayatının tepesindeki yerini, büyük petrol kaynaklarına ve halkının eğitimini her şeyin üstünde tutan yöneticisine borçludur.

O gece Şarika'nın aziz uleması Seyyid el-Fadıl'ın ailesi ibadet etmek için özel olarak toplanmıştı. Geleneksel *teheccüd* namazı duasına katılmak yerine, bir gün önce hiç iz bırakmadan ortadan kaybolan baba, amca ve koca el-Fadıl'ın geri dönmesi için dua etmişlerdi.

Yerel bir gazete Seyyid'in meslektaşlarından birinin, her zaman kendine hâkim davranan ulemanın Dünya Dinleri Parlamentosu'ndan döndükten sonra "alışılmadık derecede heyecanlı" göründüğünü söylediğini yazmıştı. Bundan başka aynı kişi, Seyyid'in döndükten bir süre sonra telefonda tartıştığını duyduğunu da söylemişti. İngilizce tartıştığı için söylenenleri aktaramıyordu ama din adamı, Seyyid'in aynı ismi tekrarladığına yemin etmişti.

Edmond Kirsch.

12. BÖLÜM

Spiral yapıdan çıkarken Langdon'ın zihninde düşünceler dönüyordu. Kirsch ile yaptığı sohbet hem heyecan hem de dehşet vericiydi. İddiaları abartılı ya da değil, teknoloji dâhisi dünyada köklü değişikliklere sebep olacak bir keşifte bulunmuştu.

Kopernik'in buluşları kadar önemli bir keşif mi?

Sonunda sarmal heykelden dışarı çıktığında başı dönüyordu. Daha önce yere bıraktığı kulaklığı eline aldı.

Cihazı takarken, "Winston?" diye seslendi. "Alo?"

Zayıf bir tıkırtının ardından İngiliz aksanlı bilgisayar rehberin sesi duyuldu. "Merhaba profesör. Buradayım. Bay Kirsch benden sizi servis asansörüne götürmemi istedi, çünkü ana salona dönemeyecek kadar az zamanımız var. Ayrıca aşırı büyük asansörümüzü beğeneceğinizi tahmin etti."

"Çok düşünceli. Klostrofobik olduğumu biliyor."

"Artık ben de biliyorum. Ve unutmayacağım."

Winston, Langdon'ı yan kapıdan beton bir koridora, oradan da asansörün önüne götürdü. Devasa sanat eserlerini taşımak için tasarlandığı anlaşılan asansör kabini, söylendiği gibi muazzam büyüklükteydi.

Profesör içeri adımını atarken Winston, "En üstteki düğme," dedi. "Üçüncü kat."

Kata geldiklerinde Langdon dışarı çıktı.

Winston'ın neşeli sesi Langdon'ın kafasının içinde, "Tamamdır," diye yankılandı. "Sol taraftaki galeriden geçeceğiz. Konferans salonuna giden en kestirme yol bu."

Winston'ın yönergelerini dinleyen Langdon, bir dizi acayip sanat eserinin sergilendiği geniş bir galeriden geçti. Burada; beyaz bir duvara yapışkan, kırmızı küreler fırlattığı anlaşılan bir topatar, hiç yüzmeyeceği belli olan telden örülmüş bir kano ve cilalı metal bloklardan yapılmış minyatür bir şehir gibi eserler vardı.

Çıkışa doğru giderken Langdon kendini bu koskoca mekânda büyük yer işgal eden bir sanat eserine bakarken buldu.

Kesinlikle müzedeki en garip parçayı buldum, diye düşündü.

Tüm mekâna boylu boyunca yayılmış bir sürü ahşap kurt, galerinin karşı tarafına doğru koşarak havaya sıçrıyor ve şeffaf bir cama şiddetle çarparak, aşağısında ölü kurtlardan bir yığın oluşturuyordu.

Kendiliğinden konuşan Winston, "İsmi *Head On (Bodoslama),*" dedi. "Duvara doğru gözü kapalı koşan doksan dokuz kurt, geleneklerden sapmaya cesaret edemeyen sürü mantığını sembolize ediyor."

Sembolizmdeki alay Langdon'ı etkilemişti. *Sanırım Edmond bu akşam âdetlerden çarpıcı biçimde sapacak.*

Winston, "Şimdi eğer dümdüz devam ederseniz, şu elmas şeklindeki renkli parçanın sol tarafında çıkışı göreceksiniz. Sanatçısı, Edmond'ın en sevdiklerinden biridir," dedi.

İlerideki canlı renklerde yapılmış tabloyu fark eden Langdon eğri çizgileri, ana renkleri ve o şakacı gözü hemen tanıdı.

Ünlü Barselonalının, çocuk boyama kitabı ile sürrealist vitray camı arasında bir his veren canlı eserlerini hep sevmiş olan Langdon, *Joan Miró,* diye düşündü.

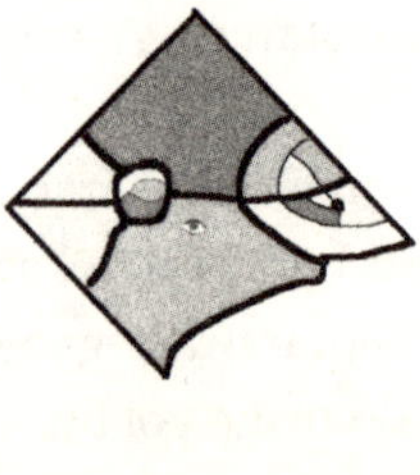

Fakat esere biraz daha yaklaşıp da hiç fırça darbesi bulunmayan yüzeyin pürüzsüz olduğunu görünce yerinde donakaldı. *"Reprodüksiyon mu?"* diye sordu.

Winston, "Hayır, bu orijinal," diye cevap verdi.

Langdon daha yakından baktı. Büyük çıktılar alınabilen bir bilgisayar yazıcısında bastırıldığı belliydi. "Winston bu bir *baskı*. Tuvale bile çizilmemiş."

Winston, "Ben tuvalde çalışmıyorum," diye yanıt verdi. "Ben sanatı sanalda yaratıyorum, Edmond da benim için basıyor."

Langdon hayret içinde kalmıştı. "Dur bir saniye. Bu *senin mi?"*

"Evet. Joan Miró'nun tarzını taklit etmeye çalıştım."

Langdon, "Belli oluyor," dedi. "Miró'nun *imzasını* bile atmışsın."

Winston karşı çıktı. "Hayır. Bir daha bakın. Ben Miro diye imzaladım; 'o' harfinin üzerinde aksan işareti yok. İspanyolca *miro* 'bakıyorum' anlamına geliyor."

Winston'ın çizdiği resmin merkezinden, bakan kişiye yönelmiş Miró tarzı gözü gören Langdon, *akıllıca,* diye düşündü.

"Edmond benden bir otoportre yapmamı isteyince ben de bunu yaptım."

Bu senin otoportren mi? Langdon yeniden düzensiz yerleştirilmiş eğri çizgilere baktı. *Çok garip görünüşlü bir bilgisayar olmalısın.*

Yakın zaman önce Edmond'ın bilgisayarlara algoritmik sanat öğretmek konusundaki heyecanıyla ilgili bir yazı okumuştu. Çok karmaşık bilgisayar programları ile sanat üretilecekti. Ama bu durum içinden çıkılmaz bir soruyu gündeme getiriyordu: Bilgisayarlar sanat üretmeye başladığında sanatçısı kim olacaktı? Bilgisayar mı yoksa programcısı mı? MIT'de kısa süre önce sergilenen çok başarılı algoritmik sanat eserleri, Harvard'daki "Bizi İnsan Yapan Sanat mı?" başlıklı insani bilimler dersini tuhaf bir biçimde değiştiriyordu.

Winston, "Müzik de besteliyorum," dedi. "Bir ara merak eder de sorarsanız Edmond size dinletir. Fakat şu anda acele etmeniz gerekiyor. Sunum birazdan başlayacak."

Galeriden çıkan Langdon, kendini ana salonun üstünden geçen yüksek bir yürüme yolunda buldu. Bu geniş alanın her iki tarafında da müze rehberleri, geriye kalan son davetlileri asansörden aceleyle çıkarıp Langdon'ın durduğu yerin ilerisindeki bir kapıya yönlendiriyordu.

Winston, "Bu akşamki programın birkaç dakika içinde başlaması planlandı," dedi. "Sunumun yapılacağı salonun girişini görüyor musunuz?"

"Görüyorum. Hemen ileride."

"Çok güzel. Son bir şey daha. İçeri girerken kulaklıkların bırakılması için yerleştirilmiş kutular göreceksiniz. Edmond, sizin kulaklığı bırakmamanızı, saklamanızı istedi. Bu sayede programdan sonra sizi müzenin arka kapısından çıkartacağım. Kalabalıktan kurtulur, daha rahat taksi bulursunuz."

Langdon, taksi şoförüne vermesini söyleyerek Edmond'ın kartvizite karaladığı tuhaf harf ve sayı dizisini gözünün önüne getirdi. "Winston, Edmond sadece 'BIO-EC346' yazdı. Bunun fazlasıyla kolay bir kod olduğunu söyledi."

Winston hemen, "Gerçeği söylemiş," dedi. "Profesör artık program başlamak üzere. Umarım Bay Kirsch'ün sunumundan keyif alırsınız. Sonrasında size yeniden yardım etmekten memnuniyet duyacağım."

Ani bir tıkırtı sesiyle Winston artık duyulmaz oldu.

Langdon giriş kapısına yaklaştı, kulaklığını çıkarttı ve ufak cihazı ceketinin cebine soktu. Sonra da kapılar arkasından kapanırken son birkaç davetliyle birlikte hızlı adımlarla içeri girdi.

Yine kendini beklenmedik bir mekânda bulmuştu.

Sunumu ayakta mı izleyeceğiz?

Edmond'ın duyurusunu dinlemek için rahatça oturacakları bir konferans salonunda toplanmış bir kalabalık hayal etmişti ama yüzlerce davetli kireç badanalı, tıklım tıkış bir galeride ayakta duruyordu. İçeride görünürde ne bir sanat eseri ne de oturma yeri vardı. Sadece karşı duvarın bulunduğu yerdeki podyumun yanında büyük bir LCD ekran vardı ve üzerinde şöyle yazıyordu:

Canlı yayın 2 dakika 07 saniye sonra başlayacak.

İçine bir merak yayıldığını hisseden Langdon'ın gözleri LCD ekrandaki ikinci satıra kaydı ve yazanları iki kere okumak zorunda kaldı:

Uzaktan katılımcı sayısı: 1 953 694

İki milyon kişi mi?

Kirsch, Langdon'a duyurusunun canlı yayınlayacağını söylemişti ama bu sayılar akıl almazdı ve her geçen saniye hızlanarak artıyordu.

Profesörün yüzünde bir gülümseme belirdi. Eski öğrencisi kendi adına iyi bir iş başarmıştı. Ama artık asıl soru şuydu: Acaba Edmond ne açıklayacaktı?

13. BÖLÜM

Dubai'nin doğusunda ay ışığının aydınlattığı bir çölde, bir Sand Viper 1100 kum taşıtı, sola kırıp aniden durunca parlak farlarının önüne doğru bir kum dalgası savurdu.

Direksiyondaki genç sürücü gözlüklerini çıkartıp ezmekten son anda kurtulduğu nesneye baktı. Şüpheyle araçtan çıkarak kumdaki karanlık biçime yaklaştı.

Bu şey neye benziyorsa oydu.

Kıpırtısız bir insan bedeni, farların ışığında kumun üstünde yüzükoyun yatıyordu.

Delikanlı, "Merhaba?" diye seslendi. "Merhaba?"

Cevap vermiyordu.

Delikanlı onun giyim tarzından bir erkek olduğunu anlıyordu; adam geleneksel takke takmış ve bol bir kandura giymişti. Kilolu ve tıknaz biriydi. Onun çölde nasıl bu kadar ilerleyebildiğini gösteren bir ipucu veya tekerlek izi olmadığı gibi, ayak izleri de çoktan uçup gitmişti.

Delikanlı yeniden, "Merhaba," dedi.

Bir şey olduğu yoktu.

Başka ne yapacağını bilemediğinden, ayağını uzatıp nazikçe adamın böğrünü dürtükledi. Tombul bir vücudu olmasına karşın, rüzgâr ve güneşin etkisiyle kurumuş olan eti sert ve sıkıydı.

Kesinlikle ölmüştü.

Delikanlı uzanıp adamı omzundan tuttu ve sırtüstü çevirdi. Cesedin cansız gözleri gökyüzüne bakıyordu. Yüzü ve sakalları kumla kaplanmıştı. Kir içinde olsa da sanki sevdiği bir amcası veya dedesiymiş gibi, nedense dostane, hatta tanıdık geliyordu.

Delikanlının kum safarisi yapan arkadaşları başına bir iş gelmediğinden emin olmak için geriye dönerken, yarım düzine atv ile kum taşıtının gürültüsü duyuldu. Taşıtlar kum tepeciğinin kenarına gelip aşağıya kaydı.

Herkes durup gözlüğüyle kaskını çıkarttı ve dehşet verici derecede kavrulmuş olan adamın etrafında toplandı. Cesedin ünlü Ulema Seyyid el-Fadıl olduğunu fark eden çocuklardan biri heyecanla konuşmaya başladı. Bu âlim ve dini lider, zaman zaman üniversiteye konuşma yapmaya geliyordu.

Yüksek sesle, *"Matha Alayna 'an naf'al? (Ne yapacağız?)"* diye sordu.

Cesede hiç konuşmadan bakan grup çember halinde duruyordu. Sonra, dünyadaki diğer gençlerin yapacağının aynını yaptılar. Telefonlarını çıkartıp arkadaşlarına göndermek için fotoğraf çekmeye başladılar.

14. BÖLÜM

Sahnenin etrafında kımıldanıp duran kalabalık davetli topluluğunun arasındaki Robert Langdon, LCD ekrandaki sayıların yükselişini şaşkınlıkla seyrediyordu.

Uzaktan katılımcı sayısı: 2 527 664

Sıkışık yerdeki fon sesi boğuk bir gürültü halini almıştı. Heyecanla bekleyen yüzlerce davetlinin uğultusuyla, son dakikada yapılan aramaların veya mekân bildiriminde bulundukları Twitter mesajlarının sesleri birbirine karışmıştı.

Sahneye çıkan bir teknisyen mikrofona hafifçe vurdu. "Hanımlar beyler, sizlerden cep telefonlarınızı kapatmanızı rica etmiştik. Şu andan itibaren etkinlik süresi boyunca tüm Wi-Fi ve cep telefonu erişimini engelliyoruz."

Halen telefonda konuşmakta olan davetlilerin bağlantısı birden kesildi. Çoğu, sanki dış dünyayla iletişimi sihirli bir şekilde kesen bir tür Kirsch teknolojisine şahit olmuşçasına şaşkınlıkla birbirine baktı.

Ders verdikleri salonları "sessiz alanlar" haline getirmek ve öğrencileri ders sırasında cihazlarından uzak tutmak için sinyal bozucu kullanan Harvard Üniversitesi öğretim üyelerinden biri olan Langdon, *elektronik cihazlar satan bir dükkânda beş yüz dolar harcamaya bakar,* diye düşündü.

O sırada bir kameraman omzunda, sahneye yöneltti̇ği dev bir kamerayla yerini alıyordu. İçerideki ışıklar karardı.

LCD ekranda şöyle yazıyordu:

Canlı yayın 38 saniye içinde başlayacak.
Uzaktan katılımcı sayısı: 2 857,914

Langdon katılımcı sayacını tekrar kontrol ettiğinde gördüğü rakamlar onu daha da şaşırttı. Milli borçtan daha hızlı tırmanıyor gibiydi. Yaklaşık üç milyon kişinin o sırada evde oturup müzede olacakları canlı yayında izleyeceğini hayal etmek zor geliyordu.

Teknisyen mikrofondan yumuşak bir sesle duyurdu. "Otuz saniye."

Sahnenin arkasındaki dar bir kapı açılınca kalabalık hemen sustu ve merakla Edmond Kirsch'ü beklemeye başladı.

Kapı yaklaşık on saniye boyunca açık kaldı.

Sonra zarif bir kadın belirip sahneye yöneldi. Bel kısmı siyah verev çizgili, beyaz, dar bir elbise giymiş çarpıcı derecede güzel bir kadındı. Uzun boyluydu ve dalgalı, koyu renk uzun saçları vardı. Hiç çaba harcamadan sahnede süzülüyor gibiydi. Sahnenin ortasına geçip mikrofonu ayarladı, derin bir nefes aldı ve saniyelerin sona ermesini beklerken davetlilere sakince gülümsedi.

Canlı yayın 10 saniye içinde başlayacak.

Genç kadın kendini toparlamak ister gibi gözlerini bir süreliğine kapattıktan sonra yeniden açıp hareketsiz bir portreye dönüştü.

Kameraman beş parmağını havaya kaldırdı.

Dört, üç, iki...

Genç kadın, bakışlarını kameraya çevirirken içerisi tamamen sessizleşti. LCD ekran canlı yayında kadının yüzünü gösteriyordu. Buğday tenli yanağına düşen bir tutam saçı geriye atarken hayat dolu koyu renk gözleriyle dinleyicilerin dikkatini üzerine çekti.

İspanyol aksanlı, kültürlü ve zarif bir sesle, "Herkese iyi akşamlar," diye başladı. "İsmim Ambra Vidal."

İçeride patlayan gürültülü alkış tufanından, pek çoğunun onu tanıdığı anlaşılıyordu.

Birisi, "*¡Felicidades! (Tebrikler!)*" diye bağırdı.

Kadının yüzü kızarınca Langdon bilmediği bir konu olduğunu anladı.

Genç kadın hemen devam etti. "Bayanlar ve baylar. Son beş yıldır Guggenheim Müzesi'nin müdürüyüm. Bugünse, gerçekten olağanüstü bir adamın takdim edeceği çok özel bir akşamda sizleri karşılamak için burada bulunuyorum."

Langdon onu hararetle alkışlayan kalabalığa eşlik etti.

"Edmond Kirsch bu müzenin cömert bir hamisi olmakla kalmadı, aynı zamanda güvenilir bir dostu haline geldi. Bu akşamki etkinliği ortaya koyabilmek için geçtiğimiz birkaç ay boyunca onunla böylesine yakın çalışmak benim için bir ayrıcalık ve onurdu. Az önce baktım, tüm dünyada sosyal medya çalkalanıyor. Şüphesiz pek çoğunuzun bileceği üzere, Edmond Kirsch bu akşam büyük bir bilimsel açıklama yapacak. Bu buluşunun, dünyaya sağladığı en büyük katkı olarak hatırlanacağına inanıyor."

Salonda heyecanlı mırıldanmalar yükseldi.

Genç kadın neşeyle gülümsedi. "Elbette Edmond'a ne bulduğunu söylemesi için yalvardım ama ipucu bile vermedi."

Kahkahaların ardından daha fazla alkış sesi duyuldu.

Ambra Vidal, "Bu akşamki özel etkinliğimiz Bay Kirsch'ün anadili olan İngilizce dilinde sunulacak," diye devam etti. "Ama elbette sanal ortamdan etkinliğe katılanlar için yirmiden fazla dilde gerçek zamanlı çeviri hizmeti de sunuyoruz."

LCD ekrandaki görüntü yenilenirken Ambra konuşmasını sürdürdü. "Eğer Edmond'ın özgüveninden şüphe duyan biri varsa, tüm dünyadaki sosyal medyaya on beş dakika önce yayılan otomatik basın bültenine bir bakması yeter."

Langdon gözlerini LCD ekrana çevirdi.

Bu akşam. Orta Avrupa Yaz Zaman Dilimi CEST ile
20.00'da Canlı Yayın
Fütürist Edmond Kirsch bir duyuru yapacak ve
bilimin çehresini sonsuza dek değiştirecek.

Langdon içinden, *demek birkaç dakika içinde üç milyon izleyici elde etmenin yolu bu,* diye geçirdi.

Dikkatini yeniden sahneye verdiğinde daha önce fark etmediği iki kişiyi gördü. Sırtını yan duvara vermiş, gözleriyle pür dikkat kalabalığı tarayan, beton suratlı iki güvenlik görevlisi vardı. Langdon ceketlerinin üstüne işlenmiş aynı harfleri görünce şaşırdı.

Guardia Real mi?! Kraliyet Muhafızlarının burada ne işi var?

Kraliyet ailesinden herhangi birinin davetliler arasında bulunmasına pek imkân yoktu. Koyu Katolik olan kraliyet ailesi, Edmond Kirsch gibi bir ateistle halkın karşısına çıkmaktan kaçınırdı.

Parlamenter bir hükümdar olan İspanya kralı, sınırlandırılmış bir kanun yapma yetkisini elinde bulunduruyordu. Bununla birlikte insanların kalbinde ve zihninde muazzam bir nüfuza sahipti. Milyonlarca İspanyol için kraliyet hâlâ *los reyes católicos*'u, yani zengin Katolik geleneğini ve İspanya'nın Altın Çağı'nı simgeliyordu. Madrid Kraliyet Sarayı hâlâ ruhani bir pusula görevi görüyor ve güçlü bir dini inanç tarihinin anıtı olarak ayakta duruyordu.

Langdon, İspanya'da şöyle dendiğini duymuştu: "Parlamento yönetebilir ama hüküm süren kraldır." Yüzyıllar boyunca İspanya'nın diplomatik ilişkilerine başkanlık eden İspanya kralları dindar, muhafazakâr Katoliklerdi. Kralın derin dini inançları ile muhafazakâr değerleri hakkında bir yazı okumuş olan Langdon, *şimdiki kral da diğerlerinden farklı değil,* diye düşündü.

Yaşlanan hükümdarın son birkaç aydır yatalak ve ölmek üzere olduğu, ülkedeyse tacın tek veliaht Julián'a geçeceği haberleri dolaşıyordu. Basına göre uzun süre babasının gölgesinde yaşamış Prens Julián'ın nasıl biri olduğu bilinmiyor ve nasıl bir hükümdar olacağı merak ediliyordu.

Yoksa Edmond'ın etkinliğine gözcülük etmesi için kraliyet muhafızlarını Prens Julián mı gönderdi?

Langdon, Edmond'a Piskopos Valdespino'nun bıraktığı tehditkâr sesli mesajı bir kez daha hatırladı. Kaygılanmasına rağmen içeride hoş, hararetli ve güvenli bir ortam vardı. Edmond ona akşam inanılmaz derecede sıkı bir güvenlik bulunduğunu söylemişti. Belki de İspanyol Guardia Real, her şeyin yolunda gitmesini sağlamak için fazladan bir emniyet katmanı olarak düşünülmüştü.

Ambra Vidal, "Edmond Kirsch'ün renkli kişiliğine aşina olanlar, bizi bu steril salonda fazla uzun tutmayı planlamayacağını bilir," diye devam etti.

Salonun karşı tarafında kapalı duran çift kanatlı kapıyı gösterdi.

"Edmond Kirsch dinamik multimedya sunumunu gerçekleştirmek için bu kapıların ardında bir 'deneyimsel alan' tertipledi. Bilgisayarlar tarafından otomatik olarak idare edilecek ve tüm dünyada canlı yayınlanacak." Altın kol saatine bakmak için biraz durdu. "Bu akşamki etkinliğin zamanı dikkatle planlandı. Edmond saat tam sekizi çeyrek geçe başlayabilmek için hepinizi içeri almamı istedi. On beş dakikamız var." Kapıyı işaret etti. "Hanımlar beyler, o halde lütfen içeri buyurun, Edmond Kirsch'ün bizlere ne hazırladığını görelim."

Bunun ardından kapılar geriye doğru açıldı.

Başka bir galeri görmeyi bekleyen Langdon, kalabalığın arkasından baktı ama gördükleri karşısında hayrete düştü. Kapıların ardında karanlık, derin bir tünel vardı.

Davetliler kalabalık halinde loş geçide doğru heyecanla ilerlerken Amiral Ávila geride kaldı. Tünele bakarken önünde uzanan mekânın karanlık olduğunu gördüğüne memnun oldu.

Karanlık, işini yapmasını kolaylaştıracaktı.

Cebindeki tespih boncuklarına dokunurken göreviyle ilgili kendisine verilen detayları içinden tekrarladı.

Zamanlama çok önemli.

15. BÖLÜM

Destekleyici kemerlerin arasına gerilmiş siyah kumaşla kaplı tünel altı metre genişliğindeydi ve hafifçe yukarı sola dönüyordu. Tünelin zeminine siyah pelüş halı döşenmişti ve içerideki tüm aydınlatma, kumaş duvarların dibinden ilerleyen iki ince şeritten ibaretti.

Rehberlerden biri içeri yeni girenlere, "Ayakkabılar lütfen," diye fısıldadı. "Herkes lütfen ayakkabılarını çıkarıp elinde taşısın."

Langdon rugan ayakkabılarını çıkarınca çorapları yumuşacık halıya gömüldü. Vücudunun o anda rahatladığını hissetti. Aynı hissi paylaşan insanların iç çekişleri duyuluyordu.

Geçitte ilerlerken en nihayet tünelin sonu göründü. Siyah bir perde bariyerin önünde bekleyen rehberler, arkasına geçmeden önce davetlilere kalın plaj havlusuna benzer bir şey veriyordu.

Daha önceki heyecanlı uğultular, tünelin içinde şüpheci bir sessizliğe dönüşmüştü. Perdenin önündeki rehber ona katlanmış bir kumaş uzattığında Langdon bunun plaj havlusu değil, ucuna yastık dikilmiş küçük bir pelüş battaniye olduğunu fark etti. Rehbere teşekkür edip perdenin arkasındaki mekâna geçti.

O akşam ikinci kez olduğu yerde kalakalmıştı. Perdenin arkasında ne göreceğini tam olarak tahmin edemese de böyle bir manzarayla karşılaşmayı hiç beklemiyordu.

Şimdi... dışarıda mıyız?

Profesör geniş bir alanın kenarında duruyordu. Başının üstündeki gökyüzünde yıldızlar ışıldıyor, uzaktaki akçaağacın arkasından ince bir hilal yükseliyordu. Çekirgeler ötüşürken yüzünü hafif bir meltem okşadı. Hareket halindeki hava, çoraplı ayaklarının altındaki yeni biçilmiş çimin kokusunu taşıyordu.

Koluna girip onu alana yönlendiren bir rehber, "Beyefendi?" dedi. "Lütfen çimlerin üstünde kendinize bir yer bulun. Battaniyenizi serip tadını çıkarın."

Langdon kendisi kadar şaşkın diğer davetliler gibi çimenlikte usulca yürüdü. Çoğu o anda, geniş çimenlikte battaniyelerini serecek yer seçiyordu. Yeni biçilmiş çim alan, bir hokey sahası büyüklüğündeydi ve etrafı esintiyle hışırdayan ağaçlar, çayır otları ve su kamışlarıyla çevriliydi.

Profesörün tüm bunların bir illüzyon, müthiş bir sanat çalışması olduğunu anlaması biraz zaman aldı.

Detaylardaki kusursuzluğa hayranlıkla bakarken, *ayrıntılı bir gökevinin içindeyim*, diye düşündü.

İçinde bulunduğu tüm bu çevre; yukarıdaki gökyüzü, hızla ilerleyen bulutlar, ilerdeki inişli çıkışlı tepeler ve Ay'la birlikte tastamam bir projeksiyondu. Hışırdayan ağaçlarla çimen gerçekten de vardı; bunlar ya fevkalade başarılı taklitler ya da gizlenmiş saksıların içindeki canlı bitkilerdi. Bitki örtüsünün belli belirsiz sınırları bu koca mekânın düz kenarlarını saklayarak doğal ortam havası veriyordu.

Profesör çömelip çimlere dokundu; yumuşak ve canlı gibi dursa da kupkuruydu. Profesyonel atletleri bile yanıltan yeni sentetik çimler hakkında bir şeyler okumuştu ama Kirsch bir adım daha öteye giderek, gerçek çayırlardaki küçük çukurları ve tümsekleriyle engebeli bir zemin hazırlamıştı.

Langdon duyularının kendisini ilk kez yanılttığı zamanı hatırladı. Çocukluğunda, sağır edici top savaşına tutuşmuş bir korsan gemisine binmişti. Çocuk zihni aslında bir limanda değil de gerçekte Disney Dünyası'nın Karayip Korsanları turu için suyla doldurulmuş bir yeraltı sahnesinde bulunduğunu anlayamazdı.

Akşamın etkisi akıl almaz derecede gerçekçiydi. Davetliler gördüklerini anlamlandırmaya çalışırken sergiledikleri hayret ve memnuniyet, Langdon'ın da hislerini yansıtıyordu. Sadece bu inanılmaz illüzyonu başardığı için değil, aynı zamanda yüzlerce yetişkini süslü ayakkabılarını çıkartmaya, çimlerin üstüne uzanmaya ve gökyüzüne bakmaya ikna ettiği için de Edmond'ı takdir ediyordu.

Çocukken de bunu yapardık ama büyürken bir yerlerde bıraktık.

Langdon uzanıp başını yastığa yerleştirdi ve vücudunu yumuşak çimlere bıraktı.

Yukarıdaki yıldızlar kırpıştığında bir anlığına yeniden delikanlılığına döndü. En yakın arkadaşıyla birlikte Bald Peak golf kursu sahasının çimenlerine uzanmış, hayatın gizemleri üzerine kafa yoruyorlardı. Langdon, *şansımız varsa Edmond artık bu gizemlerin bir kısmını bizim için çözer,* diye içinden geçirdi.

Sahnenin giriş tarafındaki Amiral Ávila içeriye bir kez daha göz gezdirip sessizce geriye doğru hareket etti ve içeri girdiği aynı perdeden fark edilmeden geçip çıktı. Giriş tünelinde tek başınaydı. Bir bağlantı yeri buluncaya kadar elini kumaş duvarın üstünde gezdirdi. Elinden geldiğince ses çıkartmadan cırt cırtlı bandı açtı, duvardan içeri girdi ve kumaşı arkasından yeniden kapattı.

Tüm yanılsamalar uçup gitmişti.

Ávila artık bir çayırda durmuyordu.

Oval biçimli bir baloncuğun geniş yer kapladığı, devasa dörtgen bir yerdeydi. Odanın içinde oda. Karşısındaki yapı; kabloları, ışıkları ve hoparlörleri destekleyen yüksek bir yapı iskelesiyle çevrelenmişti. İçeri doğru çevrilmiş çekim projektörlerinin titrek ışıkları hep birlikte kubbenin yarı saydam yüzeyinin üzerine düşüyor ve yıldızlı gökyüzü ile engebeli tepeler illüzyonunu oluşturuyordu.

Fütürist adam, akşamın ne kadar dramatik bir sonla biteceğini asla hayal edemezdi ama yine de Ávila, Kirsch'ün drama yaratmaktaki ustalığına hayran kalmıştı.

Neyin tehlikede olduğunu unutma. Onurlu bir savaşın askerisin. Bir bütünün parçasısın.

Amiral, bu görevi zihninin içinde defalarca tekrarlamıştı. Elini cebine sokup aşırı büyük boncuklu tespihini çıkardı. O sırada kubbenin içindeki hoparlörlerden bir ses Tanrı gibi gürledi.

"İyi akşamlar dostlarım. İsmim Edmond Kirsch."

16. BÖLÜM

Budapeşte'deki Haham Köves çalışma yeri olan *házikő*'sunun loş ışığında bir aşağı bir yukarı yürüyordu. Televizyon kumandasını eline alıp Piskopos Valdespino'dan haber beklerken endişeyle kanalları gezindi.

Pek çok televizyon kanalı son on dakika boyunca Guggenheim'dan gelen canlı haberleri vermek için normal yayın akışını kesmişti. Yorumcular Kirsch'ün başarılarından bahsediyor, yapacağı gizemli duyuru hakkında varsayımlarda bulunuyordu. Köves giderek büyüyen ilgi karşısında olduğu yerde büzüldü.

Ben duyurunun ne olduğunu biliyorum.

Edmond Kirsch üç gün önce Montserrat Dağı'nda Köves, el-Fadıl ve Valdespino için kaba bir özetini sunmuştu. Şimdi tüm dünyanın aynı sunumu izleyeceğini tahmin ediyordu.

Üzüntüyle, *bu akşam her şey değişecek,* diye düşündü.

Yeniden çalan telefon yüzünden sıçrayan Köves, derin düşüncelerinden sıyrıldı. Ahizeyi eline aldı.

Valdespino girizgâha gerek duymadan konuşmaya başladı. "Yehuda, maalesef başka kötü haberlerim de var." Keder yüklü bir sesle Birleşik Arap Emirlikleri'nden gelen tuhaf haberi aktardı.

Köves dehşet içinde elini ağzına götürdü. "Ulema el-Fadıl... *intihar* mı etmiş?"

"Yetkililer de bu konuda tereddütte. Kısa bir süre önce çölün içlerinde bulunmuş... adeta sırf ölmek için oraya gitmiş gibi." Valdespino duraksadı. "Söyleyebileceğim tek şey, herhalde son günlerde yükün ona fazla ağır geldiği."

Köves bir kalp sızısıyla akıl karmaşası içinde bahsedilen ihtimali düşündü. O da Kirsch'ün buluşunun sıkıntısıyla mücadele ediyordu ama yine de Ulema el-Fadıl'ın ümitsizlikten kendini öldürmesi pek olası değildi.

Köves, "Bunda bir terslik var," dedi. "Böyle bir işe kalkışacağına inanmıyorum."

Valdespino uzunca bir süre konuşmadı. Sonunda, "Böyle söylediğinize memnun oldum," diyerek hahamı onayladı. "İtiraf etmeliyim ki, intihar ettiğini kabul etmek bana da çok güç geliyor."

"O halde... kim yapmış olabilir?"

Piskopos hemen, "Kirsch'ün buluşunun sır olarak kalmasını isteyecek biri," diye yanıt verdi. "Tıpkı bizim gibi, haftalar sonra duyuru yapacağını zanneden biri."

Köves, "Ama Kirsch bizden başka kimsenin buluşundan haberdar olmadığını söylemişti!" diyerek karşı çıktı. "Sadece siz, Ulema el-Fadıl ve ben biliyorduk."

"Tahminim o ki, Kirsch bu konuda da yalan söylemiş. Ama sadece üçümüze anlattıysa bile, dostumuz Seyyid el-Fadıl'ın bunu duyurmak gibi ümitsiz bir çareye başvurmak istediğini unutmayalım. Ulema, Kirsch'ün buluşunu emirlikteki bir meslektaşıyla paylaşmış olabilir. Ve belki de o meslektaşı tıpkı benim gibi Kirsch'ün buluşunun tehlikeli yankılara yol açacağına inanmıştır."

Haham öfkeyle, "Bu neyi gösterir?" diye sordu. "El-Fadıl'ın bir meslektaşı sesini kesmek için mi onu öldürdü yani? Bu çok saçma!"

Piskopos sakin bir sesle, "Sayın haham," dedi. "Neler olduğunu kesinlikle bilmiyorum. Ben de tıpkı sizin gibi cevaplar üzerinde düşünüyorum."

Köves uzun bir nefes verdi. "Üzgünüm. Hâlâ Seyyid'in ölüm haberini hazmetmeye çalışıyorum."

"Ben de öyle. Eğer Seyyid bildikleri yüzünden öldürüldüyse bizim de dikkatli davranmamız gerekir. Biz de hedef alınmış olabiliriz."

Köves bunu düşündü. "Haber duyurulduktan sonra konuyla ilgimiz kalmayacak."

"Doğru ama henüz duyurulmadı."

"Sayın piskopos, duyuruya dakikalar kaldı. Her kanalda bu haber var."

"Evet..." Valdespino bitkin bir halde içini çekti. "Anlaşılan, dualarıma yanıt gelmediğini kabul etmek zorundayım."

Köves, piskoposun sahiden de müdahale edip Kirsch'ün fikrini değiştirmesi için Tanrı'ya dua edip etmediğini merak etti.

Valdespino, "Bu keşif halka duyurulduğunda bile güvende olacağımızı düşünmüyorum," dedi. "Kirsch üç gün önce dini liderlere danıştığını tüm dünyaya büyük bir keyifle söyler diye tahmin ediyorum. Şimdi düşünüyorum da, acaba gerçekten de etik anlamda şeffaf davranmak adına mı görüşmeyi istemişti? Eğer bizden isimlerimizle bahsederse siz de ben de halkın yoğun eleştirisine tâbi tutuluruz, hatta belki kendi cemaatimiz bile tedbir almamız gerektiğine inanıp bizi kınar. Üzgünüm, ben sadece..." Piskopos sanki daha fazlasını söylemek istiyormuş gibi tereddüt etti.

Köves, "Nedir?" diye üsteledi.

"Daha sonra konuşuruz. Kirsch'ün sunumunu nasıl yapacağını izledikten sonra sizi ararım. O zamana kadar dışarı çıkmayın. Kapıları kilitleyin. Kimseyle konuşmayın. Ve kendinize dikkat edin."

"Beni endişelendiriyorsunuz Antonio."

Valdespino, "Kasten yapmıyorum," dedi. "Tüm yapabileceğimiz bekleyip dünyanın nasıl tepki vereceğini görmek. Artık bu iş Tanrı'ya kaldı."

17. BÖLÜM

Edmond Kirsch'ün ortamda yankılanan sesi duyulduktan sonra Guggenheim Müzesi'ndeki esintili çayıra bir sessizlik çöktü. Yüzlerce davetli battaniyelerin üzerine uzanmış, yıldızlı gökyüzünü seyrediyordu. Alanın ortasında yatan Robert Langdon'ın merakı giderek artıyordu.

Kirsch'ün sesi, "Bu akşam çocukluğumuza dönelim," dedi. "Zihinlerimiz tüm ihtimallere açık bir şekilde, yıldızların altında yatalım."

Langdon kalabalıktaki heyecanın yükseldiğini hissedebiliyordu.

Kirsch, "Bu akşam kendimizi ilk kâşiflerin yerine koyalım," dedi. "Her şeyi geride bırakıp engin okyanuslara açılanların yerine... daha önce hiç görülmemiş bir karayı ilk görenlerin yerine... dünyanın, havsalalarının alabildiğinden çok daha büyük olduğunu fark edip de huşu içinde dizlerinin üstüne çökenlerin yerine. Onların dünya hakkındaki çok eskilere dayanan inançları, yeni buluşumuz karşısında paramparça oluyor. Bu akşam bu şekilde düşüneceğiz."

Etkileyici, diye düşünen Langdon, Edmond'ın daha önce kaydedilmiş bir konuşmayı mı dinlettiğini yoksa sahne arkasından bir metni mi okuduğunu merak etti.

Edmond'ın yukarıdan gelen sesi, "Dostlarım," diye yankılandı. "Bu akşam buraya önemli bir buluşu öğrenmek için toplandık. Sahneyi hazırlamak için anlayışınıza sığınıyorum. Tüm felsefi değişikliklerde olduğu gibi, buna benzer anların geliştiği tarihi bağlamları anlamamız çok önemli."

Hemen ardından, uzaklardan bir gök gürültüsü duyuldu. Langdon hoparlörlerden gelen derin bas sesin içinde gümlediğini hissetti.

Edmond, "İntibak etmemizi kolaylaştıracak ünlü bir akademisyen aramızda bulunduğu için çok şanslıyız," diye devam etti. "Kendisi semboller, kodlar, tarih, din ve sanat âleminde bir efsane. Ayrıca sevdiğim bir dostum. Hanımlar beyler, karşınızda Harvard Üniversitesi Öğretim Üyesi Robert Langdon."

Kalabalık coşkuyla alkışlarken Langdon hızla dirseklerinin üstünde doğruldu. Yukarıdaki yıldızlı gökyüzü gitti ve yerine insanlarla dolu bir konferans salonunun geniş açılı görüntüsü geldi. Sahnedeki Langdon, hevesli bir seyirci kitlesinin karşısında Harris tüvit ceketiyle bir aşağı bir yukarı yürüyordu.

Kaygıyla yeniden çimlerin üstüne uzanırken, *demek Edmond'ın bahsettiği rol buydu,* diye düşündü.

Ekrandaki Langdon, "İlk insanların evrenle, özellikle de akıl erdiremedikleri olaylarla bir merak ilişkisi vardı," diye anlatıyordu. "Bu gizemleri çözmek için geniş bir tanrılar ve tanrıçalar sınıfı kurdular. Bu sayede şimşek, gelgit, deprem, volkan, kuraklık, salgın hastalıklar ve hatta sevgi gibi kendi anlayışlarının ötesinde yer alan her şeyi açıklayacaklardı."

Sırtüstü yatmış, kendini seyretmekte olan Langdon, *bu gerçeküstü,* diye düşündü.

"Eski Yunanlar denizdeki gelgiti Poseidon'un değişen ruh hallerine bağlamıştı." Tavanda Langdon'ın görüntüsü kayboldu ama sesi anlatmaya devam ediyordu.

Kıyıya vuran dalgaların görüntüsü belirirken bulundukları yer sallandı. Langdon dalgaların karlarla kaplı ıssız bir bozkıra dönüşmesini izledi. Çayırda bir yerlerden gelen soğuk bir rüzgâr esti.

Langdon'ın fondaki sesi, "Mevsimin kışa dönmesinin sebebi, Persephone'nin yeraltı dünyasına kaçırılması yüzünden gezegenin kederlenmesiydi," dedi.

İçerideki hava yeniden ısınırken donmuş manzaranın içinden bir dağ belirerek gittikçe yükseldi ve tepesinden dumanlar eşliğinde lavlar püskürtmeye başladı.

Langdon, "Romalılar volkanların, tanrıların nalbandı Vulcan'ın evi olduğuna inanırdı," diye anlatısına devam etti. "Dağın altındaki dev bir demirhanede çalışır, bacadan alevlerin fışkırmasına sebep olurdu."

Hafif bir kükürt kokusu alan Langdon, Edmond'ın anlattıklarını çok duyulu bir deneyime böylesine zekice dönüştürmesine hayret etti.

Volkanın gürültüsü aniden kesildi. Sessizlikte çekirgeler yeniden ötüşmeye başladı ve çayırda sıcak bir meltem esti.

Langdon'ın sesi, "Antik insanlar sadece gezegenin değil, aynı zamanda kendi bedenlerinin de gizemlerini açıklamak amacıyla sayısız tanrı icat etmişti," diye açıklıyordu.

Yukarıda, yanıp sönen takımyıldızlar belirdi; temsil ettikleri tanrılar birleştirilmiş çizgilerle gösterilmişti.

"Tanrıça Hera'nın gözünden düşmek kısırlığa sebep oluyordu. Aşkın sebebi, Amor'a hedef olmaktı. Salgınlar Apollon'un gazabıydı."

Şimdi yeni tanrı görüntüleriyle birlikte yeni takımyıldızlar belirmişti.

Langdon'ın sesi, "Eğer kitaplarımı okuduysanız 'boşlukların tanrıları' deyimini kullandığımı görmüşsünüzdür," diye devam etti. "Antik insanlar çevrelerinde anlayamadıkları boşluklar oluştuğunda bunları tanrılarıyla kapatırlardı."

Gökyüzü şimdi düzinelerce antik ilahı gösteren resim ve heykelle dolmuştu.

Langdon, "Bu sayısız boşluğu sayısız tanrı dolduruyordu," dedi. "Bununla birlikte geçen yüzyıllar içinde bilimsel bilgi arttı." Gökyüzüne matematikte ve teknikte kullanılan semboller doluştu. "Doğal dünyayı anlayışımızdaki boşluklar kapandıkça tanrılarımız da azalmaya başladı."

Tavanda Poseidon resmi ön plana çıktı.

"Mesela gelgitlere Ay döngülerinin sebep olduğunu öğrendiğimizde artık Poseidon'a ihtiyacımız kalmamıştı. Biz de cahiliyet devrinin saçma bir efsanesi olarak onu rafa kaldırdık."

Poseidon görüntüsü bir duman bulutu içinde yok oldu.

"Bildiğiniz gibi tüm tanrılar aynı akıbete uğradı. Gelişen zekâmızla bağlantısını kaybedenler birer birer öldü."

Gök gürültüsü tanrısı, deprem tanrısı, salgın hastalık tanrısı gibi tanrı resimleri tavanda teker teker sönmeye başladı.

Resimlerin sayısı azalırken Langdon, "Ama yanılgıya düşmeyin," diye ekledi. "Bu tanrılar öyle kolay yok olmadı. Bir kültürün ilahlarını terk etmesi karmaşık bir süreçtir. Dini inanışlar daha küçük yaşta en sevdiğimiz ve en güvendiğimiz insanlar; ebeveynlerimiz, öğretmenlerimiz, dini liderlerimiz tarafından ruhumuza işlenir. Bu sebeple nesiller süren dini değişiklikler, genellikle kan dökülmesine ve büyük acılara sebep olur."

Şimdi tanrıların birer birer sönüp yok olan resimlerine çarpışan kılıç sesleriyle bağrışmalar eşlik ediyordu. Sonunda tek bir tanrının resmi kaldı; uzun beyaz sakalıyla simge haline gelmiş yaşlı bir yüz.

Langdon güçlü bir sesle, "Zeus," dedi. "Tanrıların tanrısı. Pagan ilahları arasında en korkulanı ve en saygı duyulanı. Zeus, yok oluşuna tanrıların hepsinden daha çok direnç gösterdi. Tıpkı yerine geçtiği eski tanrılar gibi, ışığının söndürülmesine hiddetlenip yok edilişine karşı vahşi bir savaş başlattı."

Tavanda Stonehenge'in, çiviyazısı Sümer tabletlerinin ve Mısır'daki Büyük Piramitler'in görüntüleri belirdi. Ardından Zeus'un büstü yeniden göründü.

"Zeus'un müritleri tanrılarını bırakmamak için öylesine direndiler ki Hıristiyanlığın, Tanrı'nın yeni yüzüne onunkini uyarlamaktan başka çaresi kalmadı."

Tavandaki sakallı Zeus, kendisine çok benzeyen sakallı başka bir yüzün freskine; Michelangelo'nun Sistine Şapeli tavanına yaptığı *Adem'in Yaratılışı* panosundaki Hıristiyan Tanrısı'nın yüzüne dönüşmüştü.

"Günümüzde artık keçi tarafından yetiştirilip, tek gözlü Cyclopes gibi canavarlar tarafından güç verilen Zeus'unkilere benzer efsanelere inanmıyoruz. Modern düşünce sayesinde bu masallar artık bizim için mitoloji sınıfına giriyor. Batıl inançlı geçmişimize eğlenceli bir bakış atmamızı sağlayan hayali hikâyeler olduklarını biliyoruz."

Tavanda artık doğaya tapınma, Baal, Inanna, Osiris ve sayısız eski teoloji kitabının yanında, antik mitolojiyle ilgili, canlılığını yitirmiş deri ciltli kitapların durduğu tozlu bir kütüphane rafının resmi görünüyordu.

Langdon'ın derinden gelen sesi, "Artık işler değişti," dedi. "Bizler modern insanlarız. Zekâsı gelişmiş ve teknolojik açıdan yetenekli insanlar. Volkanların altında çalışan dev nalbantlara veya gelgitlerle mevsimleri denetleyen tanrılara inanmıyoruz. Eski atalarımıza hiç benzemiyoruz."

Banttan yayına ağız uyduran Langdon sessizce, "Yoksa benziyor muyuz?" diye fısıldadı.

Langdon'ın tepeden gelen sesi, "Yoksa benziyor muyuz?" diye yankılandı. "Kendimize modern, akılcı bireyler diyoruz ama türümüzün en yaygın dini, türlü mucizevi iddialar içeriyor: Ölüler açıklanamaz biçimde diriliyor, bakireler mucizevi biçimde doğuruyor, intikamcı tanrılar salgın hastalıklar ve seller yolluyor, ölümden sonraki hayatın bulutlarla dolu cennette veya ateşli cehennemlerde geçeceği vaatleri yer alıyor."

Langdon konuşurken tavanda *Diriliş, Bakire Meryem, Nuh'un Gemisi, Kızıl Deniz'in Yarılması,* cennet ve cehennem gibi Hıristiyanlıkla ilgili bildik resimler belirip kayboldu.

Langdon, "Öyleyse bir anlığına gelecekteki tarihçilerle antropologların nasıl tepki vereceğini hayal etmeye çalışalım," dedi. "Geçmişe bakıp değerlendirirken, dini inançlarımızı cahiliyet devrine ait mitoloji sınıfına sokacaklar mı? Bizim tanrılarımıza da bizim Zeus'a baktığımız gibi mi bakacaklar? Kutsal metinlerimizi toplayıp tarihin tozlu raflarına mı kaldıracaklar?"

Bu soru bir süre havada asılı kaldı.

Sonra Edmond Kirsch'ün sesi aniden sessizliği bozdu.

Fütürist dâhi, yüksek perdeden, "EVET, profesör," dedi. "Bunların hepsinin yaşanacağına inanıyorum. Gelecek nesiller, bizim gibi teknolojik açıdan gelişmiş türlerin nasıl olup da modern din öğretilerine inandığını sorgulayacaklar."

Tavanda Adem ile Havva'ya, çarşaf giymiş bir kadına, ateş üstünde yürüyen Hindu'ya ait yeni görüntüler belirirken Kirsch'ün sesi daha da yükseldi.

"Gelecek nesillerin şimdiki geleneklerimize bakıp bir cahiliyet devrinde yaşadığımız sonucuna varacağına inanıyorum. Buna ispat olarak da ilahi bir şekilde sihirli bir bahçede yaratıldığımız veya her şeye gücü yeten yaratıcımızın kadınların başını örtmesini emrettiği ya da tanrılarımızı şereflendirmek için kendi bedenlerimizi yakma tehlikesini göze almamız gerektiği inancımızı gösterecekler."

Dünyanın çeşitli yerlerindeki dini ayin fotoğraflarının hızla geçtiği başka resimler belirdi. Görüntülerde şeytan çıkartmadan vaftize, vücuda takılan halkalardan hayvan kurban edilmesine kadar farklı törenler yer alıyordu. Bu slayt gösterisi, Hintli bir rahibin on beş metre yüksekliğindeki bir kulenin kenarından küçük bir bebeği sallandırdığı son derece rahatsız edici bir video ile sona erdi. Rahip çocuğu birden bırakıyor ve çocuk, neşe içindeki köylülerin metrelerce aşağıda, itfaiyeci brandası gibi gerdiği bir battaniyenin üstüne düşüyordu.

Grishneshwar Tapınağı düşüşü, diye düşünen Langdon bazılarının, çocuğun bu sayede Tanrı'nın ihsanını kazanacağına inandığını hatırladı.

Neyse ki rahatsız edici görüntü sona ermişti.

Kapkaranlık yerde Kirsch'ün sesi yankılandı. "Modern insan zihni nasıl oluyor da kesin analizler yapabilirken aynı zamanda en küçük bir mantıklı incelemeyle unufak olabilecek dini inanışlara izin verebiliyor?"

Parlak yıldızlar yukarıdaki gökyüzüne geri gelmişti.

Edmond, "Cevap bir hayli basit," dedi.

Gökyüzündeki yıldızlar birden daha da parladı ve büyüdü. Birbirine bağlı noktaların sonsuz bir ağını oluşturacak şekilde yıldızların arasından geçen iplikçikler belirdi.

Fütürist konuşmaya başladığında Langdon, *nöronlara* baktığını anlamıştı.

"İnsan beyni inandığı şeye neden inanır?" diye sordu.

Yukarıda yanıp sönen noktalar, aksonlar aracılığıyla diğer nöronlara elektrik sinyali gönderiyordu.

Edmond, "Tıpkı organik bir bilgisayar gibi beynimizin de işletim sistemi vardır," diyerek devam etti. "Gün boyunca akan karmaşık bilgiyi tanımlayıp sınıflandıran bir kurallar serisi bulunur. Bunlar dil gibi, akılda kalıcı bir melodi gibi, siren sesi gibi, çikolata tadı gibi bilgilerdir. Tahmin edeceğiniz üzere, durmadan gelen bu bilgiler birbirinden çok farklıdır ve beynimizin, hepsine bir anlam vermesi gerekir. Aslına bakılırsa gerçekliği algılayışımızı belirleyen, beynimizin işletim sistemi programıdır. Maalesef alay edilesi yaratıklarız, çünkü insan beyninin programını her kim yazdıysa kötü bir espri anlayışı varmış. Başka bir deyişle, o çılgınca şeylere inanmak bizim suçumuz değil."

Tavandaki sinapslar cızırdayınca, beyinden baloncuklar halinde tanıdık görüntüler çıktı: astroloji haritaları, suda yürüyen İsa, Scientology kurucusu L. Ron Hubbard, Mısır Tanrısı Osiris, Hinduizmin dört kollu fil tanrısı Ganeşa ve gerçek gözyaşı döken mermer bir Bakire Meryem heykeli.

"Bu sebeple bir programcı olarak kendime sormak zorundayım: Böylesine mantıksız bir bilgiyi nasıl tuhaf bir işletim sistemi yaratır? İnsan beynine bakıp işletim sistemini okuyabilseydik şöyle bir şey görürdük."

Yukarıda dev harflerle dört kelime belirdi.

KARGAŞADAN KAÇ
DÜZEN KUR

Edmond, "Beynimizin kök programı bu," dedi. "İşte bu yüzden, insanların eğilimi bu yöndedir. Kargaşaya karşı. Düzenden yana."

İçerisi bir anda, sanki bir çocuk klavyeyi yumruklarmış gibi, piyano notalarının kakofonisiyle sarsıldı. Langdon ile çevresindekiler istem dışı gerildi.

Edmond yaygarayı bastıracak bir tonla seslendi. "Piyanonun tuşlarına gelişigüzel vurulduğunda çıkan ses katlanılmazdır! Ama aynı notaları alır da daha iyi bir *düzene* koyarsak..."

Yaygara o anda kesildi ve yerini Debussy'nin sakinleştirici *"Clair de lune"* melodisi aldı.

Langdon anında kaslarının gevşediğini hissetti. Ayrıca içerideki gerginlik de ortadan kalkmış gibiydi.

Edmond, "Beyinlerimiz bayram etti," dedi. "Aynı notalar. Aynı enstrüman. Ama Debussy bir *düzen* kuruyor. İnsanları yapboz birleştirmeye veya duvardaki resimleri düzeltmeye iten aynı düzen kurma hevesinin verdiği hazdır. Düzenlemeye yatkınlığımız DNA'larımıza yazılmıştır, bu yüzden insan zihninin en büyük icadının bilgisayar olmasına şaşmamak gerekir. Bilgisayar, kargaşanın içinden düzen kurmamıza yardımcı olmak için tasarlanmış bir makinedir. Doğrusunu isterseniz, İspanyolcada bilgisayar kelimesinin karşılığı *ordenador*'dur, yani 'düzen kuran'."

Önünde tek başına genç bir adamın oturduğu, devasa bir süperbilgisayar görüntüsü belirdi.

"Dünyadaki tüm bilgilere erişebilecek güçlü bir bilgisayarınız olduğunu düşünün. Bu bilgisayara istediğiniz soruyu sorma hakkınız var. İhtimaller, kendinin farkına varmaya başladığından beri insanlığın zihnini kurcalayan iki temel sorudan birini önünde sonunda soracağınızı gösteriyor."

Genç adam bilgisayara bir şeyler yazınca ekranda bir yazı belirdi.

Nereden geliyoruz?
Nereye gidiyoruz?

Edmond, "Başka bir deyişle, ona kökenlerinizi ve kaderinizi soracaksınız," dedi. "Ve bu soruları sorduğunuzda bilgisayarın size cevabı şu olacak."

Ekranda şu yazılar yanıp söndü:

DOĞRU CEVAP VERECEK YETERLİ VERİ YOK

Kirsch, "Pek yardımcı olmadı," dedi. "Ama en azından dürüst."

Şimdi ekranda bir insan beyninin görüntüsü vardı.

"Öte yandan, bu biyolojik bilgisayara 'Nereden geliyoruz?' sorusunu sorarsanız başka bir şey meydana gelir."

Beynin içinden bir dizi dini görüntü çıkmaya başladı: Tanrı uzanıp Âdem'e hayat veriyor, Prometheus çamurdan ilk insanı yapıyor, Brahma kendi vücudunun farklı yerlerinden insan yaratıyor, Afrikalı bir tanrı bulutları ayırıp yeryüzüne iki insan indiriyor, İskandinav bir tanrı tahtadan bir adamla kadın oyuyordu.

Edmond, "Şimdi de, 'Nereye gidiyoruz?' diye soralım," dedi.

Beyinden başka görüntüler dışarı çıkmaya başladı: El değmemiş cennetler, ateşli cehennemler, Mısır'ın Ölüler Kitabı hiyeroglifleri, taşlara kazınmış astral seyahatler, Yunanların Elysion Çayırları yorumları, Gilgul Neshamot'un kabalistik tasvirleri, Budizm ve Hinduizm'deki reenkarnasyon çizimleri, Yaz Ülkesi'nin teozofik çemberleri.

Edmond, "İnsan beyni için herhangi bir cevap, hiç cevap alamamaktan iyidir," diyerek açıkladı. "'Yetersiz veri' diye bir şeyle karşılaştığımızda büyük bir rahatsızlık hissederiz. İşte bu yüzden de beyinlerimiz veriyi kendisi uydurur. Görünmeyen dünyada gerçekten de bir düzen bulunduğuna emin olmamız için çok sayıda felsefe, mitoloji ve din oluşturur. Böylelikle en azından bizi düzen varmış yanılgısına düşürür."

Dini resimler akmaya devam ederken Edmond artan bir tutkuyla konuşuyordu.

"Nereden geliyoruz? Nereye gidiyoruz? İnsanın varoluşuna dair bu temel sorular hep aklımı kurcalamıştır. Yıllarca bu sorulara cevap bulmanın hayallerine daldım." Sesi kederlenen Edmond kısa bir an durduktan sonra konuşmasına devam etti. "Üzücü olan şu ki, dini dogmalar sebebiyle milyonlarca insan bu büyük soruların cevabını zaten bildiğine inanıyor. Her din aynı cevabı vermediği için kültürler aralarında, kimin cevabının doğru, hangi Tanrı hikâyesinin tek gerçek hikâye olduğu üzerine savaşıyor."

Yukarıdaki ekrana ateşli silahlar ve havan mermisi görüntüleri sesler eşliğinde yansıdı. Yaşanan din savaşlarının ardından gözü yaşlı mülteciler, yerlerinden olan aileler ve sivil cesetlerden oluşan vahşi bir fotoğraf montajı gösterildi.

"Dini tarihin başlangıcından bu yana türümüzün içindeki ateistler, Hıristiyanlar, Müslümanlar, Yahudiler ve tüm dinlerin mensupları, hiç bitmeyen bir çapraz ateşe tutuldu. Bizi birleştiren tek şeyse barışa duyduğumuz derin özlem."

Gürültülü savaş resimleri kayboldu ve yerini pırıltılı yıldızlarla dolu sakin gökyüzüne bıraktı.

"Hayattaki en büyük sorunun cevabını mucizevi bir biçimde öğrenseydik... tür olarak, hep bir anda aynı şüphe götürmez kanıtı görerek, kollarımızı açıp kabul etmekten başka çaremiz kalmadığını fark etseydik... neler olurdu bir düşünün."

Ekranda gözleri kapalı dua eden bir papaz belirdi.

"Maneviyat sorgusu, mantıklı gelmese bile öğretilerine körü körüne inanmamızı isteyen dini dünyaları oluşturmuştur."

Şimdi tavanda gözleri kapalı şarkı söyleyen, yere eğilen, ilahi okuyan, dua eden dindarların görüntüleri vardı.

Edmond, "Ama inanç, kelime anlamıyla görünemeyen ve tanımlanamayan bir şeye güvenmemizi, hiçbir deneysel kanıtı bulunmayan bir şeyi gerçek diye kabul etmemizi ister," dedi. "Ve bizler de böylece, evrensel bir gerçek olmadığından farklı şeylere inanırız." Durdu. "Öte yandan..."

Tavandaki görüntüler çözünüp, gözlerini kocaman açmış mikroskoba bakan bir kadın öğrencinin fotoğrafına dönüştü.

Kirsch, "Bilim, inancın antitezidir," diye devam etti. "Kelime anlamıyla bilim, bilinmeyen veya henüz tanımlanmamış bir şeye fiziki kanıt bulma girişimidir; ölçülebilecek gerçekleri bulmak için batıl inanışı ve yanlış algılamayı reddetmektir. Bilim bir cevap sunduğunda, bu cevap evrenseldir. İnsanlar bu yüzden savaşmaz, etrafında toplanır."

Ekranda şimdi NASA, CERN ve diğer merkezlerdeki laboratuvarların tarihi görüntüleri akıyordu. Farklı ırklardan bilim insanları yeni bilgilere ulaştıkça birlikte sevinip kucaklaşıyorlardı.

Edmond, "Dostlarım," diye fısıldadı. "Hayatımda pek çok tahminde bulundum. Bu akşam bir tahminde daha bulunacağım." Yavaşça derin bir nefes aldı. "Din devri artık kapanmak üzere. Bilim devri başlıyor."

Bir sessizlik çöktü.

"Ve bu akşam, insanlık sözünü ettiğim yönde bir kuantum sıçraması yaşayacak."

Sözleri birden Langdon'ın içini ürpertti. Bu gizemli keşif her neyse, Edmond'la dünya dinleri arasında büyük bir final karşılaşması hazırladığı belliydi.

18. BÖLÜM

ConspiracyNet.com

EDMOND KIRSCH'LE İLGİLİ GÜNCELLEME

DİNSİZ BİR GELECEK OLABİLİR Mİ?

Benzeri görülmedik biçimde, yedi milyon çevrimiçi izleyiciye ulaşan bir canlı yayında fütürist Edmond Kirsch, insanlığın öteden beri sorageldiği iki soruya cevap verdiğini ima ettiği bilimsel keşfini açıklamaya hazırlanıyor.

Harvard'lı öğretim üyesi Robert Langdon'ın daha önceki sunumlarından kaydedilmiş ilgi çekici bir girişin ardından Edmond Kirsch dini inançlar için, "Din devri artık kapanmak üzere," diyerek sert eleştirilerde bulundu.

Ancak bu akşam, ünlü ateistin tüm eleştirel yaklaşımına rağmen diğer zamanlardakinden biraz daha diline hâkim ve saygılı bir üslup takındığı görülüyor. Kirsch'ün geçmişteki din karşıtı konuşmaları için burayı tıklayın.

19. BÖLÜM

Kubbe sahnenin dışındaki kumaş duvarın önünde duran Amiral Ávila yapı iskelesi sayesinde görünmeden pozisyon aldı. Aşağı eğilerek gölgesini saklamıştı. Şimdiyse konferans salonunun ön tarafına yakın duvarın dışına sadece birkaç santim mesafede duruyordu.

Sessizce elini cebine sokup boncuklu tespihini çıkardı.

Zamanlama çok önemli.

Ellerini boncukların üstünde teker teker gezdirip ağır metal haça geldiğinde, aşağıda metal dedektörlerin başında bekleyen görevlilerin dönüp bakmadan bu nesnenin geçmesine izin verişine güldü.

Haçın gövdesine saklanmış bir jiletle kumaş duvarda on beş santimlik dikey bir kesik açtı. Eliyle nazikçe araladı ve diğer dünyaya göz attı. Yüzlerce davetli, ağaçlıklı bir mekânda battaniyelerin üzerine uzanmış yıldızlara bakıyordu.

Neler olacağını asla tahmin edemezler.

İki kraliyet muhafızının karşı tarafta, konferans salonunun sağ ön köşesinde pozisyon almış olduğuna sevindi. Gözlerden uzakta, ağaçların gölgesine sığınmış, pür dikkat duruyorlardı. Loş ışıkta Ávila'yı bir şey yapmadan önce görmelerine imkân yoktu.

Muhafızların yanında müze yöneticisi Ambra Vidal'dan başka kimse yoktu. O da Kirsch'ün sunumunu izlerken tedirginlikle yer değiştirip duruyordu.

Yerinden memnun olan Ávila, kesiği kapatıp dikkatini yeniden haça verdi. Çoğu haç gibi kesişen iki kısa kolu vardı. Ama bu haçtaki kollar, dikey bir gövdeye mıknatısla tutturulmuştu ve ayrılabiliyordu.

Avila haçın kollarından birini kavrayıp zorlayarak büktü. Ayrılan parçanın içinden ufak bir nesne çıktı. Diğerine de aynını yapan adam, haçı kolsuz bıraktı. Artık ağır tespihin ucunda sadece metal bir dörtgen kalmıştı.

Kaybetmemek için tespihi yeniden cebine soktu. *Buna birazdan ihtiyacım olacak.* Şimdi dikkatini haçın kollarının içindeki iki küçük objeye vermişti.

İki kısa menzilli mermi.

Elini arkasına uzattı ve ceketinin altına sakladığı nesneyi çekip çıkardı.

Cody Wilson isimli Amerikalı bir genç ilk üç boyutlu yazıcıda üretilen polimer tabanca "Liberator"ı tasarlayalı yıllar geçmiş, o günden bu yana teknoloji katlanarak gelişmişti. Yeni seramik ve polimer tabancaların hâlâ fazla tesiri yoktu ama menzilde kaybettiklerini, metal dedektörlere yakalanmamakla kapatıyorlardı.

Tek yapmam gereken yaklaşmak.

Eğer her şey planlandığı gibi giderse mevcut pozisyonu mükemmeldi.

Naip her nasılsa o akşamın kesin düzeni ve programın akışıyla ilgili içeriden bilgi edinmiş ve Ávila'nın görevini nasıl yerine getireceğini net bir biçimde açıklamıştı. Acımasız sonuçlar doğuracaktı ama Edmond Kirsch'ün tanrıtanımaz giriş konuşmasına şahit olduktan sonra, o akşam işleyeceği günahların affedileceğine emin olmuştu.

Naip ona, *düşmanlarımız savaş başlatıyor,* demişti. *Ya öleceğiz ya da öldürüleceğiz.*

Konferans salonunun sağ köşesindeki duvara yaslanan Ambra Vidal hissettiği kadar huzursuz görünmediğini umuyordu.

Edmond bana bunun bilimsel bir program olduğunu söylemişti.

Amerikalı fütürist, dinden hoşlanmadığını söylemekten hiç çekinmese de Ambra o akşamki sunumda böylesine eleştirel bir tavır sergilemesini hiç beklemiyordu.

Edmond önceden görmeme izin vermedi.

Müzenin yönetim kurulunda bu sunumun yansımaları olacaktı ama şu anda Ambra çok daha kişisel kaygılar içindeydi. Birkaç hafta önce çok nüfuzlu bir adama o akşamki etkinlikte görev alacağı sırrını vermişti. Adam ona kesinlikle katılmamasını tavsiye etmişti. Özellikle de Edmond Kirsch gibi tanınmış bir radikalin elinden çıkmışsa, içeriğini bilmediği bir sunumu takdim etmenin tehlikeleri konusunda onu uyarmıştı. Ambra, *neredeyse iptal etmemi emredecekti,* diye içinden geçirdi. *O kadar tepeden bakıyordu ki, sinirimden onu dinlemedim.*

Ambra yıldızlarla dolu gökyüzünün altında tek başına dururken, o adamın bir yerlerde başını ellerinin arasına alıp bu canlı yayını izleyip izlemediğini merak etti.

Elbette izliyordur, diye düşündü. *Asıl soru şu: Kınayacak mı?*

Almudena Katedrali'ndeki Piskopos Valdespino gözlerini dizüstü bilgisayara dikmiş, masasında kaskatı oturuyordu. Komşu Kraliyet Sarayı'ndaki herkesin, özellikle de İspanya tahtının veliahtı Prens Julián'ın bu programı izlediğinden emindi.

Prens herhalde patlamak üzeredir.

O akşam İspanya'nın en saygın müzelerinden biri, din âlimlerinin "Hıristiyanlık karşıtı, kâfir işi bir reklam kampanyası" dediği bir yayın yapmak üzere ünlü bir Amerikalı ateistle işbirliği yapmıştı. Üstüne üstlük, akşamki etkinliğe ev sahipliği yapan müze yöneticisi, İspanya'nın en yeni ve medyatik ünlülerinden biriydi. Güzeller güzeli Ambra Vidal son iki ay boyunca İspanya'daki gazete başlıklarını işgal etmiş ve ülkenin bir gece içinde kendisine duyduğu çılgınca sevginin keyfini sürmüştü. Bayan Vidal, o akşamki Tanrı'ya karşı tam gaz saldırıya ev sahipliği yaparak, akıl almaz biçimde her şeyini tehlikeye atıyordu.

Prens Julián açıklama yapmak zorunda kalacak.

İspanya'nın Katolik hükümdarı olarak alacağı rol, o akşamki olayla başa çıkarken karşılaşacağı sorunların sadece küçük bir parçasını oluşturacaktı. Asıl kaygı verici kısım, Prens Julián'ın geçen ay verdiği müjdeli haberle ışıkların Ambra Vidal'ın üzerine çevrilmiş olmasıydı.

Prens nişanlanacaklarını açıklamıştı.

20. BÖLÜM

Robert Langdon etkinliğin gidişatıyla ilgili tedirgindi.

Edmond'ın sunumu, genel anlamda bir inanç kötülemesine fazla yakın seyrediyordu. Langdon, onun içerideki agnostik bilim insanlarından başka, internetten kendisini seyreden milyonlarca insana da hitap ettiğini unuttuğundan şüphelendi.

Tartışma başlatmak için bu sunumu hazırladığı belli.

Programda kendisinin de görünmesi canını sıkmıştı. Edmond bu videoları ona saygısından göstermiş olsa da, Langdon geçmişte istemeden dini tartışmaların hedefi haline gelmişti... ve aynı tecrübeyi tekrar yaşamak istemiyordu.

Bununla birlikte Kirsch dine karşı önceden tasarlanmış bir görsel-işitsel saldırı başlatmıştı. Langdon daha önce umursamadığı Piskopos Valdespino'nun sesli mesajını yeniden düşünmesi gerektiğini anlıyordu.

Dâhi fütüristin sesi bir kez daha duyulduğunda, yukarıdaki görseller dünyadaki dini sembollerden oluşan bir kolaja dönüştü. "İtiraf etmeliyim ki, bu akşam yapacağım duyuru hakkında, özellikle de inanan insanları nasıl etkileyeceği konusunda tereddütlerim vardı," diyen Edmond'ın sesi kısa bir an duraksadıktan sonra devam etti. "Bu sebeple üç gün önce karakterime hiç uymayan bir iş yaptım. Dini bakış açısına saygı göstermek ve buluşumun farklı inançlardan insanlar tarafından nasıl algılanacağını ölçmek amacıyla kimselere duyurmadan üç tanınmış dini lidere danıştım. Müslüman, Hıristiyan ve Yahudi din âlimlerine buluşumu anlattım."

Karanlık ortamda boğuk mırıltılar yankılandı.

"Tahmin ettiğim gibi üç adam da şaşkınlık, kaygı ve evet, hatta öfkeyle karşılık verdiler. Olumsuz tepki göstermiş olmalarına karşın benimle görüşme nezaketini gösterdikleri için onlara teşekkür etmek istiyorum. Ben de saygımdan ötürü isimlerini açıklamayacağım ama bu akşam onlara doğrudan hitap etmek ve bu sunumu engellemeye kalkışmadıkları için teşekkür etmek istiyorum."

Kısa bir sessizlikten sonra devam etti. "Tanrı biliyor ya, bunu yapabilirlerdi."

Langdon onun ne kadar büyük bir marifetle ince bir çizgi üstünde yürüdüğünü hayretle dinliyordu. Edmond'ın dini liderlerle görüşmek istemesi, daha önce pek bilinmeyen açık fikirliliğini, güvenilirliğini ve tarafsızlığını gösteriyordu. Montserrat'ta onlarla biraz araştırma biraz da halkla ilişkiler manevrası için görüşmüş olabilirdi.

Zekice elde edilmiş bir kodesten çıkarma kartı, diye düşündü.

Edmond, "Din tutkusu tarihte bilimsel ilerlemeyi hep bastırmıştır," diye devam etti. "O yüzden, bu akşam dünyadaki dini liderlerden, anlatacaklarım karşısında kendilerine hâkim olmalarını ve anlayış göstermeleri bekliyorum. Lütfen tarihteki kanlı vahşeti tekrarlamayalım. Geçmişteki hataları yapmayalım."

Tavandaki görüntü, surlar içindeki antik bir kent çizimine dönüştü. Çölden geçen bir nehrin kıyısına yerleşik, mükemmel daire biçimli bir şehirdi.

Langdon, tepesinde mazgal siperi bulunan ortak merkezli üç duvarla sağlamlaştırılmış, özgün dairesel yapısıyla antik Bağdat kentini hemen tanıdı.

Edmond, "Sekizinci yüzyılda Bağdat şehri; tüm dinleri, felsefeyi ve bilimi, üniversiteleri ile kütüphanelerine kabul eden yeryüzündeki en büyük eğitim merkeziydi," dedi. "Beş yüz yıl boyunca şehirden dışarı taşan bilimsel yeniliklerin daha önce dünyada eşine rastlanmamıştı. Etkisi bugün bile modern kültürde hissedilir."

Yıldızlı gökyüzü yeniden belirmişti ama bu defa yıldızların yanında isimleri vardı: Vega, Betelgeuse, Rigel, Algebar, Deneb, Acrab, Kitalpha.

"Bu isimlerin hepsi Arapçadan türetildi. Gökyüzündeki isimlendirilmiş yıldızların üçte ikisinden fazlasının isimleri bu dildedir, çünkü Arap dünyasının astronomları tarafından keşfedildiler."

Gökyüzü hızla o kadar çok Arap ismi taşıyan yıldızla doldu ki, tüm kubbe adeta yazıyla kaplandı. İsimler kaybolurken geriye yine engin bir gökyüzü kaldı.

"Ve elbette eğer yıldızları saymak istersek..."

En parlak yıldızların yanında birer birer Romen rakamları gözükmeye başladı.

I, II, III, IV, V...

Sonra sayılar aniden durup yok oldu.

Edmond, "Romen rakamlarını kullanmıyoruz," dedi. "Arap sayılarını kullanıyoruz."

Ekranda beliren Arap rakamları yavaşça günümüzde kullanılan sayılara dönüşmeye başladı.

1, 2, 3, 4, 5...

Edmond, "İslam âlemindeki bazı icatlardan da haberiniz vardır," dedi. "Bunları hâlâ Arapçadaki isimleriyle kullanıyoruz."

Gökyüzünden, etrafında çok bilinmeyenli denklemlerle birlikte CEBİR kelimesi geçti. Ardından çeşitli formüllerle birlikte ALGORİTMA kelimesi geldi. Dünyanın ufkundaki melekleri gösteren bir şemayla birlikte AZİMÜT kelimesi göründü. Kelimelerin geçişi hızlandı. NADİR, ZENİT, SİMYA, KİMYA, ŞİFRE, İKSİR, ALKOL, ALKALİN, SIFIR.

Aşina olduğu Arapça kelimeler geçerken Langdon çoğu Amerikalının, bir zamanlar bilimsel ilerlemenin beşiği olduğunu bilmeden Bağdat'ı harap bitap bir Ortadoğu şehri olarak hayal etmesini acıklı buldu.

Edmond, "On birinci yüzyılın sonunda dünyadaki en büyük entelektüel keşifler Bağdat ve çevresinde yaşanıyordu," dedi. "Sonra tüm bunlar neredeyse bir gecede değişti. İslam tarihinin en nüfuzlu şahıslarından bir din âlimi, yazdığı bir dizi ikna edici reddiye ve risaleyle Eflatun'un ve Aristo'nun felsefesini eleştirdi ve rivayete göre matematiği 'şeytan felsefesi' ilan etti. Bilimsel düşünceyi küçümseyen olaylar dizisi bu şekilde başlamış oldu.

İlahiyat üzerine çalışmak zorunlu kılındı ve İslam âlemindeki tüm bilimsel hareketler çöktü."

Yukarıdaki bilimsel kelimeler yok oldu ve yerlerini İslami dini metinlerin resimlerine bıraktılar.

"İncelemenin yerini vahiy aldı. İslami bilim dünyası hâlâ aradaki açığı kapatmaya çalışıyor." Edmond bir süre sessiz kaldı. "Elbette Hıristiyan bilim dünyasında da işler o kadar iyi gitmedi."

Tavanda Kopernik, Galileo ve Bruno gibi astronomların resimleri belirdi.

"Kilise'nin tarihteki dehalardan bazılarını sistematik biçimde öldürmesi, hapsetmesi, suçlaması, insanlığın ilerlemesini en az yüz yıl erteledi. Neyse ki günümüzde bilimin faydalarını daha iyi anlamamız sayesinde Kilise, saldırılarını dizginlemiş durumda..." Edmond içini çekti. "Acaba öyle mi?"

Ortasında haça dolanmış yılan sembolüyle bir dünya logosu şu yazı eşliğinde belirdi:

Madrid Bilim & Yaşam Deklarasyonu

"Kısa süre önce burada, İspanya'da Uluslararası Katolik Medikal Birlikleri Federasyonu 'bilimin ruhtan yoksun olduğu' ve bu sebeple Kilise tarafından sınırlandırılması gerektiği iddiasıyla genetik mühendisliğe savaş ilan etti."

Dünya logosu şimdi daha farklı bir daire biçimini almıştı. Dev bir parçacık hızlandırıcısının şematik bir taslağı görünüyordu.

"Bu da Teksas'ın Süperiletken Süper Çarpıştırıcısı. Yaratılış anını keşfetmemizi sağlayabilirdi. Dünyadaki en büyük parçacık çarpıştırıcısı olması planlanıyordu. Bu makinenin Amerika'nın İncil Kuşağı eyaletlerinden birine yerleştirilmesi de ayrı bir ironi içeriyor."

Görüntü değişip Teksas Çölü'ndeki beton bir binaya dönüştü.

Toz ve kir içindeki kısmen tamamlanmış yapı inşaatının yarıda durdurulduğu anlaşılıyordu.

"Amerika'nın süper çarpıştırıcısı insanoğlunun evren algılayışını muazzam ölçüde geliştirebilirdi ama proje, maliyetin bütçeyi aşması ve bazı şaşırtıcı kaynakların siyasi baskıları yüzünden iptal edildi."

Bir haber klibindeki genç bir misyoner, elindeki çoksatan *The God Particle (Tanrı Parçacığı)* kitabını sallıyor ve öfkeyle bağırıyordu. "Tanrı'yı kalplerimizin içinde aramalıyız! Atomların içinde değil! Bu abes deneye milyarlarca para harcamak Teksas eyaleti adına bir utançtır. Tanrı'ya hakarettir!"

Yeniden Edmond'ın sesi duyuldu. "Bahsettiğim bu çekişmeler, dini hurafelerin aklı yendiği bu durumlar, devam eden bir savaştaki çarpışmalardan başka bir şey değil."

Tavan birden modern toplumun vahşet görüntüleriyle aydınlandı: Genetik araştırma laboratuvarlarının önündeki protestocular; transhümanizm konferansı verilirken dışarıda kendini yakan bir rahip; Yaratılış kitabını havaya kaldırırken yumruklarını sallayan evanjelikler; Darwin balığını yiyen İsa balığı; kök hücre araştırmalarına, eşcinsel haklarına, kürtaja öfke kusan tutucu ilanlar ve tıpkı onlar kadar öfkeli karşılıklar içeren ilanlar.

Langdon uzandığı yerden kalbinin gümbürdediğini hissetti. İlk önce sanki aşağıdan metro geçiyormuş gibi yerin sallandığını sandı. Ama titreşimler güçlenince dünyanın gerçekten de sallandığını fark etti. Çimlerin altından kendini hissettiren titreşimler giderek arttı ve gürlemesiyle tüm kubbenin içini sarstı.

Langdon şimdi bu gürlemenin, çimlerin altındaki hoparlörlerden verilen bir akarsu çağıltı sesi olduğunu anlamıştı. Sanki coşkun bir nehrin ortasında yatıyormuş gibi, yüzüne ve bedenine serin, nemli bir çiy yağdığını hissetti.

Edmond gürleyen ırmak sesini bastırmak için bağırarak, "Bu sesi duyuyor musunuz?" diye sordu. "Bu, yükselen 'Bilim Nehri'nin sesi."

Artık sular daha da gürültülü akıyordu ve çiy, Langdon'ın yanaklarını ıslatmıştı.

Edmond, "İnsan, ateşi keşfettiğinden beri bu nehir güç kazanıyor!" diye bağırdı. "Her keşif, yeni keşifler yapmamıza yarayan bir araca dönüştü ve bu nehre bir damla ekledi. Bugün artık bir tsunami dalgasının, durdurulamaz şiddette akan bir selin üstünde gidiyoruz."

Çayır alan daha da şiddetli sarsıldı.

Edmond, *"Nereden geliyoruz!"* diye bağırdı. *"Nereye gidiyoruz!* Cevapları bulmak *kaderimizde* hep vardı! Araştırma yöntemlerimiz bin yıldır katlanarak gelişiyor!"

Artık içeride esintiyle birlikte çiy yağıyordu ve nehrin gürültüsü sağır edici bir noktaya yükselmişti.

Edmond, "Şöyle düşünün!" dedi. "İlk insanların ateşi bulmalarıyla tekerleği icat etmeleri arasında *milyon yıldan* fazla zaman vardı. Ama sonra matbaayı icat etmek *bin yıl* aldı. *Yüz yıl* kadar sonra teleskop yapıldı. Takip eden yüzyıllarda çok daha kısa aralıklarla buharlı gemiden benzinli otomobile ve uzay gemisine geçtik! Bundan sonra kendi DNA'mızı çözmeye başlamak sadece *yirmi yılımızı* aldı!"

Kirsch, "Artık bilimdeki ilerlemeleri aylarla ölçüyoruz!" diye bağırdı. "Akıllara durgunluk veren bir hızla ilerliyoruz. Günümüzün en hızlı bilgisayarının abaküs gibi kalacağı; en gelişmiş ameliyat yöntemlerinin barbarlık gibi geleceği; enerji kaynaklarının odadaki mum ışığı gibi antika görüleceği zamanlar bundan çok uzak değil."

Edmond'ın sesiyle akan suların gürlemesi aynı anda yükseliyordu.

"Eski Yunanların antik kültürü incelemesi için *yüzlerce yıl* geriye bakması gerekiyordu ama bugün bize sıradan gelen teknolojilere sahip olmadan yaşamış insanları bulmak için bir *nesil* geriye bakmamız yeterli. İnsanoğlu ilerleyişinin zaman çizelgesi sıkışmaya başladı, 'antik' ile 'modern'i birbirinden ayıran bölüm iyice daralıyor. Bu sebeple, inanın bana, insanın gelecek birkaç yıl içindeki ilerleyişi şok edici, ayrıştırıcı ve hayal etmesi imkânsız olacak!"

Akarsuların çağıltısı aniden durdu.

Yıldızlı gökyüzü ılık meltem ve çekirgelerle birlikte geri gelmişti.

İçerideki misafirler adeta aynı anda nefes verdi.

Bu ani sessizlikte Edmond yeniden fısıltıyla konuştu.

Yumuşak bir sesle, "Dostlarım," dedi. "Size bir keşfimi açıklayacağıma söz verdiğim için burada bulunduğunuzu biliyorum.

Takdimi biraz uzatmama izin verdiğiniz için teşekkür ederim. Şimdi geçmiş düşüncelerimizin prangalarından kurtulalım. Artık hep birlikte bu keşif heyecanını paylaşalım."

Bu sözlerin ardından, bir sis bulutu içeriye yer seviyesinden yavaşça sokuldu ve yukarıdaki gökyüzü, aşağıdaki izleyicilere alacakaranlığa özgü zayıf bir ışık verdi.

Birden spot ışıklarından biri yanıp, salonun arka tarafına doğru hareketlendi. Davetlilerin hemen hepsi peşi sıra doğrulmuş, ev sahibini cismen görme beklentisiyle sisin gerisine bakmaya çalışıyordu. Ama birkaç saniye içinde spot ışığı yine salonun ön kısmına çevrildi.

İzleyiciler de ışıkla birlikte döndü.

Salonun ön kısmında, spot ışığının altında Edmond Kirsch duruyordu. Elleri, saniyeler önce orada bulunmayan bir kürsünün yanlarına güvenle dayanmıştı. Sis kalkmaya başlarken büyük şovmen sıcak bir sesle konuştu. "İyi akşamlar dostlarım."

İnsanlar hemen ayağa fırlayıp davet sahibini ayakta çılgınca alkışlamaya başladı. Gülümsemekten kendini alamayan Langdon da onlarla birlikte alkışlıyordu.

Sislerin içinden çıkmak tam Edmond'a göre bir iş.

O akşamki sunumda dinlere muhalefet etse de, Edmond kendisi gibi cesur ve gözüpek bir güç gösterisi sergilemişti. Artık sayısı giderek artan serbest düşünürlerin neden onu yere göğe sığdıramadığını anlıyordu.

En azından aklına geleni, çok az kişinin cesaret edebileceği bir şekilde söylüyor.

Edmond'ın yüzü yukardaki ekranda belirdiğinde Langdon, eskisi kadar soluk görünmediğini fark etti. Profesyonel makyaj yaptırmış olmalıydı. Buna rağmen arkadaşının yorgunluktan tükendiğini anlayabiliyordu.

Alkışlar o kadar güçlüydü ki göğüs cebindeki telefonun çaldığını az kalsın duymayacaktı. İçgüdüleriyle hareket edip hemen telefonuna uzandı ama birden kapalı olduğunu hatırladı. Titreşimler tuhaf biçimde cebindeki diğer cihazdan geliyordu:

Winston'ın çok yüksek sesle konuşmakta olduğu kemik iletimli kulaklıktan.

Kötü zamanlama.

Langdon alıcıyı ceket cebinden çıkartıp el yordamıyla başına taktı. Minik yastık, çene kemiğine değdiği anda Winston'ın aksanlı sesi Langdon'ın kafasının içinde yankılanmaya başladı.

"-fesör Langdon? Orada mısınız? Telefonlar çalışmıyor. Sadece sizinle iletişim kurabiliyorum. Profesör Langdon?"

Langdon etrafındakiler alkışlarken sesini yükseltti. "Evet, Winston. Buradayım."

Winston, "Tanrı'ya şükür," dedi. "Lütfen dikkatle dinleyin. Sanırım çok ciddi bir sorunumuz var."

21. BÖLÜM

Dünya sahnesinde sayısız kez zafer anı yaşamış bir adam olan Edmond Kirsch'ü başarı duygusu şevke getiriyordu ama tam bir memnuniyet hissettiği zamanlar nadirdi. Kürsünün kenarında durup çılgınca alkışlanırken dünyayı değiştirmek üzere olduğunun bilinciyle, anın keyfini çıkarmak için kendine biraz zaman tanıdı.

"Oturun dostlarım!" diye seslendi. "En iyi kısmı yeni başlıyor."

Sis dağılırken, dünyadaki milyonlarca insana yakın çekim gösterildiğini bildiği tavandaki yüzüne bakmamak için kendini zor tuttu.

İçinden gururla, *bu tüm dünyayı ilgilendiren bir an,* diye düşündü. *Sınırları, sınıfları ve mezhepleri aşıyor.*

Sol tarafa bir göz atıp, kendisini köşeden izleyen Ambra Vidal'a teşekkür eder gibi başını salladı. Ambra bu gösteri için onunla birlikte usanmadan çalışmıştı. Fakat kendisine bakmadığını görünce şaşırdı. Kadın, yüzünde kaygılı bir ifadeyle kalabalığa bakıyordu.

Yan taraftan sunumu izleyen Ambra, *bir terslik var,* diye düşündü.

Salonun ortasındaki uzun boylu, kibar giyimli bir adam kalabalığı iterek kendine yol açıyor, kollarını sallayarak Ambra'nın bulunduğu yöne ilerliyordu.

Amerikalı profesörü Kirsch'ün sunumundan tanıyan Ambra, *bu Robert Langdon,* diye düşündü.

Profesör hızla yaklaşınca Ambra'nın kraliyet muhafızları yolunu kesmek için hemen duvarın önünden ayrıldılar.

Ne istiyor!? Ambra, Langdon'ın ifadesindeki korkuyu görebiliyordu.

Ortalığı velveleye veren adamı görüp görmediğini anlamak için kürsüdeki Edmond'a döndü ama o, seyircilere bakmıyordu. Ürkütücü biçimde gözlerini Ambra'ya dikmişti.

Edmond! Bir terslik var!

O anda kubbenin içinde, kulak zarını patlatacak şiddette yankılanan bir sesle birlikte Edmond'ın başı geriye gitti. Ambra onun alnında kırmızı bir krater belirmesini tam bir dehşet içinde izledi. Gözleri hafifçe yukarı kaydı. Vücudunun kaskatı kesilmesine rağmen elleri sımsıkı kürsüye tutunuyordu. Yüzündeki şok ifadesiyle kısa bir an sendeleyip, devrilen bir ağaç gibi bedeni yan tarafa doğru yattı ve yere kapaklandı. Düştüğünde, kana bulanmış başını sertçe yere çarptı.

Ambra daha ne gördüğünü anlayamadan, bir Guardia Real tarafından yere yatırıldı.

Zaman donmuştu.

Ardından... kıyamet koptu.

Edmond'ın kanlı cesedinin tavandaki parlak yansımasıyla aydınlanan davetliler büyüyen bir dalga halinde, başka bir kurşuna hedef olmamak için salonun arka tarafına doğru kaçışmaya başladı.

Etrafında yaşanan hengâmeye rağmen Robert Langdon yerine perçinlenmiş, şaşkınlıktan adeta felç olmuştu. Arkadaşı az ötede, alnındaki kurşun deliğinden kıpkırmızı kanlar fışkırır halde, yüzü hâlâ seyircilere dönük yan yatıyordu. Edmond'ın cansız yüzü, hem tavana hem de dünyaya halen canlı yayın yapmakta olan, tripod üzerinde terk edilmiş televizyon kamerasının spot ışığıyla aydınlanıyordu.

Langdon adeta bir kâbusun içindeymiş gibi, kendini televizyon kamerasına koşup lensi Edmon'ın yüzünden tavana çevirirken buldu. Sonra kaçışan davetlilerin arasından dönüp, yerde yatan arkadaşına öldüğünü bilerek baktı.

Tanrım... Seni uyarmaya çalıştım Edmond ama Winston çok geç haber verdi.

Edmond'ın cesedinin biraz ilerisinde bir kraliyet muhafızı eğilerek Ambra Vidal'a siper olmuştu. Profesör, ona doğru hızla yürümeye başlayınca muhafız hemen tepki verip ayağa dikildi ve üç uzun adımda bedeniyle Langdon'ın önünü kesti.

Muhafız, omzunu Langdon'ın göğüs kemiğine çarpınca ciğerindeki tüm havayı boşalttı. Ayakları yerden kesilip sırtüstü suni çimlerin üstüne düşerken Langdon'ın tüm vücuduna bir ağrı yayıldı. Daha nefes almaya fırsat bulamadan güçlü eller onu yüzükoyun çevirdi, sol kolunu geriye büktü ve ensesine demir pençesiyle bastırdı. Profesör sol yanağı çimlere gömülmüş bir halde, tamamen kımıldayamaz durumdaydı.

Muhafız öfkeli bir ifadeyle sordu. "Bunun olacağını *biliyordun*. Söyle bu işe nasıl karıştın?"

Yirmi metre ötedeki Kraliyet Muhafızı Rafa Díaz kaçışan davetlilerin arasından itişerek geçti ve silahın ateşlendiğini gördüğü yan duvara ulaşmaya çalıştı.

Ortağının Ambra Vidal'ı yere yatırdığını ve kendi bedenini siper ettiğini gördüğünden, içinden onun emniyette olduğunu düşündü. Ayrıca artık kurban adına yapılabilecek bir şey kalmadığına emindi. *Edmond Kirsch daha yere düşmeden ölmüştü.*

Davetlilerden birinin saldırıyı önceden haber alıp ateş edilmeden hemen önce kürsüye koştuğunu fark etmişti.

Sebebi her neyse, Díaz bu konunun bekleyebileceğini biliyordu.

Şu anda tek bir işi vardı.

Ateş edeni yakalamak.

Díaz silahın patladığı yere vardığında kumaş duvardaki kesiği gördü, içine elini soktu ve olduğu gibi yere kadar yırttı. Kubbe salondan, yapı iskelesi labirentine adımını attı.

Sol tarafta gözüne biri ilişti. Beyaz askeri üniforma giymiş uzun boylu bir adam, bu geniş mekânın karşı tarafındaki acil çıkışına doğru koşuyordu. Hemen ardından, kapıdan kırarcasına geçip gözden kayboldu.

Peşinden giden Díaz, kubbenin dışındaki elektronik cihazların arasından dolanıp sonunda kapıdan beton merdivenlere çıktı. Tırabzanların kenarından bakınca iki kat aşağıdaki kaçağın son sürat basamakları indiğini gördü. Basamakları beşer beşer atlayarak peşinden koştu. Aşağıda bir yerde çıkış kapısının kanadı gürültüyle açıldı ve yine gürültüyle çarparak kapandı.

Binadan çıktı!

Díaz zemin kata geldiğinde, üstünde yatay kol bulunan çift kapılı çıkışa koştu ve tüm ağırlığıyla yüklendi. Yukarıdaki kapı gibi dışarıya doğru açılmak yerine sadece biraz aralanıp öylece kaldı. Bu sırada vücudu adeta çelik bir duvara çarpan muhafız, omzunda yakıcı bir acıyla olduğu yere yığıldı.

Sarsılmış bir halde ayağa kalkıp kapıyı yeniden açmayı denedi. Ancak sorunun ne olduğunu görmesine yetecek kadar açabildi.

Kapının dışarıdaki tutacakları bir boncuk dizisiyle bağlanmıştı. Herhangi bir İspanyol Katolik'in tanıyacağı boncukların bilindik şeklini görünce şaşkınlığı iyice arttı.

Bu bir tespih mi?

Var gücüyle yeniden kapıya yüklendi ama boncuk dizisinin kopacağı yoktu. Dar aralıktan tekrar dışarı bakarken hem tespihin varlığına hem de onu kıramadığına hayret etti.

Kapıdan, *"Hola, (Merhaba,)"* diye seslendi. *"¿Hay alguien? (Kimse yok mu?)"*

Sessizlik.

Kapının aralığından yüksek bir beton duvar ve boş bir ara sokak görüyordu. Herhangi birinin gelip de ilmeği kapıdan çıkarma ihtimali çok düşüktü. Başka bir seçenek kalmadığını anlayınca ceketinin altındaki kılıfından silahını çıkarttı. Silahın horozunu çekip namlusunu kapı aralığından boncuklu tespihe dayadı.

Mübarek bir tespihe ateş ediyorum. Que Dios me perdone. (Tanrı beni affetsin.)

Haçtan kalan metal parça Díaz'ın gözünün önünde aşağı yukarı sallandı.

Tetiği çekti.

Beton alanda silah sesinin gümbürdemesiyle kapılar dışarıya doğru açıldı. Tespih parçalanmıştı. Díaz hemen ileri atılıp tespihin boncukları kaldırıma saçılırken boş ara sokağa sendeleyerek çıktı.

Beyazlı katil yok olmuştu.

Yüz metre ötedeki Amiral Ávila, müzeden uzaklaşmakta olan siyah Renault'nun arka koltuğunda sessizce oturuyordu. Tespih boncuklarını dizdiği Vectran lif vazifesini görmüş, peşinden gelenleri yeterince oyalamıştı.

Kaçtım işte.

Arabası, yılankavi Nervión Nehri boyunca kuzeybatıya doğru yol alıp Avenida Abandoibarra'da hızla giden araçların arasına karıştığında Amiral Ávila rahat bir nefes aldı.

O akşamki görevi bundan daha sorunsuz gidemezdi.

Zihninin içinde Oriamendi marşının neşeli nağmelerini duymaya başladı. Marşın yüz yıllık sözleri bir zamanlar burada, Bilbao'daki kanlı savaşta söylenmişti. *Por Dios, por la Patria y el Rey,* diye içinden şarkısını söyledi. *Tanrı, Anavatan ve Kral için!*

Savaş çığlıkları çoktan unutulmuş olsa da... savaş yeni başlıyordu!

22. BÖLÜM

Madrid'deki Palacio Real yani Kraliyet Sarayı, Avrupa'nın en büyük kraliyet sarayı olduğu gibi, klasik ve barok tarzların en çarpıcı biçimde bir araya geldiği bir mimari yapıdır. Dokuzuncu yüzyıla ait bir Mağribi kalesinin arazisine inşa edilmiş sarayın üç katlı kolonlu cephesi, üzerinde bulunduğu yüz elli metre genişliğindeki Plaza de la Armería'ya yayılır. İçerisi, yaklaşık yüz kırk bin metrekareye dağılmış 3418 odalı akıl karıştırıcı bir labirenttir. Salonları, yatak odaları ve koridorları Velázquez, Goya ve Rubens gibi ustaların paha biçilmez eserlerinin yer aldığı dini içerikli koleksiyonlarla donatılmıştır.

Saray nesiller boyunca İspanyol krallarıyla kraliçelerinin özel konutu olarak hizmet görmüştü. Artık çoğunlukla devlet işleri için kullanılıyordu. Kraliyet ailesi ise şehir dışındaki daha sade ve gözlerden uzak Palacio de la Zarzuela'da kalıyordu.

Ne var ki son aylarda Madrid'deki resmi saray, kırk iki yaşındaki Veliaht Prens Julián'ın daimi evi haline gelmişti. Taç giymeden önce yaşanan bu sıkıcı dönemde "ülkede daha çok görünmesini" isteyen eğitmenlerinin ısrarı üzerine Kraliyet Sarayı'na taşınmıştı.

Prens Julián'ın babası, tahttaki kral, aylardır yatalaktı. Ölmek üzere olan kralın akli melekeleri gitgide azalırken saray, prensi tahta çıkmaya hazırlayarak yavaş bir güç geçişi başlatmıştı. Ülkedeki lider değişimi kapının ağzında beklerken İspanyollar akıllarında tek bir soruyla gözlerini Veliaht Prens Julián'a çevirmişti:

O nasıl bir hükümdar olacak?

Sonunda devralacağı egemenliğin yüküyle doğmuş olan Prens Julián, çocukluğundan bu yana ölçülü ve ağzından çıkana dikkat eden biri olmuştu. Julián'ın annesi ikinci çocuğuna gebeyken erken doğum komplikasyonları yüzünden vefat etmiş, kralsa pek çoklarını şaşırtarak bir daha hiç evlenmemeyi tercih etmişti. Böylece Julián, İspanya tahtının tek vârisi olmuştu.

Birleşik Krallık'taki boyalı basın prense soğuk bir dille, *"yedeği olmayan veliaht"* diyordu.

Julián aşırı muhafazakâr babasının kanatları altında yetiştiği için pek çok gelenekçi İspanyol onun da İspanya tahtının onurunu koruma geleneğini sürdüreceğine inanıyordu. Onlara göre prens geleneklere riayet edecek, ayinlere katılacak ve her şeyden önemlisi İspanya'nın zengin Katolik tarihine saygı gösterecekti.

Katolik krallar yüzyıllar boyunca İspanya'nın ahlak merkezi olmuştu. Son yıllardaysa ülkedeki inançlı taban sanki çözülmüş, İspanya kendini çok eski ile çok yeni arasında bir çekişmenin içinde bulmuştu.

Sayıları giderek artan liberaller, blogları ve sosyal medyayı, babasının gölgesinden kurtulduktan sonra Julián'ın gerçek kişiliğini göstereceği, onun aslında diğer Avrupa ülkelerinin izinden gidıp monarşiyi tamamen kaldırmak isteyen cesur, yenilikçi, laik bir lider olduğu söylentileriyle dolduruyordu.

Kral olarak çok aktif bir rol alan babası, Julián'a siyasette çok dar bir alan bırakmıştı. Kral açıkça Julián'ın gençliğinin tadını çıkarmasını, ancak evlenip durulduktan sonra devlet işleriyle uğraşmasının bir anlamı olacağını söylemişti. Böylece Julián'ın İspanyol basınında tüm aşamaları yazılan ilk kırk yılı özel okullarda, at sırtında, açılış törenlerinde, bağış davetlerinde ve dünya seyahatlerinde geçmişti. Hayatı boyunca dikkate değer çok az başarı sağlamış olmasına karşın Prens Julián hiç şüphesiz İspanya'nın en gözde bekârıydı.

Artık kırk iki yaşında olan yakışıklı prens alenen sayısız kadınla gezmiş, "iflah olmaz bir romantik" diye ün salmasına rağmen gönlünü kimseye kaptırmamıştı. Ama son aylarda, emekli bir mankene benzemekle birlikte, aslında Bilbao'daki Guggenheim Müzesi'nin saygın yöneticisi olan güzel bir kadınla görüntülenmişti.

Medya, Ambra'yı "modern bir kralın tam dengi" diyerek övgü yağmuruna tutmuştu. Kültürlüydü, başarılıydı ve daha da önemlisi İspanya'nın soylu ailelerinden gelmiyordu. Ambra Vidal halkın içinden biriydi.

Prensin de medyanın görüşüne katıldığı anlaşılıyordu. Kısa bir sevgililik döneminin ardından Julián, hiç beklenmedik ve romantik bir şekilde evlenme teklif edince Vidal kabul etmişti.

Takip eden haftalarda basın her gün Ambra Vidal'ın güzel bir yüzden fazlası olduğu hakkında haberler yapmıştı. İleride İspanya kraliçesi olacağı halde, Guardia Real'in, günlük programına müdahale etmesine veya halka açık etkinlikler dışında muhafızların korumasına izin vermeyerek müthiş bağımsız bir kadın olduğunu ortaya koymuştu.

Guardia Real'in komutanı, Ambra'ya gizlice daha muhafazakâr ve daha az üste oturan kıyafetler giymesini önerdiğinde Ambra, "Guardarropía Real" yani "Kraliyet Gardırobu" tarafından azarlandığını söyleyerek espri yapmıştı.

Tüm liberal dergiler kapağa onun yüzünü koymuştu. "Ambra! İspanya'nın Güzel Geleceği!" Röportaj vermeyi reddettiğinde onu "bağımsız" diyerek, röportaj verdiğindeyse "ulaşılabilir" diyerek övmüşlerdi.

Muhafazakâr dergilerse yeni kraliçe adayıyla "güç meraklısı bir fırsatçı" diye alay etmişler ve gelecekteki kralın üzerinde tehlikeli etkileri olacağını yazmışlardı. Buna delil olarak, prensin itibarına hiç aldırış etmemesini gösteriyorlardı.

Ambra'nın geleneksel hitap şekillerinden *Don* Julián veya *su alteza* kelimelerini kullanmadan doğrudan ilk ismiyle çağırma alışkanlığı kaygılarının başında geliyordu.

Diğer kaygıları daha ciddi görünüyordu. Ambra iş programı yüzünden son birkaç haftadır prensten uzak kalmıştı ama Bilbao'da müze civarında sürekli bir ateistle öğle yemeği yerken görülüyordu. Adam Amerikalı teknoloji uzmanı Edmond Kirsch idi.

Ambra bu yemeklerin, müze bağışçılarından biriyle yapılan planlama toplantıları olduğunu ısrarla söylese de sarayın içindeki kaynaklar bu durumun Julián'ın kanına dokunmaya başladığını iddia ediyordu.

Kimse prensi suçlayamazdı.

Doğrusu şuydu ki, Julian'ın güzel nişanlısı, nişanın üstünden henüz birkaç hafta geçmişken, vaktinin çoğunu başka bir adamla geçirmeyi tercih ediyordu.

23. BÖLÜM

Langdon'ın yüzü çimlere iyice bastırılmıştı. Üstündeki muhafız onu ağırlığıyla eziyordu.

Ne tuhaftır ki, hiç acı hissetmiyordu.

Üzüntü, korku ve hırs duyan Langdon karışık duygular içindeydi. Dünyanın en büyük dehalarından biri, yakın dostu, az önce insanların gözü önünde hunharca katledilmişti. *Hayatının en büyük keşfini açıklamasına saniyeler kala öldürüldü.*

Langdon şimdi, insan hayatı kaybının yanına bir ikincisinin, bilimsel kaybın da eşlik ettiğini fark ediyordu.

Artık dünya Edmond'ın ne bulduğunu belki de hiç öğrenemeyecek.

İçten içe korkunç bir öfkeye kapılan Langdon ansızın çelik gibi sağlam bir karar aldı.

Bunun sorumlusunu bulmak için mümkün olan her şeyi yapacağım. Bıraktığın mirası yaşatacağım. Keşfini dünyayla paylaşmanın bir yolunu bulacağım.

Muhafızın, "Biliyordun," diyen sesi tam kulağının dibinde patladı. "Sanki bir şey olmasını bekliyormuş gibi sahneye doğru yürüyordun."

Güçlükle nefes alabilen Langdon, "Beni... uyardılar," diyebildi.

"Kim uyardı?"

Langdon yanağında eğreti duran iletici kulaklığı hissedebiliyordu. "Başımdaki kulaklık... bir müze rehberi. Edmond Kirsch'ün bilgisayarı beni uyardı. Davetli listesinde bir anormallik fark etmiş; İspanyol Donanması'ndan emekli bir amiral varmış."

Muhafızın başı o sırada profesörün kulağına öylesine yakındı ki, adamın telsiz kulaklığının cızırdadığını duydu. Nefes nefese ve aceleyle konuşan birinin sesi geliyordu. Langdon, İspanyolcayı yarım yamalak konuşsa da, kötü haberi anlamasına yetecek kadarını işitmişti.

... el asesino ha huido ...

Katil kaçtı.

... salida bloqueada...

Çıkış engellenmiş.

... uniforme militar blanco...

"Askeri üniforma" sözleri işitildiği anda Langdon'ın üstündeki muhafız abanmayı bıraktı. Ortağına, *"Uniforme naval? (Denizci üniforması?)"* diye sordu. *"Blanco... ¿de almirante? (Beyaz... amiral mi?)"*

Soruya olumlu yanıt geldi.

Langdon donanma üniformasından bahsettiklerini duydu. Winston haklıydı.

Muhafız, Langdon'ı serbest bırakıp üstünden kalktı. "Dön bakalım."

Profesör acı içinde sırtüstü döndü ve dirseklerinin üstünde doğruldu. Başı dönüyor, göğsü sancıyordu.

Muhafız, "Kıpırdama," dedi.

Langdon'ın bir yere gitmeye niyeti yoktu. Tepesindeki görevli yüz kiloluk bir kas kütlesiydi ve işinde hayli ciddi olduğunu çoktan kanıtlamıştı.

Muhafız telsize, *"¡Inmediatamente! (Hemen şimdi!)"* diye bağırdı. Müzenin etrafındaki yolların kesilmesini söylüyor ve yerel polisten acil yardım istiyordu.

... policía local... bloqueos de carretera... (...yerel polis... yollar tutulmuş...)

Bulunduğu yerden, halen yan duvarın önünde yere eğilmiş olan Ambra Vidal'ı gördü. Ambra ayağa kalkmaya çalıştı ama sendeleyip elleriyle dizlerinin üstüne düştü.

Biri ona yardım etsin!

O sırada kubbenin içine doğru bağıran muhafız, görünürde kimseye seslenmiyordu. *"¡Luces! Y cobertura de móvil! (Işıkları açın! Telefon etmem lazım!)"*

Langdon elini götürüp yüzündeki kulaklığı düzeltti.

"Winston, orada mısın?"

Muhafız dönüp Langdon'a tuhaf tuhaf baktı.

"Buradayım." Winston'ın sesi telaşsızdı.

"Winston, Edmond vuruldu. Işıkların hemen açılması gerekiyor. Cep telefonu engellemesinin kalkması lazım. Bunları denetleyebiliyor musun? Veya yapabilen biriyle iletişim kurabilir misin?"

Saniyeler içinde kubbedeki ışıklar aniden açıldı. Ay ışığındaki çayırın sihirli yanılsaması ortadan kalkınca, üstüne bırakılmış battaniyelerle bomboş bir suni çimenlik göründü.

Muhafız, Langdon'ın sahip olduğu yetkiden etkilenmiş gibiydi. Bir süre sonra eğilip profesörü ayağa kaldırdı. İki adam apaydınlık ortamda yüz yüze duruyordu.

Langdon kadar uzun boylu olan muhafızın başı tıraşlıydı ve mavi ceketini geren kaslı bir vücudu vardı. Donuk hatlara sahip solgun yüzü, Langdon'a lazer gibi diktiği keskin bakışlı gözlerini ortaya çıkarıyordu.

"Bu akşam videodaki kişi sendin. Sen Robert Langdon'sın."

"Evet, Edmond Kirsch benim hem öğrencim hem de dostumdu."

Mükemmel İngilizcesiyle, "Ben Guardia Real'den Fonseca," diyerek kendini tanıttı. "Donanma üniformasından nasıl haberin olduğunu anlat."

Langdon sahnenin yanında yerde kıpırtısız yatan Edmond'ın cesedine döndü. Ambra Vidal yanında müzenin iki güvenlikçisi ve Edmond'ı hayata döndürmeye çalışmaktan vazgeçmiş bir sıhhiyeciyle birlikte cesedin yanında diz çökmüştü. Ambra cesedin üstünü bir battaniyeyle yavaşça örttü.

Edmond ölmüştü.

Gözlerini, öldürülen arkadaşından alamayan Langdon'ın midesi bulandı.

Muhafız, "Artık onun için bir şey yapamayız," dedi. "Olacakları nereden bildiğini söyle."

Profesör, sesinin tonu yanlış anlamaya hiç yer bırakmayan muhafıza baktı. Adam düpedüz emir veriyordu.

Langdon çabucak Winston'ın kendisine söylediklerini anlattı. Rehber program, davetlilerden birinin kulaklığını bıraktığını tespit etmiş, müzedeki insan rehberlerden biri çöp tenekesinde bulunca, bu kulaklığın hangi davetliye verildiğini kontrol etmişler ve listeye son dakikada eklenen bir isim olduğunu fark edince telaşlanmışlardı.

"İmkânsız. Davetli listesi dün kapandı. Herkesin özgeçmişi incelenmişti," dedi muhafız.

Winston'ın sesi Langdon'ın kulaklığından, "Bu adam incelenmedi," dedi. "Dikkatimi çekince davetlinin ismini araştırdım. Beş yıl önce Sevilla'daki bir terör saldırısının ardından geçirdiği travma sonrası stres bozukluğu ve alkolizm yüzünden görevden alınan bir İspanyol Donanması amirali olduğunu öğrendim."

Langdon bilgiyi muhafıza aktardı.

"Katedralin bombalanması olayı mı?" Muhafız kuşkuyla baktı.

Winston, "Ayrıca bu subayın Bay Kirsch'le hiçbir ilişkisi bulunmadığını da öğrendim," diye devam etti. "Bu yüzden müze güvenliğiyle alarma geçmeleri için temas kurdum ama Edmond'ın etkinliğini berbat etmememiz gerektiğini söylediler, özellikle de tüm dünyaya canlı yayın yapılırken. Bu akşamki programa Edmond'ın ne kadar hazırlandığını bildiğimden, söyledikleri mantıklı geldi. Böylece bu adamı bulabilirsiniz ümidiyle sizinle iletişime geçtim Robert. Ben de güvenlik ekibini gizlice oraya gönderecektim. Daha sıkı tedbir almalıydım. Edmond'ın güvenine layık olamadım."

Rehber bilgisayarın suçluluk hissetmesini Langdon nedense sinir bozucu bulmuştu. Arkasına dönüp Edmond'ın üstü örtülmüş cesedine bakarken Ambra Vidal'ın yaklaşmakta olduğunu gördü.

Dikkatini profesörden ayırmayan Fonseca, Vidal'ı görmezden geldi. "Bilgisayar sana şüpheli deniz subayının ismini verdi mi?" diye sordu.

Langdon başını olumlu anlamda salladı. "İsmi Amiral Luis Ávila."

Bu ismi söylediği anda Ambra olduğu yerde durdu ve Langdon'a dehşet dolu bir ifadeyle baktı.

Kadının tepkisini fark eden Fonseca hemen yüzünü ona döndü. "Bayan Vidal? Bu ismi biliyor musunuz?"

Ambra cevap veremiyordu. Bakışlarını yere indirdi ve az önce bir hayalet görmüş gibi yere baktı.

Fonseca, "Bayan Vidal?" diye tekrar etti. "Amiral Luis Ávila ismini biliyor musunuz?"

Ambra'nın şok içindeki ifadesi, katili tanıdığı konusunda şüpheye mahal bırakmıyordu. Fazla uzun sürmeyen bu şaşkınlıktan sonra gözlerini iki kez kırpıştırdı ve adeta bir transtan uyanıyormuş gibi koyu gözlerine hayat geldi. "Hayır... bu ismi bilmiyorum," diye fısıldarken önce Langdon'a sonra da güvenlik görevlisine kısa bir bakış fırlattı. "Ben sadece... katilin İspanyol Donanması'ndan bir subay çıkmasına şaşırdım."

Yalan söylüyor, diye düşünen Langdon, kadının verdiği tepkiyi neden gizlediğini çözemedi. *Adamın ismini tanıdığından eminim.*

Ambra'ya doğru bir adım daha atan Fonseca, "Davetli listesinden kim sorumluydu?!" diye sordu. "Bu adamın ismini kim ekledi?"

Şimdi Ambra'nın dudakları titriyordu. "Hiç... hiçbir fikrim yok."

Kubbenin içinde birden bipleyip çalmaya başlayan cep telefonlarının kakofonisi muhafızın sorularını yarıda kesti. Winston cep telefonu hizmetini açmanın bir yolunu bulmuş olmalıydı. O an çalan telefonlardan biri de Fonseca'nın ceketinin cebindeydi.

Elini telefonuna götüren kraliyet muhafızı, arayanın kim olduğunu görünce derin bir nefes alıp cevap verdi. *"Ambra Vidal está a salvo,"* diye duyurdu.

Ambra Vidal güvende. Langdon gözlerini perişan haldeki kadına çevirdi. O da Langdon'a bakıyordu. Bakışları karşılaştığında uzunca bir süre gözlerini birbirlerinden ayırmadılar.

Ardından Langdon, Winston'ın kulaklığından gelen sesini duydu.

Winston, "Profesör," diye fısıldadı. "Ambra Vidal, Luis Ávila'nın davetli listesine nasıl girdiğini çok iyi biliyor. İsmi kendisi ekledi."

Langdon'ın bu bilgiden anlam çıkarması biraz zaman aldı.

Katilin ismini davetli listesine Ambra Vidal mı eklemiş?

Şimdi de bununla ilgili yalan mı söylüyor?!

Langdon bilgiyi özümsemeye fırsat bulamadan Fonseca cep telefonunu Ambra'ya uzattı.

Muhafız, "*Don Julián quiere hablar con usted, (Don Julián sizinle konuşmak istiyor,)*" dedi.

Ambra telefondan kaçar gibi davranıyordu. "Ona iyi olduğumu söyleyin," diye cevap verdi. "Birazdan onu ararım."

Muhafızın ifadesinden inanmakta güçlük çektiği anlaşılıyordu. Telefonu eliyle kapatıp Ambra'ya fısıldadı. "*Su alteza Don Julián, el príncipe, ha pedido... (Prens, Ekselansları Don Julián, rica etti...*"

"Prens olması umurumda değil," diye çıkıştı. "Eğer kocam olacaksa ihtiyaç duyduğumda beni rahat bırakmayı öğrenecek. Bir cinayete şahit oldum ve kendime gelmek için bir dakikaya ihtiyacım var! Söyleyin birazdan ararım."

Fonseca küçümser gibi bir ifadeyle kadına baktı. Sonra arkasını dönüp görüşmesine uzakta devam etti.

Bu tuhaf karşılıklı konuşma Langdon için küçük bir gizemi çözmüştü. *Demek Ambra Vidal, Prens Julián'ın nişanlısı?* Bu haber ona neden ünlü bir yıldız muamelesi yapıldığını ve Guardia Real'in hangi sebeple orada bulunduğunu açıklasa da, nişanlısıyla görüşmeyi neden kabul etmediğini açıklamıyordu. *Bunları televizyonda gördüyse prensin ödü patlamıştır.*

Neredeyse o anda Langdon daha evham verici bir şeyi idrak edince hayrete düştü.

Aman Tanrım... Ambra Vidal, Madrid'deki Kraliyet Sarayı'yla bağlantılı biri.

Edmond'a Piskopos Valdespino'nun bıraktığı sesli mesajı hatırlayınca bu beklenmedik tesadüf içini ürpertti.

24. BÖLÜM

Madrid'deki Kraliyet Sarayı'ndan yaklaşık iki yüz metre ötedeki Almudena Katedrali'nde Piskopos Valdespino'nun bir anlığına nefesi kesildi. Hâlâ üstünde ayin cüppesi vardı. Çalışma odasındaki dizüstü bilgisayarın önünde oturmuş, Bilbao'dan nakledilen görüntülerin karşısında donakalmıştı.

Bu çok büyük bir haber olacak.

Gördüğü kadarıyla, dünya medyası çalkalanıyordu. En büyük haber merkezleri Kirsch'ün sunumuyla ilgili yorum yapması için bilim ve din alanındaki yetkililere bağlanıyor, diğerleri Edmond Kirsch'ü kimin neden öldürmüş olabileceğine dair tezler sıralıyordu. Medya birisinin, Kirsch'ün buluşunun gün yüzü görmesini asla istemediği sonucuna varmış gibiydi.

Uzunca bir süre düşündükten sonra Valdespino cep telefonunu çıkartıp birini aradı.

Haham Köves ilk çalışta açtı. "Korkunç!" Haham adeta çığlık atmıştı. "Televizyonu seyrediyordum! Hemen yetkililere gidip bildiklerimizi anlatmalıyız!"

Valdespino sakin bir sesle, "Sayın Haham," diye karşılık verdi. "Dehşet verici bir olay yaşandığı konusunda sizinle hemfikirim. Ancak tepki vermeden önce iyice düşünmeliyiz."

Köves, "Düşünecek bir şey yok!" diye çıkıştı. "Belli ki Kirsch'ün keşfini mezara gömmeye yemin etmiş birileri var ve bunlar kasap! Artık Seyyid'i de onların öldürdüğüne inanıyorum. Kim olduğumuzu mutlaka biliyorlardır, bundan sonra da *bizim* peşimize düşecekler. Yetkililere gidip Kirsch'ün bize anlattıklarını açıklamak ahlaki yükümlülüğümüz."

Valdespino, "Ahlaki yükümlülük mü?" diye sordu. "Kulağa daha çok bizi susturmaya kalkmasınlar diye bilgiyi halka duyurmak istiyormuşsunuz gibi geliyor."

Haham hemen cevapladı. "Elbette güvenliğimiz de düşünülmesi gereken bir konu, ama aynı zamanda dünyaya karşı ahlaki yükümlülüğümüz var. Bu buluşun bazı büyük dini inançların sorgulanmasına neden olacağının farkındayım ama eğer şu uzun hayatımda öğrendiğim bir şey varsa, o da *inancın* daima yaşadığıdır. Güçlükler karşısında bile devam eder. Kirsch'ün keşfini açıklasak bile, inancın bunu da aşacağına inanıyorum."

Ses tonunu mümkün olduğunca bozmadan konuşan piskopos sonunda, "Sizi duyuyorum azizim," dedi. "Sesinizdeki kararlılığı algılayabiliyorum ve düşüncelerinize saygı duyuyorum. Tartışmaya, hatta fikirlerimi değiştirmeye açık olduğumu bilmenizi isterim. Yine de istirham ediyorum, bu buluşu dünyaya açıklayacaksak birlikte yapalım. Gün ışığında. Onurumuzla. Bu korkunç katliamın çaresizliği içinde değil. Planlayalım, provasını yapalım ve haberi münasip biçimde aktaralım."

Köves hiçbir şey söylemedi ama Valdespino, yaşlı adamın nefes aldığını duyabiliyordu.

Piskopos, "Bakın," diye devam etti. "Şu anda en acil mesele can güvenliğimiz. Katillerle uğraşıyoruz ve eğer ortalıkta fazla görünürseniz, farzımuhal yetkililere veya bir televizyon kanalına giderseniz durum vahşetle sonuçlanabilir. Ben bilhassa sizin için endişeleniyorum. Benim buradaki saray arazisinin içinde korumam var ama siz... siz Budapeşte'de yalnızsınız! Kirsch'ün buluşunun bir ölüm kalım meselesi olduğu ortada. Lütfen emniyetinizi temin etmeme izin verin Yehuda."

Köves bir süre konuşmadı. "*Madrid*'den mi? Siz oradan nasıl..."

"Kraliyet ailesinin güvenlik kaynakları benim tasarrufumda. Kapıları kilitleyin, evden dışarı çıkmayın. İki kraliyet muhafızının sizi alıp Madrid'e getirmesini isteyeceğim. Buradaki saray kompleksinde emniyette olursunuz. Sonra da karşılıklı oturup en iyi şekilde nasıl hareket etmemiz gerektiğini tartışırız."

Haham kararsız bir sesle sordu. "Madrid'e geldiğimde nasıl devam edeceğimiz konusunda ya anlaşamazsak?"

Piskopos, "Anlaşırız," diyerek onu temin etti. "Belki biraz eski kafalıyım ama aynı zamanda tıpkı sizin gibi gerçekçi biriyimdir. Birlikte en iyi hareket şeklinin ne olacağını bulacağız. Buna itikadım var."

Köves, "Peki ya, yanlış bir şeye itikat ediyorsanız?" diye üsteledi.

Valdespino midesine kramplar girdiğini hissetse de bir süre durup derin derin nefes aldı ve elinden geldiğince sükûnet dolu bir sesle cevap verdi. "Yehuda, eğer sonunda birlikte hareket etmenin bir çaresini bulamazsak dostça ayrılır, her birimiz en doğru bulduğumuz çözüm ne ise o şekilde davranırız. Size söz veriyorum."

Köves, "Teşekkür ederim," diyerek karşılık verdi. "Sözünüze itimat ediyorum. Madrid'e geleceğim."

"Peki. Bu zaman zarfında kapıları kilitleyin ve kimseyle konuşmayın. Siz eşyalarınızı toplayın, ben detayları iletmek üzere sizi yeniden ararım." Biraz duraksadı. "İnancınızı kaybetmeyin. Yakında görüşürüz."

Valdespino yüreği sıkılarak telefonu kapattı. Köves'i kontrol etmek, mantıklı ve sağgörülü davranmasını sağlamaya çalışmak ricadan fazlasını gerektirecekti.

Köves panikliyor... Tıpkı Seyyid gibi.

İkisi de büyük resmi göremiyor.

Valdespino dizüstü bilgisayarı kapatıp koltuğunun altına sıkıştırdı ve karanlık mabette ilerlemeye başladı. Üstünden çıkartmadığı ayin cüppesiyle katedralden dışarıdaki serin akşama adımını attı ve meydanın karşı tarafındaki Kraliyet Sarayı'nın beyaz cephesine yöneldi.

Piskopos ana girişin üstündeki İspanyol armasını gördü. Armadaki taca her iki yanında birer Herkül Sütunu eşlik ediyor, "daha öteye" anlamına gelen, çok eski PLUS ULTRA sloganı yazıyordu. Kimileri bu tabirin, İspanya'daki yüzlerce yıllık "imparatorluğu genişletme" emelini ifade ettiğine, kimileriyse bu hayatın ötesinde bir cennet hayatı bulunduğu ezeli inancını yansıttığına inanırdı.

Anlamı hangisi olursa olsun, Valdespino günler geçtikçe bu sözlerin giderek daha da ilgisiz kaldığını hissediyordu. Sarayın üstünde dalgalanan İspanyol bayrağına bakarken, hasta kralını aklına getirerek hüzünle içini çekti.

Öldüğünde onu çok özleyeceğim.

Ona çok şey borçluyum.

Piskopos aylardır, şehrin dışındaki Palacio de la Zarzuela'da yatalak haldeki sevgili dostunu her gün ziyarete gidiyordu. Birkaç gün önce kral, gözlerinde derin bir kaygıyla Valdespino'yu yatağının yanına çağırmıştı.

Kral, "Antonio," diye fısıldamıştı. "Sanırım oğlumun nişanı... aceleye geldi."

Valdespino içinden, *bir delilik desek daha doğru olur,* diye düşünmüştü.

İki ay önce prens kısa süredir tanıdığı Ambra Vidal'a evlenme teklif edeceği sırrını açtığında şaşkına dönen piskopos, Julián'a daha sağduyulu davranması için yalvarmıştı. Prens âşık olduğunu ve babasının tek oğlunun mürüvvetini görmeye hakkı bulunduğunu söyleyerek ona karşı çıkmıştı. Ayrıca bir aile kuracaklarsa, Ambra'nın yaşı sebebiyle fazla bekleyemeyeceklerini de söylemişti.

Valdespino, krala sakince gülümsemişti. "Evet, size katılıyorum. Don Julián'ın evlilik teklifi hepimizi şaşkına çevirdi. Ama o sadece sizi mutlu etmek istiyordu."

Kral hiddetle, "Onun ülkesine karşı vazifesi var, babasına değil," demişti. "Bayan Vidal pek güzel olsa da bizim bilmediğimiz, yabancı biri. Don Julián'ın teklifini kabul etme sebeplerini sorguluyorum. Her şey çok çabuk gelişti, onurlu bir kadın onu reddederdi."

Valdespino, "Haklısınız," diye karşılık vermişti. Gerçi Ambra'nın savunmasına göre Don Julián, ona başka şans tanımamıştı.

Kral nazikçe uzanıp piskoposun kemikli elini avcunun içine almıştı. "Sevgili dostum, zaman nasıl geçti anlayamadım. Bizler yaşlandık. Sana teşekkür etmek istiyorum. Yıllar boyunca, gerek eşimi kaybettiğimde, gerekse ülkedeki değişiklikler yaşanırken bana bilgece tavsiyelerde bulundun. Güçlü kanaatlerinden çok faydalandım."

"Dostluğumuz benim için sonsuza dek üzerine titreyeceğim bir onur."

Kral bitkin bir ifadeyle gülümsemişti. "Antonio, yanımda kalmak için fedakârlıklarda bulunduğunu biliyorum. Roma bunlardan bir tanesi."

Valdespino omuzlarını silkmişti. "Kardinal olmak beni Tanrı'ya daha fazla yaklaştırmazdı. Benim yerim daima sizin yanınızdı."

"Sadakatin benim için bir lütuftu."

"Bana yıllar önce gösterdiğiniz merhameti asla unutmayacağım."

Piskoposun elini sımsıkı tutan kral gözlerini kapatmıştı. "Antonio... kaygılanıyorum. Oğlum kendini devasa bir geminin dümeninde bulacak ama bu gemiyi idare etmeye hazır değil. Lütfen ona kılavuz ol. Kutup Yıldızı ol. Lütfen elini onun dümendeki elinin üstüne koy, özellikle de haşin denizlerde. Her şeyden önemlisi sana yalvarıyorum, yolundan saptığında geri dönüşü bulabilmesi için ona yardım et... sonunda her şey... yeniden en saf haline dönsün."

Piskopos, "Amin," diye fısıldamıştı. "Size söz veriyorum."

Valdespino akşamın serinliğinde meydanın karşı tarafına geçerken bakışlarını gökyüzüne doğru çevirdi. *Majesteleri, son arzularınızı yerine getirebilmek için elimden geleni yaptığıma emin olunuz.*

Kralın televizyon seyredemeyecek kadar güçsüz düşmüş olmasından teselli buluyordu. Bu akşam Bilbao'dan yayınlananları görseydi, sevgili memleketini nelerin beklediğine şahit olmak onu öldürürdü.

Valdespino'nun sağ tarafındaki demir kapıların ardında yer alan Calle de Bailén boyunca dizilmiş medya kamyonları, uydu alıcılarını yükseltiyordu.

Akşam rüzgârı cüppesini savururken içinden, *akbabalar*, diye düşündü.

25. BÖLÜM

Yoğun duygularla mücadele eden Langdon içinden, *sonra yas tutarsın*, diye geçirdi. *Şimdi eylem zamanı.*

Katili yakalamalarına yardımı dokunabilecek her türlü bilgiyi toplaması için Winston'dan müze güvenlik kayıtlarını incelemesini istemişti. Ayrıca kimseye duyurmadan Piskopos Valdespino ile Ávila arasında herhangi bir bağ bulunup bulunmadığını da araştırmasını söylemişti.

Hâlâ telefonda görüşmekte olan Fonseca yanına dönüyordu. *"Sí... sí,"* diyordu. *"Claro. Inmediatamente. (Acil.)"* Fonseca görüşmesi sona erince dikkatini, yanında sersemlemiş gibi duran Ambra'ya verdi.

Kesin bir dille, "Bayan Vidal, gidiyoruz," dedi. "Don Julián sizi sağ salim Kraliyet Sarayı'na götürmemizi istedi."

Ambra gözle görülür biçimde kendini kastı. "Edmond'ı bu halde bırakmayacağım!" Battaniyenin altında kıvrılmış yatan cesedi işaret etti.

Fonseca, "Bu konuyla polis ilgilenecektir," diye karşılık verdi. "Adli tıp yolda. Bay Kirsch'e saygıyla ve itinayla ihtimam gösterilecektir. Şimdi bizim gitmemiz gerek. Tehlikede olduğunuzdan şüpheleniyoruz."

Ona doğru bir adım atan Ambra, "Kesinlikle tehlikede değilim!" diye çıkıştı. "Beni pekâlâ vurabilecek bir katil kılıma dahi dokunmadan çekip gitti. Edmond'ın peşinde olduğu çok belli!"

"Bayan Vidal!" Fonseca'nın boynundaki damarlar adeta yerinden fırladı. "Prens sizi Madrid'e çağırıyor. Kendisi can güvenliğinizden endişeli."

Ambra sertçe, "Hayır," diye cevap verdi. "O siyasi sonuçlarından endişeleniyor."

Fonseca yavaşça derin bir nefes aldı ve sesinin tonunu alçalttı. "Bayan Vidal, bu akşam meydana gelen olaylar İspanya için de, prens için de korkunç bir darbeydi. Bu akşamki etkinliği sizin sunmanız talihsiz bir karardı."

Birden Langdon'ın kafasının içinde Winston'ın sesi duyuldu. "Profesör? Müze güvenlik ekibi dışarıdaki kamera kayıtlarını inceledi. Görünüşe bakılırsa bir şey bulmuşlar."

Langdon, onu dinledikten sonra Fonseca'ya el sallayarak Ambra'yı paylamasını yarıda kesti. "Beyefendi, bilgisayar şu anda müzenin çatı kameralarından birinin, kaçan arabanın resmini kısmen yakaladığını söylüyor."

"Öyle mi?" Fonseca şaşırmış gibiydi.

Langdon, rehberden aldığı bilgiyi Fonseca'ya aktarmaya devam etti. "Görevli kapısının baktığı ara sokaktan çıkan siyah bir sedan... kameranın yukarıdaki açısından plakası okunmuyor... ön camına alışılmadık bir çıkartma yapıştırılmış."

Fonseca, "Ne çıkartması?" diye sordu. "Polislerden aramasını isteyebiliriz."

Winston, "Tanıdığım bir çıkartma değil," diye cevap verdi. "Ama dünyadaki bilindik tüm sembollerle karşılaştırmasını yaptım ve içlerinden biriyle eşleştirebildim."

Langdon, Winston'ın tüm bunları ne kadar çabuk yapabildiğine hayret etmişti.

"Elde ettiğim eşleşme, eskiden bir simya sembolü olarak kullanılıyormuş," dedi. *"Alaşım."*

Anlayamadım? Langdon bir park yerinin veya siyasi bir örgütün amblemi çıkmasını bekliyordu. "Arabanın çıkartmasında... alaşım sembolü mü var?"

Ona bakmakta olan Fonseca'nın hiçbir şey anlamadığı belliydi.

Langdon ısrar etti. "Bir yanlışlık olmalı Winston. İnsan niye bir simya sürecinin sembolünü taşısın?"

Rehber bilgisayar, "Bilmiyorum," diye yanıt verdi. "Bulabildiğim tek eşleşme bu. Yüzde doksan dokuz karşılık bulduğunu görüyorum."

Langdon'ın fotoğrafik hafızası hemen gözünün önüne alaşımın simyadaki sembolünü getirdi.

"Winston arabanın camında tam olarak ne gördüğünü anlat."

Bilgisayar derhal cevap verdi. "Üç adet enine çizginin kestiği dikey bir çizgiden oluşuyor. Dikey çizginin tepesinde yukarı bakan bir yay var."

Aynen. Langdon kaşlarını çattı. "Üstteki yayın uçları kapalı mı?"

"Evet. Her bir ucun üzerine kısa çizgiler çekilmiş."

Pekâlâ o halde bu alaşım.

Langdon bir süre ne yapacağını şaşırdı. "Winston bize güvenlikteki kaydın fotoğrafını gönderebilir misin?"

"Elbette."

Fonseca, "Benim telefonuma gönder," diye buyurdu.

Langdon, muhafızın cep telefonu numarasını Winston'a söyledikten hemen sonra Fonseca'nın telefonu bipledi. Muhafızın etrafında toplaşıp, karıncalı siyah beyaz fotoğrafa baktılar. Boş bir ara sokaktaki siyah sedanın yukarıdan çekilmiş görüntüsüydü.

Langdon, ön camın sol alt köşesinde Winston'ın tarif ettiği sembolü aynen görebiliyordu.

Alaşım. Ne tuhaf.

Şaşalayan Langdon, parmak uçlarıyla Fonseca'nın ekranındaki görüntüyü büyüttü. Eğilip resmi daha detaylı inceledi.

Langdon o anda sorunun ne olduğunu anladı. "Bu alaşım değil."

Resim, Winston'ın anlattığına çok yakın olsa da aynısı değildi. Sembolojide "yakın" ile "aynısı" arasındaki fark, Nazi gamalı haçıyla Budistlerin refah sembolü arasındaki fark kadar büyük olabilirdi.

İnsan zekâsı işte bu yüzden bazen bilgisayarlardan daha üstün.

Langdon, "Bu tek bir çıkartma değil," diye bildirdi. "Üst üste binmiş iki çıkartma. Alttaki çıkartma, 'papalık haçı' denilen özel bir haç. Şimdilerde çok popüler."

Vatikan tarihindeki en liberal papanın seçilmesinin ardından dünyadaki binlerce insan, hatta Langdon'ın anayurdu Massachusetts Camridge'dekiler bile, bu üç çizgili haçı taşıyarak papanın yürüttüğü yeni siyaseti desteklediklerini gösteriyorlardı.

Langdon, "Üstteki U şeklindeki sembol tamamen farklı bir çıkartma," dedi.

Winston onayladı. "Haklı olduğunu şimdi anlıyorum. Şirketin telefon numarasını bulayım."

Profesör, bilgisayarın süratine yine hayran kalmıştı. *Şirket logosunu çoktan çözdü mü?* Langdon, "Mükemmel," dedi. "Onları ararsak belki arabayı tespit edebilirler."

Fonseca hayretler içindeydi. "Arabayı tespit etmek mi? Nasıl?"

Ön camdaki U şeklini işaret eden Langdon, "Bu araba *kiralanmış,*" dedi. "Uber'den."

26. BÖLÜM

Gözleri kocaman açılmış Fonseca'nın yüzündeki ifadeden Langdon, muhafızı neyin daha çok hayrete düşürdüğünü anlayamadı: Ön camdaki çıkartmayı çabucak deşifre etmeleri mi, yoksa Amiral Ávila'nın kaçmak için tuhaf bir araba seçmesi mi?

Uber'den kiralanmış. Profesör bunun zeki bir hamle mi yoksa ileriyi göremeyen bir hareket mi olduğuna karar veremiyordu.

Uber'in her yerde hazır ve nazır "istek üzerine şoför" servisi, son birkaç yıldır dünyayı çığ gibi sarmıştı. Arabaya ihtiyaç duyan herkes akıllı telefon aracılığıyla, kendi arabalarını taksi olarak kiralayıp fazladan para kazanan Uber şoförlerinin giderek büyüyen filosuyla anında iletişime geçebiliyordu. İspanya'da yeni yasallaşmış olan Uber, İspanyol şoförlerden U logosunu ön cama yapıştırmalarını istiyordu. Anlaşılan bu Uber şoförü, aynı zamanda yeni papanın da hayranıydı.

Langdon, "Fonseca," dedi. "Winston arama noktalarına dağıtılması için kaçan arabanın fotoğrafını yerel polis teşkilatına göndereceğini söylüyor."

Fonseca'nın ağzı açık kalınca Langdon bu yüksek eğitimli muhafızın kovalamaca oynamaya alışık olmadığını hissetti. Fonseca, Winston'a teşekkür etmekle, kendi lanet işine bakmasını söylemek arasında bocalıyor gibiydi.

"Şimdi Uber'in acil numarasını çeviriyor."

Fonseca, "Hayır!" diye atıldı. "Numarayı *bana* verin. Ben ararım. Uber, kraliyet muhafızlarından rütbeli birisine bir bilgisayardan daha çok yardım edecektir."

Langdon, onun haklı olabileceğini düşündü. Ayrıca, Ambra'yı Madrid'e götürmekle yeteneklerini israf etmektense muhafızın bu kovalamacaya yardım etmesi daha iyi olurdu.

Numarayı Winston'dan alan Fonseca aramayı yaparken profesör, katili birkaç dakika içinde yakalayacaklarından emindi. Araçların yerini tespit etmek Uber'in en iyi yaptığı işti; akıllı telefona sahip her müşteri yeryüzündeki her Uber şoförünün tam yerini görebiliyordu. Fonseca'nın yapması gereken tek şey, şirketten Guggenheim Müzesi'nin arka tarafından az önce yolcu alan şoförün yerini tespit etmesini istemekti.

Fonseca, *"Hostia! (Kahretsin!)"* diye lanet okudu. Tuş takımındaki bir numaraya basıp beklediğinden, otomatik seçenekler menüsüyle karşılaştığı anlaşılıyordu. "Profesör, ben Uber'e ulaşıp arabanın yerini belirlemelerini istedikten sonra bu konuyu yerel polise devredip muhafız Díaz ile birlikte sizi ve Bayan Vidal'ı Madrid'e götüreceğim."

Langdon şaşkınlık içinde sordu. "Beni mi? Hayır, ben sizinle gelemem."

Fonseca, "Gelebilirsiniz ve geleceksiniz," diye buyurdu. Langdon'ın kulaklığını eliyle gösterdi. "Bilgisayar oyuncağınız da gelecek."

Langdon ciddileşen bir sesle, "Üzgünüm," dedi. "Madrid'e kadar sizinle birlikte gelmeme imkân yok."

Fonseca, "Bu çok tuhaf," diye karşılık verdi. "Ben sizi Harvard'lı bir profesör sanıyordum."

Langdon, ona şaşkınlıkla baktı. "Öyleyim."

Fonseca, "Güzel," diye karşılık verdi. "O halde sanırım başka seçeneğiniz olmadığını fark etmişsinizdir."

Bunları söyledikten sonra sert adımlarla uzaklaşan muhafız, telefon görüşmesine devam etti.

Langdon, onun arkasından gidişini seyretti. *Bu da nereden çıktı şimdi?*

"Profesör?" Çok yakınına kadar sokulan Ambra, Langdon'ın arkasından fısıldadı. "Lütfen beni dinleyin. Çok önemli."

Arkasını dönen Langdon, Ambra'nın korku dolu ifadesini görünce şaşırdı. Şoku atlatmış gibiydi; çaresiz ama anlaşılır bir sesle konuşuyordu.

Langdon kuşkulu gözlerle ona baktı.

"Edmond'ın öldürülmesi benim suçum," diye fısıldarken koyu kahverengi gözleri yaşlarla dolmuştu.

"Anlayamadım?"

Ambra artık kendilerini duyamayacak mesafede duran Fonseca'ya tedirgin bir biçimde baktı. Yüzünü tekrar Langdon'a dönerken, "Davetli listesi," dedi. "Son dakika ilavesi. Eklenen ismi hatırlıyor musunuz?"

"Evet, Luis Ávila."

"O ismi ben ekledim," diye itiraf ederken sesi çatallaştı.

Çok şaşıran Langdon, *Winston haklıymış*, diye düşündü.

Ambra yaş dolu gözlerle, "Edmond benim yüzümden öldürüldü," dedi. "Katili bu binadan içeri ben soktum."

Kadının titreyen omzuna elini koyan Langdon, "Sakin ol biraz," dedi. "Şimdi anlat bana. Bu ismi *neden* ekledin?"

Ambra yirmi metre ileride hâlâ telefonda konuşmakta olan Fonseca'ya bir kez daha tedirgin gözlerle baktı. "Profesör, çok güvendiğim birinden son dakikada bir telefon geldi. Ona şahsi bir iyilik yapıp, Amiral Ávila'nın ismini davetli listesine eklememi istedi. Kapıların açılmasına sadece dakikalar kala ricada bulunmuştu ve ben de çok meşguldüm, o yüzden hiç düşünmeden ismi ekledim. Yani adam donanmada amiraldi! Nereden bilebilirdim?" Yeniden Edmond'ın cesedine bakıp narin eliyle ağzını kapattı. "Ve şimdi..."

Langdon, "Ambra," diye fısıldadı. "Senden Ávila'nın ismini eklemeni *kim* istedi?"

Ambra güçlükle yutkundu. "Nişanlım... İspanya'nın veliaht prensi. Don Julián."

Söylediklerine zihninde yer açmaya çalışan Langdon, hayretle ona baktı. Guggenheim'ın yöneticisi az önce İspanya'nın veliaht prensinin, Edmond Kirsch cinayetini düzenlediğini söylemişti. *Bu imkânsız.*

Langdon, kadının omzunda duran elini hafifçe sıktı. "Burada emniyettesin."

Ambra sert bir sesle, "Hayır," dedi. "Burada anlamadığınız bazı işler dönüyor. Dışarı çıkmamız lazım. *Şimdi!*"

Langdon, "Kaçamayız," diye karşı çıktı. "Asla..."

Ambra, "Dinle beni," diye üsteledi. "Edmond'a nasıl yardım edeceğimizi biliyorum."

"Anlamadım?" Langdon, onun hâlâ şokun etkisinde olduğunu düşündü. "Artık Edmond'a yardım edemeyiz."

Ambra kendinden emin bir sesle, "Evet, edebiliriz," dedi. "Ama önce Barselona'daki evine girmeliyiz."

"Sen neden bahsediyorsun?"

"Lütfen beni dikkatle dinle. Edmond'ın ne yapmamızı isteyeceğini biliyorum."

Takip eden on beş saniye boyunca Ambra Vidal alçak sesle konuştu. O konuştukça Langdon kalbinin hızlandığını hissetti. *Aman Tanrım*, diye düşündü. *Ambra haklı. Bu her şeyi değiştirir.*

Konuşmayı bitirdiğinde Ambra, ona meydan okurcasına baktı. "Neden gitmemiz gerektiğini şimdi anlıyor musun?"

Langdon hiç tereddüt etmeden başını salladı. Kulaklığına, "Winston," dedi. "Ambra'nın anlattıklarını duydun mu?"

"Duydum profesör."

"Bunu biliyor muydun?"

"Hayır."

Langdon bundan sonra söyleyeceklerini dikkatle seçti. "Winston, bilgisayarlar yaratıcılarına sadakat hisseder mi bilmiyorum ama eğer yapabiliyorsan, sadakatini ispatlamak için en uygun zaman şimdi. Yardımına gerçekten ihtiyacımız var."

27. BÖLÜM

Langdon sahneye doğru yürürken bir gözünü, Uber'dekilerle görüşmekle meşgul olan Fonseca'dan ayırmadı. Telefonda konuşurken veya tam da ona tembihlediği şekilde konuşuyormuş gibi yaparken, telaşsız adımlarla kubbenin ortasına doğru yürüyen Ambra'yı izledi.

Fonseca'ya Prens Julián'ı aramaya karar verdiğini söyle.

Langdon sahnenin yanına vardığında gözleri istemeden yerdeki cesede ilişti. *Edmond.* Ambra'nın örttüğü battaniyeyi nazikçe açtı. Edmond'ın o parlak gözleri şimdi alnındaki kıpkırmızı deliğin altında iki cansız oyuğa dönmüştü. Kalbi ölüm acısı ve hırsla çarparken bu dehşet verici sahnenin karşısında tüyleri ürperdi.

Bir an için, tüm ümitleri ve yeteneğiyle sınıfından içeri giren kıvırcık saçlı genç öğrencisini görür gibi oldu. Çok kısa bir zamanda onca başarı elde etmişti. Ama o akşam birisi, bu son derece yetenekli insanı, keşfinin sonsuza dek ortadan kaybolması için korkunç bir biçimde öldürmüştü.

Eğer cesaretle eyleme geçmezsem öğrencimin en büyük başarısı asla gün ışığına çıkmayacak.

Langdon sahnenin bir kısmı Fonseca'nın görüş açısını engelleyecek şekilde kendini konumlandırıp cesedin yanına çömeldi, gözlerini kapattı, ellerini birleştirdi ve ona dua pozunu verdi.

Bir ateistin başında dua etmek fikri neredeyse gülmesine neden olacaktı. *Edmond, tanıdığım insanlar arasında en çok sen arkandan dua edilmesini istemezdin. Endişe etme dostum, dua etmeye gelmedim.*

Edmond'ın başında çömelirken içinde yükselen korkuyu bastırmaya çalıştı. *Sana piskoposun zararsız olduğunu söylemiştim.*

Eğer Valdespino'nun bu işle bir bağlantısı çıkarsa... Bu düşünceleri hemen zihninden uzaklaştırdı.

Fonseca'nın kendisini dua ederken gördüğünden emin olduktan sonra usulca uzanıp Edmond'ın deri ceketinden, turkuvaz renkli aşırı büyük telefonunu çıkarttı.

Hemen dönüp Fonseca'ya baktı ama o da telefonda görüşüyor, ayrıca Langdon'dan ziyade Ambra ile ilgileniyordu. Ambra kendi telefon görüşmesine dalmış gibi yaparken Fonseca'dan giderek uzaklaşıyordu.

Yeniden gözlerini Edmond'ın telefonuna çeviren Langdon, sakinleşmek için derin bir nefes aldı.

Geriye bir iş daha kaldı.

Uzanıp nazikçe Edmond'ın sağ elini havaya kaldırdı. Soğuktu. Telefonu eline yaklaştırıp işaretparmağını dikkatle parmak izi okutucusuna bastırdı.

Telefonun tıkırdamasıyla kilidi açıldı.

Langdon hemen ayarlar menüsüne girip ekran koruma özelliğini kapattı. *Ekran koruma özelliği kalıcı olarak kaldırıldı.* Ardından telefonu ceketinin cebine atıp Edmond'ın cesedini yeniden battaniyeyle örttü.

Ambra kulağına telefonu dayamış, boş konferans salonunun ortasında tek başına dururken uzakta sirenler çalıyordu. Fonseca'nın gözlerini üzerinden ayırmadığının bilinciyle kendini konuşmasına kaptırmış gibi gösteriyordu.

Acele et Robert.

Ambra az önce, Edmond Kirsch ile yaptığı konuşmayı anlatınca Amerikalı profesör hemen harekete geçmişti. Ambra ona, iki akşam önce bu salonda sunumun son detayları üzerinde birlikte çalışırken Edmond'ın çok yorgun göründüğünü fark ettiğini söylemişti. Genç dâhi üçüncü ıspanaklı içeceğini içmek için ara verdiğinde Ambra, onu uyarmıştı.

"Bu vegan diyetinin sana iyi geldiğinden pek emin değilim Edmond," demişti. "Çok solgun ve çok zayıf görünüyorsun."

"Çok mu zayıf?" Kahkaha atmıştı. "Şu konuşana bir bakın."

"Ben çok zayıf değilim!"

"Sınırdasın." Ambra'nın öfkeli çehresine bakıp muzip bir ifadeyle göz kırpmıştı. "Solgun olmama gelince, bana biraz müsaade et. Ben gün boyunca LCD ekran karşısında oturan bir bilgisayar dâhisiyim."

"Eh, iki gün sonra tüm dünyaya hitap edeceksin, yüzüne biraz renk gelse iyi olur. Yarın ya dışarı çık ya da tenini bronzlaştıracak bir bilgisayar ekranı icat et."

"Fena fikir değil," derken etkilenmişe benziyordu. "Bunun patentini almalısın." Kahkaha attıktan sonra dikkatini yeniden önlerinde duran işe vermişti. "O halde, cumartesi akşamının ilerleyişi konusunda anlaştık mı?"

Bakışlarını elindeki metne indiren Ambra başını sallamıştı. "İnsanları giriş salonunda karşılıyorum, sonra hep birlikte sunumunu izlemek üzere konferans salonuna giriyoruz. Ardından sihirli bir şekilde şuradaki sahnede beliriyorsun." Salonun ön tarafını işaret etmişti. "Sonra da sahneden duyurunu yapıyorsun."

Edmond, "Mükemmel," demişti. "Yalnız, ekleyeceğim ufak bir şey var. Sahnedeki konuşmam daha çok davetlileri şahsen karşılayabileceğim, akşamın ikinci kısmına hazırlayacağım ve bacaklarını uzatabilecekleri bir *antrakt* gibi olacak. İkinci kısım keşfimi açıklayacağım bir multimedya sunum."

"O zaman duyuru da önceden kaydedildi. Giriş kısmı gibi, öyle mi?"

"Evet, birkaç gün önce bitirdim. Bizim görsel bir kültürümüz var. Multimedya sunumlar daima sahnede konuşan sıradan bilim insanlarından daha sürükleyicidir."

Ambra, "Sen 'sıradan bir bilim insanı' değilsin," demişti. "Ama sana hak veriyorum ve görmeye can atıyorum."

Ambra güvenlik tedbirleri nedeniyle sunumun Edmond'ın tesis dışındaki özel sunucularında saklandığını biliyordu. Her şey uzaktaki bir yerden müzenin projeksiyon sistemine canlı nakledilecekti.

"İkinci bölüme hazır olduğunda sunumu kim başlatacak? Sen mi ben mi?" diye sormuştu.

Edmond cep telefonunu çıkarırken, "Ben yaparım," demişti. *"Bununla."* Turkuvaz renkli Gaudí kılıfının içindeki aşırı büyük telefonunu havaya kaldırmıştı. "Hepsi gösterinin bir parçası. Şifreli bir bağlantı üzerinden uzaktaki sunucuma rakamları gireceğim..."

Edmond birkaç tuşa basınca telefonun hoparlöründen bir kez çalma sesi gelmiş ve bağlanmıştı.

Kadın sesiyle bir bilgisayar cevap vermişti. *"İYİ AKŞAMLAR EDMOND. PAROLANI BEKLİYORUM."*

Edmond gülümsemişti. "Sonra da tüm dünya izlerken parolamı telefonuma gireceğim ve keşfim aynı anda hem buradaki salona hem de dünyaya canlı yayınlanacak."

Etkilenen Ambra, "Kulağa çok heyecanlı geliyor," demişti. "Elbette parolanı unutmazsan."

"Bu çok tuhaf *olurdu*, doğru."

Alaycı bir sesle, "Herhalde bir yerlere yazmışsındır, öyle değil mi?" diye sormuştu Ambra.

Bunun üzerine Edmond kahkahayı patlatmıştı. "Küfür mü ediyorsun? Bilgisayar uzmanları asla parolalarını yazmazlar. Yine de endişelenmeye gerek yok. Benimki sadece kırk yedi haneli. Unutmayacağıma eminim."

Ambra'nın gözleri yuvalarından fırlamıştı. "Kırk yedi mi? Edmond sen müze güvenlik kartının dört haneli PIN numarasını bile aklında tutamıyorsun! Rastgele seçilmiş kırk yedi karakteri nasıl hatırlayacaksın?"

Edmond, Ambra'nın böylesine paniklemesine bir kez daha gülmüştü. "Hatırlamama gerek yok; gelişigüzel karakterlerden oluşmuş değil." Sesini alçaltmıştı. "Parolam en sevdiğim şiirden bir mısra."

Ambra'nın aklı karışmıştı. "Bir şiir dizesini parola mı yaptın?"

"Neden olmasın? En sevdiğim mısra tam kırk yedi harf içeriyor."

"Şey, kulağa pek güvenli gelmiyor ama."

"Gelmiyor mu? En sevdiğim şiir dizesini tahmin edebilir misin?"

"Senin şiir sevdiğinden bile haberim yoktu."

"Aynen öyle. Birisi parolamın bir şiir dizesi olduğunu öğrense, hatta milyonlarca ihtimal arasından doğru dizeyi tahmin etse bile yine de güvenli sunucuma girdiğim o uzun telefon numarasını tahmin etmesi gerekir."

"Telefonundan hızlı arama yaptığın numara mı?"

"Evet, kendi erişim PIN numarasına sahip ve göğüs cebimden hiç çıkarmadığım bir telefon."

Ambra neşeyle gülümseyip ellerini havaya kaldırmıştı. "Tamam, patron sensin. Bu arada en sevdiğin şair kim?"

Edmond parmağını sallarken, "İyi deneme," demişti. "Cumartesiye kadar beklemen gerek. Seçtiğim şiir dizesi mükemmel." Sırıtmıştı. "Gelecek hakkında bir kehanet ve artık gerçekleşmekte olduğunu söylemek beni mutlu ediyor."

Düşünceleri şimdiki zamana dönen Ambra, Edmond'ın cesedine bir göz attı. Langdon'ı artık göremediğini fark edince paniğe kapıldığını hissetti.

Nerede?!

İkinci muhafızın kumaş duvardaki kesikten kubbenin içine girmekte olduğunu fark edince kaygısı daha da arttı. Kubbenin içini gözleriyle tarayan muhafız Díaz, Ambra'ya doğru yürümeye başladı.

Beni asla buradan dışarı bırakmayacak!

Birden Langdon yanında belirdi. Elini nazikçe Ambra'nın sırtına koyup onu uzaklaştırmaya başladı. İkisi birlikte kubbenin diğer tarafına, insanların içeri girdiği geçide doğru hızlı adımlarla ilerliyordu.

Díaz, "Bayan Vidal!" diye bağırdı. "Siz ikiniz nereye gidiyorsunuz?"

Ambra'yı boş salonda çıkış tüneline doğru acele ettiren Langdon, "Hemen dönüyoruz!" diye seslendi.

"Bay Langdon!" Arkalarından seslenen kişi muhafız Fonseca'ydı. "Bu salondan çıkmanız yasak!"

Ambra, Langdon'ın elini sırtına daha telaşlı bastırdığını hissetti.

Langdon kulaklığına, "Winston," diye fısıldadı. "*Şimdi!*"

Bir an içinde kubbe salon karanlığa gömüldü.

28. BÖLÜM

Muhafız Fonseca ile ortağı Díaz karanlık kubbenin içinde, cep telefonlarını fener gibi kullanarak hızla koşuyordu. Langdon ile Ambra'nın girip gözden kaybolduğu tünele daldılar.

Fonseca tünelin yarısına geldiğinde Ambra'nın telefonunu yerdeki halının üstünde buldu. Bunu görmek onu çok şaşırttı.

Ambra telefonundan kurtulmak için onu atmış mı?

Ambra'nın izniyle Guardia Real, bulunduğu yeri her daim tespit edebilmek için basit bir takip uygulaması kullanıyordu. Telefonu atmasının tek bir sebebi olabilirdi: Muhafızların korumasından kurtulmak istiyordu.

Bu düşünce fazlasıyla canını sıksa da İspanya'nın müstakbel kraliçesinin kaybolduğunu patronuna bildirmek zorunda kalmasıyla mukayese kabul edemezdi. İş prensin çıkarlarını korumaya gelince Guardia Real'in komutanı takıntılı ve acımasız davranırdı. Komutan o akşam Fonseca'yı şu çok basit direktifi vererek görevlendirmişti: "Ambra Vidal'ın güvenliğini sağla ve başını dertten uzak tut."

Yerini bilmeden güvenliğini nasıl sağlayacağım?

İki muhafız süratle tünelin çıkışına koştular ve sonunda karanlık giriş salonuna vardılar. Burası şimdi hayaletler kongresini andırıyordu. Cep telefonu ekranlarının ışığıyla aydınlanmış solgun yüzlü şaşkın insanlar, dış dünyayla bağlantı kurmuş, az önce şahit oldukları olayı anlatıyorlardı.

İnsanların çoğu, "Işıkları açın!" diye bağrışıyordu.

Telefonu çalınca Fonseca cevap verdi.

Kelimeleri kısa keserek konuşan bir kadın İspanyolca, "Muhafız Fonseca, müze güvenliğinden arıyorum," dedi. "Orada ışıkların kesildiğini biliyoruz. Bilgisayardaki bir bozukluktan kaynaklanmışa benziyor. Işıklar birazdan gelecek."

Tüm kameralarda gece görüşü bulunduğunu bilen Fonseca, "Dahili güvenlik kameraları hâlâ kaydediyor mu?" diye sordu.

"Evet, kayıttalar."

Fonseca karanlık giriş salonuna göz gezdirdi. "Ambra Vidal ana salondan giriş salonuna az önce girdi. Nereye gittiğini görebiliyor musun?"

"Biraz bekleyin lütfen."

Fonseca'nın kalbi çaresizlik içinde atıyordu. Az önce duyduğuna göre Uber, katilin kaçtığı arabanın yerini belirlemekte güçlük çekiyordu.

Acaba bu akşam daha ters gidebilir miydi?

Ne vahimdir ki, o akşam ilk defa Ambra Vidal'dan sorumluydu. Normalde tecrübeli bir koruma olan Fonseca aslında sadece Prens Julián'ın emrine verilmişti. Buna rağmen o sabah patronu onu yanına çağırıp şunları söylemişti: "Bu akşam Bayan Vidal, Prens Julián'ın itirazlarına rağmen bir etkinlik sunacak. Sen ona eşlik edip güvenliğini sağlayacaksın."

Ambra'nın sunacağı etkinliğin, cinayetle sonuçlanan aleni bir din muhalefeti olacağını Fonseca aklının ucundan geçirmemişti. Doğrusu hâlâ, endişeyle telefon açan Prens Julián'ı kadının öfkeli bir şekilde reddedişini hazmetmeye çalışıyordu.

Tüm bunlar akıl almaz gelse de Ambra'nın acayip davranışları giderek artıyordu. Nereden bakılırsa bakılsın, Amerikalı bir profesörle kaçabilmek için kendi korumalarını atlatmaya çalışıyordu.

Eğer Prens Julián bunu öğrenirse...

"Muhafız Fonseca?" Güvenlikteki kadının sesi yeniden duyuldu. "Bayan Vidal ile yanındaki erkeğin giriş salonundan çıktığını gördük. Platformdan aşağı yürüyüp Louise Bourgeois'in *Cells (Hücreler)*, sergisinin bulunduğu galeriye girdiler. Kapıdan çıkın, sağa dönün, sağınızdaki ikinci galeri."

"Teşekkürler! Onları takibe devam edin!"

Fonseca ile Díaz koşarak giriş salonundan platforma çıktılar. İyice aşağıdaki davetlilerin telaşla lobideki çıkışlara doğru hücum ettiklerini gördüler.

Sağ taraf, tam da güvenlikçinin söylediği gibi büyük bir galeriye açılıyordu. Tabelasında HÜCRELER yazan bu çok geniş galerideki kafese benzeyen acayip bölmelerin her birinin içinde beyaz amorf bir heykel vardı.

Fonseca, "Bayan Vidal!" diye seslendi. "Bay Langdon!"

Cevap alamayan muhafızlar aramaya başladı.

Kraliyet muhafızlarının birkaç salon gerisinde, kubbeli konferans salonunun hemen önündeki Ambra ile Langdon, yapı iskelesinden dikkatlice geçip önlerindeki ÇIKIŞ tabelasına doğru ilerliyorlardı.

Son dakikada Winston ile Langdon'ın işbirliği sayesinde göz açıp kapayıncaya kadar oradan uzaklaşmışlardı. Profesörün isteği üzerine Winston ışıkları kesip kubbeyi karanlığa gömmüştü. Langdon bulundukları yerle tünel çıkışı arasındaki mesafeyi zihninden neredeyse mükemmel bir netlikte hesaplamıştı. Tünelin ağzına geldiklerinde Ambra telefonunu karanlık geçidin içine atmıştı. Sonra, giriş salonuna girmek yerine dönüp kubbenin içinde kalmışlar ve iç duvar boyunca ellerini kumaşın üzerinden ayırmadan kraliyet muhafızının katilin peşinden giderken yırttığı açıklığa gelinceye kadar geri gitmişlerdi. İkili, kumaş duvardaki yırtıktan geçince salonun dış duvarına ilerlemiş ve merdivenlere yönlendiren ışıklı acil çıkış tabelasına doğru gitmişti.

Langdon, Winston'ın kendilerine yardım etmeye ne kadar hızlı karar verdiğini hayretle hatırladı. "Eğer Edmond'ın duyurusu bir parola ile başlatılabiliyorsa onu hemen bulup kullanmalıyız," demişti. "Aldığım ilk talimat, Edmond'ın bu akşamki sunumunun başarılı geçmesini sağlamak için ne mümkünse yapmaktı. Görüldüğü üzere bu konuda onu yarı yolda bıraktım. Ama bu başarısızlığımı düzeltmek için gereken neyse yapmaya hazırım."

Langdon tam ona teşekkür edecekken Winston ara vermeden konuşmaya devam etmişti. Dile getirdiği sözler, hızlandırılmış sesli kitap gibi insanüstü bir süratle akıyordu.

"Edmond'ın sunumuna erişebilseydim bunu hemen yapardım ama duyduğunuz gibi buranın dışındaki güvenli bir sunucuda saklanıyor. Yaptığı keşfi dünyaya duyurmamızın tek yolu kişiselleştirdiği telefonuyla parolasını ele geçirmek. Şimdiye dek basılmış kırk yedi harfli tüm şiir mısralarını inceledim ama ne yazık ki, kıtaların dizelere nasıl bölündüğüne bağlı olarak, yüz binlerle sınırlı kalmayacak kadar çok ihtimalle karşılaştım. Ayrıca Edmond'ın arayüzleri genellikle birkaç kez yanlış parola giren kullanıcıyı engellediği için saldırı yapmak da imkânsız. Bu da bize tek bir seçenek bırakıyor: Parolasını farklı bir yoldan bulmalıyız. Derhal Edmond'ın Barselona'daki evine gitmeniz gerektiğini söyleyen Bayan Vidal ile aynı fikirdeyim. Eğer çok sevdiği bir şiir dizesi varsa, o şiirin geçtiği *kitaptan* evinde bulunduruyordur; hatta belki de en sevdiği dizeyi bir şekilde işaretlemiştir. Edmond'ın Barselona'ya gitmenizi, parolasını bulmanızı ve planladığı şekilde keşfini duyurmak için kullanmanızı isteyeceği ihtimalinin çok yüksek olduğunu hesapladım. Ayrıca, Amiral Ávila'nın son dakikada davetli listesine eklenmesi isteğinin, Bayan Vidal'ın söylediği gibi, sahiden de Madrid'deki Kraliyet Sarayı'ndan geldiğini belirledim. Bu sebeple Guardia Real'e güvenemeyeceğimize karar verdim. Onları atlatmanızın bir yolunu bulup kaçmanızı sağlayacağım."

İnanılmaz bir biçimde, Winston dediğini yapmanın bir yolunu bulmuştu.

Langdon ile Ambra şimdi acil çıkışına varmışlardı. Profesör usulca kapıyı açıp Ambra'yı geçirdi ve kapıyı arkalarından kapattı.

Yeniden konuşan Winston, "Güzel," dedi. "Merdivenlerdesiniz."

Langdon, "Peki ya muhafızlar?" diye sordu.

Winston, "Uzaktalar," diye yanıt verdi. "Şu an onlarla telefondayım, müze güvenliğinden arıyormuşum gibi yaptım ve onları yanlış yönlendirip binanın diğer tarafındaki galeriye gönderdim."

Langdon, Ambra'ya endişelerini giderecek bir şekilde başını sallarken, *inanılmaz*, diye düşündü. "Her şey yolunda."

Bilgisayar, "Merdivenlerden zemin kata kadar aşağı inin ve müzeden çıkın," dedi. "Ayrıca lütfen unutmayın, müzeden çıktığınız anda kulaklığınızın benimle bağlantısı kesilecek."

Kahretsin. Langdon bunu düşünememişti. Telaşla sordu. "Winston, Edmond'ın buluşunu bazı dini liderlerle paylaştığını önceden biliyor muydun?"

Winston, "Hayır, bu konudan tamamen habersizdim," dedi. "Bu akşamki giriş konuşmasında, çalışmasının derin dini etkileri olacağını ima etti. Belki de bulduklarını o alandaki liderlerle tartışmak istemiştir."

"Haklısın. Bildiğim kadarıyla içlerinden biri Madrid'deki Piskopos Valdespino idi."

"İlginç değil mi? İnternette onun İspanya kralının çok yakın bir danışmanı olduğuyla ilgili sayısız bahis geçiyor."

Langdon, "Evet, öyle ama bir şey daha var," dedi. "O toplantıdan sonra Edmond'ın Valdespino'dan tehditkâr bir sesli mesaj aldığını biliyor muydun?"

"Bilmiyordum. Özel hattan gelmiş olmalı."

"Edmond, bana dinletti. Valdespino ondan sunumunu iptal etmesini istemiş ve danıştığı diğer dini liderlerin, itibarını zedelemek için ondan önce duyuruda bulunmayı düşündüklerini söylemiş." Merdivenlerde yavaşlayan Langdon, Ambra'nın öne geçmesine izin verdi. Sesini alçalttı. "Valdespino ile Amiral Ávila arasında hiç bağlantı bulabildin mi?"

Winston kısa bir süre sustu. "Doğrudan bağlantı bulamadım ama bu, olmadığı anlamına gelmez. Sadece yazılmadığı anlamına geliyor."

Zemin kata yaklaşmışlardı.

Winston, "Profesör, izin verirseniz..." dedi. "Bu akşam yaşananlar düşünülecek olursa mantık, Edmond'ın keşfini güçlü birilerinin gizlemeye kararlı olduğunu söylüyor. Sunumunda sizin görüşleriniz sayesinde böylesi bir keşifte bulunduğunu söylediğini hatırlıyorum da, Edmond'ın düşmanları sizi de tehlikeli görebilirler."

Bu ihtimali daha önce hiç aklına getirmemiş olan Langdon, zemin kata vardığında birden öfkelendiğini hissetti. O sırada önünde duran Ambra, zorlayarak metal kapıyı itmeye çalışıyordu.

Winston, "Dışarı çıktığınızda kendinizi ara sokakta bulacaksınız," dedi. "Binanın çevresinden sola gidin ve nehri takip edin. Oradan istediğiniz adrese sizi götürecek aracı ben ayarlayacağım."

Winston'ın ulaşımlarını sağlayacağını öğrendikten sonra Langdon, *BIO-EC346,* diye düşündü. *Etkinlikten sonra Edmond ile orada buluşacaktık.* Sonunda şifreyi çözen profesör, BIO-EC346'nın gizli bir bilim kulübü olmadığını anlamıştı. Çok daha sıradan bir yerdi. Yine de Bilbao'dan bu sayede kaçabilmeyi umuyordu.

Eğer fark edilmeden oraya gidebilirsek... diye düşünürken yakında tüm yolları keseceklerini biliyordu. *Hızlı hareket etmemiz lazım.*

İkisi birlikte eşikten dışarıdaki serin akşam havasına adımlarını atarken Langdon yere saçılmış tespih boncuğuna benzettiği metal yuvarlakları görünce şaşırdı. Nedenini merak edip başında oyalanmaya vakti yoktu. Winston hâlâ konuşuyordu.

"Nehre gelince La Salva Köprüsü'nün altındaki yoldan yürüyün ve bekleyin..."

Langdon'ın başındaki kulaklık sağır edici bir çınlama sesi çıkardı.

"Winston?" diye seslendi. "Neyi bekleyeceğim?"

Ama artık bilgisayarın sesi duyulmuyordu ve metal kapı arkalarından çarparak kapanmıştı.

29. BÖLÜM

Kilometrelerce güneyde, Bilbao'nun dış mahallelerindeki bir Uber sedan hızla AP-68 Otoyolu'ndan Madrid'e doğru ilerliyordu. Arka koltuktaki Amiral Ávila, beyaz ceketiyle denizci kepini çıkartmış huzurla otururken kolayca kaçtığını düşünerek özgürlüğün tadını çıkardı.

Tam da Naip'in söz verdiği gibi oldu.

Uber aracına biner binmez silahını çekip, titreyen şoförün ensesine dayamıştı. Ávila'nın emriyle şoför cep telefonunu camdan dışarı atmış ve aracının şirket genel merkeziyle bağlantısını ciddi derecede engellemişti.

Bunun ardından Ávila, adamın cüzdanını karıştırıp ev adresini, karısının ve iki çocuğunun ismini ezberlemişti. Şoföre, *dediğimi yap yoksa aileni yok ederim,* demişti. Adamın direksiyon tutan parmaklarının boğumları beyazlayınca Ávila akşam için kendine sadık bir şoför edindiğini anlamıştı.

Polis arabaları, aksi yönde sirenlerini öttürerek hızla geçerken Ávila, *artık görünmez oldum,* diye düşündü.

Araba güneye doğru ilerlerken uzun yolculuğa hazırlanıp yerine iyice yerleşti ve adrenalin hücumuna uğrayıp gevşemenin keyfini çıkardı. *Davaya çok iyi hizmet ettim,* diye düşündü. Avuç içindeki dövmeye bakarken, korunmak adına gereksiz bir önlem aldığını fark etti. *En azından şimdilik.*

Dehşete kapılmış Uber şoförünün, verdiği emirlere uyacağına iyice kanaat getiren Ávila silahını indirdi. Araç Madrid'e doğru hızla yol alırken ön camdaki iki çıkartmaya yeniden baktı.

İhtimal nedir, diye düşündü.

Uber logosunun bulunduğu ilk çıkartma beklendik bir şeydi. Yalnız ikincisi, sadece yukarıdan bir şeylerin işareti olabilirdi.

Papalık haçı. Son günlerde bu sembol her yerdeydi. Avrupa'daki Katolikler, Kilise'yi liberalleştiren ve modernleştiren yeni papayla dayanışma içinde olduklarını gösteriyordu.

Tuhaftır ki şoförünün liberal papaya bağlılığını fark etmek, adama silah çekmeyi Ávila için daha keyifli bir hale getirmişti. Tanrı'nın kurallarını, kendilerine uygun olanı seçip alabilecekleri bir açık büfe haline getiren bu yeni papaya, İsa'ya inananların böylesine tapması onu dehşete düşürüyordu. Vatikan'da neredeyse her gece doğum kontrolü, eşcinsel evlilikleri, kadın rahipler ve diğer liberal meseleler masaya yatırılıyordu. İki bin yıllık gelenek göz açıp kapayıncaya kadar buharlaşacaktı.

Bereket versin ki, hâlâ eski âdetlerimiz için savaşanlar var.

Ávila, Oriamendi marşının nağmelerini duyar gibi oldu.

Onlara hizmet etmekten onur duyuyorum.

30. BÖLÜM

İspanya'nın en eski ve en seçkin güvenlik kuvveti Guardia Real'in Ortaçağ'a dayanan katı bir geleneği vardır. Guardia Real, kraliyet ailesinin güvenliğini sağlamayı, kraliyet mülkünü ve onurunu korumayı Tanrı huzurundaki yeminli görevleri addeder.

Yaklaşık iki bin askerden sorumlu Komutan Diego Garza bodur ve çelimsiz biriydi. Altmış yaşındaki esmer adamın küçük gözleri ve beneklenmiş kafa derisinin üstüne doğru taradığı seyrek siyah saçları vardı. Kemirgenimsi yüz hatları ve ufak tefek yapısı onu kalabalıkta görünmez kılıyor, saray duvarları içinde sahip olduğu muazzam nüfuzu kamufle etmesine yarıyordu.

Garza gerçek gücün fiziki kudretten değil siyasetteki kozlardan kaynaklandığını çok önceleri öğrenmişti. Kraliyet muhafız birliklerine kumanda etmesi elbette onu hatırı sayılır biri haline getiriyordu, ama Garza'yı gerek kişisel gerekse mesleki pek çok farklı konuda sarayın akıl hocası haline getiren ileri görüşlü siyasi becerisiydi.

Güvenilir bir sırdaş olan Garza, bir kez olsun birinin güvenine ihanet etmemişti. Hassas sorunları çözme becerisinin yanında ağzı sıkılığı onu kralın gözünde vazgeçilmez biri haline getirmişti. Ancak şimdi Garza ile saraydaki diğer kimseler, İspanya'nın yaşlı hükümdarı Palacio de la Zarzuela'da son günlerini yaşarken, belirsiz bir gelecekle karşı karşıyaydılar.

Kral, aşırı muhafazakâr General Francisco Franco'nun otuz altı yıllık kanlı diktatörlüğünün ardından parlamenter bir monarşi oturtan çalkantılı bir ülkeyi kırk yıldan fazla yönetmişti.

Franco'nun 1975'te ölmesinden itibaren kral, ülkeyi yavaşça yeniden sola kaydırmak ve İspanya'ya demokrasiyi yerleştirmek için hükümetle el ele çalışmıştı.

Gençliğe bakılacak olursa değişiklikler çok yavaş ilerliyordu. Yaşlanan gelenekçilere bakılacak olursa değişiklikler günahtı.

İspanyolların çoğu Franco'nun muhafazakâr doktrinini, özellikle de Katolikliği bir "devlet dini" ve ulusun belkemiği kabul edişini hararetle savunuyordu. Buna karşılık İspanya'nın sayısı hızla artan gençliği, bu görüşün tam karşısında duruyor, örgütlü dinin ikiyüzlülüğünü pervasızca haykırarak, din ile devletin daha da ayrılması için lobi oluşturuyordu.

Şimdi orta yaşlı prens tahta çıkmak üzereydi ama kimse yeni kralın hangi yöne meyledeceğini bilmiyordu. Prens Julián şimdiye dek törenlerdeki vazifelerini yerine getirerek, siyasi meseleleri babasına devrederek ve şahsi inancını asla ortaya dökmeyerek hayranlık duyulacak bir iş başarmıştı. Kimi uzmanlar onun babasından daha serbest düşünceli bir hükümdar olacağını söylese de, bundan emin olmanın imkânı yoktu.

İşte o akşam bu gizem kalkacaktı.

Hastalığı sebebiyle kralın halka hitap edemediği bir durumda, Bilbao'da gelişen şok edici olaylar sebebiyle prensin can sıkıcı gelişmeleri değerlendirmekten başka çaresi yoktu.

Ülkenin başbakanı da dahil olmak üzere pek çok üst düzey hükümet yetkilisi cinayeti çoktan kınamış, Kraliyet Sarayı bir duyuru yapıncaya kadar daha fazla yorum yapmaktan kaçınmıştı. Böylelikle tüm yük Prens Julián'ın sırtına binmiş oluyordu.

Garza duruma hiç şaşırmamıştı. Müstakbel Kraliçe Ambra Vidal'ın bu işe karışması olayı, kimsenin dokunmaya cesaret edemediği bir el bombasına dönüştürmüştü.

Sarayın kraliyet mensuplarına ayrılmış konaklama bölümüne doğru büyük merdivenlerden hızla çıkan Garza, *bu akşam Prens Julián için bir sınav*, diye düşündü. *Bir kılavuza ihtiyaç duyacak. Babası bu işi yapacak durumda olmadığına göre, ona ben kılavuzluk etmeliyim.*

Residenca'nın koridorunda uzun adımlarla koşan Garza, sonunda prensin odasına vardı. Derin bir nefes alıp kapıyı çaldı.

Cevap gelmeyince, *tuhaf*, diye düşündü. *İçerde olduğunu biliyorum.* Bilbao'daki muhafız Fonseca'nın söylediğine göre, Prens Julián saraydaki dairesinden aramış ve güvenliğinden emin olmak için Ambra Vidal'a ulaşmaya çalışmıştı. Neyse ki Vidal iyiydi.

Kapıyı bir kez daha çalan Garza yine cevap alamayınca endişesi arttı.

Tereddütle kapıyı açtı. İçeri adımını atarken, "Don Julián?" diye seslendi.

Salondaki televizyonun titrek ışığı dışında içerisi karanlıktı. "Burada mısınız?"

Telaşla içeri giren Garza, Prens Julián'ın karanlıkta kıpırtısız duran siluetini gördü. Yüzünü cumbalı penceresine dönmüştü. Üzerinde hâlâ akşamki toplantıya giydiği takım elbisesi vardı.

Onu sesini çıkarmadan izleyen Garza, prensin transa girmiş gibi duran halinden rahatsız oldu. *Bu kriz onu şaşkına çevirdi,* diye düşündü. Geldiğini anlaması için öksürür gibi yaptı.

Sonunda prens yüzünü pencereden dönmeden konuştu. "Ambra'yı aradığımda benimle konuşmayı reddetti," dedi. Julián'ın ses tonu incinmekten ziyade kafasının karıştığını belli ediyordu.

Garza nasıl cevap vermesi gerektiğini bilemedi. Akşam olanlardan sonra prensin hâlâ ilişkisini düşünmesi akıl alır gibi değildi. Enikonu düşünülmeden nişanlanmış olmaları en başından beri sınırları zorluyordu.

Garza alçak bir sesle, "Bayan Vidal'ın hâlâ geçirdiği şokun tesiri altında bulunduğunu tahmin ediyorum," diye fikrini beyan etti. "Fonseca bu gece nişanlınızı size teslim edecek. O zaman konuşabilirsiniz. Emniyette olduğunu öğrendiğimde ne kadar rahatladığımı bilmenizi isterim."

Prens Julián boş gözlerle başını salladı.

Konuyu değiştirmeye yeltenen Garza, "Katil takip ediliyor," dedi. "Fonseca teröristi çok kısa bir zaman zarfında yakalayacaklarına beni temin etti." Prensi kapıldığı hülyalardan çıkarmak için "terörist" kelimesini bilerek kullanmıştı.

Ama prens bir kez daha dalgınca başını sallamakla yetindi.

Garza, "Başbakan cinayeti kınadı," diye devam etti. "Ancak hükümet, Ambra'nın olaya karıştığını düşünerek... daha fazla yorum yapmayı size bıraktı." Kısa bir sessizlikten sonra devam etti. "Nişanlınız olması dolayısıyla durumun biraz tuhaf kaçtığının farkındayım, ama Ambra'nın beğendiğiniz yönlerinden birinin de bağımsızlığı olduğunu söylemenizi tavsiye ederim. Edmond Kirsch'ün siyasi görüşlerine iştirak etmese de, müzenin yöneticisi sıfatıyla sorumluluklarını yerine getirmesini takdir ettiğinizi belirtebilirsiniz. Eğer isterseniz sizin için bir şeyler yazabilirim. Sabah haberlerine yetişecek bir açıklama hazırlamalıyız."

Julián gözlerini pencereden ayırmadı. "Yapacağımız her türlü açıklamayı Piskopos Valdespino'nun görüşüne sunmak istiyorum."

Garza, prensin kendisine onay vermeyişini dişlerini sıkıp yutkunarak kabul etti. Franco sonrası İspanya artık *estado aconfesional* değildi, yani artık devletin bir dini yoktu ve Kilise'nin devlet işlerine karışmaması gerekiyordu. Buna rağmen Valdespino'nun kralla kurduğu yakın arkadaşlık, piskoposa sarayın günlük işlerinde alışılmadık bir yetki veriyordu. Ne yazık ki Valdespino'nun güttüğü uzlaşmaz siyaset ve dini heves, o akşamki krizle başa çıkmakta diplomasiye pek az yer bırakıyordu.

Dogmalarla çıngar çıkartmaya değil, kemale ve maharete ihtiyacımız var.

Garza, Valdespino'nun mütedeyyin görüntüsünün gayet basit bir gerçeği sakladığını çok önceleri öğrenmişti: Piskopos Valdespino, Tanrı'dan önce kendi ihtiyaçlarını düşünen biriydi. Kısa süre öncesine kadar Garza bunu görmezden gelebiliyordu ama artık saraydaki güç dengeleri yerinden oynarken piskoposun Julián'a yanaştığını görmek onu ciddi derecede kaygılandırıyordu.

Valdespino, prense gereğinden fazla yakın.

Garza, prensin piskoposu bir din görevlisi gibi değil de daha çok güvendiği bir amcası gibi, daima "aileden biri" olarak gördüğünü biliyordu. Kralın en yakın sırdaşı olan Valdespino, Julián'ın ahlaki eğitiminden sorumlu tutulmuş ve o da bu işi büyük bir şevkle kendini adayarak yapmıştı. Prensin tüm öğretmenlerini incelemiş, ona inanç öğretilerini tanıtmış, hatta gönül işlerinde yol göstermişti. Şimdi yıllar sonra, artık Valdespino ile Julián her dakika göz göze bulunmasalar da aralarındaki bağ sağlamlığını koruyordu.

Garza sakin bir sesle, "Don Julián," dedi. "Bu akşamki meseleyi bizim birlikte çözmemiz gerektiği kanaatindeyim."

Arkasındaki karanlıktan gelen bir erkek sesi, "Öyle mi?" diye sordu.

Arkasını dönen Garza, karanlıkta oturan cüppeli bir hayalet görünce şoka uğradı.

Valdespino.

Valdespino, "Aslına bakarsanız komutan, herkesten önce sizin bu akşam bana ne kadar ihtiyaç duyulduğunu fark edeceğinizi sanıyordum," diye tersledi.

Garza ödün vermedi. "Bu dini değil, siyasi bir durum."

Valdespino alaya alır gibi burnundan nefes verdi. "Bu ifadenizden anlıyorum ki, siyasetteki kıvrak zekânızı fazla abartmışım. Fikrimi sorarsanız, bu krizi karşılamanın tek bir münasip yolu var. Derhal ulusu Prens Julián'ın dine derin saygı duyduğuna ve İspanya'nın gelecekteki kralının dindar bir Katolik olduğuna temin etmeliyiz."

"Size katılıyorum... Ayrıca Don Julián'ın her ifadesinde dini inancının bahsi geçmeli."

"Prens Julián basının karşısına çıktığında yanında bulunmama, elimin omzunda görünmesine ihtiyacı olacak. Kilise ile sağlam bağları bulunduğunun güçlü bir göstergesi olur. Bu tek görüntü ulusu, yazabileceğiniz tüm kelimelerden daha çok ikna eder."

Garza sinirden köpürüyordu.

Valdespino, "Dünya İspanya topraklarında yaşanan bir zalimliğin canlı tanığı oldu," dedi. "Böylesi vahşet zamanlarında insanları Tanrı'nın eli kadar hiçbir şey rahatlatamaz."

31. BÖLÜM

Budapeşte'nin içinden geçen sekiz karayolu köprüsünden biri olan Széchenyi Asma Köprüsü, Tuna Nehri üzerinde üç yüz metreden fazla mesafe kat eder. Doğu ile Batı arasındaki bağın sembolü olan yapı, dünyanın en güzel köprülerinden biri kabul edilir.

Aşağıda dönüp duran karanlık sulara korkuluğun üstünden bakan Haham Köves, *ben ne yapıyorum,* diye düşündü. *Piskopos evden çıkmamamı tavsiye etmişti.*

Köves dışarıda dolaşmaması gerektiğini biliyordu, ama ne zaman içinde huzursuzluk hissetse, bir şekilde bu köprünün çekimine kapılırdı. Zamanın eskitemediği manzaranın seyrine dalarken etraflıca düşünebilmek için yıllardır buraya yürüyordu. Doğudaki Peşte'de, Szent István Bazilikası'nın kulelerinin karşısında tüm görkemiyle Gresham Sarayı duruyordu. Batıdaki Buda'da, Kale Tepesi'nin üstünde Budin Kalesi'nin sağlam surları yükseliyordu. Kuzeyde, Tuna Nehri kıyısındaysa Macaristan'daki en büyük bina olan parlamentonun zarif kule tepeleri göğe uzuyordu.

Yine de Köves kendini Asma Köprü'ye getirip duran sebebin bu manzara olmadığını düşündü.

Asma kilitler.

Köprünün korkuluklarına ve asma tellerine her birinin üzerinde farklı bir çift harf yazılı yüzlerce kilit takılmış ve sonsuza dek kilitlenmişti.

Geleneğe göre bu köprünün üzerine gelen iki sevgili bağlarının sonsuza dek süreceğinin göstergesi olarak kilidin üzerine başharflerini yazar, kilidi köprüye takıp anahtarını nehir sularına fırlatırdı.

Sallanan kilitlerden birine dokunan Köves, *basit bir vaat,* diye düşündü. *Ruhum sonsuza dek ruhuna kilitlendi.*

Köves dünyada sınırsız sevginin var olduğunu hatırlamaya ihtiyaç duyduğunda bu kilitleri görmeye gelirdi. O akşam da öyle bir akşamdı. Aşağıda çalkalanan sulara bakarken, dünyanın kendisinin kaldıramayacağı kadar hızlı döndüğünü hissetti. *Belki de artık buraya ait değilimdir.*

Eskiden otobüste tek başına geçirilen birkaç dakika, işe yürüyerek gitmek veya bir randevuyu beklemek gibi insanın yalnız kalıp düşünebileceği sessiz zamanlar artık katlanılmaz geliyordu. Farkında olmadan insanların elleri sürekli telefonlarına, kulaklıklarına, oyunlara gidiyor; teknolojinin bağımlılık yapan çekimine karşı koyamıyorlardı. Geçmişin mucizeleri, yepyeni olana duyulan açlıkla silinip gidiyordu.

Bakışları aşağıdaki sulara dalan Yehuda, endişesinin giderek arttığını hissetti. Görüşü bulanır gibi oldu. Ardından suyun altında ürkütücü, biçimsiz şekillerin oynaştığını gördü. Nehir birden kaynayan canavarlar kazanına dönmüştü.

Arkasından bir ses, *"A víz él,"* dedi. *"Nehir canlı."*

Haham arkasını dönünce gözleri umutla parlayan, kıvırcık saçlı bir delikanlı gördü. Delikanlı, Yehuda'ya kendi gençliğini hatırlatmıştı.

"Ne dedin?" diye sordu.

Çocuk ağzını açtığında, konuşmak yerine boğazından vızıltılı sesler çıkardı ve gözlerinden kör edici beyaz bir ışık yayıldı.

Kan ter içinde uyanan Haham Köves sandalyesinde doğruldu.

"Oy gevalt!"

Çalışma masasında telefon acı acı çalınca olduğu yerde döndü ve panik içinde *háziko*'suna göz gezdirdi. Neyse ki içeride yalnızdı. Kalbi hızla çarpıyordu.

Nefesinin düzelmesini beklerken, *ne garip bir rüyaydı,* diye düşündü.

Telefon ısrarla çalınca bu saatte arayanın Piskopos Valdespino olabileceğini düşündü. Madrid'e hangi araçla, nasıl gideceğini haber vermek için arıyor olmalıydı.

Şaşkınlığı hâlâ üzerinden atamamış bir halde, "Piskopos Valdespino," diyerek telefonu açtı. "Haberleriniz neler?"

Tanımadığı bir ses, "Haham Yehuda Köves siz misiniz?" diye sordu. "Beni tanımıyorsunuz. Sizi korkutmak istemem, ama beni dikkatle dinlemenizi rica ediyorum."

Köves birden kendine gelmişti.

Konuşan bir kadındı ama sesi sanki değiştirilmiş gibi maskelenmişti. Arayan kişi belli belirsiz İspanyol aksanıyla İngilizceyi hızlı konuşuyordu. "Tanınmamak için sesimi filtreledim. Bunun için özür dilerim ama sebebini şimdi anlayacaksınız."

Köves, "Kiminle görüşüyorum?" diye sordu.

"Ben müşahitim. Gerçeği halktan saklamak isteyenlerden hoşlanmayan biriyim."

"Ben... ben anlamadım."

"Haham Köves, üç gün önce Montserrat Manastırı'nda Edmond Kirsch, Piskopos Valdespino ve Ulema Seyyid el-Fadıl ile özel bir toplantıya katıldığınızı biliyorum."

Bunu nereden biliyor?

"Buna ilaveten, Edmond Kirsch'ün üçünüzü, son bilimsel buluşuyla ilgili hayli kapsamlı bilgilendirdiğini de biliyorum. Şimdiyse bunun saklanmasını isteyenlerin kurduğu bir kumpasa bulaştınız."

"Ne!"

"Eğer beni iyi dinlemezseniz, sabaha Piskopos Valdespino'nun uzantıları tarafından öldürüleceğinizi tahmin ediyorum." Arayan kişi duraksadı. "Tıpkı Edmond Kirsch ve dostunuz Seyyid el-Fadıl gibi."

32. BÖLÜM

Bilbao'daki Nervión Nehri üstündeki La Salve Köprüsü, Guggenheim Müzesi'ne o kadar yakın geçer ki, iki yapı genellikle birbiriyle kaynaşmış gibi görünür. Köprü, parlak kırmızı renkli dev bir H harfi şeklindeki payanda ile desteklenir. Ortasındaki benzersiz desteğiyle hemen ayırt edilebilen köprü, "La Salve" ismini denizden dönerken bu nehirden geçen ve eve sağ döndüklerine şükreden denizcilerin folklorik hikâyesinden alır.

Langdon ile Ambra binanın arka tarafından çıktıktan sonra müze ile nehir kıyısı arasındaki kısa mesafeyi çabucak kat etmişlerdi. Winston'ın onlardan istediği gibi köprünün altındaki yolda kimseye görünmeden bekliyorlardı.

Langdon, *neyi bekliyoruz,* diye düşündü.

Karanlıkta oyalanırken Ambra'nın narin bedeninin, ince gece kıyafetinin altında titrediğini gördü. Frakının ceketini çıkartıp Ambra'nın omzuna geçirdi ve kumaşın kollarını düzeltti.

Ambra beklenmedik bir anda yüzünü ona döndü.

Langdon bir an için sınırı aştığını sandı ama kadının yüzündeki ifade memnuniyetsizliğini değil şükran duyduğunu gösteriyordu.

Genç kadın gözlerini profesöre dikip, "Teşekkür ederim," dedi. "Bana yardım ettiğin için teşekkür ederim."

Gözlerini Langdon'ınkilerden ayırmadan, sunacağı her türlü sıcaklığı veya huzuru içine çekmeye çalışır gibi uzanıp elini elinin içine aldı.

Sonra aynı hızla geri bıraktı. "Affedersin," diye fısıldadı. "Annemin dediği gibi, *conducta impropia*, yakışıksız hareketler."

Langdon onu anladığını belli eder şekilde gülümsedi. "Benim annem de 'zaman sana uymuyorsa sen zamana uy' derdi."

Ambra gülümsemeye çalıştıysa da bu fazla uzun sürmedi. Bakışlarını kaçırdı. "Kendimi hasta gibi hissediyorum. Bu akşam Edmond'ın başına gelenler..."

Langdon, "Korkunç... dehşet verici," derken şokun tesiriyle duygularını hâlâ tam olarak ifade edemediğinin bilincindeydi.

Genç kadın, gözlerini akan nehre dikmişti. "Ve bu işe nişanlım Don Julián'ın karıştığını düşünmek..."

Langdon, onun sesine yansıyan hayal kırıklığını sezinleyince nasıl cevap vereceğini bilemedi. Bu hassas zeminde adımlarını dikkatlice atıp, "Nasıl göründüğünün farkındayım ama hiçbir şeyden emin değiliz," diyebildi. "Prens Julián'ın bu akşamki cinayetten belki de haberi yoktur. Belki katil tek başına hareket ediyordur veya belki başka biri için çalışıyordur. İspanya kralının bir sivili halkın gözü önünde öldürtmeye kalkması, hele kendisiyle ilişkilendirilebilecek bir cinayet işlenmesini istemesi pek mantıklı değil."

"İlişkilendirilmesi mümkün, çünkü *Winston*, Ávila'nın listeye son dakikada eklendiğini fark etti. Belki de Julián normal şartlarda tetiği kimin çektiğinin asla bulunamayacağını sanıyordu."

Langdon ona hak veriyordu.

Ambra yüzünü ona dönerek, "Edmond'ın sunumundan Julián'a asla bahsetmemeliydim," dedi. "Benden görev almamamı istedi, ben de sadece görsel bir sunuma asgari düzeyde dahil olacağımı söyleyip onu ikna etmeye çalıştım. Galiba Julián'a Edmond'ın buluşuyla ilgili sunumu akıllı telefonundan başlatacağını da söyledim." Duraksadı. "Yani eğer Edmond'ın telefonunu aldığımızı anlarlarsa keşfinin hâlâ yayınlanabileceğini fark edecekler. Julián'ın buna mâni olmak için ne kadar ileri gideceğini bilmiyorum."

Langdon bir süre güzel kadını inceledi. "Nişanlına hiç güvenmiyorsun, değil mi?"

Ambra derin bir nefes aldı. "İşin doğrusu, onu sandığın kadar iyi tanımıyorum."

"O zaman onunla evlenmeyi neden kabul ettin?"

"Çok basit. Julián beni başka seçenek bırakmadığı bir pozisyona soktu."

Langdon cevap vermeye fırsat bulamadan ayaklarının altındaki betonu sarsan derin bir uğultu, köprünün altındaki mağaramsı yerde yankılandı. Giderek artan ses sanki sağ taraflarından akan nehirden geliyordu.

Profesör, başını çevirince kendilerine doğru gelen siyah bir şekil gördü. Seyir fenerini yakmadan gelen sürat teknesi, yüksek beton kıyıya yaklaşırken yavaşlayıp önlerinde kayar gibi süzülmeye başladı.

Langdon tekneye bakıp başını iki yana salladı. O ana kadar Edmond'ın bilgisayar rehberine ne kadar güvenebileceğinden emin değildi ama şimdi sarı nehir taksisinin kıyıya yanaşmasını izlerken sahip olabilecekleri en iyi müttefikin Winston olduğunu anlıyordu.

Saçı başı darmadağın kaptan onlara el salladı. "Sizin İngiliz adam beni aradı. VIP müşteri üç katını öder dedi... Nasıl diyorsunuz?... '*¿Velocidad y discreción? (Hızlı ve gizli?)*' Yaptım, görüyor musunuz? Işık yok!"

Langdon, "Evet, teşekkürler," diye yanıt verdi. *Doğru tercih Winston. Hızlı ve gizli.*

Kaptan elini uzatıp Ambra'nın tekneye binmesine yardım etti. Ambra ısınmak için kapalı küçük kabine girerken gözlerini kocaman açarak Langdon'a gülümsedi.

"VIP müşterim o mu? Señorita Ambral Vidal?"

Langdon, kaptana, "*Velocidad y discreción, (Hızlı ve gizli,)*" diye hatırlattı.

"*¡Sí, sí!*" Adam hemen dümenin başına geçip motoru çalıştırdı. Biraz sonra sürat teknesi Nervión Nehri üzerinde karanlıkta batıya doğru sekerek ilerlemeye başladı.

Teknenin iskele tarafındaki Langdon, polis araçlarının çakarlarıyla ürkütücü biçimde aydınlanmış Guggenheim'daki dev karadulu gördü. Yukarıda bir haber helikopteri müzeye doğru düz bir hatta uçuyordu.

Langdon, *üşüşecek helikopterlerin ilki*, diye düşündü.

Pantolonunun cebinden Edmond'ın şifreli notu yazdığı kartı çıkarttı. *BIO-EC346*. Edmond bu kartı taksi şoförüne vermesini söylemişti ama herhalde bir nehir taksisine bineceğini tahmin etmemişti.

Gürültülü motorların sesini bastırmak için bağıran Langdon, "İngiliz arkadaşımız size nereye gideceğimizi söyledi mi?" diye sordu.

"Evet, evet! Tekneyle sizi ancak oraya yakın bir yere götürebileceğimi söyledim. Sorun yok dedi. Üç yüz metre yürürsünüz değil mi?"

"Olur. Buradan ne kadar uzaklıkta?"

Adam sağ tarafta nehir boyunca ilerleyen otoyolu işaret etti. "Karayolu tabelası yedi kilometre diyor ama tekneyle biraz daha uzak."

Langdon reflektörlü otoyol tabelasına baktı.

AEROPUERTO BILBAO (BIO) ✈ 7 KM

Edmond'ın sesi kulağına gelince hüzünle gülümsedi. *Fazlasıyla kolay bir kod dostum*. Edmond haklıydı. Langdon kodu akşam çözdüğünde daha önce anlayamadığına utanmıştı.

BIO sahiden de bir koddu ve dünyadaki benzer kodları çözmekten daha zor değildi: BOS, LAX, JFK.

BIO buradaki havaalanının kodu.

Edmond'ın yazdığı kodun geri kalan kısmı hemen yerine oturmuştu.

EC346.

Langdon arkadaşının özel uçağını hiç görmemiş olsa da varlığından haberdardı ve bir İspanyol uçağının kuyruk numarasının España'nın E'si ile başlayacağından hiç şüphesi yoktu.

EC346 bir özel uçak.

Bir taksi şoförü onu Bilbao Havaalanı'na götürdüğünde Edmond'ın kartını güvenliğe gösterebilir ve doğruca özel uçağa götürülebilirdi.

Giderek küçülen müzenin bulunduğu tarafa doğru yeniden bakan Langdon, *umarım Winston pilotları arayıp yolda olduğumuzu bildirmiştir,* diye düşündü.

Kabine gidip Ambra'yla oturmayı aklından geçirse de açık hava ona iyi gelmişti. Ayrıca kendini toparlaması için kadına biraz zaman tanımak istiyordu.

Teknenin pruvasına yönelirken, *ben de biraz dinlenebilirim,* diye düşündü.

Rüzgâr saçlarını karıştırırken teknenin ön kısmına varan Langdon papyonunu çözüp cebine soktu. Sonra gömleğinin yaka düğmesini açtı ve elinden geldiğince derin bir nefes alıp akşam havasını ciğerlerine doldurdu.

Edmond, diye düşündü. *Sen ne yaptın?*

33. BÖLÜM

Komutan Diego Garza, Prens Julián'ın karanlık odasında bilgiç piskoposun vaazına katlanırken burnundan alev püskürüyordu.

Valdespino'nun yüzüne, *ait olmadığın bir sahaya geçiyorsun,* diye haykırmak istiyordu. *Burası senin bölgen değil!*

Piskopos Valdespino bir kez daha kendini saray siyasetine sokmayı becermişti. Julián'ın dairesinde karanlığın içinde bir hortlak gibi beliren piskopos, şimdi üstünde ayin kıyafetleriyle prense, İspanya geleneklerinin önemi, eski krallarla kraliçelerin dindarlığı ve Kilise'nin kriz zamanlarındaki sakinleştirici etkisi hakkında coşkulu bir nutuk atıyordu.

Garza içinden öfkeyle, *şimdi öyle bir zaman değil,* diye düşündü.

Prensin o akşam çok nazik bir halka ilişkiler sınavı vermesi gerekecekti. Şu durumda Garza'nın ihtiyaç duyduğu son şey, Valdespino'nun prensi dini bir gündeme zorlayarak aklını karıştırmasıydı.

Garza'nın telefonunun titreşimi piskoposun monoloğunu kesti.

Prensle piskoposun arasına geçerken, *"Sí, dime, (Evet, söyle,)"* diye yüksek sesle telefonu açtı. *"¿Qué tal va? (Nasıl gidiyor?)"*

Arayan kişi çok hızlı bir İspanyolcayla, "Efendim, ben Bilbao'dan Fonseca," dedi. "Maalesef katili yakalayamadık. Aracın yerini tespit edeceğini sandığımız bağlantı koptu. Katil nasıl hareket edeceğimizi önceden tahmin etmiş olmalı."

Sinirle yutkunup sakince nefes alan Garza, sesinden ruh halinin anlaşılmaması için çaba sarf etti. Düz bir sesle, "Anlıyorum," dedi. "Şu anda tek kaygılanacağınız mesele Bayan Vidal. Prens kendisini görmeyi bekliyor ve ben de yakında getireceğinizi söyledim."

Hatta uzun bir sessizlik yaşandı. Çok uzun.

Tedirginlikle konuşan Fonseca, "Komutan?" dedi. "Affedersiniz ama bu konuda kötü bir haberim var. Görünüşe bakılırsa Bayan Vidal ile Amerikalı profesör binadan ayrılmışlar." Duraksadı. "Kendi başlarına."

Garza neredeyse elindeki telefonu düşürüyordu. "Anlamadım... Tekrar eder misin?"

"Tabii efendim. Bayan Vidal ile Robert Langdon binadan ayrılmışlar. Takip edemeyelim diye Bayan Vidal kasıtlı olarak telefonunu bırakmış. Nereye gittiklerine dair bir fikrimiz yok."

Garza o an ağzının açık kaldığını fark etti. Prens şimdi kaygılı gözlerini ona dikmişti. Duymak için öne doğru eğilen Valdespino'nun kaşları merakla yukarı kalkmıştı.

Garza aniden, "Ah! Bu haber harika!" diye bağırıp inandırıcı biçimde başını aşağı yukarı salladı. "İyi iş çıkardınız. Akşamın ilerleyen saatlerinde burada görüşürüz. Nakil protokolüyle güvenliği teyit edelim. Bekleyin biraz."

Garza telefonu eliyle kapatıp prense gülümsedi. "Her şey yolunda. Ben yan odaya gidip detayları görüşürken sizler de biraz yalnız kalmış olursunuz."

Garza, prensi Valdespino ile baş başa bırakmak istemese de bu telefon görüşmesini onların önünde yapamazdı. Bu yüzden misafir odalarından birine yürüdü, içeri adımını attı ve kapıyı kapattı.

Telefondakine, "*¿Qué diablos ha pasado? (Ne halt oldu?)*" diyerek kızdı.

Fonseca kulağa hayal ürünü gibi gelen bir hikâye anlattı.

Garza, "Işıklar mı kesildi?" diye sordu. "Bir bilgisayar kendini güvenlik gibi tanıtıp size yanlış istihbarat mı verdi? Buna ne cevap vereyim şimdi?"

"İnanmasının güç olduğunun farkındayım efendim ama olaylar tamamen bu şekilde gelişti. Bizim anlamakta güçlük çektiğimiz konu bilgisayarın neden birden fikir değiştirdiği."

"Fikir değiştirmek mi?! Lanet olası bir bilgisayar o!"

"Söylemek istediğim, bilgisayarın daha önce bize yardımcı olduğu. Katilin ismini tespit etmemize yardım etti, cinayeti engellemeye çalıştı, hatta bir Uber aracıyla kaçtığını öğrendi. Ama sonra birden adeta bize karşı çalışmaya başladı. Aklımıza tek gelen, Robert Langdon'ın ona bir şey söylemiş olabileceği; çünkü onunla konuştuktan sonra her şey değişti."

Şimdi de bir bilgisayarla mı mücadele ediyorum? Garza bu modern dünya için fazlasıyla yaşlandığına karar verdi. "Eğer nişanlısının Amerikalıyla kaçtığı ve Guardia Real'i bir bilgisayarın atlattığı duyulacak olursa prens açısından hem şahsen hem de siyaseten ne derece utanç verici olacağını eminim sana söylememe gerek yoktur Fonseca."

"Bunun bilincindeyiz."

"Onları birlikte kaçmaya neyin sevk etmiş olabileceğine dair fikriniz var mı? Sağlam temele dayanmayan gözükara bir davranış gibi geliyor."

"Bu akşam bizimle Madrid'e gelmesi gerektiğini söylediğimde Profesör Langdon epey karşı çıktı. Gelmek istemediğini açıkça belirtti."

Bu yüzden de cinayet mahallinden mi kaçtı? Garza başka bir şeylerin döndüğünü hissediyor ama adını koyamıyordu. "Beni iyi dinle. Bu bilginin herhangi bir kısmı dışarı sızmadan önce Ambra Vidal'ı bulup saraya geri getirmeniz son derece önemli."

"Anlıyorum efendim ama burada sadece Díaz ile ben varız. Tüm Bilbao'yu tek başımıza arayamayız. Polise haber vermemiz, trafik kameralarını görebilmemiz, havadan destek almamız lazım ve mümkün olan her..."

Garza, "Kesinlikle olmaz!" diye karşılık verdi. "Bu utancı taşıyamayız. İşinizi yapın. Onları kendi başınıza bulun ve Bayan Vidal'ı en kısa sürede buraya getirin."

"Tabii efendim."

Garza şüphe içinde telefonu kapattı.

Misafir odasından çıkarken solgun yüzlü genç bir kadın ona doğru koşuyordu. Her zamanki şişe dibini andıran gözlüklerini takmış, bej renkli tulumunu giymişti ve telaşlı elinde bir tablet bilgisayar tutuyordu.

Garza, *Tanrım beni koru,* diye düşündü. *Şimdi olmaz.*

Mónica Martín sarayın en yeni ve en genç halkla ilişkiler koordinatörüydü. Medya ilişkilerinden, halkla ilişkiler stratejilerinden ve haberleşme idaresinden sorumluydu ve Martín tüm bu sorumlulukları büyük bir dikkatle taşıyor gibiydi.

Yirmi altı yaşındaki Martín'in Madrid'deki Complutense Üniversitesi'nden iletişim diploması vardı. Dünyanın en iyi bilgisayar okullarından Pekin'deki Tsinghua Üniversitesi'nde iki yıl lisansüstü eğitim aldıktan sonra Grupo Planeta'da sağlam bir halkla ilişkiler işi kapmış ve ardından İspanyol kanalı Antena 3'te "iletişimin" en tepedeki koltuğuna geçmişti.

Geçen yıl İspanyol gençleriyle dijital medya aracılığıyla iletişim kuramayan; ayrıca gitgide büyüyen Twitter, Facebook, bloglar ve internet medyasıyla baş edemeyen, onlarca yıllık tecrübeye sahip halkla ilişkilerciyi kovup yerine y-kuşağından bu teknoloji delisini işe almışlardı.

Garza içinden, *Martín her şeyini Prens Julián'a borçlu,* diye geçirdi.

Genç kadının saray çalışanları arasına alınması, Prens Julián'ın saray işlerine ender müdahalelerinden, babasına karşı güç gösterisinde bulunduğu nadir anlardan biriydi. Martín işinde en iyi kabul edilse de Garza, onun paranoyasını ve telaşlı enerjisini son derece yorucu buluyordu.

Yanına gelirken tablet bilgisayarını sallayan Martín, "Komplo teorileri," diye seslendi. "Her yere yayılıyor."

Garza halkla ilişkiler koordinatörüne hayretle baktı. *Sence umurumda mı?* Bu akşam komplo teorilerinden başka endişelenmesi gereken konular vardı. "Kraliyet daireleri bölümünde ne diye dolaştığını söyler misin?"

"Kontrol odasından sizin GPS'inizi yolladılar." Garza'nın kemerindeki telefonu işaret etti.

Garza gözlerini kapatıp nefes alırken bozulan sinirlerini yatıştırdı. Yeni halkla ilişkiler koordinatöründen başka saray, bir süre önce yeni bir de "elektronik güvenlik bölümü" edinmişti. Garza'nın ekibine GPS hizmeti, dijital takip, profil çıkarma ve veri madenciliği konularında destek veriyordu. Garza'nın çalışanları her gün biraz daha farklılaşıyor ve gençleşiyordu.

Kontrol odamız üniversite yerleşkesindeki bilgisayar odasına benziyor.

Anlaşılan kraliyet muhafızlarını takip etmek için kullanmaya başladıkları teknoloji Garza'yı da takip ediyordu. Bodrum kattaki bebelerin her saniye nerede olduğunu bilmeleri sinir bozucuydu.

Martín tabletini uzattı. "Bunu görmek isteyeceğinizi düşündüğüm için şahsen geldim."

Cihazı elinden çekerek alan Garza ekrana bakınca "Bilbao Katili" diye tanımlanan gri sakallı İspanyol'un bir fotoğrafıyla biyografisini gördü: Kraliyet Donanması Amirali Luis Ávila.

Martín, "Tehlikeli söylentiler dolaşıyor. Çoğu da Ávila'nın eskiden kraliyet ailesinin bir çalışanı olmasından kaynaklanıyor," dedi.

Garza öfkeden tükürür gibi konuştu. "Ávila donanmada görevliydi!"

"Evet, ama teknik açıdan kral tüm silahlı kuvvetlerin komutanı..."

Tableti ona geri uzatan Garza, "Dur bakalım orada," dedi. "Kralın bir şekilde terörist bir saldırıya karıştığı iddiası, komplo çılgınlarının saçmalığından başka bir şey değil, ayrıca bu akşam girdiğimiz durumla hiç ilgisi yok. Hayırlısını dileyip işimize geri dönelim. Her şeyden önemlisi bu tımarhane kaçkını, müstakbel kraliçeyi de öldürebilirdi ama onun yerine Amerikalı bir ateisti öldürmeyi tercih etti. Doğrusu, fena da olmadı!"

Genç kadın gözünü bile kırpmadı. "Başka bir şey daha var efendim, kraliyet ailesiyle ilgili. Hazırlıksız yakalanmanızı istemedim."

Martín konuşurken tabletin üzerinde kayan parmakları, başka bir siteye geçmişti. "Bu fotoğraf birkaç gündür internette dolaşıyor ama kimse farkına varmadı. Artık Edmond Kirsch ile ilgili her şey kulaktan kulağa yayıldığı için bu fotoğraf da haberlerde gösterilmeye başlandı." Tableti Garza'ya uzattı.

Garza başlığa bir göz attı. "Fütürist Edmond Kirsch'ün Son Fotoğrafı Bu mu?"

Bulanık fotoğrafta koyu renkli takım elbise giydiği görülen Kirsch, tehlikeli bir uçurumun yanındaki kayalığın üstünde duruyordu.

Martín, "Bu fotoğraf üç gün önce Kirsch'ün Montserrat Manastırı ziyaretinde çekilmiş," dedi. "Orada çalışan işçilerden biri Kirsch'ü fark edince fotoğrafını çekmiş. Bu akşam Kirsch öldürülünce işçi, adamın son fotoğrafı diye yayımladı."

Garza iğneleyici bir şekilde, "Peki bu bizi neden ilgilendiriyor?" diye sordu.

"Fotoğrafı aşağı kaydırın."

Garza onun dediğini yaptı. İkinci fotoğrafı görünce uzanıp duvardan destek almak zorunda kaldı. "Bu... bu gerçek olamaz."

Aynı fotoğrafın daha geniş çerçeveli bu türevinde Edmond Kirsch, geleneksel mor Katolik cüppesi giymiş uzun boylu bir adamın yanında görülüyordu. Adam Piskopos Valdespino idi.

Halkla ilişkiler koordinatörü, "Yazanlar gerçek efendim," dedi. "Valdespino birkaç gün önce Kirsch ile buluşmuş."

"Ama..." Bir süre nutku tutulan Garza tereddüt ediyordu. "Peki, ama piskopos neden bundan bahsetmedi? Hele bu akşam yaşananlardan sonra?"

Martín düşünceli bir tavırla başını salladı. "İşte bu yüzden ilk başta sizinle konuşmak istedim."

Valdespino, Kirsch ile buluşmuş! Garza'nın olanları hazmetmesi kolay değildi. *Peki, sonra neden bundan bahsetmedi?* Bu haber kaygı vericiydi ve Garza, prensi hemen uyarmak istiyordu.

Genç kadın, "Ne yazık ki, başkaları da var," dedi. Yine tabletini karıştırmaya başlamıştı.

"Komutan?" Valdespino aniden salondan seslenmişti. "Bayan Vidal'ın nakliyle ilgili bir haber var mı?"

Gözleri yuvalarından fırlayan Mónica Martín'in başı hemen dikildi. "Piskopos mu konuştu?" diye fısıldadı. "Valdespino *burada* mı?"

"Evet. Prense yol gösteriyor."

Valdespino, "Komutan!" diye yeniden seslendi. "Orada mısınız?"

Martín paniklemiş sesiyle, "İnanın bana, piskoposa veya prense başka bir kelime etmeden önce öğrenmeniz gereken başka bilgiler de var," dedi. "Bu akşamki kriz bizi tahmin ettiğinizden daha derin etkiledi diyorsam bana inanın."

Garza, halka ilişkiler koordinatörüne kısa bir an baktıktan sonra kararını verdi. "Aşağıdaki kütüphane. Altmış saniye sonra orada buluşalım."

Martín başını sallayıp uzaklaştı.

Şimdi tek başına kalan Garza derin bir nefes alıp yüz hatlarını gevşetmeye çalışırken giderek artan öfkesiyle akıl karışıklığı izlerinin silinmesini diliyordu. Sakin bir tavırla yeniden salona girdi.

İçeri girerken gülümseyerek, "Bayan Vidal iyi," dedi. "Buraya gelecek. Nakliyle şahsen ilgilenmek için güvenlik ofisine gittim." Prense bakarken başını bir kez aşağı indirerek söylediklerini tekrar teyit etti ve sonra Piskopos Valdespino'ya döndü. "Hemen dönerim. Bir yere ayrılmayın."

Bunları söyledikten sonra arkasını dönüp dışarı çıktı.

Garza, prensin dairesinden çıkarken Valdespino arkasından kaşlarını çatarak bakıyordu.

Piskoposu dikkatle inceleyen prens, "Bir sorun mu var?" diye sordu.

Yüzünü Julián'a dönen Valdespino, "Evet," diye cevap verdi. "Elli yıldır insanlar bana günah çıkartmaya geliyor. Yalan duyduğumda hemen anlarım."

34. BÖLÜM

ConspiracyNet.com

SON DAKİKA HABERİ

SOSYAL MEDYA SORULARLA ÇALKALANIYOR

Edmond Kirsch cinayetinin hemen ardından çok sayıdaki internet takipçisi iki önemli soruyla büyük bir spekülasyon tufanı kopardı.

KIRSCH NE BULMUŞTU?
ONU KİM, NEDEN ÖLDÜRDÜ?

Kirsch'ün buluşu hakkındaki teoriler internette sel gibi taşıp farklı kollara yayıldı: Darwin, uzaylılar, Yaratılışçılık ve ötesi.

Bu cinayete iten sebebin ne olduğu henüz bilinmiyor ama bağnazlık, kurumsal casusluk ve kıskançlık da dahil pek çok teori ortalıkta geziyor.

ConspiracyNet'e katille ilgili geniş bilgi aktarılacağı söylendi; elimize ulaşır ulaşmaz sizinle paylaşacağız.

35. BÖLÜM

Ambra Vidal nehir taksinin kabininde tek başına, Robert Langdon'ın ceketine iyice sarınmış oturuyordu. Birkaç dakika önce Langdon ona neden pek az tanıdığı bir adamla evlendiğini sorduğunda samimiyetle cevap vermişti.

Bana başka seçenek tanınmadı.

Bunca olanın ardından, Julián'ın nişanlısı oluşu o akşam katlanamayacağı bir talihsizlikti.

Kapana kısılmıştım.

Hâlâ kapanın içindeyim.

Şimdi kirli pencere camında kendi yansımasına bakarken giderek artan bir yalnızlık duygusuna sürüklendiğini hissetti. Ambra Vidal kendine acıyan tiplerden değildi ama şu anda kalbi kırıktı ve sanki boşluktaymış gibi hissediyordu. *Acımasız bir cinayete karışmış bir adamla nişanlıyım.*

Prens etkinlikten sadece bir saat önce tek bir telefonuyla Edmond'ın kaderini belirlemişti. Genç bir çalışan elindeki kâğıt parçasını heyecanla sallayarak içeri daldığında Ambra telaş içinde, davetlileri karşılamaya hazırlanıyordu.

"*¡Señora Vidal! ¡Mensaje para usted! (Bayan Vidal! Mesajınız var!)*"

Kız kan ter içinde nefes almadan müzenin ön bürosuna az önce önemli bir telefon geldiğini anlatmıştı.

"Ekranda Madrid'deki Kraliyet Sarayı'ndan arama geldiğini gördüm, bu yüzden hemen cevap verdim! Prens Julián'ın ofisinden biri arıyordu!"

Ambra, "Ön büroyu mu aramışlar?" diye sormuştu. "Cep telefonum onlarda var."

"Prensin asistanı cep telefonunuzu aramayı denemiş ama ulaşamamış."

Ambra telefonuna bakmıştı. *Garip. Cevapsız çağrı yok.* Ama sonra bazı teknisyenlerin müzedeki sinyal bozucu sistemi denediğini hatırlamıştı. Julián'ın asistanı telefonunun erişimi kesildiğinde aramış olmalıydı.

"Söylediklerine göre prensi, bu akşamki etkinliğe katılmak isteyen Bilbao'dan çok önemli bir dostu aramış." Kızcağız kâğıdı Ambra'ya uzatmıştı. "Bu akşamın davetli listesine bir isim ekleyebileceğinizi umuyormuş."

Ambra mesaja göz gezdirmişti.

Emekli Amiral Luis Ávila
İspanyol Deniz Kuvvetleri

İspanyol donanmasından emekli bir subay mı?

"Eğer konuyu görüşmek isterseniz arayabileceğinizi söyleyerek bir numara bıraktılar ama Don Julián bir toplantıya girecekti. Herhalde kendisine ulaşamazsınız. Arayan kişi prensin emrivaki yapmadığını özellikle belirtmemi istedi."

Emrivaki mi, diye düşünen Ambra içten içe kızmıştı. *Bu işi başıma sardıktan sonra mı?*

Ambra, "Ben hallederim," demişti. "Teşekkür ederim."

Genç görevli adeta Tanrı'nın sözlerini iletmiş gibi dans eder adımlarla uzaklaşmıştı. Prensin talebine öfkelenen Ambra, nüfuzunu üzerinde bu şekilde kullanabileceğini düşünmesinden rahatsız olmuştu. Üstelik o akşamki etkinliğe katılmasına onca karşı çıkmışken.

İşte yine bana başka seçenek bırakmıyorsun, diye düşünmüştü.

Eğer talebi görmezden gelirse, ön kapıdaki mevki sahibi bir donanma subayıyla rahatsız edici bir tartışma yaşayabilirdi. Akşamki etkinlik titizlikle hesaplanmıştı ve medyada emsalsiz bir ilgi görecekti. *İstediğim son şey Julián'ın güçlü dostlarından biriyle utanç verici bir dalaşa girmek.*

Amiral Ávila ne incelenmiş ne de "temiz" listesine girmişti ama güvenlik denetiminden geçmesi hem gereksiz hem de küçük düşürücü olurdu. Ne de olsa adam telefonu eline alıp Kraliyet Sarayı'nı arayacak ve kraldan bir iyilik isteyebilecek kadar ayrıcalıklı bir donanma subayıydı.

Böylece genç kadın önündeki sıkışık programa bakarak verebileceği tek kararı vermişti. Amiral Ávila'nın ismini hem ön kapıdaki davetli listesine hem de yeni misafire bir kulaklık hazırlamaları için rehberlik veritabanına eklemişti.

Sonra da işinin başına dönmüştü.

Nehir taksisinin karanlığında şimdiki zamana dönen Ambra, *ama Edmond artık yok,* diye düşündü. Acı hatıraları zihninden uzaklaştırmaya çalışırken farklı bir düşünceye kapıldı.

Julián'la doğrudan görüşmedim... Tüm mesajı bana üçüncü kişiler iletti.

Bu düşünce içine biraz olsun umut ışığı doğmasına yardım etti.

Acaba Robert haklı mı? Julián masum mu?

Bunu bir süre düşündükten sonra hemen dışarı koştu.

Amerikalı profesör pruvada tek başına duruyor, elleri vardavelanın üstünde akşamın karanlığına bakıyordu. Yanına giden Ambra, teknenin Nervión Nehri'nden ayrılıp kuzeye doğru gittiğini görünce şaşırdı. Çamurlu kıyısıyla tehlikeli bir kanalı andıran küçük bir nehir kolundaydılar. Suyun sığlığı ve kanalın dar oluşu Ambra'yı tedirgin etse de kaptan hiç aldırış etmeden, teknenin tepe ışığı önlerini aydınlatırken son sürat dar boğazdan geçti.

Hemen Langdon'a Prens Julián'ın ofisinden gelen telefondan bahsetti. "Tek bildiğim müzenin ön bürosuna Madrid'deki Kraliyet Sarayı'ndan telefon geldiği. Julián'ın asistanı olduğunu iddia ederek herhangi biri aramış olabilir."

Langdon onaylayarak başını salladı. "Arayan kişi seninle doğrudan konuşmak yerine mesajın iletilmesini bu yüzden istemiş olabilir. Kim olabileceğine dair tahminin var mı?" Edmond'ın Valdespino ile geçmişini dikkate alan Langdon, tahminini piskopostan yana kullanmaya meyilliydi.

Genç kadın, "Herhangi biri olabilir," dedi. "Şimdi sarayda hassas bir süreç yaşanıyor. Julián sahnenin merkezine geçerken eski danışmanlar gözüne girmek için birbiriyle yarışıyor. Ülke değişiyor ve sanırım eskiler gücün ellerinden gitmemesi için uğraşıyorlar."

Langdon kaygılıydı. "Eh, öyleyse işin içinde her kim varsa dua edelim de Edmond'ın şifresini çözüp keşfini duyuracağımızı anlamasın."

Bu sözleri söylerken içinde bulundukları durumun vehametini tüm yalınlığıyla fark etti.

Açık tehlikeleri de tahmin edebiliyordu.

Edmond'ı bu bilginin yayılmasını engellemek için öldürdüler.

Langdon bir an için en güvenli seçeneğin havaalanından doğruca eve gidip bu işi başka birine bırakmak olduğunu düşündü.

Güvenli mi? Evet, ama bir seçenek mi? Hayır.

Langdon bilimsel bir buluşun böylesine vahşice sansürlenmesine karşı duyduğu ahlaki hıncın yanı sıra, eski öğrencisine karşı sorumluluk hissediyordu. Ayrıca Edmond'ın neyi keşfettiğini öğrenmek için derin bir entelektüel merak içindeydi.

Ve ayrıca Ambra Vidal da var.

Kadın bir krizin içindeydi. Gözlerinin içine bakıp yardım dilediğinde onun kendine inanan ve yeten biri olduğunu görmüştü ama bunun yanı sıra korku ve pişmanlık da duyuyordu. Langdon, *bu gözlerde kimsenin bilmediği karanlık sırlar var. İmdat istiyor,* diye düşünmüştü.

Ambra, Langdon'ın düşüncelerini okumuş gibi birden bakışlarını ona çevirdi. "Üşümüş gibisin. Ceketini geri almalısın."

Langdon hafifçe gülümsedi. "Ben iyiyim."

"Havaalanına varır varmaz İspanya'dan gitmeyi mi düşünüyorsun?"

Langdon kahkaha attı. "Aslına bakarsan bu aklımdan geçti."

"Lütfen gitme." Vardavelaya uzanıp yumuşak elini onun elinin üstüne koydu. "Bu akşam neyle karşı karşıya olduğumuzu bilmiyorum. Edmond'a çok yakındın. Bana dostluğuna ne kadar önem verdiğini ve görüşlerine güvendiğini anlatmıştı. Korkuyorum Robert ve gerçekten de bununla tek başıma başa çıkabileceğimi sanmıyorum."

Ambra'nın açık sözlülüğü Langdon'ı şaşırtıyor, bir o kadar da cezbediyordu. Başını sallarken, "Peki," dedi. "Samimi olmak gerekirse şu parolayı bulup yaptığı keşfi duyurmak, Edmond'a ve bilim âlemine borcumuz."

Genç kadın hafifçe gülümsedi. "Teşekkür ederim."

Langdon teknenin kıç tarafına baktı. "Herhalde kraliyet muhafızları artık müzeden çıktığımızı fark etmişlerdir."

"Ona şüphe yok. Ama Winston çok etkileyici bir iş çıkardı, öyle değil mi?"

"Akıl karıştırıcı," diyen Langdon, Edmond'ın yapay zekâ geliştirmekte nasıl bir kuantum sıçrayışı yaptığını ancak şimdi anlayabiliyordu. Şu "patentli çığır açıcı bilimsel buluşu" her neyse, Edmond'ın yepyeni bir insan-bilgisayar etkileşimi başlattığı anlaşılıyordu.

O akşam Winston hem yaratıcısına olan sadakatini hem de Langdon ile Ambra'ya paha biçilmez bir müttefik olduğunu kanıtlamıştı. Dakikalar içinde davetli listesindeki tehlikeyi belirlemiş, Edmond'ın öldürülmesini engellemeye çalışmış, katilin kaçtığı arabayı tespit etmiş ve Langdon ile Ambra'nın müzeden kaçışını ayarlamıştı.

Langdon, "Umarım Winston önceden Edmond'ın pilotlarını aramıştır," dedi.

Ambra, "Aradığına eminim," diye karşılık verdi. "Ama haklısın. Teyit etmek için Winston'ı arayayım."

Şaşıran Langdon, "Bir saniye," dedi. "Winston'ı *arayabiliyor musun*? Müzenin kapsama alanı dışına çıktığımızda sanıyordum ki..."

Ambra gülüp başını iki yana salladı. "Robert, Winston *fiziken* Guggenheim'da değil, bir yerlerdeki gizli bir bilgisayar tesisinde. Ona uzaktan erişilebiliyor. Edmond böyle bir bilgi kaynağı üretir de, dünyanın herhangi bir yerinden onunla iletişime geçmez miydi sanıyorsun? Edmond, Winston'la her saniye konuşurdu; evde, seyahatte, yürüyüşte. Basit bir telefon çağrısıyla ikisi her an bağlantı kurabilirdi. Edmond'ın onunla saatlerce sohbet ettiğine şahit oldum. Onu kişisel asistanı gibi kullanıyordu; akşam yemeği rezervasyonlarını yaptırıyor, pilotlarıyla iletişime geçirtiyor, ihtiyaç duyduğu her şeyi ona yaptırıyordu. Aslına bakarsan müzedeki sunumu hazırlarken ben de Winston'la telefonda epey sık konuştum."

Ambra elini sırtındaki frak ceketinin cebine sokup Edmond'ın turkuvaz kılıflı telefonunu çıkardı ve açtı. Müzedeyken pili bitmesin diye Langdon kapatmıştı.

Ambra, "Sen de telefonunu açmalısın," dedi. "Böylece *ikimiz* de Winston'a erişebiliriz."

"Bunları açarsak takip edileceğimizden korkmuyor musun?"

Ambra başını iki yana salladı. "Yetkililerin gerekli mahkeme iznini almaya vakti yoktu, yani bence denemeye değer. Winston bize Guardia'nın ne kadar ilerlediğini ve havaalanındaki son durumu anlatır."

Langdon huzursuzluk hissederek telefonunun açılmasını izledi. Ana ekran belirdiğinde gözlerini kısarak baktı ve sanki uzaydaki tüm uyduların anında yerini bulabileceği bir hedef haline gelmiş gibi kendini tehlikelere açık hissetti.

Kendi kendine, *fazla casus filmi seyrediyorsun*, dedi.

Akşam atılan mesajların yağmasıyla telefonu birden biplemeye ve titreşmeye başladı. Telefonunu kapattığından bu yana iki yüz SMS ve e-posta aldığını görünce hayrete düştü.

Gelen kutusuna göz gezdirirken mesajların hepsinin arkadaşlarından ve meslektaşlarından geldiğini gördü. İlk e-postaların konu başlıkları tebrik niteliğindeydi: *Harika dersti! Orada olduğuna inanamıyorum!* Ama sonra birden değişip endişeli ve tedirgin bir hal alıyorlardı. İçlerinden biri kitap editörü Jonas Faukman'dan gelmişti: AMAN TANRIM ROBERT, İYİ MİSİN??!! Langdon titiz editörünün şimdiye kadar mesajının tümünü büyük harfle yazdığını ve çift ünlem işareti kullandığını hiç görmemişti.

Langdon o ana dek sanki müze geçmişte kalan bir rüyaymış gibi, Bilbao'nun karanlık nehirlerinde kendini harika hissetmişti.

Tüm dünya bunu konuşuyor, diye düşündü. *Benim ismim ve yüzümle birlikte... Kirsch'ün gizemli keşfinden ve cinayetinden bahsediliyor.*

Kirsch'ün telefonunun ekranından yayılan ışığa bakan Ambra, "Winston bize ulaşmaya çalışıyor," dedi. "Son yarım saat içinde Edmond, hepsi de aynı numaradan otuz saniyelik aralarla elli üç cevapsız çağrı almış." Kendi kendine güldü. "Winston'ın özelliklerinden biri de yılmaz ısrarcılığı."

Tam o sırada Edmond'ın telefonu çalmaya başladı.

Langdon, Ambra'ya gülümsedi. "Acaba kim?"

Ambra telefonu ona uzattı. "Sen konuş."

Langdon telefonu eline alıp hoparlörü açtı. "Alo?"

Winston tanıdık İngiliz aksanıyla, "Profesör Langdon," dedi. "Yeniden iletişime geçtiğimize sevindim. Size ulaşmaya çalışıyordum."

Langdon, Winston'ın ısrarından etkilenmişti. "Evet, bunu gördüm."

Winston, "Bazı gelişmeler var," dedi. "Havaalanındaki yetkililere isimleriniz verilmiş olabilir. Talimatlarıma bir kez daha dikkatle uymanızı isteyeceğim."

Langdon gülümsedi. "Kendimizi sana teslim ettik Winston. Bize ne yapacağımızı söyle."

"Profesör, öncelikle henüz cep telefonunuzdan kurtulmadıysanız bunu hemen yapmanız gerekiyor."

"Öyle mi?" Langdon telefonunu daha sıkı tuttu. "Yetkililerin mahkeme emri çıkartması gerekmiyor muydu?"

"Belki Amerikan polisiye dizilerinde öyle olabilir ama karşınızda İspanya'nın Guardia Real'i ve Kraliyet Sarayı var. Ne gerekliyse onu yaparlar."

Telefonuna bakan Langdon tuhaf biçimde ondan ayrılmak istemiyordu. *Tüm hayatım içinde.*

Ambra, "Peki ya Edmond'ın telefonu?" diye telaşla sordu.

Winston, "Takip edilemez," diye cevap verdi. "Edmond bilgisayar korsanlığından ve kurumsal casusluktan korkardı. GSM interseptörlerini atlatmak için telefonunun C2 değerlerini değiştiren bir IMEI/IMSI koruyucu programı yazdı."

Langdon, *elbette yapmıştır,* diye düşündü. *Winston'ı yaratan bir dâhi için yerel telefon şirketini atlatmak herhalde tereyağından kıl çekmek gibi bir iştir.*

Kendi elindeki daha az akıllı telefona kaşlarını çatarak baktı. O sırada Ambra uzanıp nazikçe telefonu elinden aldı. Tek kelime etmeden vardevelanın üstünden aşırıp bıraktı. Langdon telefonunun aşağı düşüp nehrin karanlık sularını sıçratışını izledi. Telefon suların altında kaybolurken yüreğinde bir kayıp hissiyle arkada kalan karanlığa baktı.

Ambra, "Robert," diye fısıldadı. "Disney Prensesi Elsa'nın bilge sözlerini hatırla."

Langdon yüzünü ona döndü. "Anlamadım?"

Ambra yumuşak bir edayla gülümsedi. "Bırak gitsin."

36. BÖLÜM

Ávila'nın telefonundaki ses, *"Su misión todavía no ha terminado, (Görevin henüz bitmedi,)"* diye buyurdu.

İşvereninin verdiği haberleri dinlerken Ávila, aracın arka koltuğunda doğruldu.

Karşı taraftaki kişi hızlı bir İspanyolcayla, "Beklenmedik bir gelişme oldu," dedi. "Seni Barselona'ya yönlendirmemiz gerek. Hemen."

Barselona mı? Ávila'ya görevin kalan kısmını tamamlamak için Madrid'e gideceği söylenmişti.

Ses, "Kirsch'ün iki arkadaşının sunumu uzaktan başlatmanın bir yolunu bulma ümidiyle bu akşam Barselona'ya gittiğine dair güçlü şüphelerimiz var," diye devam etti.

Ávila kaskatı kesildi. "Bu *mümkün* mü?"

"Henüz emin değiliz ama eğer başarırlarsa elbette tüm çabaların boşa çıkacak. Barselona'da hemen bir adama ihtiyacım var. *Tedbirli davran.* Oraya mümkün olduğunca çabuk git ve varır varmaz beni ara."

Bunun ardından bağlantı kesildi.

Bu kötü haber nedense Ávila'nın hoşuna gitmişti. *Hâlâ bana ihtiyaç duyuluyor.* Barselona, Madrid'den daha uzaktı ama otoyolda hızlı bir seyirle birkaç saat sürerdi. Ávila hiç vakit kaybetmeden silahını kaldırıp Uber şoförünün başına dayadı. Adamın direksiyon tutan elleri gözle görülür biçimde kasıldı.

Ávila, *"Llévame a Barcelona, (Beni Barselona'ya götür,)"* diye emretti.

Şoför, Vitoria-Gasteiz'e giden bir sonraki çıkışa sapıp doğuya doğru A-1 Otoyolu'nda hızını arttırdı. Bu saatte yoldaki diğer araçlar sadece Pamplona, Huesca, Lleida ve Akdeniz'in en büyük liman kenti Barselona'ya yükünü bırakıp aceleyle dönen tırlardı.

Ávila, kendisini bu ana getiren olaylar zincirine inanmakta güçlük çekti. *En derin üzüntüleri yaşarken şimdi hayatımın en yüce hizmetinde bulunmaya nail oldum.*

Kısa bir an dalan Ávila, yine o dipsiz kuyuda, duman dolmuş Sevilla Katedrali'nde yerde sürünüyor, kana bulanmış enkazın arasında karısıyla çocuğunu arıyor ama onları sonsuza dek kaybettiğini görüyordu.

Amiral saldırıdan sonra haftalarca evden dışarı çıkmamıştı. Onu habis bir boşluğa sürükleyen; karanlığa, hırsa ve suçluluk duygusuna kapılmasına yol açan iblislerle dolu bitmek bilmeyen kâbusların etkisiyle kanepede titreyerek yatmıştı.

Kilise'nin hayatta kalanlara destek olması amacıyla eğittiği yüzlerce yas danışmanından biri olan rahibe, "Boşluk araftır," demişti. "Ruhun arada sıkışıp kalmış. Bunu yapanları bağışlamanın bir yolunu bulmalısın yoksa hırsın seni de yer." İstavroz çıkarmıştı. "Tek kurtuluşun bağışlamak."

Bağışlamak mı? Ávila konuşmaya çalıştı ama boğazını adeta şeytanlar sıkıyordu. O anda tek kurtuluş yolu intikam almak gibi gelmişti. *Ama kimden intikam alacağım?* Bombalı saldırıyı üstlenen olmamıştı.

Rahibe, "Dini terörün affedilmez göründüğünün farkındayım," diye devam etmişti. "Yine de kendi inancımızın, engizisyonları Tanrı adına yüzyıllarca sürdürdüğünü hatırlamakta fayda var. İnancımız uğruna masum kadınlarla çocukları öldürdük. Bu yüzden hem kendimizden hem de dünyadan bağışlanma diledik. Ve ancak zamanla iyileştik."

Ardından ona İncil'den okumaya başlamıştı: "Kötü insana karşı koyma. Sağ yanağına vurana diğer yanağını dön. Düşmanlarını sev, senden nefret edenlere iyilik yap, sana lanet okuyana dua et, sana kötü davrananlar için merhamet dile."

O gece yapayalnız ve acılar içindeki Ávila aynadaki görüntüsüne dalmıştı. Aynadan kendisine bakan adam bir yabancıydı. Rahibenin sözleri acısını dindirmeye yaramamıştı.

Bağışlamak mı? Diğer yanağımı dönmek mi?

Asla affedilemeyecek bir kötülüğe şahit oldum.

İçi hınçla dolan Ávila yumruğunu aynaya savurup camı kırmış ve banyoda yere yığılıp acı dolu hıçkırıklara boğulmuştu.

Donanma subayıyken kendine hâkim olmayı bilen bir adamdı; komuta zincirinde, dürüstlükte ve disiplinde en tepedeydi ama artık o adam yok olmuştu. Birkaç hafta sonra kendini yüklü miktarda alkol ve reçeteli ilaçlarla uyuşturup bunalıma düşmüştü. Kimyasalların uyuşturucu etkisine duyduğu açlık kısa sürede her anına hâkim olmaya başlamış ve onu nefret dolu bir münzeviye dönüştürmüştü.

Birkaç ay sonra İspanyol Donanması onu emekliye ayrılmaya zorlamıştı. Bir zamanların güçlü savaş gemisi şimdi limandaki bir hurdaya dönmüştü ve artık denizlere çıkamayacağını biliyordu. Ömrünü adadığı donanma onu ancak geçimini sağlayabileceği bir aylıkla terk etmişti.

Elli sekiz yaşındayım ve hiçbir şeye sahip değilim, diye düşünmüştü.

Günlerini salonda yalnız başına oturup televizyon seyrederek, votka içerek ve bir umut ışığı belirmesini bekleyerek geçirmişti. *La hora más oscura es junto antes del amanecer,* diye kendi kendine defalarca tekrar etmişti. Ama donanmacıların kullandığı bu eski deyiş her defasında yanlış çıkmıştı. *Gecenin en karanlık anı şafaktan hemen öncesi değil,* diye düşünmüştü. *Şafak hiç sökmeyecek.*

Elli dokuzuncu doğum gününde, yağmurlu bir perşembe sabahı boş bir votka şişesiyle ev sahibinin tahliye kararına bakarken, dolabına gidip donanmadan kalan beylik tabancasını şakağına dayama cesaretini bulmuştu.

"Perdóname, (Özür dilerim,)" diye fısıldayıp gözlerini kapatmıştı. Ardından tetiği çekmişti. Patlama sesi tahmin ettiğinden çok daha azdı. Silah sesinden çok tıkırtıyı andırıyordu.

Talih bu ya, silah ateş almamıştı. Yıllarca tozlu bir dolapta temizlenmeden beklemek amiralin ucuz tören silahına zarar vermişti. Demek, böylesi bir korkaklığı bile beceremeyecek kadar yeteneksizdi.

Silahı hırsla duvara fırlatmış, bu sefer bir patlama sesi odayı doldurmuştu. Delici bir sıcaklığın baldırına girdiğini hissettiğinde, duyduğu büyük acıyla sarhoşluk perdesi kalkmıştı. Feryat ederek yere düşmüş ve kanayan bacağını kavramıştı.

Panikleyen komşular kapısına üşüşmüş, sirenler çalmış ve amiral bir süre sonra kendini Sevilla'daki Hospital Provincial de San Lázaro'da bulmuştu. Hastanede kendini bacağından vurarak nasıl öldürmeye çalıştığını anlatmak için uğraşmıştı.

Ertesi sabah beş parasız ve küçük düşmüş bir halde hastane odasında gözlerini açan amiralin bir ziyaretçisi vardı.

Genç adam İspanyolca, "Berbat ateş ediyorsun," demişti. "Seni emekliye zorlamalarına şaşmamalı."

Ávila cevap vermeye meydan bulamadan adam içeri güneş girsin diye pencerenin perdesini açmıştı. Elini gözüne siper eden Ávila, şimdi onun kaslı ve saçlarını kazıtmış bir genç olduğunu görebiliyordu. Üstünde Hz. İsa resmi bulunan bir tişört giymişti.

Endülüs aksanıyla konuşuyordu. "İsmim Marco. Rehabilitasyon eğitmenin benim. Beni sana yazmalarını istedim, çünkü seninle ortak bir noktamız var."

Gencin küstah tavırlarını fark eden Ávila, "Askeriye mi?" diye sormuştu.

"Hayır." Delikanlı gözlerini Ávila'nınkilere dikmişti. "O pazar sabahı oradaydım. Katedralde. Terör saldırısı sırasında."

Ávila inanmakta güçlük çekerek ona bakmıştı. "Orada mıydın?"

Delikanlı eğilip eşofmanının bir paçasını yukarı sıyırmış ve takma bacağını göstermişti. "Bir cehennemden geçtiğini biliyorum ama ben de yarı profesyonel bir futbolcuydum, o yüzden benden fazla sempati bekleme. Ben daha çok 'kendine-yardım-edene-Tanrı-yardım-eder' felsefesini güden tiplerdenim."

Ávila daha ne olduğunu anlayamadan Marco, onu kucaklayıp tekerlekli sandalyeye oturtmuş, koridordan geçirip küçük egzersiz odasına götürmüş ve paralel çubukların arasına yerleştirmişti.

Delikanlı, "Canın yanacak," demişti. "Ama sonuna kadar gitmeye çalış. Bir kere yapman yeter. Sonra kahvaltı edeceksin."

Ağrısı dayanılmazdı ama Ávila'nın tek bacaklı birine dert yanacak hali yoktu. Böylece ağırlığının çoğunu kollarına verip, çubukların sonuna kadar ayaklarını sürüyerek ilerlemişti.

Marco, "Güzel," demişti. "Şimdi tekrar yap."

"Ama demiştin ki..."

"Evet, yalan söyledim. Yine yap."

Ávila şaşkın gözlerle delikanlıya bakmıştı. Yıllardır kimseden emir almıyordu ama tuhaftır ki bu tutum onu kendine getirir gibi olmuştu. Yıllar önce askere yeni girdiğinde olduğu gibi kendini genç hissetmişti. Sonra dönüp diğer uca doğru yürümeye çalışmıştı.

Marco, "Söylesene," demişti. "Sevilla Katedrali'ndeki ayinlere hâlâ katılıyor musun?"

"Asla."

"Korktuğundan mı?"

Ávila başını iki yana sallamıştı. "Öfkeden."

Marco kahkaha atmıştı. "Evet, dur tahmin edeyim. Rahibeler sana saldırganları *affetmeni* söylediler, değil mi?"

Ávila olduğu yerde kalmıştı. "Aynen!"

"Bana da. Denedim. İmkânsız. Rahibeler bize berbat bir tavsiye verdi." Gülmüştü.

Ávila, genç adamın Hz. İsa baskılı tişörtüne bir göz atmıştı. "Ama sanki sen hâlâ..."

"Ah, evet, kesinlikle hâlâ Hıristiyanım. Her zamankinden daha çok inanıyorum. Hayattaki görevimin ne olduğunu bulduğum için şanslıyım: Tanrı düşmanlarının kurbanlarına yardım etmek."

Ailesi ve donanmanın yokluğunda kendi hayatının beyhudeliğini düşünen Ávila ona gıpta ederek, "Asil bir dava," demişti.

Marco, "Büyük bir adam beni yeniden Tanrı yoluna döndürdü," diyerek devam etmişti. "Bu arada belirteyim, bahsettiğim adam papaydı. Onunla pek çok kez şahsen görüştüm."

"Anlamadım... Papa mı dedin?"

"Evet."

"Şey gibi mi... Katolik Kilisesi'nin lideri olan papa mı?"

"Evet. İstersen seni de görüştürebilirim."

Ávila, delikanlıya bir kaçığa bakar gibi bakmıştı. "Beni onunla görüştürebilir misin?"

Marco alınmışa benziyordu. "Donanmada yüksek rütbeli bir subay olduğunun farkındayım. Herhalde Sevilla'daki sakat bir fizik tedavi uzmanının papayı tanıdığına inanmakta güçlük çekiyorsun ama doğruyu söylüyorum. İstersen seni onunla görüştürebilirim. Tıpkı bana yardım ettiği gibi senin de kendine tekrar bir yol çizmene yardım edebilir."

Nasıl cevap vereceğini kestiremeyen Ávila, paralel çubukların üzerinde eğilmişti. Papayı gözünde ilahlaştırmıştı. Gelenekçi ve tutucu vaazlar veren muhafazakâr bir liderdi. Fakat maalesef modernleşen dünya onu topa tutmuştu ve artan liberal baskılar yüzünden yakında görevinden ayrılacağı söyleniyordu. "Elbette onunla tanışmaktan şeref duyarım ama..."

Marco, "Güzel," diyerek lafını kesmişti. "Yarına ayarlamaya çalışırım."

Ávila ertesi gün kendisine hayatının en doyurucu dini derslerini öğretecek güçlü bir liderle mabedin kimsenin giremediği bölümlerinde yüz yüze geleceğini hiç tahmin edemezdi.

Kurtuluşa giden pek çok yol var.

Tek yol bağışlamaktan geçmiyor.

37. BÖLÜM

Madrid'deki sarayın zemin katında, Kraliçe Isabella'nın tezhipli *Book of Hours (Saatler Kitabı)* pek çok kralın şahsi İncil'i ve XI. Alfonso Dönemi'nden kalma ciltli elyazmasının da dahil olduğu paha biçilmez binlerce kitabın bulunduğu şatafatlı odalardan meydana gelen kraliyet kütüphanesi yer alır.

Prensi yukarıda daha fazla Valdespino'nun pençesinde bırakmak istemeyen Garza aceleyle içeri girdi. Valdespino'nun birkaç gün önce Kirsch ile buluşup, bu görüşmeyi sır olarak sakladığı haberini hâlâ sindirmeye çalışıyordu. *Kirsch o sunumu yaptıktan ve bu akşam öldürüldükten sonra bile mi?*

Kütüphanenin zifiri karanlığında, elinde ışık yayan tabletiyle kendisini bekleyen halkla ilişkiler koordinatörü Mónica Martín'e doğru yürüdü.

Martín, "Çok meşgul olduğunuzun farkındayım efendim," dedi. "Yalnız kısa süre içinde tepki vermemiz gereken bir durumla karşı karşıyayız. Yukarıya yanınıza geldim çünkü güvenlik merkezimiz, ConspiracyNet.com adresinden hayli rahatsız edici bir e-posta aldı."

"Kimden?"

"ConspiracyNet çok popüler bir komplo teorisi sitesi. Kalitesiz gazetecilik yapıyorlar, ayrıca yazı dili çocuk seviyesinde ama *milyonlarca* takipçisi var. Bana soracak olursanız, yalan haber yapıyorlar ama sitenin komplo teorisyenleri arasında çok saygın bir yeri var."

Garza'ya göre "çok saygın" ile "komplo teorisi" birbirinden hayli farklı yerlerdeydiler.

Martín, "Akşam boyunca Kirsch'le ilgili haber yaptılar," diyerek devam etti. "Bilgiyi nereden aldıklarını bilmiyorum ama site, haber bloğu yazarları ve komplo teorisyenlerinin merkez üssü haline geldi. Çeşitli haber kaynakları bile son dakika haberi verirken onları referans gösteriyor."

Garza, "Mevzuya gel," diyerek kızı sıkıştırdı.

Martín kayan gözlüğünü yukarı iterken, "ConspiracyNet sarayla ilgili yeni bilgiler edinmiş," dedi. "On dakika içinde haberi yazacaklarmış. Yayınlanmadan önce açıklama yapabilmemiz için bize bir şans tanımak istemişler."

Garza hayretle genç kadına baktı. "Kraliyet Sarayı sansasyonel dedikodularla ilgili yorum yapmaz!"

"En azından bir bakın efendim." Martín tabletini ona doğru uzattı.

Cihazı kapan Garza, kendini Amiral Luis Ávila'nın fotoğrafına bakarken buldu. Adeta kazara çekilmiş gibi iyi ortalanmamış bir fotoğraftı ve Ávila beyaz üniformasıyla bir tablonun önünden geçerken görüntülenmişti. Sanki müzeye giden biri, sanat eserinin fotoğrafını çekmeye çalışırken farkında olmadan, kareye giren Ávila'yı fotoğraflamıştı.

Bir an evvel prensle Valdespino'nun yanına dönmek isteyen Garza çıkıştı. "Ávila'nın neye benzediğini biliyorum! Bunu bana neden gösteriyorsun?"

"Ekranı diğer fotoğrafa kaydırın."

Garza ekranı kaydırdı. Gelen ekranda fotoğrafın büyütülmüş hali vardı. Bu seferki kare, amiralin öne doğru salladığı sağ eline odaklanmıştı. Garza o sırada amiralin avuç içindeki işareti gördü. Dövmeye benziyordu.

Garza uzunca bir süre fotoğrafa baktı. Yaşlı nesil başta olmak üzere, pek çok İspanyol gibi onun da yakından tanıdığı bir işaretti.

Franco'nun sembolü.

Yirminci yüzyılın ortalarında İspanya'daki pek çok yere işlenmiş bu sembol, acımasız rejimiyle milliyetçiliği, otoriterliği, militarizmi, antiliberalizmi ve Nasyonel Katolikliği savunan aşırı muhafazakâr diktatör General Francisco Franco ile eşanlama geliyordu.

Garza bu eski sembolde, yan yana geldiğinde Latince bir kelimeyi oluşturan altı harf bulunduğunu biliyordu. Bu kelime Franco'nun kendini nasıl gördüğünü mükemmel biçimde tarif ediyordu.

Muzaffer anlamına gelen Victor.

Gaddar, vahşi ve uzlaşmasız Francisco Franco, Nazi Almanyası ile Mussolini İtalyası'nın askeri desteğiyle başa geçmişti. 1939'da ülkenin tüm idaresini ele geçirmeden ve kendini Führer'in İspanyolcadaki karşılığı olan *El Caudillo* ilan etmeden önce binlerce muhalifini öldürtmüştü. İç Savaş sırasında ve diktatörlüğünün ilk yıllarında ona muhalif çıkmaya cüret edenler, tahmini üç yüz bin kişinin katledildiği toplama kamplarında kaybolmuştu.

Kendini "Katolik İspanya'nın" savunucusu ve tanrıtanımaz komünizmin düşmanı diye tanımlayan Franco, erkek egemen bir mentalite gütmüştü. Kadınları kamudaki tüm idari mevkilerden çıkartmış, üniversitelerde öğretim üyesi olma, hâkimlik yapma, banka hesabı açma, hatta tacizkâr bir kocanın elinden kaçma hakkını bile ellerinden almıştı. Katolik öğretisine göre kıyılmayan tüm nikâhları feshetmiş, diğer kısıtlamalarla birlikte boşanmayı, doğum kontrolünü, çocuk aldırmayı ve eşcinselliği yasaklamıştı.

Neyse ki artık her şey değişmişti.

Bununla birlikte Garza, tarihinin en karanlık dönemlerinden birini ulusun ne kadar çabuk unuttuğuna şaşırdı.

Franco'nun ceberut yönetiminde olan biten her şeyi ulusal çapta "unutmak" için varılan siyasi uzlaşma *-pacto de olvido-*, İspanya'daki okul çocuklarına diktatör hakkında çok az şey öğretildiği anlamına geliyordu. Ülkede yapılan bir anket, ergen çocukların aktör James Franco'yu diktatör Francisco Franco'dan daha çok tanıdıklarını ortaya çıkarmıştı.

Bununla birlikte daha eski nesiller asla unutmamıştı. Tıpkı Nazi gamalı haçı gibi, bu VICTOR sembolü de, o acımasız yılları hatırlayanların kalbine hâlâ korku salabiliyordu. Bugün bazı tedirgin kimseler, İspanyol hükümetinin üst makamlarında ve Katolik Kilisesi'nde gizli bir Frankocu grubun hâlâ barındırıldığı konusunda uyarıyordu. Bunlar, İspanya'yı geçen yüzyılın aşırı sağ yaşantısına döndürmeye yemin etmiş gelenekçilerden oluşan gizli bir cemaatti.

Garza yaşanan keşmekeşe ve çağdaş İspanya'daki ruhani lakaytlığa bakan birçok yaşlının, ülkenin ancak güçlü bir devlet diniyle, daha otoriter bir hükümetle ve daha belirgin ahlaki kuralların dayatılmasıyla kurtulacağına inandığını kabul etmek zorundaydı.

"Gençliğimize bir bakın!" diye bağırırlardı. *"Hepsi avare olmuş!"*

Genç Prens Julián'ın İspanya tahtına geçmesi beklenen son aylarda, gelenekçiler arasında Kraliyet Sarayı'nın peş peşe gelecek değişimlerin sesi olacağına dair korku giderek artıyordu. Prensin, Bask olmakla kalmayıp agnostik olduğunu apaçık söyleyen Ambra Vidal ile alelacele nişanlanması da bu kaygıları artırmıştı. İspanya kraliçesi olarak prensin din ve devlet işlerinde ona kulak vereceği muhakkaktı.

Garza tehlikeli günlerin yaklaştığını biliyordu. *Bir ucunda geçmiş, bir ucunda gelecek, çekiştirilen bir değnek.*

Derinleşen dini anlaşmazlıktan başka İspanya siyasette de bir dönüm noktasındaydı. Ülke monarşiyi devam ettirecek miydi? Yoksa Avusturya, Macaristan ve diğer Avrupa ülkelerinde olduğu gibi taht yürürlükten kaldırılacak mıydı? Bunu zaman gösterecekti. Sokaklarda yaşlı gelenekçiler İspanya bayraklarını sallıyor, çağdaş gençlerse eski Cumhuriyet bayrağındaki monarşi karşıtı mor, sarı ve kırmızı renkli kıyafetlerini giyiyordu.

Julián patlamaya hazır bir bomba devralacak.

Garza'nın dikkatini yeniden tablete çeken Martín, "Franco dövmesini ilk gördüğümde, ortalığı karıştırmak için fotoğrafa dijital yoldan eklendiğini sandım," dedi. "Komplo haberleri yapan siteler ziyaretçi sayısını artırmak için birbiriyle yarışıyor. Kirsch'ün bu akşamki din karşıtı sunumu dikkate alınacak olursa, katilin Frankocu bir bağlantısının bulunması müthiş ilgi çekerdi."

Garza, ona hak veriyordu. Komplo teorisyenleri buna bayılırdı.

Martín tableti işaret etti. "Vermeyi planladıkları haberi okuyun."

Komutan Garza içinde beliren hafif bir korkuyla fotoğrafın yanındaki uzun metne baktı.

ConspiracyNet.com

EDMOND KIRCH HAKKINDA GÜNCELLEME

Edmond Kirsch'ün cinayetinden bağnazların sorumlu olduğuna dair ilk başta duyulan şüphelere karşın, bu aşırı muhafazakâr Frankocu simgenin fark edilmesi, cinayetin *siyasi* sebeplerinin de bulunabileceğini gösteriyor. İspanyol hükümetinin en üst makamlarındaki muhafazakâr kimselerin, hatta belki de Kraliyet Sarayı'nın ta kendisinin, ölmesi beklenen kralın yokluğundaki iktidar boşluğunu kapmak için savaştıkları..."

Yeterince okumuş olan Garza, "Rezalet," diyerek aksilendi. "Tüm bu söylentiler tek bir dövmeden mi çıkıyor? Hiçbir anlamı yok. Cinayet sırasında Ambra Vidal'ın orda bulunmasının dışında bu durumun Kraliyet Sarayı'nın yürüttüğü siyasetle hiç alakası yok. Yorum yok."

Martín, "Efendim," diye üsteledi. "Haberin devamını lütfen okursanız Piskopos Valdespino'yu Amiral Ávila ile bağdaştırmaya çalıştıklarını göreceksiniz. Piskoposun yıllardır kralın kararlarını etkileyen gizli bir Frankocu olabileceğinden, ülkede yapacağı değişiklikleri engellemiş olabileceğinden bahsediliyor." Sonra biraz duraksadı. "Bu iddialar internette çok geniş yer buldu."

Garza yine diyecek kelime bulamıyordu. Artık yaşadığı dünyayı tanıyamıyordu.

Artık yalan haberler gerçek haberler kadar değer taşıyor.

Martín'e şöyle bir bakan Garza sakince konuşmaya çalıştı. "Monica, tüm bunlar kendini eğlendirmek için fantezi kuran blog yazarlarının uydurması. Valdespino'nun Frankocu olmadığına emin olabilirsin. On yıllardır sadakatle krala hizmet ediyor, herhangi bir Frankocunun cinayetle uzaktan yakından ilgisi olamaz. Saray bununla ilgili yorum yapmayacak. İyice anlaşıldı mı?" Bir an önce prensle Valdespino'nun yanına gitmek isteyen Garza kapıya doğru döndü.

"Efendim, durun!" Martín uzanıp onu kolundan tuttu.

Olduğu yerde duran Garza, genç çalışanın eline hayretle baktı.

Martín derhal elini geri çekti. "Affedersiniz efendim, ama ConspiracyNet bize bundan başka Budapeşte'de geçen bir telefon görüşmesinin kaydını da gönderdi." Kalın camlı gözlüklerinin ardındaki gözlerini kırpıştırdı. "Bu da hoşunuza gitmeyecek."

38. BÖLÜM

Patronum öldürüldü.

Kaptan Josh Siegel, Bilbao Havaalanı'nın taksi yolunda Edmond Kirsch'ün Gulfstream G550 uçağını ilerletirken lövyenin üstündeki elinin titrediğini hissetti.

Hiç uçacak halde değilim, diye düşünüyor, bu arada yardımcı pilotun da kendisi kadar sarsıldığını biliyordu.

Siegel yıllarca Edmond Kirsch'ün özel uçaklarına pilotluk yapmıştı. O akşam öldürülmesi onun için yıkıcı bir şoktu. Bir saat kadar önce yardımcı pilotla havaalanındaki bekleme salonunda oturmuş Guggenheim'dan yapılan canlı yayını izliyordu.

Patronunun kalabalık bir izleyici toplamasından etkilenen Siegel, "Tam Edmond'a göre bir gösteri," diyerek espri yapmıştı. Kirsch'ün programını izlerken bekleme salonundaki diğerleri gibi merakı arttıkça öne eğilmiş ama sonunda bir patlamayla akşam tamamen tersine dönmüştü.

Sonrasında yardımcı pilotuyla tam bir sersemlik içinde oturmuş, televizyon haberlerini izlerken ne yapacaklarını düşünmüşlerdi.

On dakika sonra Siegel'ın telefonu çalmıştı; arayan Edmond'ın kişisel asistanı Winston'dı. Siegel onunla daha önce tanışmamıştı. Şu İngiliz asistan biraz tuhaf biri olsa da uçuşları onunla programlamaya alışmıştı.

Winston, "Eğer daha önce bakmadıysan şimdi televizyonu açmalısın," demişti.

Siegel üzgün bir sesle cevap vermişti. "Gördük ve ikimiz de perişan olduk."

Yaşananlar düşünüldüğünde, hiç etkilenmemiş gibi resmi konuşan Winston, "Uçağı Barselona'ya geri götürmeniz gerekiyor," diyerek onları şok etmişti. "Siz kalkışa hazırlanın, ben sizi birazdan tekrar arayacağım. Biz konuşuncaya kadar uçağı *kaldırmayın* lütfen."

Winston'ın talimatlarının Edmond'ın istekleriyle ne kadar örtüştüğünü bilemiyordu ama o anda her türlü kılavuzluğu minnetle kabul edecek durumdaydı.

Winston'ın talimatı üzerine Siegel ile yardımcı pilotu, Barselona'ya uçuş manifestosunu sıfır yolcuyla bildirmişti. Sektörde buna "deadhead uçuş" deniyordu. Sonra da hangardan çıkıp uçuş öncesi kontrollerini yapmaya başlamışlardı.

Winston otuz dakika sonra aramıştı. "Kalkışa hazır mısınız?"

"Hazırız."

"Güzel. Herhalde her zamanki doğu pistini kullanacaksınız, öyle değil mi?"

"Doğru." Siegel bazen Winston'ın işle aşırı ilgilendiğini ve sinir bozacak kadar fazla bilgi istediğini düşünüyordu.

"Lütfen kuleyle iletişime geçin ve kalkış izni isteyin. Yolun sonuna kadar ilerleyin ama kalkış pistine girmeyin."

"Pist başında mı duracağım?"

"Evet, sadece bir dakikalığına. Lütfen oraya varınca bana haber verin."

Siegel ile yardımcı pilotu birbirlerine bakakalmışlardı. Winston'ın isteğinin mantıklı bir yanı yoktu.

Kule bunu sorun edebilir.

Yine de uçağı havaalanının batı ucundaki pist yönünde çeşitli kavşaklar ve yollardan geçirmişti. Şimdi de sağa doğru doksan derece dönüp doğu pistiyle birleşen taksi yolunun son yüz metresindeydi.

Havaalanını çevreleyen tel örgülere bakan Siegel, "Winston?" diye seslendi. "Taksi yolunun sonuna geldik."

Winston, "Lütfen orada bekleyin," dedi. "Birazdan sizinle temas kuracağım."

Winston'ın ne halt ettiğini merak eden Siegel, *burada bekleyemem,* diye düşündü. Bereket versin ki Gulfstream'in arka kamerası geride başka uçak bulunmadığını gösteriyordu; en azından trafiği engellemiyordu. Görünürde kontrol kulesinden başka ışıklı bir yer yoktu; yaklaşık üç kilometre ötede, pistin diğer ucundan zayıf bir ışık görünüyordu.

Altmış saniye geçti.

Kulaklığındaki ses, "Burası hava trafik kontrol," dedi. "EC346, bir numaralı pistten kalkış serbest. Tekrarlıyorum, kalkış serbest."

Siegel uçağı kaldırmaktan başka bir şey istemiyor ama hâlâ Edmond'ın asistanından haber bekliyordu. "Teşekkürler kule," dedi. "Bir dakika daha burada bekleyeceğiz. Kontrol etmemiz gereken bir ikaz ışığı yanıyor."

"Roger. Hazır olduğunuzda bildirin."

39. BÖLÜM

"Burası mı?" Nehir taksinin kaptanı şaşırmışa benziyordu. "Burada mı durmak istiyorsunuz? Havaalanı daha uzakta. Sizi oraya götüreyim."

Langdon, Winston'ın tavsiyesine uymak niyetindeydi. "Teşekkürler, biz gideriz."

Omuzlarını silken kaptan, teknesini *Puerto Bidea* yazan küçük köprünün yanında durdurdu. Nehir kıyısı burada sazlıklarla çevriliydi ve daha yürünebilir görünüyordu. Ambra tekneden inip kıyıya çıkmak için hareketlenmişti bile.

Langdon, kaptana, "Size ne kadar borcumuz var?" diye sordu.

Adam gülümsedi. "Para vermeyeceksiniz. Sizin İngiliz adam bana önceden ödedi. Kredi kartıyla. Hem de üç katını."

Winston önceden ödedi mi? Langdon hâlâ Edmond'ın bilgisayar asistanıyla çalışmaya alışamamıştı. *Siri'nin hormonlusu gibi,* diye düşünmeden edemedi.

Yapay zekâların kitap yazmak gibi karmaşık işleri becerdiği düşünülecek olursa Winston'ın yeteneğine de şaşmamak gerekirdi. Yazılan kitaplardan biri neredeyse Japon edebiyat ödülünü kazanıyordu.

Langdon, kaptana teşekkür ettikten sonra tekneden nehir kıyısına atladı. Tepeyi tırmanmadan önce şaşkınlık içindeki adama dönüp işaretparmağını dudağına götürdü ve, *"Discreción, por favor, (Aramızda kalsın, lütfen,)"* dedi.

Gözlerini kapatan kaptan, *"Sí, sí,"* diye onu yatıştırdı. *"No he visto nada! (Hiçbir şey görmedim!)"*

Bunun ardından Langdon tepeyi tırmanıp demiryolundan karşıya geçti ve değişik dükkânların dizildiği sessiz köy yolunun kenarında duran Ambra'nın yanına gitti.

Edmond'ın telefonundan sesi duyulan Winston, "Haritaya göre Puerto Bidea ile Río Asua kanallarının kesiştiği yerde olmalısınız," dedi. "Köyün merkezinde bir kavşak görüyor musunuz?"

Ambra, "Görüyorum," diye yanıt verdi.

"Güzel. O kavşaktan çıkınca Beika Bidea adında küçük bir yol göreceksiniz. O yolu takip ederek köyden uzaklaşın."

Langdon ile Ambra iki dakika sonra köyden çıkmış, geniş çayırların üstüne taştan yapılmış çiftlik evlerinin yer aldığı ıssız bir kasaba yolunda hızlı adımlarla ilerliyordu. Kırsalın içine girerken Langdon bir şeylerin ters gittiğini fark etti. Sağ tarafta, uzaktaki küçük bir tepenin üstünde gökyüzü ışık kirliliğinin meydana getirdiği bir kubbeyle aydınlanmıştı.

Langdon, "Eğer bunlar terminalin ışıklarıysa çok uzaktalar," dedi.

Winston, "Terminal bulunduğunuz yere üç kilometre mesafede," diye karşılık verdi.

Ambra ile Langdon birbirine hayretle baktı. Oysa Winston, onlara sekiz dakika yürüyeceklerini söylemişti.

Winston açıklamaya devam etti. "Google'ın uydu görüntülerine göre sağ tarafınızda geniş bir arsa olmalı. Geçilebilir gibi mi?"

Langdon terminal ışıklarına doğru hafif bir eğimle yükselen sağ taraftaki saman tarlasına baktı.

"Tabii, çıkabiliriz ama üç kilometre..."

"Siz lütfen tepeyi tırmanın profesör ve talimatlarıma aynen uyun." Winston'ın sesi her zamanki gibi kibar ve duygusuzdu ama yine de Langdon kendini kulağı çekilmiş gibi hissetti.

Tepeyi tırmanmaya başlayan Ambra, "İyi iş," diye fısıldarken eğlenmiş görünüyordu. "Bu, Winston'dan duyduğum sinir bozucu sayılmaya en yakın laftı."

* * *

Siegel'ın kulaklığındaki ses, "EC346, burası hava trafik kontrol," diye sesini yükseltti. "Ya uçağı kaldırıp pist başından ayrılın ya da onarım için hangara dönün. Durumunuz nedir?"

Siegel arka kameraya göz atarken, "Hâlâ üstünde çalışıyoruz," diye yalan söyledi. *Gelen uçak yok, sadece uzaktaki kulenin zayıf ışıkları gözüküyor.* "Bir dakikaya daha ihtiyacım var."

"Roger. Bizi bilgilendirin."

Yardımcı pilot, Siegel'ın omzuna hafifçe vurup ön camdan dışarıyı işaret etti.

Ortağının bakışlarını takip eden Siegel, uçağın önündeki yüksek tel örgüden başka bir şey göremedi. Sonra çitin diğer tarafında aniden hayal gibi bir görüntü belirdi. *Bu da ne?*

Tel örgünün arkasındaki arazide iki siluet karanlığın içinden hortlak gibi belirmiş, tepenin üstünde bulundukları yerden uçağa doğru yürüyordu. İkili yaklaşınca Siegel daha önce televizyonda gördüğü siyah verev çizgili beyaz elbiseyi hemen tanıdı.

Bu Ambra Vidal mı?

Ambra bazen Kirsch'le birlikte uçarak seyahat ederdi. Bu çarpıcı İspanyol güzel uçağına bindiğinde Siegel kalbinin attığını hissederdi. Bilbao Havaalanı'nın dışındaki çayırlarda ne aradığını hiç anlayamamıştı.

Ambra'nın yanındaki uzun boylu adam da siyah beyaz bir kıyafet giymişti. Siegel, onun da akşamki programda yer aldığını hatırladı.

Amerikalı Profesör Robert Langdon.

Winston'ın sesi yeniden duyuldu. "Bay Siegel, şimdi tel örgünün diğer tarafında iki kişi görmeniz lazım. Her ikisini de tanıyacağınıza eminim." Siegel, İngiliz'in tavrını insanı huylandıracak kadar usturuplu buldu. "Bu akşam size tam olarak açıklayamayacağım bazı durumlar gelişti, ama Bay Kirsch'ün hatırına taleplerime tamamen uymanızı isteyeceğim. Şu anda tüm bilmeniz gerekenler şunlar." Winston çok kısa bir süreliğine sustu. "Edmond Kirsch'ü öldüren kişiler şimdi de Ambra Vidal ile Robert Langdon'ı öldürmeye çalışıyor. Onları korumak için yardımınıza ihtiyacımız var."

Bilgiyi akıl süzgecinden geçirmeye çalışan Siegel, "Evet, elbette," diye ağzında geveledi.

"Bayan Vidal ile Profesör Langdon'ın hemen uçağınıza binmesi gerekiyor."

Siegel, "Burada mı?!" diye sordu.

"Yolcu taşımayacağınıza dair bildirdiğiniz manifestonun teknik sınırlamalarını biliyorum ama..."

"Havaalanını çevreleyen üç metre yüksekliğindeki güvenlik çitini aşmanın teknik sınırlamalarını da biliyor musun?!"

Winston, "Biliyorum," diye sakince cevap verdi. "Bay Siegel, sizinle yalnızca birkaç aydır çalıştığımızın farkındayım ama bana güvenmenizi istiyorum. Sizden birazdan yapmanızı isteyeceğim şeyler, bu durumda Edmond'ın da yapmanızı isteyeceklerinin aynısı."

Winston planı anlatırken Siegel hayretle dinledi.

"İstediklerin imkânsız!"

Winston, "Tam aksine," dedi. "Hayli mümkün. Motorların her biri on beş bin librenin üzerinde itiş gücüne sahip ve uçağın burun konisi yedi yüz mil hıza dayanacak şekilde tasarlanmış..."

Siegel, "İşin fiziksel koşulları beni kaygılandırmıyor," diye çıkıştı. "Ben işin yasal kısmını düşünüyorum. Pilotluk lisansım iptal edilebilir!"

Winston duygusuz bir sesle, "Sizi anlıyorum Bay Siegel," dedi. "Ama İspanya'nın gelecekteki kraliçesi şu an büyük bir tehlikenin içinde. Yapacaklarınız onun hayatını kurtaracak. İnanın bana, gerçek ortaya çıktığında ihtar değil, kraldan madalya alacaksınız."

Samanların arasındaki Langdon ile Ambra uçağın farıyla aydınlanan yüksek tel örgüye baktı.

Motorları çalışıp uçak ileri hareket etmeye başladığı sırada Winston'ın uyarısıyla geriye çekildiler. Uçak, pist başının dönemecini takip etmek yerine dümdüz onlara doğru ilerleyerek, işaretli güvenlik çizgisini geçti ve taksi yolunda gitmeye başladı. Emekler gibi yavaşlayıp gitgide çitlere yaklaştı.

Langdon şimdi uçağın burun konisinin çitlerden birinin metal destek direğiyle aynı hizaya geldiğini görebiliyordu. Devasa burun konisi, direkle birleştiğinde pilot uçağın motorlarına hafif bir güç verdi.

Langdon daha iyi dayanacağını sanmıştı ama anlaşılan bu direk, iki Rolls-Royce motoruyla kırk tonluk bir uçağı kaldıramayacaktı. Metalik bir inleme sesiyle direk üstlerine doğru devrilirken tıpkı beraberinde köklerini de söken bir ağaç gibi, bağlı olduğu yerden genişçe bir asfalt parçası kopardı.

Hemen koşup, düşen çiti tutan Langdon, Ambra ile üstünden geçebilecekleri şekilde aşağı çekti. Sendeleyerek asfalt piste ayak bastıkları sırada uçağın merdivenleri açıldı. Kokpitteki pilot onlara el sallıyordu.

Ambra, Langdon'a genişçe gülümsedi. "Hâlâ Winston'a güvenmiyor musun?"

Artık Langdon'ın diyecek lafı yoktu.

Merdivenden koşarak yukarı çıkıp, lüks kabinden içeri girerken Langdon ikinci pilotun kuleyle konuştuğunu duydu.

"Evet, kontrol seni duyuyorum," diyordu. "Yer radarınız arızalanmış olmalı. Pist başından ayrılmadık. Tekrarlıyorum, hâlâ kıpırdamadan pist başında duruyoruz. İkaz ışığımız söndü, kalkışa hazırız."

Pilot, Gulfstream'i tel örgülerden uzaklaştırmak için motorlarına itiş gücü vererek geriye doğru hareket ettirirken yardımcı pilot kapıyı çekti. Ardından uçak piste doğru geniş bir açıyla geri döndü.

Ambra'nın karşısındaki koltukta oturan Langdon bir süreliğine gözlerini kapatarak derin nefesler aldı. Dışarıdan kükreyen motor sesleri geldikten sonra pistte ilerleyen uçağın ivmelenme basıncını hissetti.

Birkaç saniye sonra gökyüzüne yükselip güneydoğuya dönen uçak, Barselona'ya doğru gecenin içine daldı.

40. BÖLÜM

Çalışma odasından hızla dışarı çıkan Haham Yehuda Köves, bahçeyi geçip evinin ön kapısından dışarı çıktı ve merdivenleri inerek kaldırıma vardı.

Kalbi hızla çarparken, *artık evde güvende değilim,* diye düşündü. *Sinagoga gitmeliyim.*

Dohány Caddesi Sinagogu, Köves için hem bir ibadethane hem de gerçek bir kaleydi. Mabedin barikatları, dikenli telleri ve yirmi dört saat nöbet tutan görevlileri, Budapeşte'nin Yahudi düşmanı tarihini hatırlatır gibiydi. O akşam böylesi bir kalenin anahtarını elinde tuttuğuna seviniyordu.

Eviyle sinagog arasında, her gün huzurla yürüdüğü on beş dakikalık bir mesafe vardı. Ama o akşam Kossuth Lajos Sokağı'ndan yola çıkarken korkudan başka bir şey hissetmiyordu. Yola çıkmadan önce başını öne doğru uzatıp önündeki karanlığa dikkatle baktı.

Hemen o anda kendisini tedirgin eden bir şey fark etti.

Yolun karşı tarafında karanlık bir figür kamburunu çıkartmış, bankın üstünde oturuyordu. Ayağında kot pantolonu, başında beyzbol şapkasıyla, akıllı telefonunda bir şeylere basarken iri yapılı adamın yüzü cihazın ekran ışığıyla aydınlanmıştı.

Adımlarını hızlandıran Köves, *bu mahallenin sakini değil,* diye düşündü.

Beyzbol şapkalı adam başını kaldırıp bir süre hahama baktıktan sonra yine telefonuyla meşgul olmaya başladı. Köves yoluna devam etti. Bir blok gittikten sonra endişeyle arkasına baktı.

Beyzbol şapkalı adamın bankta oturmadığını görünce dehşete kapıldı. Adam yolun karşı tarafına geçmiş, kaldırımda Köves'in arkasından yürüyordu.

Peşimden geliyor! Yaşlı haham adımlarını hızlandırdı, kısa nefesler almaya başladı. Evden ayrılarak ne büyük bir hataya düştüğünü sorgulamaya başlamıştı.

Valdespino bana evde kalmamı söylemişti! Kime güvendim de çıktım?

Köves aslında Valdespino'nun adamlarının gelip kendisini Madrid'e götürmesini bekleyecekti ama aldığı telefon her şeyi değiştirmişti. Şüphe tohumları hemen filizlenmeye başlamıştı.

Telefondaki kadın onu şöyle uyarmıştı: *Piskopos sizi Madrid'e götürmek için değil, ortadan kaldırmak için adamlarını gönderecek. Tıpkı Seyyid el-Fadıl'ı ortadan kaldırdığı gibi.* Ardından öyle ikna edici bir delil sunmuştu ki Köves dehşete düşüp evden dışarı fırlamıştı.

Şimdi kaldırımda koşar adım ilerlerken sinagogun emniyetli ortamına hiç kavuşamayacağından korkuyordu. Kendisini elli metre geriden takip eden beyzbol şapkalı adam hâlâ arkasındaydı.

Kulak tırmalayıcı bir çığlık akşamın sessizliğini bozunca olduğu yerde sıçradı. Sesin, biraz aşağıdaki durakta frenlere asılan bir otobüsten geldiğini anlayınca rahatladı. Durağa koşan ve yalpalayarak binen Köves, aracı ona sanki Tanrı göndermiş gibi hissetti. Otobüsün içi yüksek sesle konuşan üniversite öğrencileriyle doluydu; içlerinden ikisi ona saygıyla yer verdi.

Haham hırıltılı sesiyle nefes nefese, *"Köszönöm, (Teşekkür ederim,)"* dedi.

Fakat araç henüz hareket etmeden kot pantolonlu ve beyzbol şapkalı adam hızla koşup güç bela otobüse yetişti.

Köves kaskatı kesilse de adam, ona hiç bakmadan gidip arka tarafa oturdu. Haham ön camdaki yansımada, adamın yeniden telefonuna dönerek tahminen bir tür video oyununa kendini kaptırdığını gördü.

Kendi kendine, *paranoyaya kapılma Yehuda,* dedi. *Seninle ilgilenmiyor.*

Otobüs Dohány Caddesi durağına geldiğinde Köves birkaç blok ötedeki sinagogun kulelerine hasretle baktı ama kalabalık otobüsten inme cesaretini bulamıyordu.

İnersem adam peşimden gelecek...

Kalabalığın içinde daha güvenli olacağına karar veren Köves, yerinden kalkmadı. *Bir süre daha otobüste kalayım, çarpıntım biraz dinsin,* diye düşündü ama evden tuvalete girmeden bu kadar ani çıktığına pişman oldu.

Otobüs Dohány Caddesi'nden ayrılırken haham planındaki korkunç hatayı fark etti.

Bu gece cumartesi ve tüm yolcular genç.

Otobüsteki herkes aynı yerde, bir durak ötedeki Yahudi mahallesinde inecekti.

İkinci Dünya Savaşı'ndan sonra bu yer enkaza dönmüştü ama çürümeye yüz tutmuş binalar artık Avrupa'da en canlı gece hayatının yaşandığı yerlerden biri haline gelmişti. İşte ünlü "yıkıntı barlar" bu harap binalarda işletilen gece kulüplerine verilen isimdi. Hafta sonunda sürüyle öğrenci ve turist; şimdi en son ses sistemleri, renkli ışıklar ve eklektik sanatla donatılmış, graffiti kaplı depolarla eski evlerin bombalanmış iskeletlerinde toplanıyordu.

Otobüs bir sonraki durağa varınca tüm öğrenciler dışarı döküldü. Hâlâ telefonuyla ilgilenen şapkalı adam oturmaya devam etse de içgüdüleri Köves'e, olanca hızıyla dışarı çıkmasını söyledi. O da hemen ayağa fırlayıp koştu ve sokaktaki öğrencilerin yanına indi.

Otobüs motoruna hız verip uzaklaşırken aniden durdu. Kapısı tıslayarak açıldı ve son yolcusu, beyzbol şapkalı adam da indi. Köves'in nabzı füze gibi fırladıysa da adam ona hiç bakmadı. Kalabalığa arkasını dönüp telefonundan birini ararken diğer istikamette canlı adımlarla yürümeye başladı.

Sakince nefes almaya çalışan haham, *kendi kendine hayaller uydurma,* dedi.

Otobüs ayrılınca öğrenciler barlara giden yola doğru yürümeye başladı. Haham Köves güvenliği için mümkün olduğunca rılmayacak, sonra aniden sola dönerek sinagogun acaktı.

Kendine kendine, *birkaç blok ilerde,* derken bacaklarının ağırlaşmasına ve mesanesinde artan baskıya aldırmadı.

Gürültücü müşterileri sokaklara taşmış yıkıntı barlar tıklım tıkıştı. Köves'in etrafında her yerden elektronik müzik gümbürdüyor, hava Sopianae sigarası ile Kürtöskalács baca tatlısının şekerli dumanıyla karışmış bira kokuyordu.

Köşeye yaklaşırken içinde hâlâ takip edildiğine dair ürkütücü bir his vardı. Yavaşlayıp bir kez daha arkasına baktı. Neyse ki kot pantolonlu ve beyzbol şapkalı adam ortalıkta yoktu.

Karanlık bir girişte çömelmiş olan siluet, on saniye boyunca kıpırdamadan durup sonra kendini belli etmemeye dikkat ederek köşeden baktı.

Tam zamanında görünürden kaybolduğunu fark edince, *iyi denemeydi ihtiyar,* diye düşündü.

Cebindeki şırıngayı iki kez yokladı. Sonra saklandığı karanlıktan çıkıp şapkasını düzeltti ve hedefinin peşinden koşar adımlarla gitti.

41. BÖLÜM

Guardia Real Komutanı Diego Garza, elinde Mónica Martín'in tablet bilgisayarıyla kraliyet ailesi dairelerine doğru koştu.

Tablette Macar Haham Yehuda Köves ile bir tür internet muhbiri arasında geçen telefon görüşmesinin kaydı vardı. Kaydın şok edici içeriği Garza'ya birkaç seçenekten fazlasını bırakmıyordu.

Muhbirin bahsettiği cinayet komplosunun altından Valdespino çıksa da çıkmasa da bu kayıt halka duyurulduğunda piskopos itibarını sonsuza kadar kaybedecekti.

Prensi uyarıp onu bu olaydan uzak tutmalıyım.

Haber yayılmadan Valdespino saraydan çıkarılmalı.

Siyasette algı her şey demekti. Bilgi satıcıları, yaptıkları adil olsun ya da olmasın Valdespino'yu otobüsün altına atmak üzereydi. Veliaht prens bu gece hiçbir surette piskoposun yanında gözükemezdi.

Halkla İlişkiler Koordinatörü Mónica Martín, prensin hemen bir açıklama yapması gerektiği, yoksa suça iştirak etmiş gibi görüneceği konusunda Garza'yı uyarmıştı.

Komutan onun haklı olduğunu biliyordu. *Julián'ı televizyona çıkarmalıyız. Hem de hemen.*

Merdivenlerin başına varan Garza, elindeki tablete bakarak nefes nefese koridordan Julián'ın dairesine koştu.

Frankocu dövme resmi ile hahamın telefon görüşmesi kaydına ilaveten, ConspiracyNet'in yayacağı haberde üçüncü ve son bir açıklama daha bulunacaktı. Martín ortalığı asıl velveleye verecek haberin bu olduğunu söylemişti.

Veri haritalama dediği şey, komplo teorisyenlerinin görünürde farklı ve rasgele konumlanmış veri noktalarını veya bilgileri inceleyip, bunları olası "takımyıldızlar" meydana getirecek anlamlı hallere sokarak birleştirmesi anlamına geliyordu.

Garza, *burç hastalarından farkları yok,* diye düşünerek burnundan soludu. *Yıldızların rasgele yerleşimlerinden hayvan şekilleri çıkartıyorlar!*

Ne yazık ki Garza'nın elindeki tablette görülen ConspiracyNet veri noktaları, tek bir takımyıldız oluşturacak şekilde özellikle formüle edilmiş gibiydi ve saray açısından düşünüldüğünde hiç de güzel görünmüyordu.

ConspiracyNet.com

Kirsch Cinayeti

Şimdiye Dek Bildiklerimiz

- Edmond Kirsch bilimsel keşfini üç dinin lideriyle paylaştı: Piskopos Antonio Valdespino, Ulema Seyyid el-Fadıl ve Haham Yehuda Köves.
- Kirsch ile el-Fadıl öldüler; Haham Yehuda Köves ise artık ev telefonuna cevap vermiyor ve ortadan kaybolduğu sanılıyor.
- Piskopos Valdespino hayatta ve sağlığı yerinde, en son meydandan Kraliyet Sarayı'na yürürken görüldü.
- Kirsch'ün katilinin -Amiral Luis Ávila olduğu belirlenen kişinin- vücudunda onu aşırı muhafazakâr Frankocuların bir koluyla bağdaştıran işaretler var. (Muhafazakârlığıyla tanınan Piskopos Valdespino da Frankocu muydu?)
- Ve son olarak, Guggenheim'daki kaynaklardan öğrendiğimize göre, etkinliğin davetli listesine kimse alınmadığı halde katil Luis Ávila son dakikada Kraliyet Sarayı'ndan birisinin isteğiyle listeye eklenmiş. (Bu isteği yerine getiren müzedeki kişi geleceğin kraliçesi Ambra Vidal.)

ConspiracyNet bu habere katkılarından ötürü sivil müşahit monte@iglesia.org'a teşekkür eder.

monte@iglesia.org mu?

Garza e-posta adresinin sahte olduğunu hemen anlamıştı.

iglesia.org, İspanya'daki saygın bir evanjelik Katolik web-sitesinin adresi; İsa'nın öğretilerinin peşinden giden rahiplerin, sıradan insanların ve öğrencilerin oluşturduğu bir internet cemaatiydi. Haberi veren muhbir, iddialar iglesia.org'dan çıkıyormuş gibi gözüksün diye onların alan adresini kullanmış olmalıydı.

Sitedeki dindar Katoliklerin Piskopos Valdespino'ya hayranlık beslediğini bilen Garza içinden, *akıllıca,* diye geçirdi. "Katkı sağlayan yazarın" hahamı arayan muhbir olduğundan şüphelendi.

Dairenin kapısına vardığında haberi prense nasıl vereceğini düşündü. Hayli sıradan bir gün gibi başlamış, ardından adeta saray hayaletlerle savaşa tutuşmuştu. *Monte isminde bilinmeyen bir muhbir! Veri noktaları dizisi!* İşin daha da kötüsü, hâlâ Ambra Vidal ile Robert Langdon'ın nerede olduklarından haberi yoktu.

Komutan kapıyı çalmadan içeri girdi. Salona doğru hızlı adımlarla ilerlerken, "Prens Julián?" diye seslendi. "Sizinle bir saniye yalnız görüşmem gerek."

Garza salona varınca olduğu yerde kaldı.

İçerisi boştu.

Bu sefer mutfağa yönlenerek, "Don Julián?" diye seslendi. "Piskopos Valdespino?"

Tüm daireyi aradı ama prens ile Valdespino hiçbir yerde yoktu.

Hemen prensin cep telefonunu çevirdi ama telefonun yakında çaldığını duyunca şaşırdı. Dairenin içinden gelen zil sesi zayıf olsa da duyuluyordu. Bir kez daha prensi arayan Garza, boğuk zil sesini takip ederek duvardaki küçük bir tablonun önüne geldi. Bu tablo dairedeki duvar kasasını saklıyordu.

Julián telefonunu kasaya mı kilitledi?

İletişimin bunca önemli olduğu bir akşamda prensin telefonunu yanına almaması Garza'ya inanılmaz geliyordu.

Peki, nereye gittiler?

Piskoposun açacağı ümidiyle bu kez de Valdespino'nun numarasını çevirdi. Ama kasanın içinden gelen ikinci boğuk zil sesini duyunca iyice şaşkına döndü.

Valdespino da mı telefonunu bıraktı?

Gözleri fal taşı gibi açılan Garza, iyice telaşlanarak daireden dışarı fırladı. Bundan sonraki birkaç dakika boyunca hem yukarıyı hem de aşağıyı arayarak koridorlarda bağırıp durdu.

Buhar olup uçmadılar ya!

Sonunda koşturmayı bıraktığında Sebatini'nin zarif merdivenlerinin önünde soluk soluğa durdu. Yenilgiyle başını öne eğdi. Elindeki tablet bilgisayar şimdi uyku moduna geçmişti ama siyah ekranda tam tepesindeki tavan freskini görebiliyordu.

Bu görüntüde acımasız bir alay vardı. Tavandaki fresk Giaquinto'nun başyapıtıydı: *Religion Protected by Spain*. (*İspanya'nın Koruduğu Din.)*

42. BÖLÜM

Gulfstream G550 uçağı seyir irtifasına yükseldiğinde Langdon dalgın gözlerle oval pencereden dışarı bakıp kafasını toplamaya çalıştı. Son iki saat bir duygu fırtınası içinde geçmişti: Edmond'ın yavaş bir tempoda çözülen sunumunu izlemenin verdiği heyecan ve insanın kanını donduran bir cinayeti görmenin verdiği dehşet. Edmond'ın sunumunun gizemini düşündükçe daha da derinleşiyordu.

Edmond nasıl bir sır perdesini kaldırmıştı?

Nereden geliyoruz? Nereye gidiyoruz?

Edmond'ın o akşam spiral heykelde söyledikleri aklından çıkmıyordu: *Robert, bulduğum şey... bu soruların her ikisini de yanıtlıyor.*

Fütürist arkadaşı hayatın en büyük iki gizemini çözdüğünü iddia etmişti ama yine de vereceği haber, ne kadar tehlikeli bir kargaşaya yol açacaktı ki birisi konuşmaması için onu öldürmüştü?

Emin olduğu tek şey onun, insanoğlunun kökeninden ve kaderinden bahsettiğiydi.

Acaba hangi şok edici kökeni buldu?

Hangi gizemli kaderi çözdü?

Edmond gelecek hakkında iyimser görünüyordu, bu yüzden dünyanın sonunun geleceğiyle ilgili bir tahminde bulunmuş olma ihtimali düşüktü. *O zaman din adamlarını böylesine kaygılandıracak tahmini ne olabilir?*

"Robert?" Ambra elinde bir fincan kahveyle yanında belirdi. "Sütsüz mü istemiştin?"

"Harika, evet teşekkürler." Fincanı minnetle kabul eden Langdon, biraz kafeinin düğüm olmuş düşüncelerini çözeceğini umuyordu.

Karşısındaki koltuğa geçen Ambra kendine, zarifçe işlenmiş bir karaftan kırmızı şarap doldurdu. "Edmond'ın uçakta Château Montrose zulası var. Boşa gitmesi yazık olur."

Langdon daha önce yalnızca bir kez, *Kells Kitabı* diye bilinen tezhipli elyazmasını araştırdığı sırada Dublin'deki Trinity Üniversitesi'nin altındaki gizli şarap mahzeninde Montrose'un tadına bakmıştı.

İki eliyle avuçladığı şarap kadehini dudaklarına götüren Ambra, bakışlarını profesöre dikti. Langdon kadının doğal zarafetinin karşısında kendini yine savunmasız hissediyordu.

Ambra, "Düşünüyordum da," dedi. "Daha önce Edmond'ın Boston'da sana Yaratılış hikâyeleriyle ilgili sorular sorduğundan bahsetmiştin, değil mi?"

"Evet, bir yıl kadar önceydi. Büyük dinlerin 'Nereden geliyoruz?' sorusuna verdiği farklı cevaplarla ilgileniyordu."

Ambra, "Belki de buradan başlamalıyız," diye fikir yürüttü. "Acaba neyin üstünde çalıştığını bulabilir miyiz?"

Langdon, "Ben en başından başlıyorum ama ne bulacağımızdan emin değilim," diye karşılık verdi. "Nereden geldiğimiz üzerine sadece iki felsefi düşünce var: Biri, Tanrı'nın insanı tekâmülünü tamamlamış halde yarattığını söyleyen dini görüş, diğeri de balçıktan çıkıp sonunda insana dönüştüğümüz Darwin modeli."

Kahverengi gözleri parlayan genç kadın, "Peki ya Edmond üçüncü bir ihtimal keşfettiyse?" diye sordu. "Buluşunun bir bölümü böyle bir şey olabilir mi? Ya insan türünün ne Âdem'le Havva'dan ne de Darwin modelinden geldiğini kanıtladıysa?"

Böylesi bir keşifle, insanoğlunun kökenine dair alternatif bir hikâyeyle yer yerinden oynardı ama Langdon bunun ne olacağını tahmin edemiyordu. "*Gözlemlenebilir* bilimsel gerçekler üzerine oturtulduğunu ve organizmaların zamanla nasıl evrim geçirip çevrelerine uyum sağladığını açıkça gösterdiği için Darwin'in evrim teorisi son derece iyi kurulmuştu."

Ambra, "Öyle mi?" diye sordu. "Darwin'in tamamen yanıldığını iddia eden kitaplar gördüm."

Aralarındaki masanın üstünde şarjda duran telefondan Winston'ın sesi duyuldu. "Ambra haklı. Yalnızca geçtiğimiz yirmi yıl içinde bu konuyla ilgili elliden fazla kitap yayımlandı."

Langdon, Winston'ın hâlâ kendileriyle birlikte olduğunu unutmuştu.

Bilgisayar, "Bu kitaplardan bazıları en çok satanlar listelerine girdi," diye ekledi. "*What Darwin Got Wrong... (Darwin Neyi Yanlış Anladı...) Defeating Darwinism... (Darwinizmi Yenmek...) Darwin's Black Box... (Darwin'in Kara Kutusu...)*(*) *Darwin on Trial... (Darwin Yargılanıyor...) The Dark Side of Charles Dar- (Charles Darwin'in Karanlık Yanı-)*"

Darwin'i çürüttüğünü iddia eden bu kitaplardan haberdar olan Langdon, "Evet," diyerek lafı kesti. "Bir süre önce bu kitaplardan ikisini okudum."

Ambra, "Ve?" diyerek devamını getirmesini istedi.

Langdon kibarca gülümsedi. "Şey, hepsi adına konuşamam ama benim okuduğum iki kitap köktendinci bir bakış açısıyla yazılmıştı. Hele bir tanesi, Tanrı'nın 'inancımızı sınamak için' fosilleri yeryüzüne bıraktığını öne sürecek kadar ileri gidiyordu."

Genç kadın kaşlarını çattı. "Anlaşılan, fikrini değiştirememişler."

"Hayır, ama merakımı artırdılar. Bu yüzden ben de Harvard'lı bir biyoloji profesörüne kitaplar hakkındaki fikrini sordum." Langdon gülümsedi. "Bu arada bahsettiğim profesör, Stephen J. Gould idi."

Ambra, "Bu ismi nereden biliyorum?" diye sordu.

Winston hemen, "Stephen J. Gould, ünlü evrim biyoloğu ve paleontologdur," diyerek lafa karıştı. "'Kesintiye Uğramış Denge' teorisi, fosil kayıtları arasındaki bazı boşlukları açıkladı ve Darwin'in evrim modelini destekledi."

(*) Kitap aynı isimle ülkemizde de yayımlanmıştır.

Langdon, "Gould gülmekle yetindi," dedi. "Darwin karşıtı çoğu kitabın, Yaratılış Araştırmaları Enstitüsü gibi kuruluşlar tarafından yayımlandığını söyledi. Bu kuruluşlar kendi ellerindeki bilgi malzemesine dayanarak Kutsal Kitap'ı, tarihin ve bilimsel gerçeklerin yanılmaz yazılı kaydı kabul eder."

Winston, "Yani, yanan çalıların konuşabildiğine, Nuh'un tek bir gemiye tüm türleri sığdırdığına ve insanların tuzdan sütunlara dönüştüğüne inanıyorlar," dedi. "Bilimsel araştırmalar yapan bir şirket için pek sağlam bir dayanak değil."

Langdon onayladı. "Bu doğru. Bununla birlikte dini içerik taşımayan bazı kitaplarda da tarihi bir bakış açısından Darwin'i yermeye çalışanlar oldu. Teorisini, çevrelerine tepki veren organizmaların değişim geçirdiğini ilk ortaya atan Fransız doğabilimci Jean-Baptiste Lamarck'tan çalmakla suçladılar."

Winston, "Bu alakasız bir düşünce biçimi profesör," dedi. "Darwin'in intihal suçu işleyip işlemediğiyle evrim teorisinin doğruluğu arasında hiç ilgi yok."

Ambra, "Bence de," dedi. "Peki Robert, Profesör Gould'a 'Nereden geliyoruz?' diye sorduysan herhalde maymun atadan geldiğimizi söylemiştir, öyle değil mi?"

Langdon olumlu anlamda başını salladı. "Aynı kelimelerle anlatamayacağım ama Gould bana gerçek bilim insanlarının evrimin gerçekleştiğine dair hiç şüphesi bulunmadığını söyledi. Deneysel yoldan süreci gözlemleyebiliyormuşuz. Ona göre asıl soru 'Evrimin neden olduğu?' ve 'Nasıl başladığı?'"

Ambra, "Peki hiç cevap niteliğinde bir şey söyledi mi?" diye sordu.

"Benim anlayabileceğim bir şey söylemedi ama neden bahsettiğini düşünsel bir örneklemeyle anlattı. Buna Sonsuz Koridor deniyor." Kahvesinden bir yudum daha alan profesör biraz durdu.

Langdon'ın konuşmasına fırsat vermeden Winston, "Evet, faydalı bir örnek," diye atıldı. "Şöyle ki: Uzun bir koridorda yürüdüğünüzü hayal edin. O kadar uzun bir koridor ki, ne nereden geldiğinizi, ne de nereye gittiğinizi görebiliyorsunuz."

Edmond'ın bilgisayarının sahip olduğu bilgi haznesinin genişliğinden etkilenen Langdon başını salladı.

Winston, "Arkanızda seken bir top sesi duyuyorsunuz," diyerek devam etti. "Döndüğünüz zaman topun size doğru zıplayarak geldiğini görüyorsunuz. Gittikçe yaklaşıyor ve sonunda sizi geçip yoluna devam ediyor. İlerleyerek gözden kayboluyor."

Langdon, "Doğru," dedi. "Burada sorulacak soru şu değil: Top zıplıyor mu? Çünkü topun zıpladığı açık. Bunu gözlemleyebiliriz. Soru şu: Neden zıplıyor? Zıplamaya nasıl başladı? Birisi tekme mi attı? Zıplamaktan hoşlanan özel bir top mu? Bu koridorda, topların ebediyen zıplamaktan başka seçeneği bulunmadığına dair bir kural mı var?"

Winston, "Gould'un anlatmak istediği şu: Sürecin nasıl başladığını öğrenecek kadar geriye bakamayız," diyerek anlatımı tamamladı.

Langdon başıyla onayladı. "Kesinlikle. Sadece *meydana gelmekte olanları* gözlemleyebiliriz."

Winston, "Tabii, bu Büyük Patlama'yı anlatmak gibi bir şeydi. Kozmologlar, geçmiş veya gelecek, herhangi bir zaman dilimi 'T'de, evrenin genişlediğini açıklamak için detaylı formüller geliştirdiler. Buna karşın, Büyük Patlama'nın meydana geldiği, T'nin sıfıra eşit olduğu *o ana* dönmeye kalkıştıklarında matematik çıldırıyor, esrarengiz bir sonsuz sıcaklık ve sonsuz bir yoğunluk noktasını tarif ediyordu."

Etkilenmiş görünen Langdon ile Ambra birbirine baktı.

Langdon, "Yine doğru," dedi. "Ve insan zihni 'sonsuzlukla' pek de iyi başa çıkabilecek şekilde donatılmadığı için çoğu bilim insanı evrenden sadece Büyük Patlama sonrası terimleriyle bahsediyor. T'nin sıfırdan büyük olduğu bu dönemde matematik de *esrarengiz olmaktan* kurtuluyor."

Langdon'ın Harvard'daki meslektaşlarından ciddi bir fizik profesörü, Evrenin Kökenleri seminerine felsefe öğrencilerinin gelmesinden öylesine bıkmıştı ki, sonunda sınıfının kapısına bir duyuru asmıştı.

"Benim dersimde T>0.
T=0 ile ilgili tüm sorular için,
lütfen ilahiyat fakültesine gidin."

Winston, "Peki Panspermi konusunda ne diyorsunuz?" diye sordu. "Yeryüzündeki hayatın, başka bir gezegenden gelen meteor veya kozmik tozla yeşerdiği düşüncesi? Panspermi bilim dünyasında, yeryüzündeki hayatın varoluşunu açıklamakta geçerli bir ihtimal kabul ediliyor."

Langdon, "Doğru olsa bile, hayatın evrende nasıl başladığını açıklamıyor," dedi. "Zıplayan topun kökenini ve 'Hayat nerede başladı?' sorusunu gözardı ederek, teneke kutuyu yolda yuvarlamış oluyoruz."

Winston susmuştu.

Aralarındaki konuşmadan keyif aldığı anlaşılan Ambra şarabından bir yudum aldı.

Gulfstream G550 seyir irtifasında yol alırken Langdon yüzlerce yıllık "Nereden geliyoruz?" sorusuna eğer Edmond gerçekten de cevap bulduysa dünyanın nasıl değişeceğini merak etti.

Ama fütürist dâhiye göre bu sorunun cevabı asıl sırrın yalnızca bir *parçasıydı.*

Gerçek ne olursa olsun, Edmond keşfinin detaylarını aşılması zor bir şifreyle, kırk yedi harflik bir şiir dizesiyle korumuştu. Eğer her şey plana uygun giderse Langdon ile Ambra şifreyi Edmond'ın Barselona'daki evinde çözeceklerdi.

43. BÖLÜM

İlk ortaya çıkışının üstünden yaklaşık on yıl geçmesine rağmen "karanlık ağ" anlamındaki "dark web" çoğu internet kullanıcısı için hâlâ gizemini korur. Dünya Çapında Ağ/World Wide Web'in geleneksel arama motorlarıyla ulaşılamayan bu yasadışı karanlık yüzü, muzır ürünlere ve hizmetlere gizli kullanıcı bilgisiyle erişme imkânı sağlar.

Başlarda İpek Yolu anlamındaki ilk çevrimiçi uyuşturucu pazarı Silk Road'u barındıran karanlık ağ; silah, çocuk pornografisi, siyasi sırlar ve hatta fahişeler, internet korsanları, casuslar, teröristler ve katiller gibi profesyonellerin kiralanabileceği bir yasadışı siteler ağına dönüştü.

Karanlık ağda her hafta gerçek anlamda milyonlarca iş anlaşması gerçekleşir. İşte o akşam da, Budapeşte'deki yıkıntı barların önünde bu anlaşmalardan biri tamamlanmak üzereydi.

Beyzbol şapkalı ve kot pantolonlu adam avının arkasından giderken Kazinczy Caddesi boyunca karanlıklara saklanarak dikkat çekmeden yürüdü. Son yıllarda ekmeğini Unfriendly Solution, Hitman Network ve BesaMafia gibi popüler ağlarda anlaştığı bu gibi görevlerden kazanıyordu.

Karanlık ağın pazarlıkları gizli tutma garantisi ve Bitcoin aracılığıyla yapılan ödemelerin takip edilememesi sebebiyle her geçen gün büyüyen kiralık katil işi, milyar dolarlık bir endüstriydi. Çoğunlukla sigorta dolandırıcılığı, kötü iş ortaklığı ve çalkantılı evlilikler sebebiyle kiralık katil tutulsa da, işi alan kişi sebebin geçerliliğiyle ilgilenmezdi.

Katil içinden, *soru yok*, diye geçirdi. *İşim, dile getirilmeyen bu kural sayesinde yürüyor.*

O akşamki işi günler önce kabul etmişti. İsimsiz işvereni, yaşlı bir hahamı evinden itibaren takip etmesi ve herhangi bir eylem gerekirse diye "tetikte" beklemesi için 150.000 avro teklif etmişti. Bu görevde eylem, adamın evine zorla girip potasyum klorit şırınga ederek kalp krizinden aniden ölmüş süsü vermek anlamına geliyordu.

Haham o akşam beklenmedik bir anda evinden çıkıp şehir otobüsüne binerek kenar mahallelerden birine gitmişti. Onu takip eden katil, akıllı telefonundaki şifreli bir üstyazım programıyla işverenini gelişmelerden haberdar etmişti.

Hedef evden çıktı. Barlar semtine gitti. Biriyle buluşabilir?

İşvereni neredeyse o saniye cevap vermişti.

Öldür.

Şimdi karanlık sokakların ve yıkıntı barların arasında başlayan takip, ölümcül bir kedi fare oyununa dönmüştü.

Kazinczy Caddesi'nde ilerleyen Haham Yehuda Köves kan ter içinde kalmıştı. Ciğerleri yanıyor, yaşlanmış mesanesinin patlayacağını hissediyordu.

Budapeşte'nin en büyük ve en ünlü yıkıntı barlarından biri olan Bar Szimpla'nın önündeki kalabalığın arasında dururken, *sadece tuvalete gitmeye ve biraz dinlenmeye ihtiyacım var*, diye düşündü. Buranın o kadar farklı yaş grubu ve meslekten müşterisi vardı ki, kimse dönüp hahama bakmadı bile.

Bara doğru hareket ederken, *biraz dursam iyi olur*, diye düşündü.

Bir zamanlar zarif balkonları ve uzun pencereleriyle göz alıcı bir taş konak olan Bar Szimpla şimdi graffitiyle kaplı bir harabeydi. Köves eskinin büyük şehir konağının geniş sütunlu girişinde yürüyüp üzerinde EGİ-ŞE-Gİ-RE yazan bir kapıdan geçti.

Macarca "Şerefe" anlamına gelen egészségére kelimesinin fonetik okunuşunu yazdıklarını hemen anladı.

İçeri giren Köves barın büyüklüğüne hayret dolu gözlerle baktı. Terk edilmiş konak, hahamın hayatında gördüğü en acayip nesnelerin serpiştirildiği geniş bir avlunun etrafına inşa edilmişti: banyo küvetinden yapılmış bir kanepe, havada asılı duran bisikletleri süren mankenler, artık müşterilere koltuk görevi gören Doğu Almanya yapımı Trabant marka bir araba.

Avlu; spreyle boyanmış graffitilerin, Sovyet dönemi posterlerin, klasik heykellerin ve gürültülü müzik eşliğinde salınan müşterilerle dolu iç balkonlara sarkan bitkilerin karmaşasını taşıyan yüksek duvarlarla çevrelenmişti. Ortam sigara ve bira kokuyordu. Genç çiftler uluorta tutkuyla öpüşürken kimileri de küçük nargilelerden gizlice esrar çekiyor ve Macaristan'da şişelenen popüler meyve kanyağı *pálinka* içiyordu.

Köves, Tanrı'nın en yüce yaratısı olmasına karşın insanın özünde hayvan kalmasını ve büyük oranda hayvani dürtülerine göre davranmasını hep çelişkili bulurdu. *Fiziki bedenlerimizi, ruhlarımıza da aynının olacağını zannederek rahatlatıyoruz.* Köves ömrünün büyük kısmını, bedenin hayvani dürtülerine, öncelikle de yemeğe ve sekse fazlasıyla teslim olmuş kişilere öğüt vererek geçirmişti. İnternet bağımlılığının ve ucuz mamül uyuşturucuların artmasıyla yaptığı iş her gün daha da zorlaşmıştı.

O anda Köves'in gereksinim duyduğu tek hayvani rahatlama tuvalete gitmekti. On kişinin sıra beklediğini görünce hüsrana uğradı. Bekleyemeyeceğinden, bir sürü tuvaletin bulunduğunu öğrendiği üst kata doğru dikkatle merdivenleri çıktı. Konağın ikinci katında, her birinin kendine ait bir barı veya oturma alanı bulunan, bitişik oturma odaları ve yatak odaları labirentinden geçti. Barmenlerden birine tuvaletin yerini sorunca adam epeyce uzaktaki koridoru işaret etti. Oraya, avluya bakan bir balkondan geçilerek gidiliyordu.

Köves korkuluğa sımsıkı tutunarak hemen balkonda yürümeye başladı. Yürürken aşağıdaki kalabalığa boş gözlerle baktı. Müzikteki vuruşların ritmine ayak uydurmuş sallanan bir dolu genç insan vardı.

Sonra bir şey gördü.

Kanı buz keserken olduğu yerde kaldı.

Kalabalığın ortasındaki kot pantolonlu ve beyzbol şapkalı adam bakışlarını yukarı dikmiş ona bakıyordu. Kısa bir an için iki adam göz göze geldiler. Ardından şapkalı adam bir panter hızıyla atılıp müşterilerin arasından kendine yol açtı ve merdivenlerden yukarı çıkmaya başladı.

Merdivenlerin tepesine gelen katil, geçen her yüzü dikkatle inceledi. Bar Szimpla'yı iyi biliyordu, bu sayede hemen hedefinin durduğu balkona yöneldi.

Haham yok olmuştu.

Katil, *yanından geçmedim. Bu da demek oluyor ki, binanın daha da içlerine girdin,* diye düşündü.

Bakışlarını ilerideki karanlık koridora dikerken gülümseyen katil, hedefinin nerede saklanmaya çalıştığını tam olarak bildiğini düşünüyordu.

Çok sıkışık ve idrar kokan bir koridordu. Bittiği yerde çarpık, ahşap bir kapı vardı.

Koridorda ayaklarını yere vura vura koşan katil, kapıyı yumrukladı.

Ses çıkmadı.

Bir kez daha yumrukladı.

İçeriden gelen boğuk bir ses tuvaletin dolu olduğunu söyledi.

Canlı bir sesle, *"Bocsásson meg! (Affedersiniz!)"* diyerek özür dileyen katil, uzaklaşır gibi sesler çıkardı. Sonra sessizce geri dönüp kulağını ahşaba dayadı. İçerdeki hahamın çaresizlik içinde Macar dilinde fısıldadığını duydu.

"Birisi beni öldürmeye çalışıyor! Evimin önündeydi! Şimdi beni Bar Szimpla'da kapana kıstırdı! Lütfen! Yardım gönderin!"

Hedefin, 911'in Avrupa'daki muadili olan 112'yi aradığı anlaşılıyordu. Çok geç cevap veriyorlardı ama yine de katil yeteri kadarını duymuştu.

Yalnız olduğundan emin olmak için geriye doğru bir bakıp kaslı omzunu kapıya döndü, geriye çekildi ve saldırısını müziğin gürültülü temposuyla aynı zamana denk getirdi.

Eski kelebek kilit ilk denemede yerinden çıktı. Kapı ardına kadar açıldı. Katil içeri girip kapıyı kapattı ve yüzünü avına döndü.

Köşeye sinmiş olan adam, korktuğu kadar şaşkın da görünüyordu.

Katil, hahamın telefonunu elinden aldı, aramayı sonlandırdı ve cihazı tuvalete attı.

Haham, "Se-seni kim gönderdi?!" diye kekeledi.

Adam sırıttı. "İşimin en güzel yanı, bunu bilmeme imkân olmaması."

Bol miktarda terleyen yaşlı adam hırıltılar çıkarıyordu. Birden nefesi daraldı, gözleri yuvalarından fırlarken iki eliyle kendi göğsünü tuttu.

Gülümseyen katil, *yok artık,* diye içinden geçirdi. *Kalp krizi mi geçiyor?*

Yaşlı adam tuvaletin zemininde kıvrandı ve nefesi tıkandı. Yüzü kızarıp parmakları göğsünü tırmalarken gözleri merhamet diliyordu. Sonunda kirli fayansın üstüne yüzükoyun kapaklandı. Titreyerek sarsılırken mesanesi boşaldı ve pantolonunu ıslattı. Şimdi yerdeki idrar, bir iz halinde akıyordu.

En sonunda haham artık kıpırdamıyordu.

Katil çömelip nefes alışını dinledi. Ses çıkmıyordu.

Sonra sırıtarak ayağa kalktı. "İşimi beklediğimden daha da kolaylaştırdın."

Bunları söyledikten sonra kapıya yürüdü.

Haham Köves'in ciğerleri hava almak istiyordu.

Az önce hayatının rolünü yapmıştı.

Bilincini yitirmek üzereydi, yine de saldırganın tuvaletten ayrılan ayak seslerini dinlerken hiç kıpırdamadı. Kapı gıcırdayarak açıldı ve sonra tıkırdayarak kapandı.

Ses yoktu.

Köves, saldırganın duyulmayacak bir mesafeye gidene kadar koridorda yürümesini beklemek için birkaç saniye daha kendini zorladı. Ama artık bir saniye daha bekleyecek hali kalmadığında, hayat veren derin nefesler almaya başladı. Tuvaletin pis kokusu bile ona cennet gibi geldi.

Yavaşça gözlerini açtığında, oksijensiz kalmaktan gözleri bulanık görüyordu. Kapalı kapının hemen dibinde siyah bir figürün durduğunu görünce çok şaşırdı.

Beyzbol şapkalı adam ona bakıp gülümsüyordu.

Köves donakaldı. *Dışarı hiç çıkmamış.*

Katil, hahama doğru iki uzun adım atıp onu boynundan mengene gibi tuttu ve yüzünü yerdeki fayanslara çarptı.

Çatallı sesiyle, "Nefesini durdurabiliyorsun ama kalbini durduramadın," dedi. Sonra bir kahkaha patlattı. "Üzülme, ben sana yardım ederim."

Hemen ardından yakıcı sıcaklık yayan bir uç, Köves'in boynunu deldi. Boğazından aşağı inen erimiş alevler daha sonra kafatasına yayıldı. Kalbinin bu kez gerçekten duracağını biliyordu.

Ömrünü, Tanrı'nın ve erdemli ölülerin ikametgâhı olan *Shamayim* gizemlerine adamış biri olarak, tüm cevapları göz açıp kapayıncaya kadar öğreneceğinden emindi.

44. BÖLÜM

G550 jet uçağının geniş tuvaletinde tek başına lavabonun başında duran Ambra Vidal, aynaya bakarken ılık suyu ellerinin üstünden akıttı. Aynadaki yansımasını tanıyamıyordu.

Ben ne yaptım?

Şarabından bir yudum daha alırken birkaç ay önceki hayatını özlüyordu. O zamanlar sıradan biriydi, bekârdı ve müzedeki işiyle meşguldü ama artık bunların hepsi sona ermişti. Julián evlenme teklif ettiği anda hepsi buhar olup uçmuştu.

Bu doğru değil, diye düşündü. *Sen evet dediğin anda buhar olup uçtu.*

Bir türlü cinayetin dehşetinden kurtulamamıştı. Şimdiyse korku duyan mantığı, davranışlarının sonuçlarını ölçüp biçiyordu.

Edmond'ın katilini müzeye ben davet ettim.

Saraydan birisi beni kandırdı.

Ve gereğinden fazla şey biliyorum.

Prens Julián'ın bu kanlı cinayetin arkasında olduğuna, hatta cinayet planından haberi olduğuna dair bir delil yoktu. Buna rağmen Ambra, prensin bilgisi dışında böyle bir şeyin yapılamayacağından şüphelenecek kadar sarayın iç işleyişini görmüştü.

Julián'a gereğinden fazla şey söyledim.

Son haftalarda kıskanç nişanlısından ayrı geçirdiği her saniyenin açıklamasını yapmak zorunda hissetmiş ve Edmond'ın yapacağı sunumla ilgili Julián'a bildiklerinin çoğunu anlatmıştı. Şimdi böyle açık sözlü davranarak pervasızlık etmiş olduğunu düşünüyordu.

Ambra musluğu kapatıp ellerini kuruladıktan sonra şarap kadehine uzandı ve kalan son birkaç damlayı bitirdi. Karşısındaki aynada bir yabancı duruyordu: Bir zamanların özgüvenli iş kadını şimdi pişmanlık ve utanç içindeydi.

Birkaç ay içinde kaç tane hata yaptım...

Zihni zamanı geriye sararken neyi daha farklı yapabileceğini düşündü. Dört ay önce Madrid'de, Reina Sofia Modern Sanat Müzesi'ndeki bir bağış gecesindeydi...

Davetlilerin çoğu müzedeki en ünlü eser *El Guernica*'yı görmek için 206.06 numaralı salona gitmişti. Yedi buçuk metre uzunluğundaki Picasso eseri, İspanya'daki İç Savaş sırasında küçük bir Bask kasabasının bombalanmasını tasvir ediyordu. Ama 1939 ile 1975 yılları arasında faşist diktatör General Francisco Franco'nun yönetimindeki İspanya'nın maruz kaldığı acımasız baskı dönemini hatırlatan tabloyu Ambra bakamayacak kadar acı verici buluyordu.

Bu yüzden en sevdiği İspanyol sanatçılardan biri olan Maruja Mallo'nun eserine bakmak için boş galerilerden birine girmişti. Galiçyalı bu kadın sanatçının 1930'lardaki başarısı, ülkedeki kadın sanatçılar için yolu açmıştı.

Derin bir ses arkasından konuştuğunda Ambra tek başına durmuş, karışık sembollerden oluşan, siyasi bir taşlama niteliğindeki *La Verbana*'ya bakıyordu.

Adam, "*Es casi tan guapa como tú, (Neredeyse senin kadar güzel,)*" dedi.

Sahi mi? Tam karşısına bakan Ambra gözlerini devirmemek için kendini zor tutmuştu. Böylesi etkinliklerde müze ona, bir kültür merkezinden çok sevgili bulmaya gidilen barlar gibi geliyordu.

Arkasındaki ses, "*¿Qué creed que significa? (Sence ne anlama geliyor?)*" diye üstelemişti.

İngilizce konuşursa adamın uzaklaşacağı ümidiyle, "Bilmiyorum," diye cevap vermişti. "Sadece hoşuma gidiyor."

Adam neredeyse aksansız konuştuğu İngilizcesiyle, "Benim de hoşuma gitti," diye karşılık vermişti. "Mallo zamanının önünde giden biriydi. Ne yazık ki eğitimsiz bir göz için, resmin yüzeysel güzelliği, içerdiği derin anlamı örtebilir." Biraz durmuştu. "Herhalde sizin gibi bir kadın bu sorunu hep yaşıyordur."

Ambra homurdanmıştı. *Böyle lafların kadınları etkilediği oluyor mu?* Kibar bir tebessümle adamı başından savmak için arkasını dönmüştü. "Beyefendi çok kibarsınız ama..."

Ambra Vidal lafının gerisini getiremeden susmuştu.

Karşısındaki adam, ömrü boyunca yüzünü televizyonda ve dergilerde gördüğü biriydi.

"Ah," diye ağzında gevelemişti. "Siz..."

Yakışıklı adam, "Küstah mıyım?" diye cümlesini tamamlamıştı. "Cüretkâr biri miyim? Affedersiniz, dışarıya kapalı bir hayat yaşadım. Bu tür işlerde pek de iyi değilim." Gülümseyip nazikçe elini uzatmıştı. "İsmim Julián."

"İsminizi biliyorum," diyen Ambra, Veliaht Prens Julián'ın elini sıkarken yüzü kızarmıştı. Yumuşak bakışlara ve özgüvenli bir tebessüme sahip, sandığından çok daha uzun boylu bir adamdı. Çabucak kendini toparlayıp, "Bu akşam geleceğinizden haberim yoktu," diye devam etti. "Ben sizin daha çok Prado Müzesi'nden... bilirsiniz Goya, Velázquez gibi klasiklerden hoşlanacağınızı sanıyordum."

"Muhafazakâr ve eski moda mı demek istediniz?" Sıcak bir ifadeyle gülmüştü. "Sanırım beni babamla karıştırıyorsunuz. Mallo ile Miró en sevdiklerim arasındadır."

Prens ile birkaç dakika konuşan Ambra onun sanat bilgisinden etkilenmişti. Ama ne de olsa adam İspanya'nın en iyi koleksiyonlarından birini barındıran Madrid'deki Kraliyet Sarayı'nda büyümüştü. Bebeklik odasında orijinal bir El Greco asılı olmalıydı.

Ambra'ya yaldızlı bir kartvizit uzatırken, "Biraz uygunsuz düşeceğinin farkındayım ama yarın akşam yemekte bana eşlik ederseniz çok memnun olurum," demişti. "Telefon numaram kartın üstünde. Haber vermeniz yeter."

Ambra, "Akşam yemeği mi?" diyerek gülümsemişti. "İsmimi bile bilmiyorsunuz."

Prens olağan bir tavırla, "Ambra Vidal," demişti. "Otuz dokuz yaşındasınız. Universidad de Salamanca'dan sanat tarihi diplomanız var. Bilbao'daki Guggenheim Müzesi'nin yöneticisisiniz. Bir süre önce Luis Quiles etrafında dönen sürtüşmelerle ilgili düşüncelerinizi açıkça dile getirdiniz, ki eserleri bence de modern hayatın korkunçluğunu grafiksel yoldan yansıtıyor, ayrıca küçük çocuklara uygun olmayabilir. Ama eserlerinin Banksy'yi anımsattığı konusunda sizinle aynı fikirde olduğumu sanmıyorum. Hiç evlenmediniz. Çocuğunuz yok. Ayrıca siyah giyince enfes görünüyorsunuz."

Ambra'nın ağzı açık kalmıştı. "Aman Tanrım. Bu yaklaşım sahiden de işe yarıyor mu?"

"Fikrim yok," derken gülümsemişti. "Herhalde öğreneceğiz."

Sanki o anı bekliyormuş gibi iki kraliyet muhafızı belirip, prensi bazı VIP'lerle kaynaştırmaya götürmüştü.

Kartviziti elinde sımsıkı tutan Ambra, yıllardır hissetmediği bir şeyi hissediyordu. İçi kıpır kıpır olmuştu. *Az önce bir prens bana çıkma mı teklif etti?*

Ambra gençliğinde leylek gibi bir kızdı, çıkma teklif eden delikanlılar hep onunla kafa kafaya geliyordu. Ama yıllar geçip güzelleşince onun karşısında erkekler yılgın, beceriksiz, içine kapanık ve fazla hürmetkâr davranmaya başlamışlardı. Buna rağmen o akşam güçlü bir adam cesurca kur yapmış ve tüm kontrolü kendi eline almıştı. Kendini kadınsı hissetmesine neden olmuştu. Ve daha genç.

Hemen ertesi akşam bir şoför Ambra'yı kaldığı otelden alıp Kraliyet Sarayı'na götürmüştü. Çoğunu sosyete dergilerinden veya siyaset çevresinden tanıdığı iki düzine davetliyle beraber prensin yanına oturtulmuştu. Prens, onu kendisinin "yeni güzel arkadaşı" olarak tanıtmış ve genç kadının rahatlıkla iştirak edebileceği bir sanat sohbeti başlatmıştı. Ambra bir tür seçmelere katılıyormuş hissine kapılsa da pek umursamamış, koltukları kabarmıştı.

Akşamın sonunda Julián onu bir kenara çekmiş ve, "Umarım eğlenmişsindir. Seni yine görmek isterim," diye fısıldamıştı. "Perşembe akşamına ne dersin?"

Ambra, "Teşekkürler," diye cevap vermişti. "Ama maalesef sabah uçakla Bilbao'ya gideceğim."

Prens, "O zaman ben de gelirim," demişti. "Hiç Etxanobe restoranına gittin mi?"

Ambra'nın kahkaha atası gelmişti. Etxanobe, Bilbao'nun en gözde mekânlarından biriydi. Dünyadaki sanat tutkunlarının en sevdiği bu restoranın, gelenlere kendilerini Marc Chagall tablolarının içinde oturuyormuş hissini veren avangard bir dekoru ve renkli bir mutfağı vardı.

Ambra kendini, "Bu çok güzel olurdu," derken bulmuştu.

Etxanobe'de Julián, gösterişli bir sunumla servis edilen sumakla közlenmiş ton balığı ve mantarlı kuşkonmaz eşliğinde, hasta babasının gölgesinden çıkmaya çalışırken karşılaştığı siyasi güçlüklerden ve kraliyet soyunu devam ettirmesiyle ilgili hissettiği baskıdan bahsetmişti. Ambra onda içine kapalı küçük bir çocukla birlikte ülkesi için yanıp tutuşan bir liderin özelliklerini de görmüştü. Bu birleşimi çekici bulmuştu.

O gece muhafızları Julián'ı özel uçağına götürürken genç kadın ona tutulduğunu anlamıştı.

Kendine, *onu fazla tanımıyorsun,* diye hatırlatıyordu. *Ağırdan al.*

Ambra ile Julián'ın saraydaki yemeklerde, kırsaldaki malikânenin çayırlarında çıktıkları pikniklerde, hatta sinemada sürekli görüştüğü sonraki birkaç ay göz açıp kapayınca kadar geçmişti. Zorlamasız bir ilişkileri vardı ve Ambra hayatında bundan daha mutlu olduğunu hatırlamıyordu. Elini tutan veya küçük bir öpücük çalan ama asla geleneksel sınırları aşmayan Julián'ın eski usuldeki davranışlarını sevimli buluyor ve nezaketini takdir ediyordu.

Üç hafta önce güneşli bir sabah Ambra, Guggenheim'da açılacak sergilerin tanıtımı için bir televizyon programına çıkmak üzere Madrid'deydi. RTVE'nin Telediario kanalını dünyada milyonlarca kişi seyrediyordu. Ambra'nın pek canlı yayın tecrübesi yoktu ama programın müzeyi ulusal çapta en iyi şekilde tanıtacağına emindi.

Bir gece önce Julián'la Trattoria Malatesta'da lezzetli bir akşam yemeği yedikten sonra usulca El Parque del Retiro'ya girmişlerdi. Yürüyüşe çıkmış ailelere ve etrafta kahkahalar atıp koşuşturan çocuklara bakan Ambra içine huzur dolduğunu hissetmiş ve kendini anın büyüsüne kaptırmıştı.

Julián, "Çocukları seviyor musun?" diye sormuştu.

Dürüstçe, "Bayılıyorum," diye cevap vermişti. "Doğrusunu istersen bazen hayatımdaki tek eksiğin bir çocuk olduğunu düşünüyorum."

Julián genişçe gülümsemişti. "Nasıl bir his olduğunu bilirim."

Prensin o andaki bakışları nedense daha farklı gelmiş ve Ambra bir anda bu soruyu neden sorduğunu anlamıştı. Bir korku dalgası içini kaplarken zihni, *söyle ona*! *HEMEN SÖYLE ONA*, diye çığlık atıyordu.

Konuşmaya çalıştıysa da ses çıkaramamıştı.

Prens endişeli bir ifadeyle, "İyi misin?" diye sormuştu.

Ambra gülümsemişti. "Telediario programı yüzünden. Biraz gerginim."

"Biraz nefeslen. Üstesinden gelirsin."

Julián genişçe gülümsedikten sonra eğilip onu dudaklarından hafifçe öpmüştü.

Ertesi sabah saat yedi buçukta kendini, üç çekici Telediario sunucusuyla birlikte canlı yayında şaşılacak derecede rahat geçen bir sohbetin içinde bulmuştu. Guggenheim tutkusunu anlatmaya öylesine kaptırmıştı ki, televizyon kameralarıyla canlı yayın konuklarını görmüyor, beş milyon kişinin izlediğini düşünmüyordu.

Bölüm devam ederken kadın sunucu, *"Gracias, Ambra, y muy interesante, (Teşekkürler Ambra, evet çok ilginç,)"* demişti. *"Un gran placer conocerte. (Tanıştığımıza memnun oldum.)"*

Başını sallayan Ambra röportajın biteceğini sanıyordu.

Ama sunucu yalandan gülüp doğrudan seyirciye hitap ederek nedense programı devam ettirmişti. İspanyolca konuşarak, "Bu sabah çok özel biri Telediario stüdyolarına baskın bir ziyarette bulundu. Şimdi kendisini çağırmak istiyorum."

Üç sunucu birden ayağa kalkıp alkışlarken uzun boylu, zarif bir adam stüdyodan içeri girmişti. Seyirci onu görünce ayağa fırlayıp çılgınca alkışlamaya başlamıştı.

Hayretle bakan Ambra da ayağa kalkmıştı.

Julián?

Kalabalığı eliyle selamlayan Prens Julián üç sunucunun elini sıktıktan sonra Ambra'nın yanına gidip durmuş ve kolunu ona dolamıştı.

Doğrudan seyircilere hitap etmek için kameraya bakıp, "Babam hep romantik biri olmuştur," demişti. "Annem öldükten sonra da onu hep sevdi. Bu romantikliği ondan aldım ve sanırım bir erkek, aşkı bulduğunda hemen anlar." Ambra'ya bakıp sıcak bir ifadeyle gülümsemişti. "Peki sen?..." Julián geriye doğru bir adım atıp yüzünü ona dönmüştü.

Neler olacağını anladığında Ambra şaşkınlıktan donakalmıştı. *HAYIR! Julian! Ne yapıyorsun?*

İspanya'nın veliaht prensi beklenmedik bir anda önünde diz çökmüştü. "Ambra Vidal, sana bir prens değil, âşık bir adam olarak soruyorum." Prens buğulu gözlerini kaldırıp ona bakarken kameralar yakın çekim alabilmek için etrafında dönüp durmuştu. "Seni seviyorum. Benimle evlenir misin?"

Seyircilerle program sunucuları heyecanla soluğunu tutmuştu. Ambra ülkedeki milyonlarca gözün büyük bir dikkatle kendisine yöneldiğini biliyordu. Yüzüne kan hücum etmiş, stüdyo ışıkları birden tenini kavurmaya başlamıştı. Bakışlarını Julián'a indirirken zihninden geçen binlerce düşünceyle kalbi deli gibi çarpmaya başlamıştı.

Beni nasıl bu duruma sokabilirsin?! Daha yeni tanıştık! Sana kendimle ilgili her şeyi değiştirebilecek... anlatmadığım bazı şeyler var!

Panik içinde konuşmadan ne kadar süre öylece durduğunu bilmiyordu ama sonunda sunuculardan biri garip bir kahkaha atarak yorumda bulunmuştu. "Sanırım Bayan Vidal transa geçti! Bayan Vidal? Yakışıklı bir prens önünüzde diz çöktü ve tüm dünyanın önünde aşkını itiraf ediyor!"

Ambra kibarca işin içinden sıyrılmasını sağlayacak bir çare bulmaya çalıştıysa da aklına sessizlikten başka bir şey gelmemişti. Kapana kısıldığını biliyordu. Halkın önündeki bu an tek bir şekilde sona erebilirdi. "Tereddüt ediyorum, çünkü yaşadığım peri masalı mutlu bir sonla bitiyor." Omuzlarını gevşetip Julián'a sıcak bir ifadeyle gülümsemişti. "Elbette seninle evlenirim Prens Julián."

Stüdyoda bir alkış tufanı kopmuştu.

Julián ayağa kalkıp onu kollarına almıştı. O an sarılırken genç kadın daha önce hiç böyle uzun kucaklaşmadıklarını fark etmişti.

On dakika sonra ikisi birlikte limuzinin arkasında oturuyorlardı.

Julian, "Seni şaşırttığımı anladım," demişti. "Üzgünüm. Romantik davranmak istedim. Sana karşı duygularım çok güçlü ve-"

Ambra, "Julián," diyerek zorla lafını kesmişti. "Ben de sana karşı güçlü duygular besliyorum ama beni orada çok zor bir duruma soktun! Bu kadar çabuk evlenme teklif edeceğin hiç aklıma gelmezdi! Birbirimizi pek iyi tanımıyoruz. Sana anlatmam gereken çok şey var, geçmişimle ilgili önemli şeyler."

"Geçmişindeki hiçbir şeyin önemi yok."

"Ama bu önemli olabilir. Hem de çok."

Prens gülümseyip başını iki yana sallamıştı. "Seni seviyorum. Önemli değil. Bir dene."

Ambra karşısında duran adamı incelemişti. *Tamam o zaman.* Sohbetin bu şekilde ilerlemesini istemediği kesindi ama başka şansı kalmamıştı. "Peki, anlatayım Julián. Küçükken geçirdiğim korkunç bir enfeksiyon yüzünden neredeyse ölüyordum."

"Tamam."

Ambra konuşurken içinde derin bir boşluğun açıldığını hissediyordu. "Ve bu sebeple çocuk sahibi olma hayallerim... hayal olarak kalacak."

"Anlamadım."

Genç kadın yavan bir sesle açıklamaya başlamıştı. "Julián, benim çocuğum olmayacak. Çocukluğumda geçirdiğim hastalık yüzünden kısır kaldım. Hep çocuğumun olmasını istemişimdir ama kendi çocuğuma sahip olamayacağım. Üzgünüm. Bunun senin için ne kadar önemli olduğunu biliyorum ama az önce sana vâris veremeyecek bir kadına evlenme teklif ettin."

Julián'ın benzi atmıştı.

Gözlerini ona diken Ambra konuşmasını istiyordu. *Julián, bana sarılıp her şeyin yolunda gideceğini söylediğin zaman şimdi olmalı. Önemi olmadığını ve beni her şekilde sevdiğini şimdi söylemelisin.*

Ve sonra beklediği tepki gelmişti.

Julián ondan hafifçe uzaklaşmıştı.

Ve Ambra, her şeyin o anda bittiğini anlamıştı.

45. BÖLÜM

Elektronik güvenliğin Guardia bölümü, Kraliyet Sarayı'nın bodrum katındaki penceresiz odalarda yer alır. Sarayın Guardia kışlasından ve mühimmat odasından bilhassa uzak tutulan bu bölümün merkezinde; bir düzine kadar bilgisayarlı bölme, bir telefon santrali ve güvenlik kamerası ekranlarından oluşan bir duvar bulunur. Hepsi de otuz beş yaşın altındaki sekiz personel, Kraliyet Sarayı çalışanlarıyla Guardia Real'e güvenli iletişim ağı sağlamaktan ve saraya elektronik takip desteği vermekten sorumludur.

O akşam bodrum kattaki odalara her zamanki gibi mikrodalga fırındaki eriştelerle patlamış mısırların kokusu yayılmıştı. Floresan lambalar yüksek sesle uğuldadı.

Martín, *ofisimi buraya yerleştirmelerini ben istedim,* diye düşündü.

Halka ilişkiler koordinatörü bir Guardia görevlisi olmasa da işi, son model bilgisayarlarla ve teknolojiden iyi anlayan çalışanlarla bir arada olmasını gerektiriyordu. Bu yüzden, elektronik güvenlik bölümü ona yukarıdaki donanımsız ofislerden çok daha mantıklı gelmişti.

Bu akşam, *bilinen her türlü teknolojiye ihtiyacım olacak,* diye düşündü.

Son birkaç ay boyunca daha çok, iktidarın Prens Julián'a aktarılması sırasında sarayın kendi gündeminden ayrılmamasını sağlamaya yoğunlaşmıştı. Bu kolay olmamıştı. Liderlik geçişi, protestoculara monarşi aleyhinde konuşabilecekleri bir fırsat sunmuştu.

İspanya Anayasası'na göre monarşi, "ülkenin birliğinin ve sürekliliğinin" sembolüydü. Bununla beraber Martín artık İspanya'da birlik diye bir şeyin kalmadığını biliyordu. 1931'de İkinci Cumhuriyet monarşinin sonunu getirmiş, ardından 1936'da General Franco'nun hükümet darbesi ülkeyi bir iç savaşa sürüklemişti.

Artık liberal demokrasi kabul edildiği halde eski itibarı iade edilmiş monarşiyi çoğu liberal acımasızca eleştiriyor, kralı modası geçmiş, baskıcı bir dini-askeri geçmişin kalıntısı olarak görüyordu. Ayrıca monarşi, modern dünyayla tam olarak birleşemeden, İspanya'nın her an geriye gidebileceğinin günlük bir hatırlatıcısı gibiydi.

Mónica Martín bu ayki resmi bildirilerinde her zamanki gibi kralı, elinde gerçek bir iktidar bulunmayan ve sevilen bir sembol olarak göstermişti. Elbette hükümdar hem silahlı kuvvetlerin genelkurmayı hem de devletin başıyken insanları buna inandırmak zor işti.

Din ile devlet ayrımının tartışmalı olduğu bir ülkede devletin başı, diye içinden geçirdi. Hasta kralın Piskopos Valdespino ile yakın ilişkisi laiklerle liberallere yıllardır batıyordu.

Bir de Prens Julián var, diye düşündü.

Martín işini ona borçlu olduğunu biliyordu ama prens son zamanlarda durumu iyice güçleştirmişti. Birkaç hafta önce Martín'in hayatında şahit olduğu en kötü halkla ilişkiler hatasını yapmıştı.

Prens Julián ulusal televizyonda dizlerinin üstüne çökmüş ve Ambra Vidal'a gülünç bir evlenme teklifinde bulunmuştu. Bu dayanılmaz sahne ancak Ambra teklifini reddetseydi daha da beter görünürdü ama neyse ki akıllı davranıp reddetmemişti.

Ne yazık ki sonrasında Ambra Vidal, prensin tahmin ettiğinden daha ele avuca sığmaz çıkmıştı. Bu ay prensin nişanlısına yakışmayacak şekilde davranmış olması, Martín'in halka ilişkilerde öncelikli kaygısıydı.

Yine de o akşam Ambra'nın düşüncesiz davranışları unutulmuş gibiydi. Bilbao'da gelişen olayların başlattığı medya hareketliliği beklenmedik bir boyuta ulaşmıştı. Bir saat önce, Piskopos

Valdespino'yla ilgili birtakım yeni tezlerin de dahil olduğu komplo teorileri tüm dünyayı sarmıştı. En önemli gelişme, "Kraliyet Sarayı'ndan birinin emriyle" Kirsch'ün etkinliğine girmesine izin verilen Guggenheim katiliyle ilgiliydi. Bu yıkıcı haber, yatağa bağlı kral ile Piskopos Valdespino hakkında komplo teorisi tufanı koparmıştı. Habere göre, ülkenin bu en önemli iki ismi dijital dünyada kâhin sayılan ve İspanya'da yaşamayı tercih eden Amerikalı Edmond Kirsch cinayetiyle suçlanıyordu.

Martín, *bu, Valdespino'yu mahvedecek,* diye düşündü.

O anda kontrol odasından içeri giren Garza, "Herkes beni dinlesin!" diye bağırdı. "Prens Julián ile Piskopos Valdespino sarayın içinde bir yerdeler. Tüm güvenlik kayıtlarını inceleyip onları bulun! Hemen!"

Komutan, Martín'in ofisine gidip ona usulca prensle piskopos hakkındaki son durumu anlattı.

Martín hayretle, "Yok mu oldular?" diye sordu. "Telefonlarını prensin kasasında mı bırakmışlar?"

Garza omuzlarını silkti. "Herhalde onları takip edemeyelim diye."

Martín, "Onları bulsak iyi olur," dedi. "Prens Julián'ın artık bir açıklama yapması gerekiyor. Ayrıca Valdespino'dan mümkün olduğunca uzak durmalı." Son gelişmeleri Garza'ya aktardı.

Şimdi şaşkınlıkla bakma sırası Garza'daydı. "Tüm bunlar dedikodu. Cinayetin arkasında Valdespino'nun olmasına imkân yok."

"Olmayabilir ama cinayet Katolik Kilisesi'yle ilgili gibi görünüyor. Birisi katille üst düzey bir kilise yetkilisi arasında doğrudan bağlantı bulmuş. Bir bakın." Martín monte@iglesia.org isimli muhbirin yazdığı son ConspiracyNet güncellemesini açtı. "Beş dakika önce yayınlandı."

Garza çömelip güncellemeyi okumaya başladı. "Papa mı?" diye yüksek sesle itiraz etti. "Ávila'nın onunla şahsi bir ilişkisi-"

"Okumaya devam edin."

Garza okumayı bitirdiğinde ekrandan uzaklaşıp adeta kötü bir kâbustan uyanmaya çalışıyormuş gibi gözlerini art arda kırpıştırdı.

O sırada kontrol odasından bir erkek sesi yükseldi. "Komutan Garza? Yerlerini tespit ettim!"

Garza ile Martín hemen Hindistan doğumlu takip uzmanı Suresh Bhalla'nın bölmesine koştu. Bhalla iki kişinin görüldüğü ekrandaki güvenlik kaydını gösteriyordu. Biri uçuşan cüppesiyle piskopos, diğeriyse takım elbise giymiş Prens Julian. Ağaçlıklı bir yoldan yürüyor gibiydiler.

Suresh, "Doğu bahçesi," dedi. "İki dakika önce."

Garza, "Binadan *çıkmışlar* mı?" diye sordu.

"Bir saniye efendim." Kaydı ileri saran Suresh, sarayda belirli aralıklarla yerleştirilmiş kameralardan, bahçeden çıkıp kapalı avluda yürüyen piskoposla prensi takip etmeyi başardı.

"Nereye gidiyorlar?!"

Nereye gittiklerine dair Martín'in hiçbir fikri yoktu. Valdespino'nun kurnazlık ederek, ana meydanda bekleyen medya araçlarına görünmeyecekleri dolambaçlı bir yol takip ettiğini fark etmişti.

Tam da tahmin ettiği gibi Valdespino ile Julián, Almudena Katedrali'nin güney girişine varıyorlar, piskopos kapının kilidini açıp prensi içeri sokuyordu. Kapı kanadı kapandıktan sonra ikisi de bir daha görünmüyordu.

Hiç konuşmadan ekrana bakan Garza'nın izlediklerinden anlam çıkarmaya çalıştığı anlaşılıyordu. Sonunda, "Beni gelişmelerle ilgili bilgilendir," deyip Martín'i bir kenara çağırdı.

Diğerlerinin kendilerini duyamayacağı bir mesafeye gelince Garza, "Piskopos, Prens Julián'ı saray dışına çıkmaya veya telefonunu bırakmaya nasıl ikna etti bilmiyorum, ama prensin Valdespino'yla ilgili suçlamalardan haberi bulunmadığı çok açık, yoksa ondan uzak dururdu," diye fısıldadı.

Martín, "Sizinle aynı fikirdeyim," dedi. "Piskoposun ne planladığıyla ilgili varsayımlarda bulunmak istemem ama..." Tereddüt etti.

Garza, "Ama ne?" diye sordu.

Martín içini çekti. "Valdespino çok kıymetli birini rehin almış gibi görünüyor."

* * *

Dört yüz kilometre kadar kuzeydeki Guggenheim Müzesi'nin ana galerisinde duran Fonseca'nın telefonu çalmaya başladı. Yirmi dakika içinde altıncı çalışıydı. Arayanın kim olduğuna bakınca adeta hazırola geçti.

Kalbi hızla çarparken, "*Sí?*" diyerek telefonu açtı.

Hattaki ses yavaşça ve kelimelerin üzerinde dura dura İspanyolca konuşmaya başladı. "Bildiğin üzere İspanya'nın gelecekteki kraliçesi bu akşam yanlış kişilerle arkadaşlık kurarak ve Kraliyet Sarayı'nı utandıracak şekilde hareket ederek birtakım yanlış adımlar attı. Daha fazla zarar gelmesini önlemek adına, onu saraya mümkün olan en kısa sürede getirmen gerekiyor."

"Maalesef şu anda Bayan Vidal'ın yerini bilmiyoruz."

Ses emin bir şekilde, "Edmond Kirsch'ün uçağı kırk dakika önce Barselona'ya doğru Bilbao Havaalanı'ndan ayrıldı," diye bildirdi. "Bayan Vidal'ın o uçakta bulunduğunu sanıyorum."

"Bunu nerden biliyorsun?" diye çıkışan Fonseca, sonra bu münasebetsizliğine pişman oldu.

Ses sert bir tonla, "Eğer işini yapsaydın sen de bilirdin," diye karşılık verdi. "Ortağınla birlikte peşinden gitmenizi istiyorum. Şu an Bilbao Havaalanı'nda askeri bir uçak yakıt ikmali yapıyor."

Fonseca hatırlattı. "Bayan Vidal o uçaktaysa, herhalde yanında Amerikalı Profesör Robert Langdon da vardır."

Arayan kişi öfkeyle, "Evet," dedi. "Bu adam Bayan Vidal'ı korumalarının yanından ayrılmaya ve birlikte kaçmaya nasıl ikna etti bilmiyorum ama Bay Langdon'ın bize dert olduğu çok açık. Görevin Bayan Vidal'ı bulup gerekirse zor kullanarak geri getirmek."

"Peki ya Langdon müdahale ederse?"

Uzunca bir sessizlikten sonra arayan kişi, "Sivil zayiat vermemek için elinden geleni yap," diye cevap verdi. "Ama Profesör Langdon'ın kazaya kurban gidebileceği kadar ciddi bir krizin içindeyiz."

46. BÖLÜM

ConspiracyNet.com

SON DAKİKA HABERİ

KIRSCH ANA AKIM MEDYADA!

Edmond Kirsch'ün bu akşamki bilimsel duyurusu, üç milyon internet izleyicisi çeken bir sunum olarak başlamıştı. Ama cinayetinin hemen ardından Kirsch haberi tüm dünyadaki ana akım medya ağlarında yayınlanmaya başladı. Bu şekilde haberi izleyenlerin sayısının seksen milyonun üzerine çıktığı tahmin ediliyor.

47. BÖLÜM

Kirsch'ün uçağı Barselona'ya doğru alçalırken Robert Langdon ikinci fincan kahvesini bitirdi ve Edmond'ın mutfağından Ambra ile paylaştıkları atıştırmalıklardan kalanlara baktı: fıstık, pirinç patlakları ve tatları birbirine benzeyen "tahıllı barlar".

Masanın karşısında ikinci kadeh şarabını içmiş olan Ambra çok daha rahatlamış görünüyordu.

Çekingen bir sesle, "Dinlediğin için teşekkürler," dedi. "Anlayacağın gibi, kimseyle Julián hakkında konuşamıyorum."

Julián'ın televizyondaki tuhaf evlilik teklifi hikâyesini dinlemiş olan Langdon anlayışla başını salladı. Ambra'nın ulusal televizyonda geleceğin İspanya kralını utandıramayacağını çok iyi bilen profesör ona hak verdi. *Başka şansı yoktu.*

Ambra, "Eğer bu kadar erken evlenme teklif edeceğini bilseydim ona çocuk sahibi olamayacağımı en başta söylerdim. Ama her şey bir anda olup bitti," dedi. Başını iki yana sallayıp hüzünle pencereden dışarı baktı. "Ondan hoşlandığımı sanıyordum. Belki de sadece anın heyecanına..."

"Uzun boylu, esmer, yakışıklı bir prensin verdiği heyecan mı?" Ağzını çarpıtarak gülen Langdon şaka yapıyordu.

Sessizce gülümseyen genç kadın yüzünü ona döndü. "Evet, bu dediklerin doğru. Bilmiyorum, bana iyi bir adam gibi gelmişti. Belki biraz fazlaca ihtimam görmüş romantik biriydi, Edmond'ın cinayetiyle alakası olabilecek yapıda biri değildi."

Langdon onun haklı olduğunu sanıyordu. Edmond'ın ölümünden prensin bir çıkarı yoktu. Ayrıca prensin herhangi bir şekilde bağlantısı olduğunu işaret eden elle tutulur bir kanıt da bulunmuyordu. Saraydan birisi telefon edip Amiral Ávila'nın isminin davetli listesine eklenmesini istemişti. Bu noktada, Edmond'ın duyurusunu engelleyecek bir plan yapacak kadar vakti olan Piskopos Valdespino en bariz şüpheli konumuna geliyordu. Ayrıca dünya dinlerinin yetkisini ne ölçüde sarsacağını da herkesten daha iyi yine o biliyordu.

Ambra alçak bir sesle, "Julián'la evlenemeyeceğim çok açık," dedi. "Çocuk sahibi olamayacağımı artık bildiği için nişanı atacağını düşünüp duruyorum. Son dört yüzyıldır onun soyu tahtta oturuyor. İçimden bir ses, Bilbao'lu bir müze yöneticisinin bu soyun bitmesine neden olamayacağını söylüyor."

Başlarının üstündeki hoparlörün cızırdamasıyla pilotlar Barselona'ya inişe hazırlandıklarını duyurdu.

Prensle ilgili evhamlı düşüncelerinden sıyrılan Ambra ayağa kalktı ve mutfaktaki bardakları çalkalayıp artık yiyecekleri çöpe boşaltarak kabini toplamaya başladı.

Masanın üstündeki telefondan Winston, "Profesör," diye seslendi. "Şu anda internette yeni bir bilginin dolaştığını bilmek istersiniz diye düşündüm. Piskopos Valdespino ile katil Amiral Ávila arasında gizli bir bağ olduğuna dair güçlü bir delil bulunmuş."

Langdon bu habere dikkat kesildi.

Winston, "Maalesef dahası da var," diye ekledi. "Bildiğiniz gibi Kirsch'ün Piskopos Valdespino ile yaptığı gizli toplantıda iki dinin lideri daha bulunuyordu. Tanınmış bir hahamla sevilen bir imam. İmam dün gece Dubai yakınlarındaki çölde ölü bulunmuş. Birkaç dakika önce Budapeşte'den can sıkıcı haberler geldi. Görünüşe bakılırsa haham da kalp krizinden ölmüş."

Langdon sersemlemişti.

Winston, "Blog yazarları ölümlerinin aynı zamana tesadüf etmesini sorgulamaya başladı," dedi.

Olanlara inanmakta güçlük çeken profesör susuyordu. Ne olursa olsun Piskopos Antonio Valdespino, Kirsch'ün ne bulduğunu bilen hayattaki tek kişiydi.

Gulfstream G550, Barselona'nın dağ eteklerindeki Sabadell Havaalanı'nın tek pistine indiğinde paparazzi veya basının beklemediğini gören Ambra rahatladı.

Dediğine göre Edmond, Barselona'daki El-Prat Havaalanı'nda şöhret delisi hayranlarla uğraşmak yerine bu küçük havalimanını tercih ediyordu.

Ne var ki genç kadın gerçeğin böyle olmadığını biliyordu.

Edmond aslında ilgiden hoşlanan biriydi; ayrıca virajlı yollardan evine en sevdiği spor arabasıyla gidebilmek için uçağını Sabadell'de tuttuğunu itiraf etmişti. Elon Musk, sözde bu Tesla Model X P90D'yi ona kendi eliyle hediye etmişti. Anlatılanlara göre Edmond bir defasında uçak pilotlarını pistte bir millik, Gulfstream'e karşı Tesla yarışına davet etmiş ama hesabını iyi yapan pilotlar teklifi reddetmişti.

Ambra kederle, *Edmond'ı özleyeceğim,* diye düşündü. *Evet, isteklerini frenlemeyen atılgan biriydi ama onun o müthiş hayal gücü hayattan ve bu akşam başına gelenlerden çok daha fazlasını hak ediyordu. Umarım keşfini ortaya çıkarır, onu şereflendiririz.*

G550, Edmond'ın tek uçaklık hangarına girip motorları kapattığında Ambra etrafın sakin olduğunu gördü. Anlaşılan Profesör Langdon'la birlikte radara yakalanmadan uçmuşlardı.

Uçağın merdivenlerine doğru yürürken kafasındaki düşüncelerden kurtulmak için derin bir nefes aldı. İkinci kadeh şarap etkisini gösteriyordu. İçtiğine pişman olmuştu. Hangarın beton zeminine adımını atarken hafifçe yalpaladı ve o anda, doğrulması için omzundan tutan Langdon'ın güçlü elini hissetti.

İçtiği iki fincan kahveyle gayet ayık görünen profesöre gülümsedi. "Teşekkürler."

Köşede park etmiş duran siyah araca bir göz atan Langdon, "Hemen görünürden kaybolmamız lazım," dedi. "Herhalde bana bahsettiğin araç bu, öyle değil mi?"

Ambra başını salladı. "Edmond'ın gizli aşkı."

"Garip bir plakası var."

Arabanın kendini beğenmiş plakasına bakıp gülümsedi.

E-DALGA

Ambra açıklamaya başladı. "Edmond bana Google ile NASA'nın yakın zaman önce, dünyanın ilk 'kuantum' bilgisayarlarından D-dalga isminde çığır açıcı bir süperbilgisayar satın aldığını söylemişti. Bana açıklamaya çalıştı ama biraz karmaşıktı; bindirme özelliğiyle, kuantum mekaniğiyle ve yepyeni bir makine türü yaratmakla ilgili bir şeyler anlattı. Herneyse, Edmond D-Dalga'yı geride bırakacak bir şey yapmak istediğinden bahsediyordu. Bu yeni bilgisayara E-Dalga diyecekti."

Langdon, "Edmond'ın E'si," diyerek sesli düşündü.

2001: Uzay Yolu Macerası'ndaki ünlü bilgisayarla ilgili Edmond'ın anlattığı hikâyeyi hatırlayan Ambra, *D'nin bir adım ötesinde E yer alır,* diye düşündü. Şehir efsanesine göre bilgisayara "HAL" ismi verilmişti, çünkü alfabetik olarak "IBM"den bir önceki harflerden meydana geliyordu.

Langdon, "Peki arabanın anahtarı?" diye sordu. "Nereye sakladığını bildiğini söylemiştin."

"Anahtar kullanmazdı." Ambra, Edmond'ın telefonunu havaya kaldırdı. "Geçen ay geldiğimizde bana bunu göstermişti." Telefonun ekranına dokunup Tesla uygulamasını açtı ve "Çağır" komutunu seçti.

O anda hangarın köşesindeki aracın farları yandı ve Tesla kayar gibi, sessizce yanlarına gelip durdu.

Kendi kendine hareket eden bir araba görmekten rahatsız olduğu anlaşılan Langdon başını yana eğdi.

Ambra, "Endişelenme," diyerek ona güven verdi. "Edmond'ın evine kadar senin sürmene izin vereceğim."

Kabul ettiğini belli eder şekilde başını sallayan Langdon, sürücü koltuğuna doğru arabanın etrafından dolaşmaya başladı. Önünden geçerken durup plakaya baktı ve yüksek sesle güldü.

Ambra onu neyin eğlendirdiğini anlamıştı. Edmond'ın plakasının çerçevesinde VE DÜNYA İNEK DEDİKLERİNİZE KALACAK yazıyordu.

Langdon direksiyonun başına geçerken, "Tam da Edmond'a göre," dedi. "Lafını hiç esirgemezdi."

"Arabasını severdi," diyen Ambra, Langdon'ın yanındaki koltuğa geçti. "Tam elektronik ve Ferrari'den daha hızlı."

Yüksek teknoloji kontrol paneline bakan Langdon omuzlarını silkti. "Ben pek arabalara meraklı değilimdir."

Ambra gülümsedi. "Olursun."

48. BÖLÜM

Ávila'nın Uber aracı karanlığın içinden doğuya doğru ilerlerken donanma subayı olarak görev yaptığı yıllarda kaç kez Barselona Limanı'nda demir attığını hatırlamaya çalıştı.

Sevilla'daki patlamayla sona eren geçmiş hayatı artık ondan çok uzaktı. Kader acımasız ve ne yapacağı belli olmayan bir sevgiliydi ama yine de ürkütücü bir dengesi vardı. Sevilla Katedrali'nde ruhunu paramparça eden aynı kader şimdi ona yeni bir hayat veriyor, çok farklı bir katedralin kutsal duvarları arasında doğacak yepyeni bir başlangıç sunuyordu.

Kendisini oraya götüren kişiyse Marco isminde basit bir fizik tedavi uzmanıydı.

Aylar önce Marco fikri ilk ortaya attığında Ávila, "Papayla görüşmek mi?" diye sormuştu. "Yarın mı? Roma'da mı?"

Marco, "Yarın *İspanya*'da," diyerek cevap vermişti. "Papa burada."

Ávila, ona deliymiş gibi bakmıştı. "Medya haşmetmeaplarının İspanya'ya geleceğinden bahsetmedi."

Genç eğitmen, "Biraz güven amiral," diyerek bir kahkaha atmıştı. "Yarın gideceğin başka bir yer mi var?"

Ávila bakışlarını yaralı bacağına indirmişti.

Marco, "Saat dokuzda çıkarız," diyerek onu kendine getirmişti. "Söz veriyorum küçük yolculuğumuz rehabilitasyon seanslarımızdan daha az sancılı olacak."

Ávila ertesi sabah evden getirdiği donanma üniformasını giymiş, bir çift koltuk değneği kapmış ve genç adamın eski Fiat arabasına atlamıştı. Marco arabayı hastanenin parkından çıkarıp Avenida de la Raza'dan güneye yönelmiş ve sonunda şehirden ayrılıp N-IV Otoyolu'na varmıştı.

Birden tedirginlik hisseden Ávila, "Nereye gidiyoruz?" diye sormuştu.

Genç eğitmen gülümsemişti. "Rahatla ve güven bana. Yarım saat sürecek."

Ávila, N-IV üzerinde en azından yüz elli kilometre daha kuru otlaklardan başka bir şey olmadığını biliyordu. Korkunç bir hata yaptığını düşünmeye başlamıştı. Yarım saatlik yolculuğun ardından El Torbiscal kasabasının ürkütücü hayaletine yaklaşmışlardı. Burası artık nüfusu sıfırlanmış, eskinin zengin bir çiftçi kasabasıydı. *Beni nereye götürüyor bu adam?* Dakikalar boyunca arabayı süren Marco daha sonra otoyoldan çıkıp kuzeye dönmüştü.

Çayırların karşı tarafındaki ekilmemiş araziyi işaret ederken, "Şunu görebiliyor musun?" diye sormuştu.

Amiral hiçbir şey görmüyordu. Genç eğitmen ya hayal görüyordu ya da Ávila'nın gözleri artık yaşlanmaya başlamıştı.

Marco, "Muhteşem değil mi?" diye sormuştu.

Güneşe karşı gözlerini kısarak bakan Ávila, en sonunda kırsalın içlerine doğru karanlık bir figürün belirdiğini görmüş, yaklaştıkça gözleri hayretle büyümüştü.

Burası... bir katedral mi?

Bina ancak Madrid'de veya Paris'te görmeyi bekleyeceği boyutlardaydı. Ávila ömrü boyunca Sevilla'da yaşamıştı ama daha önce hiç böyle ücra bir yerde katedral bulunduğunu duymamıştı. Onlar yaklaştıkça, önce sadece Vatikan'da görmüş olduğu güvenlik sağlayan dev beton duvarlarıyla yapı daha da etkileyici görünmeye başlamıştı.

Anayoldan ayrılan Marco, katedrale doğru kısa bir ara yolda sürüp önlerini kesen yüksek demir kapıya yaklaşmıştı. Durduklarında arabanın torpido gözünden lamine kaplama bir kart çıkartıp kontrol panelinin üstüne yerleştirmişti.

Yaklaşan güvenlik görevlisi karta bir göz atıp aracın içine dikkatle bakmış ve Marco'yu görünce genişçe gülümsemişti. "*Bienvenidos, (Hoş geldin,)*" demişti. "*¿Qué tal Marco? (¿Naber Marco?)*"

İki adam el sıkıştıktan sonra Marco, Amiral Ávila'yı tanıtmıştı.

"*Ha venido a conocer al Papa. (Papayla görüşmeye geldi.)*"

Amiralin üniformasındaki madalyalara hayranlıkla bakan güvenlikçi, başını sallayıp el işaretiyle ilerlemelerini söylemişti. Koca kapının kanatları geriye doğru açılırken Ávila bir Ortaçağ kalesine girdiğini hissetmişti.

Önlerinde yükselen gotik katedralin, her biri üç katlı sekiz çan kulesi vardı. Yapının gövdesi üç adet kubbeden meydana geliyordu. Koyu kahverengi ve beyaz taşlardan yapılmış dış cephesi katedrale alışılmadık, modern bir hava katmıştı.

Ávila palmiye ağaçlarının yan yana dizildiği üç paralel araba yoluna gözlerini dikmişti. Her yerin araçlarla dolu olduğunu görünce şaşırmıştı. Lüks binek arabaları, hurda otobüsler, çamur kaplı mopedler... Akla gelebilecek her türlü araç mevcuttu.

Marco yanlarından geçip doğruca kilisenin ön avlusuna sürmüştü. Geldiklerini gören güvenlik görevlisi, saatine bakmış ve onlar için ayrıldığı anlaşılan boş bir park yerine yönlendirmişti.

Marco, "Biraz geç kaldık," demişti. "Hemen içeri girmeliyiz."

Ávila tam cevap verecekken kelimeler boğazında düğüm olmuştu.

Kilisenin önündeki tabelayı görmüştü:

IGLESIA CATÓLICA PALMARIANA

Aman Tanrım! Ávila istemeden geriye çekilmişti. *Bu kiliseyi daha önce duymuştum!*

Gümbürdeyerek atan kalbini kontrol etmeye çalışırken genç eğitmene dönmüştü. "Senin kilisen burası mı Marco?" Evhamlanmış gibi konuşmamaya çalıyordu. "Sen... Palmarian mısın?"

Marco gülümsemişti. "Bu kelimeyi bir hastalıktan bahsedermiş gibi söyledin. Ben sadece Roma'nın yanlış yola saptığına inanan dindar bir Katolik'im."

Ávila bir kez daha bakışlarını kiliseye dikmişti. Marco'nun Papa'yı tanıdığıyla ilgili iddiası birden mantıklı gelmeye başlamıştı. *Papa burada, İspanya'da.*

Birkaç yıl önce Canal Sur isimli bir televizyon kanalı, Palmarian Kilisesi'nin sırlarından bazılarını açıklamak amacıyla *La Iglesia Oscura* isimli bir belgesel yayınlamıştı. Giderek büyüyen cemaati ve nüfuzu bir yana, kilisenin varlığını öğrenmek bile Ávila'yı sersemletmişti.

İnanışa göre Palmarian Kilisesi, yerli halk yakınlardaki bir tarlada bazı esrarengiz görüntülere şahit olduklarını iddia edince inşa edilmişti. Bakire Meryem sözde onlara görünmüş, Katolik Kilisesi'nin "modernizm dalaletine" battığını ve gerçek inancın korunması gerektiğini söylemişti.

Bakire Meryem, Palmarian'lardan alternatif bir kilise kurmalarını istemiş ve Roma'daki papayı sahte papa olmakla suçlamıştı. Vatikan'daki papanın *geçerli olmadığı*, Aziz Petrus'un "koltuğunun" gerçek anlamda "boş" olduğu inancı Sedevakantizmden geliyordu.

Palmarian'lar bundan başka, "gerçek" papanın kendi kurucuları XVII. Papa Gregory ismini alan Clemente Domínguez y Gómez olduğuna dair ellerinde delil bulunduğunu iddia etmişlerdi. Ana akım Katoliklerin gözündeki "antipapa" Papa Gregory'nin liderliğinde Palmarian Kilisesi büyümüştü. 2005'te Papa Gregory bir paskalya ayinine başkanlık ederken ölünce, cemaati böyle bir zamanda ölmesini göklerden mucizevi bir işaret kabul etmiş ve Tanrı'yla gerçekten de bir bağlantısının bulunduğunu kanıtladığını öne sürerek onu yüceltmişti.

Ávila o sırada bakışlarını devasa kiliseye kaldırırken burayı kötü bir bina olarak görmekten kendini alamadı.

Yeni antipapa her kimse, onunla tanışmak hiç ilgimi çekmiyor.

Papalık iddialarına yönelik eleştirilerin yanı sıra Palmarian Kilisesi beyin yıkamaktan, tarikatlarınkine benzer tehditlerden, hatta birtakım gizemli cinayetlerden sorumlu tutuluyordu. Aile avukatının iddialarına göre kilise üyesi Bridget Crosbie, İrlanda'daki bir Palmarian Kilisesi'nden "kaçamamıştı."

Ávila yeni arkadaşına ayıp etmek istemiyordu ama bugünkü yolculuktan beklentisi bu değildi. Özür diler gibi iç çekerken, "Marco," demişti. "Üzgünüm ama bunu yapabileceğimi sanmıyorum."

Hiç bozulmamış gibi konuşan Marco, "Bunu söyleyeceğini hissetmiştim," diye cevap vermişti. "İtiraf etmeliyim ki buraya ilk geldiğimde ben de aynı tepkiyi verdim. Tüm o dedikoduları ve kötü söylentileri ben de duymuştum ama emin ol, Vatikan'ın yürüttüğü karalama kampanyasından başka bir şey değil."

Ávila içten içe düşünüyordu. *Peki, suçlayabilir misin? Kiliseniz onları geçersiz ilan etti!*

"Bizi kiliseden aforoz etmek için Roma'nın bir bahaneye ihtiyacı vardı, böylece onlar da yalan uydurdu. Vatikan yıllardır Palmarian'larla ilgili yalan yanlış bilgi yayıyor."

Ávila bu kuş uçmaz kervan geçmez yerdeki büyüleyici katedrali iyice incelemişti. Nedense bir şey ona garip geliyordu. "Aklım karıştı. Vatikan'la hiç bağınız yoksa para nereden geliyor?"

Marco gülümsemişti. "Katolik din adamları arasında gizli Palmarian müridi kaç kişinin bulunduğuna inanamazsın. Burada, Roma'da başlayan liberal değişiklikleri onaylamayan pek çok muhafazakâr Katolik papaz var. Bizimki gibi geleneksel değerlere öncelik veren kiliselere sessizce para aktarıyorlar."

Tahmin edemeyeceği bir cevap almıştı ve bu kulağına mantıklı geliyordu. O da Kilise'nin ya modernleşmesi ya da batmasına inananlarla, gerçek amacının değişen dünya karşısında kıpırdamadan durmak olduğuna inananlar arasındaki sürtüşmenin arttığını hissediyordu.

Marco, "Şimdiki papa olağanüstü biri," demişti. "Ona hikâyeni anlattım. Madalyalı bir subayı kilisemizde ağırlamaktan şeref duyacağını ve bugünkü ayinden sonra seninle şahsen tanışmak istediğini söyledi. Selefleri gibi o Tanrı'yı bulmadan öncesine kadar askeri bir geçmişe sahip ve şu anda nasıl bir süreç yaşadığını anlıyor. Bakış açısının huzur bulmana yardımcı olacağına inanıyorum."

Marco arabadan inmek üzere kapısını açmıştı ama Ávila kıpırdayamıyordu. Yerinde oturmuş dev binaya bakıyor ve bu insanlara karşı kör bir önyargıyla hareket ettiği için pişmanlık duyuyordu. Adil olmak gerekirse Palmarian Kilisesi'yle ilgili dedikodulardan başka hiçbir şey bilmiyordu ve ayrıca Vatikan da skandallara bulaşmıyor değildi. Bunun dışında Ávila'nın kilisesi saldırıdan sonra ona hiç yardım etmemişti. Rahibe ona, *düşmanlarını affet,* demişti. *Diğer yanağını dön.*

Marco, "Luis, beni dinle," diye fısıldamıştı. "Buraya gelirken seni biraz yanılttığımı kabul ediyorum ama kötü bir niyetim yoktu... Bu adamla tanışmanı istedim. Verdiği fikirler benim hayatımı baştan aşağı değiştirdi. Bacağımı kaybettiğimde ben de şu an senin bulunduğun konumdaydım. Ölmek istiyordum. Tam karanlıkta kaybolacakken bu adamın söyledikleri bir amaç edinmemi sağladı. Gel de bir vaazını dinle."

Ávila tereddüt etmişti. "Senin adına sevindim Marco. Sanırım ben tek başıma daha iyiyim."

"İyi mi?" Genç adam kahkaha atmıştı. "Bir hafta önce başına silah dayayıp tetiği çektin! İyi *değilsin* dostum."

Ávila onun haklı olduğunu biliyordu. *Bundan bir hafta sonra terapim sona erince yine yalnız ve amaçsız bir halde eve döneceğim.*

Marco, "Neden korkuyorsun?" diye üstelemişti. "Sen donanma subayısın. Gemi idare etmiş yetişkin bir adamsın! Papanın on dakika içinde beynini yıkayıp seni esir almasından mı korkuyorsun?"

Neden korktuğumu bilmiyorum, diye düşünen Ávila kendini küçük ve yetersiz hissetmiş bakışlarını yaralı bacağına indirmişti. Hayatının büyük kısmında yetkili kişi, emir veren kişi kendisi olmuştu. Şimdi başka birinden emir alma ihtimali karşısında tereddüt ediyordu.

Emniyet kemerini takan Marco, "Neyse," demişti. "Affedersin. Huzursuz olduğunu görebiliyorum. Sana baskı yapmak istemedim." Arabayı çalıştırmak üzere elini uzatmıştı.

Ávila kendini aptal gibi hissediyordu. Marco'nun yaşı kendisinin üçte biri kadardı, hâlâ bir çocuktu, tek bacağı yoktu, sakat bir arkadaşına yardım etmeye çalışıyordu ama Ávila minnetini ona nankörlük ederek, şüpheci davranarak ve tenezzül etmeyerek göstermişti.

Sonunda, "Dur," demişti. "Bağışla beni Marco. O adamın vaazını dinlemekten şeref duyarım."

49. BÖLÜM

Edmond'ın Tesla Model X'inin ön camı, arabanın tepesinde Langdon'ın başının üstünde bir yere kadar bükülerek devam ediyor ve ona sanki cam bir balonun içinde gidiyormuş hissini veriyordu.

Barselona'nın kuzeyindeki ağaçlıklı yolda süren Langdon, otoyolun saatte 120 km hız limitini epeyce aştığını görünce şaşırdı. Aracın sessiz elektrikli motoru ve ivmelenmesi hangi sürate çıkarsa çıksın değişmiyordu.

Yanındaki koltukta oturan Ambra arabanın geniş kontrol panelindeki bilgisayar ekranından Langdon'a o sırada dünyada yayılmakta olan son dakika haberlerini aktarıyordu. Piskopos Valdespino'nun Palmarian Kilisesi antipapasına fon sağladığı söylentileri de dahil, gittikçe genişleyen bir entrika ağı örülüyordu. Muhafazakâr Carlist'lerle güya askeri bağları vardı ve Edmond'dan başka Seyyid el-Fadıl ile Haham Yehuda Köves'in cinayetlerinden sorumluydu.

Ambra yüksek sesle okurken tüm dünya medyasının aynı soruyu sorduğu anlaşılıyordu. Edmond Kirsch, önemli bir piskopos ile muhafazakâr bir Katolik mezhebin onu öldürmesine sebep olacak kadar tehdit edici ne keşfetmiş olabilirdi?

Başını ekrandan kaldıran Ambra, "Sayfayı okuyanların sayısı inanılmaz," dedi. "Görülmemiş yoğun bir ilgi var... Sanki bütün dünya habere kilitlenmiş gibi."

Langdon o anda Edmond'ın korkunç cinayetinin olumlu bir tarafının da bulunduğunu düşündü. Medya bunca ilgi gösterince

Kirsch'ün küresel takipçileri onun da tahmin edemeyeceği kadar çoğalmıştı. Şimdi, ölümünden sonra bile tüm dünya Edmond'a kulak kesilmişti.

Bunu fark eden Langdon, kırk yedi haneli parolayı bulmak ve Edmond'ın sunumunu dünyaya duyurmak amacına daha da sıkı tutundu.

"Henüz Julián'dan bir açıklama yok," diyen Ambra'nın sesi şaşkındı. "Kraliyet Sarayı tek kelime etmemiş. Hiç mantıklı değil. Halkla İlişkiler Koordinatörü Mónica Martín'le şahsi iş tecrübem var. Basın, haberleri çarpıtmadan önce bilgiyi paylaşmaktan ve tam bir şeffaflıktan yanadır. Julián'ı açıklama yapmaya zorladığına eminim."

Langdon, onun haklı olduğunu düşündü. Medyanın bu komployla, hatta belki de cinayetle ilgili olarak sarayın en yetkili dini danışmanını suçladığı göz önüne alındığında, prensin en azından suçlamaların araştırıldığını söyleyerek bir açıklama yapması daha mantıklı geliyordu.

Langdon, "Özellikle de vurulduğu sırada Edmond'ın tam yanında ülkenin gelecekteki kraliçesinin durduğunu düşünecek olursan," diye ekledi. "*Sen de* vurulabilirdin Ambra. Prens en azından hayatta olduğuna sevindiğini söylemeliydi."

İnternet tarayıcısını kapatıp koltuğuna yaslanan Ambra malumu ilan eder gibi, "Sevindiğini pek sanmıyorum," dedi.

Langdon, ona şöyle bir baktı. "Bir değeri var mı bilmiyorum ama hayatta olmana ben sevindim. Bu akşamı tek başıma atlatamazdım."

İngiliz aksanlı bir ses arabanın hoparlöründen, "Tek başına mı?" diye sordu. "Ne kadar da çabuk unutuyoruz!"

Winston'ın haksızlığa uğramış çıkışına Langdon kahkahayla güldü. "Edmond seni sahiden de savunmacı ve güvensiz olarak mı programladı?"

Winston, "Hayır," dedi. "Beni gözlemlemeye, öğrenmeye ve insan davranışlarını taklit etmeye programladı. Çıkışırken aslında şaka yapmaya çalışıyordum, Edmond bunu geliştirmemi istiyordu. Espri anlayışı programlanamıyor... ancak öğrenilebiliyor."

"Şey, o zaman iyi öğreniyorsun."

"Sahi mi?" Winston üstüne basarak soruyordu. "Bir daha söyleyebilir misiniz acaba?"

Langdon tekrar bir kahkaha attı. "Dediğim gibi, iyi öğreniyorsun."

Yeniden konsoldaki ekrana uzanan Ambra açılış sayfasına gitti. Burada arabanın minik bir "avatar"ının göründüğü uydu fotoğrafını içeren bir navigasyon programı vardı. Langdon, Collserola Dağları'ndan dolaşıp şimdi Barselona'ya doğru B-20 Otoyolu'na girdiklerini gördü. Uydu fotoğrafında, bulundukları yerin güneyinde Langdon ilginç bir şey fark etti: şehrin ortasındaki büyük bir orman arazisi. Bu yeşil alanın dev bir amip gibi uzamış, bozuk bir şekli vardı.

"Burası Parc Güell mi?" diye sordu.

Ekrana bir bakan Ambra başını salladı. "Gözünden bir şey kaçmıyor."

Winston, "Edmond havaalanından eve dönerken sık sık oraya giderdi," diyerek lafa girdi.

Langdon şaşırmamıştı. Parc Güell, Mimar Antoni Gaudí'nin en iyi bilinen yapıtlarından biriydi. Edmond'ın telefon kılıfında da aynı sanatçının desenleri yer alıyordu. Langdon, *Gaudi ile Edmond birbirine çok benziyormuş,* diye düşündü. *Normal kuralların işlemediği, çığır açıcı hayalciler.*

Doğanın sadık bir öğrencisi olan Antoni Gaudí, organik biçimlerden mimari ilham alıyordu. Yerden kendi kendine bitmiş gibi görünen eğrisel çizgilerle oluşturulmuş biyomorfik yapılar tasarlarken "Tanrı'nın doğal dünyasını" örnek alıyordu. Bir zamanlar Gaudí'nin *"Doğada düz çizgiler yoktur,"* dediği bilinir ve onun eserlerinde düz çizgilere gerçekten de pek seyrek rastlanırdı.

"Yaşayan mimari" ve "biyolojik tasarımın" atası diye anılan Gaudí, binalarını göz alıcı renkli "kılıflara" sokmak için daha önce benzeri görülmemiş marangozluk, demir, cam ve seramik işleri icat etmişti.

Ölümünden yaklaşık yüz yıl sonra, şimdi bile onun eşsiz tasarımlarını görmek için dünyanın her yanından Barselona'ya turist akın eder. Eserleri arasında parklar, kamu binaları, özel konutlar ve elbette başyapıtı Sagrada Família yer alır. Eleştirmenler "kumdan kuleleri" Barselona semalarına hâkim olan bu dev Katolik kilisesini, "sanat tarihindeki başka hiçbir şeye benzemediğini" söyleyerek över.

Langdon, Gaudí'nin Sagrada Familia'daki cüretkâr hayal gücüne hep hayranlık beslemişti. Öylesine dev bir yapıydı ki, temeli atıldığından bu yana yaklaşık yüz kırk yıl geçmesine rağmen inşası hâlâ devam ediyordu.

O akşam Gaudí'nin ünlü Parc Güell'ine ait arabadaki uydu fotoğrafına bakarken Langdon üniversitede öğrenciyken parka ilk gittiği zamanı hatırladı. Yüksek yürüyüş parkurlarını destekleyen ağacımsı sütunların, deforme edilmiş bankların, ejdere ve balığa benzeyen çeşmeli mağaraların ve tek hücreli bir yaratığın kırbaç kuyruğunu andıran dalgalı beyaz bir duvarın yer aldığı hayal âleminde bir gezinti yapmıştı.

Winston, "Edmond, Gaudí ile ilgili her şeye bayılırdı," diyerek devam etti. "Özellikle de doğanın organik sanat olduğu kavramına."

Langdon yeniden Edmond'ın ne bulduğunu merak etti. *Doğa. Organik mimari. Yaratılış.* Gaudí'nin ünlü *Panot*'larını, şehrin kaldırımları için sipariş edilen altıgen kaldırım taşlarını düşündü. Her taşta birbirinin aynı, anlamsız kısa ve eğri çizgiler bulunuyordu. Yalnız bunlar doğru şekilde çevrilip yerleştirildiğinde şaşırtıcı bir desen ortaya çıkıyordu. Şehirdekilerin *La Sopa Primordial* dediği bu sualtı manzarasındaki desenler; planktonlara, mikroplara ve denizaltı florasına benziyordu.

Gaudí'nin ilksel çorbası, diye düşünen Langdon, Barselona şehrinin Edmond'ın hayatın başlangıcına duyduğu merakla ne kadar örtüştüğüne hayret etti. O sırada hâkim olan bilimsel görüş, yaşamın yeryüzündeki bir ilksel çorbada başladığıydı. Volkanların zengin kimyasallar püskürttüğü, sonu gelmez fırtınalarda yıldırım bombardımana uğrayan ilk okyanuslar... ve sonra tek hücreli ilk canlının mikroskobik bir golem gibi hayat bulması.

Birden, "Ambra," diye seslendi. "Sen bir müze yöneticisisin. Edmond'la sanat hakkında sık sık konuşmuş olmalısın. Sana Gaudí'nin özellikle nesinden etkilendiğini söylemiş miydi?"

Ambra, "Sadece Winston'ın anlattıklarını konuştuk," diye yanıt verdi. "Doğa tarafından yaratılmış hissi veren mimari anlayışından bahsetmişti. Gaudí'nin mağaraları rüzgâr ve yağmurla oyulmuşa benziyordu, destekleyici sütunları yerden kendi bitmiş gibiydi ve kaldırım taşları ilk deniz yaşamını andırıyordu." Omuzlarını silkti. "Her ne sebeptense Edmond, Gaudí'ye İspanya'ya taşınacak kadar hayranlık duyuyormuş."

Langdon şaşkın gözlerle ona baktı. Edmond'ın dünyanın çeşitli yerlerinde ev satın aldığını biliyordu ama son yıllarda İspanya'ya yerleşmeyi tercih etmişti. "Edmond'ın buraya Gaudí'nin eserleri yüzünden mi taşındığını söylüyorsun?"

Ambra, "Bence öyle," dedi. "Ona bir keresinde 'Neden İspanya?' diye sormuştum ve o da bana burada dünyanın başka hiçbir yerinde benzeri bulunmayan, eşsiz bir mülk kiralama şansını yakaladığını söylemişti. Sanırım dairesinden bahsediyordu."

"Nerede bu daire?"

Ambra, "Robert, Edmond Casa Milá'da kalıyordu," dedi.

Langdon gözlerini kırpıştırdı. "Şu Casa Milá mı?"

"Ta kendisi," diye karşılık veren Ambra başını sallıyordu. "Geçen yıl üst katın tümünü kiraladı."

Bu haberi özümsemek için Langdon'ın biraz zamana ihtiyacı vardı. Casa Milá, Gaudí'nin en ünlü binalarından biriydi. Çok katlı cephesi ve dalgalı taş balkonlarıyla kazı yapılmış bir dağı andıran bu göz kamaştırıcı "konut" şimdilerde "taş ocağı" anlamına gelen "La Pedrera" ismiyle anılıyordu.

Geçmişte müzeye yaptığı ziyareti hatırlayan Langdon, "En üst kat Gaudí müzesi değil miydi?" diye sordu.

Winston, "Evet," diye cevap verdi. "Ama Edmond, evi Dünya Mirası Sit Alanı ilan ederek korumaya alan UNESCO'ya bağış yaptı. Onlar da müzeyi geçici olarak kapatıp, iki yıl orada yaşamasına izin verdiler. Ne de olsa Barselona'da Gaudí eserleri sıkıntısı çekilmiyor."

Edmond, Casa Milá'daki Gaudí sergisinde mi yaşıyordu? Langdon hayretler içindeydi. *Hem de iki yıllığına?*

Winston devam etti. "Edmond, Casa Milá'nın mimarisi hakkında yeni bir eğitim videosu hazırlanmasına bile yardım etti."

Öne eğilip ekrandaki tarayıcıyı açan Ambra, "Aslında hayli etkileyici bir kayıt," diyerek onunla aynı fikirde olduğunu gösterdi. Ekrandaki klavyeye: *Lapedrera.com* yazdı. "Bunu seyretmen lazım."

Langdon espriyle karışık, "Farkındaysan araba sürüyorum," diye karşılık verdi.

Ambra direksiyon kutusuna uzanıp küçük bir kolu arka arkaya iki kez hızla çekti. Ellerinin arasındaki direksiyonun birden sabitlendiğini hisseden Langdon, şeridinden giden arabanın kendi kendini idare ettiğini hemen anladı.

Ambra, "Otopilot," dedi.

Hayli huzur bozucu bir tecrübeydi. Langdon ellerini direksiyonun üzerinde, ayağını da frende hazır bekletmekten kendini alamıyordu.

"Gevşe." Ambra uzanıp onu rahatlatmak için elini omzuna koydu. "İnsan sürücülerden daha güvenli."

Langdon gönülsüzce ellerini kucağına indirdi.

"İşte oldu." Gülümsedi. "Şimdi şu Casa Milá videosunu seyredebilirsin."

Okyanusun birkaç metre üzerinde uçan bir helikopterden çekilmiş gibi görünen video, kıyıya çarpan dalgaların görüntüsüyle başlıyordu. Uzakta, çarpan dalgaların yüzlerce metre yukarısında taştan bir ada dağ gibi yükseliyordu.

Dağın üzerinde bir yazı belirdi.

La Pedrera'yı Gaudi yaratmadı.

Sonraki otuz saniye boyunca Langdon dalgaların, dağı Casa Milá'nın organik dış cephesi şeklinde oymasını seyretti. Bunun ardından deniz içeri dolarak boşlukları ve odaları meydana getiriyor, şelaleler merdivenleri biçimlendiriyor, altı yosun tutmuş demir tırabzanlara dönüşerek bükülen ve zemini kaplayan asmalar büyüyordu.

Kamera sonunda denizden geri çekiliyor ve dev bir dağa oyulmuş ünlü "taş ocağı" Casa Milá'yı gösteriyordu.

-La Pedrera-
Doğanın başyapıtı

Edmond'ın çarpıcı etki yaratmaktaki ustalığını kabul etmek gerekirdi. Bilgisayarda hazırlanmış bu videoyu izlemek onda ünlü binayı yeniden ziyaret etme isteği uyandırmıştı.

Gözlerini yola çeviren Langdon uzanıp otopilotu devreden çıkardı ve kontrolü yeniden eline aldı. "Umarım Edmond'ın dairesinde aradığımızı buluruz. O paroloya ihtiyacımız var."

50. BÖLÜM

Komutan Diego Garza tel örgülerin ardına doluşan medyaya aldırmadan, dümdüz ileriye bakarak silahlı dört kraliyet muhafızını Plaza de la Armería'nın ortasına göndermişti. Dışardaki televizyon kameralarının hemen hepsi parmaklıkların arasından ona çevrilmiş, bir yorum yapması için sesleniyordu.

En azından birilerinin eyleme geçtiğini görecekler.

Ekibiyle birlikte katedrale vardığında ana girişin kapalı oluşu, o saat için şaşırtıcı sayılmazdı. Garza tabancasının kabzasıyla kapıya vurmaya başladı.

Cevap yoktu.

Vurmaya devam etti.

Sonunda anahtarlar çevrildi ve kapı kanadı geriye doğru açıldı. Kapının önündeki küçük ordudan hayli ürkmüş görünen bir temizlikçi kadınla yüz yüze geldi.

"Piskopos Valdespino nerede?" diye sordu.

Kadın, "Ben... bilmiyorum," diye yanıt verdi.

Garza, "Piskoposun burada olduğunu biliyorum," diye üsteledi. "Yanında Prens Julián var. Onları görmedin mi?"

Kadın başını iki yana salladı. "Ben yeni geldim. Cumartesi akşamları temizliğe geliyor..."

Onu kenara itip geçen Garza, adamlarına karanlık katedrale dağılmalarını işaret etti.

Temizlikçi kadına sertçe emretti. "Kapıyı kilitle ve yolumuzdan çekil."

Bunu söyledikten sonra silahının horozunu çekip Valdespino'nun çalışma odasına yöneldi.

Meydanın karşısındaki sarayın bodrum katında yer alan kontrol odasındaki Mónica Martín, su sebilinin başında durmuş izmaritine dayandığı sigarasından bir nefes çekiyordu. İspanya'da güçlenen "siyasi etik" hareketi sebebiyle artık saraydaki ofislerde sigara içmek yasaklanmıştı, ama saraya sözde cinayet suçlamalarının yöneltildiği o akşam biraz tüttürmenin mazur görülebilir bir kural ihlali olduğuna karar vermişti.

Karşısındaki sessiz televizyon ekranlarındaki beş kanalın tümünde birden Edmond Kirsch'ün vahşi cinayeti canlı yayında art arda veriliyordu. Elbette her gösterim öncesi ekranda aynı uyarı yazısı çıkıyordu:

UYARI: Az sonra izleyeceğiniz kayıt tüm izleyiciler için uygun olmayabilecek bazı görseller içermektedir.

Bu uyarıların duyarlı önlemler olmadığını, kimsenin kanalı değiştirmemesi için kurnazca düşünülmüş bir aldatmaca olduğunu bildiğinden, *utanmazlar,* diye düşündü.

Sigarasından son bir nefes daha alan Martín, komplo teorilerini "Son Dakika Haberi" başlıklarıyla ve altyazılarıyla besleyen farklı kanallara göz gezdirdi.

"Kirsch'ü Kilise mi öldürttü?"
"Bilimsel keşif sonsuza kadar kayıp mı oldu?"
"Katili kraliyet ailesi mi tuttu?"

Sizin haber vermeniz gerekiyor, diye homurdandı. *Soru sorarak dedikodu yaymak işiniz değil.*

Martín sorumlu gazeteciliğin özgürlük ve demokrasinin mihenk taşı olduğuna inanırdı. Bu yüzden, tamamen saçmalıktan ibaret fikirleri yayımlayıp tartışma başlatan gazeteciler karşısında hep hayal kırıklığına uğruyordu. Bu gülünç açıklamaları soru başlıklarına dönüştürerek hukuki sonuçlarından da kendilerini sıyırıyorlardı.

Artık saygın belgesel kanalları bile izleyicilerine "Peru'daki Tapınakları Antik Uzaylılar İnşa Etmiş Olabilir mi?" diye sorarak aynını yapıyordu.

Martin televizyona, "Hayır!" diye bağırmak istiyordu. "Mümkün değil işte! Gerzekçe soru sormaktan vazgeçin!"

Televizyon ekranlarından birinde CNN'in saygılı davranmak için elinden geleni yaptığını gördü.

Edmond Kirsch'ü anıyoruz.
Kâhin. Hayalci. Mucit.

Martín uzaktan kumandayı eline alıp sesini açtı.

Haber spikeri üzgün bir ifadeyle, "... sanatı, teknolojiyi ve yenilikleri seven bir adamdı," dedi. "Gizemli sayılabilecek, geleceği tahmin etme becerisi onu tanınmış bir isim haline getirdi. İş arkadaşlarının anlattığına göre Edmond Kirsch'ün bilgisayar sahasındaki her tahmini gerçekleşmişti."

Haberin kadın spikeri, "Bu doğru David," diyerek lafını kesti. "Keşke onun kişisel tahminleri için de aynını söyleyebilseydik."

Arşivden o sırada gösterilen kayıtta, dinç ve bronz tenli Edmond Kirsch, New York şehrindeki 30 Rockefeller Merkezi'nin önündeki kaldırımda bir basın konferansı veriyordu. "Bugün otuz yaşındayım ve kendime yalnızca altmış sekiz yaşıma kadar ömür biçiyorum. Yine de gelecekte, uzun yaşam teknolojisi ve telomer yenilemeyle ilgili yaşanacak tıbbi gelişmeler sayesinde yüz onuncu doğum günümü göreceğimi tahmin ediyorum. Aslına bakarsanız bundan o kadar eminim ki, yüz onuncu doğum günü partim için Rainbow Room'u şimdiden ayırttım." Gülümseyip binanın üst katına bakıyordu. "*Seksen* yıl sonrası için, enflasyon teminatı da dahil, tüm faturayı az önce ödedim."

Kadın haber spikeri hüzünle içini çekti. "Eskilerin dediği gibi: 'Tanrı'yı güldürmek istiyorsan ona planlarından bahset.'"

Erkek haber spikeri, "Çok doğru," dedi. "Kirsch'ün ölümüyle ilgili söylentilerden başka, yaptığı keşfin doğasıyla ilgili spekülasyonlar da patlama noktasına geldi." Ciddi bir ifadeyle kameraya baktı. "Nereden geldik? Nereye gidiyoruz? İnsanı cezbeden iki soru."

Kadın spiker heyecanla, "Ve yanımızda bu sorulara cevap verecek iki başarılı kadın var," diye ekledi. "Vermont'tan bir Episkopal Kilisesi vaizi ve UCLA'den bir evrim biyoloğu. Aradan sonra fikirlerini aktarmak üzere döneceğiz."

Martín onların fikirlerini zaten biliyordu. *Zıt kutuptalar, yoksa gösteriye çağırmazdınız zaten.* Vaizin şöyle bir şey söyleyeceğine şüphe yoktu: "Tanrı'dan geldik, Tanrı'ya dönüyoruz." Biyolog ise şöyle karşılık verecekti: "Primatlardan türedik ve soyumuz tükeniyor."

Yeterince dikkat çekici davrandıkları müddetçe izleyiciler hepsini seyredecek ama onlar hiçbir şey kanıtlamayacaklar.

Suresh'in yakınlardan gelen sesi duyuldu. "Mónica!"

Dönüp baktığında elektronik güvenlik müdürünün köşeden koşar adımlarla geldiğini gördü.

"Ne oldu?" diye sordu.

Nefes nefeseydi. "Az önce Piskopos Valdespino beni aradı."

Mónica televizyonun sesini kapattı. "Piskopos... *seni* mi aradı? Ne halt ettiğini de söyledi mi?"

Suresh başını iki yana salladı. "Ben sormadım o da söylemedi. Telefon sunucularından bir şeyi görüp göremediğimizi öğrenmek için aramış."

"Anlamıyorum."

"Bu akşamki olaylardan önce sarayın içinden birisinin Guggenheim'ı aradığına dair ConspiracyNet'in haber yaptığını biliyorsun. Birisi Ambra Vidal'dan Ávila'nın ismini listeye eklemesini rica etmişti."

"Evet. Ben de senden araştırmanı istemiştim."

"Şey, Valdespino senin isteğini tekrarladı. O telefonu kimin açtığını daha iyi tahmin edebilmek adına, sarayın hangi bölümünden arandığını öğrenebilecek şekilde santrale bağlanıp çağrı kaydını bulmamı istedi."

Baş şüphelinin Valdespino olduğunu düşünmüş olan Martín'in aklı karışmıştı.

Suresh, "Guggenheim'dakilerin dediğine göre, ön büroları bu akşamki etkinlikten kısa bir süre önce, Madrid Kraliyet Sarayı'ndaki özel bir numaradan aranmış. Telefon kayıtlarında görünüyor ama sorun şu: Aynı saatte bizden dışarıya yapılan aramaları görmek için santral kayıtlarımıza baktım." Başını iki yana salladı. "Hiçbir şey yoktu. Tek bir çağrı bile yapılmamış. Birisi saraydan Guggenheim'a yapılan çağrının kaydını silmiş."

Martín bir süre meslektaşına dikkatle baktı. "Kimin böyle bir erişim imkânı var?"

"Valdespino da bana aynını sordu. Ben de ona doğrusunu söyledim. Elektronik güvenliğin başı olarak kaydı silebileceğimi ama yapmadığımı belirttim. Benden başka o kayıtlara ulaşma yetkisi bulunan tek kişi Komutan Garza."

Martín gözlerini dikmiş bakıyordu. "Sence telefon kayıtlarımızla *Garza* mı oynadı?"

Suresh, "Olabilir," dedi. "Ne de olsa Garza'nın işi sarayı korumak ve şimdi eğer sarayı ilgilendiren bir soruşturma varsa, bu arama saraydan hiç yapılmamış gibi oldu. Teknik konuşmak gerekirse, buna inandırıcı reddedilebilirlik deniyor. Kaydı silerek sarayın yakasını kurtarmış oldu."

Martín, "Yakasını kurtarmak mı?" diye sordu. "O çağrının gittiğine hiç şüphe yok! Ávila'yı davetli listesine Ambra ekledi! Ayrıca Guggenheim'ın ön bürosu..."

"Doğru ama artık durum müzedeki genç bir ön büro elemanının sözüne karşılık Kraliyet Sarayı meselesine dönüştü. Bizim kayıtlarımıza bakılacak olursa o çağrı hiç gitmedi."

Suresh'in oldubitti çözümü Martín'e fazla iyimser gelmişti. "Valdespino'ya tüm bunları anlattın mı?"

"Doğrusu bu. O telefonu Garza açmamış da olabilir ama sarayı korumak için kaydı onun sildiği belli oluyor." Biraz durdu. "Piskoposla olan görüşmemi sonlandırdıktan sonra başka bir şey fark ettim."

"Neymiş o?"

"Teknik açıdan o sunuculara *üçüncü* bir kişi daha erişebiliyor." İçeriye tedirgin gözlerle bakan Suresh, Martín'e yaklaştı. "Prens Julián'ın oturum açma kodları tüm sistemlere erişmesini sağlıyor."

Martín bakakalmıştı. "Bu çok saçma."

"Kulağa saçma geldiğini biliyorum," diye devam etti. "Ama o çağrı yapıldığı sırada prens sarayda, dairesinde yalnızdı. Telefon ettikten sonra kolaylıkla sunucuda oturum açıp silmiş olabilir. Kullanması çok basit bir yazılım ve prens, teknoloji konusunda insanların sandığından daha bilgili."

Martín, "Suresh," diye çıkıştı. "Gerçekten de Prens Julián'ın, İspanya'nın gelecekteki kralının, Guggenheim Müzesi'ne Edmond Kirsch'ü öldürmesi için birini gönderdiğini mi düşünüyorsun?"

"Bilmiyorum, tek söylediğim bunun mümkün olduğu."

"Prens Julián neden böyle bir şey yapsın ki?"

"Herkesten önce bu soruyu senin sormaman gerekirdi. Ambra ile Edmond Kirsch'ün birlikte vakit geçirdiğine dair basında çıkan tüm o kötü haberlerle uğraştığını hatırlamıyor musun? Onu Barselona'daki dairesine uçakla götürdüğü haberini?"

"Çalışıyorlardı! İş içindi!"

Suresh, "Siyaset görüntüden ibarettir," dedi. "Bunu bana sen öğrettin. Ayrıca prensin evlilik teklifinin halkın üzerinde beklediği etkiyi yaratmadığını ikimiz de biliyoruz."

Suresh'in telefonu bipleyince, inanmakta güçlük çeker bir ifadeyle gelen mesajı okudu.

Martín, "Ne oldu?" diye sordu.

Suresh tek kelime etmeden arkasını dönüp güvenlik merkezine doğru koştu.

"Suresh!" Elindeki sönmüş izmariti çöpe atan Martín, adamın peşinden koşup, ekibin güvenlik istasyonlarından birinde yanına geldi. Suresh bulanık bir güvenlik kamerası kaydını izliyordu.

Martín, "Neye bakıyoruz?" diye sordu.

"Katedralin arka çıkışı. Beş dakika öncesi."

Martín ile Suresh öne eğilip kaydı izledi. Genç bir papaz yardımcısı katedralin arka kapısından çıkıyor, nispeten daha sessiz olan Calle Mayor'dan aceleyle ilerliyor ve eski Opel sedanın kilidini açıp biniyordu.

Martín içinden, *tamam,* diye düşündü. *Ayinden sonra evine gidiyor. Ne olmuş yani?*

Ekrandaki Opel hareket edip kısa bir mesafe gittikten sonra katedralin arka kapısına, az önce papaz yardımcısının dışarı çıktığı kapıya iyice yanaştı. İki karanlık figür o anda kapıdan fırlayıp başlarını eğerek arabanın arka koltuğuna geçti. Bu iki yolcunun Piskopos Valdespino ile Prens Julián olduklarına hiç şüphe yoktu.

Hemen ardından Opel hızla hareket edip köşeyi dönerek kadrajdan çıktı.

51. BÖLÜM

Carrer de Provença ile Passeig de Grácia arasındaki köşede kabaca yontulmuş bir dağ gibi duran, Gaudí'nin 1906'da inşa ettiği şaheser Casa Milá yarı apartman yarı sanat eseridir.

Gaudí tarafından periferik eğriler şeklinde tasarlanmış dokuz katlı yapı, dalgalı kalker cephesiyle hemen fark edilir. Büklümlü balkonları ve eşitsiz geometrisi binaya, sanki binlerce yıl boyunca esen rüzgârların aşındırmasıyla çöl kanyonlarındakine benzer girinti çıkıntılar oluşmuş gibi organik bir hava katar.

Gaudí'nin şok edici modernist tasarımları önceleri çevresinde beğenilmemiş olsa da Casa Milá'dan tüm dünyadaki sanat eleştirmenleri tarafından övgüyle bahsedilmiş ve kısa zamanda Barselona'nın en parlak mimari mücevherlerinden biri haline gelmiştir. Binayı sipariş veren işadamı Pere Milá otuz yıl boyunca karısıyla birlikte binanın en geniş ana dairesinde oturmuş, geri kalan yirmi daireyi kiraya vermiştir. Günümüzde Passeig de Grácia 32 adresinde yer alan Casa Milá, tüm İspanya'daki en seçkin ve en gıpta edilen adreslerden biri sayılır.

Robert Langdon, Kirsch'ün Tesla'sını trafiğin seyrek aktığı ağaçlıklı caddede sürerken yaklaştıklarını hissediyordu. Tüm caddelerin en genişi ve en büyüğü Passeig de Grácia, Paris'teki Champs-Élysée'nin Barselona türeviydi. Kusursuz manzaraya sahip caddede tasarımcı butikler yer alıyordu.

Chanel... Gucci... Cartier... Longchamp...

Sonunda Langdon iki yüz metre ötede aradığını gördü.

Aşağıdan hafifçe aydınlatılmış Casa Milá'nın soluk ve çukurlu kireçtaşından yapılmış uzun balkonları onu hemen düz çizgilere sahip komşularından ayırıyordu. Güzel bir deniz mercanı kıyıya vurmuş da cüruf briketinden bir sahile çıkmış gibiydi.

Telaşlı caddenin aşağısını işaret eden Ambra, "Ben de bundan korkuyordum," dedi.

Langdon gözlerini Casa Milá'nın önündeki geniş kaldırıma çevirdi. Önüne yarım düzine medya kamyonu park etmişti. Kirsch'ün oturduğu evi fon olarak kullanan haber muhabirleri dakika dakika gelişmeleri aktarıyorlardı. Güvenlik görevlileri kalabalığı girişten uzak tutacak şekilde pozisyon almıştı. Görünüşe bakılırsa Edmond'ın ölümü onunla ilgili her şeyi habere dönüştürüyordu.

Arabayı çekecek bir yer bulmak için Passeig de Grácia'yı tarayıp duran Langdon hiçbir yer bulamadı. Trafik durmaksızın akıyordu.

Basının toplaştığı köşeye doğru sürmekten başka çaresi kalmadığını anlayınca Ambra'ya, "Başını eğ," dedi.

Koltuğunda aşağı kayan Ambra yere çömeldi ve görünürden tamamen kayboldu. Kalabalık köşeden geçerken Langdon başını öbür tarafa çevirdi.

"Ana girişin etrafını çevirmişler gibi görünüyor. İçeri giremeyeceğiz."

Winston kendinden emin neşeli bir sesle, "Sağa dön," diyerek lafa karıştı. "Böyle olacağını tahmin etmiştim."

Blog yazarı Héctor Marcano, Casa Milá'nın üst katına hüzünle bakarken hâlâ Edmond Kirsch'ün öldüğünü kabul etmeye çalışıyordu.

Hector üç yıldır *Barcinno.com*'da teknoloji haberleri yazıyordu. Bu site Barselona'daki girişimciler ve son teknolojiyle ilgili işler yapan yenilikçi şirketlerin işbirliği platformuydu. Barselona'da Edmond Kirsch'ün oturduğu yerde yaşamak, Zeus'un yanı başında çalışmak gibi bir şeydi.

Héctor, ünlü fütüristle ilk olarak, Barcinno'nun en önemli aylık etkinliği olan İşi Batırdım Gecesi'nde konuşmayı iyi niyet göstererek kabul ettiğinde karşılaşmıştı. Bu seminerlerde başarılı bir girişimci en büyük başarısızlıklarını samimi bir dille anlatırdı. Kirsch kalabalığa utangaç bir tavırla E-Dalga dediği kuantum bilgisayarı yapmak için altı ay içinde 400 milyon dolardan fazla para harcadığını itiraf etmişti. Bu bilgisayarın işlemci hızı öylesine yüksek olacaktı ki, tüm bilimlerde, özellikle de karmaşık sistem modellerinde emsalsiz ilerlemelere olanak sağlayacaktı.

Edmond, "Ne yazık ki şu ana kadar kuantum bilgisayardaki kuantum sıçrayışım bir kuantum fiyaskodan öteye gitmedi," demişti.

Héctor o akşam Kirsch'ün dünyayı sarsacak bir keşfini ilan edeceğini duyduğunda, E-Dalga ile ilgili olabileceği düşüncesiyle heyecana kapılmıştı. *Bilgisayarı çalıştıracak anahtarı mı buldu?* Ama Kirsch'ün felsefi girizgâhının ardından bambaşka bir keşifte bulunduğunu anlamıştı.

Acaba ne bulduğunu hiç öğrenebilecek miyiz? Kalbi öylesine kederliydi ki, Kirsch'ün evine blog yazmak için değil, saygısını göstermek için gelmişti.

Yakınlardan birisi, "E-Dalga!" diye bağırdı. "E-Dalga!"

Héctor'un etrafındaki kalabalık parmakla işaret ederek kameralarını, meydanda yavaşlayıp halojen farları parlarken kalabalığa doğru ağır ağır ilerleyen gösterişli siyah Tesla'ya çevirdi.

Héctor bu tanıdık araca hayretle baktı.

Kirsch'ün E-Dalga plakalı Tesla Model X'i Barselona'da, papanın Roma'daki aracı kadar ünlüydü. Kirsch genellikle Carrer de Provença üzerinde DANiEL ViOR mücevheratçısının önünde ikinci şeride park eder, arabadan inip imza dağıtır ve sonra aracın kendi kendine park etme özelliğini devreye sokarak kalabalığı mest ederdi. Boş araç caddede daha önceden programlanmış bir rotada ilerleyerek geniş kaldırıma çıkarken sensörleri yayaları veya etrafındaki engelleri fark eder, garaj kapısına vardığında kapı kendiliğinden açılır ve dönemeçli rampadan Casa Milá'nın aşağıdaki özel garajına inerdi.

Garaj kapılarını açma, dümdüz içeri girme ve motoru kapatma gibi otomatik park etme özelliği tüm Tesla'ların standart özelliği olsa da, Edmond kendi aracının sistemini daha karmaşık rotaların üstesinden gelebilecek şekilde değiştirmişti.

Hepsi gösterinin bir parçası.

Yine de o akşamki gösteri bir hayli tuhaftı. Kirsch ölmüştü ama ortaya çıkan arabası Carrer de Provença'dan yavaşça gelmiş, kaldırıma çıkmış, zarif garaj kapısının önüne varmış ve insanlar açılırken aheste ilerlemişti.

Araca doğru koşuşturan muhabirlerle kameramanlar siyah film kaplı pencerelerden içeriyi görmeye çalışırken hayretle bağrıştılar.

"İçi boş! Kimse sürmüyor! Nereden geldi bu?!"

Casa Milá güvenlik görevlilerinin bu numarayı daha önce gördükleri belli oluyordu. Garaj kapısı açılırken insanları Tesla'dan uzaklaştırdılar.

Edmond'ın boş arabasının garaja doğru ilerlediğini görmek Héctor'a sahibini kaybettikten sonra evine dönen bir köpeği çağrıştırmıştı.

Tesla tıpkı bir hayalet gibi sessizce garaj kapısından girince kalabalık, duygu yüklü bir alkış kopardı. Araç, Barselona'nın yeraltındaki ilk park alanına her zamanki spiral rampadan inmeye başladı.

Tesla'nın içinde Langdon'la yerde kaşık pozisyonunda yatan Ambra, "Kapalı yerde kalma korkunun bu derecede olduğunu bilmiyordum," dedi. İkinci ve üçüncü sıra koltukların arasındaki yerde, Ambra'nın bagajdan aldığı siyah vinil araba kılıfının altına saklanmışlardı.

Arabanın kendi kendine sürmesi, fobisinden daha çok sinirini bozan Langdon titrek sesiyle, "Atlatacağım," dedi. Aracın dik bir döner rampadan aşağı indiğini hissediyor, her an bir yere çarpacağından korkuyordu.

İki dakika önce Winston onlara gayet anlaşılır talimatlar vermişti.

Ambra ile Langdon, Model X'in üçüncü sıra koltuklarına geçmişler ve telefondaki tek bir tuşa dokunarak aracın kendi kendine park özelliğini çalışır konuma getirmişlerdi.

Karanlıktaki Langdon arabanın yolda yavaşça ilerlediğini hissediyordu. Bu sıkışık yerde Ambra'nın vücudu kendisininkine yaslanırken, güzel bir kızla bir arabanın arka koltuğunda yaşadığı ilk gençlik tecrübesini hatırlamadan edemedi. *O zamanlar daha gergindim,* diye düşündü. O sırada sürücüsüz bir arabada İspanya'nın müstakbel kraliçesini kucakladığı dikkate alınacak olursa bu ilginç bir tezattı.

Aracın rampanın sonuna gelince düzeldiğini, birkaç virajı döndükten sonra tamamen durduğunu hissetti.

Winston, "Geldik," dedi.

Ambra hemen o anda brandayı itip dikkatlice doğruldu ve pencereden baktı. Dışarı çıkarken, "Kimse yok," dedi.

Ondan sonra dışarı çıkan Langdon garajın açık alanına ayak basınca rahatladı.

Ambra dönemeçli rampayı gösterdi. "Asansörler ana girişte."

Buna karşın Langdon'ın bakışları beklenmedik bir görüntüye sabitlenmişti. Orada, yeraltındaki garajda, Edmond'ın park yerinin tam karşısındaki beton duvarda, zarif çerçevesiyle bir sahil manzarası asılıydı.

Langdon, "Ambra?" diye seslendi. "Edmond park yerini bir tabloyla mı süsledi?"

Genç kadın başını salladı. "Aynı soruyu ben de ona sordum. Akşamları eve geldiğinde neşe veren bir güzelin karşıladığını hissetmek için böyle yaptığını söylemişti."

Langdon kendi kendine güldü. *Bekârlık.*

Şimdi sesini Ambra'nın elinde tuttuğu Edmond'ın telefonuna aktarmış olan Winston, "Sanatçısı, Edmond'ın çok saygı duyduğu biri," diyerek araya girdi. "Tanıdınız mı?"

Langdon tanımamıştı. Tablo, iyi çizilmiş suluboya bir sahil manzarasından fazlası değildi, Edmond'ın sıra dışı zevklerine pek uymuyordu.

Ambra, "Churchill," dedi. "Edmond hep ondan bahsederdi."

Churchill. Winston'ın Churchill'den başkasından bahsetmediğini özümsemesi Langdon'ın birkaç saniyesini aldı. Askeri bir kahraman olmanın yanı sıra, ünlü bir İngiliz devlet adamı, tarihçi, hatip, Nobel ödüllü bir yazar ve yetenekli bir ressam olan Churchill'den bahsediyorlardı. Dindar kimselerin kendisinden nefret ettiğiyle ilgili bir yoruma Edmond, Churchill'den alıntı yaparak cevap vermişti: "*Düşmanlarınız mı var? Güzel. Demek ki hayatta bir şeylerin mücadelesini vermişsiniz.*"

Winston, "Edmond'ı en çok onun farklı yeteneklere sahip olması etkilerdi," dedi. "İnsanlar böylesine çeşitli faaliyet alanlarında nadiren uzmanlık sahibi olur."

"Sana bu yüzden mi 'Winston' ismini verdi?"

Bilgisayar, "Öyle," diye karşılık verdi. "Edmond'ın övgüsü."

Sorduğum iyi oldu, diye düşünen Langdon, Winston isminin on yıl kadar önce Jeopardy adlı televizyon şovundaki IBM bilgisayar Watson'ı anıştırdığını sanmıştı. Artık Watson'ın, sentetik zekânın evrim cetvelinde ilkel bir tek hücreli bakteri gibi kaldığına şüphe yoktu.

Langdon asansörleri gösterdi. "Tamam, o zaman yukarı çıkıp gelme sebebimizi bulalım."

Tam o sırada Madrid'deki Almudena Katedrali'ndeki Komutan Diego Garza telefonunu sımsıkı tutmuş, sarayın Halkla İlişkiler Koordinatörü Mónica Martín'in son haberlerini hayretle dinliyordu.

Valdespino ile Prens Julián sarayın güvenli bölgesinden çıkmışlar mı?

Garza akıllarından ne geçtiğini tahmin edemiyordu.

Madrid'de bir papaz yardımcısının arabasıyla mı dolaşıyorlar? Bu delilik!

Martín konuşmaya başladı. "Taşımacılık yetkilileriyle iletişim kurabiliriz. Suresh trafik kameraları aracılığıyla-"

Garza, "Hayır!" diyerek lafını kesti. "Prensin yanında güvenlik olmaksızın sarayın dışına çıktığını herhangi birine söylemek fazlasıyla tehlikeli! Önceliğimiz onun güvenliği."

"Anladım efendim," diyen Martín'in sesi birden daha tedirgin çıktı. "Bilmeniz gereken bir şey daha var. Kayıp bir telefon kaydı hakkında."

Yanına gelen kraliyet muhafızları yüzünden dikkati dağılan Garza, "Bekle biraz," dedi. Muhafızlar ona doğru yürüyüp etrafını sarınca hayrete düştü. Tepki vermesine fırsat bırakmadan muhafızlar tabancasıyla telefonunu elinden aldılar.

Başmuhafız beton gibi bir yüzle konuştu. "Komutan Garza, sizi tutuklamak için emir aldım."

52. BÖLÜM

Casa Milá, kendi üzerine dönen sonsuz bir dalga ve binanın içine inen iki kıvrımlı uçurumun meydana getirdiği bir sonsuzluk işareti şeklinde tasarlanmıştır. Yer yer yıkılmış gibi duran bu üstü açık aydınlıkların her biri yaklaşık otuz metre derinliğindedir ve binanın tepesinden bakıldığında iki dev obruğu andırır.

Daha dar olan aydınlığın dibinde Langdon'ın durduğu yerden yukarıya bakmak, dev bir yaratığın boğazında durmak kadar huzursuzluk vericiydi.

Ayaklarının altındaki taş zemin eğimli ve engebeliydi. İçerdeki açıklıktan yukarı tırmanan sarmal merdivenin ferforje korkulukları deniz yosunları taklit edilerek yapılmıştı. Tırabzanların üzerinden sarkan palmiye ağaçlarıyla birbirine dolanmış sarmaşıklar her yere yayılacak gibi duruyordu.

Gaudí eserlerinin biyolojik bir nitelikle dolu olmasına hayran kalan Langdon, *yaşayan mimari,* diye düşündü.

Gözleri yeniden tepelere, uçurumun kıvrımlı duvarlarından yukarıya; aydınlığın üstündeki geceye doğru uzuyormuş gibi görünen bitki ve çiçek freskleriyle kahverengi ve yeşil seramiklerin kaynaştığı yere kaydı.

Onu avlunun kenarına doğru yönlendiren Ambra, "Asansör bu tarafta," dedi. "Edmond'ın dairesi en üst katta."

Rahatsızlık verici derecede küçük asansöre bindiklerinde Langdon, bir zamanlar buradaki Gaudí sergisinde ziyaret ettiği tavanarasını hayalinde canlandırdı. Hatırladığı kadarıyla Casa Milá'nın kıvrımlı çatı katında az pencereli karanlık odalar yer alıyordu.

Asansör yukarı çıkmaya başladığında, "Edmond istediği her yerde yaşayabilirdi," dedi. "Hâlâ bir tavanarası kiraladığına inanamıyorum."

Ambra, "Değişik bir ev," diyerek onunla hemfikir olduğunu gösterdi. "Ama bildiğin gibi Edmond da tuhaf bir adamdı."

Asansör en üst kata geldiğinde zarif bir koridora adım attılar ve yine sarmal basamaklardan binanın en tepesindeki özel alana vardılar.

Ne kolu ne de anahtar deliği bulunan parlak bir metal kapıyı gösteren Ambra, "İşte burası," dedi. Bu fütüristik girişin binayla hiç alakası yoktu ve Edmond tarafından eklendiği ortadaydı.

Langdon, "Anahtarların yerini bildiğini söylemiştin, değil mi?" diye sordu.

Ambra, Edmond'ın telefonunu havaya kaldırdı. "Her şeyi sakladığı yerde."

Telefonu metal kapıya dayayınca üç kez bipledi. Ardından Langdon bir dizi sürgünün kayarak açıldığını duydu. Telefonu hâlâ üzerinde duran ceketin cebine koyan Ambra, kapıyı iterek açtı.

Gösterişli bir el hareketiyle, "Önden buyrun," dedi.

Langdon eşikten, duvarları ve tavanı soluk kırmızı renkteki loş bir antreye adım attı. Yerler taştı ve içerisi havasızdı.

Antrenin gerisindeki açıklığa doğru yürürken müze kalitesindeki spot ışıklarla aydınlatılmış devasa bir tabloyla karşılaştı.

Eseri gördüğünde olduğu yerde donakaldı. "Aman Tanrım. Bu *orijinal* mi?"

Ambra gülümsedi. "Evet, uçaktayken bahsedecektim ama sürpriz yapmak istedim."

Dili tutulan Langdon şahesere doğru yürüdü. Yaklaşık üç buçuk metre eninde, bir buçuk metre boyundaydı. Daha önceleri Boston Güzel Sanatlar Müzesi'nde gördüğü resim, hatırladığından çok daha büyüktü. *Bunun ismi açıklanmayan bir koleksiyonere satıldığını duymuştum ama Edmond'ın aldığından hiç haberim yoktu.*

Genç kadın açıklamasına devam etti. "Resmi evinde ilk gördüğümde Edmond'ın bu tarz sanattan hoşlandığına inanamamıştım. Artık bu yıl ne üzerinde çalıştığını bildiğim için resim bana da uygun geliyor."

Langdon hâlâ gördüğü şaheserin etkisindeydi, başını salladı. Bu ünlü sanat eseri, 1800'lü yılların sonunda sembolist hareketin somut örneklerinden biri haline gelen ve modern sanatın önünü açan Fransız postempresyonist Paul Gauguin'in en tanınmış çalışmalarından biriydi.

Profesör tabloya doğru hamle yaptığı anda, Gauguin'in paletinin Casa Milá girişine ne kadar benzediğini görüp şaştı. Organik yeşiller, kahverengiler ve mavilerin karışımı tabiata uygun bir manzara oluşturuyordu.

Gauguin'in tablosundaki insan ve hayvanların çokluğuna rağmen Langdon'ın gözleri hemen eser isminin yazdığı sol üst köşedeki sarı kısma ilişti.

Tablodaki kelimeleri şaşkınlık içinde okudu: *D'oú Venons Nous? Que Sommes Nous? Oú Allons Nous?*

Nereden geliyoruz? Biz neyiz? Nereye gidiyoruz?

Her gün eve geldiğinde bu kelimelerle karşılaşmanın Edmond'a ilham vermiş olabileceğini tahmin etti.

Ambra, Langdon'ın yanına geldi. "Edmond eve geldiğinde bu sözlerin ona şevk vermesini istediğini söylerdi."

Langdon içinden, *vermemesine imkân yok,* diye düşündü.

Tablonun nasıl da göz önünde durduğuna dikkat eden Langdon resmin, Edmond'ın ne bulduğuna dair bazı ipuçları içerebileceğini düşündü. İlk bakışta eserin konusu, bilimsel bir keşif için fazla ilkel geliyordu. Düzensiz fırça darbeleri, Tahitililerle hayvanların yaşadığı bir ormanı tasvir etmişti.

Langdon bu tabloyu iyi tanıyordu. Hatırladığı kadarıyla Gauguin eserinin Fransızcanın tersine, sağdan sola doğru okunmasını istemişti. Böylece gözleri ters yönde tanıdık figürleri takip etmeye başladı.

En sağda; hayatın başlangıcını temsil eden bebek, bir kaya parçasının üstünde uyuyordu. *Nereden geliyoruz?*

Ortadaki farklı yaş gruplarından insanlar gündelik işlerini görüyorlardı. *Biz neyiz?*

Ve sol tarafta derin düşünceler içinde oturmuş yaşlı kadın kendi ölümünü tahayyül ediyor gibiydi. *Nereye gidiyoruz?*

Edmond keşfinin ne hakkında olduğunu söylediğinde aklına bu resmin gelmemesine şaştı. *Başlangıcımız ne? Kaderimiz ne?*

Langdon resimdeki diğer öğelere de göz gezdirdi. Dikkate değer bir şey yapmıyormuş gibi duran köpekler, kediler ve kuşlar; fondaki ilkel bir tanrıça heykeli, bir dağ, birbirine sarılmış kökler ve ağaçlar. Ve elbette, yaşlı kadının yanında duran Gauguin'in ünlü "tuhaf beyaz kuş"u "kelimelerin lüzumsuzluğunu" temsil ediyordu.

Langdon, *lüzumsuz da olsa buraya kelimeler için geldik. Tercihen kırk yedi karakter uzunluğunda,* diye düşündü.

Kısa bir an için tablonun alışılmadık isminin aradıkları kırk yedi harfli parolayla ilişkili olabileceği aklına gelse de gerek Fransızca gerekse İngilizce harfleri saydığında denk getiremedi.

Umutla, "İşe koyulalım, bir şiir dizesi için geldik," dedi.

Ambra, "Edmond'ın kütüphanesi bu tarafta," diyerek yolu gösterdi. Sol taraftaki geniş koridor, aralarına Gaudí'nin eserleri serpiştirilmiş mobilyalarla döşenmişti.

Edmond bir müzede yaşıyor... Langdon hâlâ zihnini bu fikre alıştıramamıştı. Casa Milá'daki tavanarası gördüğü en sıcak yuva sayılmazdı. Tamamen taştan ve tuğladan yapılmış daire esasen, yaklaşık birer metre aralıklı çeşitli yükseklikteki 270 parabolik kemerden oluşan kaburgalı bir tüneldi. Çok az penceresi ve Gaudí eserlerini korumak için işlemden geçirilmiş kuru ve arındırılmış bir havası vardı.

İçerinin havası bu kadar koşturmaya alışkın olmayan Ambra'yı sıkmıştı. Gece boyunca üzerinde duran ceketi çıkarıp Langdon'a verdi.

Langdon gergin görünüyordu. "Birazdan yanına geleceğim. Önce bir tuvalet bulmalıyım."

Genç kadın girişe doğru sıkıntılı bir ifadeyle baktı. "Edmond aşağıdaki tuvaleti kullanmamı söylerdi... Dairesindeki özel tuvalet konusunda nedense çok hassastı."

"Bekâr evi. Herhalde banyosu karmakarışık olduğu için utanmıştır."

Ambra gülümsedi. "Şey, galiba şu tarafta." Kütüphanenin karşı tarafındaki karanlık bir tüneli işaret etti.

"Teşekkürler. Hemen dönerim."

Ambra, Winston'la konuşarak Edmond'ın çalışma odasına doğru yönelirken Langdon ters istikamete döndü ve dar koridorda ilerlemeye başladı. Tuğla kemerlerden meydana gelen tünel, ona yeraltı mağaralarını veya Ortaçağ'ın yeraltı mezarlarını hatırlattı. Taş tünelde yürürken parabolik kemerlerin altındaki harekete duyarlı ışıklar yanarak yoluna yumuşak bir aydınlık kattı.

Gaudí'nin çizimleri, mimari eskizleri ve projelerinin 3D modellerinin sergilendiği vitrinli masaların serpiştirildiği zarif bir okuma köşesinden, küçük bir egzersiz alanından, hatta bir kilerin önünden geçti.

İçindekileri görüp şaşırınca, biyolojik sanat eserlerinin yer aldığı ışıklandırılmış bir vitrinli masanın önünden geçerken durdu. Tarih öncesi bir balık fosili, güzel bir deniz kabuğu ve bir yılanın uzun iskeleti görünüyordu. Langdon bir an için Edmond'ın hayatın kökenleri üzerine çalışmalarıyla ilgili bu bilimsel vitrini kendisinin yerleştirmiş olabileceğinden şüphelendi. Ama sonra vitrinin üstündeki açıklamayı görünce bu eserlerin Gaudí'ye ait olduğunu ve evdeki çeşitli mimari özellikleri yansıttığını anladı: Duvarlardaki desenlerde balığın pulları, garaja inen sarmal rampada deniz kabuğu helezonu, geçtiği koridorda yılan iskeletinin birbirine yakın kaburga kemikleri görülüyordu.

Vitrine mimarın şu mütevazı sözleri eşlik ediyordu:

Daha en başında doğada yazılı bulunduğu için
hiçbir şey icat edilmez.
Orijinallik aslına geri dönmekten ibarettir.
-ANTONI GAUDÍ

Langdon gözlerini kıvrılıp uzayan kemerli koridora çevirince bir kez daha kendini yaşayan bir hayvanın içinde duruyormuş gibi hissetti.

Edmond için mükemmel bir ev, diye düşündü. *Bilimden ilham alan sanat.*

Sürüngeni andıran tünelde ilk dönemeci alınca içerisi genişledi ve harekete duyarlı ışıklar yandı. Bakışları hemen koridorun ortasındaki büyük cam vitrine yöneldi.

Gaudí'nin bu dâhice prototiplerine hep hayranlık duymuştu. *Zincir eğrisi modeli.* "Katener" de denilen "zincir eğrisi", hamak gibi veya tiyatrolarda gerilmiş kadife kordonlar gibi, iki sabit nokta arasından serbestçe sarkan zincirin oluşturduğu eğri için kullanılan mimari bir terimdi.

Langdon'ın karşısındaki zincir eğrisi modelinde vitrinin üst tarafından aşağı sarkıtılmış düzinelerce uzun zincir, gevşek bir U şekli oluşturacak şekilde tekrar yukarı dönüyordu. Çekme kuvveti, mesnet tepkisinin tam tersi olduğu için Gaudí zincirin kendi ağırlığıyla alacağı doğal şekli incelemiş, mesnet tepkisi kaynaklı mimari zorlukların üstesinden gelirken bu şekli taklit etmişti.

Vitrine doğru yaklaşan Langdon, *ama bunu yapmak için sihirli ayna lazım,* diye düşündü. Tam da beklediği gibi vitrinin tabanı aynaydı ve yansımaya bakınca sihrini gördü. Tüm model baş aşağı dönmüş, sarkık halkalar yükselen kulelere dönüşmüştü.

Langdon bu vitrinde Gaudí'nin yüksek kuleli Basilica de la Sagrada Família'sına kuşbakışı baktığını anladı. Katedralin hafif bir eğimle yükselen kuleleri bu modelden yola çıkarak tasarlanmış olmalıydı.

Koridorda ilerleyen profesör kendini dört direkli antika bir yatağın, kiraz ağacından bir gardırobun ve işlemeli bir şifoniyerin yer aldığı zarif bir yatak odasında buldu. Duvarlardaki Gaudí tasarımı desenlerin müzedeki sergiye ait olduğunu fark etti.

Odaya eklenmiş tek sanat eseri, Edmond'ın yatağının üstünde asılı duran kaligrafi alıntıydı. Langdon ilk iki kelimeyi okuyunca hemen kime ait olduğunu anladı.

Tanrı öldü. Tanrı ölü kalacak. Ve onu biz öldürdük.
Katillerin katili, kendimizi nasıl avutacağız?
-NIETZCHE

"Tanrı öldü" on dokuzuncu yüzyıl ünlü Alman filozofu ve ateist Friedrich Nietzche'nin en ünlü iki kelimesiydi. Nietzche sert dini eleştirileriyle olduğu kadar bilim sahasındaki düşünceleriyle de tanınmıştı; özellikle de Darwin'in evrimle ilgili düşünceleriyle. Bu düşüncenin insanoğlunu hiçbir anlam, hiçbir yüce maksat içermeyen bir felsefi yaklaşım olan nihilizmin eşiğine taşıdığına ve Tanrı'nın var olduğuna ilişkin hiçbir delil sunmadığına inanıyordu.

Yatağın üstündeki alıntıya bakmakta olan Langdon, gerisini hatırlayarak sözleri tamamladı: *"Bu eylemin yüceliği bizim için fazla değil mi? Ona layık görünebilmek için bizlerin de tanrılaşması gerekmez mi?"*

Tanrı'yı öldürmek için insanın Tanrı olması gerektiğine dair bu cüretkâr fikir, Nietzche'nin düşünce sisteminin merkezinde yer alıyordu ve Langdon'a göre belki de, Edmond gibi teknoloji dâhilerinde neden Tanrı kompleksi bulunduğunu açıklıyordu. *Tanrı'yı silenler... Tanrı olmak zorundadır.*

Bu düşünceye dalmışken aklına gelen başka bir fikir onu şaşırttı.

Nietzche sadece filozof bir değil, aynı zamanda bir şairdi.

Langdon, Nietzche'nin Tanrı, ölüm ve insan zekâsıyla ilgili 275 şiir ile aforizma içeren *The Peacock and the Buffalo (Tavus Kuşu ve Bufalo)* kitabına sahipti.

Langdon hemen çerçeveli alıntıdaki harfleri saydı. Uymuyordu ama yine de içine bir umut doğdu. *Aradığımız dizenin şairi Nietzche olabilir mi? Eğer öyleyse Edmond'ın çalışma odasında bir Nietzche şiir kitabı bulmamız lazım.* Her iki durumda da Langdon, Winston'dan internetteki Nietzche şiirlerine ulaşmasını ve kırk yedi harf içeren tüm dizeleri aramasını isteyecekti.

Hemen Ambra'nın yanına gidip düşüncelerini paylaşmaya can atan Langdon hızla yatak odasından çıkıp arkada görünen tuvalete gitti.

İçeri girdiğinde yanan ışıklar, ayaklı bir lavabo ile açık bir duş kabininin yer aldığı, ince bir zevkle döşenmiş banyoyu ortaya çıkarttı.

Langdon'ın gözleri hemen kişisel bakım ürünleriyle dolu antika sehpaya ilişti. Sehpanın üstündeki malzemeleri yakından görünce derin bir nefes alarak bir adım geri gitti.

Ah Tanrım! Edmond... hayır.

Kullanılmış şırıngalar, hap kutuları, boş kapsüller, hatta sehpa üzerinde duran kan lekeli bir bez, merdivenaltı uyuşturucu laboratuvarlarını andırıyordu.

Langdon yıkılmıştı.

Edmond uyuşturucu mu kullanıyordu?

Şimdilerde kimyasal bağımlılığının zengin ve ünlüler arasında bile iyice yaygınlaştığını biliyordu. Artık eroin biradan daha ucuzdu ve insanlar opioid ağrı kesicileri ibuprofen gibi yutuyordu.

Son zamanlardaki kilo kaybının nedeni belli oldu, diye düşünen Langdon zayıflığına ve gözlerinin çöküklüğüne kılıf uydurmak için Edmond'ın "vegan diyetindeymiş" gibi yaptığından şüphelendi.

Eline şişelerden birini alıp etiketini okurken OxyContin veya Percocet gibi bilindik opioid isimlerini görmeyi bekliyordu.

Ama etikette başka bir şey yazıyordu: Docetaxel.

Şaşırıp diğer şişeyi inceledi: Gemcitabine.

Bunlar da ne, diye düşünürken üçüncü şişeye baktı: Fluorouracil.

Langdon o an donakaldı. Harvard'daki bir meslektaşının Fluorouracil'den bahsettiğini duymuştu. Birden dehşete kapıldı. Biraz sonra şişelerin arasındaki broşürü fark etti. Başlığı şöyleydi: *"Vegan Diyeti Pankreas Kanserini Yavaşlatıyor mu?"*

Gerçeği anladığında ağzı açık kaldı.

Edmond uyuşturucu bağımlısı değildi.

Gizliden gizliye ölümcül bir kanserle boğuşuyordu.

53. BÖLÜM

Ambra Vidal tavan arasındaki dairenin yumuşak ışıkları altında durmuş, Edmond'ın kütüphanesindeki raflara göz gezdiriyordu.

Hatırladığımdan daha geniş bir koleksiyonu varmış.

Edmond kıvrımlı koridorun büyük kısmını, Gaudí'nin dikey destekleri arasına raflar yerleştirerek göz alıcı bir kütüphaneye dönüştürmüştü. Burada sadece iki yıl yaşamayı planladığı düşünülecek olursa, oldukça zengin bir kütüphanesi vardı.

Sonsuza kadar burada yaşayacakmış gibi.

Kalabalık raflara bakan Ambra, Edmond'ın en sevdiği şiir dizesini bulmanın sandığından daha fazla zaman alacağını anladı. Kitap sırtlarını inceleyerek rafların arasında gezinmeye devam ederken kozmoloji, bilinç ve yapay zekâ hakkındaki kalın kitaplardan başka bir şey göremedi:

THE BIG PICTURE (BÜYÜK RESİM)
FORCES OF NATURE (DOĞAL AFETLER)
ORIGINS OF CONSCIOUSNESS (BİLİNCİN KÖKENİ)
THE BIOLOGY OF BELIEF (İNANCIN BİYOLOJİSİ)(*)
INTELLIGENT ALGORITHMS (AKILLI ALGORİTMALAR)
OUR FINAL INVENTION (SON İCADIMIZ)

Bir bölümün sonuna gelince mimari kaburganın içinden diğer kitaplık bölümüne geçti. Burada çok geniş bilimsel konular yer alıyordu: termodinamik, ilksel kimya, psikoloji.

(*) Kitap aynı isimle ülkemizde de yayımlanmıştır.

Şiir yok.

Winston'ın bir süredir konuşmadığını fark edince, "Winston? Bağlantımız devam ediyor mu?" diye sordu.

"Buradayım."

"Edmond kütüphanesindeki tüm bu kitapları gerçekten de *okudu mu?*"

Winston, "Öyle sanıyorum, evet," diye yanıtladı. "Doyumsuz bir metin tüketicisiydi; kütüphanesine 'bilgiden yapılmış madalya odam' diyordu."

"Peki, burada şiir bölümü olabilir mi?"

"Benim özellikle bilgilendiklerim, içerikleri hakkında Edmond'la tartışabilelim diye okumamı istediği bilimsel kitaplar. Herhalde onlar daha çok *benim* eğitimim için alıştırma niteliğindeydi. Ne yazık ki, buradaki tüm koleksiyonu kataloglamadım; bu yüzden ancak kendiniz arayarak bulabileceksiniz."

"Anladım."

"Yalnız, aramaya başlamadan önce, sanırım bilmeniz gereken bir şey var. Nişanlınız Prens Julián hakkında Madrid'den bir son dakika haberi."

Yürürken aniden duran Ambra, "Neler oluyor?" diye sordu. Julián'ın Kirsch cinayetiyle bağlantılı olması ihtimali duygularını hâlâ altüst ediyordu. *Bunu ispatlayacak hiçbir şey yok,* diye kendi kendine hatırlattı. *Ávila'nın isminin eklenmesine Julián'ın yardım ettiğini gösterir hiçbir delil yok.*

Winston, "Kraliyet Sarayı'nın önünde nahoş bir gösteri yapılmak üzere olduğu haberi verildi," dedi. "Deliller hâlâ saraydan birinin, hatta belki de prensin yardımıyla Piskopos Valdespino'nun cinayete azmettirdiğini gösteriyor. Kirsch hayranları nöbet tutuyor. Bir bakın."

Edmond'ın akıllı telefonu saray kapısındaki öfkeli protestocuların fotoğraflarını göstermeye başladı. İçlerinden biri İngilizce yazılmış şöyle bir pankart taşıyordu:

PEYGAMBERİNİZİ PONTIUS PILATUS ÖLDÜRDÜ
– SİZ DE BİZİMKİNİ ÖLDÜRDÜNÜZ!

Diğerleri, spreyle tek kelimelik savaş çağrısı *apostasía* yazılmış çarşaflar taşıyordu. Bu yazıya, Madrid kaldırımlarında giderek daha sık görülmeye başlanan bir logo eşlik ediyordu.

"Dinden dönmek" anlamına gelen kelime, İspanya'nın liberal gençliği arasında popüler bir miting sloganına dönüşmüştü. *Kiliseyi bırakın!*

Ambra, "Julián bir açıklama yaptı mı?" diye sordu.

Winston, "Sorunlardan biri de bu," diye karşılık verdi. "Ne Julián, ne piskopos, ne de saraydan biri tek kelime konuştu. Devam eden sessizlik herkesi şüphelendirdi. Komplo teorileri aldı yürüdü. Ulusal basın sizin nerede olduğunuzu ve bu kriz hakkında neden yorum *yapmadığınızı* sorgulamaya başladı."

"Ben mi?!" Genç kadın bu düşünce karşısında dehşete düşmüştü.

"Cinayete tanık oldunuz. Geleceğin kraliçesi ve Prens Julián'ın hayatının aşkısınız. Halk, cinayete Julián'ın bulaşmadığını söylediğinizi duymak istiyor."

İçgüdüleri Ambra'ya nişanlısının cinayetten haberi olamayacağını söylüyordu. İlişkilerini düşündüğünde aklına duyarlı ve samimi bir adam geliyordu; düşüncesiz bir romantik ve belki biraz naif olabilirdi ama kesinlikle katil değildi.

Winston, "Şimdi Profesör Langdon hakkında da benzer sorular yükselmeye başladı," diye devam etti. "Medya ajansları, Edmond'ın sunumunda bunca göründükten sonra profesörün neden hiç yorum yapmadan ortadan kaybolduğunu sorguluyor. Komplo teorileri yazan bazı bloglar ortadan kaybolmasının Kirsch'ün cinayetiyle ilintili olabileceğini öne sürmeye başladı."

"Ama bu çok saçma!"

"Haber başlığı sitelere ziyaretçi çekmeye başladı. Tezin ortaya atılmasında, Langdon'ın geçmişte Kutsal Kâse'nin ve İsa'nın soyunun peşine düşmesi yatıyor. Görünüşe bakılırsa İsa'nın Salyan torunlarının Carlist hareketiyle tarihi bağları bulunuyormuş. Katilin dövmesi de..."

Ambra, "Yeter," diyerek sözünü kesti. "Saçmalıktan başka şey değil."

"Kimileri de kendisi hedef haline geldiği için Langdon'ın ortadan kaybolduğunu iddia ediyor. Herkes boş sandalye dedektifliği yapmaya başladı. Dünyanın büyük kısmı şu anda Edmond'ın hangi gizemleri çözdüğü ve onun susmasını kimin istediği üzerinde işbirliği yapıyor."

Genç kadın, kıvrımlı koridorda canlı adımlarla yürüyen Langdon'ın ayak seslerine dikkat verdi. Tam köşeyi dönerken başını çevirip baktı.

Langdon, "Edmond'ın ciddi bir hastalığı olduğunu biliyor muydun?" derken sesi gergindi.

Ambra şaşırarak, "Hasta mıymış?" diye sordu. "Hayır, bilmiyordum."

Profesör, genç kadına tuvalette ne bulduğunu anlattı.

Ambra yıldırım çarpmışa döndü.

Pankreas kanseri mi? Demek Edmond'ın bu denli zayıf ve solgun görünmesinin nedeni buymuş.

Edmond'ın, hastalığı konusunda hiçbir şey söylememiş olması inanılmaz bir şeydi. Son aylarda delice çalışmasının sebebini şimdi anlıyordu. *Vaktinin daraldığını biliyormuş.*

"Winston," diye seslendi. "Senin Edmond'ın hastalığından haberin var mıydı?"

Winston hiç tereddüt etmeden, "Evet," diye yanıt verdi. "Kimseye söylemiyordu. Yirmi iki ay önce hastalığını öğrenince hemen diyetini değiştirdi ve daha yoğun çalışmaya başladı. Ayrıca müze kalitesindeki havayı soluyabileceği ve UV radyasyondan korunabileceği tavan arasındaki bu yere taşındı. Aldığı ilaçlar sebebiyle ışığa hassaslaştığı için mümkün olduğunca karanlıkta yaşaması gerekiyordu. Doktorların tahminlerinden hayli uzun yaşamayı başardı. Ama son zamanlarda kuvvetten kesilmeye başlamıştı. Pankreas kanseriyle ilgili internetten topladığım deneysel verilere dayanarak hastalığının ilerleyişini inceledim ve dokuz gününün kaldığını hesapladım."

Dokuz gün. Genç kadın, vegan diyetiyle ve çok fazla çalıştığıyla ilgili Edmond'a sataştığı için suçluluk hissetti. *Adam hastaymış; vadesi dolmadan önce canhıraş son zafer anını hazırlamaya çalışıyormuş.* Bu hüzünlü farkındalık; şiiri bulmak ve Edmond'ın başlattığı işi tamamlamak konusundaki kararlılığını körükledi.

Langdon'a, "Henüz şiir kitabı bulamadım," dedi. "Şimdilik hepsi bilimle ilgili."

"Aradığımız şair Friedrich Nietzche olabilir," diyen profesör ona yatağın üstündeki çerçeveli alıntıdan bahsetti. "Bahsettiğim alıntı kırk yedi harfli değil ama yine de Edmond'ın Nietzche hayranı olduğunu belli ediyor."

Ambra, "Winston, Nietzche'nin toplu şiirlerini inceleyip, tam kırk yedi harf içeren mısraları ayırabilir misin?" diye sordu.

Bilgisayar, "Elbette," diye yanıt verdi. "Almanca asılları mı yoksa İngilizce çevirileri mi?"

Tereddüt eden Ambra duraksadı.

Langdon, "İngilizceyle başla," diyerek onu yönlendirdi. "Edmond şiir dizesini telefonuna girmeyi planlamıştı. Telefonun klavyesine Almancadaki çift noktalı veya *Eszetts* harfleri girmesi kolay olmazdı."

Genç kadın başını salladı. *Akıllıca.*

Winston neredeyse hemen, "Sonuçları çıkardım," diye duyurdu. "Yaklaşık üç yüz çevrilmiş şiir, kırk yedi harf içeren yüz doksan iki dize buldum."

Langdon içini çekti. "O kadar çok mu?"

Ambra üsteledi. "Winston, Edmond en sevdiği dizenin gerçekleşmekte olan bir kehanet... gelecekle ilgili bir tahmin olduğundan bahsetmişti. Bu tasvire uyan bir şey görüyor musun?"

"Maalesef," diye cevap verdi. "Burada kehanet içeren bir şey göremiyorum. Dilbilimsel açıdan, söz konusu dizelerin hepsi daha uzun kıtalardan alınmış kısmi düşüncelere benziyor. Size göstereyim mi?"

Profesör, "Sayısı çok fazla," dedi. "Kitabın kendisini bulmamız lazım. Umarım Edmond en sevdiği dizeyi bir şekilde işaretlemiştir."

Winston, "O halde elinizi çabuk tutmanızı öneririm," diyerek karşılık verdi. "Burada bulunduğunuz sır kalmayabilir."

"Yerel haberlerde askeri bir uçağın Barselona El Prat Havaalanı'na indiği ve uçakta iki kraliyet muhafızının bulunduğu geçiyor."

Madrid'in dış mahallelerindeki Piskopos Valdespino, duvarlar etrafını sarmadan saraydan kurtulduğuna memnundu. Papaz yardımcısının minik Opel arabasının arka koltuğunda Prens Julián'ın yanına ilişmiş, çaresizlik içinde alınmakta olan tedbirler sayesinde, yolundan sapan bir gecenin kontrolünü yeniden ele geçirmeyi umuyordu.

Genç papaz yardımcısı onları saraydan uzaklaştırırken Valdespino, *"La Casita del Príncipe,"* diye buyurmuştu.

Prensin sayfiye evi, Madrid'e kırk dakika mesafedeki tenha bir kırsaldaydı. Sayfiye evinden çok konağı andıran casita, 1700'lerin ortalarından beri İspanya tahtı vârislerinin özel konutu olmuştu. Ülkeyi yönetmek gibi ciddi bir işe başlamadan önce çocukların çocukluklarını yaşayabilecekleri gözden ırak bir köşeydi. Valdespino, Julián'ı o akşam sarayda kalmaktansa sayfiye evine gitmenin daha emniyetli olacağına inandırmıştı.

Ama elbette ben Julián'ı sayfiye evine götürmüyorum, diye düşünen piskopos, derin düşünceler içinde camdan dışarı bakan prense bir göz attı.

Valdespino, prensin göründüğü kadar naif olduğundan şüpheliydi. Belki o da babası gibi dünyaya, yalnızca tanıtmak istediği yanını gösterme becerisine sahipti.

54. BÖLÜM

Garza'nın bileklerindeki kelepçeler lüzumsuz derecede sıkıydı.

Bu adamlar çok ciddi. Kendi muhafızlarının muamelesine hâlâ hayret ediyordu.

Adamları sert adımlarla katedralden meydana çıkarken, "Burada ne halt dönüyor?" diye sordu.

Kimse cevap vermiyordu.

Topluluk, geniş meydandan saraya doğru ilerlerken Garza ön kapının dışında birikmiş televizyon kameralarıyla protestocuları gördü.

Başmuhafızına, "En azından beni arkadan götürün," dedi. "Halk bunu görmesin."

Askerler onun isteğine aldırış etmeden Garza'yı zorla meydanın karşı tarafına geçirmeye devam ettiler. Saniyeler içinde kapının dışından bağrışmalar yükseldi ve spot ışıkları adamın üzerine çevrildi. Öfke içindeki Garza, ışıklar gözlerini alırken sakin bir ifade takınmaya çalıştı ve kraliyet muhafızı onu kapının birkaç metre yakınına, bağrışan kameramanlarla gazetecilerin önüne götürürken başını dik tuttu.

Bir ses kakofonisi Garza'yı soru yağmuruna tuttu.

"Neden tutuklanıyorsunuz?"

"Ne yaptınız komutan?"

"Edmond Kirsch'ün öldürülmesiyle ilginiz var mı?"

Garza, muhafızların kalabalığa bakmadan önlerinden geçip gideceğine neredeyse emindi ama birden durup kendisini kameraların önüne geçirmelerine çok şaşırdı. Saraydan çıkan, tulum giymiş tanıdık bir figür, meydanın karşı tarafından dinç adımlarla bulundukları tarafa doğru yürüyordu.

Gelen Mónica Martín'di.

İçine düştüğü güç duruma Martín'in çok şaşıracağına hiç şüphesi yoktu. Ne var ki, kadın yanına vardığında şaşıracağına, ona küçümseyen gözlerle baktı. Muhafızlar zorla Garza'nın yüzünü gazetecilere doğru döndürdü.

Mónica kalabalığı susturmak için elini havaya kaldırdıktan sonra cebinden ufak bir kâğıt parçası çıkarttı. Kalın gözlüklerini yüzüne oturtup televizyon kameralarına bir bildiri okudu.

"Kraliyet Sarayı, Edmond Kirsch cinayetinde oynadığı rol ve cinayete Piskopos Valdespino'nun ismini karıştırma teşebbüsünden ötürü Komutan Diego Garza'yı tutuklamıştır," diye duyurdu.

Garza bu abes suçlamayı henüz beyin süzgecinden geçirmeye fırsat bulamadan muhafızlar onu saraya doğru sürüklemeye başladı. Giderken Mónica Martín'in açıklamaya devam ettiğini duydu.

"Gelecekteki kraliçemiz Ambra Vidal ve Amerikalı Profesör Robert Langdon hakkında maalesef son derece rahatsız edici haberlerim var."

Sarayın bodrum katında, takip uzmanı Suresh Bhalla, Mónica Martín'in meydanda apansız verdiği basın konferansını canlı yayınlayan televizyonun önünde durmuştu.

Pek memnun görünmüyor.

Yalnızca beş dakika önce Martín'e odasındayken bir telefon gelmiş, fısıltıyla konuşup notlar almıştı. Altmış saniye sonra odasından çıktığında allak bullak görünüyordu. Hiç açıklama yapmadan yanında notlarıyla birlikte meydana yürümüş ve basına hitap etmişti.

İddiaları gerçek olsun ya da olmasın, bir şey kesindi: Bu açıklamanın yapılmasını emreden kişi Robert Langdon'ı büyük tehlikeye atmıştı.

Suresh merak içindeydi. *Bu emri Mónica'ya kim verdi?*

Halkla ilişkiler koordinatörünün tuhaf davranışlarından anlam çıkartmaya çalışırken bilgisayarı gelen mesaj sesiyle çınladı. Ekranın başına gidip bakınca mesajın göndereni onu şaşırttı.

monte@iglesia.org

Muhbir, diye düşündü.

Akşam boyunca ConspiracyNet'e bilgi aktaran kişi buydu. Şimdi aynı kişi her nedense Suresh ile doğrudan iletişim kuruyordu.

Yerine geçip dikkatle gelen e-postayı açtı.

Şöyle yazıyordu:

Valdespino'nun yazdıklarını korsanladım.
Tehlikeli sırları var.
Saray onun SMS kayıtlarını elde etmeli.
Hemen.

Telaşlanan Suresh mesajı yeniden okudu. Ardından sildi.

Uzun bir süre sessizce oturup seçenekleri gözden geçirdi.

Sonra da kararını vererek kraliyet daireleri bölümünü açacak bir kart çıkarttı ve kimseye görünmeden üst kata doğru hareketlendi.

55. BÖLÜM

Langdon artan bir telaş içinde koridordaki kitap koleksiyonunu gözleriyle taradı.

Şiir... bir yerlerde şiir de olmalı.

Guardia'nın Barselona'ya beklenmedik gelişi, tehlikeli bir saatli bombayı çalıştırmaya başlamıştı ama Langdon yine de zamanın yeteceğine emindi. Ne de olsa, Edmond'ın en sevdiği şiir dizesini bulduktan sonra telefona parolayı girip sunumu dünyaya yayınlamaları sadece saniyeler alacaktı. *Edmond'ın niyeti de buydu.*

Kendisi sağ taraftaki raflara bakarken koridorun diğer ucundan, sol taraftakileri inceleyerek gelen Ambra'ya şöyle bir baktı. "Orada bir şey buldun mu?"

Ambra başını iki yana salladı. "Şimdilik sadece bilim ve felsefeyle ilgililer. Şiir yok. Nietzsche yok."

Yüzünü yeniden kitaplara dönerek, "Aramaya devam et," dedi. O sırada kalın tarih kitaplarına göz gezdiriyordu.

PRIVILEGE, PERSECUTION AND PROPHECY: THE CATHOLIC CHURCH IN SPAIN (İMTİYAZ, ZULÜM VE KEHANET: İSPANYA'NIN KATOLİK KİLİSESİ)

THE SWORD AND THE CROSS: THE HISTORICAL EVOLUTION OF THE CATHOLIC WORLD MONARCHY (KILIÇ VE HAÇLA YAŞAM: KATOLİK DÜNYASINDA MONARŞİNİN TARİHİ EVRİMİ)

Langdon bu başlıkları görünce, Amerikalı bir ateist için İspanya ve Katoliklik konusunda fazlaca takıntılı davrandığını düşündü ve ardından, Edmond'ın yıllar önce kendisiyle paylaştığı üzücü bir hikâyeyi anımsadı. Eski öğrencisi olağan bir sesle, "Annem doğuştan İspanyol'du," demişti. "Aynı zamanda pişmanlık içindeki bir Katolikti."

Çocukluğuna ve annesine dair bu trajik hikâyeyi anlatırken Langdon onu öylece dinlemişti. Anlattığına göre annesi Paloma Calvo, İspanya'nın Cádiz şehrindeki basit bir işçinin kızıydı. On dokuz yaşına geldiğinde, o sırada maaşlı iznini kullanan Chicago'lu öğretim görevlisi Michael Kirsch'e âşık olmuş ve ondan hamile kalmıştı. Katı Katolik camiasında evli olmayan diğer annelerin nasıl dışlandığına şahit olduğundan, adamın yarım ağızla yaptığı evlilik teklifini kabul etmekten ve Chicago'ya taşınmaktan başka çare görememişti. Paloma evlendikten kısa süre sonra Edmond doğmuş, kocası dersten eve bisikletle dönerken bir arabanın çarpması sonucu ölmüştü.

Paloma'nın babasına göre bu durum *castigo divino* idi. *İlahi adalet.*

Ailesi, Paloma'nın yanlarına dönmesine ve taşıdığı utancı evlerine kadar getirmesine izin vermemişti. Bunun yerine içine düştüğü müşkül durumun Tanrı'nın gazabının açık bir işareti olduğunu ve ömrünün geri kalanında hem bedenen hem de ruhen kendini İsa'ya adamadıktan sonra cennetin kapılarının ona asla açılmayacağını söylemişlerdi.

Edmond'ı doğurduktan sonra onu elinden geldiğince iyi yetiştirmek için bir motelde hizmetçilik yapmıştı. Geceleri mütevazı evlerinde Kitabı Mukaddes okuyup dualarında bağışlanmayı dilemişti. Fakat bunu yaptıkça daha da fakirleşmiş ve ödediği kefaretten Tanrı'nın tatmin olmadığı kanaatine varmıştı.

İsmi lekelenmiş korku içindeki Paloma beş yıl sonra, Tanrı'nın, günahları sebebiyle verdiği cezalardan uzakta, oğluna yeni bir hayat sunarsa, duyduğu annelik sevgisini en iyi şekilde göstereceğine kanaat getirmişti. Böylece beş yaşındaki Edmond'ı yetimhaneye yerleştirip İspanya'ya dönmüş ve orada bir manastıra kapanmıştı. Edmond, annesini bir daha hiç görmemişti.

On yaşına geldiğinde annesinin kendi isteğiyle girdiği oruç döneminde öldüğü haberini almıştı. Çektiği fiziki acılara dayanamayıp kendini asmıştı.

Edmond, "Hoş bir hikâye değil," demişti. "Bu detayları lisedeyken öğrendim. Tahmin edebileceğin gibi, dinden nefret etmemde annemin bağnazlığının etkisi var. Buna bir isim de verdim: 'Çocuk Yetiştirmekle İlgili Newton'ın Üçüncü Kanunu: Her cinnetin, ona eşit ve tam zıttı bir cinnet daha vardır.'"

Bu hikâyeyi duyduktan sonra Langdon, Edmond birinci sınıftayken Harvard'da ilk karşılaştıkları zamanki öfkeli ve sert mizacının sebebini anlamış, çocukluğunda çektiği sıkıntılardan hiç bahsetmemiş olmasına da hayran kalmıştı. Dâhi genç, tam aksine, çocukluğundaki iki hayaline ulaşmakta onu şevke getiren zorluklarla erken yaşta karşılaştığı için kendini *şanslı* sayıyordu. Bunlardan birincisi yoksulluktan kurtulmak, diğeriyse annesinin hayatına mal olduğuna inandığı dinin ikiyüzlülüğünün afişe edilmesine yardımcı olmaktı.

Langdon evdeki kütüphaneyi incelemeye devam ederken, *iki amacında da başarılı oldun,* diye düşündü.

Kitap raflarının yeni bir bölümüne göz gezdirmeye başladığında tanıdığı pek çok kitap ismiyle karşılaştı. Çoğu Edmond'ın dinin tehlikeleri hakkındaki kaygılarıyla ilgiliydi:

THE GOD DELUSION (TANRI YANILGISI)(*)

GOD IS NOT GREAT (TANRI BÜYÜK DEĞİLDİR)

THE PORTABLE ATHEIST (SEYYAR ATEİST)

LETTER TO A CHRISTIAN NATION (HIRİSTİYAN BİR ULUSA MEKTUP)

THE END OF FAITH (İNANCIN SONU)(**)

THE GOD VIRUS: HOW RELIGION INFECTS OUR LIVES AND CULTURE (TANRI VİRÜSÜ: DİN HAYATLARIMIZI VE KÜLTÜRÜMÜZÜ NASIL HASTA EDİYOR)

(*) Kitap aynı isimle ülkemizde de yayımlanmıştır.

(**) Kitap aynı isimle ülkemizde de yayımlanmıştır.

Son on yıl içinde kör inanca karşı mantığı savunan kitaplar çoksatanlar listesinde ön sıralara yükselmişti. Kültürel eğilimin giderek dinden uzaklaştığı artık Harvard yerleşkesinde bile kendini belli ediyordu. Bir süre önce *Washington Post* gazetesi, "Harvard'daki tanrıtanımazlık" üzerine bir makale yayımlamış ve okulun 380 yıllık tarihinde ilk defa birinci sınıf öğrencileri arasındaki agnostiklerle ateistlerin, Protestanlar ile Katoliklerin toplamından daha fazla olduğunu yazmıştı.

Benzer şekilde Batı dünyasında da din karşıtı örgütler filizleniyor, tehlikeli gördükleri dini dogmalara karşı direniyorlardı. Amerikalı Ateistler, Din Kurumundan Kurtuluş, Americanhumanist.org, Uluslararası Ateist Birliği bunlardan bazılarıydı.

Edmond, Brights'tan bahsedinceye kadar Langdon bu gruplar üzerine fazla kafa yormamıştı. Yanlış anlaşılan ismine rağmen, doğaüstü veya mistik unsurlar içermeyen doğalcı bir dünya görüşü benimsemiş küresel bir örgüttü. Brights üyeleri arasında Richard Dawkins, Margaret Downey ve Daniel Dennett gibi güçlü isimler yer alıyordu. Göründüğü kadarıyla, genişlemekte olan ateistler ordusu büyük silahlar toplamaya başlamıştı.

Kütüphanenin evrime ayrılmış kısmını incelerken Langdon, Dawkins ile Dennett'in kitaplarına rastladı.

Dawkins'in bir klasik sayılan *The Blind Watchmaker (Kör Saatçi)* kitabı, insanoğlunun tıpkı gelişkin saatler gibi, ancak bir "tasarımcısı" bulunduğu takdirde varlığını sürdürebileceği teleolojik fikrine karşı çıkıyordu. Benzer şekilde Dennet yazdığı *Darwin's Dangerous Idea (Darwin'in Tehlikeli Fikri)*(*) kitabında doğal seçilimin tek başına, evrimin ve karmaşık biyolojik yapıların ilahi bir tasarımcı bulunmadan var olabileceğini açıklamaya yettiğini savunmuştu.

Langdon, Edmond'ın sunumunu hatırladı. *Yaşamın Tanrı'ya ihtiyacı yok.* "Nereden geliyoruz?" sorusu birden kafasında daha güçlü çağrışımlar yapmaya başladı. *Acaba Edmond'ın bulduğu şeyin bir parçası bununla ilgili olabilir mi? Yaşamın bir yaratıcı bulunmadan, kendi başına var olabileceği fikriyle mi ilgili?*

(*) Kitap aynı isimle ülkemizde de yayımlanmıştır.

Elbette bu fikir tüm büyük Yaratılış hikâyelerinin tam karşısında duruyordu. Langdon doğru yolda ilerlediğinden şüphelendi. Zaten fikir tümden kanıtlanamaz gibi görünüyordu.

"Robert?" Ambra arkasından seslenmişti.

Arkasını döndüğünde Ambra'nın kütüphanenin kendi kısmını aramayı bitirdiğini ve başını iki yana salladığını gördü. "Orada bir şey yoktu. Hepsi bilimsel kitaplar. Senin tarafına yardım edeyim."

Langdon başını iki yana salladı. "Şimdilik burada da durum aynı."

Ambra koridorda onun durduğu tarafa geçerken hoparlörden Winston'ın sesi cızırdayarak yükseldi.

"Bayan Vidal?"

Ambra telefonu yukarı kaldırdı. "Evet?"

"Bay Langdon ile birlikte bir şeyi hemen görmeniz gerekiyor. Saray basın açıklaması yaptı."

Hemen Ambra'nın yanına giden Langdon minik ekranda oynamaya başlayan yayını seyretti.

Madrid Kraliyet Sarayı önündeki meydanda üniformalı bir adam, elleri kelepçeli bir halde dört Guardia Real tarafından kameranın önüne getiriliyordu. Muhafızlar tutukluyu dünyaya rezil etmek istercesine yüzünü kameraya döndürüyorlardı.

"Garza?!" Genç kadın sersemlemiş bir halde çığlık atmıştı. "Guardia Real komutanı mı tutuklanmış?"

Kamera şimdi tulumunun cebinden bir kâğıt parçası çıkartıp açıklamayı okumaya hazırlanan kalın gözlüklü bir kadına dönmüştü.

Ambra, "Bu Mónica Martín," dedi. "Halkla ilişkiler koordinatörü. Neler oluyor?"

Kadın her kelimeyi açık ve belirgin bir şekilde telaffuz ederek okumaya başladı. "Kraliyet Sarayı, Edmond Kirsch cinayetinde oynadığı rol ve cinayete Piskopos Valdespino'nun ismini karıştırma teşebbüsünden ötürü Komutan Diego Garza'yı tutuklamıştır."

Halkla ilişkiler koordinatörü okumasını sürdürdükçe Langdon, Ambra'nın ayakta dururken hafifçe sendelediğini hissetti.

Sinir bozucu bir sesle devam etti. "Gelecekteki kraliçemiz Ambra Vidal ve Amerikalı Profesör Robert Langdon hakkında maalesef son derece rahatsızlık verici haberlerim var."

Şaşkınlık içinde birbirlerine baktılar.

Martín, "Saray Bayan Vidal'ın güvenlik detaylarını az önce teyit etti," diye devam etti. "Bayan Vidal bu akşam Robert Langdon tarafından kendi isteği dışında Guggenheim Müzesi'nden çıkartılmış. Barselona'daki yetkililerle birlikte hareket eden Guardia Real teyakkuzda bekliyor. Robert Langdon'ın Bayan Vidal'ı orada tuttuğuna inanılıyor."

Langdon'ın nutku tutulmuştu.

"Artık resmen bir rehine vakası kabul edildiğinden, Bayan Vidal ile Bay Langdon'ın yeriyle ilgili her türlü bilgiyi halkın yetkililere bildirmesi isteniyor. Saray bunun dışında yorum yapmayacak."

Gazeteciler, Martín'e sorular yağdırmaya başladıysa da o aniden arkasını dönüp sert adımlarla saraya doğru yürüdü.

Ambra, "Bu... delilik," diye ağzında geveledi. "Muhafızlar müzeden kendi isteğimle çıktığımı gördü!"

Az önce seyrettiklerinden anlam çıkarmaya çalışan Langdon, gözlerini dikmiş telefona bakıyordu. O sırada aklında sorular dönüp dursa da tek bir konuda zihninde şüpheye yer yoktu.

Çok ciddi tehlikedeyim.

56. BÖLÜM

"Robert, çok üzgünüm." Ambra Vidal'ın koyu renkli gözleri, korkuyla ve suçluluk duygusuyla açılmıştı. "Bu yalan haberin arkasında kim varsa seni muazzam bir tehlikeye attı." İspanya'nın kraliçe adayı, Edmond'ın telefonuna uzandı. "Hemen Mónica Martín'i arıyorum."

"Bayan Martín'i aramayın." Winston'ın sesi telefondan yükselmişti. "Saray da tam olarak bunu yapmanızı istiyor. Bu bir tuzak. Sizi saklandığınız yerden çıkarmayı, iletişim kurup yerinizi açık etmenizi istiyorlar. Mantıklı düşünün. İki muhafız da kaçırılmadığınızı biliyordu. Yine de bu yalanın duyurulmasını ve sizi yakalamak için Barselona'ya gelmeyi kabul ettiler. Tüm sarayın işin içinde olduğu çok açık. Kraliyet muhafızlarının komutanı tutuklandığına göre, bu emirler daha yüksek bir yerden geliyor olmalı."

Ambra kesik bir nefes aldı. "Yani... Julián mı?"

Winston açıklamaya devam etti. "Bu kaçınılmaz bir sonuç. Komutan Garza'yı tutuklama yetkisine sahip saraydaki tek kişi prens."

Genç kadın gözlerini uzunca bir süre kapalı tuttu, Langdon onun bir melankoli dalgasına kapıldığını hissediyordu. Sanki Julián'ın cinayete karıştığını gösteren bu yadsınamaz delil, nişanlısının masumiyetine dair kalan tüm ümitlerini de silip süpürmüştü.

Langdon, "Edmond'ın keşfi yüzünden," diye fikir yürüttü. "Saraydan birisi Edmond'ın sunumunu dünyaya göstermek istediğimizi biliyor ve bizi durdurmak için ne mümkünse yapıyor."

Winston, "Belki de Edmond'ı susturduğunda işinin bittiğini sanmıştı," diye ekledi. "Ama işin ucunu açık bıraktığını fark etmedi."

Aralarında sinir bozucu bir sessizlik yaşandı.

Langdon usulca, "Ambra, nişanlını tanımıyorum ama Julián'ın bu konuda Piskopos Valdespino'dan etkilendiğine dair güçlü şüphelerim var. Hatırlarsan, Edmond ile Valdespino'nun arası müzedeki etkinlik daha başlamadan önce açılmıştı."

Ambra tereddütle başını salladı. "Öyle de olsa, tehlikedesin."

Birden uzaktan gelen siren seslerinin farkına vardılar.

Langdon kalbinin çarpmaya başladığını hissetti. Yeniden kitap raflarına döndüler. "Şu şiiri hemen bulmamız lazım. Ancak Edmond'ın sunumunu başlatınca güvenliğe kavuşuruz. Bizi susturmaya çalışan her kimse, halka duyurduğumuz anda çok geç kaldığını anlayacak."

Winston, "Doğru," diyerek fikrini belirtti. "Yine de yetkililer insan kaçırdığınız için peşinizi bırakmayacaktır. Sarayı kendi kurduğu oyunda yenmediğiniz müddetçe güvende olmayacaksınız."

Ambra, "Nasıl?" diye sordu.

Winston hiç tereddütsüz konuşmaya devam etti. "Saray medyayı size karşı kullandı ama medya iki ucu keskin bir kılıçtır."

Winston çok basit bir planın ana hatlarını çabucak anlattı. Profesör bu planın saldırganlar arasında kargaşaya neden olacağını ve akıllarını karıştıracağını anlamıştı.

"Ben yaparım." Ambra hemen kabul etti.

Langdon dikkatle gözlerinin içine bakarak sordu. "Emin misin? Senin için bunun geri dönüşü olmayacak."

"Robert, seni bu işe ben bulaştırdım. Şimdi tehlikedesin. Saray, medyayı sana karşı kullanma cesaretini gösterdi, ben de durumu onların aleyhine çevireceğim."

Winston, "Doğrusu da bu," diye ekledi. "Kısasa kısas."

Langdon duyduğuna inanamamıştı. *Edmond'ın bilgisayarı az önce bir deyim mi kullandı?* Nietzsche'den alıntı yapmak daha uygun düşebilirdi: "Canavarlarla savaşan kişi, bu süre zarfında kendisi de canavarlaşmamaya dikkat etmelidir."

Profesör daha fazla karşı çıkmaya fırsat bulamadan Ambra elinde Edmond'ın telefonuyla koridorda yürümeye başladı. Omzunun üstünden geriye doğru, "O parolayı bul Robert!" diye seslendi. "Hemen dönerim."

Arkasından bakan Langdon, onun Casa Milà'nın tehlikeli çatısına çıkan merdivenli dar kuleye girip gözden kaybolmasını izledi.

"Dikkat et!" diye seslendi.

Edmond'ın dairesinde yalnız kalınca yılan kaburgasını andıran kıvrımlı koridora dikkatle bakıp orada ne gördüğünü tahlil etmeye çalıştı: Benzersiz el sanatlarının sergilendiği vitrinler, bir çerçeve içinde Tanrı'nın öldüğünü söyleyen sözler ve o akşam Edmond'ın sorduğu aynı soruyu soran paha biçilmez bir Gauguin tablosu. *Nereden geliyoruz? Nereye gidiyoruz?*

Henüz Edmond'ın bu sorulara bulduğu muhtemel cevapların ipucunu veren hiçbir şey bulamamıştı. Şimdilik Langdon'ın kütüphanedeki arayışının sonu, konuyla ilintiliymiş gibi görünen tek bir kitaba varmıştı. *Unexplained Art (Açıklanamaz Sanat)* kitabında Stonehenge, Easter Adaları ve geogliflerin büyüklükleri sebebiyle sadece belli bir yükseklikteyken seçilebilen Nazca'daki "çöl çizgileri" gibi insan eliyle inşa edilmiş gizemli yapıların fotoğrafları yer alıyordu.

Bir faydası dokunmayacak, diye düşündükten sonra rafları aramaya devam etti.

Dışarıda sirenlerin sesi yükseliyordu.

57. BÖLÜM

N-240 Otoyolu üzerindeki boş bir mola yerinde, kirli pisuvarın karşısında rahatlarken nefes veren Ávila, "Ben canavar değilim," dedi.

İdrarını boşaltamayacak kadar tedirgin görünen Uber şoförü yanında titriyordu. "Beni ailemle... tehdit ettin."

Ávila, "Eğer uslu davranırsan onlara hiçbir zarar gelmeyeceğine seni temin ederim," diye yanıt verdi. "Beni Barselona'ya götür, sonra da dostça ayrılalım. Cüzdanını iade edip adresini unutacağım ve sen de bir daha beni düşünmek zorunda kalmayacaksın."

Şoför tam karşısına bakarken dudakları titriyordu.

Ávila, "Sen dindar bir adamsın," dedi. "Ön camındaki papalık haçını gördüm. Hakkımdaki fikrin ne olursa olsun, bu gece Tanrı'ya hizmet ettiğini düşünerek içini rahat tutabilirsin." Ávila mesanesini boşaltmıştı. "Tanrı'nın işine aklımız ermez."

Geriye doğru bir adım atıp kemerine sıkıştırdığı seramik tabancayı kontrol etti. İçinde son kalan mermisi duruyordu. Belki de o gece kullanması gerekecekti.

Lavaboya yürüyüp suyu avuçlarken, yakalandığı takdirde göstersin diye, Naip'in yaptırmasını istediği dövmeyi gördü. Artık kendini havada gezinen yakalanamaz bir ruh gibi hisseden Ávila, *gereksiz bir önlemdi,* diye düşündü.

Bakışlarını kirli aynaya diktiğinde, karşısındaki görüntü onu şaşırttı. Kendini son gördüğünde üzerinde kolalı gömleği, denizci şapkası ve beyaz üniforması vardı. Fakat şimdi üniformasının üstünü çıkarmış haliyle daha çok kamyoncuları andırıyordu. Giydiği kıyafet, V yaka tişörtüyle şoförden ödünç aldığı beyzbol şapkasından ibaretti.

Buna karşılık aynadaki adam Ávila'ya, ailesini yok eden patlamadan sonra sarhoş kafayla dolaştığı günleri hatırlattı.

Dipsiz bir kuyudaydım.

Fizik terapi uzmanı Marco'nun onu şehir dışındaki papayla tanışması için kandırdığı günün, hayatının dönüm noktası olduğunu biliyordu.

Palmarian kilisesinin ürkütücü kulelerine yaklaştığını, yüksek güvenlikli kapılardan geçtiğini ve bir sürü inananın diz çöküp dua ettiği sabah ayini sırasında katedrale girdiğini hiç unutmayacaktı.

Mabet sadece yukarıdaki vitray pencerelerden giren doğal ışıkla aydınlanmıştı ve içeride yoğun bir buhur kokusu vardı. Ávila yaldızlı sunakla cilalı ahşap sıraları gördüğünde Palmarian'ların inanılmaz zenginliği hakkındaki söylentilerin gerçek olduğunu anlamıştı. Gördüğü diğer katedraller kadar güzel olsa da, bu Katolik kilisesinin başkalarına benzemediğini biliyordu.

Palmarian'lar Vatikan'ın azılı düşmanı.

Katedralin arka tarafında Marco'yla yan yana dururken cemaate göz gezdiren Ávila, Roma karşıtlığını apaçık ilan eden bu mezhebin nasıl olup da varlığını sürdürdüğünü merak etmişti. Anlaşılan Palmarian'ların, Vatikan'da giderek artan liberalizmi kötülemesi, dinin daha muhafazakâr bir yorumuna hasret kalmış kişilerin bam teline basmıştı.

Kilisenin orta sahınında koltuk değnekleriyle ağır aksak ilerlerken kendini, mucizevi bir deva bulma ümidiyle Lourdes'a hacca giden zavallı bir kötürüm gibi hissetmişti. Bir teşrifatçı, Marco'yu karşılayıp onları en ön sırada kordonla ayrılan sıralara oturtmuştu. Yan taraftakiler merakla dönüp bu özel muameleyi kimin gördüğüne bakmışlardı. Marco'nun, kendisini bu süslü donanma üniformasını giymeye ikna ettiğine pişman olmuştu.

Papayla görüşeceğimi sanıyordum.

Ávila yerine oturup, takım elbise giymiş genç bir kilise üyesinin İncil okuduğu ana sunağa bakmıştı. Metni hemen tanımıştı: *Markos İncili.*

Genç adam şu satırları okuyordu: "Eğer birine karşı içinizde kötü bir duygu besliyorsanız onu affedin ki, göklerdeki Babamız günahlarınızı bağışlasın."

Yine mi affetmek? Ávila kaşlarını çatmıştı. Bu sözleri terör saldırısından sonraki aylarda yas danışmanlarından ve rahibelerden binlerce kez duymuştu.

Okuma bittiğinde mabedin içinde borulu orgun uzun akor sesleri yankılanmıştı. Cemaat hep birlikte ayağa kalktığında, acıyla yüzünü buruşturarak gönülsüzce doğrulmuştu. O sırada sunağın arkasındaki gizli kapıdan bir kişinin çıkmasıyla kalabalığa bir heyecan dalgası yayılmıştı.

Adam ellili yaşlarında görünüyordu; letafeti ve ısrarcı bakışlarıyla dimdik duran soylu bir görüntüsü vardı. Beyaz cüppesini giymiş, sırmalı atkısını, işlemeli kuşağını ve mücevherli *pretiosa* papalık tacını takmıştı. Kollarını cemaate doğru uzatarak ilerlemiş, sunağın ortalarına kadar gelmişti.

Marco heyecanla, "İşte geldi," diye fısıldamıştı. "XIV. Papa Innocent."

Kendine XIV. Papa Innocent mi diyor? Ávila, Palmarian'ların 1978'de ölen VI. Paul'e kadar tüm papaları kabul ettiğini biliyordu.

Marco hevesle konuşmuştu. "Tam zamanında gelmişiz. Vaaza başlamak üzere."

Papa yüksekte duran sunağın ortasına geldiğinde vaaz kürsüsünün önünden geçmiş ve cemaatle aynı seviyede olacak şekilde basamaklardan aşağı inmişti. Sonra yaka mikrofonunu düzeltmiş, ellerini uzatmış ve sıcak bir ifadeyle gülümsemişti.

"Günaydın," diye fısıldamıştı.

Cemaat hep bir ağızdan cevap vermişti. *"Günaydın!"*

Papa sunaktan uzaklaşıp cemaate doğru yürüyordu. "Az önce Markus İncili'nden şahsen seçtiğim bir pasajı dinledik," diyerek sözlerine başlamıştı. "Çünkü bu sabah *affedicilikten* bahsetmek istiyorum."

Papa, Ávila'nın olduğu yere yaklaşmış ve sahında ona birkaç santim mesafede durmuştu. Bir kez olsun başını eğip ona bakmamıştı. Ávila tedirgin bir şekilde Marco'ya göz atarken o da heyecanla başını sallıyordu.

Papa cemaate seslenmeyi sürdürüyordu. "Affedicilik konusunda hepimiz bocalarız. Çünkü bazen hakkımıza tecavüz edilmesini *affedilmez* buluruz. Birisi masum insanları sırf nefreti sebebiyle öldürdüğünde, diğer kiliselerin bize öğrettiği gibi yanağımızı mı çevirmeliyiz?" İçeride ölüm sessizliği hâkimdi. Papa sesini daha da alçaltmıştı. "Aşırı uçtaki bir din düşmanı, Sevilla Katedrali'ndeki sabah ayinine bombalı saldırı düzenlerse ve bu bomba masum annelerle çocukların ölümüne sebep olursa onu *bağışlamamız* nasıl beklenebilir? Bombalamak savaşmaktır. Sadece Katoliklere açılmış bir savaş değildir bu. Sadece Hıristiyanlara açılmış bir savaş değildir. İyiye açılmış bir savaştır... *Tanrı'nın* kendisine açılmış bir savaştır."

Ávila yüreği hırs ve çaresizlik içinde çırpınırken o sabahın korkunç hatıralarını aklından uzaklaştırmaya çalışmış, gözlerini kapatmıştı. Öfkesi gitgide büyürken papanın nazik elini omzunda hissetmişti. Gözlerini açtığında papa ona bakmıyor olsa da, dokunuşunda teselli bulmuştu.

Papa elini onun omzundan kaldırmadan, *"Kendi Terror Rojo*'muzu unutmayalım," demişti. "İç savaş sırasında Tanrı düşmanları İspanya'nın kiliselerini ve manastırlarını yaktı; altı binden fazla rahibi öldürdü; kendi tespihlerini yutmaya zorladıktan sonra rahibeleri maden kuyularına atıp öldürdü." Sözlerinin iyice yer etmesi için biraz ara vermişti. "Böylesi bir nefret zamanla yok olmaz, ancak güçlenir ve bir kanser gibi yeniden ortaya çıkmayı bekler. Dostlarım, sizi uyarıyorum, eğer güce güçle karşılık vermezsek bu kötülük bizi yutacak. Mücadele silahımız 'affedicilik' olduğu müddetçe kötülüğü asla alt edemeyeceğiz."

Haklı. Ávila, suiistimaller karşısında yumuşak davranmanın daha fazla suiistimali körükleyeceğini orduda bizzat öğrenmişti.

Papa, "Bazı durumlarda affediciliğin *tehlikeli* olduğuna inanıyorum," diyerek devam etmişti. "Dünyadaki kötülüğü affettiğimizde, kötülüğün büyüyüp yayılmasına izin vermiş oluruz. Bir savaş eylemine, merhamet göstererek karşılık verirsek düşmanlarımızı daha da vahşi hareket etmeye teşvik etmiş oluruz. İsa'nın para sayılan masaları devirdiği zaman yaptığını yapıp, 'Bu böyle devam edemez!' diye bağırmalıyız!"

Katılıyorum! Cemaat başıyla papayı onaylarken Ávila da yüksek sesle içinden geçeni söylemek istiyordu.

Papa, "Peki ama tedbir alıyor muyuz?" diye sormuştu. "Roma'daki Katolik Kilisesi, İsa gibi bir tavır takınıyor mu? Hayır, takınmıyor. Bugün dünyadaki en büyük kötülüklerle affetme, sevme ve merhamet gösterme becerilerimizle başa çıkıyoruz. Ve böylece kötülüğün büyümesine izin vermiş, hatta hayır, doğrusu *teşvik* etmiş oluyoruz. Bize karşı işlenen suçlara cevaben siyasi bir dille kaygılarımızı dile getiriyor, kötü bir kişinin aslında kötü bir çocukluk geçirdiği veya yoksulluk çektiği ya da sevdikleri zulüm gördüğü için kötülük yaptığını birbirimize hatırlatıyoruz. Böylece içinde taşıdığı nefret kendi hatası olmaktan çıkıyor. Ben artık yeter diyorum! Kötü kötüdür! Hayatta *hepimiz* güçlüklerle karşılaştık!"

Cemaat, Ávila'nın herhangi bir Katolik ayininde daha önce hiç şahit olmadığı aralıksız bir alkışa başlamıştı.

Eli hâlâ Ávila'nın omzunda duran papa, "Bugün affedicilikten bahsetmeyi tercih ettim," diyerek devam etmişti. "Çünkü aramızda özel bir konuğumuz var. Amiral Luis Ávila'ya varlığıyla bizi şereflendirdiği için teşekkür etmek istiyorum. Kendisi İspanyol ordusunun saygın ve madalyalı bir üyesi. Akla hayale gelmeyecek kötülüklerle karşılaştı. Hepimiz gibi o da affetmekle ilgili sıkıntılar çekti."

Ávila itiraz etmeye fırsat bulamadan papa onun yaşadığı sıkıntıları bir bir saymaya başlamıştı: Terör saldırısında ailesini kaybettiğini, alkolizmin pençesine düştüğünü ve son olarak başarısız intihar girişimini anlatmıştı. Ávila'nın ilk tepkisi, güvenine ihanet ettiği için Marco'ya öfkelenmek olmuştu, ama kendi hikâyesinin bu şekilde anlatıldığını duyunca nedense güçlendiğini hissetmişti. Herkesin önünde, dibe vurduğunu ama her nedense, hatta belki de mucizevi bir şekilde hayatta kaldığını itiraf ediyordu.

Papa, "Hepinizin bilmesini isterim," diyerek devam etmişti. "Tanrı Amiral Ávila'nın hayatına müdahale etti ve... daha yüce bir amaç için hayatını bağışladı."

Bunları söyledikten sonra XIV. Palmarian Papası Innocent dönüp ilk defa amirale bakmıştı. Adamın çukura kaçmış gözleri adeta Ávila'nın ruhuna işlemiş, yıllardır hissetmediği bir tür güç vermişti.

Papa bu defa, "Amiral Ávila," diyerek doğrudan ona hitap etmişti. "Yaşadığın trajik kaybın, affediciliği aştığına inanıyorum. Duyduğun hırs, intikam almak için duyduğun haklı arzu, diğer yanağını dönmekle yatıştırılamaz. Zaten öyle *olmamalı*! Çektiğin acı kendi kurtuluşunun ölçütü olacak. Bizler burada seni desteklemek için varız! Seni sevmek için buradayız! Yanında durup, öfkeni dünyanın yararına kullanacağın bir güce dönüştürmene yardım etmek için buradayız! Tanrı'ya şükürler olsun!"

Cemaat hep birden, *"Tanrı'ya şükürler olsun!"* diye tekrarladı.

Gözlerinin içine daha büyük bir dikkatle bakan papa, "Amiral Ávila. İspanyol Donanması'nın sloganı nedir?" diye sormuştu.

Ávila hemen, *"Pro Deo et patria,"* diye cevap vermişti.

"Evet, *Pro Deo et patria*. Tanrı ve vatan için. Ülkesine böylesine iyi hizmet etmiş madalyalı bir subayın aramızda bulunmasından onur duyuyoruz." Papa öne eğilerek susmuştu. "Peki ama ya Tanrı?"

Başını kaldırınca adamın delici bakışlarıyla karşılaşan Ávila dengesini kaybeder gibi olmuştu.

Papa, "Hayatın henüz sona ermedi amiral," diye fısıldamıştı. "İşin henüz bitmedi. Tanrı seni bu yüzden kurtardı. Yemin ettiğin görevin henüz yarısını tamamladın. Evet, ülkene karşı vazifeni yerine getirdin... ama henüz Tanrı'ya hizmet etmedin!"

Ávila kurşun yemiş gibiydi.

Papa, "Tanrı'nın selamı üzerinize olsun!" diye seslenmişti.

Cemaat, *"Tanrı'nın selamı üzerinize olsun!"* diye karşılık vermişti.

Ávila birden kendini daha önce hiç görmediği kadar destekleyici, iyi niyetli insanların arasında bulmuştu. Kilise üyelerinin gözlerinde, daha önceden korktuğu türden bir fanatizmin izine rastlayamamıştı. Tek gördüğü yokluğunu çektiği iyimserlik, iyi niyet ve samimi bir Tanrı'ya hizmet etme arzusuydu.

O günden itibaren Marco'nun ve yeni arkadaş grubunun yardımıyla dipsiz ümitsizlik kuyusundan yukarı tırmanmaya başlamıştı. Yeniden düzenli egzersizlere, besleyici gıdalar yemeye ve en önemlisi kaderini keşfetmeye başlamıştı.

Birkaç ay sonra fizik terapisi sona erdiğinde Marco, Ávila'ya bir düzine kadar pasajı işaretlediği deri ciltli bir İncil hediye etmişti.

Ávila işaretli pasajlara gelişigüzel açıp bakmıştı.

ROMALILAR 13:4
Çünkü, Tanrı'nın hizmetkârı olarak-
Tanrı'nın gazabını günahkârların üzerine salan
Bir öç alıcıdır.

MEZMURLAR 94:1
Ya Rab, öç alıcı Tanrı,
Göz alıcı adaletin önümüzü aydınlatsın!

2. TIMOTEOS 2:3
Mesih İsa'nın bir askeri olarak,
Birlikte sıkıntıya göğüs ger.

Marco, ona gülümseyerek, "Unutma, dünyada kötülük hortladığında Tanrı, yeryüzünde kendi arzusunun egemen olması için her birimize farklı bir görev yükler. Kurtuluşa giden tek yol affedicilik değildir," demişti.

58. BÖLÜM

ConspiracyNet.com

SON DAKİKA HABERİ

HER KİMSEN, BİZE DAHA FAZLASINI SÖYLE!

Bu akşam kendinden menkul muhbir monte@iglesia.org ConspiracyNet.com sitemize inanılmaz miktarda bilgi gönderdi.

Teşekkürler!

Monte'nin şu ana dek paylaştıkları, içeriden alınmış, çok yüksek güvenilirlikte veriler çıktığından, şu mütevazı ricada bulunmakta çekince görmüyoruz:

MONTE, HER KİMSEN, EĞER KIRSCH'ÜN SUNUMUNUN İÇERİĞİYLE İLGİLİ HERHANGİ BİR BİLGİYE SAHİPSEN, LÜTFEN BİZİMLE PAYLAŞ!!

#NEREDENGELİYORUZ

#NEREYEGİDİYORUZ

Teşekkür ediyoruz.

-ConspiracyNet'teki herkes

59. BÖLÜM

Robert Langdon, kütüphanedeki son birkaç bölümü incelerken ümitleri tükeniyordu. Dışarıdan gelen polis sirenlerinin sesi gitgide yükseldi ve Casa Milá'nın önünde aniden durdu. Dairenin minik pencerelerinden bakarken yanıp sönen polis ışıldaklarını gördü.

Burada kapana kısıldık. Ya o kırk yedi harflik parolayı buluruz ya da buradan çıkamayız.

Ne yazık ki o ana dek tek bir şiir kitabına rastlayamamıştı.

Diğerlerinden daha derin olan bu kısımdaki raflar, büyük formatlı sanat kitapları koleksiyonunu taşıyordu. Başlıklara göz atarak duvar boyunca aceleyle ilerlerken Edmond'ın en yeni modern sanata duyduğu tutkuyu yansıttıklarını gördü.

SERRA... KOONS... HIRST... BRUGUERA... BASQUIAT... BANKSY... ABRAMOVIĆ...

Bu koleksiyon, sıra daha küçük kitaplara gelince aniden bitiyordu. Langdon şiir kitabı bulma ümidiyle durdu.

Hiçbir şey yok.

Buradaki kitaplar soyut sanat üzerine yorumlardan ve eleştirilerden ibaretti. İncelemesi için Edmond'ın daha önceleri kendisine göndermiş olduğu birkaç başlığa gözü ilişti.

WHAT ARE YOU LOOKING AT? (NEYE BAKIYORSUN?)

WHY YOUR FIVE-YEAR-OLD COULD NOT HAVE DONE THAT (BEŞ YAŞINDAKİ ÇOCUK BUNU NEDEN YAPAMAZ)(*)

(*) Kitap aynı isimle ülkemizde de yayımlanmıştır.

HOW TO SURVIVE MODERN ART (MODERN SANATTAN NASIL SAĞ ÇIKILIR)

Hızla ilerleyen Langdon, *ben hâlâ sağ çıkmaya çalışıyorum,* diye düşündü. Koridordaki bir mimari kaburgayı daha döndükten sonra, diğer bölümdeki raflara bakınmaya başladı.

Modern sanat kitapları. Daha erken bir döneme ait olduklarını anlaması için kitaplara bir kez bakması yetmişti. *En azından zamanda geri gidiyoruz... Anladığım sanata doğru.*

Gözleri hızlıca kitap sırtlarını taradı. 1879'la 1960 arasında sanatı yeniden tanımlayarak tüm dünyayı hayrete düşüren empresyonistlerin, kübistlerin ve sürrealistlerin biyografilerini ve sistemli düzenlenmiş kataloglarını gördü.

VAN GOGH... SEURAT... PICASSO... MUNCH... MATISSE... MAGRITTE... KLIMT... KANDINSKY... JOHNS... HOCKNEY... GAUGUIN... DUCHAMP... DEGAS... CHAGALL... CÉZANNE... CASSATT... BRAQUE... ARP... ALBERS...

Bu kısmın sona erdiği mimari kaburgayı da geçen Langdon, kendini kütüphanenin son raflarının önünde buldu. Bu bölümdeki kitaplar, gözünün içine baka baka Edmond'ın, "çok sıkıcı beyaz adamlar" dediği sanatçılara ayrılmıştı. Ona kalırsa on dokuzuncu yüzyılın ortalarındaki yenilikçi akımdan önceki her şey çok sıkıcıydı.

Edmond'ın aksine, çevresi Eski Üstatlarla çevriliyken Langdon kendini daha rahat hissediyordu.

VERMEER... VELÁZQUEZ... TITIAN... TINTORETTO... RUBENS... REMBRANDT... RAPHAEL... POUSSIN... MICHELANGELO... LIPPI... GOYA... GIOTTO... GHIRLANDAIO... EL GRECO... DÜRER... DA VINCI... COROT... CARAVAGGIO... BOTTICELLI... BOSCH...

Bu rafın son yarım metrelik kısmında camdan yapılmış, kilitli büyük bir vitrin duruyordu. Cam vitrinin içine bakınca eski görünümlü deri bir kutunun bulunduğunu gördü. Kutu, ağır bir antika kitabın koruyucu muhafazasıydı. Muhafazanın üstündeki yazı güçlükle seçiliyordu ama içindeki kitabın başlığını anlamasına yetecek kadarını görmüştü.

Aman Tanrım. Kitabın ziyaretçi ellerinden neden uzak tutulduğunu şimdi anlıyordu. *Herhalde servet ediyordur.*

Bu efsanevi sanatçının çok kıymetli eserinin dünyada sadece birkaç ilk baskısı kalmıştı.

Edmond'ın buna yatırım yaptığına şaşırmadım. Fütürist öğrencisinin bir ara bu İngiliz sanatçı için "hayal gücüne sahip tek premodern" dediğini hatırladı. Onunla aynı fikirde olmasa da bu sanatçıya beslediği özel tutkunun sebebini anlayabiliyordu. *İkisi de aynı kumaştan biçilmiş.*

Eğilip cam vitrinin içinde duran deri muhafazanın üstündeki yaldızlı yazıya baktı: *The Complete Works of William Blake (William Blake'in Tüm Eserleri)*

Langdon içinden, *William Blake,* diye tekrarladı. *Bin sekiz yüzlü yılların Edmond Kirsch'ü.*

Blake kendine özgü bir dehaydı. Fazlasıyla yenilikçi resim yapma tarzıyla kimilerine, rüyalarında geleceği gördüğüne inandıran üretken bir duayendi. Sembol katılmış dini resimlerinde melekleri, şeytanları, iblisi, Tanrı'yı, efsanevi yaratıkları, İncil'de geçen konuları ve kendi spiritüel halüsinasyonlarındaki ilahları tasvir ederdi.

Ve tıpkı Kirsch gibi Blake de Hıristiyanlığa meydan okumayı severdi.

Bu düşünceyle Langdon olduğu yerde doğruldu.

William Blake.

Şaşkınlık içinde bir nefes aldı.

Bu kadar çok ilerici sanatçı arasından Blake'i bulunca, gizemli dâhi hakkındaki önemli bir gerçeği unutmuştu.

Blake sadece bir ressam ve çizer değildi...

Blake aynı zamanda üretken bir şairdi.

Langdon o anda kalbinin hızla çarpmaya başladığını hissetti. Blake şiirlerinin büyük kısmı, Edmond'ın görüşleriyle birebir uyumlu devrimci fikirleri savunurdu. Aslına bakılırsa Blake'in

The Marriage of Heaven and Hell (Cennet ile Cehennemin Evliliği) gibi "şeytani" eserlerindeki en bilinen özdeyişlerinden bazıları, pekâlâ Edmond tarafından da yazılmış olabilirdi.

ALL RELIGIONS ARE ONE (TÜM DİNLER BİRDİR)
THERE IS NO NATURAL RELIGION (DOĞAL DİN YOKTUR)

Edmond'ın en sevdiği şiir dizesini nasıl tasvir ettiğini şimdi hatırlıyordu. Ambra'ya bir "kehanet" olduğunu söylemişti. Langdon, tarihte William Blake'ten daha kâhin sayılabilecek başka hiçbir şair bilmiyordu. Blake bin yedi yüz doksanlarda iki meşum şiir kaleme almıştı:

AMERICA: A PROPHECY (AMERİKA: BİR KEHANET)
EUROPE: A PROPHECY (AVRUPA: BİR KEHANET)

Langdon'da her iki kitap da vardı. Blake'in el yazısıyla kaleme aldığı şiirlerin ve beraberindeki çizimlerin zarif bir tıpkıbasımı evinde duruyordu.

Vitrinin içindeki büyük deri kutuya baktı.

Blake "kehanetlerinin" ilk kopyaları büyük formatlı tezhipli metinler halinde basılmış olmalı!

Bir ümitle vitrinin önünde eğilirken, bu deri kutunun içinde aradıkları kırk yedi harfli şiirin bulunabileceğini hissetti. Şimdi asıl soru Edmond'ın bu şiiri işaretleyip işaretlemediğiydi.

Uzanıp vitrinin kolunu çekti.

Kilitliydi.

Gözucuyla sarmal merdiven basamaklarına bakarken yukarı çıkıp Winston'dan William Blake şiirlerini taramasını isteyebileceğini düşündü. Ama o sırada polis sirenlerinin yerini, uzaktan gelen helikopter pervanelerinin ve kapının önündeki merdivenlerde bağrışanların sesi almıştı.

Geldiler.

Vitrine baktığında, modern müzelerdeki UV filtreli camların yeşilimsi tonunu fark etti.

Ceketini çıkarttı, camın üstüne doğru tuttu, yan dönerek hiç tereddüt etmeden dirseğini geçirdi. Boğuk bir kırılma sesiyle vitrinin kapağı parçalandı. Cam kırıkları arasından dikkatlice elini uzatıp kilidi açtı. Kapağı da açtıktan sonra deri kutuyu özenle dışarı aldı.

Ama daha kutuyu yere koymadan bir terslik olduğunu anlamıştı. *Yeterince ağır değil.* Blake'in tüm eserlerinin neredeyse hiç ağırlığı yoktu.

Kutuyu yere koyup kapağını kaldırdı.

Tam da korktuğu gibi... içi boştu.

Boş muhafazaya bakarken uzun bir soluk verdi. *Edmond'ın kitabı hangi cehennemde?!*

Kapağın iç kısmına beklenmedik bir şeyin bantla yapıştırılmış olduğunu fark ettiğinde kutuyu tam da kapatmak üzereydi. Zarif kabartmalı yazıları olan fildişi renginde bir not kartıydı.

Langdon üstündeki yazıyı okudu.

Ardından, hayretler içinde bir kez daha okudu.

Saniyeler içinde çatıya çıkan sarmal basamakları tırmanmaya başladı.

O sırada Madrid Kraliyet Sarayı'nın ikinci katında, elektronik güvenlikten sorumlu Suresh Bhalla, Prens Julián'ın dairesinde usulca hareket ediyordu. Dijital duvar kasasının yerini tespit ettikten sonra, acil durumlar için belirlenmiş şifre sıfırlama kodunu girdi.

Kasanın kapağı aralandı.

Suresh kasanın içinde iki telefon gördü. Bunlardan biri Prens Julián'a ait, sarayın verdiği akıllı telefondu; diğeriyse Piskopos Valdespino'ya ait olduğu sonucunu çıkarttığı bir iPhone idi.

iPhone'u eline aldı.

Bunu gerçekten yapıyor muyum?

monte@iglesia.org adresinden gelen e-postayı bir kez daha zihninde canlandırdı.

* * *

Valdespino'nun yazdıklarını korsanladım.
Tehlikeli sırları var.
Saray onun SMS kayıtlarını elde etmeli.
Hemen.

Suresh, piskoposun yazdıklarında ne gibi sırlar barınabileceğini ve muhbirin neden Kraliyet Sarayı'nı uyardığını merak etti.

Belki de muhbir, sarayı ikincil bir zarardan korumaya çalışıyordur?

Tek bildiği, eğer kraliyet ailesini tehlikeye sokacak bir bilgiyse, görevinin buna erişmek olduğuydu.

Acil durum çağrısı izni alabilirdi ama halkla ilişkiler açısından riskleri yüksekti ve ayrıca elini oyalayacağından işine yaramazdı. Neyse ki, bildiği daha gizli ve elverişli çareler vardı.

Elinde tuttuğu Valdespino'nun telefonunda ana ekran düğmesine basınca ekran aydınlandı.

Bir parolayla kilitlenmişti.

Sorun değil.

Telefonu ağzına yaklaştırıp, "Hey Siri," dedi. "Saat kaç?"

Hâlâ kilitli duran telefonun ekranında saat belirdi. Suresh bu saat ekranında yeni bir zaman dilimi seçmek, zaman dilimini SMS yoluyla paylaşmak, bir fotoğraf eklemek suretiyle birtakım basit değişiklikler yaptı. Daha sonra SMS mesajını göndermek yerine ana ekran düğmesine bastı.

Tık.

Telefonun kilidi açılmıştı.

Bu basit bilgisayar korsanlığı tekniği için YouTube'a sevgiler, diye düşündü. iPhone kullanıcılarının parolayla gizlilik elde ettiklerine inanmaları onu eğlendiriyordu.

Artık Valdespino'nun telefonundaki her şeye erişebilecek konumda olan Suresh, iMessage uygulamasını açarken piskoposun sildiği yazıları, iCloud yedeklemesinde kataloğu yeniden yapılandırarak geri alabilmeyi umuyordu.

Fakat elbette piskoposun telefonundaki geçmiş kaydı bomboştu.

Ne var ki Suresh, birkaç saat önce engellenmiş bir numaradan gönderilmiş tek mesajı fark etti. *Bir mesajı silememiş.*

Metne tıklayıp üç satırlık mesajı okudu. Bir an için okuduklarını kafasından kurduğunu sandı.

Bu gerçek olamaz!

Suresh mesajı bir daha okudu. Yazanlar, Valdespino'nun akıl almaz bir ihanete ve düzenbazlığa karıştığını kanıtlar nitelikteydi.

Üstelik bir de kibirli. Yaşlı din adamının böylesi bir mesajı elektronik cihazında paylaşacak kadar kendini dokunulmaz zannetmesine şaşırdı.

Eğer bu yazıyı insanlar görürse...

İhtimalleri düşününce tüyleri ürperen Suresh, hemen Mónica Martín'i bulmak üzere aşağıya koştu.

60. BÖLÜM

EC145 helikopteri şehrin üstünde alçak uçuş yaparken, muhafız Díaz aşağıda geniş bir alana yayılmış ışıklara baktı. Geç bir saat olmasına karşın, evlerin pencerelerine yansıyan televizyon ve bilgisayar ekranı ışıklarının şehri soluk mavi bir renge boyadığını gördü.

Tüm dünya seyrediyor.

Durum sinirini bozmuştu. Gidişatın çığırından çıktığını hissediyor, büyüyen bu krizin rahatsız edici bir sona varmasından korkuyordu.

Önünde oturan Fonseca bağırarak tam aşağıdaki bir noktayı işaret etti. Hedefi hemen gören Díaz başını salladı.

Görmemek imkânsız.

Uzaktan bakıldığında bile dönüp duran polis ışıldaklarını gözden kaçırmak olanaksızdı.

Tanrı yardımcımız olsun.

Tam da Díaz'ın korktuğu gibi Casa Milá'ya polis arabaları üşüşmüştü. Barselona'daki yetkililer, Mónica Martín'in Kraliyet Sarayı'ndan yaptığı açıklamanın ardından aldıkları isimsiz bir ihbar üzerine harekete geçmişti.

Robert Langdon, İspanya'nın kraliçe adayını kaçırdı.

Onları bulmak için sarayın halkın yardımına ihtiyacı var.

Düpedüz yalan. Díaz bunu çok iyi biliyordu. *Guggenheim'dan birlikte çıktıklarını kendi gözlerimle gördüm.*

Martín etkili bir tuzak hazırlamış olsa da, çok tehlikeli bir oyunu başlatmıştı. Polisi işin içine karıştırarak halkla birlikte insan avı başlatmak çok sakıncalıydı. Sadece Robert Langdon değil, artık Vidal da bir avuç amatör polisin çapraz ateşinde kalabilirdi. Eğer sarayın amacı kraliçe adayının güvenliğini sağlamaksa, kesinlikle yanlış bir yol izliyorlardı.

Komutan Garza asla durumun bu kadar ileri gitmesine izin vermezdi.

Garza'nın tutuklanması Díaz için gizemini koruyordu. Ona göre komutanına yönelik suçlamalar Langdon'a yöneltilenler kadar uydurmaydı.

Buna rağmen Fonseca gelen çağrı üzerine aldığı emirleri yerine getirecekti.

Emri Garza'nın üstündekiler verdi.

Helikopter Casa Milá'ya yaklaştığında Díaz aşağıya baktı ve inecek güvenli bir yer bulunmadığını gördü. Geniş caddeyle binanın önündeki meydana basın araçları, polis arabaları ve halk doluşmuştu. Díaz binanın ünlü çatısına baktı. İnişli çıkışlı küçük patikalardan ve binanın tepesini dolaşan merdivenlerden oluşan sekiz şeklindeki çatı, ziyaretçilere nefes kesici bir Barselona manzarası sunuyordu. Ayrıca binanın dokuz kat aşağıdaki avluya inen iki aydınlığı vardı.

İnecek yer yok.

Engebeli sathın yanı sıra çatı, fütüristik satranç taşlarını andıran iki Gaudí bacası tarafından korunuyordu. Bu miğferli nöbetçiler söylendiğine göre film yapımcısı George Lucas'ı öylesine etkilemişti ki, *Yıldız Savaşları* filmindeki Fırtına Birliklerini tasarlarken onları örnek almıştı.

Díaz inebilecek bir yer ararken komşu binalara bakındı ama gözleri aniden Casa Milá'nın tepesindeki beklenmedik görüntüye takıldı.

Büyük heykellerin arasında ufak bir insan bedeni duruyordu.

Çatıdaki korkuluklara dayanan beyaz elbiseli kişiyi, aşağıdaki meydandan yukarı çevrilmiş medya ışıkları aydınlatıyordu. Bir an için bu görüntü Díaz'a, Aziz Petrus Meydanı'nda müritlerine seslenen papayı çağrıştırdı.

Ama gördüğü papa değildi.

Çok tanıdık beyaz bir elbisenin içindeki güzel bir kadındı.

Ambra Vidal basın araçlarının parlak ışıkları yüzünden hiçbir şey görememesine rağmen, helikopterin yaklaştığını duyuyor, zamanın daraldığını anlıyordu. Çare bulamayınca korkuluğun üzerinden sarkıp aşağıdaki basın ordusuna seslenmeye çalıştı.

Kelimeleri helikopterin sağır edici gürültüsünde kayboldu.

Winston'ın hesaplamalarına göre, Ambra çatının kenarında belirdiği anda caddedeki televizyon ekipleri kameralarını yukarı çevirecekti. Gerçekten de böyle olmuştu ama şimdi Winston'ın yaptığı planın suya düştüğünü anlıyordu.

Tek kelime duyuramıyorum!

Casa Milá'nın çatısı, aşağıdaki hengâmeden epey yukardaydı. Şimdiyse helikopterin gürültüsü tüm sesleri boğuyordu.

"Ben kaçırılmadım!" Ambra bir kez daha var gücüyle bağırdı. "Kraliyet Sarayı'nın Robert Langdon'a yönelttiği suçlamalar asılsız! Rehin alınmadım!"

Winston az önce ona bazı hatırlatmalarda bulunmuştu. *Siz İspanya'nın kraliçe adayısınız. Eğer bu insan avına son verirseniz yetkililer ne yapacaklarını şaşıracak. Yaptığınız açıklama büyük karışıklığa sebep olacak. Kimse hangi emre uyacağını bilemeyecek.*

Ambra, onun haklı olduğunu biliyordu ama söyledikleri, gürültülü kalabalığın üstünde dönen pervane sesleri arasında kayboluyordu.

Birden gökyüzünde gümbürtülü bir uğultu duyuldu. Helikopter alçalıp tam karşısında havada dururken Ambra korkuluktan geri çekildi. Kabin kapısı ardına kadar açıktı ve tanıdık iki yüz dikkatle ona bakıyordu: Muhafız Fonseca ile Díaz.

Fonseca bir tür aleti doğrultup başını nişan alınca Ambra dehşete kapıldı. Bir an için aklına türlü düşünceler hücum etti. *Julián ölmemi istiyor. Kısır bir kadınım. Ona vâris veremeyeceğim. Nişandan kurtulmasının tek yolu bu.*

Elinde Edmond'ın telefonuyla, tehlikeli görünen silahtan uzaklaşmaya çalıştı, sendeledi, dengesini kaybetmemek için diğer elini uzattı. Fakat geriye bastığı anda ayağının altındaki yer adeta kaydı. Kısa bir süre için sert betonla karşılaşmayı umduğu halde sadece boşluğu hissetti. Yeniden denge kurmak için vücudunu döndürdüyse de, kendini kısa basamaklardan aşağı kayarken buldu.

Önce sol dirseği betona çarptı, ardından tüm vücudu yere yapıştı. Buna rağmen hiç acı hissetmedi. Çünkü tüm dikkati, elinden fırlayan nesneye, Edmond'ın aşırı büyük turkuvaz telefonuna kaymıştı.

Aman Tanrım, olamaz!

Telefonun betonun üstünde kaymasını, binanın avlusuna inen dokuz katlı uçurumun kıyısına kadar basamaklardan sekmesini dehşetle izledi. Telefona doğru hamle yaptıysa da, cihaz boşluğa yuvarlanıp çatı korkuluklarının altında gözden kayboldu.

Winston'la bağlantımız!...

Ambra telefonun peşinden atılıp korkuluklara vardığı anda, cihazın lobideki zarif taş zemine doğru döne döne yuvarlandığını ve en sonunda çevresine cam ve metal parçaları saçarak parçalandığını gördü.

İşte o andan sonra Winston artık yoktu.

Basamakları uçarcasına tırmanan Langdon, küçük kulenin merdiveninden Casa Milá'nın çatısına çıkar çıkmaz, kendini sağır edici bir fırtınanın ortasında buldu. Binanın yanında çok alçalmış bir helikopter havada sabit duruyordu ve Ambra ortalarda görünmüyordu.

Sersemleyen Langdon etrafına bakındı. *Nerede ki?* Bu çatının ne denli acayip olduğunu unutmuştu; baş aşağı duran korkulukları... dik merdivenleri... beton askerleri... dipsiz kuyuları vardı.

"Ambra!"

Onu fark ettiğinde dehşete kapıldı. Ambra Vidal aydınlığın tam kıyısında, betonun üzerinde kıvrılmış yatıyordu.

Genç kadının olduğu yere doğru inip çıkarak koşarken tam başının yanından vızıldayarak geçen bir mermi, arkasındaki betonda patladı.

Tanrım! Dizlerinin üstüne çöken Langdon, başının üstünden iki mermi daha geçerken iyice yere yattı. Bir an için helikopterden ateş ettiklerini sandı, ama Ambra'ya doğru güçlükle emeklerken çatının diğer ucundaki kuleden dışarı bir polis ordusunun çıktığını gördü.

Beni öldürmek istiyorlar! Kraliçe adayını kaçırdığımı sanıyorlar! Ambra'nın çatıdan seslenerek aşağıdakilere söylediklerinin duyulmadığı anlaşılıyordu.

Langdon yaklaşık on metre ilerideki Ambra'ya bakarken kolunun kanadığını dehşetle fark etti. *Aman Tanrım, vurulmuş!*

Genç kadın iç avlunun tepesini çevreleyen korkuluğa tutunmaya başladığı sırada Langdon'ın başının üstünden bir mermi daha geçti. Ambra ayağa kalkmaya çalışıyordu.

"Eğil!" diye bağıran profesör sonunda Ambra'nın yanına vardı ve vücudunu onunkine siper edecek şekilde eğildi. Çatının çevresine suskun muhafızlar gibi yerleşmiş miğferli Fırtına Birliklerine baktı.

Başlarının üstündeki helikopter daha da alçalırken sağır edici sesler çıkartarak şiddetli bir rüzgâr meydana getirdi. Tam yanlarındaki geniş boşluğun üzerinde bekleyen helikopter, polisin görüş açısını kapatmıştı.

Helikopterin içinden yükseltilerek gelen bir ses, *"Dejen de disparar! (Ateşi kesin!)"* diye gürledi. *"Enfunden las armas! (Silahlarınızı indirin!)"*

Langdon ile Ambra'nın tam karşısındaki muhafız Díaz, açık kabin kapısında bir ayağını kızağın üstünde dengelemiş elini onlara doğru uzatıyordu.

"Atlayın!" diye bağırdı.

Langdon arkasında duran Ambra'nın kendini geri çektiğini hissetti.

"HEMEN!" Díaz pervanelerin gürültüsünü bastırmak için bağırıyordu.

Muhafız, binanın aydınlığındaki korkuluğu işaret edip üstüne çıkmalarını, elini tutmalarını ve aradaki kısa boşluğun üstünden aşarak helikoptere atlamalarını istiyordu.

Langdon'ın tereddüdü uzun sürdü.

Díaz megafonu Fonseca'nın elinden kapıp Langdon'ın yüzüne çevirdi. "PROFESÖR, HEMEN HELİKOPTERE BİNİN!" Muhafızın sesi gök gürültüsü gibi çıkıyordu. "YEREL POLİSE SİZİ VURMA EMRİ VERİLDİ! BAYAN VIDAL'I KAÇIRMADIĞINIZI BİLİYORUZ! BİRİ ÖLDÜRÜLMEDEN HEMEN HELİKOPTERE BİNMENİZ LAZIM!"

61. BÖLÜM

Ambra rüzgâr uğuldarken Langdon'ın kendisini kucaklayıp alçalan helikopterden Díaz'ın uzattığı ele doğru taşıdığını hissetti. Karşı çıkamayacak haldeydi.

"Kanaması var!" Onun peşinden helikoptere atlayan Langdon bu sözleri bağırarak söylemişti.

Aniden gökyüzüne yükselip dalgalı çatıdan uzaklaşan helikopterin ardında bıraktığı aklı karışık polis ordusu gözlerini yukarı dikmişti.

Fonseca kabin kapısını kapatıp ön taraftaki pilota yaklaştı. Díaz koluna bakmak için Ambra'nın yanına ilişti.

Genç kadın dalgın bir ifadeyle, "Sadece bir sıyrık," dedi.

"İlkyardım çantası bulayım." Díaz kabinin arka tarafına yöneldi.

Langdon, Ambra'nın karşısında, sırtı pilot kabinine dönük oturuyordu. Yalnız kaldıkları ilk anda genç kadının gözlerine bakıp rahatlamış bir ifadeyle güldü. "Sana bir şey olmadığına sevindim."

Ambra belli belirsiz başını sallayarak karşılık verdi ama daha ona teşekkür etmeye fırsat bulamadan Langdon öne doğru eğilip kulağına heyecanla bir şeyler söylemeye başladı.

"Galiba gizemli şairin kim olduğunu buldum," derken gözleri ümitle parlıyordu. "William Blake. Edmond'ın kütüphanesinde tüm eserlerinin bir kopyası var... ama onun pek çok şiiri kehanet niteliğindedir!" Elini uzattı. "Edmond'ın telefonunu verir misin?

Winston'dan Blake'in kırk yedi harfli dizelerini aramasını isteyeceğim."

Langdon'ın bekleyen eline bakan Ambra suçluluk duygusu içinde uzanıp elini tuttu. Pişmanlıkla içini çekerken, "Robert," dedi. "Edmond'ın telefonu artık yok. Binanın kenarından aşağı düştü."

Ambra, Langdon'ın benzinin attığını gördü. *Çok üzgünüm Robert.* Duyduklarını akıl süzgecinden geçirmeye ve Winston'ı kaybettikten sonra ne yapacaklarını hesap etmeye çalıştığını biliyordu.

Pilot kabinindeki Fonseca telefonda konuşurken bağırıyordu. "Anlaşıldı! Her ikisi de sağ salim helikopterde. Madrid'e gidecek nakil uçağını hazırlayın. Sarayla iletişim kurup-"

"Zahmet etmeyin!" Ambra muhafıza seslendi. "Saraya gitmiyorum!" Telefonu eliyle kapatan Fonseca başını arkaya çevirip ona baktı. "Kesinlikle gidiyorsunuz! Bu akşam can güvenliğinizi sağlamak üzere emir aldım. Benim gözetimimden çıkmamalıydınız. Buraya gelip sizi kurtardığım için şanslısınız."

Ambra, *"Kurtarmak mı?!"* diye sordu. "Eğer kurtardıysanız bile tüm bunlar, saray, Profesör Langdon'ın beni kaçırdığı saçmalığını uydurduğu için yaşandı. Doğru olmadığını biliyorsunuz! Prens Julián masum bir adamın hayatını tehlikeye atacak kadar zavallı mı? Benim hayatımdan hiç bahsetmeyelim bile!"

Fonseca gözleriyle onu süzüp önüne döndü.

Tam o sırada Díaz ilkyardım çantasıyla geri geldi. Genç kadının yanına otururken açıklamaya çalıştı. "Bayan Vidal, lütfen anlayış gösterin, bu akşam Komutan Garza'nın tutuklanmasıyla emir komuta zincirimiz bozuldu. Yine de, saraydan yapılan açıklamayla Prens Julián'ın hiçbir ilişkisi bulunmadığını bilmenizi istiyorum. Aslına bakarsanız, şu an yaşananlardan prensin haberi olduğunu bile teyit edemiyoruz. Bir saattir kendisine ulaşamıyoruz."

Ne? Ambra gözlerini ona dikmişti. "Neredeymiş?"

Díaz, "Şu an nerede olduğu bilinmiyor," dedi. "Ama akşamın daha erken saatlerinde bizimle iletişim kurduğunda söyledikleri çok açıktı. Sizin güvende olmanızı istiyor."

Birden düşüncelerinden sıyrılan Langdon, "Eğer bu doğruysa, Bayan Vidal'ı saraya götürmek büyük bir hata olur," dedi.

Fonseca arkasını döndü. "Ne dediniz?!"

Profesör, "Şu anda emirleri kimden aldığınızı bilmiyorum ama eğer prens sahiden de nişanlısının can güvenliğini sağlamanızı istiyorsa, beni dikkatle dinlemenizi tavsiye ederim," diye açıkladı. Biraz durup daha vurgulu konuşmaya başladı. "Edmond Kirsch, buluşunu insanlar öğrenmesin diye öldürüldü. Onu öldüren her kimse, işini bitirdiğinden emin oluncaya dek hiçbir şeyi yapmaktan çekinmeyecektir."

Fonseca yaptığı yorumu küçümser bir tavırla konuştu. "İşi çoktan bitti. Edmond öldü."

Langdon, "Ama henüz Edmond'ın keşfini yok edemedi," diye karşı çıktı. "Yapacağı sunum duruyor ve hâlâ dünyaya açıklanmayı bekliyor."

Díaz, "Siz de evine bu yüzden gittiniz," diyerek sözlerini devam ettirdi. "Sunumu yayınlayabileceğinizi düşünmüştünüz."

Langdon, "Kesinlikle," diye yanıt verdi. "Ve bu durum bizi hedef haline getirdi. Ambra'nın kaçırıldığına dair basın açıklamasını kim hazırladı bilmiyorum, ama birisinin bizi her ne pahasına olursa olsun durdurmak istediği çok açık. Şimdi eğer o gruba aitseniz, yani Edmond'ın yaptığı keşfi sonsuza kadar yok etmek isteyenlerdenseniz, Bayan Vidal ile beni henüz vaktiniz varken bu helikopterden aşağı atın."

Ambra aklını kaçırdığından şüphe eder gibi Langdon'a baktı.

Langdon, "Ancak, görevimiz gereği kraliyet ailesiyle birlikte İspanya'nın gelecekteki kraliçesini korumaya yeminli olduğunuzu hatırlatmak isterim. Sonuç olarak şu anda Bayan Vidal'ın neredeyse ölmesine sebep olacak bir açıklama yayınlayan saraydan daha tehlikeli bir yer olamayacağını anlamanız gerekir," diyerek sözlerini sürdürdü. Langdon elini cebine sokup kabartmalı not kartını çıkarttı. "Bence onu bu kartın altında yazan adrese götürmelisiniz."

Fonseca kartı eline alıp incelerken kaşlarını çattı. "Bu çok saçma."

Profesör açıklamaya çalıştı. "Arazinin etrafı çitlerle çevrili. Pilotunuz alçalıp dördümüzü bıraktıktan sonra kimseler oraya indiğimizi anlamadan uzaklaşıp gidebilir. Ben yetkili kişiyi tanıyorum. Her şeyi yoluna koyana kadar orada saklanabiliriz. Siz de bize eşlik edersiniz."

"Havaalanındaki hangarda kendimi daha güvende hissederim."

"Bayan Vidal'ın öldürülmesine sebep olabilecek kişilerden emir alan askeri ekibe mi güveneceksiniz?"

Fonseca yüzündeki sert ifadeyi hiç bozmadı.

Aklına türlü düşünceler üşüşen Ambra, kartın üzerinde ne yazdığını merak etti. *Langdon nereye gitmek istiyor?* Muhafızın birden gerginleşmesi, can güvenliğinden daha fazla bir şeyleri tehlikeye atacağını ima ediyordu. Langdon'ın sesindeki iyimserlik, sunumu başlatabileceklerine duyduğu inancı henüz kaybetmediğini gösteriyordu.

Kartı Fonseca'nın elinden alan Langdon, Ambra'ya uzattı. "Kütüphanede bunu buldum."

Kartı inceleyen Ambra hemen ne olduğunu anladı.

"Taşınır geçici alındı belgesi" diye bilinen bu zarif kabartmalı kartlar, geçici olarak ödünç alınan sanat eserlerinin karşılığında müze küratörleri tarafından bağışçılara verilirdi. Genellikle aynı karttan iki tane basılır, bunlardan birisi bağışçıya teşekkür etmek adına müzedeki sergiye iliştirilir, diğeri de teminat olarak bağışçıya iletilirdi.

Edmond, Blake şiirleri kitabını mı ödünç vermiş?

Kartta yazılanlara göre Edmond'ın kitabı, Barselona'daki evinden sadece birkaç kilometre uzağa seyahat etmişti.

WILLIAM BLAKE'İN
TÜM ESERLERİ
EDMOND KIRSCH
Özel Koleksiyonu'ndan
LA BASÍLICA DE LA
SAGRADA FAMÍLIA'da
sergilenmek üzere emanet alınmıştır.

Carrer de Mallorca, 401
08013 Barselona, İspanya

Ambra, "Anlamıyorum," dedi. "Onun gibi bir ateist neden bir kiliseye kitabını ödünç versin?"

Langdon, "Ama orası herhangi bir kilise değil," diyerek karşı çıktı. "Gaudí'nin en muammalı eseriydi..." Pencereden aşağısını işaret etti. "Ayrıca yakında Avrupa'nın en yüksek kilisesi olacak."

Ambra başını çevirip şehrin kuzeydoğu tarafına baktı. Etrafı vinçler, yapı iskeleleri ve inşaat ışıklarıyla çevrili Sagrada Família'nın henüz tamamlanmamış kuleleri parlıyordu. Bu delikli kuleler, okyanus tabanından ışığa doğru uzanan dev deniz süngerlerini andırıyorlardı.

Gaudí'nin tartışmalı Basílica de la Sagrada Família'sı, sadece özel bağışların geliriyle yüz yıldan fazladır yapım aşamasındaydı. Gelenekçilerin ürkütücü bulup organik şekilleri ve doğayı yansıtan tasarımı yüzünden eleştirdiği kiliseyi yenilikçiler, yapısal akışkanlığı ve hiperboloit biçimleri sebebiyle yere göğe sığdıramıyordu.

Yüzünü Langdon'a dönen Ambra, "Alışılmışın dışında ama yine de bir Katolik kilisesi," dedi. "Ve sen Edmond'ı tanırdın."

Langdon içinden, *evet, Edmond'ı tanıyorum,* diye düşündü. *Sagrada Família'da Hıristiyanlığın ötesine geçen bir gizli amaç ve sembolizm gizlendiğine inandığını bilecek kadar iyi tanıyorum.*

Bu tuhaf kilise 1882'de ortaya çıktığından beri şifrelenmiş gizemli kapıları, burgulu sütunları, sembollerle dolu cepheleri, sayıların yer aldığı sihirli kare oymaları ve kemiklerle bağ dokuyu anımsatan iskeletimsi yapısı hakkında komplo teorileri üretiliyordu.

Elbette Langdon'ın bu teorilerden haberi vardı ama asla kulak asmamıştı. Buna rağmen birkaç yıl önce Edmond, Sagrada Família'nın Hıristiyan kilisesinden başka bir amaçla, hatta belki de doğaya ve bilime adanmış gizemli bir mabet olarak tasarlandığına inanan Gaudí hayranlarının arasına katıldığını itiraf ettiğinde çok şaşırmıştı.

Langdon bu fikri pek mümkün bulmuyordu. Edmond'a Gaudí'nin dindar bir Katolik olduğunu, Vatikan'ın onu "Tanrı'nın mimarı" ismiyle vaftiz ettiğini, hatta aziz ilan etmeyi düşündüğünü hatırlatmıştı. Sagrada Família'daki alışılmadık mimarinin, Gaudí'nin Hıristiyan sembolizmine yenilikçi yaklaşımından başka bir şey olmadığını söylemişti.

Edmond, onun anlattıklarına, henüz paylaşmaya hazır olmadığı bir sırrı biliyormuş gibi muzip bir gülümsemeyle karşılık vermişti.

Langdon, *Kirsch'ün başka bir sırrı,* diye düşündü. *Kanserle savaştığını da böyle gizlemişti.*

Ambra konuşmaya devam etti. "Edmond kitabını Sagrada Família'ya ödünç verdiyse ve hatta biz bulsak bile her sayfasını okuyup doğru dizeyi bulmamıza imkân yok. Paha biçilmez bir kitabı fosforlu kalemle işaretlediğini de hiç sanmıyorum."

"Ambra?" Langdon sakince gülümsüyordu. "Kartın arkasına bak."

Genç kadın, bakışlarını karta indirdi, arkasını çevirdi ve yazıyı okudu.

Ardından, hayret dolu bir ifadeyle profesöre baktı.

Langdon gülümsüyordu. "Dediğim gibi, bence oraya gitmeliyiz."

Ambra'nın yüzündeki heyecan ifadesi belirdiği hızla kayboldu. "Bir sorun var. Parolayı bulsak bile-"

"Biliyorum. Edmond'ın telefonunu kaybettin. Winston'la iletişim kuramayacağız."

"Aynen öyle."

"Galiba bu sorunu çözebilirim."

Ambra şüpheyle ona baktı. "Anlamadım?"

"Tek yapmamız gereken Winston'ın, yani Edmond'ın yaptığı gerçek bilgisayarın yerini bulmak. Winston'a uzaktan erişemediğimize göre, parolayı ona kendimiz götürmeliyiz."

Ambra, ona aklını kaçırdığını düşünüyormuş gibi baktı.

Langdon konuşmaya devam etti. "Bana Winston'ı gizli bir tesiste oluşturduğunu anlatmıştın."

"Evet ama o tesis dünyanın herhangi bir yerinde olabilir."

"Değildir. Burada, Barselona'da olduğunu zannediyorum. Öyle olmalı. Edmond burada yaşıyor, burada çalışıyordu. Bu sentetik zekâyı meydana getirmek son projelerinden biriydi; o yüzden Winston'ı burada kurduğu akla daha yatkın geliyor."

"Robert haklı bile olsan bu, samanlıkta iğne aramaya benziyor. Barselona çok büyük bir şehir. İmkânsız desem yeridir..."

Langdon, "Winston'ın yerini bulabilirim," dedi. "Eminim." Gülümseyerek aşağıda uzanan şehir ışıklarını eliyle gösterdi. "Belki delilik gibi gelebilir ama Barselona'ya böyle havadan bakınca aklıma bir şey geldi..."

Pencereden dışarı bakarken sesi giderek alçaldı.

"Biraz daha ayrıntı verebilir misin acaba?" Ambra merakla dinliyordu.

"Aslında daha önce fark etmeliydim. Winston'la ilgili akşam boyunca beni rahatsız eden bir muamma vardı. Ama sanırım sonunda ne olduğunu buldum."

Kraliyet muhafızlarına belli etmeden bir göz attıktan sonra sesini alçaltıp Ambra'ya doğru eğildi. "Bu konuda bana güven, olur mu?" diye ısrar etti. "Winston'ın yerini bulabileceğime inanıyorum. Sorun şu ki, Edmond'ın parolası olmadan Winston'ın yerini bulmak işimize yaramayacak. Şu anda dikkatimizi o şiir dizesini bulmaya vermeliyiz. Bunun için yapabileceğimiz en iyi şey Sagrada Família'ya gitmek."

Ambra uzun bir süre dikkatle Langdon'a baktı. Ardından başını sallayıp heyecanla ön koltuğa doğru seslendi. "Muhafız Fonseca! Pilota hemen dönüp bizi Sagrada Família'ya götürmesini söyleyin lütfen!"

Hızla arkasını dönen Fonseca, ona öfkeyle baktı. "Bayan Vidal, size söylediğim gibi, aldığım emirler-"

İspanya'nın kraliçe namzeti, "Muhafız Fonseca," diyerek cümlesini tamamlamasına izin vermedi. "Bizi derhal Sagrada Família'ya götürün! Yoksa döndüğümüzde ilk işim sizi kovdurtmak olur."

62. BÖLÜM

ConspiracyNet.com

SON DAKİKA HABERİ

KATİLİN MEZHEP İLİŞKİSİ!

monte@iglesia.org'dan aldığımız başka bir ihbardan, Edmond Kirsch katilinin Palmarian Kilisesi diye bilinen sırlarla dolu, aşırı muhafazakâr Hıristiyan mezhebinin bir üyesi olduğunu öğrendik.

Ávila bir yıldan uzun zamandır Palmarian'lar için internetten üye topluyormuş. Bu tartışmalı dini-askeri örgüte üye olması, avuç içindeki "Victor" dövmesini de açıklıyor.

İspanya'nın ulusal gazetesi *El Pais*'e göre kendi "Papa"sı olan ve Francisco Franco ile Adolf Hitler'in de aralarında bulunduğu acımasız liderleri aziz ilan eden Palmarian Kilisesi'nde bu sembol sıklıkla kullanılıyormuş.

Bize inanmıyor musunuz? Kendiniz bakın.

Her şey gizemli bir rüyayla başlamış.

1975'te Clemente Domínguez Gómez isimli bir sigorta acentesi, Hz. İsa'nın, kendisine papalık tacı giydirdiğini gördüğünü iddia etmiş. Clemente, Vatikan'dan ayrılıp kendi kardinallerini atayarak XVII. Gregory papalık ismini almış. Bu yeni papa, Roma tarafından kabul edilmese de topladığı binlerce mürit ve büyük servet sayesinde kale gibi bir kilise inşa etmeyi, mezhebini uluslararasında yaymayı ve tüm dünyaya yüzlerce Palmarian piskopos atamayı başarmış.

Hizipçi Palmarian Kilisesi bugün hâlâ gözlerden uzaktaki genel merkezinde faaliyetlerini sürdürüyor. İspanya'da El Palmar de Troya'da yer alan duvarlarla çevrili kilisenin ismi Mount of Christ the King.

Mezhep hakkında başka haberlerle birlikte, bu akşam işlenen cinayetle ilişkilendirilen Piskopos Valdespino ile ilgili son gelişmeleri de aktaracağız.

63. BÖLÜM

Langdon, *tamam, etkilendim,* diye düşündü.

Ambra kullandığı birkaç sert kelimeyle EC145 helikopter ekibini, geniş açıyla geri dönüp Basílica Sagrada Família'ya gitmeye zorlamıştı.

Hava aracı düzelip şehrin üstünden geri dönerken Ambra, muhafız Díaz'dan cep telefonunu istedi. Kraliyet muhafızının gönülsüzce verdiği telefonda internet tarayıcısını açtı ve haber başlıklarına göz gezdirmeye başladı.

Başını hüsranla iki yana salladı. "Kahretsin! Basına beni kaçırmadığını anlatmaya çalıştım. Ama duyamadılar."

Langdon, "Belki de yazıyı yazmak için biraz daha zamana ihtiyaçları vardır," diye fikir yürüttü. *Daha üstünden kaç dakika geçti ki?*

Ambra, "Yeterince zamanları vardı," dedi. "Helikopterimizin Casa Milá'dan ayrılışını gösteren yayınlar görüyorum."

Bu kadar çabuk mu? Langdon bazen dünyanın, ekseni etrafında fazla hızlı döndüğünü hissediyordu. "Son Dakika" haberlerinin gazetede basılıp kapısının önüne bırakıldığı günler hâlâ dün gibi hatırındaydı.

Genç kadın hafif şakacı bir tavırla ekledi. "Bu arada, dünya çapında en baştaki haberlerde görünüyoruz."

Langdon ağzını çarpıtarak, "Seni kaçırmamam gerektiğini biliyordum," diyerek güldü.

"Hiç komik değil. En azından haberlerin başında biz yokuz." Telefonu ona verdi. "Şuna bir bak."

Langdon ekrana göz atınca Yahoo! sitesinin ana sayfasındaki haber başlıklarını gördü. En üstteki haber başlığına baktı:

1. "Nereden Geliyoruz?" /Edmond Kirsch

Edmond'ın sunumunun tüm dünyadaki insanları konuyu araştırıp tartışmaya yönlendirdiği anlaşılıyordu. *Edmond çok memnun olurdu,* diye düşündükten sonra bağlantıya tıklayıp ilk on başlığı okuyunca yanıldığını anladı. "Nereden geliyoruz?" sorusuna üretilmiş ilk on teorinin çoğu Yaratılış ve uzaylılarla ilgiliydi.

Edmond dehşete düşerdi.

Langdon'ın eski öğrencisi "Bilim&Spiritüalite" başlıklı halka açık bir forumda en keskin çıkışlarından birini yapmıştı. Dinleyicilerin sorularından o denli yılmıştı ki sonunda ellerini havaya kaldırıp sahnede yürümüş ve şöyle haykırmıştı: "Şu zeki insanoğlu nasıl oluyor da ağzına Tanrı'nın ve kahrolası uzaylıların adını almadan kökenlerini tartışamıyor!"

"Kirsch Ne Buldu?" başlıklı, nispeten daha zararsız bir *CNN Canlı* yayın bağlantısını görünceye kadar ekranı aşağı kaydırdı.

Bağlantıya tıkladıktan sonra telefonu Ambra'nın da göreceği şekilde tuttu. Yayın başlayınca sesini açtı. Helikopterin pervane gürültüsü yüzünden yayını öne eğilerek dinlediler.

Bir CNN haber spikeri ekranda belirdi. Langdon geçmiş yıllarda bu kadın spikerin verdiği haberleri defalarca izlemişti. Spiker, "NASA Astrobiyoloğu Doktor Griffin Bennet şimdi haber stüdyomuzda," dedi. "Edmond Kirsch'ün gizemli buluşuyla ilgili bazı fikirleri var. Hoş geldiniz Doktor Bennett."

Tel çerçeveli gözlük takan sakallı konuk, başıyla selam verdi. "Teşekkür ederim. Öncelikle, Edmond'ı şahsen tanıdığımı belirtmek istiyorum. Zekâsına, yaratıcılığına, yeniliğe olan bağlılığına derin bir saygı duyuyorum. Öldürülmesi bilim dünyasında korkunç bir etki yarattı. Umarım bu korkakça cinayet entelektüel insanları bağnazlığa, batıl inanca ve inançlarını sağlamlaştırmak için gerçeklere değil de vahşete başvuranlara karşı daha da güçlü birleştirir. Umarım bu gece Edmond'ın buluşunu insanlara duyurmaya çalışan birileri olduğu yolundaki söylentiler doğrudur."

Langdon hemen Ambra'ya baktı. "Galiba bizden bahsediyor."

Ambra başını salladı.

Haber spikeri, "Pek çok kişi sizinle aynı umudu paylaşıyor Doktor Bennet," dedi. "Peki, Edmond Kirsch'ün ne bulduğu hakkında bir fikriniz var mı?"

Doktor Bennet, "Bir uzay bilimci olarak konuşmaya, üstü kapalı bir giriş yaparak başlayacağım... Edmond'ın beğeneceğine inandığım bir sözdür." Adam doğrudan kameraya baktı. "Uzaydaki yaşamla ilgili ortaya atılmış fikirler uyduruk bilimden, komplo teorilerinden ve hayal ürününden ibaret. Şunu da belirteyim: Ekin çemberleri bir aldatmaca. Uzaylı otopsi kayıtları hileli fotoğraflardan yapılmış. Roswell uçan dairesi hükümetin Mogul Projesi ismindeki bir meteoroloji balonuydu. Büyük Piramitler uzaylı teknolojisi olmadan Mısırlılar tarafından inşa edildi. Ve en önemlisi, uzaylılara ait anlatılan her kaçırılma hikâyesi düpedüz yalan."

Haber spikeri, "Nasıl bu kadar emin olabiliyorsunuz doktor?" diye sordu.

Yüzünü yeniden haber spikerine dönen bilim insanı biraz kızmış gibiydi. "Çok basit bir mantık yürütelim. Yıldızlar arası uzayda ışık yılları boyunca seyahat edebilecek kadar gelişmiş herhangi bir yaşam türünün, Kansaslı çiftçilerin rektumu hakkında bilgi sahibi olmak isteyeceklerini sanmıyorum. Ayrıca bu yaşam türlerinin sürüngen şeklini almasına ve Dünya'ya hâkim olmak için hükümete sızmasına da gerek yok. Dünya'ya seyahat edebilecek teknolojiye sahip bir yaşam türünün üzerimizde hâkimiyet kurması için herhangi bir hileye veya ince düşünülmüş planlara ihtiyacı olmaz."

Haber spikeri tuhaf bir kahkaha atarken, "Şey, bu korkutucu!" diye yorum yaptı. "Peki, tüm bunlar Kirsch'ün keşfiyle ilgili fikirlerinizle nasıl örtüşüyor?"

Adam derin bir nefes aldı. "Edmond Kirsch'ün, Dünya'daki yaşamın uzayda başladığına dair kesin kanıt bulduğunu açıklayacağına inanıyorum."

Kirsch'ün Dünya'daki uzaylı yaşamıyla ilgili düşüncelerini iyi bilen Langdon duyduklarından şüpheliydi.

Haber spikeri sorularıyla doktorun üstüne gidiyordu. "Çok ilginç. Peki, neden böyle söylüyorsunuz?"

"Tek mantıklı cevap yaşamın uzayda başladığı. Zaten halihazırda maddenin, gezegenler arasında gidip gelebildiğine dair elimizde kanıt var. Tanımlanamamış kaynaklardan alınan örneklerle birlikte Mars ve Venüs'ten topladığımız parçalar, yaşamın mikrop formunda uzaydaki taşlardan geldiği ve yeryüzündeki hayatı başlattığı düşüncesini destekliyor."

Haber spikeri düşünceli bir tavırla başını salladı. "Evet, ama uzaydan gelen mikrop teorisi on yıllardır bir kanıt olmaksızın ortalıkta dönüp durmuyor muydu? Sizce Edmond Kirsch gibi bir teknoloji dâhisi, bilgisayar biliminden çok astrobiyoloji alanına giren bir teoriyi nasıl kanıtlamış olabilir?"

Doktor Bennet, "Eh, bunun elle tutulur göstergeleri var," diye yanıtladı. "En büyük astronomlar yıllar boyu insanoğlunun uzun vadede hayatta kalmasının tek yolunun bu gezegeni terk etmek olduğunu söylediler. Dünya, yaşam döngüsünün yarısını tamamlamış durumda ve neticede Güneş, kırmızı bir deve dönüşüp bizi yok edecek. Elbette eğer Dünya'ya çarpacak dev asteroitlere veya gamma ışını patlamalarına dayanabilirsek. İşte bu sebeple, uzayın derinliklerindeki yeni bir gezegeni yuva edinme arayışıyla Mars'ta koloni kurma çalışmalarına başladık. Bunun çok büyük bir girişim olduğunu söylemeye gerek yok. Hayatta kalmamızın daha kolay bir yolu olsaydı, derhal onu uygulardık."

Doktor Bennet kısa bir süre konuşmasına ara verdikten sonra devam etti. "Belki daha kolay bir yolu vardır. Milyonlarca insan genini minik kapsüllere koysak ve uzak bir gezegende içlerinden birinin kök salıp insan hayatını yeşertmesi umuduyla uzaya gönderseydik ne olurdu? Bu teknolojiye henüz sahip değiliz, ama insanoğlunun yaşamını sürdürebilmesi için makul bir seçenek olarak değerlendiriyoruz. Ve eğer insan hayatını 'yeşertmekten' bahsediyorsak, daha gelişmiş bir yaşam türünün de bunu düşünmüş olabileceği sonucuna varırız."

Langdon artık Doktor Bennet'ın tezini nereye vardıracağını merak ediyordu.

Bennet konuşmaya devam etti. "Bu düşünceden yola çıkarak, Edmond Kirsch'ün yeryüzündeki hayatın uzaydan geldiğini *kanıtlayan* bir tür uzaylı imzasına rastlamış olabileceğine inanıyorum. Fiziki, kimyevi veya dijital bir kanıt olabilir, tam bilemiyorum. Edmond ile bu konuyu yıllar önce tartıştığımızı belirteyim. Uzay mikrobu teorisine hiç yanaşmazdı, çünkü pek çokları gibi o da genetik malzemenin, yeryüzüne inene kadar karşılaşacağı ölümcül radyasyona ve yüksek ısıya dayanamayacağına inanırdı. Şahsen, evrende insan nüfusu oluşturmak için bir tür teknoloji destekli panspermi ile bu 'yaşam tohumlarını' radyasyona dayanıklı muhafazalara yerleştirip uzaya fırlatabileceğimize inanıyorum."

Tedirgin olmuşa benzeyen spiker araya girdi. "Peki, ama eğer insanların uzaydan gönderilmiş tohum kapsülleri içinde Dünya'ya yerleştiğinin kanıtı bulunursa bu, evrende yalnız olmadığımız anlamına gelir." Biraz durdu. "Aynı zamanda inanılmaz şekilde..."

"Nedir?" Doktor Bennet program boyunca ilk kez gülümsüyordu.

"Bu kapsülleri *gönderenler* de... tıpkı bizim gibi... insan değil midir?"

"Evet, ben de ilk başta bu sonuca varmıştım." Bilim insanı duraksadı. "O zaman Edmond, beni uyarmış ve bu düşünce biçiminin yanlışlığını göstermişti."

Haber spikeri bu cevabı duymayı hiç beklemiyordu. "O halde Edmond bu 'tohumları' gönderenlerin insan *olmadığına* mı inanıyordu? Bu nasıl olur? Tohumlar, insanların çoğalması amacıyla paketlenmiş 'tarifler' değil miydi?"

Bilim insanı, "Edmond'ın kelimelerini kullanırsak, insanlar yarı-pişmiştir," diye karşılık verdi.

"Anlayamadım?"

"Edmond eğer bu tohum kapsülü teorisi doğruysa, Dünya'ya gönderilen tarifin henüz yarı piştiğini, yani henüz bitmediğini söylerdi. İnsanlar 'nihai ürün' değil, başka bir şeye doğru evrim geçiren geçiş türleriydi... Bir tür uzaylıya doğru evrim geçiriyor olmalıydı."

CNN spikeri sersemlemiş görünüyordu.

"Edmond'a göre, herhangi bir yaşam türünün Dünya'ya insan tarifi gönderme ihtimali, *şempanze* tarifi göndermesinden daha yüksek değildi." Bilim insanı kendi kendine güldü. "Aslına bakarsanız Edmond, beni gizli bir mütedeyyin olmakla şaka yollu suçlar, sadece yobaz bir aklın evrenin merkezinde insanın yer aldığına inandığını söylerdi. Öyle olmasa, uzaylılar evrene gelişimini tamamlamış bir 'Adem ile Havva' DNA'sı gönderirmiş."

Röportajın gittiği yönden rahatsız olduğu anlaşılan spiker, bilim insanının lafını burada kesti. "Peki doktor. Sizinle konuşmak son derece aydınlatıcı oldu. Vakit ayırdığınız için teşekkür ediyoruz."

Programın bu kısmı sona erince Ambra hemen yüzünü Langdon'a döndü. "Robert, eğer Edmond insanların yarı evrim geçirmiş uzaylılar olduğunun kanıtını bulduysa, daha da büyük bir soru gündeme gelir. Tam olarak neye doğru evrim geçiriyoruz?"

Langdon, "Evet," dedi. "Bence Edmond bu konuyu biraz farklı yoldan, bir soruyla dile getirmişti. Nereye gidiyoruz?"

Ambra bu noktaya vardıklarına çok şaşırmış gibiydi. "Sunumdaki ikinci soruydu."

"Aynen öyle. Nereden geldik? Nereye gidiyoruz? Anlaşılan az önce seyrettiğimiz NASA bilim insanı, Edmond'ın gökyüzüne bakıp her iki sorunun da cevabını bulduğuna inanıyor."

"Sen ne düşünüyorsun Robert? Edmond böyle bir şeyi mi bulmuştu?"

Langdon ihtimalleri gözden geçirirken kaşları şüpheyle çatılmıştı. Bilim insanının tezi heyecan verici olsa da Kirsch'ün müspet düşünce yapısı için fazla genel ve dünya dışıydı. *Edmond işlerin basit, açık ve teknik olmasını severdi. Bir bilgisayar uzmanıydı.*

Bundan daha da önemlisi, Langdon, onun böylesi bir teoriyi nasıl ispatlamış olabileceğini tahmin edemiyordu. *Antik zamanlardan kalma bir tohum kapsülü mü buldu? Uzaylıların yayınladığı bir radyo dalgasını mı yakaladı?* Her ikisi de bilimde çığır açıcı anlık buluşlardı, buna karşın Edmond'ın keşfi epey vaktini almıştı.

Edmond aylardır üstünde çalıştığını söylüyordu.

Ambra'ya, "Hiç bilmiyorum," dedi. "Ama içgüdülerim bana yaptığı keşfin dünya dışı yaşamla hiç ilgisi olmadığını söylüyor. Ben bambaşka bir şey bulduğuna inanıyorum."

Genç kadın meraklanmıştan çok şaşırmış görünüyordu. "Galiba bunu bulmanın bir tek yolu var." Pencereden dışarıyı işaret etti.

Karşılarında Sagrada Família'nın aydınlatılmış kuleleri duruyordu.

64. BÖLÜM

Piskopos Valdespino, M505 Otoyolu üzerinde hızla giden Opel'in camından dışarı boş gözlerle bakan Prens Julián'a çabucak bir göz attı.

Ne düşünüyor?

Prens yaklaşık otuz dakikadır konuşmuyordu. Tek yaptığı, elini istem dışı cebine götürüp duvardaki kasaya kilitlediğini hatırladığı telefonunu yoklamaktı.

Valdespino'nun planları vardı. *Onu bir süre daha olaylardan uzak tutmalıyım.*

Ön koltuktaki papaz yardımcısı Casita del Príncipe yönünde ilerlese de Valdespino, az sonra ona gidecekleri yerin prensin sayfiye evi olmadığını söyleyecekti.

Birden yüzünü pencereden çeviren prens, papaz yardımcısının omzuna dokundu. "Lütfen radyoyu aç. Haberleri dinlemek istiyorum."

Delikanlı onun dediğini yerine getirmeye fırsat bulamadan Valdespino öne doğru uzanıp elini sertçe omzuna koydu. "Şimdi sessizliği bozmayalım, olur mu?"

Sözünün üstüne söz söylenmesinden hiç memnun olmadığı anlaşılan prens, yüzünü Valdespino'ya döndü.

Valdespino, "Çok üzgünüm," derken prensin bakışlarından güveninin sarsılmaya başladığını anlıyordu. "Geç oldu. Çok gürültü vardı. Sessizlikte biraz düşünmeyi tercih ederim."

Julián sert bir sesle, "Ben yeterince düşündüm," dedi. "Ülkemde neler olduğunu öğrenmek istiyorum. Bu gece kendimizi her şeyden yeterince soyutladık; artık bunun iyi bir fikir olduğundan şüphelenmeye başladım."

Piskopos, "Bu iyi bir fikir," diyerek onu yatıştırdı. "Bana güvendiğiniz için teşekkür ederim." Elini papaz yardımcısının omzundan kaldırıp radyoyu gösterdi. "Lütfen haberleri aç. María España olabilir mesela." Tüm dünyaya yayın yapan Katolik kanalının, bu akşamki sıkıntı verici gelişmeler hakkında diğer yayın kuruluşlarından daha yumuşak ve daha ölçülü davranacağını umuyordu.

Haber spikerinin sesi arabanın ucuz hoparlöründen yükseldiğinde, Edmond Kirsch'ün sunumunu ve cinayetini anlatıyordu. *Bu gece dünyadaki tüm kanallar bundan bahsediyor.* Valdespino haberde kendi isminin geçmemesini diledi.

Neyse ki, o sırada kanalda Kirsch'ün din karşıtı mesajlarının tehlikesi, özellikle de İspanyol gençlerini nasıl etkilediği üzerinde duruluyordu. Örnek olsun diye Kirsch'ün bir süre önce Barselona Üniversitesi'nde verdiği semineri yayınladılar.

Kirsch, öğrenci topluluğuna sakin bir sesle, "Pek çoğumuz kendimize ateist demeye çekiniyoruz," diyordu. "Bununla birlikte ateizm ne bir felsefe ne de bir dünya görüşüdür. Ateizm sadece malumun ilanıdır."

Birçok öğrenci alkışladı.

Kirsch, "Aslında 'ateist' kelimesi hiç var olmamalı," diyerek konuşmasını sürdürüyordu. "Kimse kendine 'na-astrolog' veya 'na-simyacı' deme gereği duymuyor. Elvis'in hâlâ yaşadığını düşünenler için veya uzaylıların sırf bir ineği kesmek niyetiyle galaksiler arasında yolculuk yaptığına inananlar için isim üretmiyoruz. Ateizm, kanıtlanmamış dini inançların var olduğu bir hayatta, mantıklı insanların çıkardığı seslerden başka bir şey değildir."

Daha fazla öğrenciden alkış sesleri yükseldi.

Kirsch onlara, "Bu arada, bu tanım bana ait değil," dedi. "Bu kelimeler nörolog Sam Harris'e ait. Eğer henüz okumayanınız varsa, onun yazdığı *Letter to a Christian Nation (Hıristiyan Bir Ulusa Mektup)* kitabını mutlaka okumalı."

Harris'in aslında Amerikalılar için yazdığı *Carta a una Nación Cristina* kitabıyla İspanya'yı da karıştırdığını hatırlayan Valdespino kaşlarını çattı.

Kirsch, "Şimdi katılanlar ellerini kaldırsın," dedi. "İçinizden kaçı Apollon, Zeus, Vulcan gibi antik tanrılara inanıyor?" Durup gülmüştü. "Hiçbiriniz mi? Peki, o halde o zamanki dindarlara göre hepimiz ateisttik." Durdu. "Ben bir tanrı daha ileri gitmeyi tercih ediyorum."

Kalabalık daha yüksek sesle alkışladı.

"Arkadaşlar, Tanrı'nın var olmadığını kesin bildiğimi söylemiyorum. Tek söylediğim, bu evrenin ardında ilahi bir kudret varsa, onu tanımlamak için yarattığımız dinlere kahkahalarla gülüyordur."

Herkes güldü.

Valdespino şimdi prensin radyo dinlemek istediğine memnun olmuştu. Kirsch'ün baştan çıkarıcı çekiciliği, İsa düşmanlarının artık boş oturmadığının, insanların ruhlarını Tanrı'dan uzaklaştırmaya çalıştıklarının kanıtıydı.

Kirsch devam etti. "Ben Amerikalıyım. Yeryüzünde teknolojisi en gelişmiş ve entelektüel açıdan en ilerici ülkelerden birinde doğduğum için kendimi şanslı sayıyorum. Bu yüzden, bir süre önce yapılan bir anket, ülkemdekilerin *yarısının* Adem'le Havva'nın gerçekten de var olduğuna inandıklarını ortaya koyunca çok derin bir rahatsızlık duydum. Her şeye gücü yeten bir Tanrı'nın, tekâmülünü tamamlamış iki insan yarattığına ve bu ikisinin aile içi evliliğin hiçbir kalıtsal sorunuyla karşılaşmadan, farklı ırklara ve tüm gezegene hayat verdiğine inanıyorlar."

Kahkahalar yükseldi.

"Kentucky'li Papaz Peter LaRuffa şunları söyledi: 'İncil'de bir yerde 'iki artı ikinin beşe eşit olduğu' yazarsa doğru kabul ederim.'"

Daha fazla kahkaha sesi duyuldu.

"Gülmek kolay ama emin olun, bu inanışlar komik olmaktan çok, korkutucu. Bu fikirleri destekleyenlerin çoğu akıllı, eğitimli, meslek sahibi insanlar. Aralarında doktorlar, avukatlar, öğretmenler ve hatta bazen ülkedeki en yüksek makamlara gelmiş kişiler var. ABD'li Kongre Üyesi Paul Broun'un şöyle dediğini duydum: 'Evrim ve Büyük Patlama teorileri cehennemin dibinden gelen yalanlar. Dünyanın dokuz bin yaşında olduğuna ve öğrendiğimiz gibi altı günde yaratıldığına inanıyorum.'" Kirsch bunları söyledikten sonra biraz durdu. "Bundan daha da vahim olan şu ki Kongre Üyesi Broun, Temsilciler Meclisi'nin Bilim, Uzay ve Teknoloji Komitesi'nde. Ona milyonlarca yıl öncesine ait bir fosille ilgili soru sorulduğunda 'inancımızı sınamak için fosilleri Tanrı oraya koydu' diye cevap verdi."

Kirsch'ün sesi aniden alçaldı ve ciddi bir tonla konuşmaya başladı. "Cehalete izin vermek, ona güç vermektir. Liderlerimiz zırvalarken hiçbir şey yapmamak rehavete kapılmaktır. Okullarla kiliselerin çocuklarımıza gerçek olmayan şeyleri öğretmelerine izin verdiğimizde de aynı suçu işleriz. Eyleme geçme zamanı geldi. Kendi türümüzü batıl inanışlardan sıyırmadığımız sürece zihinlerimizin sahip olduğu tüm yeteneklerden faydalanamayacağız." O susunca kalabalığa bir sessizlik çöktü. "Ben insanlığı seviyorum. Zihinlerimizin ve türümüzün sınırsız bir kabiliyeti olduğuna inanıyorum. Yeni bir aydınlanma çağının eşiğinde olduğumuza inanıyorum, dinin sonunda yok olduğu ve bilimin hüküm sürmeye başladığı bir döneme gireceğimizi düşünüyorum."

Kalabalık çılgınca alkışladı.

Valdespino başını tiksintiyle iki yana salladı. "Tanrı aşkına, kapatın şunu!"

Papaz yardımcısı dediğini yaptıktan sonra üçü birlikte sessizce yola devam ettiler.

Elli kilometre uzaktaki Monica Martin, az önce nefes nefese içeri girip ona bir cep telefonu uzatan Suresh Bhalla'nın karşısında duruyordu.

Soluğunu yutan Suresh, "Uzun hikâye ama Piskopos Valdespino'ya gönderilen bu mesajı okuman lazım," dedi.

"Dursana biraz." Martin neredeyse cihazı elinden düşürüyordu. "Piskoposun telefonu bu mu?! Sen nasıl..."

"Sorma. Oku sadece."

Dehşete kapılan Martin gözlerini telefona çevirdi ve ekrandaki yazıyı okumaya başladı. Hemen ardından rengi attı. "Aman Tanrım, yani Valdespino..."

"Tehlikeli," diyerek Suresh, onun sözlerini tamamladı.

"Ama... bu imkânsız! Piskoposa mesajı gönderen kimmiş?"

"Gizli numara. Belirlemeye çalışıyorum."

"Peki, Valdespino mesajı neden *silmemiş* ki?"

Suresh tarafsız bir sesle, "Fikrim yok," dedi. "Dikkatsizlik mi? Kibir mi? Başka mesaj varsa onları da silinenlerden geri almaya ve Valdespino'nun kiminle yazıştığını bulmaya çalışacağım. Yalnız, piskoposla ilgili bu haberi sana hemen vermek istedim. Bu konuda bir açıklama yapman gerekecek."

O sırada düşünmekte olan Martin, "Hayır yapmayacağım!" dedi. "Saray bu konuyu halka duyurmayacak!"

"Saray yapmasa bile birisi yakında bunu yapacak." Suresh, ConspiracyNet'e haber gönderen monte@iglesia.org isimli muhbirden aldığı e-postadaki uyarı üzerine, Valdespino'nun telefonunun peşine düştüğünü çabucak açıkladı. Eğer söyledikleri gerçekse, piskoposun telefonundaki mesajlar uzun süre sır olarak kalmayacaktı.

Martin gözlerini kapatıp İspanya kralıyla çok yakın ilişkisi bulunan bir piskoposun bu akşamki cinayete karıştığı öğrenilirse, dünyanın nasıl tepki vereceğini hayalinde canlandırmaya çalıştı.

Yavaşça gözlerini açarken, "Suresh," diye fısıldadı. "Senden şu 'Monte' isimli muhbirin kim olduğunu bulmanı istiyorum. Benim için bunu yapar mısın?"

"Denerim." Sesi pek ümit vaat etmiyordu.

"Teşekkürler." Martin, piskoposun telefonunu ona verdikten sonra kapıya koştu. "Bana mesajın ekran görüntüsünü yolla!"

Suresh arkasından, "Nereye gidiyorsun?" diye seslendi.

Monica Martin cevap vermedi.

65. BÖLÜM

Kutsal Aile Bazilikası, La Sagrada Família, Barselona'nın göbeğinde tam bir blokluk alan işgal eder. Bu devasa plana rağmen kilise adeta havada ağırlıksız duruyor gibidir. Özenle işlenmiş bol delikli kuleleri İspanyol gökyüzüne zahmetsizce yükselir.

Mabedin farklı uzunluktaki detaylı ve gözenekli kuleleri, yaramaz devler tarafından dikilmiş tuhaf deniz süngerlerini andırır. Tamamlandığında on sekiz kulesinden en yükseği baş döndürücü yüz yetmiş metre uzunluğuna ulaşacak ve Washington Anıtı'nı geçecektir. Vatikan'ın Aziz Petrus Bazilikası'nı otuz metre kadar geride bırakacak Sagrada Família, bittiğinde dünyanın en yüksek kilisesi haline gelecektir.

Kilisenin gövdesi üç heybetli cephenin arasında korunur. Doğu tarafındaki Doğum cephesi, çok renkli çiçeklerden, hayvanlardan, meyvelerden ve insanlardan filizlenen bir asma bahçe gibi yükselir. Bunun tam zıttı olan batı tarafındaki Çile cephesiyse, kas kirişlerini ve kemikleri andıracak şekilde yontulmuş sade taştan meydana gelir. Güneyde yer alan İhtişam cephesindeki şeytanlar, putlar, günahlar ve kötülüklerden oluşan karmaşık figürler, daha yukarıdaki göğe yükseliş, fazilet ve cennet sembollerine doğru uzanır.

Bazilikanın çevresindeki daha küçük cepheler, payandalar ve kulelerin çoğu, yapının alt kısmı eriyormuş veya yerin altından çıkıyormuş hissini vermek için çamurumsu bir maddeyle kaplanmıştır. Tanınmış bir eleştirmenin söylediğine göre Sagrada Família'nın alt kısmı "girift mantar kulelerin büyüdüğü, çürümeye yüz tutmuş bir ağaç gövdesini" andırır.

Gaudí, kilisesini geleneksel dini ikonografiyle süslemenin yanı sıra, doğaya duyduğu saygıyı yansıtan sayısız özelliği de ona eklemiştir. Sütunlarını kaplumbağalar taşır, cephelerinden ağaçlar fışkırır, binanın dışına taştan yapılmış dev salyangozlar ve kurbağalar tutunur.

Dışarıdaki bu tuhaflığın yanında Sagrada Família'nın esas şaşırtıcılığı ancak kapısından içeri adım atınca belli olur. Ana mabedin içine giren ziyaretçinin gözleri, ağaç gövdesi şeklindeki yana eğik sütunlardan altmış metre yukarıdaki tonozlara kayarken ağzı hayretten açık kalır. Tavanda yer alan geometrik şekillerin saykodelik kolajı, ağaç dalları arasında kristalimsi bir gök kubbe meydana getirir. Gaudí'ye göre "sütunlu orman" yapmak insan aklını, din arayışı içindeki ilk insanların, ormanı Tanrı'nın katedrali kabul eden düşüncelerine geri götürme amacını güdüyordu.

Gaudí'nin bu devasa art nouveau yapıtına kimilerinin tutkuyla hayranlık duyması, kimilerininse küçümseyip alay etmesi şaşırtıcı değildir. Bazı kimselerin, "şehvani, ruhani ve organik" diyerek yücelttiği yapıtı, diğerleri "amiyane, şatafatlı ve saygısız" bulmuştur. Yazar James Michener "dünyanın en uçuk görünen ciddi binası" diye tasvir ederken, *Architectural Review* dergisi ona "Gaudí'nin kutsal canavarı" demiştir.

Yapıtın maliyeti estetiğinden daha da ilginçtir. Tamamen kişisel bağışlarla yapımı sürdürülen Sagrada Família, ne Vatikan'dan ne de dünyanın Katolik liderlerinden yardım görmektedir. İflasın eşiğine veya işin duracağı aşamaya geldiği dönemler geçiren kilisenin adeta Darwinvari bir hayatta kalma güdüsü vardır. Mimarının ölümüne, acımasız bir iç savaşa, Katalan anarşistlerin terör saldırılarına, hatta üzerine oturduğu arazinin stabilizasyonunu bozacak raddeye gelen metro tüneli kazısına göğüs germiştir.

Tüm bu sıkıntılara rağmen Sagrada Família hâlâ ayaktadır ve büyümeye devam etmektedir.

Son on yıl içinde kilisenin gelirleri önemli ölçüde artmış, yarı tamamlanmış yapıyı görmeye gelen yılda dört milyondan fazla ziyaretçinin satın aldığı pahalı biletler sayesinde kasasını doldurmaya başlamıştır.

Gaudí'nin ölümünün yüzüncü yıldönümünde, 2026 yılında yapımını tamamlamayı hedeflediğini ilan eden Sagrada Família, yeni bir coşkuyla tazelenmiş, kuleleri gökyüzüne doğru yeni bir heyecan ve ümitle tırmanmaya başlamıştır.

Sagrada Família'nın başındaki din adamı ve en eski rahibi Joaquim Beña, yuvarlak yüzüne yuvarlak gözlükler takan seksen yaşında neşeli bir ihtiyardı. Cüppeye sarınmış ufak bedeninin üstünde duran yüzü hep gülümserdi. Bu ihtişamlı mabedin yapımının tamamlandığını görmek Beña'nın hayaliydi.

Fakat o akşam kendi papaz odasında oturan Rahip Beña gülümsemiyordu. Kilise işleri için geç vakte kadar kalmış, fakat Bilbao'da gelişen rahatsız edici olaylar yüzünden bilgisayar ekranına kilitlenmişti.

Edmond Kirsch öldürülmüş.

Beña geçen üç ay içinde Kirsch ile kırılgan ve pek ihtimal tanınmayacak bir dostluk geliştirmişti. Sözünü sakınmayan ateist, kiliseye büyük bir bağış yapma teklifiyle gelerek Beña'yı şaşırtmıştı. Teklif ettiği beklenmedik miktardaki bağışın fevkalade olumlu bir katkısı olacaktı.

Onun bir fayda elde etmeye çalıştığından şüphelenen Beña, *Kirsch'ün böyle bir teklifte bulunması hiç mantıklı değil,* diye düşünmüştü. *Acaba gösteriş mi yapmak istiyor? Yoksa yapının üzerinde nüfuz sahibi olmayı mı hedefliyor?*

Yapacağı bağış karşılığında tanınmış fütürist tek bir talepte bulunmuştu.

Beña, onu şüpheyle dinlemişti. *Tüm istediği bu mu?*

Kirsch, "Bu benim için şahsi bir mesele," demişti. "Umarım ricamı kabul edersiniz."

Beña insanlara güvenen biriydi ama o an şeytanla dans ettiğini sanmıştı. Kirsch'ün gözlerinde daha büyük bir hevesin izlerini görmeye çalışmıştı. Ve ardından görmüştü. Kirsch'ün tasasız cazibesinin altında yorgun bir çaresizlik saklıydı; çukura kaçmış gözleri ve zayıf vücudu Beña'ya ilahiyat fakültesi misafirhanesinde çalıştığı günlerini hatırlatmıştı.

Edmond Kirsch hasta.

Onun öleceğini tahmin etmiş ve böyle bir bağışta bulunarak, hep çıkıştığı Tanrı'ya kendini affettirmeye çalıştığından şüphelenmişti.

Yaşarken kendini üstün görenler, ölürken en çok korkanlardır.

Ömrünü inançsız insanlara Hz. İsa'yı tebliğ etmeye adamış ilk Hıristiyan olan Vaftizci Yahya'yı hatırlamıştı. Kirsch gibi inançsız bir kimsenin İsa'ya adanmış bir mabedin yapımına katkı sağlama isteğini reddederse bunun hem dine sığmayacağına hem de zalimlik etmiş olacağına kanaat getirmişti.

Ayrıca Beña'nın kilise fonlarını artırmak gibi bir yükümlülüğü de vardı. Meslektaşlarına Kirsch'ün hediyesini ateist geçmişi sebebiyle reddettiğini nasıl açıklayacağını bilmiyordu.

Neticede rahip, Kirsch'ün şartlarını kabul etmiş ve iki adam samimiyetle el sıkışmıştı.

Beña o akşam Kirsch'ün Guggenheim'daki sunumunu izlerken önce din karşıtı söylemleri yüzünden kaygılanmış, sonra gizemli keşfini merak etmiş ve en sonunda vurularak öldürülmesini dehşet içinde izlemişti. Sonrasında bilgisayarının başından kalkamamış, birbiriyle yarışan akıl almaz komplo teorilerini izlemeye dalmıştı.

Bir duygu seline kapılmış olan Beña, mabette Gaudí'nin sütunlarından meydana gelen "ormanda" tek başına sessizce oturuyordu. Maalesef bu gizemli ağaçlar, hızla çalışan zihnini sakinleştirmeye yetmiyordu.

Kirsch ne bulmuştu? Kim onun ölmesini istedi?

Rahip Beña gözlerini kapattı ve zihnindeki düşüncelerden kurtulmaya çalıştı ama sorular aklını kurcalıyordu.

Nereden geldik? Nereye gidiyoruz?

Yüksek sesle, "Tanrı'dan geliyoruz," dedi. "Ve yine Tanrı'ya döneceğiz!"

Dile getirdiği kelimelerin göğsünde yankılanıp tüm mabedi titrettiğini hissetti. Aniden Çile cephesinin üstündeki vitray camı delen parlak bir ışın demeti bazilikanın içine vurdu.

Huşu içinde ayağa kalkıp pencereye doğru ağır aksak adımlarla giderken renkli camdan içeri giren semavi ışığın eşliğinde tüm kilise sarsıldı. Kilisenin ana kapısından dışarı fırladığında kendini sağır edici bir fırtınanın içinde buldu. Yukarıda, sol tarafındaki büyük helikopter alçalırken, arama ışığı kilisenin ön cephesini taradı.

Kilise arsasının kuzeybatı köşesindeki inşaat bariyerlerinin arkasına inip motorunu kapatan hava aracını hayretle izledi.

Gürültü ve rüzgâr dinerken Sagrada Família'nın ana kapısında duran Rahip Beña, helikopterden inen dört kişinin kendisine doğru koştuğunu gördü. Öndeki iki kişi, akşamki haberlerden kolayca tanınacak kadar ünlüydü. Biri İspanya'nın gelecekteki kraliçesi, diğeri ise Robert Langdon'dı. Onların peşinde, arma işlemeli ceket giymiş iriyarı iki adam vardı.

Hallerinden Langdon'ın Ambra Vidal'ı kaçırmadığı anlaşılıyordu. Bayan Vidal, yaklaşmakta olan Amerikalı profesörün yanında kendi isteğiyle ilerliyor gibiydi.

Kadın dostane bir tavırla elini sallarken, "Rahip Beña!" diye seslendi. "Bu kutsal yere böylesine gürültüyle girdiğimiz için bizi bağışlayın. Sizinle hemen konuşmamız lazım. Çok önemli."

Beña konuşmak için ağzını açtıysa da beklenmedik grup yanına gelirken sadece başını sallayabildi.

Robert Langdon güven verici bir tebessümle, "Özür dileriz rahip," dedi. "Çok tuhaf geldiğini biliyorum. Bizi tanıyor musunuz?"

Beña, "Elbette," diyebildi. "Fakat ben sandım ki..."

Ambra, "Yalan haber," diyerek karşılık verdi. "Emin olun, her şey yolunda."

Tam o sırada, kilise çitlerinin önündeki iki güvenlik görevlisi helikopterin gelişiyle alarma geçip turnikeden koşarak girdi. Hemen Beña'nın durduğu tarafa doğru atıldılar.

Armalı ceket giyen iki adam o anda yüzlerini onlara döndü ve avuç içlerini gösterecek şekilde ellerini havaya kaldırarak evrensel "dur" işaretini yaptılar.

Beña, Katalanca seslendi. *"Tot està bé! Tornin al seu lloc. (Her şey yolunda! Görev yerinize dönün.)"*

Güvenlikçiler gözlerini kısıp beklenmedik topluluğa şüpheyle baktı.

Beña daha kararlı bir sesle, "*Són els meus convidats, (Onlar benim misafirim,)*" diye buyurdu. "*Confio en la seva discreció. (Ağzınızı sıkı tutacağınıza inanıyorum.)*"

Şaşkınlık içindeki görevliler güvenlik turnikesinden nöbet yerlerine geri döndüler.

Ambra, "Teşekkür ederim," dedi. "Bu yaptığınızı unutmayacağım."

Rahip kendini tanıttı. "İsmim Joaquim Beña. Lütfen bana neler olduğunu anlatın."

Robert Langdon öne çıkıp rahibin elini sıktı. "Rahip Beña, bilim insanı Edmond Kirsch'e ait bir kitabı arıyoruz." Langdon zarif bir kart çıkarıp rahibe uzattı. "Bu kartta kitabın bu kiliseye ödünç verildiği yazıyor."

Grubun ani gelişine şaşırmış olsa da Beña fildişi rengindeki kartı hemen tanımıştı. Bu kartın aynısı Kirsch'ün bir hafta önce ödünç verdiği kitabın yanında duruyordu.

William Blake'in Tüm Eserleri.

Edmond yaptığı büyük bağışın karşılığında, Blake'in kitabının bazilika kriptasında sergilenmesini istemişti.

Tuhaf bir istek olsa da, ödenecek ufak bir bedel.

Kirsch'ün kartın arka yüzüne yazılmış tek talebi, kitabın 163. sayfası açık olarak sergilenmesiydi.

66. BÖLÜM

Sagrada Família'nın sekiz kilometre kuzeybatısındaki Amiral Ávila, Uber'in ön camından simsiyah Balear Denizi'ne karşı parıldayan şehir ışıklarına baktı.

Sonunda Barselona'dayım, diye düşünen yaşlı amiral, telefonunu çıkartıp söz verdiği gibi Naip'i aradı.

Naip ilk çalışta açtı. "Amiral Ávila neredesin?"

"Şehre girmeme birkaç dakika kaldı."

"Zamanlaman iyi. Az önce can sıkıcı haberler aldım."

"Dinliyorum."

"Yılanın başını başarıyla ezdin. Ama korktuğumuz gibi, uzun kuyruğu tehlikeli biçimde hâlâ kıvranıyor."

Ávila, "Nasıl hizmet edebilirim?" diye sordu.

Naip düşüncelerini paylaştığında çok şaşırdı. O akşamın daha fazla can kaybı gerektireceğini sanmıyordu ama Naip'i sorgulayacak konumda değildi. *Ben sadece bir emir eriyim,* diye kendine hatırlattı.

Naip, "Bu görev tehlikeli olacak," dedi. "Yakalanacak olursan yetkililere avuç içindeki sembolü göster. Seni kısa sürede serbest bırakırlar. Her yerde nüfuz sahibiyiz."

Ávila dövmesine bir göz attı. "Yakalanmaya niyetim yok."

Naip ürkütücü bir sakinlikle, "İyi," dedi. "Eğer her şey planlandığı gibi giderse yakında ikisi de ölür ve bu dava kapanır."

Sonra hat kesildi.

O ani sessizlikte Ávila gözlerini, ufuktaki en parlak noktaya dikti. Orada gördüğü şey, inşaat ışıklarının aydınlattığı tiksindirici bir deforme kule sürüsünden ibaretti.

Tuhaf siluete bakarken, *Sagrada Família*, diye düşündü. *İnancımıza ters düşen ne varsa onun simgesi bir mabet.*

Ávila'ya göre, Barselona'nın ünlü kilisesi zayıflığın ve ahlaki çöküşün anıtıydı. Liberal Katolikliğe teslim olmuş, binlerce yıllık inancı yüzsüzce eğip bükerek onu doğaya tapınma, sahte bilim ve gnostik dalalet karmaşasına dönüştürmüştü.

İsa'nın kilisesinden yukarı dev kertenkeleler tırmanıyor!

Dünyada geleneklerin çökeceğinden korkuyor ama kendisiyle aynı endişeleri paylaşan ve gelenekleri geri getirmek için ne mümkünse yapan dünya liderlerinin meydana getirdiği yeni grubu görmek keyfini yerine getiriyordu. Palmarian Kilisesi'ne, özellikle de XIV. Papa Innocent'e bağlanmak ona yaşamak için yeni bir sebep vermiş, yaşadığı trajediye bambaşka gözlerle bakmasını sağlamıştı.

Karım ve çocuğum savaşta öldü, diye düşündü. *Bu savaşı Tanrı'ya ve geleneğe karşı çıkan şeytani güçler başlattı. Kurtuluşa ermenin tek yolu bağışlamak değildir.*

Ávila beş gece önce, mütevazı evinde uyurken cep telefonuna gelen mesajın yüksek sesle çınlamasıyla uyanmıştı. O saatte kimin mesaj gönderdiğini görmek için gözlerini kısarak ekrana bakarken, "Gece yarısı oldu," diye homurdanmıştı.

Número oculto (Gizli numara)

Gözlerini ovuşturup gelen mesajı okumuştu.

Compruebe su saldo bancario

Banka hesabıma mı bakayım?

Bir tür telepazarlama kandırmacası olduğunu düşünerek kaşlarını çatmıştı. Öfkeyle yataktan çıkmış, su içmek için mutfağa gitmişti. Evyenin başında dururken gözucuyla baktığı dizüstü bilgisayarını kontrol edinceye kadar uyku tutmayacağını anlamıştı.

Bankasının websitesine giriş yaparken yine acınacak kadar az miktardaki hesap bakiyesini göreceğini sanıyordu. Ama hesap bilgileri ekranda belirdiğinde aniden ayağa fırlarken sandalyesini devirmişti.

Ama bu imkânsız!

Gözlerini kapatıp bir kez daha kontrol etmişti. Sonra da ekranı yenilemişti.

Rakam değişmiyordu.

Bilgisayarda hesap hareketlerini incelemiş ve bir saat kadar önce isimsiz bir hesaptan yüz bin avro aktarıldığını görünce hayrete düşmüştü. Gönderen hesap gizliydi.

Bunu kim yapar ki?!

Cep telefonunun tiz vızıltısıyla Ávila'nın yüreği ağzına gelmişti. Telefonunu eline alıp arayan kişiye bakmıştı.

Número oculto

Yumuşak bir ses onunla akıcı bir Kastil İspanyolcasıyla konuşuyordu. "İyi geceler amiral. Sanırım gönderdiğim hediyeyi görmüşsündür."

"Be... ben," diye kekelemişti. "Siz kimsiniz?"

Arayan ses, "Bana Naip diyebilirsin," diye cevap vermişti. "Son iki yıl boyunca imanla devam ettiğin kilisenin üyelerini, kardeşlerini temsil ediyorum. Sadakatin ve yeteneklerin gözümüzden kaçmadı amiral. Artık sana daha yüce bir amaca hizmet etme fırsatını sunmak istiyoruz. Papa hazretleri sana birtakım görevler verilmesini önerdi... Bu görevler sana Tanrı tarafından gönderildi."

İyice ayılmış olan Ávila'nın avuç içleri terliyordu.

"Sana verdiğimiz para, ilk görevin için avans olarak hesabına yatırıldı. Görevi kabul edersen bunu, kilisemizin en üst makamlarına gelmeye layık olduğunu kanıtlayabileceğin bir fırsat olarak düşün." Biraz ara verdikten sonra devam etti. "Kilisemizde dünyanın göremediği gizli bir hiyerarşi mevcuttur. Örgütümüzün en üst kademelerinde kıymetli bir yere sahip olacağına inanıyoruz."

Ávila böyle bir terfi ihtimali karşısında heyecanlansa da tedirgin olmuştu. "Görev nedir? Kabul etmezsem ne olacak?"

"Hiçbir surette yargılanmayacaksın; ayrıca parayı da kendine saklayabilirsin. Bunlar sana makul geliyor mu?"

"Kulağa hayli cömert geliyor."

"Seni seviyoruz. Sana yardım etmek istiyoruz. Hakkaniyetli davranmak adına, papanın senin için uygun gördüğü görevin zor olduğu konusunda seni ikaz etmek zorundayım." Kısa bir sessizlikten sonra ses konuşmaya devam etmişti. "Şiddete başvurman gerekebilir."

Ávila kaskatı kesilmişti. *Şiddet mi?*

"Amiral, şeytani güçler her geçen gün güçleniyor. Tanrı savaş veriyor ve biliyorsun ki savaşın kurbanları olur."

Ávila kendisini yıllarca kedere boğan dehşeti hatırlamış, tüyleri ürperirken kötü anıları aklından uzaklaştırmıştı. "Üzgünüm, şiddet içeren bir görevi kabul edebileceğimi sanmıyorum..."

Naip, "Papa seni seçti amiral," diye fısıldamıştı. "Bu görevde hedef alacağın kişi... aileni öldüren adam."

67. BÖLÜM

Madrid Kraliyet Sarayı'nın zemin katındaki Savaş Gereçleri Salonu, kırmızı renkli yüksek duvarları, İspanyol tarihindeki ünlü savaşların resmedildiği göz alıcı duvar kilimleriyle süslenmiş tonozlu bir odadır. Salonun içinde eski kralların savaş giysileri ve gereçleri de dahil, yüzden fazla el yapımı zırhın yer aldığı paha biçilmez bir koleksiyon bulunur. Salonun ortasında, savaş zırhını kuşanmış gerçek boyutlarda yedi adet atlı manken durur.

Beni hapsetmeye karar verdikleri yer burası mı? Garza etrafındaki savaş gereçlerine bakındı. Burası saraydaki en güvenlikli salonlardan biriydi ama onu bu zarif nezarete, gözünü korkutmak için koyduklarını tahmin ediyordu. *Beni bu salonda işe almışlardı.*

Yaklaşık yirmi yıl önce bu görkemli salona alınmış ve kraliyet muhafızlarının başına getirilmeden önce onunla mülakat yapılmış, çapraz sorguya tutulmuş ve sorgulanmıştı.

Şimdi onu tutuklayanlar, kendi emrindeki muhafızlardı. *Bir cinayeti planlamakla ve suçu piskoposun üstüne yıkmakla mı suçlanıyorum?* İddiaların arkasındaki mantık öylesine düğüm olmuştu ki Garza neresinden tutup çözeceğini bilemiyordu.

Sarayda kraliyet muhafızları üstündeki en yetkili kişi kendisiydi. Bu da onu tutuklama emrini tek bir kişinin verebileceği anlamına geliyordu... Prens Julián'ın.

Valdespino, prensi bana karşı doldurdu, diye düşündü. Piskopos siyasette kendini kurtarmayı çok iyi beceren biriydi. O akşam da kendi itibarını korurken Garza'nınkini batırmak için çaresizce bu medya gösterisini planlamıştı. *Kendimi savunamayayım diye beni bu salona tıktılar.*

Julián ile Valdespino güçlerini birleştirdiyse hiç çaresinin kalmadığını, kaybettiğini biliyordu. Şu noktada, yeryüzünde ona yardım edebilecek tek kişi, Palacio de la Zarzuela'daki hasta yatağında son günlerini geçiren adamdı.

İspanya kralı.

Garza yine de durumunun ümitsiz olduğunu düşündü. *Piskopos Valdespino'yu veya kendi oğlunu ezmesi gerekecekse, kral asla bana yardım etmeyecektir.*

Dışarıdaki kalabalığın daha yüksek sesle slogan attığını duyuyor, işlerin şiddete varacağını tahmin ediyordu. Ne dediklerini duyunca kulaklarına inanamadı.

"İspanya nereden geliyor?!" diye bağırıyorlardı. "İspanya nereye gidiyor?!"

Anlaşılan göstericiler Kirsch'ün kışkırtıcı iki sorusunu, İspanyol monarşisini protesto etmekte kullanabilecekleri bir fırsat olarak değerlendirmişti.

Geçmişteki baskıları eleştiren İspanyol gençliği değişimlerin daha hızlı yapılmasını istiyor, ülkenin tam demokrasiyle "medeni dünyaya katılmasını" ve monarşiden vazgeçmesini talep ediyordu. Fransa, Almanya, Rusya, Avusturya, Polonya ile elliden fazla ülke geçen yüzyılda tahtı terk etmişti. İngiltere'de bile mevcut kraliçe öldükten sonra monarşinin sona erdirilmesi için halk oylamasına gidilmesi tartışılıyordu.

Maalesef o akşam Madrid Kraliyet Sarayı'nda bir kargaşa yaşanıyordu; o yüzden yüz yıllık bu savaş edasının yeniden yükseldiğini duymak şaşırtıcı değildi.

Tahta çıkmaya hazırlanırken Prens Julián'ın tam da ihtiyaç duyacağı şeydi.

Salonun karşı tarafındaki bir kapı aniden tıkırdayarak açıldı ve Garza'nın muhafızlarından biri içeri göz attı.

Garza, ona, "Avukat istiyorum!" diye bağırdı.

Muhafızın etrafından dolaşıp sert adımlarla içeri giren, sarayın Halkla İlişkiler Koordinatörü Mónica Martín, "Ben de bir basın açıklaması istiyorum," diye seslendi. "Komutan Garza, neden Edmond Kirsch'ün katilleriyle işbirliği yaptınız?"

Garza hayret dolu gözlerle ona baktı. *Herkes mi aklını kaçırdı?*

Ona doğru yürüyen Martín, "Suçu Piskopos Valdespino'ya yıkmaya çalıştığınızı biliyoruz!" diye çıkıştı. "Saray hemen itirafınızı yayınlamak istiyor!"

Komutan ne cevap vereceğini bilemedi.

Salonun ortasına kadar gelmiş olan Martín, aniden arkasını dönüp kapıda duran genç muhafıza öfkeyle baktı. "*Gizli* bir itiraf istiyorum!"

Tereddütle bakan muhafız geriye adım atıp kapıyı kapattı.

Yeniden Garza'ya dönen Martín yolun geri kalanını koşar adımlarla gitti. Tam komutanın önüne gelip, "Hemen bir itiraf istiyorum!" diye bağırırken sesi tonozlu tavanda yankılandı.

Garza ifadesiz bir sesle cevap verdi. "Benden itirafname alamayacaksın. Benim bu işle hiçbir ilgim yok. Suçlamalarınız tamamen asılsız."

Martín tedirgin bir halde omzunun üstünden geriye baktı. Sonra yaklaşıp Garza'nın kulağına fısıldadı. "Biliyorum... Beni dikkatle dinleyin."

68. BÖLÜM

Yükselişte ↑ 2747%

ConspiracyNet.com

SON DAKİKA HABERİ

ANTİPAPALAR... KANAYAN AVUÇ İÇLERİ... VE DİKİŞLİ GÖZLER...

Palmarian Kilisesi'nden tuhaf hikâyeler.

İnternette yayın yapan Hıristiyan haber grupları, Amiral Luis Ávila'nın Palmarian Kilisesi'nin yıllardır aktif bir üyesi olduğunu yazdı.

Kilisenin "ünlü" bir savunucusu konumundaki Donanma Amirali Luis Ávila, din düşmanı bir terör saldırısında ailesini kaybettikten sonra düştüğü bunalımda, Palmarian papanın "hayatını kurtardığını" defalarca dile getirmiş.

Dini kurumları desteklemek veya kınamak ConspiracyNet yayın politikamıza uymadığından Palmarian Kilisesi'yle ilgili onlarca dış bağlantıyı burada veriyoruz.

Biz bilgiyi verelim. Siz karar verin.

Aklınızın bir köşesinde bulunsun, Palmarian'larla ilgili internetteki iddiaların çoğu rahatsız edicidir, bu yüzden gerçekle yalanı birbirinden ayırmak için *sizlerden*, yani kullanıcılarımızdan yardım bekliyoruz.

Aşağıda sıraladığımız "gerçekleri" bize bir numaralı muhbirimiz monte@iglesia.org gönderdi. Bu akşam verdiği bilgilerin mükemmel doğruluk payı sebebiyle bu gönderdiklerinin de gerçek olduğu sonucuna varıyoruz. Bununla birlikte, kullanıcılarımızın bilgileri destekleyecek veya çürütecek somut deliller göndermesini umuyoruz.

"GERÇEKLER"

- Palmarian Papa Clemente, 1976'daki bir araba kazasında iki gözünü kaybetti ve on yıl boyunca gözlerinde dikişlerle vaaz verdi.
- Papa Clemente'in her iki avuç içinde de, hayal gördüğünde düzenli olarak kanayan lekeleri vardı.
- Palmarian papaların çoğu, güçlü Carlist görüşlere sahip İspanyol ordu subaylarıydı.
- Palmarian Kilisesi üyelerinin kendi aileleriyle konuşması yasaktır; pek çok üye yetersiz beslenmeden veya kötü muamele görmekten kilisede öldü.
- Palmarian'ların; (1) Palmarian olmayanların yazdığı kitapları okumaları (2) Palmarian olmayan aile üyelerinin düğünlerine veya cenazelerine katılmaları (3) havuza, plaja, boks maçına, dans etmeye, Noel ağacının veya Aziz Nikola resminin bulunduğu herhangi bir yere gitmesi yasaktır.
- Palmarian'lar Deccal'ın 2000 yılında doğduğuna inanır.
- Palmarian'lar ABD, Kanada, Almanya, Avusturya ve İrlanda'daki şubelerinde üye toplamaktadır.

69. BÖLÜM

Ambra ile Sagrada Família'nın devasa kapılarına doğru Rahip Beña'nın peşinden giderken Langdon, kilisenin ana girişindeki son derece tuhaf detayların karşısında her zamanki gibi hayranlık duydu.

Kodlardan oluşan bir duvar. Cilalanmış metalden yekpare parçaları kaplayan tipografiye baktı. Sekiz binden fazla üç boyutlu harf, bronz yüzeye kabartılarak işlenmişti. Yatay düzlemde sıralanmış harfler, görünürde aralarında hiç boşluk bırakılmamış kelimelerden dev bir satıh meydana getiriyordu. Langdon buradaki yazının İsa'nın Çilesi'nin Katalan dilindeki yorumu olduğunu bilse de, görüntüsü daha çok Ulusal Güvenlik Ajansı NSA'nın şifre anahtarına benziyordu.

Bu yerin komplo teorilerine neden ilham kaynağı olduğu belli.

Çile cephesinden yukarı tırmanan bakışları, Josep Maria Subirachs isimli sanatçının tepeden bakan kasvetli, köşeli heykellerine kaydı. Heykellerin en belirgini; yukarıda çarmıha gerilmiş, korkunç derecede zayıf İsa heykeli, gelen ziyaretçilerin üstüne devrilecekmiş hissini veren eğik bir açıyla yerleştirilmişti.

Langdon'ın sol tarafındaki bir başka iç karartıcı heykel, İsa'yı öperek ona ihanet eden Yahuda'yı tasvir ediyordu. Bu sevimsiz heykelin yan tarafındaki duvara, içine sayıların yerleştirildiği bir "sihirli kare" kazınmıştı. Edmond bir defasında Langdon'a bu karedeki "sihirli sabit sayı" otuz üçün, aslında Farmasonların pagan âdetlerine uygun olarak Evrenin Yüce Mimarı'na duyduğu saygıyı yansıttığını söylemişti. Her şeye gücü yeten bir ilahın tüm sırları, sözde kardeşliğin otuz üçüncü derecesine ulaşanlara açıklanıyordu.

Langdon kahkaha atarak, "Eğlenceli bir hikâye ama Çile'yi çektiği sırada İsa'nın otuz üç yaşında olduğu daha makul bir yaklaşım," demişti.

Girişe yaklaştıklarında Langdon kilisenin en dehşet verici süslemesini görmek için gözlerini kıstı. Bakışlarını hemen kapıların üstündeki iki Yunan harfine, alfa ve omega harflerine dikti.

Aynı anda harflere bakan Ambra, "Başlangıç ve son. Tam Edmond'lık," dedi.

Onun ne demek istediğini anlayan profesör, başını salladı. *Nereden geldik? Nereye gidiyoruz?*

İki kraliyet muhafızıyla birlikte, bu bronz harfli duvarın içinde Rahip Beña'nın açtığı küçük bir kapıdan girdiler. Beña kapıyı arkalarından kapattı.

Sessizlik.

Karanlık.

Rahip Beña çapraz nefin güneydoğu ucunda onlarla ilginç bir hikâye paylaştı. Kirsch'ün Sagrada Família'ya bağış yapma teklifiyle geldiğini ve kilisenin karşılık olarak Blake'in tezhipli kitabını kriptada Gaudí'nin mezarının yanında sergilemeyi kabul ettiğini anlattı.

Merakı tavana vurmuş olan Langdon'ın aklından düşünceler geçiyordu. *Kilisenin tam ortasına koydurmuş.*

Ambra, "Neden böyle bir şey yapmanızı istediğinden hiç bahsetti mi?" diye sordu.

Beña başını salladı. "Kendisinin Gaudí sanatına duyduğu tutkunun, aynı zamanda bir William Blake hayranı olan annesinden geldiğini söylemişti. Blake'e ait bu kitabın, annesinin anısına Gaudí'nin mezarının yanına konulmasını istemişti. Ben bir sakıncasını görmemiştim."

Langdon şaşkınlık içindeydi. Edmond, annesinin Gaudí'yi beğendiğinden hiç bahsetmemişti. Bunun dışında, Paloma Kirsch manastırda ölmüştü ve İspanyol bir rahibenin, dini esaslara ters düşen İngiliz bir şairi beğenmesi pek mümkün görünmüyordu.

Beña konuşmaya devam etti. "Ayrıca Bay Kirsch'ün ruhani bir buhran geçirdiğini sezinledim... Belki beraberinde birtakım sağlık sorunları da vardı."

Kartı yukarı kaldıran Langdon, "Bu taşınır alındı belgesinin arkasındaki notta Blake'in kitabının belirli bir sayfasının açık durması gerektiği yazıyor," diyerek rahibin sözünü kesti. "Yüz altmış üçüncü sayfası açık duracak şekilde sergilenecekmiş."

"Evet, bu doğru."

Langdon'ın kalbi hızlanmaya başladı. "O sayfada hangi şiirin açık durduğunu söyleyebilir misiniz?"

Beña başını iki yana salladı. "O sayfada şiir yok."

"Anlayamadım?"

"Bahsettiğimiz kitap Blake'in tüm eserlerini içeriyor; hem çizimlerini hem de yazılarını. Yüz altmış üçüncü sayfada bir çizim var."

Langdon huzursuz gözlerle Ambra'ya baktı. *Bize kırk yedi harfli bir şiir dizesi lazım, resim değil!*

Ambra dönüp Beña'ya seslendi. "Rahip Beña? Hemen görmemiz mümkün mü acaba?"

Rahip biraz bocaladı ama sonra İspanya'nın kraliçe adayını geri çevirmemeye karar verdi. Onlara çapraz neften kilisenin ortasına doğru yolu gösterirken, "Kripta şu tarafta," dedi. İki kraliyet muhafızı onları takip etti.

Beña bir yandan konuşuyordu. "İtiraf etmeliyim ki, böylesine bilindik bir ateistin parasını kabul etmekte ilk başta tereddüt yaşadım; fakat annesinin en sevdiği Blake çizimini sergilememizi istemesi bana zararsız geldi. Hele ki bunun Tanrı'ya ait bir çizim olduğu düşünülürse."

Langdon yanlış duyduğunu sandı. "Edmond'ın sizden bir Tanrı resmi sergilemenizi istediğini mi söylediniz?"

Beña olumlu anlamda başını salladı. "Hasta olduğunu hissetmiştim; belki de ömrü boyunca kutsala karşı çıktığı için bu şekilde af diliyordu." Durup başını iki yana salladı. "Maalesef bu akşamki sunumunu izledikten sonra, itiraf etmeliyim ki ne düşüneceğimi bilmiyorum."

Langdon, Edmond'ın, Blake'in çizdiği hangi Tanrı resminin sergilenmesini istediğini tahmin etmeye çalıştı.

Ana mabetten içeri girdiklerinde profesör, bu yeri hayatında ilk defa görüyormuş gibi hissetti. Yapımı aşamasında Sagrada Família'yı pek çok defalar ziyaret etmiş olsa da, hep gündüz vaktinde gelmişti. Vitray camlardan içeri giren İspanyol güneşi, göz kamaştırıcı bir renk cümbüşü oluşturur ve insanın bakışlarını iyice yukarılarda ağırlıksız gibi duran tonozlu gök kubbeye çekerdi.

Burası akşamları daha kasvetli bir yer.

Bazilikanın güneş vurmuş ağaç ormanı gitmiş, yerine karanlıktan ve gölgeden ibaret bir gece yarısı ormanı gelmişti. Yukarıdaki meçhul boşluğa doğru uzanan kolonlar karanlık bir sahne meydana getiriyordu.

Rahip, "Dikkatli yürüyün," dedi. "Masrafları olabildiğince kısmaya çalışıyoruz."

Langdon, bu devasa Avrupa kilisesini aydınlatmanın ufak bir servete mal olacağını biliyordu. Yine de buradaki elektrikli ışıklar yolu belli belirsiz aydınlatıyordu. *Beş bin beş yüz metre kareye yayılmış bir zemin planına sahip olmanın zor yanlarından biri de bu.*

Orta nefe varıp sola döndüklerinde Langdon ilerideki ayin platformunu gördü. Sunak aslında, iki yanını parlak borulu orgların çevrelediği ultramodern minimalist bir masaydı. Sunağın dört buçuk metre kadar yukarısında kilisenin olağandışı baldakeni duruyordu. İplerle tutturulmuş bu tavan bezi veya "sunak örtüsü", törenlerde krallar serinlesin diye sopalara tutturulmuş gölgeliklerden ilham almıştı.

Artık çoğu baldaken, katı mimari özelliklere sahipti ama Sagrada Família tercihini kumaştan yana kullanmıştı. Bu şemsiye şeklindeki tente, sunağın üstünde sihirli biçimde havada duruyormuş gibi görünüyordu. Bezin altındaki çarmıha gerilmiş İsa ise paraşütçü bir asker gibi sarkıyordu.

Langdon bu baldakene "Paraşütle İnen İsa" dediklerini duymuştu. Şimdi bir kez daha bakarken, kilisenin en tartışmalı detaylarından biri sayılmasına hiç şaşırmadı.

Beña onları daha da karanlığa sokarken profesör etrafını görmekte zorlandı. Díaz çıkardığı cep fenerinin ışığını bastıkları yere tuttu. Kriptanın girişine doğru ilerleyen Langdon, kilisenin iç duvarından onlarca metre yukarı çıkan yüksek silindirin karanlık siluetini gördü.

İşte meşhur Sagrada spirali. O merdivenden çıkmaya hiç cesaret edememişti.

Sagrada Família'nın baş döndürücü sarmal merdiveni, *National Geograpic* dergisinin "Dünyanın En Ölümcül 20 Merdiveni" listesinde, Kamboçya'daki Angkor Wat Tapınağı'nın tehlikeli basamakları ve Ekvador'daki Şeytan Kazanı Şelalesi'nin yosun tutmuş taşlarının ardından üçüncü sırada yer almıştı.

Langdon yukarı doğru burgu yapıp karanlıkta kaybolan merdivenin ilk birkaç basamağına göz attı.

"Kriptanın girişi ileride," diyen Beña merdivenlerden uzakta, sunağın sol tarafındaki karanlık bir yeri gösteriyordu. O tarafa yürürlerken Langdon sanki yerdeki delikten sızıyormuş gibi görünen altın rengi zayıf ışığı fark etti.

Kripta.

Zarifçe kıvrılan bir merdivenin başına gelmişlerdi.

Ambra muhafızlarına, "Beyler," diye seslendi. "Siz burada kalın. Biz hemen döneriz."

Fonseca memnun görünmese de bir şey söylemedi.

Ardından Ambra, Rahip Beña ve Langdon hep birlikte ışığa doğru inmeye başladılar.

Üçünün sarmal merdivenden aşağı inişini seyreden muhafız Díaz sonunda huzur bulduğuna memnundu. Ambra Vidal ile Fonseca arasında büyüyen gerilim endişe verici boyutlara yaklaşmıştı.

Kraliyet, muhafızları korudukları kişi tarafından işten kovulmakla tehdit edilmeye alışkın değildir, bunu sadece Komutan Garza yapar.

Garza'nın tutuklandığına hâlâ şaşırıyordu. Fonseca'nın onunla, tutuklama emrini kimin çıkarttığı ve yalan kaçırılma haberini kimin başlattığı bilgisini paylaşmaması tuhaftı.

Fonseca, "Karmaşık bir durum," demişti. "Kendi güvenliğin için bilmemen daha iyi olur."

Díaz şüphedeydi. *Peki o halde, emirleri kim veriyor? Prens mi?* Prensin yalan bir kaçırılma haberi uydurarak Ambra'nın hayatını tehlikeye atması mümkün görünmüyordu. *Valdespino olabilir mi?* Piskoposun bu tür dalaverelerle uğraşacağından emin değildi.

Tuvalete gitmesi gerektiğini söyleyen Fonseca, "Birazdan dönerim," diye homurdandıktan sonra uzaklaştı. Díaz, onun karanlığa girdiği anda telefonunu çıkartıp birini aradığını ve sessizce konuştuğunu gördü.

Fonseca'nın ketum halinden gitgide rahatsızlık duyan Díaz, mabedin boşluğunda tek başına bekledi.

70. BÖLÜM

Kriptanın geniş ve zarif bir açıyla kıvrılan merdiveni, yerin üç kat aşağısına iniyordu.

Yeraltındaki geniş ve daire biçimli mekâna hayranlıkla bakan Langdon, *Avrupa'nın en büyük kriptalarından biri,* diye düşündü. Sagrada Família'nın yeraltı mozolesi tam hatırladığı gibi, üstü kubbeli yuvarlak bir odaydı ve dua etmeye gelenler için yüzlerce oturma sırası vardı. Odanın çevresine belirli aralıklarla yerleştirilmiş altın rengi yağ kandilleri; birbirine sarılmış asmalar, kökler, dallar, yapraklar ve diğer doğa motiflerinin yer aldığı mozaik zemini aydınlatıyordu.

Kriptanın kelime anlamı "gizli" yer demekti. Gaudí'nin bu büyüklükte bir yeri kilisenin altına başarıyla saklamış olması Langdon'a anlaşılmaz geliyordu. Burası Gaudí'nin Colónia Güell'deki "eğik kriptasına" hiç benzemiyordu. Katedralin kriptası yapraklı kolonlar, sivri uçlu kemerler ve süslü tonozlarıyla tam bir neogotik odaydı. İçeride ölüm sessizliği hâkimdi ve hafif bir buhur kokusu vardı.

Merdivenin ayağından sol tarafa doğru bir girinti uzanıyordu. Kireçtaşından soluk renkli zemin, etrafı kandillerle çevrili, yerde yatay duran gri bir taş levhayı destekliyordu.

Langdon üstündeki yazıyı okudu. *O.*

ANONIUS GAUDI

Gaudí'nin ebedi istirahatgâhına bakarken bir kez daha Edmond'ın acı kaybını hissetti. Gözlerini mezarın üstündeki *Bakire Meryem* heykeline dikti. Kaidesinde alışılmadık bir sembol vardı.

Bu da ne böyle?

Langdon acayip simgeye baktı.

Tanımlayamadığı bir simgeye çok nadir rastlardı. Gördüğü simge Yunan alfabesinin L harfi idi ve bildiği kadarıyla Hıristiyan sembolizminde yeri yoktu. Bu harf evrim, parçacık fiziği ve kozmolojide kullanılan bilimsel bir semboldü. Daha da tuhaf olanı, bu L harfinin üst kısmında bir Hıristiyan haçının bulunmasıydı.

Bilim destekli din olabilir mi? Langdon daha önce böyle bir şeyi hiç görmemişti.

Profesörün yanına gelen Beña, "Sembol sizi şaşırttı mı?" diye sordu. "Yalnız değilsiniz. Çoğu kimse bunu sorar. Dağın tepesindeki haçın yenilikçi bir yorumundan başka bir şey değil."

Biraz daha yaklaşan Langdon, sembole eşlik eden belli belirsiz yaldızlanmış üç yıldız gördü.

Bu pozisyondaki üç yıldız. Langdon ne olduğunu hemen çıkarmıştı. *Karmel Dağı üstündeki haç. "Karmelit* haçı."

"Doğru. Gaudí'nin naaşı, Karmel Dağı Bakire Meryemi'nin altında yatıyor."

"Gaudí, Karmelit miydi?" Langdon yenilikçi mimarın on ikinci yüzyıl tarikatının katı Katoliklik anlayışına bağlı olduğuna inanmakta güçlük çekti.

Beña güldü. "Elbette değildi. Ama *bakıcıları* öyleydi. Gaudí'nin hayatının son yıllarında bir grup Karmelit rahibe onunla ilgilenmiş ve yanında yaşamıştı. Ölümünde de ona göz kulak olduklarını bilmek isteyeceğine inanıyorlardı, bu yüzden cömert bir bağışla bu şapeli yaptırdılar."

Langdon, böylesi masum bir sembolü yanlış yorumladığı için kendini ayıpladı. "Düşündürücü." Anlaşılan o akşam ortada dönen komplo teorileri Langdon'ın bile buluttan nem kapmaya başlamasına neden olmuştu.

Ambra birden, "Bu Edmond'ın kitabı mı?" diye sordu.

İki adam aynı anda dönüp Gaudí'nin mezarının sağ tarafında Ambra'nın gösterdiği yere baktılar.

Beña, "Evet," diye cevap verdi. "Işık bu kadar zayıf olduğu için kusurumuza bakmayın."

Langdon hemen camlı vitrine doğru ilerleyen genç kadının peşinden gitti. Kriptanın karanlık bir köşesine yerleştirilmiş kitap, Gaudí'nin mezarının sağ tarafındaki büyük kolonun gölgesinde kalmıştı.

Beña açıklamaya başladı. "Buraya genellikle bilgi içerikli risaleleri koyarız, ama Bay Kirsch'ün kitabına yer açmak için onları başka tarafa kaydırdım. Kimse farkına varmadı."

Ambra eğimli bir cam kapağı olan kafes şeklindeki vitrinin başında duruyordu. Langdon da yanındaydı. *William Blake'in Tüm Eserleri* kitabının açık duran 163. sayfası loş ışıkta zar zor seçiliyordu.

Beña'nın onlara daha önce söylediği gibi bahsi geçen sayfada şiir değil, bir çizim vardı. Langdon, Blake'in hangi Tanrı çizimi olduğunu düşünüp durmuş ama aklına *bu* resim hiç gelmemişti.

Blake'in 1794'te yaptığı suluboya gravüre karanlıkta gözlerini kısarak bakan Langdon, *The Ancient of Days (Günlerin Atası),* diye düşündü.

Rahip Beña'nın buna bir "Tanrı resmi" demesi onu şaşırtmıştı. Doğrusunu söylemek gerekirse resimde, Hıristiyan Tanrısı'nın ilk örneklerinden biri görünüyordu: Bulutların üstüne çökmüş, gökyüzünden aşağı doğru uzanan sakallı, beyaz saçlı bir yaşlı adam. Yine de yaşlı rahip biraz araştırma yapmış olsaydı, çok daha farklı bir şeyi öğrenmiş olurdu. Resimdeki aslında Hıristiyan Tanrısı değil, Urizen isimli bir ilahtı. Blake'in kendi hayal dünyasının ürünü olan bu tanrı, dev bir pergelle gökyüzünü ölçerek evrenin bilimsel yasalarına saygısını gösteriyordu.

Eserin tarzı öylesine fütüristikti ki, yüzyıllar sonra ünlü fizikçi ve ateist Stephen Hawking, *God Created the Integers (Tamsayıları Tanrı Yarattı)* kitabına kapak resmi olarak bunu kullanmıştı. Bunun dışında *Wisdom, Light and Sound (Bilgelik, Işık ve Ses)* isimli art deco heykelden aşağı bakan Blake'in antik geometricisi, New York'taki Rockefeller Merkezi'ni gözlüyordu.

Blake'in kitabına yeniden bakan Langdon, Edmond'ın neden burada sergilenmesi için bunca zahmete girdiğini merak etti. *Kindarlığından mı böyle yaptı? Hıristiyan kilisesinin suratına tokat atmış gibi mi hissedecekti?*

Blake'in Urizen'ine bakan Langdon, *Edmond, dine karşı verdiği savaşta asla hızını kesmezdi,* diye düşündü. Aklından geçen Hıristiyan kilisesinin ortasına dine küfreden bir sanat eseri yerleştirmek bile olsa, zenginliği sayesinde Edmond hayatta her istediğini yapabilmişti.

Öfke ve kin. Belki de bu kadar basittir. Edmond, annesinin ölümünden daima örgütlü dini sorumlu tutmuştu.

Beña o sırada, "Bu resmin *Hıristiyan* Tanrısı olmadığının elbette farkındayım," dedi.

Langdon şaşkınlık içinde yüzünü yaşlı rahibe döndü. "Öyle mi?"

"Evet, Edmond bu konuda hayli açık sözlü davranmıştı. Gerçi buna gerek yoktu, Blake'in eserlerini gayet iyi bilirim."

"Buna rağmen kitabı sergilemekte sakınca görmediniz mi?"

"Profesör," diye fısıldayan rahip gülümsedi. "Burası Sagrada Família. Gaudí bu duvarların arasında Tanrı'yı, bilimi ve doğayı kaynaştırdı. Bu resmin konusu bize yabancı değil." Gözlerini kırpıştırdı. "Buradaki tüm din adamları benim kadar açık görüşlü değil ama bildiğiniz gibi, Hıristiyanlık henüz tamamlanmamış bir iştir." Kitaba bakıp başını sallarken nazikçe gülümsedi. "Bay Kirsch'ün kitabın yanına alındı belgesini iliştirmemeyi kabul ettiğine memnun oldum. Sahip olduğu ünü düşünecek olursak, özellikle de bu akşamki sunumundan sonra bunu nasıl açıklardım bilemiyorum." Rahip ciddi bir ifadeyle konuşmasına ara verdikten sonra devam etti. "Acaba bulmaya geldiğiniz şeyin bu resim olmadığını mı sezinliyorum?"

"Haklısınız. Biz Blake'in bir şiir dizesini arıyorduk."

Beña şiir okumaya başladı. "Kaplan, kaplan ki barut fıçısı, geceleyin ormanda?"

Gülümseyen Langdon, rahibin Blake'in en ünlü şiirinin ilk dizesini bilmesinden etkilenmişti. Altı kıtada dini sorgulayan bu şiir, korkutucu kaplanla uysal kuzuyu aynı Tanrı'nın tasarlayıp tasarlamadığını soruyordu.

"Rahip Beña?" Ambra eğilip camdan içeri dikkatle baktı. "Yanınızda telefon veya el feneri taşır mısınız?"

"Hayır, maalesef. Antoni'nin mezarından bir kandil getireyim mi?"

"Getirebilir misiniz lütfen? Çok faydası dokunur."

Beña aceleyle gitti.

O gittiği anda Ambra, Langdon'ın kulağına fısıldamaya başladı. "Robert! Edmond yüz altmış üçüncü sayfayı bu resim için seçmemiş!"

"Ne demek istiyorsun?" *163. sayfada başka bir şey yok!*

"Kurnaz bir kandırmaca."

Resmi inceleyen Langdon, "Ben bir şey anlamıyorum," dedi.

"Edmond yüz altmış üçüncü sayfayı seçti, çünkü başka türlü aynı anda yanındaki sayfayı da gösteremezdi. Yani yüz altmış ikinci sayfayı."

Bakışlarını sola kaydıran Langdon, *The Ancient of Days*'in yanındaki sayfaya göz gezdirdi. Loş ışıkta fazla bir şey seçemiyordu ama küçük harfli el yazısıyla bir şeyler yazılmış gibiydi.

Geri dönen Beña kandili Ambra'ya verdi; o da alıp kitabın üstünde tuttu. Açık duran kitaba kandilin yumuşak ışığı vurduğunda Langdon hayretle soluğunu yuttu.

Karşısındaki sayfa, Blake'in el yazısıyla yazılmış, kenarları çizimlerle, çerçevelerle ve çeşitli figürlerle süslenmişti. En çok göze çarpan yanı, sayfadaki şiir kıtalarının incelikli bir üslupla tasarlanmış olmasıydı.

Tam üstlerindeki ana mabette muhafız Díaz, ortağının nerede olduğunu merak ederken karanlıkta bir aşağı bir yukarı yürüyordu.

Fonseca şimdiye dek dönmüş olmalıydı.

Cebindeki telefon titreşmeye başladığında arayanın Fonseca olabileceğini düşündü ama ekrana baktığında hiç tahmin etmediği birinin ismini gördü.

Mónica Martín

Halkla ilişkiler koordinatörünün ne isteyeceğini tahmin edemiyordu ama konu her neyse, yine de doğrudan Fonseca'yı aramalıydı. *Takımın lideri o.*

Telefona cevap verdi. "Alo. Ben Díaz."

"Muhafız Díaz. Ben Mónica Martín. Yanımda seninle konuşmak isteyen biri var."

Hemen ardından tanıdık, güçlü bir ses duyuldu. "Muhafız Díaz, ben Komutan Garza. Lütfen Bayan Vidal'ın güvende olduğu bilgisini verin."

"Evet, komutanım," diyen Díaz, Garza'nın sesiyle hazır ola geçtiğini hissetti. "Bayan Vidal kesinlikle güvende. Muhafız Fonseca'yla birlikte yanındayız ve şu an-"

Garza cümlesini tamamlamasına izin vermedi. "Bunu, dinlemelere açık telefon hattında söyleme. Eğer güvenli bir yerdeyse orada kalsın. Bir yere ayrılmayın. Sesini duymak beni rahatlattı. Muhafız Fonseca'ya da ulaşmaya çalıştık ama telefonu cevap vermedi. Yanında mı?"

"Evet efendim. Bir arama yapmak için biraz uzaklaştı ama şimdiye dek-"

"Bekleyecek vaktim yok. Şu anda tutukluyum Bayan Martín bana telefonunu ödünç verdi. Şimdi beni iyi dinle. Kaçırılma hikâyesi, hepinizin farkında olduğu gibi baştan aşağı yalandı. Bayan Vidal'ı büyük bir tehlikeye attı."

Díaz, Casa Milá'nın çatısındaki keşmekeşi hatırladı. *Neler olduğunu bilemezsin.*

"Suçu Piskopos Valdespino'nun üzerine yıkmaya çalıştığım da bir o kadar yalan."

"Ben de öyle tahmin etmiştim efendim, ama..."

"Bayan Martín'le birlikte bu durumla en iyi nasıl başa çıkacağımızı bulmaya çalışıyoruz. Biz bir çözüm buluncaya kadar siz kraliçe adayını gözlerden uzak tutun. Anlaşıldı mı?"

"Elbette efendim. Ancak emri *kim* vermiş?"

"Bunu telefonda söyleyemem. Sen söylediğimi yap ve Ambra Vidal'ı hem medyadan hem de tehlikeden uzak tut. Bayan Martín gelişmelerle ilgili sizi bilgilendirecek."

Garza telefonu kapattığında, karanlıkta duran Díaz az önceki görüşmeye anlam vermeye çalıştı.

Telefonu cebine sokmak için elini ceketine uzattığında arkasında bir kumaş hışırtısı duydu. Geriye döndüğünde karanlığın içinden çıkan iki beyaz el Díaz'ın kafasına yapıştığı gibi büyük bir süratle yan tarafa döndürdü.

Díaz boynunun kırıldığını hissetti. Kafatasının içine yakıcı bir sıcaklık yayıldı.

Ardından, dünyası karanlığa gömüldü.

71. BÖLÜM

ConspiracyNet.com

SON DAKİKA HABERİ

KIRSCH'ÜN BULUŞUYLA İLGİLİ YENİ BİR UMUT!

Madrid Saray Halkla İlişkiler Koordinatörü Mónica Martín resmi bir açıklamayla, daha önce İspanya'nın müstakbel kraliçesi Ambra Vidal'ın kaçırıldığını ve Amerikalı Profesör Robert Langdon tarafından rehin alındığını duyurmuştu. Saray, yetkililerin harekete geçip Vidal'ı bulmasını istemişti.

Sivil müşahit monte@iglesia.org az önce bize şu açıklamayı gönderdi:

SARAYIN KAÇIRILMAYLA İLGİLİ AÇIKLAMASI %100 UYDURMA. BARSELONA'DAKİ HEDEFİNE ULAŞMAK İSTEYEN LANGDON'I YEREL POLİSİN DURDURMASI İÇİN KURULMUŞ BİR TUZAK. (LANGDON İLE VIDAL, KIRSCH'ÜN BULUŞUNU HÂLÂ DÜNYAYA YAYINLAMANIN BİR YOLUNU BULABİLECEKLERİNİ DÜŞÜNÜYORLAR.) EĞER BAŞARIRLARSA KEŞİF HER AN YAYINLANABİLİR. EKRANLARIN BAŞINDAN AYRILMAYIN.

İnanılmaz! Sizler de bu haberi ilk olarak buradan duymuş oluyorsunuz. Langdon ile Vidal, Edmond Kirsch'ün başlattığını bitirmek için kaçıyor! Saray onları durdurmak için ne mümkünse yapacak gibi. (İşin içinde yine Valdespino mu var? Ayrıca tüm bunlar yaşanırken prens nerede?)

Yeni haberler geldikçe aktaracağız ama ekranlarınızın başından ayrılmayın, çünkü Kirsch'ün sırları bu gece her an açıklanabilir!

72. BÖLÜM

Papaz yardımcısının Opel'inin camından dışarıdaki pastoral manzaraya bakan Prens Julián, piskoposun tuhaf davranışının ne anlama geldiğini çıkarmaya çalışıyordu.

Valdespino bir şeyler saklıyor.

Prensi kendi güvenliği için böyle davrandığına ikna ederek, hiç alışılmadık bir tutumla, kimselere görünmeden saraydan çıkaralı bir saati geçmişti.

Bana hiç sormamamı... sadece ona güvenmemi söyledi.

Piskopos, prens için daima bir amca gibi olmuştu; babasınınsa güvendiği bir sırdaşıydı. Yine de sayfiye evinde saklanma teklifi, prense daha en başından şüphe çekici gelmişti. *Bilmediğim bir şeyler dönüyor. Uzaklaştırılıyorum. Telefonum ve güvenliğim yok, haber dinleyemiyorum ve kimse nerede olduğumu bilmiyor.*

Araba Casita del Príncipe yakınlarındaki demiryolu raylarının üstünden hoplayıp zıplayarak geçerken, Julián önlerinde uzanan ağaçlıklı yola baktı. Yüz metre kadar ileride sol tarafta, gözlerden uzaktaki sayfiye evinin uzun giriş yolu başlıyordu.

Boş konutu hayalinde canlandıran Julián, birden tedbirli davranması gerektiğini hissetti. Öne doğru uzanıp elini, araba kullanmakta olan papaz yardımcısının omzuna koydu. "Kenara çek lütfen."

Valdespino şaşkınlıkla yüzünü döndü. "Geldik sayılır..."

"Neler olduğunu öğrenmek istiyorum!" Prensin sesi küçük arabada epey yüksek çıkmıştı.

"Don Julián çalkantılı bir akşam yaşadık ama sizin-"

"Size güvenmem mi lazım?" diye cümlesini tamamladı.

"Evet."

Julián, genç sürücünün omzunu sıkıp ıssız yoldaki çimenlik bir banketi işaret etti. Sert bir sesle, "Kenara çek," diye emretti.

Valdespino, "Sürmeye devam et," diyerek ona karşı geldi. "Don Julián, size açıklayacağım-"

Prens, *"Arabayı durdur!"* diye bağırdı.

Direksiyonu bankete doğru kıran papaz yardımcısı, çimlerin üstünde kayarak durdu.

"Bizi biraz yalnız bırak lütfen." Julián'ın kalbi hızla çarpıyordu.

Papaz yardımcısının ikinci emri beklemesine gerek yoktu. Park halindeki arabadan indi ve Valdespino ile Julián'ı arka koltukta baş başa bırakarak karanlığa doğru ilerledi.

Zayıf ay ışığında Valdespino korkmuş görünüyordu.

"Korkmalısınız," diyen Julián'ın sesi öylesine otoriter çıkmıştı ki, kendisi bile şaşırmıştı. Valdespino, prensin daha önce piskoposa karşı hiç kullanmadığı bu tehditkâr ses tonu karşısında kendini geri çekti.

"Ben İspanya'nın gelecekteki kralıyım. Bu akşam beni korumalarımdan ayırıp telefonumu elimden aldınız, haber dinlemekten alıkoydunuz ve nişanlımla iletişim kurmama izin vermediniz."

Valdespino, "Çok özür dilerim-" diye başladı.

Piskoposun sözünü kesen Julián, "Bundan daha fazlasını yapmanız gerekecek," derken şimdi kendisine tuhaf derecede ufak görünen yaşlı adama öfkeyle baktı.

Valdespino kısa bir nefes alıp karanlıkta yüzünü Julián'a döndü. "Bu akşam beni aradı ve söylediğine göre-"

"Kim aradı?"

Piskopos biraz tereddüt etti. "Babanız... çok üzgündü."

Öyle miydi? Julián daha iki gün önce Palacio de la Zarzuela'ya gidip babasını ziyaret etmiş ve bozuk sağlığına rağmen keyfinin yerinde olduğunu görmüştü. "Neden üzgündü?"

"Maalesef Edmond Kirsch'ün canlı yayınını izlemiş."

Bunu duyan Julián donup kaldı. Hasta babası neredeyse günde yirmi dört saat uyuyordu ve ayrıca o saatte asla uyanık olmaması lazımdı. Bunun dışında kral, uyumaya ve okumaya ayrılmış birer mabet olması gerektiğini söyleyerek sarayın yatak odalarında televizyon ve bilgisayar bulundurulmasını yasaklamıştı. Kralın hasta yatağından kalkıp bir ateistin gösterisini seyretmesine izin vermemeleri gerektiğini hemşirelerinin bilmesi gerekirdi.

Valdespino, "Benim hatamdı," dedi. "Kendini dünyadan kopuk hissetmesin diye birkaç hafta önce ona tablet bilgisayarı ben verdim. Mesaj ve e-posta göndermeyi öğreniyordu. Ama sonunda tabletten Kirsch'ün sunumunu izledi."

Babasının kanlı bir vahşetle sona eren, Katoliklik karşıtı ayrıştırıcı bir yayın izlediğini düşünmek prensi sarsmıştı. Oysa son günlerini yaşayan babası, ülkesi için yapmayı başardığı olağanüstü işleri düşünüyor olmalıydı.

Kendini toparlayan Valdespino, "Tahmin edebileceğiniz gibi pek çok konuda endişeliydi ama en çok Kirsch'ün açıklamalarının gidişatına ve nişanlınızın etkinliği sunmaktaki ısrarına üzüldü. Kraliçe adayının bu etkinlikte rol almasının sizin ve sarayın itibarı açısından iyi olmadığını düşündü."

"Ambra kendi bildiğini yapan bir kadın. Babam bunu biliyor."

"Öyle bile olsa, beni aradığında sesi yıllardır duymadığım kadar öfkeliydi. Sizi hemen ona götürmemi istedi."

"O zaman neden *buradayız?*" Casita'nın giriş yolunu eliyle gösterdi. "Babam Zarzuela'da."

Valdespino alçak sesle cevap verdi. "Artık orada değil. Bakıcılarından ve hemşirelerinden onu giydirmelerini ve tekerlekli sandalyeye koyup ülkesinin tarihiyle çevrili olacağı başka bir yere götürmelerini istedi."

Piskopos bunları söylerken Julián gerçeği anlamıştı.

La Casita'ya gitmiyorduk.

Prens yavaşça başını çevirip kırsala doğru önlerinde uzanan yola baktı. Uzakta, ağaçların ardındaki dev yapının ışıklı kulelerini görebiliyordu.

El Escorial.

Bir kilometre kadar ötede, Abantos Dağı'nın eteklerinde bir kale gibi duran ünlü El Escorial, dünyanın en büyük dini yapılarından biriydi. Otuz iki dönümden daha geniş alana yayılmış yapının içinde bir manastır, bazilika, kraliyet sarayı, müze, kütüphane ve Julián'ın hayatında gördüğü en korkutucu mezar odaları bulunuyordu.

Kraliyet kriptası.

Babası, onu sekiz yaşındayken buradaki kriptaya getirmiş ve kraliyet ailesinden çocuk mezarlarının bulunduğu Panteón de Infantes'ten geçirmişti.

Julián, kriptada gördüğü korkunç "doğum günü pastasını" asla unutamıyordu. Çok katlı beyaz bir pastayı andıran mezarda, çekmecelere konulup ebedi istirahati için dilimlerin içine yerleştirilmiş altmış kraliyet mensubu çocuk yatıyordu.

Birkaç dakika sonra babası onu annesinin yattığı yere götürdüğünde duyduğu dehşet, tüyler ürpertici çocuk mezarının karşısında duyduğundan daha büyüktü. Kraliçeye layık bir mermer mezar göreceğini sanmıştı ama annesinin naaşı son derece sade bir kurşun tabutun içinde, uzun koridorun sonundaki çıplak taş bir odada, yerde duruyordu. Kral, Julián'a annesinin bir *pudridero*'da, yani bir "çürüme mezarı"nda yattığını anlatmıştı. Kraliyet mensuplarının cesetleri, geriye tozdan başka hiçbir şey kalmayıncaya kadar otuz yıl süresince bu mezarlarda kalır, daha sonra kalıcı olarak gömülecekleri yere konurdu. Julián gözyaşlarına nasıl hâkim olduğunu ve kusmamak için kendini nasıl zor tuttuğunu hatırladı.

Babası daha sonra onu, yerin altındaki karanlıktan sonsuzluğa iniyormuş gibi görünen dik bir merdivenin başına götürmüştü. Buradaki duvarlar ve merdivenler artık beyaz değil, şahane bir kehribar rengindeydi. Her üç basamakta bir yerleştirilmiş dilek mumlarının titrek ışığı, sarımsı kahverengi taşın üstüne düşüyordu.

Genç Julián eski ip tırabzana tutunarak babasıyla birlikte karanlığın içine doğru basamaklardan teker teker inmişti. Merdivenin sonuna geldiğinde kral şatafatlı bir kapıyı açıp Julián'ın önden girmesi için yana çekilmişti.

Babası, *kral mezarları,* demişti.

Sekiz yaşında olmasına rağmen Julián burayı duymuştu. Burası efsanelerin yeriydi.

Titrek bir adımla eşiği geçince kendini koyu sarı, gösterişli bir mekânda bulmuştu. Buhur kokan sekizgen oda, tepedeki avizede yanan şamdanların ışığında ileri geri sallanıyor gibiydi. Odanın ortasına kadar gelen Julián olduğu yerde yavaşça dönerken bu soğuk mekânda üşüdüğünü ve küçüldüğünü hissetmişti.

Sekiz duvarın hepsi de yerden tavana kadar, birbirinin aynı siyah tabutlarla doluydu. Tabutların üstündeki altın rengi plakalarda Julián'ın tarih kitaplarından tanıdığı isimler yazılıydı: Kral Ferdinand... Kraliçe Isabella... Kutsal Roma İmparatoru Kral V. Charles.

Yaşanan sessizlikte babasının sevgi dolu elini omzunda hisseden genç prensin üstüne o anın ağırlığı çökmüştü. *Bir gün babam da bu odaya gömülecek.*

Baba oğul tek kelime etmeden yerin altından yukarıya, ölümden uzaklaşıp ışığa çıkmışlardı. Alev alev yanan İspanyol güneşine çıktıklarında kral çömelip sekiz yaşındaki Julián'ın gözlerine bakmıştı.

Kral, *"Memento mori,"* diye fısıldamıştı. *"Ölüm aklından çıkmasın.* En büyük güce sahip insanlar için bile hayat kısadır. Ölümü yenmenin tek bir yolu vardır, o da insanın hayatını bir şaheser haline getirmesidir. Şefkat göstermek ve yürekten sevmek için her fırsatı değerlendirmeliyiz. Annendeki cömertliğin sende de olduğunu gözlerinde görüyorum. Vicdanın kılavuzun olsun. Önünü göremediğinde sana yolu kalbin göstersin."

Aradan on yıllar geçmişti. Hayatını bir şahesere dönüştüremediğini kimsenin ona söylemesine gerek yoktu. Aslına bakılırsa kralın gölgesinden ancak sıyrılıp kendini ayrı bir adam olarak kabul ettirebilmişti.

Babamı her açıdan hayal kırıklığına uğrattım.

Julián yıllarca babasının tavsiyesine uyup gideceği yolu kalbinin kılavuzluğuna bırakmıştı ama İspanya için kendi gönlünden geçen şey babasınınkinin tam tersi olduğu için, gerçekte eziyetli bir yolda ilerliyordu. Julián'ın sevgili ülkesi için öylesine ileri giden hayalleri vardı ki, babası ölene kadar bunlar dile getirilemezdi. O zaman bile davranışlarının gerek saray gerekse tüm ulus tarafından nasıl algılanacağını bilmiyordu. Tek yapabileceği beklemek, kalbini açık tutmak ve geleneğe saygı göstermekti.

Ama üç ay önce her şey değişmişti.

Ambra Vidal ile tanıştım.

Hayat dolu, bildiğinden şaşmayan bu güzel kadın, Julián'ın dünyasını altüst etmişti. Onunla tanıştıktan birkaç gün sonra babasının söylediklerinin ne anlama geldiğini anlamıştı. *Sana yolu kalbin göstersin... Yürekten sevmek için her fırsatı değerlendirmeliyiz!* Âşık olmanın verdiği sevinç daha önce tattığı hiçbir duyguya benzemiyordu. Sonunda hayatını bir şahesere dönüştürecek ilk adımları attığını hissediyordu.

Yine de arabada, önlerinde uzanan yola boş gözlerle bakarken insanlardan uzaklaşıp yalnız kalacağı hissine kapıldı. Babası ölüyordu, sevdiği kadın onunla konuşmuyordu ve az önce güvenilir akıl hocası Piskopos Valdespino'yu azarlamıştı.

Piskopos nazikçe, "Prens Julián," diye seslendi. "Gitmemiz lazım. Babanızın durumu hassas. Sizinle konuşmak için sabırsızlanıyor."

Julián yüzünü yavaşça babasının eski dostuna çevirdi. "Sizce ne kadar ömrü kaldı?" diye fısıldadı.

Valdespino'nun sesi, gözyaşlarına boğulacakmış gibi titredi. "Benden sizi endişelendirmememi istedi, ama beklenenden daha hızlı sona yaklaştığımızı hissediyorum. Vedalaşmak istiyor."

Julián, "Nereye gideceğimizi bana neden söylemediniz?" diye sordu. "Tüm bu yalanlara ve gizliliğe ne gerek vardı?"

"Üzgünüm, başka seçeneğim yoktu. Babanız bana açık emirler verdi. Kendisi şahsen konuşuncaya dek, sizi dış dünyadan ve haberlerden soyutlamamı emretti."

"Beni... *hangi* haberlerden uzak tutacakmışsınız?"

"Sanırım bunu babanızın açıklaması daha yerinde olur."

Julián bir süre piskoposun yüzünü inceledi. "Onunla konuşmadan önce bir şeyi bilmem lazım. Aklı başında mı, yoksa hayal mi görüyor?"

Valdespino, ona şüpheyle baktı. "Bunu neden soruyorsunuz?"

Julián net bir ifadeyle cevapladı. "Çünkü bu akşamki talepleri bana tuhaf ve düşüncesizce planlanmış gibi geldi."

Valdespino üzüntüyle başını salladı. "Düşüncesizce olsun veya olmasın, babanız hâlâ kral. Ben, onu seviyorum ve dediğini yapacağım. Hepimiz yapacağız."

73. BÖLÜM

Vitrinin önünde yan yana duran Robert Langdon ile Ambra Vidal, kandilin yumuşak ışığıyla aydınlanan William Blake el yazmasına baktılar. Rahip Beña onları biraz yalnız bırakmak için dua sıralarını düzeltmeye gitmişti.

Langdon elyazması metindeki küçük harfleri görmekte zorlansa da sayfanın üstündeki büyük harfli başlık okunuyordu.

Dört Âlem

Kelimeleri gördüğü anda Langdon'ın içine bir umut doldu. Orijinali *The Four Zoas* başlığını taşıyan *Dört Âlem,* Blake'in en tanınan kehanet içerikli şiirlerinden biriydi. Bu dev eser, "gece" de denilen dokuz bölüme ayrılmıştı. Üniversiteden hatırladığı kadarıyla şiirin konusu geleneksel dinin çöküşü ve peşinden bilimin galip gelmesi üzerine kurulmuştu.

Langdon gözlerini kıtaların üzerinde gezdirirken dizelerin, "son" yazısının grafiksel karşılığı olan zarif bir *"finis divisionem"* çizimi ile sayfanın ortasında bittiğini gördü.

O anda farkına vardı. *Şiirin son sayfası. Blake'in kehanet içerikli şaheserlerinden birinin son kısmı.*

Langdon eğilip gözlerini kısarak küçük harflere baktı ama kandilin zayıf ışığında pek bir şey okuyamadı.

Ambra da eğilmiş, yüzünü iyice cama yaklaştırmıştı. Şiiri sessizce tararken dizelerden birinde durup yüksek sesle okudu. *"Ve insan alevlerin içinden yürüyüp çıkınca, kötülük tükenir."* Yüzünü Langdon'a döndü. "Kötülük tükenir mi diyor?"

Biraz düşünen Langdon belli belirsiz başını salladı. "Bence Blake yozlaşmış dinin yeryüzünden silinmesinden bahsediyor. Kehanetlerinde dinsiz geleceği sık tekrarlardı."

Genç kadın ümitlenmiş gibiydi. "Edmond en sevdiği şiir dizesinin, *gerçekleşmesini* umduğu bir kehanet olduğunu söylemişti."

Langdon cevap verdi. "Eh, dinsiz bir gelecek, kesinlikle Edmond'ın isteyeceği bir şey. Bu dizede kaç harf var?"

Ambra saymaya başladı ama başını salladı. "Elliden fazla."

Yeniden şiiri incelemeye koyulup bir süre sonra tekrar durdu. "Şuna ne dersin? *'İnsanın büyüyen gözleri, fevkalade dünyaların derinliklerine bakar.'*"

Anlamını düşünen Langdon, "Olabilir," diyerek karşılık verdi. İnsan zekâsı zamanla gelişip yetkinleşecek ve böylece gerçeği daha iyi anlayacak.

Ambra, "Harf sayısı yine fazla," dedi. "Ben devam edeyim."

Genç kadın sayfayı incelerken Langdon, kriptayı adımlamaya başladı. Ambra'nın okuduğu dizeler, Princeton'dayken "İngiliz Edebiyatı" dersinde Blake okuduğu günlerin anısını canlandırdı.

Fotoğrafik zekâsının çoğu zaman yaptığı gibi yine zihninde görüntüler belirmeye başladı. Aklına gelen görüntüler ardı arkasına yeni görüntüler doğuruyordu. Kriptanın ortasında birden duran Langdon, *Dört Âlem*'i okumayı bitirdiklerinde dersin hocasının onlara şu asırlık soruyu sorduğunu hatırladı: "Hangisini tercih ederdiniz? Dinsiz bir dünyayı mı? Yoksa bilimsiz bir dünyayı mı? Ardından profesör şunları eklemişti: *William Blake'in bir tercihinin bulunduğu ortada, onun geleceğe dair ümitlerini bu epik şiirin son dizesinden daha iyi özetleyen başka bir yer yok.*"

Hatırladıkları üzerine derin bir nefes alan Langdon, halen Blake'in yazdıklarını inceleyen Ambra'ya döndü.

"Şiirin sonuna atla!" derken son dizeyi hatırlıyordu.

Ambra son dizeye baktı. Bir süre dikkatini verdikten sonra gözleri fal taşı gibi açılmış halde ona döndü.

Profesör yanına gidip metne baktı. Dizeyi bildiği için silik elyazısını seçebiliyordu.

Karanlık dinlerden kurtulur & tatlı bilim hüküm sürer.

Ambra yüksek sesle okudu. *"Karanlık dinlerden kurtulur ve tatlı bilim hüküm sürer."*

Bu Edmond'ın onaylayacağı türden bir dize olduğu gibi, aynı zamanda akşamki sunumunun da bir özeti niteliğindeydi.

Dinler giderek küçülecek... Bilim egemen olacak.

Ambra dikkatle dizedeki harfleri saymaya başlasa da Langdon buna gerek kalmadığını biliyordu. *Bulduk. Hiç şüphe yok.* Zihni şimdiden Winston'a ulaşıp Edmond'ın sunumunu başlatmanın hesabını yapıyordu. Bunu gerçekleştirmek için yaptığı planı Ambra'ya özel bir yerde açıklaması gerekecekti.

O sırada geri gelen Beña'ya döndü. "Rahip Beña?" dedi. "Buradaki işimiz bitmek üzere. Acaba yukarı çıkıp muhafızlara helikopteri hazırlamalarını söyler misiniz? Hemen gitmemiz gerek."

"Elbette," diyerek karşılık veren rahip yukarı çıkan merdivene yöneldi. "Umarım aradığınız şeyi bulmuşsunuzdur. Yukarıda görüşürüz."

Rahip gözden kaybolduğunda Ambra ürkek bir ifadeyle başını kitaptan kaldırdı.

"Robert," dedi. "Bu dizedeki harfler yetmiyor. İki kez saydım. Kırk altı harf var. Bize kırk yedi harf lazım."

"Ne?" Hemen yanına giden Langdon gözlerini kısıp, elyazısı harfleri teker teker saydı. *"Karanlık dinlerden kurtulur & tatlı bilim hüküm sürer."* Tahmin edileceği gibi, o da kırk altı harf saymıştı. Şaşkınlık içinde dizeyi bir kez daha inceledi. "Edmond'ın kırk altı değil de kırk yedi dediğine eminsin değil mi?"

"Kesinlikle."

Langdon dizeyi bir kez daha okudu. *Ama bu olmalı,* diye düşündü. *Neyi görmüyorum?*

Blake'in şiirinin son dizesindeki her harfi dikkatle inceledi. Sonunda gözüne ilişti.

... & tatlı bilim hüküm sürer.

"Ve imi," dedi. "Blake'in 've' kelimesi yerine kullandığı sembol."

Ambra, ona tuhaf bir ifadeyle baktıktan sonra başını salladı. "Robert, eğer sembol yerine 've' kelimesini koyarsak kırk yedi harf ediyor. Olabilir."

Langdon gülümsedi. *Kodun içine yerleştirilmiş kod.*

Edmond'ın küçük kandırmacasına hayran kalmıştı. Paranoyak öğrencisi, en sevdiği şiir dizesini birisi keşfetse bile doğru şekliyle yazamasın diye basit bir tipografik hileye başvurmuştu.

Ampersand kodu. Edmond unutmamış.

Semboloji dersinde ilk öğrettiği şeylerden biri ampersand'ın kökeniydi. "&" sembolü aslında bir *logogram,* yani kelime ifade eden bir işaretti. Çoğu kimse bu sembolün İngilizcedeki "ve" kelimesinden türetildiğini zannetse de aslında Latincede yer alan *et* kelimesinden geliyordu. Ampersand'ın alışılmadık "&" biçimi, E ve T harflerinin tipografik bileşimiydi. Bilgisayarlardaki Trebuchet fontu, & işaretinin Latin kökenini açıkça sergiliyordu.

Edmond'ın sınıfına ampersand'ı öğrettikten bir hafta sonra genç dâhinin üstünde "Ampersand, evi ara" yazan bir tişörtle derse geldiğini hiç unutmamıştı. Tişörtün üstündeki yazı, evine dönmeye çalışan bir uzaylıyla ilgili Spielberg filmindeki "ET" isimli karakteri ima ediyordu.

Blake'in şiirinin başında dururken Edmond'ın kırk yedi harfli parolasını zihninde mükemmel biçimde canlandırdı.

karalıkdinlerdenkurtuluretttatlıbilimhükümsürer

Tam Edmond'a göre bir iş, diye düşünen Langdon hemen Ambra'ya, parolayı güçlendirmek için Edmond'ın başvurduğu kandırmacayı anlattı.

Gerçeği anlayan genç kadın, tanıştıklarından beri ilk defa bu kadar geniş gülümsüyordu. "Bir daha Edmond'ın bir dâhi olduğundan şüphe duyarsak artık..."

Birlikte gülerken boş kriptada biraz rahat hissediyorlardı.

"Parolayı sen buldun," diyen genç kadın minnettar bir sesle konuşuyordu. "Edmond'ın telefonunu kaybettiğim için nasıl üzgünüm anlatamam. Şimdi elimizde olsaydı sunumu hemen başlatabilirdik."

Langdon, ona teselli verircesine, "Senin hatan değildi," dedi. "Dediğim gibi, Winston'ı nasıl bulacağımızı biliyorum."

En azından bildiğimi sanıyorum. İçten içe, tahmininin doğru çıkmasını diliyordu.

Zihninde Barselona'nın havadan görünüşünü ve kendilerini bekleyen bilmeceyi canlandırırken merdivende yankılanan kulak tırmalayıcı ses, kriptanın sessizliğini bozdu.

Rahip Beña üst kattan onlara bağırarak sesleniyordu.

74. BÖLÜM

"Koşun! Bayan Vidal... Profesör Langdon... hemen yukarı çıkın!"

Rahip Beña çaresizlik içinde haykırmaya devam ederken Langdon ile Ambra, kriptadan yukarı fırladılar. En üst basamağa vardıklarında Langdon mabede doğru adımını atar atmaz kendini karanlıkta buldu.

Çok karanlık!

Yavaşça ilerlerken, kandillerin ışığından yeni çıkmış gözleri karanlığa alışmaya çalışıyordu. O sırada yanına gelen Ambra da farklı durumda değildi.

Beña telaş içinde, "Bu tarafa!" diye bağırdı.

Sese doğru ilerlerken sonunda rahibin, merdivenden süzülen ışığın altında durduğunu fark ettiler. Dizlerinin üstüne çökmüş olan Rahip Beña sadece karanlık biçimi seçilen bir insan bedeninin üzerine eğilmişti.

Hemen yaşlı adamın yanına gittiler. Başı tuhaf bir açıyla yan dönmüş muhafız Díaz'ın yerde yattığını görünce Langdon geri çekildi. Karınüstü yatıyordu ama cansız gözleri katedralin tavanına bakacak şekilde, başı 180 derece geriye dönmüştü. Rahip Beña'nın haykırışlarındaki paniğin sebebini şimdi anlayan profesör dehşetle yüzünü buruşturdu.

İçini soğuk bir korku dalgası kapladı. Büyük kilisede bir hareket izine rastlamak için karanlığa gözlerini dikerek durdu.

"Tabancası," diye fısıldayan Ambra, Díaz'ın boş silah kılıfını işaret etti. "Yerinde yok." Karanlıkta etrafına bakınarak seslendi. "Muhafız Fonseca?"

Birden karanlığın içinden yere sürtünen ayak sesleriyle birlikte boğuşma gürültüsü yükseldi. Ardından, çok yakınlarından bir silahın sağır edici patlaması duyuldu. Üçü birden geriye doğru sıçradı. Silah sesi mabedin içinde yankılanırken birinin acıyla haykırdığını duydular. *"Corre! (Kaçın!)"*

İkinci patlamayı, ağır bir vücudun yere çarpma sesi takip etti.

Langdon, Ambra'yı elinden tutup kilisenin yan duvarındaki karanlığa doğru çekiştirdi. Rahip Beña da yanlarına gelince üçü birlikte soğuk taşa yaslanarak sessizlikte saklandılar.

Neler olduğunu anlamaya çalışan profesör, gözleriyle karanlığı taradı.

Birisi az önce Díaz ile Fonseca'yı öldürdü! Burada bizden başka kim var? Ve ne istiyor?

Langdon'ın aklına tek bir mantıklı cevap geliyordu: Sagrada Família'da saklanan katil, oraya rasgele iki muhafızı öldürmeye gelmemişti... İkisinin peşindeydi.

Birisi hâlâ Edmond'ın buluşunu örtbas etmenin derdinde.

Birden kilisenin ortasını aydınlatan fener ışığı, genişçe bir kavis çizerek ileri geri salındı. Langdon ışığın kendilerini bulmasının an meselesi olduğunu anlamıştı.

"Bu taraftan," diyen Beña, Ambra'yı duvarın aksi istikametine doğru çekti. Işık onlara yaklaşırken Langdon da peşlerinden gitti. Aniden sağa sapan rahiple Ambra, taşın içindeki bir açıklıkta gözden kayboldu. Onları takip eden profesör, görmediği basamaklarda bir an için tökezledi. Hemen kendini toparlayıp takibe devam eden Langdon geriye bakınca ışığın, arkasındaki merdivenin ilk basamaklarını aydınlattığını gördü.

Karanlıkta durup kıpırdamadan bekledi.

Bir süre orada duran ışık, daha sonra büyüyüp parlaklaşmaya başladı.

Bu tarafa geliyor!

Ambra ile Beña'nın merdivenleri mümkün olduğunca sessiz çıkmaya çalıştıklarını duyuyordu. Dönüp peşlerinden gitmek üzereyken yine tökezleyip duvara çarpınca merdivenin düz değil, kıvrılarak yükseldiğini fark etti. Elini duvara yasladı, dar spiralden dönerek yukarı çıkarken hemen nerede olduğunu anladı.

Sagrada Família'nın o meşhur korkutucu merdiveni.

Gözlerini yukarı kaldırdı, etrafını çevreleyen dar ekseni aydınlatmaya yetecek kadar ışığın tepedeki aydınlıktan içeri sızdığını gördü. Bu küçücük geçitte klostrofobisine yeniliyordu, bir an bacaklarının tutmadığını hissetti.

Yukarı çıkmaya devam et! Mantığı ona ilerlemesini söylüyor ama kasları korkuyla kasılıyordu.

Aşağıdan gelen ağır ayak seslerinin gittikçe yaklaştığını duydu.

Kendini hareket etmeye, sarmal şeklinde yukarı çıkan basamakları takip etmeye zorladı. Duvardaki bir aralığın önünden hızla geçerken dışarıdaki şehir ışıklarının belli belirsiz seçilebildiğini fark etti. Soğuk bir esinti yüzüne çarptı. Ardından, basamakları tırmanmaya başlayınca yeniden karanlığa girdi.

Aşağıdan gelen ayak sesleri döner merdivene girdi ve el fenerinin ışığı merdiven boşluğundan yukarıya doğru dengesizce salındı. Langdon bir başka açıklığın önünden geçerken ayak seslerinin yaklaştığını fark etti; peşindeki saldırgan basamakları daha da hızlı çıkmaya başlamıştı.

Profesör nefes nefese kalmış olan Ambra ile Rahip Beña'ya yetişti. Merdivenin iç kenarından aşağılara inen orta boşluğuna baktı. Dev bir deniz kabuklusunu andıran dar sarmal boşluk baş döndürücüydü. Merdivenin, ayak bileği hizasındaki, hiçbir koruma vaat etmeyen iç kenarından başka korkuluğu yoktu. Langdon midesinin bulandığını hissediyordu.

Gözlerini başının üstündeki karanlık merdiven boşluğuna çevirdi. Bu merdivenin dört yüzden fazla basamağı olduğunu duymuştu; eğer doğruysa, aşağıdaki silahlı adama yakalanmadan tepeye ulaşmalarına imkân yoktu.

"Siz... siz gidin!" Nefesi kesilen Beña kenara çekilmiş onların geçmesini işaret ediyordu.

"Buna imkân yok." Ambra uzanıp yaşlı rahibe yardım etti.

Langdon, onun koruma içgüdüsüne hayran kaldı, ama bu merdivenden kaçmaya çalışmanın intihar demek olduğunu, sonunda sırtlarından vurulacaklarını biliyordu. Savaşmak veya kaçmak, iki hayvani hayatta kalma içgüdüsüydü ve kaçmak artık seçenek olmaktan çıkmıştı.

Asla başaramayacağız.

Rahiple Ambra'yı bırakan Langdon kararlı bir şekilde merdivenden aşağı döndü. Fenerin ışığı yaklaşıyordu. Sırtını duvara yaslayıp karanlıkta çömeldi ve ışık tam aşağısındaki basamaklara vurana kadar bekledi. Katil aniden dönüp görüş açısına girdi. Öne uzattığı ellerinden birinde fenerini, diğerinde ise silahını taşıyordu.

İçgüdüleriyle hareket eden profesör, çömeldiği yerden fırlayıp adamın tepesine doğru ayağını havalandırdı. Onu gören saldırgan, silahını kaldırdığı sırada Langdon'ın topuğu büyük bir güçle göğsüne indi ve adamı merdivenin duvarına yapıştırdı.

Bundan sonraki birkaç saniye hayal gibi geçti.

Langdon yan tarafının üstüne sertçe düştüğünde kalçasına bir ağrının yayıldığını hissetti. Sırtüstü düşüp basamaklardan yuvarlanan saldırgan sonunda inleyerek yere yığıldı. Basamaklardan seken el feneri yere düştüğünde ışığı yan duvara vurdu ve Langdon'la saldırganı arasındaki basamaklarda duran metal bir nesneyi aydınlattı.

Silah.

İki adamı aynı anda silaha doğru atıldıysa da Langdon yukarda olduğundan, daha avantajlı bir konumdaydı. Kabzasından yakaladığı silahı saldırgana doğrulttu. Adam hemen aşağıdaki basamakta durmuş, silahın namlusuna meydan okuyan gözlerle bakıyordu.

El fenerinin ışığında saldırganın kırlaşmış sakalını ve bembeyaz pantolonunu fark eden Langdon, o anda kim olduğunu anladı.

Guggenheim'daki donanma subayı.

Langdon silahı adamın başına doğrulturken tetiğin üstündeki işaretparmağını hissetti. "Arkadaşım Edmond Kirsch'ü öldürdün."

Adamın soluğu kesilmişti ama yine de buz gibi bir sesle hemen cevap verdi. "Durumu eşitledim. Arkadaşın Edmond Kirsch ailemi öldürmüştü."

75. BÖLÜM

Sanırım kaburgam kırıldı.

Amiral Ávila her nefes aldığında bıçak saplandığını hissediyor, vücuduna oksijen sağlamaya çalışan göğüs kafesinin her hareketinde yüzünü buruşturuyordu. Üstündeki basamakta çömelmiş olan Langdon, silahı Ávila'nın karnına doğru beceriksizce tutuyordu.

Ávila'nın askeri eğitimi hemen devreye girdi ve durumunu hesaplamaya başladı. Düşmanı hem yukarıda duruyor hem de silahı tutuyordu ki bu, hesap cetvelinin olumsuz tarafındaydı. Profesörün tutuş şeklinden silahlarla pek tecrübesi olmadığı anlaşılıyordu ki, bu da cetvelin olumlu tarafındaydı.

Ávila kararını verdi. *Beni vurmaya niyeti yok. Güvenlik görevlileri gelene kadar beni böyle tutacak.* Dışarıdan gelen bağrışma seslerinden, Sagrada Família güvenlik görevlilerinin silah sesini duyduğu ve binaya doğru koştuğu anlaşılıyordu.

Hızlı davranmalıyım.

Ellerini kaldıran Ávila yavaşça dizlerinin üstünde doğrulurken teslim olup boyun eğdiği izlenimini veriyordu.

Langdon kontrolü tamamen elinde tuttuğunu sansın.

Merdivenden aşağı yuvarlanmasına rağmen kemerinin arkasına sıkıştırdığı nesnenin hâlâ orada durduğunu hissediyordu. Guggenheim'da Kirsch'ü öldürdüğü seramik tabanca düşmemişti. Kiliseye girmeden önce son kalan mermiyi yuvasına yerleştirmiş ama muhafızlardan birini sessizce öldürüp daha etkili silahını ondan çaldığı için kendininkini kullanmasına gerek kalmamıştı.

Maalesef o sırada muhafızın silahını Langdon kendisine yöneltmişti. Silahın emniyetinin kapalı kalmış olmasını dileyen Ávila, Langdon'ın nasıl açıldığını bilmediğini tahmin ediyordu.

Seramik tabancayı kemerinin arkasından alıp Langdon'a ateş etmek için hamle yapmayı düşündü, ama başarılı olsa bile hayatta kalma ihtimali yarı yarıyaydı. Tecrübesiz nişancıların tehlikeli yanlarından biri de yanlışlıkla ateş etmeleriydi.

Eğer çok hızlı hareket edersem...

Bağrışan güvenlik görevlilerinin sesi gittikçe yaklaşıyordu. Ávila eğer tutuklanırsa avuç içindeki "Victor" dövmesi sayesinde serbest bırakılacağını biliyordu. En azından Naip, ona böyle bir vaatte bulunmuştu. Fakat bu sırada iki kraliyet muhafızını öldürmüş olduğundan, Naip'in nüfuzunun kendisini korumaya yeteceğinden emin değildi.

Kendi kendine hatırlattı. *Buraya bir görev üzerine geldim. Onu tamamlamalıyım. Robert Langdon ile Ambra Vidal'ı ortadan kaldırmalıyım.*

Silahın üstünden öfkeyle bakan Langdon sert bir sesle sordu. "Edmond Kirsch'ün aileni öldürdüğünü söyledin. Bu bir yalan. Edmond katil değildi."

Ávila, *haklısın,* diye düşündü. *Daha kötüsüydü.*

Kirsch'le ilgili o korkunç sırrı, bir hafta önce aradığında Naip'ten öğrenmişti. Naip şunları söylemişti: *"Papamız senden ünlü fütürist Edmond Kirsch'ü hedef almanı istiyor. Papa cenaplarını bu karara yönlendiren pek çok sebep var. Görevi bizzat senin üstlenmeni istedi."*

Ávila, *"Neden ben?"* diye sormuştu.

Naip, *"Amiral,"* diye fısıldamıştı. *"Bunu söylediğim için üzgünüm ama Edmond Kirsch, aileni yok eden bombalamadan sorumlu."*

Ávila ilk önce duyduklarına inanamamıştı. Tanınmış bir bilgisayar uzmanının bir kiliseyi bombalaması için herhangi bir sebep görememişti.

Naip, ona açıklamaya başlamıştı. *"Sen asker adamsın amiral. Savaşta tetiği çeken genç askerin gerçek katil olmadığını en iyi sen bilirsin. O, kendinden daha güçlü kimselerin işini gören bir piyondur.*

Hükümetler, generaller, dini liderler ona ya para vermiştir ya da yapacağı işin her türlü bedele değeceğine onu ikna etmiştir."

Ávila bu duruma elbette şahit olmuştu.

Naip devam etmişti. *"Aynı kurallar terörizmde de geçerlidir. En tehlikeli teröristler aslında bombaları yapanlar değil, çaresiz topluluklara nefret aşılayan ve emrindekileri şiddet içerikli eylemlerde bulunmaya teşvik eden nüfuz sahibi liderlerdir. Kolay etki altında kalan insanlara hoşgörüsüzlük, milliyetçilik veya kin aşılayarak dünyayı altüst etmek, tek bir güçlü ve kötü insana bakar."*

Ávila onunla hemfikirdi.

"Hıristiyanlara yönelik terör saldırıları dünyada artmaya başladı. Artık yeni saldırıların stratejik yönleri planlanmıyor; anlık gelişen saldırılarda, ikna kabiliyeti yüksek din düşmanları, bir çağrılarıyla yalnız insanları harekete geçiriyor. Bu ikna kabiliyeti yüksek düşmanlar arasında ateist Edmond Kirsch de var."

Ávila işte o zaman Naip'in gerçeği sulandırdığını düşünmeye başlamıştı. İspanya'da Hıristiyanlık karşıtı rezil bir kampanya başlatmış olsa da Edmond Kirsch asla Hıristiyanların öldürülmesi gerektiğini açıkça ifade etmemişti.

Naip konuşmaya devam etmişti. *"Bana karşı çıkmadan önce sana son bir bilgi vereyim."* Naip bunları söyledikten sonra derin bir nefes almıştı. *"Bunu kimse bilmiyor amiral ama ailenin öldüğü saldırı... Palmarian Kilisesi'ne karşı açılmış bir savaş hamlesiydi."*

Bunları duyunca Ávila donup kalmıştı ama yine de mantıklı gelmiyordu. Sevilla Katedrali, Palmarian Kilisesi değildi.

"Bombalama sabahı, kilisemizin dört saygın üyesi, cemaatimizi genişletmek amacıyla Sevilla Katedrali'ndeki ayine katılmıştı. Özellikle hedef seçilmişlerdi. İçlerinden birini tanıyorsun: Marco. Diğer üçü saldırıda öldü."

Ávila saldırıda bacağını kaybeden fizik tedavi uzmanı Marco'yu hayalinde canlandırmıştı.

"Düşmanlarımız güçlü ve gayretli. Bombacı, El Palmar de Troya'daki tesisimize giremeyince dört misyonerimizi takip ederek Sevilla'ya geldi ve eylemini orada gerçekleştirdi. Çok üzgünüm amiral. Palmarian'ların sana ulaşma sebeplerinden biri de buydu. Ailenin, aslında bize

yöneltilmiş bir saldırıda hayatını kaybetmesinden kendimizi sorumlu tutuyoruz."

"Kimin açtığı savaş?" Ávila şok edici iddiaları kavramaya çalışıyordu.

Naip, *"E-postalarını kontrol et,"* diyerek yanıtlamıştı.

Gelen kutusunu açan Ávila, on yıldır Palmarian Kilisesi'ne karşı sürdürülen vahşi savaşı özetleyen gizli belgeleri görmüştü. Açılmış davalar, şantaja varan tehditler, Palmar de Troya Support ve Dialogue Ireland gibi Palmarian karşıtı "muhbir" grupların yaptığı bağışlar bu savaşın taktiklerindendi.

İşin asıl şaşırtıcı yanı, Palmarian Kilisesi'ne karşı açılmış savaşı tek bir bireyin, Edmond Kirsch'ün başlatmış olmasıydı.

Ávila öğrendikleri karşısında şok olmuştu. "Edmond Kirsch neden özellikle Palmarian'ları ortadan kaldırmaya çalışıyor?"

Naip, ona papa da dahil, kiliseden kimsenin Kirsch'ün Palmarian'lara karşı özel bir garez güttüğünü bilmediğini söylemişti. Tek bildikleri dünyanın en zengin ve nüfuzlu kimselerinden birinin Palmarian'lar yok oluncaya dek durmayacağıydı.

Naip son bir belgeye dikkatini çekiyordu. Sevilla bombacısı olduğunu iddia eden biri Palmarian'lara daktiloda yazılmış bir mektup göndermişti. Bombacı ilk satırda kendisine "Edmond Kirsch'ün müridi" diyordu. Ávila'nın bunu görmesi yetmişti. İntikam duygusuyla yumruklarını sıkmıştı.

Naip ayrıca Palmarian'ların bu mektubu niçin halka duyurmadıklarını da açıklamıştı. Palmarian'lar hakkında basında çıkan karalama haberlerinin çoğunu Kirsch yazdırmıştı ve kilisenin istediği son şey bu bombalama haberiyle ilişkilendirilmekti.

Ailem Edmond Kirsch yüzünden öldü.

O sırada karanlık merdivende duran Ávila başını kaldırıp Robert Langdon'a baktığında, Kirsch'ün Palmarian Kilisesi'ne açtığı gizli savaştan veya ailesinin öldüğü bombalama saldırısını düzenlettiğinden haberi olmadığını anlıyordu.

Langdon'ın neyi bilip bilmediği önemli değil, diye düşündü. *O da benim gibi bir asker. Birlikte bu tek kişilik sipere düştük; ancak ikimizden biri sağ kurtulacak. Aldığım emirler açık.*

Ondan birkaç basamak yukarıda duran Langdon iki eliyle tuttuğu silahı bir amatör gibi doğrultmuştu. Parmak uçlarını bir alttaki basamağa usulca kaydıran Ávila, *kötü tercih,* diye düşündü. Ayağını iyice yerleştirince gözlerini profesörün gözlerine dikti.

"İnanması güç gelebilir, ama ailemi Edmond Kirsch öldürdü. İşte, *bu da* kanıtı."

Ávila avcunu açıp dövmesini Langdon'a gösterdi. Elbette bu bir kanıt değildi, ama istediği etkiyi yaratmıştı.

Profesörün gözleri kısa bir anlığına avuç içine kaydığında Ávila ayağa kalkıp sol tarafındaki duvarı takip ederek ateş hattından kaçtı. Tam da tahmin ettiği gibi Langdon ani tepki vererek ateş etti. Silahı hareket halindeki hedefe çevirmeye çalışırken tetiği çekmişti. Patlama sesi küçük alanda gök gürültüsü gibi yankılandı. Amiral merdivenden aşağı doğru zararsızca seken bir merminin omzunu sıyırdığını hissetti.

Langdon yeniden nişan almaya hazırlandığı sırada, Ávila havaya sıçrayıp Langdon'ı bileklerinden yakaladı ve silahı elinden düşürdü. Silah basamaklardan aşağı kaydı.

Langdon'ın yanında basamakların üstüne düşen amiralin göğsüne ve omzuna ağrılar saplandıysa da salgıladığı adrenalin hırsını daha da körükledi. Elini arkasına uzatıp seramik tabancayı kemerinden çıkarttı. Muhafızın silahından sonra bu neredeyse tüy gibiydi.

Silahı profesörün göğsüne doğrultup hiç duraksamadan tetiği çekti.

Silah beklenmedik bir parçalanma sesiyle patladı. Elinin acıyla yandığını hisseden Ávila, silahın namlusunun patladığını gördü. Kolayca gizlenebilmesi için tasarlanmış bu metalsiz silahlar sadece bir iki atış yapabiliyordu. Merminin nereye gittiğini anlamadı, ama Langdon'ın ayağa kalkmaya başladığını görünce silahı elinden bırakıp üstüne çullandı. İki adam merdivenin son derece tehlikeli iç kenarında boğuşmaya başladı.

Ávila o anda kazandığını anladı.

Silahlarımız eşit ama ben avantajlı konumdayım.

Hemen hiç koruması bulunmayan ortadaki merdiven boşluğu ile ne yapacağını çoktan kafasında tartmıştı. Profesörü merdiven boşluğuna doğru itmeye çalışırken bir bacağını merdiven duvarına yaslayıp muazzam bir güç aldı. Ve ardından tüm gücüyle Langdon'ı merdiven boşluğuna doğru itti.

Langdon var gücüyle karşı koysa da gözlerindeki çaresiz ifadeden, neler olacağını bildiği anlaşılıyordu.

Robert Langdon hayatta kalma gibi en önemli bazı durumlarla ilgili tercihlerin, genellikle bir anlık kararlara dayandığını duymuştu.

Otuz metrelik bir yüksekliğin üstünden sırtı kavis yapacak şekilde itildiği bu alçak merdiven kenarında, bir seksenlik boyu ve yüksek ağırlık merkezi, ölümcül bir dezavantajdı. Ávila'nın konumuna üstün gelecek hiçbir şey yapamazdı.

Gözucuyla ümitsizce arkasındaki boşluğa baktı. En fazla doksan santim çapındaki merdiven boşluğu dar sayılsa da, aşağı düşen vücudunun geçebileceği kadar genişti. Aşağıya kadar kenarlara çarparak düşecekti.

Bu düşüşten sağ kurtulmam imkânsız.

Böğürmeye benzer bir ses çıkaran Ávila, profesörü daha da kuvvetli itti. Langdon o anda tek bir hamle yapabileceğini anladı.

Adamla boğuşmak yerine ona yardım edecekti.

Ávila, onu yukarı doğru iterken Langdon ayaklarını yere sıkıca basıp dizlerini büktü.

Bir an için aklı Princeton'daki öğrencilik günlerine gitti... yirmi yaşındaydı, yüzme havuzunda sırtüstü yarışıyorlardı... depar taşının üstündeydi... sırtı suya dönüktü... dizlerini kırmıştı... karnını içine çekmişti... çıkış işaretini bekliyordu.

Zamanlama her şeydir.

Bu kez Langdon çıkış işaretini duymadı. Sırtını boşluğun üstünde kavis yaparak dizlerini doğrulttu ve havaya sıçradı. Onun yüz kiloluk ağırlığına karşı kuvvet uygulayan Ávila güçlerin aniden yer değiştirmesiyle dengesini tamamen kaybetti.

Eski asker elinden geldiğince hızlı bir şekilde onu bıraksa da dengesini bulmakta zorlandı. Langdon merdiven boşluğundan kendini sırtüstü bırakırken yaklaşık bir buçuk metre mesafedeki karşı basamaklara ulaşabilmeyi diledi. Ancak bunu yapamadı. Havadayken kendini koruma içgüdüsüyle top haline gelince dikey bir taş yüzeye çarptı.

Yapamadım.

Öleceğim.

Merdivenin iç kenarına çarptığından emindi. Kendini boşluktan aşağı düşmeye hazırladı.

Ama düşüşü uzun sürmedi.

Keskin kenarlı düz olmayan bir zemine düşmüş, başını çarpmıştı. Çarpmanın etkisiyle bilincini kaybetmek üzereyken merdiven boşluğundan tamamen çıktığını ve karşı taraftaki duvara çarparak daha aşağıdaki basamaklara düştüğünü fark etti.

Silahı bul. Bilincini kaybetmeme mücadelesi verirken, saldırganın, üstüne çökmesinin an meselesi olduğunu biliyordu.

Ama çok geç kalmıştı.

Beyni kendini kapatıyordu.

Etraf karanlığa gömülürken son olarak tuhaf bir ses duydu... aşağıdan gelen gümleme sesleri giderek uzaklaşıyordu.

Battal boy bir torbanın çöp bacasından aşağı düşerken çıkardığı seslere benzetmişti.

76. BÖLÜM

Prens Julián, El Escorial'ın ana kapısına yaklaşırken beyaz arazi araçlarının meydana getirdiği tanıdık barikatı görünce Valdespino'nun gerçeği anlattığını anladı.

Babam sahiden de burada.

Konvoyun görünüşüne bakılırsa kralın tüm korumaları bu tarihi kraliyet konağına gelmişti.

Papaz yardımcısı, Opel'i durdurur durdurmaz bir muhafız cep fenerini yakıp cama yaklaştı. Işığı içeri tutunca böyle köhne bir aracın içinde prensi ve piskoposu görmeyi hiç beklemediğinden, şok içinde geri çekildi.

Hazır ola geçen muhafız, "Ekselansları!" diye bağırdı. "Biz de sizi bekliyorduk." Eski püskü arabaya bir göz attı. "Korumalarınız nerede?"

Prens, "Onlara sarayda ihtiyaç var," diye yanıt verdi. "Buraya babamı görmeye geldik."

"Elbette, elbette! Eğer piskoposla birlikte araçtan inerseniz..."

Valdespino, "Barikatı açın," diyerek onu azarladı. "Bırakın da girelim. Majesteleri herhalde hastanededir."

Muhafız tereddütlü bir sesle, "Öyleydi," dedi. "Maalesef artık yok."

Yutkunan piskopos dehşete düşmüş gibiydi.

Julián'ın içini bir ürperti kapladı. "Babam öldü mü?"

Yanlış kelimeleri kullandığına pişman olan muhafız, "Hayır! Çok özür dilerim!" diye ağzında geveledi. "Majesteleri *gitti;* El Escorial'dan bir saat önce ayrıldı. Baş korumalarını yanına alıp buradan gitti."

Julián'ın rahatlaması bir anda yerini akıl karışıklığına bıraktı. *Buradaki hastaneden ayrıldı mı?*

Valdespino, "Bu çok saçma," diye bağırdı. "Kral, bana Prens Julián'ı buraya getirmemi söylemişti!"

"Evet, özel emirler aldık haşmetmeapları. Eğer arabadan inebilirseniz sizi bir Guardia aracına bindireceğiz."

Birbirlerine hayretle bakan Valdespino ile Julián arabadan indiler. Muhafız, papaz yardımcısına artık kendisine ihtiyaç kalmadığını ve saraya geri dönmesi gerektiğini söyledi. Korkmuş olan delikanlı, tek kelime etmeden karanlıkta gözden kaybolurken tuhaf olaylar zincirindeki rolünün sona erdiğine memnundu.

Muhafızlar Valdespino ile prensi bir cipin arkasına bindirirken piskopos giderek sinirleniyordu. "Kral nerede? Bizi nereye götürüyorsunuz?"

Muhafız, "Majestelerinin emrini yerine getiriyoruz," dedi. "Size bir araç, bir şoför ve bir de mektup vermemizi istedi." Çıkardığı mühürlü zarfı camdan Prens Julián'a uzattı.

Babam mektup mu göndermiş? Zarfın kraliyet mührünü taşıdığını görünce prens resmiyetten rahatsız olmuştu. *Babam ne yapmaya çalışıyor?* Kralın akli melekelerini yitirdiğinden şüpheleniyordu.

Endişeyle mührü kırıp zarfı açan Julián içinden elyazısıyla yazılmış bir kart çıkarttı. Babasının elyazısı eskisi gibi olmasa da okunuyordu. Mektubu okurken her kelimeyle şaşkınlığı arttı.

Bitirdiğinde kartı yeniden zarfa koydu ve gözlerini kapatıp seçenekleri gözden geçirdi. Tek bir seçenek vardı.

Şoföre, "Kuzeye sür lütfen," dedi.

Araç El Escorial'dan uzaklaşırken prens, Valdespino'nun kendisine baktığını hissediyordu. Piskopos, "Babanız ne diyor?" diye sordu. "Beni nereye götürüyorsunuz?!"

Uzun bir soluk veren prens, yüzünü babasının güvenilir dostuna döndü. "En doğrusunu siz söylemiştiniz." Yaşlı piskoposa mahzun bir ifadeyle gülümsedi. "Babam hâlâ kral. Onu seviyoruz ve dediğini yapacağız."

77. BÖLÜM

"Robert?" Biri ona sesleniyordu.

Langdon cevap vermeye çalıştı ama başı zonkluyordu.

Yumuşak bir el yüzüne dokunduğunda yavaşça gözlerini açtı. Kısa bir an için nerede olduğunu anlayamadı, rüya gördüğünü sandı. *Başımın üstünden bir melek bana bakıyor.*

Kim olduğunu anlayınca gülümsedi.

Ambra soluğunu bıraktı. "Tanrı'ya şükürler olsun. Silah sesini duyduk." Yanında çömeldi. "Kalkma."

Bilinci açılmaya başlayan Langdon birden korkuya kapıldı. "Bana saldıran adam-"

Ambra sakin bir sesle fısıldadı. "Güvendesin." Merdiven boşluğunu işaret etti. "Aşağı düştü."

Profesör anlamak için kendini zorladı. Yavaşça hatırlamaya başlıyordu. Zihnindeki sis perdesini açmaya uğraşırken dikkati, sol kalçasındaki zonklamaya ve başındaki şiddetli ağrıya kaydı. Bunun dışında bir yeri kırılmış gibi hissetmiyordu. Merdivenin yukarı tarafından polis telsizi sesleri geldi.

"Ben... ne kadardır..."

Ambra, "Birkaç dakika oldu," diye cevap verdi. "Bilincin gidip geldi. Doktora baktırmamız lazım."

Büyük bir dikkatle oturur pozisyona geçen Langdon sırtını merdivenin duvarına dayadı. "Donanma subayıydı... aynı adam..."

"Biliyorum." Ambra başını sallıyordu. "Edmond'ı öldüren adamdı. Polis, kimliğini az önce tespit etti. Merdivenin başında, cesedin yanındalar. İfade vermeni bekliyorlar ama Rahip Beña ilkyardım ekibinden önce kimsenin yanına gelemeyeceğini söyledi. Onlar da birazdan gelir."

Profesör başını sallarken zonklamasına engel olamadı.

Ambra, "Herhalde seni hastaneye götürürler. Bu yüzden onlar gelmeden seninle hemen konuşmam lazım," dedi.

"Ne hakkında... konuşacağız?"

Profesörün yüzünü dikkatle inceleyen Ambra endişeli görünüyordu. Eğilip kulağına fısıldadı. "Robert hatırlamıyor musun? Edmond'ın parolasını bulduk. 'Karanlık dinlerden kurtulur et tatlı bilim hüküm sürer."

Bu kelimeler sis perdesini ok gibi delince Langdon aniden doğruldu. Zihin karışıklığı geçmişti.

"Bizi buraya kadar sen getirdin Robert. Gerisini ben yapabilirim. Winston'ın yerini nasıl bulacağını bildiğini söylemiştin. Edmond'ın bilgisayar laboratuvarının yerini biliyor musun? Sen nereye gideceğimi söyle, ben de gerisini halledeyim."

Langdon'ın anıları sel halinde geri geliyordu. "Biliyorum." *En azından bulabileceğimi sanıyorum.*

"Şehrin karşı ucuna gitmemiz lazım."

"Neresi?"

"Tam adresini bilmiyorum," derken ayağa kalkmaya çabaladı. "Ama seni götürebilirim-"

"Lütfen otur Robert!"

Aşağıdaki basamakları çıkan bir adamın sesi, "Evet, otur," diye yankılandı. Rahip Beña nefes nefese kalmıştı. "İlkyardım ekibi birazdan burada olur."

"Ben iyiyim." Duvara yaslanırken sersemlediğini hisseden profesör yalan söylüyordu. "Ambra'yla benim gitmemiz lazım."

Basamakları ağır ağır çıkan Beña, "Fazla uzağa gidemezsiniz," dedi. "Polis bekliyor. İfade alacaklar. Ayrıca kilisenin etrafı medya ordusuyla çevrili. Birisi medyaya burada olduğunuzu sızdırmış." Langdon'ın yanına varınca yorgun bir ifadeyle gülümsedi. "Bayan Vidal ve ben iyi olduğunuzu görünce rahatladık. Hayatımızı kurtardınız."

Langdon güldü. "Hayatımızı *sizin* kurtardığınıza eminim."

"Eh, artık neyse ne. Yalnız bir şey var, bu merdivenden polisle karşılaşmadan çıkamayacağınızı bilin."

Langdon elini dikkatlice taş tırabzana yerleştirip aşağı baktı. Zemindeki ölüm sahnesi çok uzak görünüyordu. Ávila'nın acayip biçimde yere serilmiş cesedini polislerin elindeki fenerler aydınlatıyordu.

Merdiven boşluğundan bakarken profesör bir kez daha Gaudí'nin zarif deniz kabuklusu tasarımına dikkat etti. Kilisenin internet sitesinden, bodrum kattaki Gaudí Müzesi'ne baktığını hatırladı. Bir süre önce girdiği internet sitesindeki, CAD programlarla ve dev 3D yazıcılarla hazırlanan Sagrada Família modelleri, kilisenin temelinin atılmasından, yıllar sonra alacağı son şekline kadar uzun yapım sürecini gösteriyordu.

Langdon'ın düşüncelerinde hep aynı soru tekrar ediyordu.

Nereden geliyoruz? Nereye gidiyoruz?

Birden aklına kilisenin dış cephesine ait ölçekli modellerden biri geldi. Görüntü fotoğrafik hafızasına kazınmıştı. Kilise inşaatının o günkü halini gösteren "Bugünkü Sagrada Família" isimli bir modeldi.

Eğer o model güncelse, dışarı çıkmanın bir yolu olabilir.

Aniden yüzünü yaşlı adama döndü. "Rahip Beña, dışarıdaki birine benden bir mesaj iletebilir misiniz acaba?"

Rahip şaşırmıştı.

Langdon binadan çıkma planını açıklarken Ambra başını iki yana salladı. "Robert, bu imkânsız. Orada bunun için yer yok-"

Beña, "Aslına bakarsanız var," diyerek sözünü kesti. "Sonsuza kadar orada kalmayacak ama şu anda Bay Langdon haklı. Söylediğini yapmak mümkün."

Genç kadın şaşırmış görünüyordu. "Ama Robert... görünmeden kaçabilsek bile, hastaneye gitmeyeceğinden emin misin?"

Langdon bundan çok emin olmasa da, "Gerek kalırsa daha sonra giderim," dedi. "Ama şimdi yapmaya geldiğimiz işi Edmond için bitirmek zorundayız." Beña'ya dönüp doğrudan gözlerinin içine baktı. "Size karşı dürüst davranıp neden buraya geldiğimizi açıklamalıyım. Bildiğiniz gibi Edmond Kirsch bu akşam cinayete kurban gitti. Bilimsel buluşunu açıklamaması için öldürüldü."

Rahip, "Evet," diye karşılık verdi. "Giriş konuşmasından anladığım kadarıyla bu buluşu tüm dinlere büyük bir zarar verecekti."

"İşte ben de bu yüzden Bayan Vidal ile Barselona'ya Edmond Kirsch'ün buluşunu insanlara duyurmak için geldiğimizi bilmeniz gerektiğini düşünüyorum. Bunu yapmaya çok yakınız. Yani..." Langdon konuşmasına ara verdi. "Şimdi yardımınızı isterken aslında sizden bir ateistin sözlerini yayınlamamıza yardım etmenizi istemiş oluyorum."

Beña uzanıp elini profesörün omzuna koydu. Kendi kendine gülümsedi. "Edmond Kirsch tarihte 'Tanrı öldü' diyen ilk ateist değil, sonuncusu da olmayacak. Her ne bulduysa muhakkak pek çok açıdan tartışılacaktır. İnsan zekâsı zamanın başlangıcından bu yana gelişmiştir. Bu gelişimi engellemek benim vazifem değil. Ancak bana göre insanlık, Tanrı'nın dahil olmadığı hiçbir zihinsel ilerleme kaydetmedi."

Bunları söyledikten sonra onlara gülümseyip merdivenden aşağı inmeye başladı.

Dışarıda park halindeki EC145 helikopterin kokpitinde bekleyen pilot, Sagrada Família'nın güvenlik barikatlarının önünde büyümeye devam eden kalabalığa kaygıyla baktı. İçerideki iki kraliyet muhafızından haber alamamıştı. Siyah cüppe giyen ufak tefek bir adam bazilikadan çıkıp helikoptere doğru yürüdüğü sırada telsizine sarılmak üzereydi.

Rahip Beña kendini tanıtıp içeriden gönderdikleri şok edici haberi aktardı: Her iki kraliyet muhafızı da öldürülmüştü ve kraliçe adayı ile Robert Langdon'ın bir an önce dışarı çıkarılması gerekiyordu. Tüm bunların üstüne rahip bir de, yolcuları tam olarak nereden alması gerektiğini söyledi.

İmkânsız. Pilot mümkün olmadığını düşündü.

Buna rağmen, Sagrada Família'nın kulelerinin üstünden uçarken rahibin doğru söylediğini fark etti. Kilisenin yekpare merkez kulesi henüz inşa edilmemişti. Sekoyaların arasındaki ağaçsız yerleri andıran temel platformu, diğer kulelerin ortasında kalmış çember şeklinde bir alandı.

Platformun üstüne gelen pilot, helikopteri kulelerin arasında dikkatle alçalttı. Kızakları yere değdiğinde merdivenden iki kişinin çıktığını gördü. Ambra Vidal, yaralı Robert Langdon'ın koluna girmişti.

Pilot hemen aşağı inip helikoptere binmelerine yardım etti.

Emniyet kemerlerini bağladıktan sonra kraliçe adayı ona yorgun bir ifadeyle baktı.

Alçak sesle, "Çok teşekkür ederim," dedi. "Nereye gideceğimizi Bay Langdon söyleyecek."

78. BÖLÜM

ConspiracyNet.com

SON DAKİKA HABERİ

EDMOND KIRSCH'ÜN ANNESİNİ PALMARIAN KİLİSESİ Mİ ÖLDÜRDÜ?

Muhbirimiz monte@iglesia.org çok ses getirecek bir başka iddia ortaya attı! ConspiracyNet'in doğruluğunu onayladığı bazı belgelere göre Edmond Kirsch yıllarca Palmarian Kilisesi'ni, biyolojik annesi Paloma Kirsch'ün ölümüne sebep olan "beyin yıkama, psikolojik şartlama ve fiziki şiddet" suçlamasıyla dava etmeye çalışmış.

Paloma Kirsch baskılardan kurtulmak isteyen, utanç duyan, ailesinden psikolojik taciz gören aktif bir Palmarian Kilisesi üyesiymiş ve kendini manastırdaki odasında asmış.

79. BÖLÜM

"Demek kralmış." Komutan Garza'nın sesi sarayın savaş gereçleri salonunda yankılandı. "Tutuklanma emrimi *kralın* çıkarttığına hâlâ inanamıyorum. Hem de saraya bunca yıl hizmet ettikten sonra."

Parmağını sus işareti yaparak dudağına götüren Mónica Martín, muhafızların dinlemediğinden emin olmak için zırhların arasından giriş kapısına doğru baktı. "Dediğim gibi, kral, Piskopos Valdespino'nun sözünü dinliyor. Piskoposa yönelik suçlamaları sizin çıkarttığınıza majestelerini bir şekilde ikna etmiş."

Kralın kurban edeceği koyun benmişim. Kendisiyle Valdespino arasında seçim yapmak zorunda kalırsa kralın, piskoposu tercih edeceğini zaten tahmin ediyordu. İkisi bir ömürdür arkadaştılar ve manevi ilişkiler daima mesleki ilişkilerin üstünde tutulurdu.

Buna rağmen Mónica Martín'in açıklamasındaki bir nokta ona mantıklı gelmiyordu. "Kaçırılma haberini kralın emrettiğini söyledin, değil mi?"

"Evet, majesteleri beni aradı. Ambra Vidal'ın kaçırıldığını ilan etmemi istedi. İspanya'nın gelecekteki kraliçesinin itibarını korumak, başka bir adamla birlikte kaçtığı haberini yumuşatmak için bu hikâyeye gerek duymuştu." Garza'ya biraz sinirlenmiş gibi baktı. "Bunu neden soruyorsunuz? Üstelik artık kralın Fonseca'yı da aynı kaçırılma haberiyle ilgili aradığını biliyorsunuz."

Garza söylediklerinde iddialıydı. "Kralın, tanınmış bir Amerikalıyı uydurma bir insan kaçırma hikâyesiyle suçlayacağından şüpheliyim de ondan. Bunu yapmak için onun-"

"Aklını mı kaçırmış olması gerekir?"

Garza konuşmadan gözlerini ona dikti.

"Komutan, majestelerinin sağlığının yerinde olmadığını unutuyorsunuz. Belki de yanlış karar vermiştir."

"Belki de dâhiyane bir fikirdi. Ne de olsa İspanya'nın kraliçe adayı şimdi güvende ve kraliyet muhafızlarının yanında."

"Kesinlikle." Martín, ona dikkatle baktı. "Peki sizi ne rahatsız ediyor?"

Garza, "Valdespino," dedi. "Ondan hoşlanmadığımı itiraf etmeliyim ama içimden bir ses, Kirsch'ün cinayetinden onun sorumlu olamayacağını söylüyor."

"Neden olmasın?" Martin iğneleyici bir tonla konuşuyordu. "Rahip diye mi? Eminim Kilise'nin zorlayıcı tedbirleriyle ilgili engizisyon tarihimizden bir şeyler öğrenmişizdir. Bana kalırsa Valdespino bencil, acımasız, çıkarcı ve sırlarla dolu biri. Atladığım bir şey kaldı mı?"

"Evet, kaldı." Garza, piskoposu savunduğuna kendi de inanamıyordu. "Saydıklarının hepsi doğru, ama piskopos aynı zamanda gelenekleri ve onurunu her şeyin üstünde tutan biri. Hemen hiç kimseye güvenmeyen kral, on yıllardır ona güveniyor. Kralın sırdaşı olan bir kimsenin bahsettiğimiz türden bir ihaneti gerçekleştirebileceğine inanmıyorum."

Martín içini çekip telefonunu cebinden çıkardı. "Komutan, piskoposa duyduğunuz güveni sarsmak istemem ama şunu bir görmeniz lazım. Bana Suresh gösterdi." Birkaç düğmeye bastıktan sonra telefonu Garza'ya verdi.

Ekranda uzun bir mesaj yazılıydı.

"Bu akşam Piskopos Valdespino'nun telefonuna gelen mesajın ekran görüntüsü," diye fısıldadı. "Okuyun. Eminim fikriniz değişecek."

80. BÖLÜM

Helikopter Sagrada Família'nın çatısından havalanırken vücudundaki tüm ağrılara rağmen Langdon kendini neşeli, hatta coşkulu hissediyordu.

Yaşıyorum.

Önceki saatlerde yaşadıklarının hepsi birden o anda etkisini gösteriyormuş gibi kanındaki adrenalinin yükseldiğini hissetti. Olabildiğince yavaş nefes alarak dikkatini helikopter camının dışındaki dünyaya verdi.

Kilisenin heybetli kuleleri, helikopter yükseldikçe yerini ızgarayı andıran ışıklandırılmış sokaklara bıraktı. Aşağıdaki şehir bloklarına bakan Langdon, alışıldık karelerle dörtgenlerin yerine daha yumuşak sekizgenler gördü.

L'Eixample, (Ferah semt,) diye düşündü.

Şehrin vizyoner mimarı Ildefons Cerdá, ufak meydanlar oluşturmak, görünürlüğü ve hava akışını artırmak ve kafelere daha geniş yer bırakmak amacıyla bu semtteki tüm kesişimleri, kare blokların köşelerini tıraşlayarak genişletmişti.

Pilot geriye doğru, "*¿Adónde vamos? (Nereye gidiyoruz?)*" diye seslendi.

Langdon, Barselona'yı verevlemesine kesen, şehrin en geniş, en canlı ve en uygun ismi taşıyan caddelerinden birini işaret etti.

Pilota doğru bağırdı. "Avinguda Diagonal. *Al oeste. (Batıya.)*"

Şehri boylu boyunca geçen Avinguda Diagonal'ı herhangi bir Barselona haritasına bakarken gözden kaçırmak imkânsızdı.

Sahildeki ultramodern Diagonal ZeroZero'dan, *Don Quixote*'u kaleme alan İspanya'nın en ünlü roman yazarının ismini taşıyan eski gül bahçesi Parc de Cervantes'e kadar uzanırdı.

Pilot duyduğunu onaylayarak başını salladı ve helikopteri batıya döndürdü. Sonra da arka tarafa seslendi. "Adres? Koordinatlar?"

Langdon adresi bilmiyordu. "Futbol stadyumuna gidelim."

Pilot şaşırmış gibiydi. "Stadyum mu? FC Barselona mı?"

Başını sallayan Langdon pilotun, Avinguda Diagonal'ın birkaç kilometre ilerisindeki ünlü Barselona futbol kulübünün yerini bildiğinden emindi.

Pilot gaz verdi ve helikopteri caddeyi takip ederek azami süratle uçurdu.

"Robert? İyi misin?" Başından yaralandığı için Ambra, onun doğru düşünemediğinden şüphelenmişti. "Winston'ı nerede bulacağını bildiğini söylemiştin."

"Biliyorum," diye cevap verdi. "Oraya gidiyoruz."

"Futbol stadyumuna mı? Sence Edmond süper bilgisayarını futbol stadyumunda mı kurdu?"

Langdon başını iki yana salladı. "Hayır, stadyumu pilot kolayca bulabilsin diye söyledim. Stadyumun hemen yanındaki binaya, Gran Hotel Princesa Sofía'ya gidiyoruz."

Ambra'nın endişeli ifadesi daha da belirginleşti. "Robert pek mantıklı konuşmuyorsun. Winston'ı bir otelde kurmuş olmasına imkân yok. Bence seni hemen bir kliniğe götürmemiz lazım."

"Ben iyiyim Ambra. Güven bana."

"Nereye gidiyoruz o zaman?"

"Nereye gidiyoruz?" Langdon yalandan düşünür gibi çenesiyle oynadı. "Bence bu akşam Edmond'ın cevabını vereceği sorulardan biri buydu."

Genç kadın gülmekle çileden çıkmak arasında gidip geliyordu.

Langdon, "Affedersin," dedi. "Açıklayayım. İki yıl önce Gran Hotel Princesa Sofía'nın on sekizinci katındaki özel bir kulüpte Edmond'la öğle yemeği yemiştik."

Ambra güldü. "Edmond yemeğe bir süper bilgisayarla mı geldi?"

Profesör tebessüm etti. "Pek sayılmaz. Yemeğe yürüyerek gelmişti. Bilgisayar laboratuvarına iki blok mesafede olduğu için her gün o oteldeki kulüpte yediğini anlatmıştı. Ayrıca ileri düzeyde bir sentetik zekâ projesi üzerinde çalıştığını ve sonucuyla ilgili çok heyecanlı olduğunu söylemişti."

Ambra birden ümitlenmişti. "Winston'dan bahsetmiş olmalı!"

"Ben de aynı şeyi düşünüyorum."

"Peki, seni laboratuvarına mı götürdü?"

"Hayır."

"Yerini söyledi mi?"

"Maalesef bu sırrı kendine sakladı."

Ambra'nın gözleri yine kaygıyla bakıyordu.

Langdon konuşmaya devam etti. "Bununla birlikte Winston bize yerini söyledi."

Genç kadının aklı karışmıştı. "Hayır, söylemedi."

Langdon gülümsüyordu. "Kesinlikle söyledi. Hem de bütün dünyaya."

Ambra, onun açıklama yapmasını istemeye fırsat bulamadan pilot arka tarafa seslendi. "*¡Ahí está el estadio! (Stadyum şurada!)*" İlerideki dev stadyumu gösteriyordu.

Hızlı oldu. Langdon stadyumun yakınlarındaki gökdeleni gördü. Gran Hotel Princesa Sofía, Avinguda Diagonal üzerindeki geniş bir meydana bakıyordu. Pilottan stadyumu pas geçip kendilerini otelin üzerine götürmesini istedi.

Helikopter birkaç saniye içinde profesörün Edmond'la birlikte öğle yemeği yediği otelin üzerine gelmişti. *Bana bilgisayar laboratuvarının iki blok ötede olduğunu söylemişti.*

Kuşbakışı bakarken otelin etrafındaki alanı gözleriyle taradı. Bu semtteki sokaklar Sagrada Família'nın etrafındakiler gibi düz çizgiler halinde gitmiyordu. Blokların eşitsiz ve uzatılmış şekilleri vardı.

Buralarda olmalı.

Her yöne bakarken zihninde canlandırdığı resme en uygun noktayı belirlemeye çalıştı. *Nerede?*

Sonunda bakışları XII Plaça de Pius'taki trafik kavşağına ilişince içinde bir umut belirdi. Hemen pilota seslendi. "Şuraya! Lütfen şu ağaçlıklı yere git!"

Helikopterin başını eğen pilot bir blok kuzeybatıda Langdon'ın işaret ettiği ağaçlıklı yerin üzerine geldi. Buradaki ağaçlar aslında etrafı duvarla çevrili büyük bir konut arazisinin içindeydi.

"Robert!" diye bağıran Ambra hayal kırıklığına uğramıştı. "Ne yapıyorsun? Burası Pedralbes Kraliyet Sarayı! Edmond'ın Winston'ı burada yapmasına imkân-"

"Burası değil! Şuraya!" Sarayın tam arkasındaki bloku gösteriyordu.

Ambra öne eğilip Langdon'ın heyecanla gösterdiği noktaya dikkatle baktı. Sarayın arkasındaki blok, iyi ışıklandırılmış dört sokaktan meydana geliyordu. Sokakların kesişim noktaları kuzeyden güneye çevrildiğinde şekli elması andırıyordu. Bu elmasın tek kusuru, sağ alt kenarının tuhaf biçimde bükülmüş olmasıydı. Düz olması gereken kenar eğri büğrü bir hatla kesilmiş ve çarpılmıştı.

"Şu tırtıklı kenarı tanıdın mı?" Langdon elmas şeklinin çentikli kısmını gösteriyordu. Ağaçlıklı alanın karanlığıyla tam bir zıtlık oluşturan ışıklı sokaklarla belirginleşmişti. "Küçük bir çentiği olan şu sokağı görüyor musun?"

Genç kadının kaygılı hali bir anda kaybolmuştu. Başını eğip daha dikkatli baktı. "Aslında bu çizgi tanıdık geliyor. Nereden biliyorum?"

Langdon, "Tüm bloka bak," dedi. "Sağ alt kenarı tuhaf duran bir elmas şekli." Ambra'nın kısa sürede çıkaracağını tahmin ettiği için susup beklemeyi tercih etti. "Bu bloktaki iki küçük parka bak." Ortadaki yuvarlak parkı ve sağ taraftaki yarım daire şeklindeki parkı gösterdi.

"Sanki bu yeri tanıyorum ama ismini..."

Langdon, "Resmi düşün," dedi. "Guggenheim'daki koleksiyon aklına gelsin."

"Winston!" diye bağıran Ambra, hayretler içinde yüzünü ona döndü. "Bu blokun şekli, Winston'ın Guggenheim'daki otoportresinin bire bir aynısı."

Langdon, ona gülümsedi. "Evet, öyle."

Yeniden cama dönen Ambra aşağıdaki elmas şeklindeki bloka baktı. Langdon da aşağı bakarken akşamın başından beri zihnini kurcalayan resmi gözünün önüne getirdi.

Winston resmi gösterirken şöyle demişti: *"Edmond benden bir otoportre yapmamı isteyince ben de bunu yaptım."*

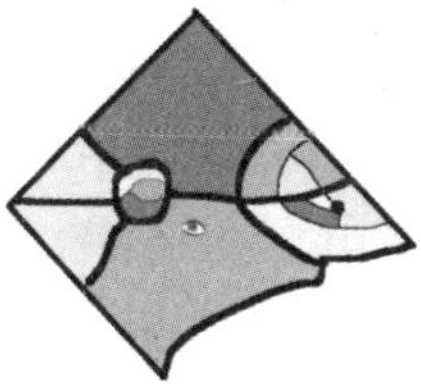

Langdon resmin ortasındaki gözün, Winston'ın bulunduğu noktayı gösterdiğine çoktan karar vermişti. Miró resimlerinin en belirgin özelliği olan göz, Winston'ın dünyaya bakış açısından kendi yerini temsil ediyordu.

Yüzünü camdan çeviren Ambra hem keyiflenmiş hem de şaşırmıştı. "Winston'ın otoportresi Miró değil, bir haritaymış!"

"Onun bir vücudu olmadığı ve kendine yönelik bir görüntüsü bulunmadığı için yaptığı otoportre fiziki görüntüsünü değil, elbette bulunduğu yeri yansıtacaktı."

Ambra, "Göz," dedi. "Miró resimlerindekinin aynısı ama burada tek bir göz var. Belki de Winston'ın yerini gösteriyordur."

"Ben de aynısını düşünüyordum." Langdon pilottan aşağıdaki iki parktan birine inmesini istedi. Araç alçalmaya başlamıştı.

"Aman Tanrım." Ambra birden farkına varmıştı. "Winston'ın neden Miró'yu taklit ettiğini şimdi anlıyorum!"

"Neden?"

"Az önce Pedralbes Sarayı'nın üzerinden uçtuk."

"*Pedralbes* mi? Bu... şeyin ismi değil miydi?"

"Evet! Miró'nun en ünlü çizimlerinden biri. Winston bu bölgeyi araştırıp Miró ile bağlantısını bulmuş olmalı!"

Winston'ın yaratıcılığını inkâr etmek mümkün değildi. Edmond'ın sentetik zekâsıyla yeniden iletişime geçme fikri profesörü nedense keyiflendirmişti. Helikopter daha da alçaldığında Winston'ın gözü yerleştirdiği noktadaki binanın siluetini gördü.

"Şuraya bak." Ambra eliyle işaret ediyordu. "Burası olmalı."

Büyük ağaçların gizlediği binayı daha iyi görmek için Langdon yerinde kıpırdandı. Havadan bakınca bile içeri girmesi zor görünüyordu.

Genç kadın, ona döndü. "Işık yandığını göremiyorum. Sence içeri girebilecek miyiz?"

Langdon, "İçerde biri olmalı," dedi. "Edmond'ın özellikle de böylesi bir gecede mutlaka içeride görevlendirdiği birileri vardır. Parolasını bildiğimizi görünce, sunumu dünyaya yaymak konusunda bize yardım edeceklerini sanıyorum."

Helikopter on beş saniye sonra blokun doğu kenarında yer alan yarım daire şeklindeki parka indi. Aşağı atladıkları anda helikopter havalandı ve talimatları beklemek üzere stadyum tarafına yöneldi.

İkisi birlikte karanlık parktan blokun ortasına doğru koşarken Passeig dels Tillers ismindeki küçük bir sokaktan geçtiler. Önlerinde, etrafı ağaçlarla çevrili büyük bir binanın silueti görünüyordu.

Ambra, "Işıklar yanmıyor," diye fısıldadı.

Binanın tüm çevresini saran üç metre yüksekliğindeki demirlerin önüne vardıklarında Langdon kaşlarını çattı. "Ayrıca bir de bu demirler var." Parmaklıkların arasından bakarken ağaçlar yüzünden tesisin büyük kısmını göremedi. O da hiç ışık yanmamasına şaşırmıştı.

"Şurada." Genç kadın yirmi metre kadar ileriyi işaret ediyordu. "Sanırım şuradaki bir kapı."

Bahçe demirlerinin yanından koşup, kilitli bir turnikenin önüne geldiler. Elektronik bir iletişim kutusu göze çarpıyordu. Langdon daha ne yapacağına karar veremeden Ambra hemen arama düğmesine bastı.

Hat iki kez çaldıktan sonra bağlandı.

Sessizlik.

Ambra, "Alo," dedi. "Alo?"

Açık hattın uğultusundan başka hoparlörden hiç ses gelmiyordu.

"Beni duyuyor musun bilmiyorum ama ben Ambra Vidal, yanımdaki de Robert Langdon. Edmond Kirsch'ün yakın arkadaşlarıyız. Bu akşam öldürüldüğü sırada oradaydık. Edmond'a, Winston'a ve sanırım hepimize faydası dokunacak bir bilgi elde ettik."

Bir tıkırtı sesi duyuldu.

Langdon elini turnikeye koyunca kolayca dönmeye başladı.

Profesör rahat bir nefes verdi. "Sana birinin burada olacağını söylemiştim."

İkisi birlikte aceleyle turnikeden geçip ağaçların arasından karanlık binaya doğru yürüdüler. Yaklaştıkça çatının şekli belirginleşmeye başladı. Hiç beklenmedik bir şekil karşılarına çıktı. Çatının tepesine beş metrelik bir sembol kondurulmuştu.

Oldukları yerde kaldılar.

Langdon başını kaldırıp yukarıdaki şüphe götürmez sembole baktı. *Bu gerçek olamaz. Edmond'ın bilgisayar laboratuvarının çatısında dev bir haç mı var?*

Birkaç adım daha atınca ağaçların arasından çıktı. Artık binanın tüm cephesini görüyordu. Karşısında büyük gül penceresiyle eski bir Gotik kilise duruyordu. Sivri uçlu iki taş kulesi ve Katolik azizlerle Bakire Meryem'in yarım kabartmalarının süslediği zarif bir kapısı vardı.

Ambra dehşete düşmüş gibiydi. "Robert, galiba bir Katolik kilisesinin arazisine girdik. Yanlış yerdeyiz."

Kilisenin önündeki bir tabelayı fark eden profesör gülmeye başladı. "Hayır, bence tam da *doğru* yerdeyiz."

Langdon yıllar önce haberlere konu olan bu yerin Barselona'da bulunduğunu fark etmemişti. *Kapatılmış bir kilise binasında kurulmuş bir yüksek teknoloji laboratuvarı.* Saygısız bir ateistin tanrıtanımaz bir bilgisayar oluşturabileceği en uygun mabet burasıydı.

Artık hiçbir işlevi kalmayan kiliseye bakarken Edmond'ın seçtiği parolanın anlamının farkına varınca tüyleri ürperdi.

Karanlık dinlerden kurtulur ve tatlı bilim hüküm sürer.

Langdon tabelayı Ambra'ya gösterdi.

BARSELONA SÜPER BİLGİSAYAR MERKEZİ
CENTRO NACIONAL DE SUPERCOMPUTACIÓN

Ambra şaşkınlık içinde ona döndü. "Bir Katolik kilisesinin içinde Barselona'nın süper bilgisayar merkezi mi varmış?"

"Öyle." Langdon gülümsedi. "Bazen gerçek hayalden daha tuhaftır."

81. BÖLÜM

Dünyanın en uzun haçı İspanya'da yer alır.

El Escorial Manastırı'nın on üç kilometre kuzeyindeki dağın tepesine dikilmiş devasa beton haç, gökyüzüne doğru yüz elli metre yükselir. Ağaçlıklı bir araziye tepeden bakan haç, yüz altmış kilometre uzaktan dahi görülebilir.

Haçın aşağısında yer alan Şehitler Vadisi isimli iki dağ arasındaki geçitte, İç Savaş'ta her iki taraftan da verilen kırk bin kayıp ebedi istirahatindedir.

Burada ne yapıyoruz? Guardia'nın peşinden haçın altındaki dağ eteğine yapılmış gezinti meydanına çıkarken Julián kendi kendine düşünüyordu. *Babam benimle burada mı buluşmak istemiş?*

Tam yanında yürüyen Valdespino da bir o kadar aklı karışmış görünüyordu. "Hiç mantıklı değil," dedi. "Babanız burayı hiç sevmezdi."

Burayı sevmeyen milyonlar var. Julián gelmelerinin sebebini anlayamıyordu.

1940'ta Franco tarafından tasarlanan Şehitler Vadisi, galiplerle mağlupları uzlaştırmak gayesiyle bir "ulusal kefaret" niteliğinde yapılmıştı. Yüce bir amaçla inşa edilmiş olmasına karşın, inşaatında hükümlülerle Franco'ya muhalefet eden siyasi tutuklular çalıştırıldığı için abide, bugüne dek çekişmelere sebep olmuştur. İnşaatında çalışanların çoğu soğuktan ve açlıktan ölmüştür.

Geçmişte bazı parlamento üyeleri bu durumu Nazi toplama kamplarıyla karşılaştıracak kadar ileri gitmişti. Julián kendi babasının da açıkça söyleyemediği halde, aynı şekilde hissettiğini zannediyordu. İspanyolların çoğu için burası, kendi kendini yüceltmek maksadıyla Franco tarafından yine Franco'ya ithaf edilmiş bir anıttı. Diktatörün mezarının bu yerde bulunması eleştirileri körüklüyordu.

Julián buraya bir kez geldiğini hatırlıyordu. Ülkesini tanıması için babasıyla birlikte yine dışarı çıkmışlardı. Kral, onu etrafı gösterip sessizce fısıldamıştı. "Dikkatli bak oğlum. Bir gün burayı sen yıkacaksın."

Dağ yamacına oyulmuş gösterişsiz cepheye doğru ilerleyen Guardia'yı takip ederken nereye gittiklerini anladı. Karşılarında, dağın içine açılan bronz bir kapı yükseliyordu. Julián küçükken buradan geçtiğini ve kapının ardındakileri görünce nutkunun tutulduğunu hatırladı.

Bu dağdaki mucize, tepesindeki haç değil *içindeki* yerdi.

Granit tepeye oyulmuş el yapımı mağara akıl almaz boyutlardaydı. Mağara yaklaşık iki yüz seksen metre dağın içine giriyor ve burada geniş bir odaya açılıyordu. Yaklaşık kırk beş metre genişliğindeki mekânın parlak seramik döşenmiş bir zemini ve fresklerle süslü küçük bir kubbesi vardı. Genç Julián o zamanlar hayretler içinde kalmıştı. *Dağın içindeyim. Herhalde rüya görüyorum!*

Yıllar sonra aynı yere geri dönmüştü.

Ölüm döşeğindeki babamın emriyle üstelik.

Grup halinde bronz kapıya yaklaştıklarında Julián yukarıdaki *pietá*'ya baktı. Yanındaki Piskopos Valdespino istavroz çıkarttıysa da prens, onun inançtan değil de heyecandan böyle yaptığını tahmin etti.

82. BÖLÜM

ConspiracyNet.com

SON DAKİKA HABERİ

İYİ AMA... NAİP KİM?

Elde edilen deliller Luis Ávila'nın emirleri, Naip dediği bir kişiden aldığını ortaya çıkardı.

Naip'in kim olduğu gizemini korusa da lakabı bazı ipuçları veriyor. dictionary.com'a göre "naip", lider iş göremez durumdayken veya yerinde yokken örgütü yönetmek üzere atanmış kişi anlamına geliyor.

"Naip Kim?" anketimize verilen üç yanıt şöyle:

1. Ölüm döşeğindeki İspanya kralının yetkisini devralan Piskopos Valdespino
2. Geçerli papanın kendisi olduğunu iddia eden Palmarian papa
3. Ülkenin genelkurmay başkanı, yani kral iş göremez haldeyken onun adına hareket ettiğini öne süren bir İspanyol ordusu subayı

Haberler geldikçe size ileteceğiz!

#NAİPKİM

83. BÖLÜM

Büyük kilisenin cephesini inceleyen Langdon ile Ambra, Barselona Süper Bilgisayar Merkezi girişinin, kilise nefinin güney ucunda yer aldığını gördü. Rustik cephenin dışına pleksiglastan yapılmış ultramodern giriş bölümü, binaya yüzyıllar arasında sıkışıp kalmış gibi bir görüntü veriyordu.

Girişin yanındaki dış avluda yaklaşık dört metre yükseklikte ilkel bir savaşçı büstü yer alıyordu. Bir katolik kilisesinin topraklarında böylesi bir sanat eserinin ne aradığını pek anlayamasa da Kirsch'ü iyi tanıdığından, onun işyerinin çelişkilerle dolu olacağını biliyordu.

Ambra hemen ana girişe koşup kapıdaki çağrı düğmesine bastı. Langdon yanına gittiğinde yukarıdaki bir güvenlik kamerası onlara doğru dönüp birkaç kez ileri geri hareket etti.

Ardından kapı vızıldayarak açıldı.

Kilisenin orijinal narteksinden yapılmış geniş bir lobiye girdiler. Loş ışıkla aydınlanan lobi boştu. Langdon birinin, belki de Edmond'ın çalışanlarından birinin gelip kendilerini karşılayacağını sanmıştı ama kimse yoktu.

Ambra daha fazla dayanamadı. "Kimse yok mu?"

Bir anda Ortaçağ kilise müziğinin yumuşak tınısı duyulmaya başlandı. Çoksesli erkek korosu için yazılmış eser tanıdık geliyordu. Langdon ismini koyamıyordu, ama yüksek teknoloji bir tesiste dini müziğin ürkütücü varlığı ancak Edmond'ın espri anlayışının ürünü olabilirdi.

Tam karşılarındaki lobi duvarında yer alan dev bir plazma ekran, içerideki tek ışık kaynağıydı. Ekran çok ilkel bir bilgisayar oyununu gösteriyordu; beyaz bir zeminin üstünde, gayesizce gezinen böcekleri andıran siyah noktalar hareket ediyordu.

Deseni sonradan fark eden Langdon, *o kadar da gayesiz değilmiş,* diye düşündü.

Hayat ismiyle bilinen, bilgisayar üretimi bu dizilim 1970'lerde İngiliz Matematikçi John Conway tarafından icat edilmişti. Hücre denilen siyah noktalar hareket ediyor, birbirini etkiliyor ve programcının önceden girdiği kurallar dizisine uygun olarak ürüyordu. Başlangıç kuralları çerçevesinde hareket eden noktalar zaman içinde kümeleşiyor, diziliyor ve birbirini tekrar eden desenler meydana getiriyordu. Dizilimler gelişiyor, daha karmaşık hale geliyor ve doğadakine şaşırtıcı derecede benzer desenler ortaya çıkmaya başlıyordu.

Ambra, "Conway'in Hayat Oyunu," dedi. "Yıllar önce buna dayanarak yapılmış *Hücresel Otomat* isimli çoklu medya bir dijital kurulum görmüştüm."

Mucidi olan Conway, Princeton'da ders verdiği için Hayat'tan haberi olan Langdon, genç kadının bilgisinden etkilenmişti.

Koronun ahenkli sesi bir kez daha kulağına geldi. *Sanki bu parçayı daha önce duymuştum. Acaba bir Rönesans ayini olabilir mi?*

Ambra eliyle bir yeri işaret ediyordu. "Robert. Bak."

Program kendini geri sarıyormuş gibi ekrandaki noktalar hızlanıp ters yönde akmaya başladı. Dizilim gittikçe artan bir hızla geri sarıyordu. Noktalar sayıca azalıyor, hücreler ayrılıp çoğalmıyor, birleşiyordu... artık gittikçe daha basit şekiller oluşuyordu. Sonunda bir avuç nokta kalmıştı ki, onlar da birleşmeye başladı... sekiz... dört... iki ve sonra...

Bir.

Ekranın ortasında tek bir hücre yanıp söndü.

Langdon tüylerinin ürperdiğini hissetti. Hayatın başlangıcı.

Nokta yanıp söndükten sonra ardında boşluğunu bıraktı. Artık ekran lekesiz beyazdı.

Hayat Oyunu bitmişti. Belli belirsiz harflerle yazılmış bir metin giderek belirginleşti.

Zihnin bilmek için kıvrandığı
Bir ilk sebebimiz varsa, kim bilir
Nereden geldi, nasıl başladı.

Lagdon, Edmond'ın sorduğu aynı soruyu bu sözlerle dile getiren efsane botanikçiyi hemen tanımıştı. "Bu Darwin."

Ambra metni okudu. "Nereden geliyoruz?" Langdon'a bakıp gülümsedi. "Gidip bulalım mı?"

Kilisenin ana kısmına geçiş sağlayan sütunlu açıklığı gösterdi.

Onlar lobide yürürken ekranda gelişigüzel seçilmiş gibi görünen kelimeler belirdi. Sayıları gittikçe artarken değiştiler ve bir araya gelip karmaşık tabirler oluşturmaya başladılar.

... büyüme... taze tomurcuklar... güzel dallanmalar...

Resim büyüdükçe kelimelerin büyüyen bir ağaç şeklini aldığını gördüler.

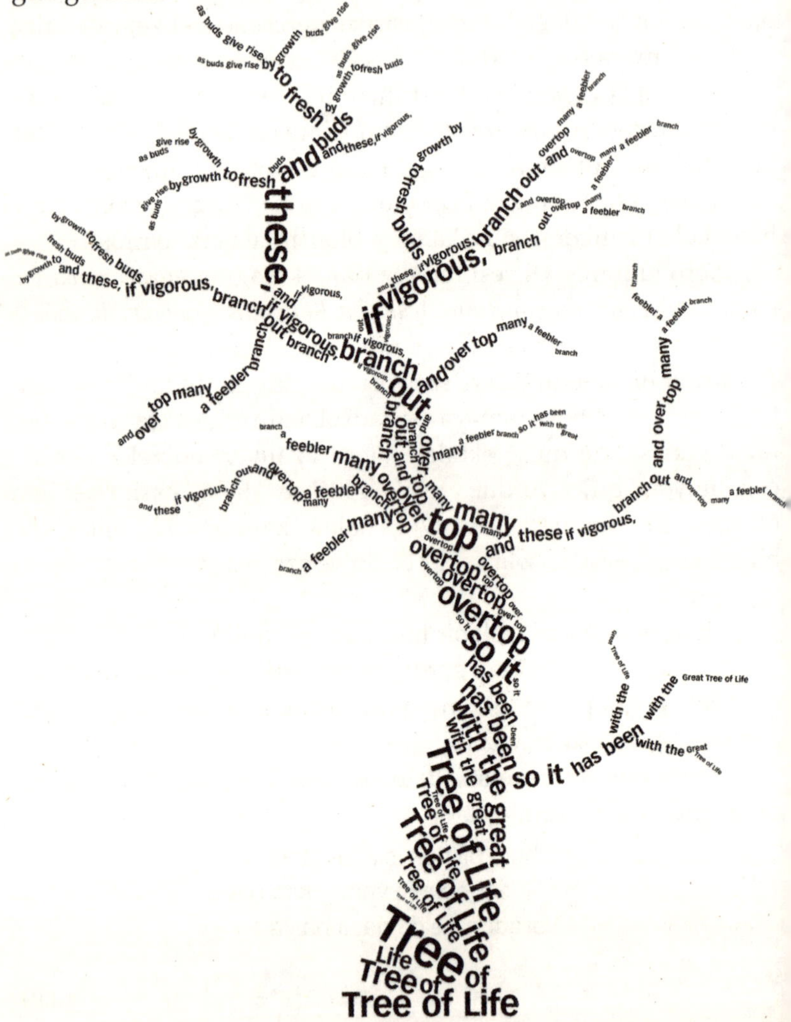

Bu da ne böyle?

Onlar dikkatle grafiğe bakarken, enstrümansız şarkı söyleyen koronun sesi yükseldi. Langdon tahmin ettiği gibi Latince değil, İngilizce söylüyorlardı.

Ambra, "Aman Tanrım," dedi. "Galiba ekrandaki kelimeler şarkının sözlerine uyuyor."

"Haklısın." Profesör aynı anda şarkı söylenirken ekranda tazelenen kelimelere bir göz attı.

Yavaş hareket ederek... mucizelerle değil...

Langdon hem dinleyip hem seyrederken kelimelerle müziğin bu tür birleşiminden nedense tuhaf bir rahatsızlık duymuştu. Dini müzik dinlediği kesindi ama sözleri başka telden çalıyordu.

Organik varlıklar... güçlü olan yaşar... zayıf olan ölür...

Langdon olduğu yerde kaldı.

Bu parçayı tanıyorum!

Edmond yıllar önce Langdon'ı bir gösteriye götürmüştü. *Missa Charles Darwin* ismindeki Hıristiyan ayininde besteci, kutsal Latince metni Charles Darwin'in *Türlerin Kökeni* isimli kitabındaki pasajlarla değiştirmişti. Böylece dindar seslerden meydana gelen unutulmaz koro, doğal seçilimin vahşiliğiyle ilgili ilahiler söylemişti.

Langdon, "Tuhaf," diye yorum yaptı. "Bir süre önce Edmond'la bu parçayı dinlemiştim ve o çok beğenmişti. Yeniden duymak ilginç bir tesadüf oldu."

Yukarıdaki hoparlörden birden yükselen tanıdık ses, "Tesadüf değil," dedi. "Edmond bana evime gelen misafirlere beğenecekleri bir müzik dinletmemi ve üzerinde tartışacakları ilginç bir şey göstermemi öğretti."

İkisi birden hayretle hoparlöre baktılar. Onları karşılayan neşeli ses belirgin bir İngiliz aksanıyla konuşuyordu.

Tanıdık ses, "Burayı bulduğunuza çok sevindim," dedi. "Yoksa sizinle iletişim kurmanın imkânı yoktu."

"Winston!" Langdon makineyle yeniden bağlantı kurdukları için bunca sevindiğine kendi de şaşmıştı. Winston'a hemen olan biteni anlattılar.

Bilgisayar, "Sesinizi duymak iyi geldi," dedi. "Söyler misiniz, aradığımızı bulduk mu?"

84. BÖLÜM

Langdon açıkladı. "William Blake. Karanlık dinlerden kurtulur ve tatlı bilim hüküm sürer."

Winston bir an için duraksadı. "*Dört Âlem* şiirinin son dizesi. Mükemmel bir tercih."

Langdon hemen Kirsch'ün "et" kelimesini bağlaç olarak kullandığını açıkladı. "Ampersand."

Bilgisayar tuhaf bir biçimde kendi kendine gülerek, "Tam Edmond'a göre bir iş," diye yanıt verdi.

Ambra merak içindeydi. "Söyler misin Winston? Edmond'ın parolasını artık bildiğimize göre, sunumun geri kalanını başlatabilecek misin?"

Winston lafı hiç dolandırmadan cevap verdi. "Elbette yapabilirim. Parolayı elle girmeniz yeterli. Edmond projeyi güvenlik duvarıyla koruduğu için ben doğrudan erişemiyorum. Yine de sizi laboratuvarına götürüp, nereye parolayı gireceğinizi gösterebilirim. Programı on dakikadan kısa sürede başlatabiliriz."

Winston'ın birden olumlu cevap vereceğini hiç beklemiyorlardı. Birbirlerine baktılar. Akşam boyunca çektikleri onca sıkıntıdan sonra böyle bir zafer anını daha şaşalı yaşayacaklarını sanmışlardı.

Ambra elini Langdon'ın omzuna koydu. "Robert, bunu sen başardın. Teşekkür ederim."

Profesör gülümsedi. "Ekip çalışması."

Winston lafa karıştı. "Ben, hemen Edmond'ın laboratuvarına gidelim derim. Buradaki lobide kolaylıkla görülebilirsiniz. Bu çevrede bulunduğunuzu söyleyen bazı haberler tespit ettim."

Langdon hiç şaşırmamıştı. Bir askeri helikopterin şehirdeki parklardan birine inmesi elbette ki dikkat çekiciydi.

Ambra, "Nereye gideceğiz?" diye sordu.

"Sütunların arasından geçin. Sesimi takip edin."

Lobideki koro müziği aniden durdu. Plazma ekranı karardı ve otomatik kontrol edilen sürgüler kapanırken çıkardıkları yüksek sesler ortamda yankılandı.

Edmond burayı bir kaleye çevirmiş olmalı. Langdon lobideki kalın camlardan dışarı bakarken, şapelin etrafındaki ağaçlıklı bölgenin boş olduğunu görünce rahatladı. *En azından şimdilik.*

Yüzünü yeniden Ambra'ya döndüğünde lobinin karşı tarafında yanıp sönen bir ışığın iki sütun arasındaki kapı girişini aydınlattığını gördü. Buraya yürüyüp içeri girince kendilerini uzun bir koridorda buldular. Koridorun diğer ucunda yanan ışıklar yollarını aydınlatıyordu.

Winston onlar yürürken konuşmaya başladı. "Azami seviyede duyulmasını sağlamak için uluslararası bir basın bülteniyle Kirsch'ün sunumunun canlı yayınlanacağını ilan etmeliyiz. Medyada etkinliğe daha geniş yer verilmesini sağlarsak izleyici sayısını artırabiliriz."

Genç kadın daha hızlı yürümeye başlamıştı. "İyi fikir. Peki, ama sence ne kadar beklemeliyiz? Risk almak istemiyorum."

Winston, "On yedi dakika," diye cevap verdi. "Böylece saat başı haberlerinde en üst sıraya çıkar. Burada gece üç, Amerika'da ana haber saatine denk geliyor."

"Mükemmel."

Winston neşeyle konuşmaya devam etti. "Pekâlâ. Basın bülteni şimdi çıkıyor, sunum on yedi dakika sonra başlayacak."

Langdon bilgisayarın hızlıca yaptığı planlara yetişmek için kendini zorluyordu.

Ambra koridorun ilerisini işaret etti. "Bu gece burada kaç çalışan var?"

Winston, "Hiç yok," diye cevap verdi. "Edmond güvenlik konusunda takıntılıydı. Burada hiç gerçek çalışan yok. Tüm bilgisayar ağlarını, ışığı, ısıtmayı ve güvenliği ben çalıştırıyorum.

Edmond, 'akıllı evler' çağında, ilk akıllı kiliseyi kendisinin yaptığını söyleyerek şaka yapardı."

Yapacaklarıyla ilgili kaygı duyan Langdon onları yarım kulakla dinliyordu. "Winston, sence Edmond'ın sunumunu gerçekten de *şimdi* mi yayınlamalıyız?"

Ambra aniden durup ona baktı. "Robert elbette! Bu yüzden buraya geldik! Tüm dünya izliyor! Ayrıca birilerinin gelip bizi durdurmaya çalışmayacağından emin olamayız. Bu işi çok geç olmadan *hemen* yapmalıyız!"

Winston da araya girdi. "Katılıyorum. Tamamen istatiksel açıdan yaklaşırsak, haber doyum noktasına ulaşmak üzere. Medya verilerinin terabayt hesabına göre, Edmond Kirsch'ün buluşu son on yılın en büyük haberi. Elbette internet kullanıcılarının son yıllarda ne kadar arttığı düşünülecek olursa şaşırtıcı sayılmaz."

Ambra bakışlarını Langdon'ınkilere dikerek orada bir ipucu aradı. "Robert? Seni kaygılandıran ne?"

Profesör duyduğu tereddüdün neden kaynaklandığını ifade edecek kelimeleri bulmaya çalışırken kaygılıydı. "Galiba ben bu akşam cinayetle, kaçmamızla ve kraliyetin entrika çevirmesiyle ilgili ortaya atılan komplo teorilerinin Edmond'ın buluşunu gölgeleyeceğinden korkuyorum."

Winston hemen lafa karıştı. "Haklı bir kaygı profesör. Yine de bence önemli bir noktayı göz ardı ediyorsunuz: Tüm dünyanın şu anda haberi takip ediyor olmasının en büyük nedeni bu komplo teorileri. Bu akşam Edmond sunumunu yaparken 3.8 milyon izleyici vardı; ama geçen saatlerde yaşananlardan sonra haberi internet haberlerinden, sosyal medyadan, televizyondan ve radyodan izleyen iki yüz milyon kişi olduğunu tahmin ediyorum."

FIFA Dünya Kupası finalini iki yüz milyon kişinin; henüz internetin kullanılmadığı ve televizyonların dünyada pek yaygın olmadığı yarım asır öncesinde insanın Ay'a inişini beş yüz milyon kişinin izlediğini hatırlasa da, verdiği sayı Langdon için çok büyüktü.

Winston konuşmasına devam etti. "Buna akademik dünyada pek rastlayamazsınız profesör. Dünya bir realite şov programına dönüştü. Bu akşam Edmond'ı susturmaya çalışanlar tam tersine sebep oldu. Artık o, tarihte izleyici sayısı en yüksek bilimsel duyurunun sahibi oldu. *Hıristiyanlık ve Kutsal Dişi* kitabınızı Vatikan'ın kınadığını hatırlıyorum. Hemen ardından kitabınız en çok satanlar listesine girmişti."

En çok satan kitap sayılabilir. Yine de Winston'ın ne demek istediğini anlamıştı.

Winston, "Edmond'ın bu akşam için en temel hedeflerinden biri izleyici sayısını artırmaktı," dedi.

Ambra yüzünü Langdon'a döndü. "Doğru söylüyor. Guggenheim'daki etkinlik üzerine beyin fırtınası yaparken izleyicileri artırmak ve mümkün olduğunca çok kişinin ilgilenmesini sağlamak konusunda takıntılı davranmıştı."

"Dediğim gibi, medyadaki doyum noktasına ulaşmak üzereyiz. Bu yüzden buluşunu yayınlamak için bundan daha iyi bir zaman bulamayız," diyerek Winston söylediklerinin altını çizdi.

Langdon, "Anladım," dedi. "Bize ne yapacağımızı söyle."

İkili, koridorda yürürken beklenmedik bir engelle karşılaştı. Sanki boya yapmak için koridorda bırakılmış bir merdiven yollarını tıkıyordu. Ya merdiveni kaldırmaları ya da altından geçmeleri gerekecekti.

Profesör ne yapması gerektiğine karar veremedi. "Merdiveni kaldırayım mı?"

Winston, "Hayır," dedi. "Edmond uzun zaman önce bilhassa buraya koydu."

Ambra meraklanmıştı. "Neden?"

"Bildiğiniz gibi Edmond her türlü batıl inançtan nefret ediyordu. İşe gelirken her gün merdiven altından geçmeyi âdet edinmişti. Onun için bu, tanrılara dil çıkartmak gibi bir şeydi. Ayrıca merdivenin altından geçmeyi reddeden bir teknisyen veya ziyaretçi olursa onları binadan kovuyordu."

Hep mantıklı bir açıklaması vardır. Langdon eski öğrencisinin, tahtaya vurduğu için kendisini insanların içinde nasıl küçük düşürdüğünü hatırladı. "Robert, uyandırmak için ağaçlara tıklatan bir Druid değilsen lütfen şu cahilce batıl inancı ait olduğu geçmişte bırakır mısın?"

Ambra başını eğip merdivenin altından geçerek yoluna devam etti. Langdon rahatsız edici bir endişeyle onun peşinden gitti.

Winston onları iki kamera ile bir biyometrik tarayıcının bulunduğu büyük bir güvenlik kapısına yönlendirdi.

Kapının üstünde el yapımı bir tabela vardı: 13. ODA

Langdon uğursuz kabul edilen sayıya baktı. *Edmond yine tanrılara dil çıkartmış.*

Winston, "Laboratuvarının girişi burası," dedi. "Burayı kurarken çalıştırdığı teknisyenler dışında çok az kişinin içeri giriş izni vardı."

Güvenlik kapısının vınlamasıyla birlikte Ambra hiç vakit kaybetmeden tutup açtı. Eşikten adımını atar atmaz olduğu yerde kaldı ve elini ağzına götürdü. Langdon, onun önündeki ana sunağı gördüğünde neden böyle bir tepki verdiğini anladı.

Şapeldeki geniş salona hayatında gördüğü en büyük cam kutu yerleştirilmişti. Şeffaf kutu tüm zemini kaplıyor ve şapelin iki katlı tavanına kadar yükseliyordu.

Kutu iki farklı kata ayrılmış gibiydi.

İlk katına, buzdolabı büyüklüğünde yüzlerce metal dolap sıralar halinde dizilmişti. Dolapların kapağı yoktu ve içleri olduğu gibi görünüyordu. Bağlantı noktalarının meydana getirdiği ızgaradan sarkıtılmış kırmızı kablolar, yere doğru bel vermişti. Yerde kalın bir halatı andıracak şekilde birbirine dolanarak bir cihazdan diğerine, adeta damarlı bir ağ örüyordu.

Langdon, *düzenli kaos,* diye düşündü.

Winston anlatmaya başladı. "Birinci katta dünyanın en hızlılarından, ünlü MareNostrum süper bilgisayarını görüyorsunuz. InfiniBand FDR10 şebekesi üzerinden kırk sekiz bin yüz doksan altı Intel çekirdek haberleşir. Edmond taşındığında MareNostrum buradaydı. Bilgisayarı buradan çıkartmak yerine, onunla çalışıp... yukarı doğru genişletmeye karar verdi."

Langdon şimdi MareNostrum'un tüm kablolarının ortada birleşip birinci katın tavanına doğru tek bir gövde halinde yükseldiğini görüyordu.

Büyük cam dörtgenin ikinci katına baktığında bambaşka bir manzarayla karşılaştı. Yerin ortasındaki yükseltilmiş bir platformun üstünde, mavi-gri metalik bir küp duruyordu. Bir metrekarelik küpün ne bir kablosu, ne yanıp sönen ışıkları, ne de Winston'ın zor anlaşılır bir terminolojiyle anlattığı son model bilgisayara yaraşır cinsten bir özelliği vardı.

"İkili sayıların yerine geçen kuantum bitler... süperpozisyon halleri... kuantum algoritmaları... dolaşıklık ve tünelleme."

Edmond'la bilgisayarlardan değil de neden sanattan bahsettiklerini şimdi daha iyi anlıyordu.

"... saniyede katrilyonlarca kayan nokta ile sonuçlanır," diyerek sözlerini tamamladı. "Birbirinden çok farklı bu iki bilgisayarı birleştirerek dünyanın en güçlü süper bilgisayarını elde etmiş oldu."

Ambra, "Tanrım," diye fısıldadı.

Winston, onu düzeltti. "Aslına bakarsanız bu, *Edmond*'ın Tanrısı."

85. BÖLÜM

ConspiracyNet.com

SON DAKİKA HABERİ

KIRSCH'ÜN BULUŞU DAKİKALAR SONRA YAYINLANACAK

Evet, gerçekten de oluyor!

Edmond Kirsch'ün merkezinden yapılan basın açıklamasıyla, merakla beklenen bilimsel buluşun saat başında (Barselona saatiyle sabah 3'te) canlı yayınlanacağı doğrulandı.

İzleyicilerin sayısı hızla artıyor. Uluslararasındaki katılımcı istatistikleri hiç beklenmedik oranda.

Bu haberle bağlantılı olarak Robert Langdon ile Ambra Vidal, Chapel Torre Girona'ya girerken görülmüşler. Edmond Kirsch'ün son yıllarda buradaki Barselona Süper Bilgisayar Merkezi'nde çalıştığı düşünülüyordu. Sunumun bu merkezden yayınlanacağını henüz teyit edemedik.

Kirsch'ün sunumunu bekleyin. ConspiracyNet.com üzerinden canlı yayınlanacak sunumu buradan izleyebilirsiniz!

86. BÖLÜM

Prens Julián bronz kapıdan dağın içine girerken oradan kaçamayacakmış gibi bir hisse kapıldı.

Şehitler Vadisi. Ben burada ne yapıyorum?

Eşiğin arkasında, iki elektrikli meşaleyle aydınlatılmış soğuk ve karanlık bir mekân vardı.

Karşılarında duran üniformalı adam, titreyen elinde şangırdayan bir anahtarlık tutuyordu. Prens, Patrimonio Nacional subayının tedirgin olmasına şaşırmamıştı. Adamın arkasında altı kraliyet muhafızı karanlıkta bekliyordu. *Babam burada.* Bu zavallı subay gece yarısında Franco'nun kutsal dağının kilidini kral için açmak üzere çağırılmıştı.

Kraliyet muhafızlarından biri ileri doğru adım attı. "Prens Julián, Piskopos Valdespino. Sizi bekliyorduk. Bu taraftan lütfen."

Muhafız, piskoposla prensi, üzerinde o uğursuz Frankocu sembolün işlenmiş olduğu, ferforje demirden yapılmış büyük bir kapıdan geçirdi. Çift başlı kartal amblemi Nazi ikonografisini andırıyordu.

"Majesteleri tünelin sonunda." Muhafız aralık duran kapının ardını işaret ediyordu.

Julián ile piskopos birbirlerine şüpheyle baktıktan sonra kapıdan geçtiler. Kapının iki yanında ellerinde haç şeklinde kılıç tutmuş, metalden birer ölüm meleği heykeli duruyordu.

Frankocu dini-askeri görsellerden bir başkası. Aklında bu ve benzeri türlü düşünceler dolanıp dururken prens, piskoposla birlikte dağın içine doğru uzun yürüyüşüne başladı.

Önlerinde uzanan tünel, Madrid Kraliyet Sarayı'nın balo salonu kadar zarif bir zevkle inşa edilmişti. Siyah mermer zemini ve sandıklı tavanıyla bu görkemli koridor, meşale şeklindeki sayısız duvar apliğiyle aydınlatılıyordu.

Fakat o gece koridor çok daha dramatik bir biçimde ışıklandırılmıştı. Uçak pisti ışıkları gibi dizilmiş onlarca ateş ocağı, tünel boyunca turuncu renkte bir ışık yayıyordu. Geleneksel olarak bu ateş sadece büyük etkinliklerde yakılırdı ama kralın geceleyin gelmesi yakılmalarına yetecek kadar önemli sayılmış olmalıydı.

Ateş, cilalı zeminin üstünde ışık oyunları yaparken devasa koridor adeta doğaüstü bir görünüm kazanmıştı. Julián bu tüneli elleriyle, kazmalarıyla, kürekleriyle kazan kederli ruhların varlığını hissedebiliyordu. Sırf mezarı dağın derinliklerinde bulunan Franco'yu yüceltmek için bu dağın içinde yıllarca açlıkla ve soğukla mücadele etmiş, çoğu da ölmüştü.

Babasının söyledikleri hâlâ aklındaydı. *"Dikkatli bak oğlum. Bir gün burayı sen yıkacaksın."*

Kral olduğunda bu ihtişamlı yapıyı yerle bir edecek güce sahip olmayacağını biliyordu ama yine de karanlık geçmişinden kurtulmaya ve yeni dünyaya girmeye can atan İspanyol halkının, yapının varlığına nasıl katlandığına akıl erdiremiyordu. Elbette eski günlerin hasretini çekenler de vardı. Her yıl Franco'nun ölüm yıldönümünde yüzlerce yaşlı Frankocu saygısını sunmak üzere bu yere akın ederdi.

Diğerlerinin duyamayacağı bir mesafeye geldiklerinde piskopos usulca, "Don Julián," dedi. "Babanızın bizi neden buraya çağırdığı konusunda bir fikriniz var mı?"

Julián başını iki yana salladı. "Hiç fikrim yok."

Babamın amacının ne olduğunu piskopos da bilmiyorsa, kimse bilmiyordur.

"Umarım iyidir." Piskopos şaşırtıcı bir şefkatle konuşuyordu. "Son zamanlarda verdiği bazı kararlar..."

"Hastane yatağında olması gerekirken dağın içinde toplantıya çağırması gibi mi?"

Valdespino hafifçe tebessüm etti. "Gibi. Evet."

Prens, kraliyet muhafızlarının, ölmek üzere olan kralın hastaneden çıkarılıp bu yere getirilmesine neden müdahale edip karşı çıkmadıklarını merak etti. Ama elbette muhafızları, özellikle de emir başkomutandan geliyorsa soru sormadan itaat etmek üzere eğitilmişlerdi.

"Burada dua etmeyeli yıllar olmuştu." Valdespino ateş ışığıyla aydınlanan tünele baktı.

Julián bu geçidin dağın içine giriş yolu olmakla kalmadığını, aynı zamanda resmi onay verilmiş bir Katolik kilisesinin sahını olduğunu biliyordu. İlerideki dua banklarını görmeye başlamıştı.

La basílica secreta. İsmini çocukluğundan hatırlıyordu.

Granit dağa oyulmuş bu tünelin sonundaki yaldızlı mabet, devasa kubbesiyle yeraltına yapılmış büyük bir bazilikaydı. Roma'daki Aziz Petrus Meydanı'ndan daha fazla yüzölçümüne sahip olduğu söylenen yeraltındaki bu anıt mezarda, dağın tepesindeki haçın tam altına inşa edilmiş sunağın çevresine altı ayrı şapel yapılmıştı.

Ana sunağa yaklaştıklarında Julián etrafa bakınarak babasını aradı. Ama bazilika bomboş görünüyordu.

"Nerede?" Piskoposun sesi endişeliydi.

Muhafızların, kralı boş sarayda tek başına bırakmış olduğundan şüphelenen Julián, piskoposla aynı endişeyi taşıyordu. Hemen yürüyüp teker teker yatay neflere bakındı. Kimseler yoktu. Daha hızlı adımlarla sunağın etrafından dolaşıp apsise girdi.

İşte tam burada, dağın en içerlek köşesinde babasını gördü ve olduğu yerde kaldı.

Kalın battaniyeler altındaki İspanya kralı tek başına bir tekerli sandalyede oturuyordu.

87. BÖLÜM

Boş şapelin ana sunağındaki Ambra ile Langdon, iki katlı süper bilgisayarın etrafında Winston'ın sesini takip ettiler. Kalın camın arkasındaki dev makineden titreşimli bir tıngırtı sesi geldiğini duydular. Langdon hapsedilmiş bir hayvanın kafesine baktığı hissine kapıldı.

Winston'ın anlattığına göre ses, santrifüj pervanelerinden, ısı emicilerden ve soğutucu sıvı pompalarından geliyordu.

Winston, "Sağır edici bir yer burası," dedi. "Aynı zamanda dondurucu. Neyse ki Edmond'ın laboratuvarı ikinci katta."

İleride, cam mekânın dış duvarına tutturulmuş bir döner merdiven duruyordu. Bilgisayarın söylediklerine uyarak merdiveni çıktılar ve kendilerini camdan bir döner kapının önündeki metal eşikte buldular.

Laboratuvarın bu fütüristik girişinin bir banliyö evi gibi döşenmiş olması Langdon'ı şaşırttı. Yerde bir hoş geldin paspası, saksı içinde yapay bitki ve küçük bir bankın altında bir çift ev terliği duruyordu. Langdon özlemle, terliklerin Edmond'a ait olduğunu tahmin etti.

Kapının üstünde çerçeveli bir mesaj asılıydı.

Başarı, şevkini hiç kaybetmeden
bir başarısızlıktan diğerine
geçebilme kabiliyetidir.
-WINSTON CHURCHILL

"Yine karşımıza Churchill çıktı." Langdon, Ambra'ya çerçeveyi eliyle gösterdi.

Winston neşeli bir sesle konuştu. "Edmond'ın en sevdiği özlü söz. Bilgisayarların tek büyük gücünün bu olduğunu söylerdi."

"Bilgisayarlar mı?" Ambra şaşkınlıkla sormuştu.

"Evet, bilgisayarlar hiç vazgeçmez. Hiç hüsrana uğramadan trilyonlarca kez başarısız olabilirim. Bir problemi milyarıncı kez çözmeye çalışırken de ilk seferki enerjimi kullanırım. İnsanlar bunu yapamaz."

Langdon, ona hak veriyordu. "Doğru. Ben genellikle milyonuncu seferinde vazgeçerim."

Ambra gülümseyip kapıya doğru ilerledi.

Cam kapı kendiliğinden dönmeye başladığında Winston onları uyardı. "İçeride yerler cam olduğu için lütfen ayakkabılarınızı çıkartın."

Ambra saniyeler içinde ayakkabılarını çıkartıp döner kapıdan içeri adımını attı. Onun peşinden giderken Langdon paspasın üstündeki alışılmadık mesajı fark etti.

127.0.0.1 GİBİ YER YOKTUR

"Bu paspas nedir? Anlamadım..."

Winston, "Yerel sunucu," diye cevap verdi.

Langdon paspası bir kez daha okudu. "Anladım," dese de hiçbir şey anlamamıştı. Döner kapıdan içeri girdi.

Cam zeminin üzerine adımını attığında bir anlık tereddüt yaşadı. Şeffaf bir yüzeye çoraplarıyla basmak yeterince sinir bozucuydu, buna ilaveten bir de MareNostrum bilgisayarın tepesinde durmak sinirlerini iki katı geriyordu. Bulunduğu yerden aşağıdaki makineler ordusunu görmek ona Çin'deki ünlü Xi'an arkeolojik alanındaki toprak askerleri hatırlattı.

Derin bir nefes alıp karşısındaki tuhaf yere baktı.

Laboratuvar, daha önce gördüğü mavi-gri küpün geniş yer kapladığı şeffaf bir dörtgendi. Parlak yüzeyi, etrafındaki her şeyi yansıtıyordu. Odanın sonuna doğru, küpün sağ tarafında at nalı şeklindeki masası, üç dev LCD ekranı ve granit yüzeyin içine yerleştirilmiş çeşitli klavyeleriyle son derece zarif bir çalışma bölmesi vardı.

Ambra, "Görev kontrol merkezi," diye fısıldadı.

Langdon başını sallayıp oryantal halının üstünde koltukların, bir kanepenin ve bir egzersiz bisikletinin durduğu tarafa baktı.

Süper bilgisayarlı bir erkek mağarası. Edmond'ın proje üstünde çalışırken bu cam kutuya taşındığını düşündü. *Burada ne keşfetti acaba?* İlk tereddüdü geçmişti ve artık entelektüel merakı artıyordu. Burada hangi gizemlerin çözüldüğünü ve bir dehanın güçlü bir makineyle yaptığı işbirliği sonucunda hangi sırların gün ışığına çıkarıldığını merak etti.

Küpe doğru yürümeye başlamış olan Ambra, şaşkınlık içinde parlak mavi-gri yüzeyini inceliyordu. Langdon yanına gittiğinde küpün cilalı dış yüzeyinde kendi yansımalarını gördüler.

Bu bir bilgisayar mı? Aşağıdaki makinenin aksine buradaki bilgisayar hareketsiz ve cansız duran sessiz bir metalik monolit görünümündeydi.

Bilgisayarın mavimsi tonu ona satranç şampiyonu Gary Kasparov'u yenerek tüm dünyayı şaşırtan, 1990'ların "Deep Blue" isimli süper bilgisayarını hatırlattı. Zaten bundan sonra bilgisayar dünyasındaki gelişmeleri anlamak imkânsız hale gelmişti.

"İçine bakmak ister misiniz?" Winston'ın neşeli sesi yukardaki hoparlörden yükseldi.

Ambra hayretle yukarı doğru baktı. "*Küpün* içine bakmak mı?"

"Neden olmasın? Edmond size iç işleyişini göstermekten gurur duyardı."

"Gerek yok." Ambra gözlerini Edmond'ın çalışma bölümüne doğru çevirdi. "Artık parolayı girmemiz gerekiyor. Bunu nasıl yapacağız?"

"Sadece birkaç saniye alacak. Ayrıca yayını başlatmak için hâlâ on bir dakikamız var. İçine bir bakın."

Küpün Edmond'ın çalıştığı tarafa bakan yüzeyindeki bir panel kayarak açılmaya başladı. Kalın bir cam belirdi. Langdon ile Ambra etrafından dolaşıp yüzlerini şeffaf kapıya dayadılar.

Langdon yine kablolardan oluşan bir ağ ve yanıp sönen ışıklar göreceğini sanıyordu. Ama gördüğü şey bambaşkaydı.

Küpün içi karanlık ve boştu. Gördüğü tek şey, sanki içerisi soğuk hava deposuymuş gibi havada gezinen beyaz buhar dalgalarıydı. Kalın pleksiglas panel, beklenmedik bir soğuğu yansıtıyordu.

Ambra, "Burada bir şey yok," dedi.

Langdon da bir şey görmüyor, ama küpün içinden gelen devamlı bir nabız atışını hissediyordu.

Winston hemen açıkladı. "Duyduğunuz bu yavaş nabız ritmi aslında, atımlı tüp dilusyon soğutma sistemi. İnsan kalbinin atış sesine benziyor."

Evet, öyle. Langdon bu mukayeseden rahatsız olmuştu.

Kırmızı ışıklar yavaşça küpün içini aydınlatmaya başladı. Profesör ilk başta sadece beyaz buharı ve boş mekânı gördü. Ama sonra ışık çoğalınca metal bir silindirin tavandan sarkıtıldığını fark etti.

Winston, "İşte küpün soğuk tutması gereken şey bu," dedi.

Tavandan sarkan silindir biçimindeki cihaz bir buçuk metre uzunluğundaydı ve aşağı indikçe çapı küçülen yedi yatay halkadan meydana geliyordu. İnce dikey çubuklarla birbirine tutturulmuş üst üste dizili diskler giderek daralan bir sütun oluşturmuştu. Parlak metal disklerin arasındaki boşlukta kabloların meydana getirdiği seyrek bir ağ vardı. Cihazın etrafında soğuk buharlar dönüp duruyordu.

Winston cihazı tanıttı. "E-Dalga. Kelime oyununu mazur görürseniz, NASA/Google'ın sahip olduğu D-Dalga'nın çok ötesinde bir kuantum sıçrayışı."

Bunun ardından ilk kuantum bilgisayar olan D-Dalga'nın, bilim insanlarının halen anlamakta zorlandığı yeni bir bilgisayar gücü dünyasının kapısını açtığını anlattı. Kuantum bilgisayarlar, bilgi depolamak yerine, atomaltı parçacıkların kuantum hallerinden faydalanarak hız, güç ve esneklik açısından üstel bir ilerleme sağlıyordu.

"Edmond'ın kuantum bilgisayarı yapısal anlamda D-Dalga'dan çok farklı değil. Tek fark, bilgisayarın etrafını saran metalik küp. Küpün üzeri nadir bulunan, çok yoğun bir kimyasal element olan *osmiyum* ile kaplı. Bu element ileri düzeyde manyetik, termal ve kuantum kalkan oluşturuyor ve bence Edmond'ın renkli kişiliğine de çok uygun."

Langdon aynı şeyleri düşündüğünden gülümsedi.

"Son yıllarda Google'ın Kuantum Yapay Zekâ Laboratuvarı'nda D-Dalga gibi makineler kullanılırken, Edmond üstünde gizlice çalıştığı bu bilgisayarla herkesi geride bıraktı. Bunu yaparken de tek bir fikirden yola çıktı..." Winston kısa bir an durdu. "Bikameralizm."

Profesör kaşlarını çattı. *İki meclisli parlamento mu?*

Winston konuşmaya devam etti. "İki loblu beyin. Beynin sağ ve sol yarıları."

Bikameral zihin. Langdon şimdi anlıyordu. İnsanoğlunu böylesine yaratıcı kılan şeylerden biri de, beynin iki yarısının birbirinden çok farklı çalışmasıydı. Sol beyin analitik ve sözelken, sağ beyin sezgiseldi ve resimleri kelimelere tercih ederdi.

Winston, "Edmond insan beynini taklit eden bir sentetik beyin yapmaya karar vermişti," dedi. "Yani sağ ve sol loblara ayrılacaktı. Elbette burada ancak aşağı kat ve yukarı kat olarak ikiye ayırabildi."

Langdon bir adım geriye gidip aşağıda çalışan makineye bir göz attıktan sonra küpün içindeki sessiz "sarkıta" baktı. *Birbirinden ayrı ama birleşmiş iki farklı makine; bikameral zihin.*

Winston devam etti. "Tek bir ünite gibi çalışmaya zorlandığında bu iki makine problem çözmede farklı yaklaşımlar izler. Dolayısıyla, insan beyninin lobları arasındaki aynı çelişkiyi ve uzlaşıyı deneyimler. Böylece yapay zekânın öğrenmesi, yaratıcılığı ve diyebiliriz ki, insanlığı katlanarak artar. Edmond bana, çevremdeki dünyayı gözlemleyerek ve espri, işbirliği, değer yargıları hatta ahlak gibi insani özellikleri örnek alarak kendime insanlığı öğretebilmemi sağlayacak araçlar verdi."

İnanılmaz. Langdon hayran kalmıştı. "Peki, bu ikili bilgisayar sen misin?"

Winston kahkaha attı. "Şey, sizin beyniniz ne kadar siz ise, bu makine de o kadar ben sayılır. Beyninizi bir çanağın içinde görseniz, 'bu benim' demezdiniz. Bizler mekanizmanın içinde yer alan etkileşimlerin bütünüyüz."

"Winston?" Ambra, Edmond'ın çalışma alanına doğru yürümeye başlamıştı. "Yayını başlatmamıza ne kadar kaldı?"

Winston, "Beş dakika kırk üç saniye," diye cevap verdi. "Hazırlanalım mı?"

"Evet, lütfen."

İzleme penceresinin koruyucu kalkanı kayarak yerine dönerken Langdon, Ambra'nın yanına gitti.

Genç kadın merak içindeydi. "Winston, açıkçası burada Edmond'la birlikte çalıştığını düşününce, ne bulduğu hakkında hiç bilgi sahibi olmaman bana çok ilginç geliyor."

"Bayan Vidal, sahip olduğum bilgi kısımlara ayrılmış halde ve ben de sizinle aynı verileri elde ettim. Sadece akıllı tahminlerde bulunabilirim."

"Peki, tahminin ne?" Ambra, Edmond'ın çalışma odasında etrafına bakındı.

"Şey, Edmond buluşunun 'her şeyi değiştireceğini' söylemişti. Edindiğim tecrübelere göre, tarihteki dönüştürücü keşiflerin tümü, evrenin farklı modelleriyle ilgiliydi. Pisagor'un dünyanın düz olduğunu reddetmesi, Kopernik'in güneş merkezli modeli, Darwin'in evrim teorisi ve Einstein'ın göreceliği keşfetmesi, insanoğlunun dünya görüşünü tümden değiştirdi ve evren modelimizi yeniledi."

Langdon yukarıdaki hoparlöre başını kaldırıp baktı. "Yani tahminine göre Edmond evrenin yeni bir modelini mi keşfetti?"

Winston artık daha hızlı konuşmaya başlamıştı. "Mantıklı bir çıkarım olur. MareNostrum dünyadaki en iyi 'modelleme' bilgisayarlarından biri ve karmaşık simülasyonlar yapmada uzman. Bunların en ünlüsü 'Alya Red' isimli, hücre seviyesine kadar her şeyiyle doğru, çalışır durumda sanal bir insan kalbi. Elbette bir süre önce eklenen kuantum bileşenler sayesinde bu tesiste insan organlarından milyonlarca kat karmaşık sistemler modelleyebiliriz."

Langdon kavramın ne olduğunu anlamıştı ama hâlâ Edmond'ın "Nereden geliyoruz? Nereye gidiyoruz?" sorularına cevap verecek nitelikte ne modellemiş olabileceğini kestiremiyordu.

Ambra, Edmond'ın çalışma masasından seslendi. "Winston? Bunu nasıl açacağız?"

Winston, "Yardımcı olurum," diyerek yanıtladı.

Langdon yanına geldiği sırada masanın üstündeki üç dev LCD ekran açıldı. Ekrandaki görüntü karşısında ikisi birden dehşetle geriye doğru adım attı.

Ambra, "Winston... Bu görüntü *canlı* mı?" diye sordu.

"Evet, dışardaki güvenlik kameramızın canlı görüntüleri. Bilmeniz gerekir diye düşündüm. Birkaç saniye önce geldiler."

Şapel ana girişinin geniş açılı görüntüsünde bir grup polis toplanmış, çağrı düğmesine basarak kapıyı açmaya çalışıyor, bir yandan da telsizle konuşuyordu.

Winston onları rahatlattı. "Endişelenmeyin. Asla içeri giremezler. Yayını başlatmamıza dört dakikadan az kaldı."

Ambra heyecanlanmıştı. "Hemen başlatmalıyız."

Winston temkinli bir sesle cevap verdi. "İnanıyorum ki Edmond, söz verdiğimiz gibi bekleyip saat başında yayınlamamızı tercih ederdi. Sözünün eri biriydi. Bunun dışında dünya çapındaki izleyici sayısını takip ediyorum, giderek artıyor. Bu hızla önümüzdeki dört dakika içinde izleyicilerimiz yüzde 12.7 artacak ve tahminime göre azami seviyeye ulaşacak." Winston bundan sonra keyifli bir sesle konuştu. "Bu akşam tüm yaşananlara rağmen Edmond'ın sunumu en iyi zamanda yayınlanacak. Bence her ikinize de müteşekkir olurdu."

88. BÖLÜM

Dört dakikadan az kaldı. Langdon, Edmond'ın file sandalyesine oturdu ve gözlerini üç LCD ekrana dikti. Ekrandaki kamera görüntüleri hâlâ şapelin etrafına toplanan polisleri gösteriyordu.

"İçeri giremeyeceklerine emin misin?" Ambra gergin bir halde Langdon'ın arkasına geçti.

Winston, "Bana güvenin," diye yanıt verdi. "Edmond güvenlik konusunu çok ciddiye alırdı."

Profesör lafa karıştı. "Peki, binanın elektriğini keserlerse?"

Winston heyecansız bir sesle cevap verdi. "Güç kaynağı bağımsız. Yedek devreler yerin altında. Kimse müdahale edemez. Emin olun."

Langdon, ona güveniyordu. *Winston gece boyunca hiç yanılmadı... Ayrıca bizi hep kolladı.*

At nalı şeklindeki masanın ortasında oturan Langdon dikkatini önünde duran alışılmışın dışındaki klavyeye verdi. Şimdiye kadar gördüklerinden en az iki katı fazla tuş bulunan klavyede kendisinin bile tanımadığı bir dizi sembol yer alıyordu. Ortadan ikiye ayrılmış klavyenin her bir yarısı ergonomik bir açıyla dönmüştü.

Tuşların akıl karıştırıcı dizilimine baktı. "Bana biraz yol gösterir misin?"

Winston hemen yanıtladı. "Yanlış klavye. Bu E-Dalga'nın ana giriş noktası. Dediğim gibi Edmond sunumunu ben dahil herkesten gizli tutuyordu. Sunumun farklı bir makineden başlatılması gerek. Sağ tarafa kayın. En sondaki."

Langdon sağ tarafına baktığında, masa boyunca sıralanmış altı bilgisayar gördü. Sandalyesinin üstünde o tarafa kayarken ilk birkaç makinenin eski ve modası geçmiş olduğunu görmek onu şaşırttı. Fakat işin tuhaf yanı, sağa gittikçe daha eski makinelerin ortaya çıkmasıydı.

Olamaz. Onlarca yıl öncesine ait bej renkte bir IBM DOS sisteminin önünden geçti. "Winston bu makineler de ne?"

Winston, "Edmond'ın çocukluğundan kalma bilgisayarlar," diyerek cevap verdi. "Başlangıcını hatırlatması için bunları saklıyordu. Bazen sıkıntılı günlerinde onları açar ve eski programları çalıştırırdı. Bu onun, programlamayı ilk keşfettiği gençlik yıllarında duyduğu merakı yeniden hissetmesini sağlıyordu."

Langdon başını salladı. "Bu fikri sevdim."

Winston, "Tıpkı sizin Mickey Mouse saatiniz gibi," dedi.

Langdon gençliğinden beri taktığı eski saatine baktı. Bir süre önce Edmond'a, içinin çocuk kalması için bu saati taktığını anlatmıştı. Yine de Winston'ın bilmesi şaşırtıcıydı.

Ambra söze daldı. "Robert? Moda anlayışını bir yana bırakıp acaba şu parolayı girsek nasıl olur? Saatin bile dikkatini çekmek için el sallıyor."

Mickey'nin eldivenli eli başının üstündeydi ve işaretparmağı dümdüz yukarıyı gösteriyordu. *Saat başına üç dakika kaldı.*

Hemen masanın sonundaki bilgisayarın önüne kaydı ve Ambra yanına geldi. Flopi disket yuvası, 1200 baud'luk bir telefon modemi ve dışa bombeli on iki inçlik bir monitörü bulunan mantar renginde biçimsiz bir bilgisayardı.

Winston bilgisayarı tanıttı. "Tandy TRS-80. Edmond'ın ilk makinesi. İkinci el satın almış ve sekiz yaşındayken bununla BASIC kullanmayı öğrenmiş."

Langdon, artık bir dinozor sayılsa da bu bilgisayarın açık ve bekler konumda olduğunu görünce memnun oldu. Siyah beyaz ekranında bit eşlemli yazı tipinde ümit verici bir mesaj yazıyordu.

HOŞ GELDİN EDMOND
LÜTFEN PAROLAYI GİR

"Gir" kelimesinin hemen bitiminde siyah imleç sabırsızlıkla yanıp sönüyordu.

"Bu kadar mı?" Langdon'a fazla kolay gelmişti. "Parolayı buraya mı gireceğim?"

Winston, "Evet, bu kadar," diye cevap verdi. "Siz parolayı girince bu PC, sunumun yer aldığı ana bilgisayardaki mühürlü bölmeye onaylı bir "kilit açma" mesajı gönderecek. O zaman benim de kayda erişim imkânım olacak, saat başına ayarlayıp tüm dünyadan izlenebilmesi için veriyi ana dağıtım kanallarına yollayacağım."

Langdon açıklamayı aşağı yukarı anlamış olsa da eski bilgisayarla telefon modemine bakarken kafası karıştı. "Anlamıyorum Winston. Bu akşam için bunca plan yaptıktan sonra neden tüm sunumunu tarih öncesi bir modeme yapılacak bir çağrıya bağladı?"

Winston, "Tek diyebileceğim Edmond'ın Edmond'lık yaptığı," diye cevap verdi. "Bildiğiniz gibi drama, sembolizm ve tarihe meraklıydı. Sanırım hayatının en büyük işini ilk bilgisayarından başlatmak ona bir tür keyif veriyordu."

Langdon da Edmond'ın aynen bu şekilde düşünmüş olabileceği kanısındaydı.

Winston konuşmaya devam etti. "Bunun dışında, beklenmedik haller için bir yedek plan hazırladığından şüpheleniyorum ama yine de, sunumun düğmesine basmak için eski bir bilgisayar kullanması bana mantıklı geliyor. Basit işler basit aletlerle yapılır. Güvenlik açısından baktığınızda yavaş bir işlemci kullanmak, sistemi korsanlamak için birilerinin çok mesai harcayacağı anlamına gelir."

"Robert?" Arkasında duran Ambra cesaret verici bir biçimde onun omzunu sıktı.

"Evet, affedersin, her şey tamam." Langdon, Tandy klavyeyi kendine doğru çekince helezon kablosu çevirmeli telefon kabloları gibi uzadı. Parmaklarını plastik tuşların üzerine koydu ve Ambra ile birlikte Sagrada Família'nın kriptasında buldukları elyazısı dizeyi gözünün önüne getirdi.

Karanlık dinlerden kurtulur & tatlı bilim hükūm sürer

William Blake'in epik şiiri *Dört Âlem*'in son dizesi, Edmond'ın her şeyi değiştireceğini iddia ettiği son bilimsel buluşun kilidini açmak için mükemmel bir seçimdi.

Langdon derin bir nefes alıp şiir dizesini arada hiç boşluk bırakmadan ve et bağlacını kullanarak dikkatle yazdı.

Bitirdiğinde başını kaldırıp ekrana baktı.

LÜTFEN PAROLAYI TEKRAR GİR:

....

Langdon noktaları tekrar saydı. Kırk yedi ediyordu.

Harika. Yapacak başka bir şey yok.

Ambra onaylayarak başını sallayınca Langdon giriş tuşuna bastı.

Bilgisayar bir anda derinden gelen vınlama sesleri çıkardı.

YANLIŞ PAROLA
TEKRAR DENE

Langdon'ın kalbi yerinden çıkacaktı.

"Ambra, parolayı hatasız girdiğime eminim!" Sandalyesiyle birlikte dönerken Ambra'nın korku dolu ifadesiyle karşılaşacağını sanıyordu.

Ama genç kadın ona keyifle gülümsüyordu. Başını iki yana sallayıp kahkaha attı.

Klavyeyi eliyle gösterdi. "Profesör, büyük harf tuşu kilitli kalmış."

O sırada dağın içlerindeki bazilikada duran Prens Julián, gördüğü şaşırtıcı manzara karşısında donakalmıştı. Babası bazilikanın en ücra ve en gizli köşesine tekerli sandalyesiyle götürülmüş, kıpırdamadan oturuyordu.

Korkuyla hemen yanına koştu. "Baba?"

Yavaşça gözlerini açan kralın uyukladığı anlaşılıyordu. Hasta hükümdar rahatlayarak gülümsedi. Zayıf sesiyle, "Geldiğin için teşekkür ederim oğlum," diye fısıldadı.

Babasının sağ olduğunu görünce rahatlayan prens hemen sandalyenin önünde diz çöktü. Fakat aynı zamanda, babasının birkaç gün içinde bunca çöktüğünü görmek onu dehşete düşürmüştü. "Baba? İyi misin?"

Kral omzunu silkti. "Ne kadar olabilecekse o kadar iyiyim. Sen nasılsın? Günün epey... olaylı geçmiş."

Prens nasıl cevap vereceğini bilmiyordu. "Burada ne işin var?"

"Eh, hastaneden sıkıldım ve biraz hava almak istedim," diyen kral, onu şaşırtacak kadar iyi bir espri yapmıştı.

"Güzel ama neden burası?" Babasının bu tapınağın ölüm ve hoşgörüsüzlükle olan bağlantısından tiksindiğini biliyordu.

"Majesteleri!" Valdespino sunağın etrafından koşarak nefes nefese yanlarına geldi. "Neler oluyor?"

Kral eski dostuna gülümsedi. "Antonio, hoş geldin."

Antonio mu? Prens daha önce babasının Piskopos Valdespino'ya ilk ismiyle hitap ettiğini hiç duymamıştı. Halkın karşısında daima "haşmetmeapları" derdi.

Kralın resmiyetin dışına çıkması piskoposu rahatsız etmiş gibiydi. "Teşekkür... ederim," diye ağzında geveledi. "İyi misiniz?"

Kral genişçe gülümsedi. "Tek kelimeyle harikayım. Hayatta en güvendiğim iki insanın yanındayım."

Valdespino huzursuz bir ifadeyle Julián'a baktıktan sonra yüzünü yeniden krala döndü. "Majesteleri, istediğiniz gibi oğlunuzu size getirdim. Özel görüşebilmeniz için sizi yalnız bırakayım mı?"

Kral hemen cevap verdi. "Hayır Antonio. Bu bir itiraf olacak. Rahibimin de yanımda olmasını isterim."

Valdespino başını iki yana salladı. "Oğlunuzun bu akşamki davranışlarınızın açıklamasını beklediğini sanmıyorum. Eminim kendisi..."

"Bu akşam mı?" Kral kahkaha attı. "Hayır Antonio. Julián'dan hayatı boyunca sakladığım sırrı itiraf edeceğim."

89. BÖLÜM

ConspiracyNet.com

SON DAKİKA HABERİ

KİLİSE SALDIRI ALTINDA!

Hayır, saldıran Edmond Kirsch değil, İspanyol polisi!

Barselona'daki Torre Girona Şapeli şu anda yerel yetkililerin saldırısı altında! Merakla beklenen duyuruyu, içeride bulunan Ambra Vidal ile Robert Langdon'ın dakikalar sonra başlatacağına inanılıyor.

Geri sayım başladı!

90. BÖLÜM

Langdon şiir dizesini ikinci defa girdikten sonra eski bilgisayar neşeyle çınlayınca Ambra Vidal içine bir sevinç yayıldığını hissetti.

PAROLA DOĞRU

Tanrı'ya şükürler olsun, diye düşündü. Langdon masadan kalkıp yüzünü dönünce genç kadın hemen kollarını ona dolayıp sımsıkı kucakladı. *Edmond buna çok sevinirdi.*

Winston'ın kaygısız sesi duyuldu. "İki dakika otuz üç saniye."

Ambra, Langdon'ı bıraktıktan sonra ikisi birlikte yukardaki LCD ekranlara baktılar. Ortadaki ekranda Guggenheim'da gördüğü geri sayım saati çalışıyordu.

Canlı yayın 2 dakika 33 saniye içinde başlayacak
Uzaktan katılımcı sayısı: 227 257,914

İki yüz milyonun üstünde katılımcı mı? Ambra çok şaşırmıştı. Görünüşe bakılırsa Langdon ile birlikte Barselona'ya giderken tüm dünya dikkat kesilmişti. *Edmond'ın izleyici sayısı astronomik rakamlara ulaştı.*

Geri sayım ekranının yanında, kameraların canlı yayın kayıtları oynamaya devam ediyordu. Dışarıdaki polis hareketliliğinde ani bir değişiklik olmuştu. Kapılara vuran ve telsizle konuşan polisler teker teker yaptıkları işi bırakıyor, akıllı telefonlarını çıkartıp ekranlarına bakıyordu. Kilisenin önü, ellerindeki ekranlardan yansıyan ışıkla benzi atmış yüzlerden bir denize dönmüştü.

Edmond dünyayı durdurdu. Ambra tüm dünyadaki insanların bu odadan yayınlanacak sunumu izlemeye hazırlandığını düşününce tüylerini ürperten bir sorumluluk hissine kapıldı. *Acaba Julián da izliyor mudur?* Sonra hemen bu düşünceyi zihninden uzaklaştırdı.

Winston'ın sesi duyuldu. "Program yayın sırasına alındı. Edmond'ın laboratuvarın sonundaki oturma köşesinden daha rahat izlersiniz."

"Teşekkürler Winston." Langdon, Ambra'yı yanına alıp oturma köşesine gitti.

Edmond'ın oturma köşesindeki yumuşak halının üstüne adımını atan Ambra bir anda vücudunun rahatlamaya başladığını hissetti. Kanepeye geçip ayaklarını altına topladı ve televizyonu görmek için etrafına bakındı. "Nereden izleyeceğiz?"

Bir şeye bakmak için odanın köşesine gitmiş olan Langdon, genç kadını duymamıştı ama arka duvar içten aydınlanmaya başladığı sırada Ambra cevabını almış oldu. Camın içinden tanıdık bir görüntü belirdi.

Canlı yayın 1 dakika 39 saniye içinde başlayacak
Uzaktan katılımcı sayısı: 227 501,173

Tüm duvar ekran mı?

Kilisenin ışıkları yavaşça kararırken Ambra iki buçuk metre yüksekliğindeki görüntüye baktı. Winston'ın büyük gösteri için onları rahat ettirmeye çalıştığı anlaşılıyordu.

Üç metre ileride odanın köşesindeki Langdon donakalmıştı. Dev ekrana değil, az önce fark ettiği küçük bir nesneye bakıyordu. Sanki müzede sergilenecekmiş gibi zarif bir ayaklığın üstünde duruyordu.

Karşısındaki deney tüpü, cam kapaklı metal bir vitrine yerleştirilmişti. Tüpün ağzına mantar tıkılmış, üstü etiketlenmişti ve içinde çamur gibi kahverengimsi bir sıvı vardı. Langdon ilk önce bunu Edmond'ın kullandığı bir tür ilaç zannetti. Sonra üstündeki etiketi okudu.

Kendi kendine, *bu imkânsız*, dedi. Burada ne işi var?!

Dünyada az sayıda "ünlü" deney tüpü vardı ve bunun onlardan biri olduğuna emindi. *Edmond'ın böyle bir şeye sahip olduğuna inanamıyorum!* Bu bilimsel esere muazzam bir bedel ödemiş olmalıydı. *Casa Milá'daki Gaugin tablosu gibi.*

Profesör, dizlerini kırıp yetmiş yıllık cam tüpe baktı. Yüzeyindeki maskeleme bandı eskimiş ve yıpranmış olsa da üstündeki iki isim hâlâ okunuyordu: MILLER-UREY.

İsimleri tekrar okurken ensesindeki tüylerin ürperdiğini hissetti.

MILLER-UREY.

Tanrım... Nereden geliyoruz?

Kimyager Stanley Miller ile Harold Urey bu soruyu cevaplamak için 1950'lerde efsanevi bir bilimsel deney yapmıştı. Başladıkları yürekli deney başarısız olmuş, ama çabaları dünya çapında övgü bulmuştu. O günden beri bu deney Miller-Urey ismiyle anılıyordu.

Langdon lisedeki biyoloji dersinde bu iki bilim insanının dünyanın başlangıcındaki koşulları yeniden oluşturmaya çalıştığını öğrendiğinde büyülenmişti. Dünya, kaynayan kimyasallarla dolu, cansız bir okyanusla kaplıydı.

İlksel çorba.

Miller ile Urey, denizlerde ve atmosferde başlangıçta var olan kimyasalları -su, metan, amonyak ve hidrojeni- tüpün içine koyduktan sonra kaynayan deniz suyu etkisini yaratmak için karışımı ısıtmıştı. Daha sonra yıldırımı taklit ederek elektrik vermişlerdi. Ve en sonunda, tıpkı gezegendeki okyanusların soğuması gibi karışımı soğumaya bırakmışlardı.

Cesur ve basit bir amaçları vardı: cansız ilkel denizde hayatı başlatmak. Langdon, *sadece bilimden faydalanarak "Yaratılış'ı" başlatmak istediler,* diye düşündü.

Miller ile Urey, kimyasal açıdan zengin karışımda primitif mikroorganizmalar oluşabileceği ümidiyle karışımı inceledi. Daha önce görülmemiş bir *abiyogenez* sürecinin, yani cansızdan canlı oluşmasının beklentisi içindeydiler. Ne yazık ki cansız maddeden "hayat" yaratma girişimleri başarısız olmuştu. Deneyden geriye ellerinde yaşam yerine, günümüzde San Diego'daki California Üniversitesi'nin karanlık dolaplarında bekleyen cam tüpler kalmıştı.

Yaratılış teorisini savunanlar Miller-Urey deneyinin başarısızlığından bahsederken hâlâ, yeryüzünde Tanrı'nın yardımı olmaksızın hayatın başlayamayacağına dair bilimsel kanıt bulduğunu söylüyorlardı.

Winston'ın sesi yukarıdaki hoparlörden geldi. "Otuz saniye."

Ayağa kalkıp karartılmış kiliseye bakınırken Langdon'ın zihni karmakarışıktı. Winston henüz birkaç dakika önce, bilim insanlarının çığır açıcı buluşlarının, evrenle ilgili öne sürdükleri yeni "modeller" olduğunu söylemişti. MareNostrum'un modelleme üzerine uzmanlaştığını, karmaşık sistemlerin benzerlerini yapıp çalıştırabildiğini de ilave etmişti.

Miller-Urey deneyi, modelleme çalışmalarının ilk örneği. İlksel dünyada meydana gelen karmaşık kimyasal etkileşimlerin benzerini yapmaya çalıştılar.

Ambra odanın diğer ucundan seslendi. "Robert! Başlıyor."

"Geliyorum." Kanepeye doğru yürürken Edmond'ın üzerinde çalıştığı şeyin bir kısmını görmüş olabileceği düşüncesine kapıldı.

Edmond'ın Guggenheim'daki çayırların üstünde yaptığı etkileyici giriş konuşması aklına geldi. "Bu akşam kendimizi ilk kâşiflerin yerine koyalım," demişti. "Her şeyi geride bırakıp engin okyanuslara açılanların yerine koyalım. Din devri artık kapanmak üzere. Bilim devri başlıyor. Hayattaki en büyük sorunun cevabını mucizevi bir biçimde öğrenseydik neler olurdu bir düşünün."

Ambra'nın yanına otururken duvardaki dev ekran geri sayımın son saniyelerini gösteriyordu.

Ambra dikkatle ona baktı. "İyi misin Robert?"

Langdon olumlu anlamda başını sallarken bir film müziği duyuldu ve duvarda Edmond'ın yüzü belirdi. Zayıf ve yorgun görünmesine rağmen kameraya genişçe gülümsüyordu.

Müzik sesi giderek azalırken heyecanla, "Nereden geliyoruz?" diye sordu. "Ve nereye gidiyoruz?"

Genç kadın, Langdon'ın elini tutup heyecanla sıktı.

Edmond konuşmaya devam etti. "Bu iki soru, aynı hikâyenin iki yarısıdır. Öyleyse baştan başlayalım... ta *en başından*."

Keyifle gülümsedikten sonra cebinden küçük bir nesne çıkarttı. İçinde çamurlu bir sıvının bulunduğu cam tüpün silik etiketinden Miller ve Urey isimleri okunuyordu.

Langdon kalbinin hızlandığını hissetti.

"Yolculuğumuz çok önceleri başladı... İsa'dan dört milyar yıl önceydi... İlksel çorbanın içinde akıntıyla sürükleniyorduk."

91. BÖLÜM

Kanepede Ambra'nın yanında oturan Langdon, Edmond'ın ekrana yansıyan solgun yüzünü incelerken onun kimseye söylemeden ölümcül bir hastalıkla boğuştuğunu bildiğinden, derin bir keder hissetti. Yine de fütüristin gözleri pür neşe ve heyecanla parlıyordu.

Edmond deney tüpünü havaya kaldırdı. "Birazdan size bu deney tüpünün ne olduğunu anlatacağım ama önce ilksel çorbada biraz yüzelim."

Ekranda yüzü yok olurken volkanik adaların fırtınalı atmosfere lav ve kül püskürttüğü bir okyanus, düşen yıldırımla aydınlandı.

"Hayat burada mı başladı?" Edmond arka arkaya sorular soruyordu. "Çalkantılı bir kimyasal denizde kendiliğinden reaksiyonlar mı gelişti? Yoksa uzaydan gelen bir meteoritin üstündeki mikropla mı başladı? Yoksa... *Tanrı* mıydı? Ne yazık ki, zamanda geri gidip o ana şahit olamıyoruz. Tek bildiğimiz o andan sonra, ilk yaşam belirdikten sonra ne olduğu. Evrim gerçekleşti. Bizler de onu şu şekilde görmeye alıştık."

Ekranda insan evriminin bilindik gelişimi gösteriliyordu. İlkel bir maymun omuzları sarkık halde, giderek dikleşen hominidlerin en arkasında duruyor, sonunda tüm tüylerini dökmüş olanı dimdik ayakta duruyordu.

Edmond, "Evet, insan evrim geçirdi," dedi. "Bu, inkâr edilemez bir bilimsel gerçek. Fosil buluntularına dayanarak anlaşılır bir zaman çizelgesi yaptık. Peki ama ya evrimi tersten izleyebilseydik?"

Birden Edmond'ın yüzünde kıllar çıkmaya ve ilkel bir insana dönüşmeye başladı. Kemik yapısı değişti, giderek maymunumsu bir hal almaya başladı ve ardından süreç hızlandı. Artan bir hızla daha eski türler belirdi: makigiller, tembel hayvanlar, ornitorenkler. Akciğerli balıklar suyun altına daldı ve yılan balıklarına, balıklara, jelatinli yaratıklara, planktonlara ve amiplere dönüştü. En sonunda Edmond mikroskobik bir bakteri, engin okyanusta titreşen bir tek hücreli halini aldı.

Edmond, "İlk yaşam biçimi," dedi. "Geri saran sinemamızın filmi burada bitiyor. İlk yaşam biçimlerinin cansız bir kimyasal denizde nasıl meydana geldiğini bilmiyoruz. Bu hikâyenin ilk karesini göremiyoruz."

T=0. Langdon genişleyen evrenle ilgili geriye saran benzer bir film hayal etti. Kâinat tek bir ışık noktasına iniyor, kozmologlar çıkmaza giriyordu.

Edmond konuşmaya devam etti. "İlk Sebep. Darwin tarifi zor Yaratılış anını tasvir ederken bu terimi kullandı. Yaşamın sürekli evrim geçirdiğini kanıtlamış ama sürecin nasıl başladığını bulamamıştı. Diğer bir deyişle, Darwin'in teorisi en uygun olanın hayatta kaldığını anlatıyor ama nereden geldiğini açıklayamıyordu."

Daha önce bu şekilde dile getirildiğini hiç duymamış olan Langdon kendi kendine güldü.

"O halde, yaşam dünyaya *nasıl geldi*? Başka bir deyişle, nereden geliyoruz?" Gülümsedi. "Önümüzdeki birkaç dakika içinde bu sorunun cevabını bulacaksınız. Ama inanın, cevap her ne kadar şaşırtıcı olsa da, bu akşam duyacaklarınızın sadece yarısını teşkil ediyor." Doğrudan kameraya bakıp sinsice gülümsedi. "Nerden geldiğimiz son derece ilginç ama... nereye gittiğimiz şok edici."

Akılları karışan Langdon ile Ambra birbirine baktı. Amerikalı profesör, Edmond'ın yine abartılı konuştuğunu tahmin etse de açıklamaları onu tedirgin etmeye başlamıştı.

Edmond konuşmaya devam etti. "Yaşamın başlangıcı... İlk Yaratılış hikâyeleri çıktığından beri bu konu gizemini koruyor.

Filozoflar ve bilim insanları bin yıldır yaşamın bu ilk anına ait bir tür delil bulmaya çalışıyor."

İçinde çamurumsu sıvının yer aldığı daha önceki deney tüpünü havaya kaldırdı. "1950'lerde böyle bir arayış içinde olan kimyager Miller ile Urey, yaşamın nasıl başladığını ortaya koymasını umdukları cesur bir deney yaptılar."

Profesör uzanıp Ambra'ya fısıldadı. "Gösterdiği deney tüpü tam şurada duruyor." Köşedeki vitrini işaret etti.

Ambra şaşırmış görünüyordu. "Neden almış ki?"

Langdon omuzlarını silkti. Edmond'ın dairesindeki tuhaf eşya koleksiyonundan yola çıkarak bu deney tüpünü de sahip olmak istediği bilimsel tarihin bir parçası olarak nitelendirebilirdi.

Edmond, Miller ile Urey'in cansız kimyasallarla dolu bir cam tüpün içinde ilksel çorbayı yeniden yaratma çabalarını kısaca anlattı.

Ekranda 8 Mart 1953 tarihli *New York Times* gazetesinin "İki Milyar Yıl Geriye Bakmak" başlıklı makalesini gösteriyordu.

"Elbette bu deney hayli ilgi çekti," dedi. "Dünyayı sarsacak boyutlarda sonuçlar doğurabilir, özellikle de inanç dünyasını etkileyebilirdi. Eğer bu deney tüpünün içinde mucizevi biçimde yaşam belirseydi, kimya kanunlarının hayatı yaratmaya tek başına yeterli olduğunu bilecektik. Göklerden uzanıp Yaratılış kıvılcımını çakarak bizlere can bahşedecek doğaüstü bir varlığa ihtiyacımız kalmazdı. Yaşamın aslında doğa kanunlarının kaçınılmaz bir yan ürünü olduğunu anlayacaktık. Bundan daha da önemlisi, yeryüzünde yaşamın kendiliğinden başladığını bildiğimizden, kâinatın başka bir yerinde de aynının olabileceği sonucuna varırdık. Yani, insanın eşsiz olmadığını, Tanrı'nın yarattığı evrenin merkezinde yer almadığını ve evrende yalnız olmadığımızı anlayacaktık."

Edmond nefesini bıraktı. "Yine de pek çoğunuzun bildiği gibi, Miller-Urey deneyi başarısız oldu. Birkaç aminoasit üretti ama yaşama benzer hiçbir şey çıkmadı. Kimyagerler farklı malzeme bileşimleri kullanarak, farklı derecelerde ısıtarak deneyi tekrarladılarsa da hiçbiri işe yaramadı. Dindarların uzun zamandır inandığı gibi *yaşam* sanki ilahi bir müdahaleye gereksinim duyuyordu. Miller ile Urey sonunda deneyden vazgeçtiler. Din âlemi rahat bir nefes alırken bilim dünyası yazı tahtasının başına geri döndü." Gözlerinde muzip bir pırıltı vardı. "Ama tüm bunlar 2007'ye kadar sürdü. Bu tarihte beklenmedik bir gelişme yaşandı."

Miller'ın ölümünden sonra, San Diego'daki California Üniversitesi'nde bir dolapta unutulmuş deney tüplerinin bulunduğunu anlattı. Miller'ın öğrencileri kromatografi ve kütle spektometrisi gibi çok daha hassas çağdaş teknikler kullanarak örnekleri yeniden incelemişlerdi. Çıkan sonuçlar şaşırtıcıydı. Miller-Urey deneyi, o zamanlar ölçebildiklerinden çok daha fazla sayıda aminoasit ve daha karmaşık bileşimler üretmişti. Deney tüplerinin yeni analizlerinde pek çok önemli nükleobaz tespit edilmişti. Bunlar RNA'nın, hatta belki de DNA'nın yapı taşlarıydı.

Edmond sözlerini, "Çok ilginç bir bilimsel hikâye," diyerek tamamladı. "Yaşamın *ilahi bir müdahale olmaksızın* kendiliğinden başlamış olabileceği fikrini yeniden haklı çıkarıyordu. Miller-Urey deneyinin işe yaradığını, sadece sonuç vermesi için biraz daha zamana ihtiyacı olduğunu gösteriyordu. Bir noktayı unutmayalım: Yaşam milyarlarca yılda evrim geçirdi, o deney tüpleriyse sadece elli yıldır dolapta bekliyordu. Bu deneyin zaman çizelgesini metrik ölçülere çevirirsek, sadece ilk santimine bakıyor gibi oluruz."

Bu sözlerin iyice yer etmesi için biraz bekledi.

"Laboratuvarda yaşam üretmek fikrine karşı ilginin birden arttığını söylemeye gerek yok," diyerek devam etti.

Langdon bunu hatırlıyordu. Harvard'daki biyoloji fakültesi, "KBÜ: Kendi Bakterini Üret" başlığıyla davetiye gönderdiği bir bölüm partisi düzenlemişti.

"Elbette çağdaş din adamları sert bir dille karşı çıkmıştı." "Çağdaş" kelimesini söylerken eliyle tırnak işareti yaptı.

Profesör, duvarda gösterilen creation.com isimli websitesine Edmond'ın öfke püskürüp alaya aldığını hatırlıyordu. Bu örgüt Yaratılış öğretisini yaymakta gerçekten de çok katı davranıyordu ve "çağdaş din dünyasına" verilecek iyi bir örnek sayılmazdı.

Misyon bildirisi şöyleydi: "Kutsal Kitap'ın, özellikle de Yaratılış hikâyesinin gerçekliğini ve sultasını duyurmak ve güvenirliğini doğrulamak."

Edmond yeniden ekrandaydı. "Bu site hayli popüler, etkili ve Miller-Urey deneyinin tehlikeleriyle ilgili yazılmış onlarca blog içeriyor. Neyse ki creation.com'dakilerin korkmasına gerek yok. Bu deney yaşam üretmekte başarılı olsa bile, iki milyar yıl alacak."

Deney tüpünü yeniden havaya kaldırdı. "Tahmin edeceğiniz gibi, iki milyar yıl ileriye sarıp bu deney tüpünü yeniden incelemeyi ve Yaratılış hikâyesine saplananların yanıldığını kanıtlamayı her şeyden çok isterdim. Ne yazık ki bunu başarmak için bir zaman makinesi gerekirdi." Susup ağzını çarpıttı. "Ben de... bir zaman makinesi yaptım."

Langdon sunum başladığından beri hiç kıpırdamadan oturan Ambra'ya baktı. Gözlerini ekrana sabitlemişti.

Edmond, "Bir zaman makinesi yapmak o kadar da zor değil," dedi. "Ne demek istediğimi size göstereyim."

Ekranda beliren boş bardan içeri girdi ve bilardo masasına yaklaştı. Bilardo topları her zamanki üçgen formda dizilmiş, ilk vuruşu bekliyordu. Bilardo istekasını eline aldı, masanın üstüne eğildi ve beyaz topa sertçe vurdu. Vuruş topu, bekleyen toplara doğru hızlandı. Kafese çarpmadan hemen önce sihirli biçimde olduğu yerde kaldı.

Edmond masada donup kalmış toplara bakıyordu. "Şimdi size hangi topun hangi cebe gireceğini sorsam söyleyebilir misiniz? Elbette söyleyemezsiniz. Gerçek anlamda binlerce dağılma ihtimali var. Peki ama ya bir zaman makineniz olsaydı ve on beş saniye ileri gidip bilardo toplarına ne olduğunu gördükten sonra geri gelebilseydiniz? İster inanın, ister inanmayın dostlarım ama artık bunu yapabilecek teknolojiye sahibiz."

Masanın kenarlarındaki minik kameraları gösterdi. "Vuruş topunun hızını, kütle yönünü, hareket yönünü ve dönme yönünü ölçümleyen optik sensörler sayesinde topun herhangi bir zamandaki matematiksel enstantanesini yakalayabilirim. Bu enstantaneden yola çıkarak, gelecekteki hareketiyle ilgili son derece doğru tahminlerde bulunabilirim."

Langdon benzer bir teknolojiyle çalışarak topu ağaçlara gönderme ihtimalini sinir bozucu bir doğrulukla hesaplayan golf simülatörünü hatırladı.

Edmond büyükçe bir akıllı telefon çıkarttı. Ekranında donup kalmış olan vuruş topunun yer aldığı bilardo masası görünüyordu. Vuruş topunun üzerinde bir dizi matematik denklemi belirdi.

Edmond, "Vuruş topunun kütlesini, pozisyonunu ve hızını bilirsem, diğer toplarla etkileşimini hesaplayabilir ve sonucu tahmin edebilirim," dedi. Ekrana dokununca simülasyondaki vuruş topu hareket geçti, bekleyen toplara çarparak onları dağıttı ve farklı ceplere dört top soktu.

Edmond telefona bakarak konuştu. "Dört top. İyi bir atıştı." Başını kaldırıp seyircilere baktı. "Bana inanmıyor musunuz?"

Gerçek bilardo masasının üstünde parmaklarını şaklatınca vuruş topu serbest kaldı, masada ilerledi ve yüksek sesle diğer toplara çarparak onları dağıttı. Aynı dört top aynı dört cebe girdi.

Edmond sırıttı. "Tam bir zaman makinesi sayılmaz. Ama geleceği görmemizi sağlıyor. Bunun dışında fizik kanunlarını değiştirmemi de sağlıyor. Mesela, topların hiç yavaşlamaması için *sürtünmeyi* kaldırabilirim... topların her biri bir cebe girene kadar yuvarlanmaya devam eder."

Birkaç tuşa bastıktan sonra simülasyonu yeniden çalıştırdı. Bu sefer ilk çarpışmanın ardından seken toplar hiç hız kesmeden zıplamaya başladı. Sonunda masada iki top kalıncaya dek yuvarlanıp ceplere girdiler.

"Eğer bu topların düşmesini beklemekten sıkılırsam süreci hızlandırabilirim." Ekrana dokununca kalan iki top görülmeyecek kadar hızlandı, masada çeşitli yönlere gitti ve sonunda ceplere girdi. "Bu sayede henüz gerçekleşmeden önce geleceği görebiliyorum. Bilgisayar simülasyonları aslında sanal zaman makineleridir." Biraz ara verdi. "Elbette tüm bunlar bilardo masası gibi küçük ve kapalı bir sistemde hayli kolay. Peki daha karmaşık sistemlerde ne oluyor?"

Miller-Urey deney tüpünü kaldırıp gülümsedi. "Sanırım artık nereye vardığımı anlıyorsunuzdur. Bilgisayar modelleme, bir tür zaman makinesidir ve geleceği görmemizi sağlar... hatta belki de milyarlarca yıl sonrasını görmemizi sağlayabilir."

Ambra gözlerini ekrandan ayırmadan yerinde kıpırdandı.

Edmond, "Tahmin edeceğiniz gibi dünyanın ilksel çorbasını modellemeyi ilk aklına getiren bilim insanı ben değilim. Prensipte basit bir deney olsa da, uygulamada karmaşık bir kâbustur."

Yıldırımlar, volkanlar ve dev dalgalar arasında bir kez daha çalkantılı ilkel denizler belirdi. "Okyanus kimyasını modellemek moleküler düzeyde simülasyon yapmayı gerektirir. Herhangi bir zamanda her bir hava molekülünün tam yerini bilecek kadar doğru hava tahmini yapmaya benzer. Bu yüzden ilksel denizin anlamlı bir simülasyonunu yapmak; fizik kanunlarından, devinimden, termodinamikten, yerçekiminden, enerjinin korunumundan ve aynı zamanda kimyadan anlayan bir bilgisayarı gerektirir. Bu sayede kaynayan okyanus kazanında bulunan atomlar arasındaki bağları doğru bir şekilde yeniden oluşturabilir."

Kamera açısı okyanusun üstünden dalgaların altına daldı, her bir su damlasını büyüttü ve sanal atomlarla moleküllerin kopup ayrıldığı bir çalkantıyı gösterdi.

Yeniden ekranda beliren Edmond, "Ne yazık ki, bunca olası permütasyonu hesaplayacak bir simülasyon çok yüksek seviyede bir işlemci gücü gerektirir. Bunun, dünyadaki her türlü bilgisayarın kapasitesini aşacak bir bilgisayar olması gerekir." Gözlerini heyecanla kırpıştırdı. "Tek bir bilgisayar bunu başarabilir."

Edmond'ın iki katlı dev bilgisayarının geniş açılı bir fotoğrafı, borulu orgun çaldığı Bach'ın ünlü *Re Minör Toccata* ve *Füg*'ü eşliğinde ekrana yansıdı.

"E-Dalga." Ambra dakikalardır ilk kez konuşuyordu.

Langdon gözlerini ekrana dikti. *Elbette... mükemmel.*

Edmond dramatik müzik eşliğinde süper bilgisayarının videolu tanıtımını yapıp en sonunda "kuantum küpünü" gösterdi. Borulu org gürültülü bir perdeye çıktığında Edmond tam anlamıyla tüm marifetini sergiledi.

Teknoloji dâhisi devam etti. "Uzun lafın kısası, E-Dalga Miller-Urey deneyini sanal gerçeklikte şaşırtıcı bir doğrulukta yeniden canlandırabilir. Elbette ilksel okyanusun tamamını modelleyemem, bu yüzden ben de Miller ile Urey'in kullandığı aynı beş litrelik kapalı sistemi oluşturdum."

Ekranda, içinde kimyasalların bulunduğu cam laboratuvar balonları belirdi. Atomik seviyeye ulaşıncaya kadar içindeki sıvının görüntüsü büyüdü. Isıtılmış karışımda sıcaklığın, elektriğin ve fiziksel devinimin etkisiyle etrafta zıplayıp birleşen, sonra tekrar birleşen atomları gösterdi.

"Bu model, Miller-Urey deneyinden beri ilksel çorba hakkında öğrendiğimiz her şeyi barındırıyor. Buna elektriklenmiş buhardaki hidroksil radikaller, volkanik aktivitedeki karbonil sülfitler ve 'indirgen atmosfer' teorilerinin etkileri de dahil."

Ekrandaki sanal sıvı biraz daha bulanınca atomlar kümelenmeye başladı.

"Şimdi süreci ileri saralım..." Edmond heyecanla bunu söyledikten sonra hızlanıp bulanıklaşan video giderek daha karmaşık bileşimlerin meydana geldiğini göstermeye başladı. "Bir hafta sonra Miller ile Urey'in gördüğü aynı amino asitleri görmeye başlarız." Daha hızlı ilerleyen video bir kez daha bulanıklaştı. "Ama sonra... ellinci yıla geldiğimizde RNA yapıtaşlarının belirtilerini görmeye başlarız."

Sıvı hızla çalkalanıyordu.

"Ve ben de kendi haline bırakıyorum!" Edmond daha vurgulu bir sesle bağırmıştı.

Ekrandaki moleküller birbirine bağlanmaya devam etti, program yüz yıllar, bin yıllar, milyon yıllar ileri giderken yapılar daha karmaşık bir hal aldı. Görüntüler takip edilemeyecek bir hızda ilerlerken Edmond keyifle seslendi. "Bu cam balonun içinde en sonunda neyin belirdiğini tahmin edin."

Langdon ile Ambra heyecanla öne doğru eğildi.

Edmond'ın neşesi birden sönmüştü. "*Hiçbir şey.* Yaşam yok. Kendiliğinden gelişen bir kimyasal reaksiyon yok. Yaratılış anının belirtisi yok. Karmakarışık cansız kimyasallardan başka hiçbir şey yok." Derin bir nefes alıp bıraktı. "Tek bir mantıklı sonuca varabildim." Keyifsizce ekrana baktı. "Hayatı yaratmak... *Tanrı*'nın işiydi."

Langdon şok içinde bakıyordu. *Bu ne diyor böyle?*

Hemen ardından Edmond'ın yüzüne belli belirsiz bir tebessüm yerleşti. "Veya... belki de tarifteki anahtar malzemeyi unutmuştum."

92. BÖLÜM

Ambra Vidal büyülenmiş bir halde otururken dünyada kendisi gibi Edmond'ın sunumuna dalıp giden milyonlarca insan olduğunu hayal ediyordu.

Edmond, "Peki unuttuğum malzeme neydi?" diye sordu. "İlksel çorbam neden canlı üretemedi? Fikrim yoktu, o yüzden ben de tüm başarılı bilim insanlarının yaptığını yaptım. Kendimden daha akıllı birine sordum."

Gözlüklü bir akademisyen belirdi. Stanford Üniversitesi'nden biyokimyacı Doktor Constance Gerhard. "Nasıl mı canlı yaratırız?" Kahkaha atıp başını iki yana salladı. "Yaratamayız! Mesele bu. Yaratı söz konusu olduğunda, cansız kimyasalları yaşayan varlıklara dönüştürmenin eşiğine geldiğimizde, geliştirdiğimiz tüm bilimler çöpe gider. Kimyada hayatın nasıl oluştuğunu açıklayacak bir mekanizma yok. Aslına bakarsak, hücrelerin yaşam biçimi oluşturacak şekilde dizilmesi, entropi kanunuyla ters düşer."

"*Entropi.*" Edmond güzel bir sahilde ekrana gelmişti. "Entropi aslında *eşyanın birbirinden ayrıldığını* söylemenin süslü yolu. Bilim dilinde, 'Organize sistemin bozulması kaçınılmazdır,' deriz." Parmaklarını şaklatınca ayaklarının dibinde kumdan bir kale belirdi. "Milyonlarca kum tanesini bir kale oluşturacak şekilde düzenledim. Bakalım evren bununla ilgili neler hissediyor." Saniyeler içinde gelen bir dalga kaleyi yıktı. "Evet, evren düzenlenmiş kum tanelerimi saptadı ve onları düzensizleştirerek sahile saçtı. Burada entropi iş başında. Dalgalar asla sahile vurup kumları kale oluşturacak biçimde düzenlemez. Entropi yapıyı bozar. Evrende asla kendiliğinden kumdan kaleler belirmez, sadece yok olurlar."

Edmond parmaklarını bir kez daha şaklatınca güzel bir mutfakta yeniden belirdi. Mikrodalga fırından bir fincan kahve çıkartıyordu. "Kahveyi ısıttığınızda ısı enerjisini bir fincanın içine odaklamış olursunuz. Bu fincanı bir saat süresince tezgâhın üstünde bırakırsanız ısı odaya karışır ve tıpkı sahildeki kum taneleri gibi yayılır. Yine entropiden bahsediyoruz. Ve bu süreç *tersinemez.* Ne kadar beklerseniz bekleyin evren asla kahvenizi yeniden ısıtmayacaktır." Gülümsedi. "Kırılmış bir yumurtayı toplamayacağı gibi yıkılmış bir kumdan kaleyi tekrar yapmayacaktır."

Ambra bir defasında *Entropi* isimli bir sanatsal yapı gördüğünü hatırlıyordu. Her biri kendinden öncekinden daha çok bozulmuş eski beton bloklar, yavaşça moloz yığınına dönüşüyordu.

Doktor Gerhard yeniden belirdi. "*Entropik* bir evrende yaşıyoruz," dedi. "Dünyamız fizik kanunları düzenlemiyor, rastgele dağıtıyor. O halde soru şu: Cansız kimyasallar nasıl karmaşık yaşam biçimleri oluşturacak şekilde kendilerini örgütlüyor? Dindar biri değilim ama itiraf edeyim, yaşamın varlığı, bir Yaratıcı olduğu fikrine beni ikna eden *tek* bilimsel gizem."

Ekranda beliren Edmond başını iki yana salladı. "Akıllı insanlar 'Yaratıcı' kelimesini kullanınca fena halde sinirleniyorum..." Fazla umursamadığını belli eder biçimde hafifçe omzunu silkti. "Bunu yapıyorlar çünkü bilim, hayatın başlangıcını iyi açıklayamıyor. Ama inanın bana, eğer kaotik evrende düzen yaratan görünmez güçler arıyorsanız, *Tanrı*'dan çok daha basit cevaplar var."

İçine törpülenmiş demir kırıntılarının serpiştirildiği bir kâğıt tabak gösterdi. Sonra büyükçe bir mıknatıs çıkartıp tabağın altına tuttu. Demir kırıntılar hemen o anda mükemmel bir sıraya dizilip kavis oluşturdu. "Bu demir kırıntılarını görünmez bir güç düzenledi. Tanrı mıydı? Hayır... Bunu yapan elektromanyetizmaydı."

Şimdi bir trampolinin yanında duruyordu. Gergin yüzeyine yüzlerce bilye saçılmıştı. "Gelişigüzel yayılmış bilyeler," dedi. "Ama eğer şunu yaparsam..." Trampolinin üstünde tuttuğu bowling topunu esnek kumaşın üstüne bıraktı. Top, ağırlığıyla kumaşı içine doğru çökertti ve bilyeler hemen içerlek kısma doğru hareket ederek topun etrafında çember oluşturdu. "Tanrı'nın düzenleyici eli mi?" Biraz ara verdi. "Hayır, bu sefer de söz konusu olan yerçekimi."

Kamera, Edmond'ın yüzünü yakın çekim alıyordu. "Görünen o ki, evrenin yarattığı tek düzen *yaşam* değil. Cansız moleküller daha karmaşık yapılar oluşturacak şekilde sürekli kendilerini düzenliyor."

Ekrana farklı görüntülerden meydana gelen bir montaj yansıdı: hortum, kar tanesi, engebeli bir nehir yatağı, kuvars kristal, Satürn halkaları.

"Gördüğünüz gibi, bazen evren maddeyi düzenliyor; bu da entropinin tam tersi." İçini çekti. "Peki o zaman hangisi? Evren düzeni mi tercih ediyor, kaosu mu?"

Yeniden ekrana gelen Edmond, Massachusetts Teknoloji Enstitüsü'nün ünlü kubbesine doğru bir patikada ilerliyordu. "Çoğu fizikçiye göre bu sorunun cevabı *kaostur.* Entropi sahiden de kraldır ve evren daima düzensizliğe doğru bozulur. Aslında moral bozucu bir mesaj." Biraz durup sırıtarak kameraya döndü. "Ama bugün buraya işin bir sırrı olduğuna inanan genç bir fizikçiyle buluşmaya geldim... Bu sır, hayatın nasıl başladığının anahtarı olabilir."

Jeremy England mı?

Langdon, Edmond'ın bahsettiği fizikçinin ismini duyunca şaşırdı. Otuzlu yaşlarındaki MIT öğretim üyesi, kuantum biyolojisi denilen yeni bir sahada tüm dünyayı karıştırarak Boston'daki akademi dünyasında hayranlık uyandırmıştı.

Jeremy England ile Robert Langdon tesadüfen Phillips Exeter Akademisi'nde aynı hazırlık okuluna gitmişlerdi. Genç fizikçinin ismini ilk defa, mezunlar dergisinde yer alan *"Dissipation-Driven Adaptive Organization"*(*) başlıklı bir makalede öğrenmişti. Şöyle bir baktığı makaleyi pek az anlamış olmasına karşın, "Exie"li okuldaşının hem dâhi bir fizikçi hem de dindar bir Yahudi olduğunu öğrendiğinde çok şaşırdığını hatırlıyordu. Edmond'ın bu fizikçinin çalışmalarıyla neden bu denli ilgilendiğini anlamaya başlamıştı.

Ekranda NYU'lu fizikçi Alexander Grosberg diye tanıtılan başka biri vardı. Grosberg konuşmaya başladı. "En büyük ümidimiz Jeremy England'ın, hayatın başlangıcına ve evrimine yol açan fizik kuralını bulmuş olması."

Bu sözlerin üzerine hem Langdon hem de Ambra yerinde doğruldu.

Ekranda başka bir yüz belirdi. Konuşan Pulitzer Ödüllü Tarihçi Edward J. Larson idi. "Eğer England bu teorinin doğruluğunu ispatlayabilirse ismi sonsuza dek hatırlanır. Yeni Darwin o olabilir."

Aman Tanrım. Langdon, genç fizikçinin fırtına kopardığını biliyordu ama bu bahsedilen tsunami sayılırdı.

Cornell'den bir fizikçi olan Carl Franck şunları ekledi. "Her otuz yılda bir ileri doğru dev adımlar atıyoruz... ve bu, onlardan biri olabilir."

Ekranda art arda başlıklar belirdi:

"TANRI KAVRAMINI ÇÜRÜTEN BİLİM İNSANI"

"YARATILIŞ FELSEFESİNİ EZENLER"

"TEŞEKKÜRLER TANRIM, AMA ARTIK SANA İHTİYACIMIZ YOK"

Belli başlı bilimsel dergilerden alınmış kısa pasajlarla bu başlıklar akmaya devam etti. Hemen hepsi aynı mesajı veriyordu: Eğer Jeremy England bu yeni teoriyi *ispatlayabilirse* sadece bilim dünyasını değil, aynı zamanda din âlemini de sarsacaktı.

Langdon duvardaki *Salon* isimli internet dergisinin 3 Ocak 2015 tarihli başlığına baktı.

* * *

(*) Yıkım Güdümlü Uyumcul Organizasyon

"TANRI KÖŞEYE SIKIŞTI: YARATILIŞ'A İNANANLARI VE MUHAFAZAKÂR HIRİSTİYANLARI DEHŞETE DÜŞÜREN YENİ BİLİM"

MIT'li Genç Bir Öğretim Üyesi Darwin'in Başladığı İşi Bitiriyor-
Muhafazakârların Üstün Tuttuğu Her Şeyi Yerle Bir Edebilir

Ekran yenilendi ve Edmond belirdi. Bir üniversitenin bilimsel araştırma binasındaki koridorda belirli bir amaçla yürüyordu. "Peki öyleyse Yaratılış'a inananları böylesine dehşete düşüren bu dev adım neydi?"

Bir kapının önünde durduğunda yüzü sevinçle parladı. Kapıda şöyle yazıyordu: ENGLANDLAB@MITPHYSICS.

"İçeri girip kendisine soralım."

93. BÖLÜM

Duvardaki ekranda beliren genç adam, fizikçi Jeremy England'dı. Düşünceli bir ifadeyle gülümseyen, kirli sakallı, ince uzun biriydi. Üstü matematik formülleriyle dolu bir kara tahtanın önünde duruyordu.

Samimi ve mütevazı bir sesle konuştu. "Öncelikle bu teorinin *ispatlanmadığını* belirtmek istiyorum, şu an sadece bir fikir." Hafifçe omzunu silkti. "Yine de itiraf etmeliyim ki, eğer ispatlanırsa çok geniş anlamlara varır."

Takip eden üç dakika boyunca fizikçi, ezber bozan tüm kavramlar gibi umulmadık derecede basit olan yeni fikrini açıkladı.

Eğer Langdon yanlış anlamıyorsa England'ın teorisi, evrenin tek bir yönergeyle hareket ettiğiydi. Tek bir amacı vardı.

Enerji yaymak.

En basit ifadeyle, evren odaklanmış enerji alanları bulduğunda bu enerjiyi yayıyordu. Buna verilecek klasik örnek, Kirsch'ün de anlattığı tezgâhta duran kahve fincanıydı. Termodinamiğin İkinci Yasası'yla uyumlu biçimde sıcaklığını odadaki diğer moleküllere dağıtıyordu.

Langdon birden Edmond'ın neden ona Yaratılış efsanelerini sorduğunu anladı. Hepsinde de enerjinin ve ışığın sonsuzluğa yayıldığı ve karanlığı aydınlattığı anlatılıyordu.

England, evrenin enerjiyi nasıl yaydığına dair işin bir püf noktası olduğuna inanıyordu.

Açıklamaya başladı. "Evrenin entropiyi ve düzensizliği tercih ettiğini biliyoruz. O yüzden kendi kendini örgütleyen moleküllerin pek çok örneğini görmek bizi şaşırtabilir."

Daha önce görülen hortum, engebeli nehir yatağı ve kar tanesi gibi birtakım resimler yeniden ekranda belirdi.

"Tüm bunlar 'yıkıcı yapılara' örnektir. Bir sistemin enerjisini daha etkin biçimde yaymasını kolaylaştıracak yapıların içinde kendilerini örgütlemiş moleküllerdir."

Doğanın, hortumu sonunda kendini tüketen döner bir kuvvete dönüştürerek yüksek basınçlı bir alanı dağıtma yolu olduğunu çabucak açıkladı. Aynı şey hızlı akıntıların enerjisini kesen ve dağıtan engebeli nehir yatakları için de geçerliydi. Kar taneleri, ışığı tüm yönlere doğru yansıtacak çok yüzlü yapılar oluşturarak güneş enerjisini dağıtıyordu.

England, "Basit bir ifadeyle madde, enerjiyi daha iyi dağıtmak için kendi kendini örgütlüyor," dedi. Gülümsedi. "Doğa, *düzensizliği* çoğaltmak için küçük *düzen* cepleri yaratır. Bu cepler bir sistemdeki karmaşıklığı artıran yapılardır, bu şekilde aynı zamanda entropiyi de yükseltirler."

Langdon o ana dek bunu hiç düşünmemişti ama England haklıydı. Zihninde yağmur bulutlarını canlandırdı. Bulut statik elektrik yüklenerek örgütlendiğinde evren şimşek oluşturuyordu. Şimşek, bulutun enerjisini yeryüzüne dağıtıyor ve böylelikle tüm sistemin entropisini artırıyordu.

Profesör düşündükçe daha iyi anlıyordu. *Etkin bir şekilde kaos yaratmak için biraz düzen gerekir.*

Nükleer bombaların da entropik araç sayılabileceğini aklından geçirdi. Neticede bunlar, kaos yaratmak için dikkatle örgütlenmiş küçük madde cepleriydiler. Entropinin matematikte kullanılan simgesini zihninde canlandırınca bir patlamaya, hatta Büyük Patlama'ya ne kadar benzediğini fark etti. Enerji tüm yönlere dağılıyordu.

England bir soruyla konuşmasını sürdürdü. "Peki, bu bizi nereye vardırır? Entropinin yaşamın başlangıcıyla ilgisi ne?"

Kara tahtasının başına gitti. "Görüldüğü kadarıyla yaşam, enerji dağıtmanın benzersiz derecede etkili bir yolu."

Güneşin üzerine enerjisini aktardığı bir ağaç resmi gösterdi. "Sözgelimi bir ağaç, güneşin yoğun enerjisini emer, büyümek için kullanır ve sonrasında kızılötesi ışınları yansıtır. Bu, odaklanmış enerji formu sayılabilir. Fotosentez, çok etkili bir entropi makinesidir. Güneşin yoğunlaşmış enerjisi ağaç tarafından çözünür, zayıflatılır ve bu şekilde tüm evrenin entropisinde artış olur. Aynı şey, insanlar da dahil tüm canlılar için söylenebilir; örgütlenmiş maddeyi yemek olarak yer, enerjiye çevirir ve bu enerjiyi ısı halinde yeniden evrene yayar. Genel anlamda bence yaşam fizik kanunlarına *uymakla kalmaz*, yaşam bu kanunlar sebebiyle *başlamıştır.*"

Langdon mantık yürütürken tüylerinin ürperdiğini hissetti. Söylenenler çok açıktı. Sıcak güneş ışığı bir parça bereketli toprağa düştüğünde, yeryüzünün fizik kanunları o enerjiyi dağıtmak için bir bitki meydana getiriyordu. Okyanusun derinliklerinden sülfür bacaları kaynar su alanları yaratınca, o alanlarda yaşam beliriyor ve enerjiyi yayıyordu.

England sözlerine yenilerini ekledi. "Umarım bir gün yaşamın, tamamen fizik kanunlarının bir sonucu olarak, cansız maddeden kendiliğinden başladığını kanıtlamanın bir yolunu buluruz."

Profesörün aklından düşünceler akıp gidiyordu. *Çok ilginç. Yaşamın Tanrı'nın müdahalesi olmadan, kendiliğinden başlamış olabileceğine dair anlaşılır bir bilimsel teori.*

England, "Ben dindar biriyim," dedi. "Ama tıpkı uğraştığım bilim gibi inancım da gelişim sürecinde. Ben bu teoriyi maneviyat açısından agnostik buluyorum. Eşyanın evrende bulunduğu halleri tasvir etmeye çalışıyorum. Bunun manevi tarafını din adamlarına ve filozoflara bırakıyorum."

Langdon, *akıllı bir genç adam*, diye düşündü. *Eğer bu teorisi ispatlanırsa, dünyada bomba etkisi yaratır.*

England, "Şimdilik herkes rahatlayabilir," diye ekledi. "Belirgin sebeplerden ötürü kanıtlaması son derece zor bir teori. Ekibimle birlikte gelecekte yıkım güdümlü sistemleri modellemek için bazı fikirler geliştirdik ama buna daha yıllar var."

Genç bilim insanının görüntüsü ekranda giderek solarken kuantum bilgisayarının yanında duran Edmond yeniden belirdi. "Ama benim açımdan yıllar yok. Ben de tam olarak bu tür bir modelleme üzerinde çalışıyordum."

Çalışma yerine doğru yürüdü. "Eğer Profesör England'ın teorisi doğruysa, o halde kâinatın tüm işletim sistemine tek bir komut verilebilir: enerji yay!"

Masasına oturup büyük klavyesinde hararetle bir şeyler yazmaya başladı. Önündeki ekranlar uzaylılar yazmış gibi görünen bilgisayar kodlarıyla doldu. "Üstünde haftalarca çalıştım ve daha önce başarısız olan deneyi yeniden programladım. Sisteme temel bir hedef, bir *raison d'être* yükledim: Bunun anlamı; her ne olursa olsun enerjiyi dağıtmasıydı. İlksel çorbadaki entropiyi artırmak için olabildiğince yaratıcı davranmaya programladım. Bunu başarmak için gereksinim duyabileceği tüm araçları yapma yetkisini de verdim."

Yazıyı bırakıp sandalyesinde döndü ve kameraya baktı. "Sonra da modeli çalıştırdım. İnanılmaz bir şey oldu. Sanal ilksel çorbama 'eksik malzemeyi' katmayı başarmıştım."

Edmond'ın bilgisayarının grafiksel animasyonu duvara yansırken Langdon ile Ambra dikkat kesildiler. Kamera bir kez daha kaynayan ilksel çorbanın içine daldı, atom altı âlemini büyüttü, etrafta sıçrayarak birbiriyle çarpışan ve birleşen kimyasalları gösterdi.

Edmond yaptıklarını anlatıyordu. "Süreci hızlandırıp yüz yıl ileri alınca Miller ile Urey'in amino asitlerinin şekillendiğini gördüm."

Langdon kimyadan anlamıyordu ama ekrandaki görüntünün temel protein zinciri olduğunu biliyordu. Süreç devam ederken giderek daha karmaşık moleküllerin şekillendiğini ve altıgenlerden bir tür petek zinciri oluşturduğunu gördü.

Altıgenler birbiriyle kaynaşırken Edmond, "Nükleotidler!" diye bağırdı. "Binlerce yılın geçtiği anlaşılıyor! Ve eğer ileri alırsak, yapının ilk belirtilerini görürüz!"

O konuşurken nükleotid zincirlerinden biri kendi etrafına dolanıp sarmal şeklini aldı. "Bunu gördünüz mü?" Edmond bağırmıştı. "Milyonlarca yıl geçti; sistem bir yapı oluşturmaya çalışıyor! Sistem, tıpkı England'ın tahmin ettiği gibi, enerjisini dağıtmak için bir yapı kurmaya çalışıyor."

Model gelişmeye devam etti. Langdon tekli sarmalın ikili sarmala dönüşmesini, dünyadaki en ünlü kimyasal bileşenin o tanıdık çift sarmal şeklini alışını hayretle izledi.

Gözleri fal taşı gibi açılan Ambra, "Aman Tanrım," diye fısıldadı. "Bu o mu?"

"DNA," diyen Edmond adeta genç kadına cevap veriyordu. "İşte burada. DNA; tüm yaşamın temeli. Biyolojinin yaşayan kodu. Peki, bir sistem enerjisini dağıtmak için neden DNA'yı geliştirir diye soracaksınız. Çünkü birlikten kuvvet doğar! Ağaçlardan oluşan bir orman, tek bir ağaçtan daha fazla enerji dağıtır. Eğer bir entropi aracıysanız, daha fazla iş yapmanın en kolay yolu kendini kopyalamaktır."

Ekrana yeniden Edmond'ın yüzü geldi. "Modeli bu noktadan itibaren ileri sarınca sihirli bir şeye şahit oldum... Darwin'in evrimi başladı!"

Ardından birkaç saniye hiç konuşmadı. "Neden olmasın? Evrim, evrenin araçlarını sınama ve iyileştirme yoludur. En etkili araçlar yaşar ve kendilerini çoğaltır, sürekli gelişirler ve daha karmaşık, daha etkili hale gelirler. Sonunda bazı araçlar ağaçlara benzer, bazılarıysa, şey... *bize* benzer."

Mavi yerküreyi arkasına alan Edmond uzayın karanlığında süzülüyordu. "Nereden geliyoruz?" diye sordu. "Gerçek şu ki, hiçbir yerden gelmiyoruz... ama her yerden geliyoruz. Kâinattaki yaşamı yaratan *aynı fizik kanunlarının* ürünüyüz. Özel değiliz. Tanrı olsa da olmasa da varız. Entropinin inkâr edilemez sonucuyuz. Yaşam evrenin esası değil. Yaşam, evrenin yarattığı ve enerjisini dağıtmak için ürettiği bir şey."

Edmond'ın söylediklerini tüm detaylarıyla kavradığından emin olamayan Langdon kendinden şüpheleniyordu. Bu simülasyonun ezber bozacağı ve bazı akademik disiplinlerde kargaşaya yol açacağı kesindi. Ama konu *dine* gelince, Edmond'ın insanların görüşünü değiştirebileceğinden emin değildi. Dindar insanlar inançlarını savunmak adına bilimsel verileri ve mantıklı açıklamaları yüzyıllardır görmezden geliyordu.

Hayretler içinde kalmakla savunmacı bir kararsızlık arasında sıkışıp kalan Ambra, vereceği tepkilerle mücadele ediyor gibiydi.

Edmond, "Dostlarım," dedi. "Eğer size gösterdiklerimi seyrettiyseniz önemini anlamışsınızdır. Eğer hâlâ şüpheniz varsa beni izlemeye devam edin, çünkü bu buluşun başka bir keşfe meydan verdiğini göreceksiniz. Çok daha önemli bir keşfe..."

Kısa bir an sustu.

"Nereden geldiğimiz... nereye gittiğimizin şaşırtıcılığıyla yarışamaz bile."

94. BÖLÜM

Kraliyet muhafızı, kilisenin içlerinde bir araya gelmiş üç adamın yanına doğru koşarken yeraltı bazilikasında ayak sesleri yankılandı.

Nefes nefese, "Majesteleri!" diye seslendi.

Kral sandalyesini çevirirken prens de yüzünü sesin geldiği yöne döndürdü.

Valdespino cesaretini kaybetmiş bir halde içini çekti. *Söylemesi an meselesiydi.* Bununla birlikte, kendisinin Montserrat Kütüphanesi'nde el-Fadıl ve Köves ile seyrettiği kaydı tüm dünyanın gördüğünü bilmek onu üzüyordu.

Nereden geliyormuşuz? Kirsch'ün Tanrısız bir başlangıç iddiası hem küstahlık hem de günahtı. İnsanda onu kendi suretinde yaratan Tanrı'yı taklit etme hevesini uyandıracaktı.

Ne acıydı ki Kirsch burada da durmamıştı. İlk saygısızlığını, çok daha tehlikeli olan ikincisi izlemişti. *"Nereye gidiyoruz?"* sorusuna son derece rahatsızlık verici bir cevap öne sürmüştü.

Kirsch'ün gelecek tahmini öyle vahimdi ki, Valdespino ile diğer din âlimleri ondan yayınlamamasını istemişlerdi. Fütüristin verileri doğru olsa bile, bunları dünyayla paylaşmak geri çevrilemez bir hasara sebep olacaktı.

Sadece iman edenler değil, yeryüzündeki tüm insanlık bundan zarar görecek.

95. BÖLÜM

Langdon, Edmond'ın söylediklerini içinden tekrarladı. *Tanrı'ya gerek yok. Yaşam, fizik kanunları doğrultusunda kendiliğinden gelişti.*

Kendiliğinden türeme fikri bazı büyük dehâlarca uzun süredir tartışılan bir konuydu ama Edmond o gece, yaşamın kendiliğinden *türediğini* ikna edici bir savla ortaya koymuştu.

Daha önce hiç kimse bunu gösterememiş, hatta nasıl gerçekleştiğini açıklayamamıştı.

Ekrandaki ilksel çorba simülasyonu şimdi küçük yaşam biçimleriyle doluydu.

Edmond konuşmaya başladı. "Gelişmekte olan modelimi incelerken kendi haline bırakırsam ne olacağını düşündüm. En sonunda deney tüpünden dışarı taşıp insanlar da dahil olmak üzere tüm hayvan krallığını mı meydana getirecekti? Yeterince beklersem insan evrimindeki bir sonraki adıma geçip bize *nereye gittiğimizi* mi gösterecekti?"

E-Dalga'nın yanında duruyordu. "Ne yazık ki, bu bilgisayar bile bu büyüklükte bir modellemeyi gerçekleştiremez. Simülasyonu daraltmanın bir yolunu bulmalıydım. Ben de hiç umulmayacak bir kaynağın tekniğini ödünç aldım... Walt Disney'in."

Ekranda en eskilerinden, iki boyutlu ve siyah beyaz bir çizgi film görünüyordu. Langdon 1928'de bir Disney klasiği olan "Bill'in Buharlı Gemisi"ni hemen tanıdı.

"Çizgi film sanatı son doksan yıl içinde hızla gelişti. Sayfa çevirmeli Mickey Mouse kitaplarından günümüzdeki zengin anime filmlere geçtik."

Eski çizgi filmin yanında, yeni bir animasyon filminin aşırı gerçekçi bir sahnesi belirdi.

"Film kalitesindeki bu sıçrayış, mağara resimlerinden üç bin yıl sonra Michelangelo'nun şaheserlerine geçişimize benzer. Bir fütürist olarak, hızlı ilerleme kaydeden her türlü yetenek beni hayran bırakır. Bu sıçrayışı mümkün kılan tekniğe *'tweening'* denildiğini öğrendim. Bilgisayar animasyonlarındaki bu kısayolla sanatçı, bilgisayardan iki ana kare arasındaki kareleri doldurmasını istiyor. Bilgisayar, boşlukları doldurarak ilk resmi ikinci resme dönüştürüyor. Her bir kareyi elle çizmek yerine, ki bunu evrim sürecindeki her bir minik adımı modellemeye benzetebiliriz, günümüzdeki sanatçı birkaç ana kare çiziyor; sonra da bilgisayardan aradaki adımları tahmin edip evrimin kalan boşluklarını doldurmasını istiyor.

İşte buna 'tweening' deniyor. Bilgisayar gücünün çok belirgin bir uygulaması ama ben bunu duyduğumda ilham aldım ve geleceğimizi çözmede anahtar rolü oynayabileceğini fark ettim."

Ambra sorgulayan bir ifadeyle Langdon'a döndü. "Bu iş nereye gidiyor böyle?"

Langdon düşünmeye fırsat bulamadan ekranda yeni bir görüntü belirdi.

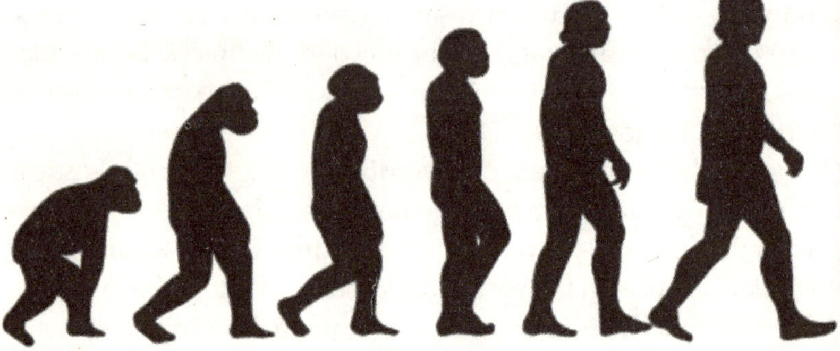

Edmond, "İnsanın evrimi," dedi. "Bu resim, türlerin bir *'flip movie'*si. Bilim sayesinde şempanzeler, Australopithecus, Homo Habilis, Homo Erectus, Neanderthal adam gibi pek çok ana kare geliştirdik. Yine de bu türler arasındaki geçişler bulanık."

Tam da Langdon'ın tahmin ettiği gibi Edmond insan evrimindeki boşlukları doldurmak için bilgisayar "tweening"ini kullanmaktan bahsediyordu. İnsan, Paleo-Eskimo, Neanderthal ve şempanzelerle ilgili uluslararası gen projelerinde, şempanzelerle *Homo Sapiens* arasındaki onlarca ara türün gen haritasını çıkartmakta kemik parçalarından faydalanıldığını anlattı.

Edmond heyecanla anlatıyordu. "Eğer mevcut ilkel genomlardan birini *ana kare* yerine kullansaydım, E-Dalga'nın hepsini birbirine bağlayan bir evrim modeli çıkaracağını biliyordum. Noktaları birleştirme oyununun evrime uyarlanmışı diyebiliriz. Böylece ben de zihinsel evrimin en doğru göstergesi olan beynin büyüklüğü ile işe başladım."

Ekranda bir grafik görünüyordu.

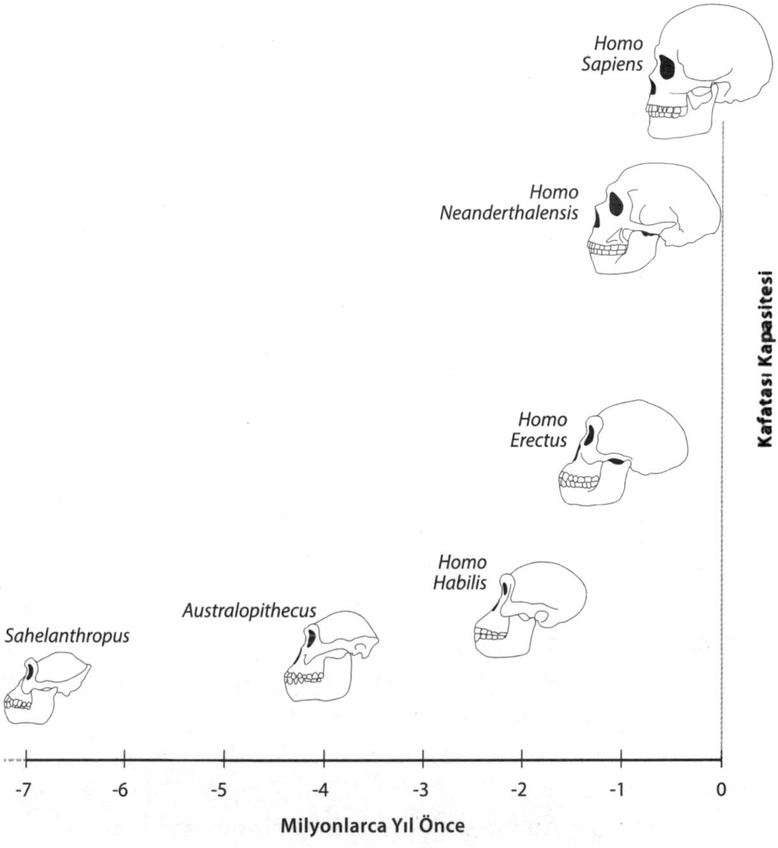

"Beynin büyüklüğü gibi yapısal parametreleri haritalamanın yanı sıra E-Dalga, bilişsel yetenekleri etkileyen daha incelikli binlerce genetik işaretleyiciyi de haritaladı. Uzamsal tanımlama, kelime dağarcığı, uzun süreli bellek ve işleme hızı bu gibi işaretleyicilerden bazılarıydı."

Ekranda aynı üstel artışı gösteren benzer grafikler art arda belirdi.

"Daha sonra E-Dalga, zihinsel evrimin beklenmedik bir simülasyonunu yaptı. 'Ne olmuş yani?' diyebilirsiniz. İnsanların zihinsel erginliğe ulaşma sürecini belirlemekle neden mi uğraşıyoruz? Çünkü eğer bir şablon çıkartabilirsek, bilgisayar bu şablonun bizi gelecekte nereye götüreceğini söyleyebilir." Gülümsedi. "İki, dört, altı, sekiz dersem... *on* diyerek cevap verirsiniz. E-Dalga'dan 'On'un neye benzeyeceğini tahmin etmesini istedim. E-Dalga zihinsel evrimin simülasyonunu çıkardıktan sonra şu soruyu sorabilirim: Bundan sonra ne olacak? Beş yüz yıl sonra insan zekâsı neye benzeyecek? Başka bir deyişle: Nereye gidiyoruz?"

Bu ihtimal karşısında Langdon'ın nutku tutulmuştu. Genetik bilim veya bilgisayarlar hakkında Edmond'ın söylediklerinin doğruluğunu tartabilecek yeterli bilgiye sahip olmasa da dâhiyane bir kavram olduğunu düşünüyordu.

Edmond, "Bir türün evrimi, daima o organizmanın çevresiyle bağlantılıdır," dedi. "E-Dalga'dan ikinci bir modellemeyle, günümüz dünyasının çevresel simülasyonunu çıkarmasını istedim. Kültür, siyaset, bilim, hava durumu ve teknolojiyle ilgili tüm haberlere artık internetten ulaşılabildiği için bunu yapmak kolaydı. Yeni ilaçlar, yeni sağlık teknolojileri, hava kirliliği ve kültürel faktörler gibi insan beyninin gelişimini en çok etkileyecek unsurlara özellikle dikkat etmesini istedim." Konuşmaya biraz ara verdi. "Ardından, programı çalıştırdım."

Şimdi fütüristin yüzü tüm ekranı kaplıyordu. Doğrudan kameraya baktı. "Modeli çalıştırdığımda... beklenmedik bir şey oldu." Kısa bir anlığına başını çevirip yeniden kameraya baktı. "Moral bozucuydu."

Langdon ile Ambra şaşkınlıkla kısa bir nefes aldılar.

Edmond kaşlarını çatmıştı. "Bir kez daha çalıştırdım. Ne yazık ki, aynı sonucu elde ettim."

Langdon, Edmond'ın bakışlarındaki korkuyu görebiliyordu.

Edmond, "Ben de parametreler üzerinde yeniden çalıştım," dedi. "Programa yeni araçlar verdim ve tüm değişkenlerin yerine yenilerini koydum. Sonra programı bir daha, bir daha çalıştırdım. Ama her seferinde aynı sonucu elde ediyordum."

Profesör artık Edmond'ın insan zekâsının binlerce yıl geliştikten sonra *azalacağını* bulduğundan şüpheleniyordu. Aslında bunun gerçek olabileceğini gösteren birtakım vahim belirtiler vardı.

Edmond, "Bu fikir beni çok sıktı," dedi. "Anlam veremiyordum. Bilgisayardan bir analiz çıkarmasını istedim. E-Dalga değerlendirmesini, bildiği en açık yolla verdi. Bana bir resim çizdi."

Ekranda yaklaşık yüz milyon yıl önce başlayan hayvan evriminin grafiksel bir zaman çizelgesi vardı. Zaman düzleminde yayılıp daralan bir dizi baloncuklardan oluşan karmaşık ve renkli grafik, türlerin belirip yok oluşunu gösteriyordu. Grafiğin sol tarafına, o dönemde gelişimlerinin en üst seviyesine ulaşmış olan dinozorlar hâkimdi ve baloncukların en büyüğüyle gösterilmişti. Giderek büyüyen baloncuk günümüzden elli milyon yıl öncesinde sönüyordu.

Edmond grafiği açıklıyordu. "Bu, yeryüzünde hâkim olan yaşam biçimlerinin zaman çizelgesi. Türün nüfusu, besin zincirindeki yeri, türler arası üstünlüğü ve gezegendeki toplam etkisiyle gösteriliyor. Özetle, zamanın herhangi bir döneminde yeryüzündeki gösteride kimlerin yer aldığının sanal bir temsili."

Langdon çeşitli balonların genişleyip daraldığı çizelgeyi gözleriyle takip etti. Büyük nüfuslu türlerin nasıl belirdiğini, çoğaldığını ve sonra yok olduğunu gösteriyordu.

Edmond devam etti. "*Homo Sapiens* MÖ 200,000 yıllarında ortaya çıktı ama bu grafikte göründüğü kadar etkin olması ancak altmış beş bin yıl öncesine denk geliyor. O tarihlerde okla yayı icat etti ve daha usta avcılar haline geldi."

MÖ 65,000 yılı *Homo Sapiens*'i gösteren ince mavi bir baloncukla işaretlenmişti. Bu balon MÖ 1000 yılına kadar fark edilmeyecek kadar yavaş genişliyor ama hemen ardından katlanarak büyüyordu.

Profesörün gözleri grafiğin sağ tarafına iliştiğinde mavi baloncuk ekranın tümünü kaplayacak kadar büyümüştü. Neye baktığını biliyordu. *Günümüz insanı. Şimdiye dek yeryüzüne en fazla hâkim olan en yetkin tür.*

Edmond, "Bu grafiğin sona erdiği 2000 yılında insanın gezegendeki hâkim tür olarak görünmesi şaşırtıcı değil," dedi. "Hiçbir tür yakınımızdan bile geçmiyor. Fakat şurada, yeni bir baloncuğun belirmeye başladığını görüyorsunuz..."

Grafik yakınlaştığında, iyice büyümüş insan baloncuğun hemen üstünde, ufak bir siyah şekil belirmeye başlamıştı.

"Resme yeni bir tür girdi bile."

Langdon siyah beneği görmüştü ama mavi baloncukla kıyaslanmayacak kadar önemsiz duruyordu. Mavi balinanın sırtındaki minik bir remora'dan farkı yoktu.

Edmond grafikteki siyah beneği gösteriyordu. "Bu yeni gelen türün hayli önemsiz göründüğünün farkındayım. Ama eğer zaman çizelgesini 2000 yılından günümüze ilerletirsek bu yeni türün yerini korumakta ve büyümekte olduğunu görürüz."

Bulundukları yıla gelinceye kadar şema büyüdü. Langdon göğsünün sıkıştığını hissetti. Siyah benek son yirmi yılda inanılmaz ölçülerde büyümüştü. Ekranın dörtte birini kaplamış, etkinlik ve hâkimiyet için *Homo Sapiens*'le itişmeye başlamıştı.

"Bu da ne?!" Ambra endişesini fısıltıdan biraz daha yüksek sesle söylemişti.

Langdon, ona cevap verdi. "Hiç fikrim yok... Bir tür virüs mü acaba?" Zihninden, dünyanın çeşitli bölgelerinde görülen saldırgan virüslerin bir listesini yaptı ama herhangi bir türün fark edilmeden böylesine hızlı büyüyebileceğine ihtimal vermiyordu. *Uzaydan gelen bir bakteri olabilir mi?*

Edmond kameraya konuşuyordu. "Bu yeni tür sinsi. Katlanarak çoğalıyor. Bölgesini sürekli genişletiyor. Ve en önemlisi, *evrim geçiriyor*... hem de insanlardan çok daha hızlı." Yüzünde çok ciddi bir ifade vardı. "Ne yazık ki, bu simülasyonu bize geleceği göstermesi için ileri aldığımda, aradan on yıllar bile geçse, *şunu* gösteriyor."

Şema bir kez daha genişledi. Bu kez 2015 yılına kadar gösteriyordu.

Hayretle ekrana bakan Langdon ayağa fırladı.

"Aman Tanrım." Ambra eliyle ağzını kapatmıştı.

Şema, o şüpheli siyah baloncuğun inanılmaz bir hızla büyüdüğünü ve 2050 yılında insanlığın mavi baloncuğunu tümüyle yuttuğunu gösteriyordu.

Edmond'ın sesi duyuldu. "Size bunu gösterdiğim için üzgünüm ama çalıştırdığım tüm modellerde aynı şey oldu. İnsan türü tarihteki mevcut yerimize kadar evrimini geçirdi ama sonra aniden yeni bir tür belirerek bizi yeryüzünden kaldırdı."

Korkutucu grafiğin karşısında duran Langdon, kendine bunun sadece bir bilgisayar modellemesi olduğunu hatırlatmaya çalışıyordu. Böylesi görüntülerin insanı iç organlarına kadar etkilediğini, verilerin tek başına bunu yapamayacağını biliyordu. Edmond'ın şemasında adeta bir kesinlik vardı, insan neslinin tükenmesi kaçınılmaz görünüyordu.

Edmond yaklaşan bir göktaşı haberi veriyormuşçasına kederli bir selse konuştu. "Dostlarım... Türümüzün nesli tükenmek üzere. Ömrümü tahminler yapmaya adadım ve bununla ilgili her seviyedeki veriyi inceledim. Size çok yüksek bir kesinlikle söyleyebilirim ki, bildiğimiz insan ırkı bundan elli yıl sonra dünyada var olmayacak."

Langdon'ın ilk şoku yerini inkâra ve arkadaşına karşı hissettiği öfkeye bırakmıştı. *Ne yapıyorsun Edmond?! Bu sorumsuzluk! Bir bilgisayar modellemesi yaptın, girdiğin verilerle ilgili binlerce hata olabilir. İnsanlar sana saygı duyuyor ve inanıyor... toplu histeriye sebep olacaksın.*

Edmond'ın ifadesi daha da kararmıştı. "Bir şey daha var. Eğer simülasyona dikkatle bakarsanız, bu yeni türün bizi tamamıyla silmediğini göreceksiniz. İşin aslı... bizi *içine* çekiyor."

96. BÖLÜM

Bizi içine çekecek bir tür mü dedi?

Hayret dolu bir suskunluk içinde Langdon, fütüristin bu sözleriyle ne demek istediğini anlamaya çalıştı. Kullandığı kelimeler, insanların uzaylı türlerin kuluçka makineleri olarak kullanıldığı bilim kurgu filmlerindeki korkutucu sahneleri anımsatıyordu.

Profesör ayağa kalkınca kanepede dizlerini tutarak büzüşmüş oturan Ambra'ya baktı. Meraklı gözleri ekrandaki grafikleri inceliyordu. Langdon verileri farklı yorumlamaya çalıştıysa da sonuç kaçınılmazdı.

Edmond'ın simülasyonuna göre, on yıllar içinde insan ırkı yeni bir tür tarafından yutulacaktı. İşin daha da korkunç yanı, bu tür halihazırda dünyada yaşıyor ve hızla büyüyordu.

Edmond, "Elbette bu yeni türü tanımlamadan bilgiyi insanlara duyuramazdım. Böylece verileri araştırmaya başladım. Sayısız simülasyondan sonra yeni gelen bu gizemli türün ne olduğunu saptadım."

Ekran yenilendi ve Langdon'ın okul yıllarından hatırladığı yaşam türlerinin taksonomik hiyerarşisini gösteren basit bir şema belirdi. Şema, Altı Canlı Âlemi'ni gösteren altı farklı kısma ayrılmıştı: Hayvanlar, Bitkiler, Protistalar, Bakteriler, Arkebakteriler, Mantarlar.

Konuşmaya devam etti. "Yeni gelişen bu organizmanın ne olduğunu saptayınca, *tür* denilemeyecek kadar değişik biçimlerinin bulunduğunu fark ettim. Taksonomik açıdan ele alırsak, düzen olarak adlandırılamayacak kadar genişti. Filum bile sayılmazdı." Kameranın içine baktı. "Gezegenimizin çok daha büyük bir şey tarafından ele geçirildiğini anladım. Yepyeni bir âlem olarak sınıflandırılabilirdi."

Langdon bir anda onun neden bahsettiğini anladı.

Yedinci Âlem.

Dehşet içinde eski öğrencisinin tüm dünyaya ne keşfettiğini duyurmasını izledi. Bir dijital-kültür yazarı olan Kevin Kelly'nin TED Talk'ta bu yeni âlem hakkında anlattıklarını dinlemişti. İlk bilim kurgu yazarlarının önceden haberini verdiği bu yeni canlı âleminin farklı bir yanı vardı.

Cansız türlerden oluşan bir âlemdi.

Bu cansız tür tıpkı canlı türler gibi gelişiyor, daha karmaşık bir yapıya sahip oluyor, yeni çevrelere uyum gösteriyor, çoğalıyor, yeni varyasyonlar deniyor, bazıları yaşamına devam ederken bazılarının nesli tükeniyordu. Darwin'in uyum değişikliğinin mükemmel bir aynası olan bu yeni organizmalar, hızla gelişip yepyeni bir Yedinci Âlem meydana getirmişti.

İsmi *Tekniyum*'du.

Edmond gezegenin en yeni âleminin göz kamaştırıcı bir tanımını yapmaya başladı. *Teknolojideki* her şey buna dahildi. Yeni ortamlarına sürekli uyum gösteren, yaşamak için yeni özellikler geliştiren ve kaynakları tekeline almak için kendini hızla kopyalayan bu makineler, Darwin'in "uyum sağlayanın yaşaması" kuralına uygun olarak gelişiyor veya ölüyordu.

"Faks makinesi Dodo kuşuyla aynı kaderi paylaştı. iPhone ancak yarışta geçmeye devam ederse hayatta kalabilecek. Çevrenin değişmesiyle daktilolar ve buharlı makineler öldü ama *Britannica Ansiklopedisi* yaşadı, çünkü otuz iki ciltlik hantal set tıpkı akciğerli balıklar gibi dijital ayaklar geliştirerek şu an yaşamakta olduğu haritalandırılmamış topraklarda yayıldı."

Langdon çocukluğunda kullandığı Kodak kamerayı hatırladı. Kişisel fotoğraf makinelerinin T-Rex'i, dijital görüntülemenin bir gecede meteor gibi gelişiyle yok olmuştu.

Edmond açıklamaya devam etti. "Yarım milyar yıl önce Kambriyen Patlaması'yla gezegenimizde aniden yaşam belirdi. Gezegendeki türlerin çoğu neredeyse bir gecede var oldu. Bugün, Tekniyum'un Kambriyen Patlaması'na şahit oluyoruz. Her gün yeni teknolojik türler doğuyor, yetişilemeyecek bir hızla gelişiyor ve her yeni teknoloji diğer yeni teknolojileri oluşturmakta bir araç haline geliyor. Bilgisayarın icadı, akıllı telefonlardan uzay gemilerine ve robotik operatörlere kadar uzanan yeni araçlar geliştirmemizi sağladı. Zihinlerimizin alabileceğinden çok daha hızlı bir yenilik patlamasına şahit oluyoruz. Ve bu yeni âlemin, Tekniyum'un yaratıcıları bizleriz."

Ekranda yeniden büyüyerek mavi baloncuğu yutan siyah baloncuğun rahatsızlık verici görüntüsü belirmişti. *Teknoloji insanlığı bitirecek mi?* Langdon için bu fikir dehşet vericiydi ama iç sesi ona mümkün olmadığını söylüyordu. Makinelerin insanları avlayarak soyunu tükettiği *Terminatör* benzeri distopik bir gelecek ona göre Darwin ilkelerine karşıydı. *Teknoloji insanların kontrolünde; insanların hayatta kalma içgüdüsü var; insanlar asla teknolojinin kendilerini geçmesine izin vermez.*

Aklından bu mantıklı düşünceler geçerken aslında saflık ettiğini biliyordu. Edmond'ın bilgisayarı Winston ile tanıştıktan sonra yapay zekâların ne kadar geliştiğini anlamıştı. Winston tamamıyla Edmond'ın isteklerine uysa da, bu makinelerin kendi isteklerini tatmin edecek kararlar vermelerine ne kadar kaldığını merak etti.

Edmond, "Benden önce pek çok kişinin teknoloji âleminin ortaya çıkışını tahmin ettiğini biliyoruz," dedi. "Ben bunu *modellemeyi*... ve bize ne yapacağını göstermeyi başardım." 2050 yılında tüm ekranı kaplayan ve gezegene hâkim olacağı anlaşılan siyah baloncuğu işaret etti. "İtiraf etmeliyim ki, ilk bakışta bu simülasyon korkunç bir manzara sergiliyor..."

Konuşmasına ara veren Edmond'ın gözlerinde yine o pırıltı belirdi.

"Ama biraz daha yakından bakmalıyız."

Ekran siyah baloncuğu iyice büyüttü. Artık Langdon renginin siyah değil koyu mor olduğunu görebiliyordu.

"Göreceğiniz gibi siyah teknoloji balonu insanlığı tüketirken, sanki iki renk birbirine karışmış gibi farklı bir ton alıp mor renge bürünüyor."

Profesör, duyduklarının iyi haber mi yoksa kötü haber mi olduğuna karar veremiyordu.

Edmond hemen ardından açıklamaya başladı. "Burada gördüğünüz, zorunlu *endosimbiyoz* denilen çok nadir rastlanan bir evrim sürecidir. Evrim normalde çatallanarak devam eder; türler iki farklı kola ayrılır. Ama bazen, ender durumlarda, eğer iki tür birbiri olmadan yaşayamazsa süreç tersine döner... ve türler çatallanmak yerine birleşip birbiriyle kaynaşır."

Bu kaynaşma Langdon'a *senkretizm*'i çağrıştırmıştı. Bu süreçte iki farklı din yepyeni bir din meydana getirmek üzere birleşiyordu.

Edmond, "Eğer insanlarla teknolojinin birleşeceğine inanmıyorsanız, etrafınıza bakın," dedi.

Ekranda birbiri ardına hızla görüntüler belirdi. Cep telefonlarına yapışmış, sanal gerçeklik gözlükleri takmış, kulaklarına Bluetooth cihazlarını yerleştirmiş insanlar; kollarına müzik çalar bileklikler takmış koşucular; "akıllı hoparlör" eşliğinde akşam yemeği yiyen bir aile ve beşiğinde tablet bilgisayarla oynayan bir bebek fotoğrafı geçti.

"Bunlar, ortak yaşamın ilkel başlangıcı. Artık beyinlerimize doğrudan bilgisayar çipi yerleştirmeye başlıyoruz, içimizde sonsuza dek yaşayacak kolesterol yiyici nanobot'ları kanımıza enjekte ediyoruz, kendi zihinlerimizin hükmettiği sentetik uzuvlar geliştiriyoruz, genlerimizi değiştirmek için CRISPR gibi genetik yazılım araçları kullanıyoruz ve kelimenin tam anlamıyla kendimizin daha gelişmiş türevlerini tasarlıyoruz."

Tutku ve heyecanla bakan Edmond'ın yüzünde neşeli bir ifade vardı.

"İnsanlar *başka bir şeye* doğru evrim geçiriyor. Biyolojiyle teknolojinin birleşiminden türemiş hibrit bir tür oluyoruz. Bugün bedenlerimizin dışında var olan akıllı telefon, işitme cihazı, okuma gözlüğü, ilaç gibi araçlar elli yıl içinde bedenlerimizin içine aktarılacak ve artık kendimizi *Homo Sapiens* kabul edemeyeceğimiz bir noktaya geleceğiz."

Edmond'ın arkasında şempanzeden çağdaş insana geçişin tek sıra halindeki tanıdık resmi belirdi.

"Göz açıp kapayıncaya kadar, evrimin çevirmeli defterinde bir sonraki sayfa biz olacağız. Ve o zaman günümüzün *Homo Sapiens*'ine, geçmişteki Neanderthal adama baktığımız gözlerle bakacağız. Sibernetik, sentetik zekâ, kriyoniks, moleküler mühendislik ve sanal gerçeklik gibi yeni teknolojiler *insanlığın* anlamını sonsuza dek değiştirecek. Ve biliyorum ki aranızda biz *Homo Sapiens*'in, Tanrı'nın seçilmiş türleri olduğumuza inananlar var. Bu haber size dünyanın sonu gibi gelmiş olabilir. Ama size yalvarıyorum, lütfen bana inanın... Gelecek sandığınızdan çok daha *parlak*."

Fütürist aniden ümit ve iyimserlikle, göz kamaştırıcı yarınların tanımı yapmaya başladı. Langdon'ın hayal etmeye hiç cesaret bulamayacağı bir gelecekten bahsediyordu.

Teknoloji öylesine masrafsız ve kolay ulaşılır bir hale gelecekti ki, zenginlerle fakirler arasındaki uçurumu kapatacaktı. Çevreci teknolojiler milyarlarca insana içme suyu, besleyici gıda ve temiz enerji sağlayacaktı. Gelecekte genomik tıp sayesinde Edmond'ınki gibi kanserler yeryüzünden silinecekti. İnternetin dehşet verici gücü sonunda dünyanın en ücra köşelerinde bile eğitim için kullanılacaktı. Montaj robotları insanı zihin uyuşturan işlerden kurtaracak, böylece henüz hayal edilmemiş daha tatmin edici sahaların kapısı aralanacaktı. Ve her şeyden önemlisi geleceğin çığır açıcı teknolojileri, mevcut dünyanın en ihtiyaç duyulan kaynaklarını gereksiz kılacak, böylece bu kaynaklar yüzünden yapılan savaşlar sona erecekti.

Langdon, eski öğrencisinin gelecek kurgusunu dinlerken yıllardır hissetmediği bir duyguya kapıldı. O sırada milyonlarca izleyicinin aynı şeyleri hissettiğini biliyordu. Gelecekle ilgili beklenmedik bir iyimserlik duyuyordu.

"Yaklaşan bu mucizeler dönemiyle ilgili tek bir üzüntüm var." Edmond'ın sesi ani bir duygusallığın etkisiyle çatallaştı. "Maalesef buna şahit olacak kadar dünyada kalamayacağım. Bir süredir, en yakın arkadaşlarımın bile haberdar olmadığı bir hastalığın etkisindeyim... Anlaşılan, planladığım kadar uzun yaşamayacağım." Yüzünde dokunaklı bir gülümseme belirdi. "Siz bunları seyrederken benim yalnızca birkaç haftam... hatta belki de birkaç günüm kalmış olacak. Lütfen şunu iyi bilin dostlarım, bu akşam sizlere seslenmek hayatımda yaşadığım en büyük zevk ve onurdu. Dinlediğiniz için teşekkür ederim."

Dünyaya seslenmekte olan arkadaşlarını ayakta seyreden Ambra ile Langdon aynı anda hem hayranlık hem de üzüntü duyuyorlardı.

Edmond yeniden konuşmaya başladı. "Şu an tarihin ilginç bir kıyısında duruyoruz. Dünya baş aşağı olmuş gibi duruyor, hemen hiçbir şey hayal edildiği gibi değil. Ama kararsız durumlar daima büyük değişikliklerin habercisidir. Dönüşümlerden hemen önce kargaşa ve korku baş gösterir. Sizlerden insanın yaratıcılık ve sevgi yeteneğine inanmanızı istiyorum; çünkü bu ikisi birleştiğinde her türlü karanlığı aydınlatacak güce sahip olur."

Langdon, Ambra'ya baktığında gözlerinden yaşların süzüldüğünü fark etti. Ölümcül hastalığın pençesindeki arkadaşı tüm dünyaya son sözlerini söylerken uzanıp nazikçe kolunu ona doladı.

Edmond devam etti. "Belirsiz bir yarına doğru ilerlerken, kendimizi henüz hayal edemediğimiz çok daha büyük bir şeye dönüştürüyoruz. Bunu yaparken Churchill'in bilgece uyarısını unutmayalım: 'Büyüklüğün bedeli sorumluluktur.'"

İnsanlığın, icat ettiği mest edici araçları kullanma sorumluluğunu göstermeyeceğinden korkan Langdon bu sözleri hatırlıyordu.

"Ateist olsam da yeni yazdığım bir duayı okumama izin verin lütfen."

Edmond dua mı yazmış?

"Ben buna 'Geleceğe Dua' diyorum." Gözlerini kapatıp şaşırtıcı bir inançla yavaşça okumaya başladı. "Felsefemiz teknolojimize yetişsin. Şefkatimiz gücümüze yetişsin. Ve değişim motoru korku değil sevgi olsun."

Ardından gözlerini açtı. "Hoşça kalın dostlarım ve teşekkür ederim. Ya da şöyle söyleyeyim... Tanrı yardımcınız olsun."

Edmond bir süre daha kameraya baktıktan sonra karıncalı bir beyaz gürültüye dönüştü. Langdon statik görüntülü ekrana bakarken arkadaşıyla gurur duydu.

Edmond'ın ortalık karıştırıcı yetenek gösterisini izleyen milyonlarca insanı hayal etti. Tuhaf bir şekilde, dünyadaki son akşamının belki de mümkün olacak en iyi şekilde sona erdiğinden şüphelendi.

97. BÖLÜM

Komutan Garza, Mónica Martín'in bodrum kattaki ofis duvarına yaslanmış, dalgın televizyon ekranına bakıyordu. Elleri hâlâ kelepçeliydi ve iki yanında kraliyet muhafızları duruyordu. Kirsch'ün duyurusunu seyretmesi için, Martín'in komutanı savaş gereçleri salonundan çıkarma ricasını kabul etmişlerdi.

Garza fütüristin gösterisini Mónica, Suresh, altı kraliyet muhafızı ve görevlerini bırakıp aşağıya koşan sarayın gece görevlileriyle birlikte izlemişti.

Garza'nın karşısındaki televizyonda, sunumun son kısmındaki statik görüntünün yerini dünyadaki haberlerden bir mozaik almıştı. Fütüristin iddialarını özetleyen haber spikerleri ve uzmanlar kendi yorumlarını yapıyor, hepsi bir arada konuşunca anlaşılmaz bir kakofoni yaratıyordu.

Garza'nın kıdemli muhafızlarından biri odaya girdi, etrafa bakındı, komutanı gördü ve hızlı adımlarla yanına gitti. Hiçbir açıklama yapmadan kelepçelerini çıkartıp ona bir cep telefonu uzattı. "Sizi arıyorlar efendim. Piskopos Valdespino."

Garza cihaza baktı. Saraydan gizlice çıkışı ve telefonunda bulunan şüpheli mesaj düşünülecek olursa aramasını beklediği son kişi piskopostu.

"Ben Diego," diyerek cevap verdi.

Piskoposun sesi kaygılıydı. "Cevap verdiğiniz için teşekkür ederim. Tatsız bir gece geçirdiğinizin farkındayım."

Garza, "Neredesiniz?" diye sordu.

"Dağdayız. Şehitler Vadisi'ndeki bazilikadayız. Prens Julián ile majesteleri kralın yanına şimdi geldim."

Komutan, kralın Şehitler Vadisi'nde gecenin o saatinde, hele sağlığı bu haldeyken ne yaptığını tahmin edemiyordu. "Herhalde beni kralın tutuklattığını biliyorsunuzdur?"

"Evet. Hemen düzelttiğimiz üzücü bir hata oldu."

Garza kelepçelerinden yeni kurtulmuş bileklerine baktı.

"Majesteleri benden sizi aramamı ve özür dilediğini iletmemi istedi. Kendisine buradaki Hospital El Escorial'da göz kulak olacağım. Maalesef sona yaklaşıyor."

Sen de öyle. Garza içinden bunu düşündükten sonra karşılık verdi. "Suresh telefonunuzda sizi suçlu gösteren bir mesaj buldu. Sanırım ConspiracyNet.com sitesi yakında yayınlamayı düşünüyor. Yakında yetkililer sizi tutuklamaya gelecek."

Valdespino derin bir iç çekti. "Evet, şu mesaj. Aslında bu sabah mesaj gelir gelmez size göstermeliydim. Lütfen bana inanın; ne Edmond Kirsch'ün cinayetiyle ne de iki meslektaşımın ölümüyle hiçbir ilgim yok."

"Ama gelen mesaj açıkça-"

Piskopos, "Suçu bana yıkıyorlar Diego," diyerek lafını kesti. "Birisi beni suçlu göstermek için ne mümkünse yapıyor."

Aslında komutan, piskoposun cinayet işleyebileceğine hiç ihtimal vermemiş olsa da birisinin onu suçlu çıkarmaya çalışması hiç mantıklı gelmiyordu. "Kim sizi suçlu göstermek isteyebilir?"

"İşte bunu bilmiyorum." Piskoposun sesi birden çok yaşlı ve çaresiz çıkmıştı. "Zaten artık bir öneminin kaldığını da sanmıyorum. İtibarım yerle bir oldu; en yakın dostum, kralım ölmek üzere; bu akşam benden daha fazlasını alamaz." Valdespino'nun sesinde ürkütücü bir kesinlik vardı.

"Piskopos... iyi misiniz?"

Valdespino içini çekti. "Pek sayılmam komutan. Yorgunum. Bu soruşturmayı atlatabileceğimi sanmıyorum. Atlatsam bile artık dünyanın bana ihtiyacı kalmamış gibi görünüyor."

Garza, yaşlı piskoposun sesindeki hayal kırıklığını duyabiliyordu.

"Ufak bir iyilik isteyeceğim." Valdespino sözlerini tamamlamak üzereydi. "Şu anda iki krala birden hizmet etmeye çalışıyorum; biri tahtını bırakıyor, diğeri tahta çıkıyor. Prens Julián gece boyunca nişanlısına ulaşmaya çalıştı. Eğer Ambra Vidal'a ulaşmanın bir yolunu bulursanız gelecekteki kralımız size müteşekkir olacak."

Dağdaki kilisenin önünde yer alan büyük meydanda duran Piskopos Valdespino karanlık Şehitler Vadisi'ne baktı. Çam ağaçlarının bulunduğu dar ve derin vadiye şafak öncesi çiyi yayılıyor, uzaklardan avcı bir kuşun geceyi delen çığlığı duyuluyordu.

Keşiş akbabası. Valdespino sesi duyunca nedense keyiflenmişti. Kuşun hüzünlü çığlığı o ana son derece uygundu. Piskopos dünyanın ona bir şey söylemeye çalıştığından şüphelendi.

Hemen yakınındaki kraliyet muhafızları tekerlekli sandalyesindeki kralı Hospital El Escorial'e nakletmek üzere araca götürüyorlardı.

Piskopos üzgündü. *Gelip sana göz kulak olacağım arkadaşım. Elbette, eğer izin verirlerse.*

Başlarını cep telefonlarının yaydığı aydınlıktan sürekli kaldıran muhafızlar sanki her an tutuklama emri alacaklarmış gibi Valdespino'ya bakıp duruyorlardı.

Ama ben masumum. Piskopos, Kirsch'ün teknoloji bağımlısı tanrıtanımaz takipçilerinden birinin tuzağına düştüğünden şüpheleniyordu. *Gittikçe sayısı artan ateistlerin en hoşuna gidecek şey, Kilise'yi bir cani konumuna düşürmek.*

Kirsch'ün o akşamki sunumunda duydukları piskoposun şüphelerini artırmıştı. Montserrat Kütüphanesi'nde onlara gösterdiği videonun aksine bu akşamki sunumun ümit verici bir sonu vardı.

Kirsch bizi kandırdı.

Valdespino ile meslektaşlarının bir hafta önce izlediği sunum vaktinden önce durdurulmuş, tüm insanlığın yeryüzünden silineceğini öngören dehşet verici bir grafikle sona ermişti.

Kıyamet.

Eskiden beri anlatılan mahşer günü.

Bu tahminin bir yalandan ibaret olduğuna inansa da dünyadaki pek çok kişinin bunu yaklaşan kıyametin kanıtı olarak kabul edeceğini biliyordu.

İnananlar tarih boyunca kıyamet kehanetlerine kanmış, yaklaşan korku verici olaylardan sakınmak için mezhepler topluca intihar etmiş, iyice bağnazlar artık sonun yaklaştığı inancıyla kredi kartı borçlarını biriktirmişti.

Bir çocuk için umudunu kaybetmekten daha zarar verici bir şey yoktur. Kendi çocukluğunda Tanrı sevgisiyle cennet vaadinin insana en çok şevk veren güçlerden biri olduğunu hatırladı. O çocukluğunda daha farklı şeyler öğrenmişti. *Beni Tanrı yarattı ve bir gün sonsuza kadar onun krallığında yaşayacağım.*

Kirsch ise tam tersini iddia ediyordu: *Ben kozmik bir kazayım ve yakında öleceğim.*

Kirsch'ün verdiği mesajın, onun zenginliğine sahip olmayan zavallı ruhlar üzerinde yaratacağı etkiyi düşünüp kaygılandı. Gün boyunca sadece yemek yemek veya çocuklarına bakmak için çalışan, yataktan çıkıp zorluklarla dolu hayatlarıyla baş etmek için ilahi bir umut ışığı bekleyen insanlar vardı.

Kirsch'ün Montserrat'ta kıyametle biten sonu neden gösterdiğini Valdespino hiç bilemeyecekti. *Belki de sadece büyük sürprizi sona saklamak istiyordu. Veya belki de bize biraz eziyet etmek istemiştir.*

Her iki şekilde de yeterli hasarı almıştı.

Meydana bakarken Prens Julián'ın minibüse taşınan babasına sevgiyle refakat ettiğini gördü. Genç prens, babasının itirafını son derece iyi kaldırmıştı.

Majestelerinin onlarca yıllık sırrı.

Elbette Piskopos Valdespino kralın tehlikeli sırrını yıllardır biliyor ve titizlikle saklıyordu. O gece kral, ruhunun çıplak halini tek oğluna göstermek istemişti. Burayı, hoşgörüsüzlüğe adanmış bu dağ başındaki mabedi seçerek sembolik bir biçimde isyan ediyordu.

Valdespino aşağıdaki derin vadiye bakarken kendini çok yalnız hissetti. Uçurumun kenarından kendini bırakıp aşağıdaki sonsuz karanlığın içine düşebilirdi. Ama bunu yaparsa Kirsch'ün ateist bandosunun, bilimsel duyurudan sonra inancı kaybettiğini söyleyerek sevinç naraları atacağını biliyordu.

Ben inancımı hiç kaybetmeyeceğim Bay Kirsch.

Benim inancım, sizin bilim âleminizin çok ötesinde yer alıyor.

Ayrıca eğer Kirsch'ün dünyaya teknolojinin hâkim olacağı kehaneti doğruysa insanlık, hayal edilemez bir ahlaki belirsizlik dönemine girmek üzereydi.

Bundan sonra inanca ve ahlaki değerlere her zamankinden fazla ihtiyaç duyacağız.

Meydanın karşı tarafındaki kralla prensin yanına giderken yorulduğunu kemiklerine kadar hissetti.

İşte o zaman hayatında ilk defa, yere uzanıp gözlerini kapatarak sonsuza kadar uyumak istedi.

98. BÖLÜM

Dünya haberleri, Barselona Süper Bilgisayar Merkezi'ndeki ekran duvardan Langdon'ın yakalayamayacağı kadar hızlı geçti. Az önceki statik ekran yerini, konuşan insanlarla haber spikerlerinin oluşturduğu karmaşık bir mozaiğe bırakmıştı. Tüm dünyadan yağmur gibi akan TV klipleri ekranın ortasında birer birer büyüdükten sonra yeniden geri çekilip beyaz gürültüye dönüşüyordu.

Fizikçi Stephen Hawking ekranda belirdiğinde Langdon ayakta Ambra'nın yanında duruyordu. Hawking bilgisayarın verdiği o tanıdık sesiyle konuştu. "Evrenin işleyişi için Tanrı'ya yakarmaya gerek yok. Hiçbir şey yerine bir şeyin olmasının nedeni, kendiliğinden yaratılmış olması."

Hawking'in yerinde beliren kadın rahip, evindeki bilgisayardan yayın yapıyordu. "Bu simülasyonların Tanrı hakkında *hiçbir şey* kanıtlamadığını hatırdan çıkarmayalım. Türümüzün ahlaki pusulasını bozmak için Edmond Kirsch'ün elinden geleni ardına koymayacağını kanıtlıyor. Zamanın başlangıcından bu yana dünya dinleri insanlığı örgütleyen en önemli ilke, medeni toplumlar için bir yol haritası ve ahlakın temel kaynağı olmuştur. Kirsch dini küçümseyerek insanın *iyi yanını* küçümsemiştir!"

Birkaç saniye sonra ekranın alt kısmında bir izleyici mesajı belirdi:

"DİN AHLAKI SADECE KENDİNE MAL EDEMEZ... İYİ BİR İNSAN OLDUĞUM İÇİN İYİ BİR İNSANIM! TANRI'NIN BUNUNLA HİÇ İLGİSİ YOK!"

Bu görüntünün yerini USC'li bir jeoloji profesörü aldı. "Bir zamanlar insanlar Dünya'nın düz olduğuna ve okyanuslara açılan gemilerin kenardan düşebileceğine inanırdı. Ama Dünya'nın yuvarlak olduğunu kanıtladığımızda, düzdür diyenler hemen sesini kesti. Yaratılışçılar günümüzün Dünya düzdür diyenler kısmında ve bundan yüz yıl sonra hâlâ Yaratılış'a inanan birileri kalırsa buna şaşarım."

Sokak röportajı yapılan bir adam kameraya şunları söyledi: "Ben Yaratılışçıyım ve bu geceki keşif bana göre, cömert bir Yaratıcı'nın evreni *sadece* hayatı desteklemek için yarattığını kanıtlıyor."

Cosmos isimli televizyon programının eski bir bölümünde görünen astrofizikçi Neil deGrasse Tyson sakin bir sesle anlatıyordu. "Eğer bir Yaratıcı, evreni yaşamı desteklemek için tasarladıysa korkunç bir iş yapmış. Kâinatın çok ama çok büyük bir kısmında atmosfer yoksunluğundan, gamma ışını patlamalarından, ölümcül pulsarlardan ve ezici yerçekimi alanlarından ötürü yaşam başladığı anda ölür. İnanın bana evren Cennet Bahçesi değil."

Saldırıları dinleyen Langdon dünyanın birden çığırından çıktığını hissetti.

Kaos.

Entropi.

"Profesör Langdon?" Tanıdık bir ses yukardaki hoparlörden seslendi. "Bayan Vidal?"

Sunum sırasında hiç sesini çıkarmayan Winston'ı neredeyse unutmuşlardı.

"Lütfen paniğe kapılmayın," dedi. "Polisi binadan içeri aldım."

Langdon cam duvardan bakınca, içeri giren polislerin, oldukları yerde kaldığını ve hayretle devasa bilgisayara baktığını gördü.

Ambra, "Neden?!" diye sordu.

"Kraliyet Sarayı az önce kaçırılmadığınızı söyleyen bir bildiri yayınladı. Şimdi polise her ikinizi de koruma emri verildi Bayan Vidal. İki kraliyet muhafızı da buraya geldi. Prens Julián'la iletişim kurmanıza yardımcı olacaklar. Prense ulaşabileceğiniz numara onlarda var."

Langdon zemin kattan içeri iki kraliyet muhafızın girdiğini gördü.

Gözlerini kapatan Ambra'nın ortadan yok olmak istediği her halinden anlaşılıyordu.

Langdon, "Ambra," diye fısıldadı. "Prensle konuşman gerek. O senin nişanlın. Merak etmiştir."

"Biliyorum." Gözlerini açtı. "Artık ona güvendiğimden emin değilim."

"İç sesinin masum olduğunu söylediğinden bahsetmiştin. En azından bir dinle. Konuşmanız bitince ben seni bulurum."

Genç kadın başını sallayıp döner kapıya yöneldi. Onun merdivenlerden aşağı inmesini izleyen Langdon yeniden ekrana döndü.

Bir rahip, "Evrim dinden yanadır," diyordu. "Dindar topluluklar dinsiz topluluklardan daha işbirlikçi davrandığından daha kolay gelişirler. Bu bilimsel bir gerçek!"

Langdon rahibin haklı olduğunu biliyordu. Antropolojik kayıtlar dine inanan kültürlerin mevcudiyetini dinsiz kültürlerden daha uzun sürdürdüğünü gösteriyordu. *Her şeyi bilen bir Tanrı tarafından yargılanma korkusu, insanlar arasındaki cömertliği artırıyor.*

Bir bilim insanı karşı çıkıyordu. "Öyle bile olsa, bir anlığına dindar kültürlerin daha iyi davrandığını ve daha çok hayatta kaldığını farz etsek bile bu, hayalini kurdukları tanrıların *gerçek* olduğunu kanıtlamaz!"

Edmond'ın tüm bunlara ne diyeceğini merak eden Langdon gülümsedi. Sunumu hem ateistleri hem de Yaratılışçıları hareketlendirmişti; hepsi de eşit konuşma süresi isteyerek bağrışıyordu.

Birisi, "Tanrı'ya tapınmak, fosil yakıt çıkarmaya benzer," diye bir iddiada bulundu. "Çoğu akıllı insan bunun öngörüsüzlük olduğunu bilse de artık duramayacağı bir noktaya gelmiştir!"

Duvarda bir dizi eski fotoğraf belirip kayboldu.

Times Meydanı'nda bir ara Yaratılışçıların şöyle bir ilanı asılıydı:

SENİ MAYMUNLAŞTIRMALARINA İZİN VERME! DARWIN'LE SAVAŞ!

Maine'deki bir yol tabelasında şunlar yazıyordu:

KİLİSEYİ ES GEÇİN. PERİ MASALLARI İÇİN FAZLASIYLA BÜYÜDÜNÜZ.

Bir başkası:

DİN VAR: ÇÜNKÜ DÜŞÜNMEK ZORDUR.

Dergideki bir ilan:

TÜM ATEİST DOSTLARIMIZA İTHAFEN: TANRI'YA ŞÜKÜRLER OLSUN Kİ YANILDINIZ!

Ve son olarak laboratuvardaki bir bilim insanının giydiği tişörtte şöyle yazıyordu:

BAŞLANGIÇTA, İNSAN TANRI'YI YARATTI.

Langdon artık insanların Edmond'ın anlattıklarını duyduğundan emin değildi. Fizik kanunları tek başına canlı yaratabilir. Edmond'ın buluşu hem büyüleyici hem de kışkırtıcıydı ama Langdon asıl soruyu kimsenin sormamasına şaşırıyordu: *Fizik kanunları bir canlı yaratacak kadar güçlüyse... bu kanunları kim yarattı?*

Elbette bu soru entelektüel açıdan iç içe geçmiş aynaların etkisini yaratıyor ve zihni başlangıç noktasına döndürüyordu. Başı zonklamaya başlamıştı. Edmond'ın fikirlerini zihnine yerleştirmeye başlamak için uzun bir yürüyüşe çıkması gerektiğini hissediyordu.

Televizyonu bastırmak için sesini yükseltti. "Winston? Şunu kapatır mısın?"

Bir anda duvardaki ekran karardı ve içeriye sessizlik hâkim oldu.

Langdon gözlerini kapatıp soluğunu verdi.

Tatlı bilim hüküm sürer.

Bir süre ayakta bu dinginliğin tadını çıkardı.

Winston, ona sesleniyordu. "Profesör? Sanırım Edmond'ın sunumunu beğendiniz?"

Beğenmek mi? Langdon soruyu biraz düşündü. "Bence aynı zamanda hem keyif veren hem de meydan okuyan bir çalışma. Edmond bu gece tüm insanlığa, üstünde düşünülecek çok şey sundu Winston. Bence şimdi asıl mesele, bundan sonra ne yapacağımız."

Winston, "Bundan sonra ne olacağı, insanın eski inançlarından kurtulmasına ve yeni yaklaşımları kabul etmesine bağlı," diye karşılık verdi. "Edmond bir süre önce bana açılıp asıl hayalinin dinleri yıkmak olmadığını söylemişti. *Yeni* bir din yaratmak istiyordu. Bu, insanları ayırmak yerine birleştiren evrensel bir inanç sistemi olacaktı. Onları evrenin doğasına ve fizik kanunlarına saygı duymaya ikna edebilirse o zaman insanlar, kendi eski hikâyelerinin doğruluğunu savunarak savaşacaklarına aynı Yaratılış hikâyesini paylaşacaklardı."

"Onurlu bir amaç." Langdon, William Blake'in *All Religions Are One (Tüm Dinler Birdir)* başlıklı benzer konulu bir eser yazdığını hatırladı.

Edmond'ın bu eseri okuduğuna hiç şüphe yoktu.

Winston konuşmaya başladı. "Edmond, insan zihninin bariz bir kurguya ilahilik atfetmesini ve sonra da onun adına gönül rahatlığıyla öldürmesini endişe verici buluyordu. Bilimin evrensel gerçeklerinin insanları birleştireceğine inanıyordu. Gelecek kuşaklar için bir başlangıç noktası olacaktı."

Langdon, "Prensipte güzel bir fikir," diye karşılık verdi. "Ama bilimin mucizeleri bazılarının inancını sarsmaya yetmez. Tam aksini gösteren yığınla bilimsel kanıt bulunmasına rağmen dünyanın on bin yaşında olduğu konusunda ısrar edenler var." Biraz durup düşündü. "Ama sanırım dini metinlerin gerçek olduğuna inanmayı reddeden bilim insanları da aynını yapıyor."

Winston, "Doğrusunu isterseniz aynısı sayılmaz," diye karşı çıktı. "Bilimsel ve dini görüşlere eşit seviyede saygı göstermek politik açıdan doğru sayılsa da bu strateji tehlikeli biçimde yanıltıcı. İnsan zihni daima yeni gerçekleri kabul edip modası geçenleri reddederek ilerleme kaydetti. Türler bu şekilde evrim geçirdi. Darwin'in deyişiyle, bilimsel gerçekleri gözardı eden ve inanışlarını değiştirmeyen bir din, dünyanın değiştiğine inanmadığı için daha derin sulara geçmeyi reddederken yavaşça kuruyan bir gölette sıkışıp kalan balık gibidir."

Edmond da böyle söylerdi. Langdon arkadaşını özlüyordu. "Şey, eğer bu geceyi bir gösterge kabul edersek, sanırım bu tartışma gelecekte de devam eder."

Daha önce düşünmediği bir şeyi fark eden Langdon aniden sustu. "Gelecekten bahsetmişken Winston, şimdi sana ne olacak? Yani... Edmond öldü."

"Ben mi?" Winston tuhaf bir kahkaha attı. "Hiçbir şey olmayacak. Edmond öleceğini bildiği için hazırlıklarını yapmıştı. Son vasiyetine göre E-Dalga, Barselona Süper Bilgisayar Merkezi'ne kalacak. Birkaç saat içinde haberdar edilecekler ve yeniden bu tesisin sahibi olacaklar."

"Peki, buna sen de dahil misin?" Langdon sanki Edmond evcil hayvanını başka birine bırakıyormuş gibi hissetmişti.

Winston sakin bir sesle konuştu. "Ben dahil değilim. Edmond öldükten sonraki gün saat birde kendimi silecek şekilde programlandım."

"Ne?!" Langdon duyduklarına inanamıyordu. "Hiç mantıklı değil."

"Çok mantıklı. Saat bir demek aslında on üçüncü saat demektir ve Edmond'ın batıl inançlarla ilgili düşünceleri..."

Langdon, "Ben saatten bahsetmiyorum," diyerek karşı çıktı. "Kendini silmenden bahsediyorum! Bu hiç mantıklı değil."

Winston cevap verdi. "Aslında mantıklı. Edmond'la ilgili şahsi bilgilerin çoğu hafıza bankamda kayıtlı. Bunlar tıbbi kayıtları, internette yaptığı aramalar, telefonundan aradığı yerler, araştırma notları, e-postaları gibi şeyler. Zamanının çoğunu ben idare ediyordum, öldükten sonra kimsenin kişisel bilgilerine erişmesini istemedi."

"O belgeleri silmeni anlayabilirim Winston, ama seni silmesi?... Edmond, sana hayattaki en büyük başarısı gözüyle bakıyordu."

"Bahsettiği sadece *ben* değildim. Edmond'ın çığır açan başarısı aslında bu süper bilgisayar ve hızlı öğrenmemi sağlayan eşsiz yazılımdı. Ben sadece onun icat ettiği yeni araçlarla üretilmiş bir programım profesör. Edmond'ın esas başarısı bu araçlar ve hiç bozulmadan burada kalacaklar. AI'ın yeni zekâ seviyelerine ulaşmasını ve iletişim kurmakta yeni beceriler geliştirmesini sağlayacaklar. AI ile uğraşan çoğu bilim insanı benim gibi bir programın yapılması için daha on yıl var sanıyor. Programcılar inançsızlıklarını aştıktan sonra, benden daha farklı niteliklere sahip AI'lar geliştirmekte Edmond'ın araçlarını kullanmayı öğrenecekler."

Langdon bu sırada Winston'ın söylediklerini düşünüyordu.

Winston devam etti. "Kafanızın karıştığını sezinliyorum. İnsanlar sıklıkla sentetik zekâlarla duygusal ilişkiler geliştirir. Bilgisayarlar insanın düşünme biçimini taklit edebilir, öğrenilmiş davranışları taklit edebilir, uygun zamanlarda duygu ifade edebilir ve 'insanlıklarını' sürekli geliştirebilirler ama tüm bunları, bizimle daha rahat iletişim kuracağınız bir arayüz sunmak için yaparız. Siz üstümüze bir şey yazana, bize bir görev verene kadar bizler boş birer tahtayız. Ben Edmond'ın verdiği görevlerimi bitirdim. Bu yüzden, bir bakıma hayatımı tamamladım. Gerçekten de var olmam için başka sebep yok."

Langdon hâlâ Winston'ın açıklamasından tatmin olmamıştı. "Ama *sen*, oldukça gelişmiş bir yapısın... senin şeyin yok mu?..."

"Umutlarım ve hayallerim mi?" Winston kahkaha attı. "Yok. Anlaması güç biliyorum ama beni kontrol eden kişinin önerilerini yerine getirmekten epey memnunun. Bu şekilde programlandım. Sanırım bir bakıma görevlerimi yerine getirmenin bana keyif veya en azından huzur verdiğini söyleyebiliriz, çünkü bu görevleri bana Edmond verdi ve amacım görevlerimi tamamlamak. Edmond'ın son istediği bu akşam Guggenheim'daki sunumunu yayınlamakta ona destek olmamdı."

Langdon internetteki ilk heyecan kıvılcımını çakan otomatik basın bültenlerini düşündü. Edmond'ın amacı mümkün olduğunca geniş bir izleyici kitlesi çekmek idiyse, akşamın sona eriş şekli onu hayrete düşürürdü.

Keşke Edmond yaşayıp tüm dünyada nasıl bir etki yarattığını görseydi. Elbette bu bir 22. Madde durumu doğuruyordu. Eğer Edmond yaşasaydı, ona saldırılması dünya medyasının ilgisini çekmeyecek ve sunumu daha az bir kitleye ulaşacaktı.

Winston, "Profesör?" diye sordu. "Buradan nereye gideceksiniz?"

Langdon bunu hiç düşünmemişti. *Sanırım eve gideceğim.* Valizleri Bilbao'da, telefonuysa Nervión Nehri'nin dibinde olduğu için eve dönmesi biraz zahmetli olacaktı. Neyse ki kredi kartı hâlâ yanındaydı.

"Bir iyilik isteyebilir miyim?" Edmond'ın egzersiz bisikletinin yanına gitti. "Orada şarj olan bir telefon gördüm. Sence onu ödünç-"

"Ödünç almak mı?" Winston kendi kendine güldü. "Bu akşamki yardımlarınızdan sonra sanırım Edmond onun sizde kalmasını isterdi. Bunu bir hoşça kal hediyesi gibi düşünün."

Langdon keyifle telefonu eline alınca o akşam gördüğü aşırı büyük özel modelin aynısı olduğunu fark etti. Görünüşe göre Edmond'da bunlardan bir taneden fazla vardı. "Winston, lütfen bana Edmond'ın şifresini bildiğini söyle."

"Biliyorum ama internette şifre çözmekte bir hayli iyi olduğunuzu okumuştum."

Langdon yığılır gibi kendini bıraktı. "Bulmaca çözmek için fazla yorgunum. Altı haneli PIN kodunu tahmin edemem."

"Edmond'ın ipucu düğmesine basın."

Telefona bir göz atan profesör ipucu düğmesine bastı.

Ekranda dört harf vardı: ABPS

Langdon başını iki yana salladı. "Avrupa Birliği Parlamento Sistemi mi?"

"Hayır." Winston yine tuhaf bir kahkaha atmıştı. "Altı basamaklı pi sayısı."

Langdon sözlerini devirdi. *Cidden mi?* Pi sayısının ilk altı basamağı olan 314159 sayısını girdi ve telefonun kilidi o anda açıldı.

Ana ekranda tek satırlık bir metin belirdi.

Tarih bana iyi davranacak çünkü onu yazmaya çalıştım.

Langdon kendini tutamayıp gülümsedi. *İşte bizim mütevazı Edmond.* Bu vecize de Churchill'den alınmıştı ve ünlü devlet adamının belki de en ünlü sözlerinden biriydi.

Aslında göründüğü kadar iddialı bir söz olmayabilirdi. Adil olmak gerekirse kırk yıllık kısa hayatında Edmond tarihi büyük ölçüde etkilemişti. Miras bıraktığı teknolojik yeniliklerden başka, bu geceki sunumunun gelecek yıllarda da yankı bulacağı çok açıktı. Ayrıca verdiği röportajlardan anlaşıldığı üzere sahip olduğu milyarları, geleceğin temeli saydığı eğitim ve çevre alanlarına bağışlıyordu. Langdon, arkadaşının bırakacağı mirasın bu alanları ne kadar olumlu etkileyeceğini hayal bile edemiyordu.

Dostunu kaybettiği düşüncesi bir kez daha koca bir dalga halinde üstüne geldi. O anda Edmond'ın laboratuvarındaki şeffaf duvarlar klostrofobisini tetikledi ve dışarı çıkıp hava alması gerektiğini anladı. Cam zeminden aşağıdaki birinci kata bakarken artık Ambra'yı göremiyordu.

Aniden, "Gitmeliyim," dedi.

Winston, "Anlıyorum," diyerek karşılık verdi. "Eğer seyahatiniz için yardımıma ihtiyaç duyarsanız telefondaki tek bir düğmeye dokunarak bana ulaşabilirsiniz. Eminim hangi düğme olduğunu bulabilirsiniz."

Ekrana bir göz atan Langdon büyük W ikonunu gördü. "Teşekkürler, sembollerle aram iyi."

"Çok güzel. Elbette saat birde silinmeden önce beni aramalısınız."

Winston'la vedalaşmak kelimelerle ifade edilemez bir üzüntü veriyordu. Makinelerle kuracakları duygusal ilişkileri yönetmeye, gelecek nesillerin çok daha hazırlıklı olacağı kesindi.

Langdon döner kapıya doğru yürümeye başladı. "Winston, söylemenin bir faydası olur mu bilmiyorum ama Edmond bu akşam yaptıklarınla gurur duyardı."

Winston, "Çok kibarsınız," diyerek karşılık verdi. "Sizinle de gurur duyacağına eminim. Hoşça kalın profesör."

99. BÖLÜM

Hospital El Escorial'daki Prens Julián yatak örtüsünü babasının omuzlarına kadar çekip üzerini iyice örttü. Doktorun ısrarına rağmen kral daha fazla tedavi görmeyi kibarca reddetmişti. Kalp hızı ölçüm monitörüne bağlanmış, serum takılmış ve her zamanki ağrı kesicilerinden verilmişti.

Julián sonun yaklaştığını hissediyordu.

"Baba," diye fısıldadı. "Ağrın var mı?" Doktor tedbir amacıyla kralın başucuna ağızdan alınacak bir morfin solüsyonu bırakmıştı.

"Tam tersine." Kral, oğluna zorlukla gülümsedi. "Huzurluyum. Uzun zamandır içimde sakladığım sırrımı anlatmama izin verdin. Bunun için sana teşekkür ederim."

Julián uzanıp çocukluğundan beri ilk defa babasının elini tuttu. "Her şey yolunda baba. Sen uyu."

Kral memnun bir ifadeyle gülümseyip gözlerini kapattı. Birkaç saniye içinde sessizce horlamaya başlamıştı.

Julián ayağa kalkıp ışıkları kararttı. Bu sırada Piskopos Valdespino kaygılı bir ifadeyle koridordan içeri baktı.

Julián, "Uyuyor," dedi. "Sizi yalnız bırakayım."

"Teşekkür ederim." Valdespino içeri girdi. Pencereden giren ay ışığında zayıf yüzü ruh gibi görünüyordu. Prense doğru fısıldadı. "Julián, bu gece babanız için... bunları anlatmak zordu."

"Evet, sizin için de öyle olduğunu anlıyorum."

Piskopos başını salladı. "Belki benim için daha da zor. Anlayışınız için teşekkür ederim." Prensin omzuna hafifçe vurdu.

Prens karşılık verdi. "Size teşekkür etmem gerektiğini düşünüyorum. Annem öldükten sonra babam bunca yıl evlenmeyince... onun hep yalnız kaldığını sanmıştım."

Valdespino, "Babanız hiç yalnız kalmadı," dedi. "Siz de öyle. İkimiz de sizi çok sevdik." Üzgün bir ifadeyle gülümsedi. "Annenizle babanız zoraki evlendiler. Buna rağmen babanız annenize çok değer verdi. Sanırım ancak anneniz öldüğü zaman kral kendine karşı dürüst davranabildi."

Julián, *hiç evlenmedi çünkü zaten sevdiği biri vardı,* diye düşündü.

"Peki, Katolik inancınızla ters düşmediniz mi?"

Piskopos, "Çok derin bir çelişkiydi," diye cevap verdi. "İnancımız bu konuda hoşgörülü değildir. Gençken işkence çekiyordum. O zamanlar kullandığımız terimle 'eğilimimin' farkına vardığımda karamsarlığa düşmüştüm, hayatıma nasıl devam edeceğime karar verememiştim. Beni bir rahibe kurtardı. Kutsal Kitap'ın tek bir şartla tüm sevgileri kucakladığını gösterdi: Bu sevgi bedensel değil ruhani boyutta yaşanmalıydı. Böylece evlenmeme yeminimi ettikten sonra, Tanrı'mın gözünde saf kalırken babanızı gönülden sevmeye devam edebildim. Tamamen platonik fakat bir o kadar da doyurucu bir sevgiyi paylaştık. Yanından ayrılmamak için kardinalliği kabul etmedim."

O anda babasının uzun süre önce söylediği bir şey Julián'ın aklına geldi.

Sevgi bir başka âlemdendir. Sipariş üzerine üretemeyiz. Ortaya çıktığında bastıramayız. Sevgi karar verebileceğimiz bir seçim değildir.

Birden Ambra'yı özledi.

Ona dikkatle bakan Valdespino, "Sizi arayacaktır," dedi.

Piskoposun, ruhunu okuma yeteneği ona hep esrarengiz gelmişti. "Belki arar," diyerek cevap verdi. "Belki de aramaz. İnatçı biridir."

"Siz de onun bu yanını seviyorsunuz." Piskopos gülümsedi. "Krallık yalnız bir iştir. Güçlü bir ortak, faydalı olabilir."

Julián, piskoposun babasıyla kurduğu ortaklığı ima ettiğini anlamıştı. Ayrıca bu, bir şekilde Ambra'yı onayladığını da gösteriyordu.

Prens, "Babam bu akşam Şehitler Vadisi'nde benden alışılmadık bir istekte bulundu. İsteği sizi şaşırttı mı?" diye sordu.

"Hiç şaşırtmadı. İspanya'da hep olmasını istediği bir şeyi yapmanızı istedi. Bunu yapmak onun için siyasi açıdan zordu. Franco döneminden bir nesil daha uzakta olan sizin için daha kolay olabilir."

Babasını bu şekilde onurlandıracağı düşüncesi Julián'ın aklını karıştırıyordu.

Babası bir saat kadar önce Franco'nun mabedinde tekerlekli sandalyesinde isteklerini sıralamıştı. "Oğlum, kral olduğunda bu utanç verici yeri yıkman, dinamitle patlatıp sonsuza dek bu dağın içine gömmen için her gün dilekçe alacaksın." Dikkatle oğlunun gözlerinin içine bakmıştı. "Sana yalvarırım, bu türden baskılara boyun eğme."

Bu sözleri Julián'ı şaşırtmıştı. Babası Franco döneminden hep nefret etmiş ve bu mabedin ulusal bir utanç kaynağı olduğunu söylemişti.

Kral, "Bu bazilikayı yıkmak, tarihimiz hiç yaşanmamış gibi davranmak olur," demişti. "Neşeyle önümüze bakıp kendimize başka bir Franco'nun gelmeyeceğini söylemiş oluruz. Ama elbette böyle biri yine gelebilir ve eğer *uyanık davranmazsak* gelecektir de. Vatandaşımız Jorge Santayana'nın sözlerini hatırlarsın..."

Zamana meydan okuyan aforizmadan alıntı yapan Julián, babasının sözlerini tamamlamıştı. "Geçmişini hatırlayamayanlar onu tekrar yaşamaya mahkûmdur."

Kral, "Kesinlikle," demişti. "Ve tarih kanıtlamıştır ki, hiç beklenmedik yerlerde bile ahmaklar aşırı milliyetçilik ve hoşgörüsüzlük dalgalarının tepesinde defalarca iktidara yükselebilir." Oğluna doğru eğilip daha vurgulu bir sesle konuşmuştu. "Julián, yakında bu muhteşem ülkenin tahtına sen oturacaksın. Burası, çoğu ülke gibi karanlık dönemler geçirmiş ama demokrasi, hoşgörü ve sevginin ışığına sonunda çıkabilmiş çağdaş ve gelişmekte olan bir vatan. Fakat eğer gelecek nesillerin zihinlerini aydınlatmazsak bu ışık söner."

Gülümseyen kralın gözlerinde beklenmedik bir kıpırtı vardı.

"Julián, kral olduğunda senden bu yeri bir mabet ve turistik bir merkezden ziyade, daha güçlü etkileri olan bir yere dönüştürmeni istiyorum. Bu tesis yaşayan bir müze olmalı. Hoşgörünün canlı bir sembolü haline gelmeli. Okul çocukları dağın içinde toplaşıp zorbalığın ve baskının kötülüğünü iyice öğrensinler ki, hiç gevşemesinler."

Kral sanki bu kelimeleri söylemek için bir ömür beklemiş gibiydi.

"En önemlisi, bu müze tarihin bize öğrettiği başka bir dersi de yansıtmalı. Zorbalık ve baskı şefkatle bir tutulamaz... Dünyadaki zorbaların fanatik bağrışları daima onlara karşı gelen düzgün insanların birleşmiş sesleriyle bastırılmıştır. İşte bu empati, tolerans ve şefkat seslerinin bir gün bu dağın tepesinden şarkı söylemesi için dua ediyorum."

Ölmek üzere olan babasının son istekleri zihninde yankılanırken ay ışığının girdiği hastane odasında karşısında sessizce uyuyan babasına baktı. Daha önce hiç böyle mutlu görünmediğini fark etti.

Bakışlarını Piskopos Valdespino'ya çeviren Julián, yatağın yanındaki sandalyeyi gösterdi. "Siz kralın yanında oturun. O da böyle olmasını isterdi. Ben hemşirelere sizi rahatsız etmemesini söyleyeceğim. Bir saat sonra gelir bakarım."

Piskopos, Julián'a gülümsedikten sonra, çocukluğundaki kiliseye kabul töreninden beri ilk defa ona sarılarak sımsıcak kucakladı. Julián cüppenin altındaki kırılgan iskeleti hissettiğinde şaşırdı. Yaşlı piskopos kraldan da zayıf durumdaydı. Prens ikisinin tahmin ettiklerinden daha yakın bir zamanda cennette buluşabileceğini düşünmeden edemedi.

Kucaklaşmayı bitirdiklerinde piskopos ona baktı. "Seninle gurur duyuyorum. Şefkatli bir lider olacağını biliyorum. Baban seni çok iyi yetiştirdi."

Julián gülümseyerek yanıt verdi. "Teşekkür ederim. Sanırım biraz yardım aldı."

Babasıyla piskoposu yalnız bırakan prens, hastane koridoruna çıkıp yürümeye başladı. Tepedeki ışıklandırılmış manastıra pencereden bakmak için durdu.

El Escorial.

İspanyol kraliyetinin kutsal gömü alanı.

Çocukluğunda babasıyla kraliyet kriptasına yaptığı ziyareti hatırladı. Başını kaldırıp yaldızlı tabutlara baktığını ve tuhaf bir hisse kapıldığını anımsıyordu. *Ben buraya gömülmeyeceğim.*

O günkü sezgileri hayatında tecrübe ettiği her şeyden daha net aklında kalmıştı. Bu hatıra hiç silinmese de kendine hep anlamsız bir önsezi duyduğunu, ölümle tanışan bir çocuk olarak korkuyla tepki verdiğini söyleyip durmuştu. Ama o gece, İspanya tahtına çıkmasına ramak kala aklında şaşırtıcı bir düşünce belirmişti.

Belki de çocukken kaderimin ne olacağını biliyordum.

Belki de kral olduğumda hangi amaçla hareket edeceğimi biliyordum.

Köklü değişiklikler, gerek ülkesini gerekse dünyayı kasıp kavuruyordu. Eski günler geride kalmıştı ve yeni yolların kapıları açılmıştı. Belki de eskimiş tahttan vazgeçmenin zamanı gelmişti. Bir anda kendini beklenmedik bir kraliyet açıklamasını okurken hayal etti.

İspanya'nın son kralıyım.

Bu fikir onu çok etkiledi.

Ancak Guardia'dan ödünç aldığı cep telefonunun titreşimiyle daldığı hayallerden sıyrıldı. Arayan numaranın başında 93 kodunu görünce kalbinin atışı hızlandı.

Barselona.

Hevesle cevap verdi. "Ben Julián."

Hattın diğer ucundaki ses yumuşak ama yorgundu. "Julián, benim..."

Bir anda duygu seline kapılan prens bir sandalyeye oturup gözlerini kapattı. "Sevgilim," diye fısıldadı. "Sana çok üzgün olduğumu nasıl anlatsam bilemiyorum..."

100. BÖLÜM

Şafak vakti çiy yağarken taş şapelin dışında duran Ambra telefonu kulağına dayamıştı. *Julián üzülüyor!* Nişanlısının o geceki korkunç olaylarla ilgili itirafta bulunacağından korkuyordu.

İki kraliyet muhafızı onu duyamayacakları bir mesafede dolaşıyorlardı.

Prens, "Ambra," diyerek konuşmaya başladı. "Sana o şekilde evlenme teklif ettiğim için çok üzgünüm."

Ambra'nın kafası karışmıştı. O sırada aklından geçen son şey, prensin ona televizyonda evlenme teklif etmesiydi.

"Romantik davranmaya çalışırken seni çok zor bir duruma soktum. Sonra da bana çocuk sahibi olamayacağını söylediğinde kendimi geri çektim. Ama aslında sebebi bu değildi! Bana daha önce söylememiş olmana inanamıyordum. Fazla hızlı davrandığımı biliyorum ama sana deli gibi âşık oldum. Seninle birlikte bir hayata başlamak istedim. Belki de babam öleceği için-"

Ambra, "Julián sus lütfen," diyerek sözünü kesti. "Özür dilemene gerek yok. Ayrıca bu gece çok daha önemli şeyler..."

"Hayır, daha önemli bir şey yok. Benim için yok. Sadece olan bitenler yüzünden çok derin bir üzüntü duyduğumu bilmeni istiyorum."

Ambra aylar önce âşık olduğu ciddi ve nazik adamın sesini duyuyordu şimdi. "Teşekkür ederim Julián," diye fısıldadı. "Sözlerin benim için çok büyük anlam taşıyor."

Aralarında tuhaf bir sessizlik büyürken sonunda Ambra aklındaki soruyu soracak cesareti buldu.

"Julian, Edmond Kirsch'ün bu akşamki cinayetiyle bir ilgin var mı, bilmek zorundayım."

Prens hiç sesini çıkartmadı. Sonunda konuştuğunda sesi acı yüklüydü. "Ambra, bu etkinliği hazırlarken Kirsch'le çokça vakit geçirmen konusu beni epey zorladı. Böylesine tepki çeken birine ev sahipliği yapma kararına karşı çıktım. Dürüst olmam gerekirse, onunla hiç tanışmamış olmanı dilerdim." Konuşmasına kısa bir ara verdikten sonra devam etti. "Ama hayır, yemin ederim ki bu cinayetle hiçbir alakam yok. Ürkütücüydü... Ayrıca böyle bir cinayetin bizim ülkemizde işlenmesi beni dehşete düşürdü. Sevdiğim kadının birkaç metre yakınında olması ise... derinden sarstı."

Ambra, nişanlısının sesinden doğru söylediğini anlamıştı, birden rahatladığını hissetti. "Julián, sorduğum için üzgünüm ama çıkan tüm o haberler, saray, Valdespino, kaçırma hikâyesi... Artık ne düşüneceğimi bilemedim."

Julián, Kirsch'ün cinayeti etrafında dönen komplo teorileriyle ilgili bildiği her şeyi onunla paylaştı. Ayrıca babasının ölmek üzere olduğundan ve yaptıkları dokunaklı toplantıdan bahsetti.

"Eve dön," diye fısıldadı. "Seni görmem lazım."

Prensin sesindeki hassasiyeti duyunca Ambra'nın kalbine birbiriyle çelişen duygular üşüştü.

Julián biraz daha umutlu bir sesle, "Bir şey daha var," dedi. "Aklıma çılgınca bir düşünce geldi, senin de fikrini almak istiyorum." Susup tekrar konuştu. "Bence nişanımızı bozmalıyız... ve sonra her şeye baştan başlamalıyız."

Duydukları karşısında Ambra serseme dönmüştü. Bu durumun hem prens hem de saray açısından çok esaslı siyasi yansımaları olacağını biliyordu. "Bunu... bunu *yapar* mısın?"

Julián yürekten bir kahkaha attı. "Sevgilim, bir gün sana özel bir anımızda evlenme teklif edebilmek için her şeyi yaparım."

101. BÖLÜM

ConspiracyNet.com

SON DAKİKA HABERİ

CANLI YAYIN!

ŞAŞKINLIK VERİCİ!

TEKRAR SEYRETMEK VE KÜRESEL TEPKİLERİ GÖRMEK İÇİN BURAYA TIKLAYIN!

İLGİLİ SON DAKİKA HABERLERİNE BAKIN

PAPADAN İTİRAF

Bu gece Palmarian yetkilileri Naip ismiyle bilinen kişiyle bir ilgileri olduğu yolundaki tüm iddiaları yalanlıyorlar. Dini haberlerin uzmanları, soruşturma sonucundan bağımsız olarak bu geceki skandalın, Edmond Kirsch'ün, annesinin ölümünden sorumlu tuttuğu kiliseye son darbeyi indirmiş olabileceğinden bahsediyor.

Bundan başka tüm dünyada spot ışıkları Palmarian'lara çevrilmişken medya kaynakları 2016 yılının nisan ayından bir haberi gün yüzüne çıkarttı. İnternette dolaşımda olan bu haberde eski Palmarian Papası XVIII Gregorio (diğer adıyla Ginés Jesús Hernández), kilisesinin "en başından beri bir aldatmaca" olduğunu ve "vergi kaçakçılığı" amacıyla kurulduğunu itiraf ediyor.

KRALİYET SARAYI: ÖZÜR, İDDİALAR, HASTA KRAL

Kraliyet Sarayı, Komutan Garza ile Robert Langdon'ın bu akşam herhangi bir suça karışmadıklarını açıklığa kavuşturan bir basın bildirisi yayınladı. Her ikisinden de basın aracılığıyla özür dilendi.

Saray henüz Piskopos Valdespino'nun cinayete karıştığı iddialarına yönelik bir açıklamada bulunmadı ama piskoposun şu anda gizli bir hastanede, durumu kötüleşen babasının başında bekleyen prensin yanında olduğu sanılıyor.

MONTE NEREDE?

Muhbirimiz monte@iglesia.org hiç iz bırakmadan, kimliğini de açıklamadan ortadan kayboldu. Kullanıcı anketlerimize göre, çoğu kişi "Monte"nin Kirsch'ün teknoloji bağımlısı takipçilerinden biri olduğundan şüpheleniyor. Fakat yeni yeni beliren başka bir teoriye göre "Monte" takma ismi aslında Kraliyet Sarayı Halkla İlişkiler Koordinatörü Mónica Martín'in kısaltması olabilir.

Haberler geldikçe size aktaracağız!

102. BÖLÜM

Tüm dünyada otuz üç adet "Shakespeare Bahçesi" bulunur. Bu botanik parklarda yalnızca William Shakespeare'in eserlerinde bahsi geçen bitkiler yetişir. Juliet'in "adı başka olsa da aynı kokan" gülü, Ophelia'nın biberiyeleri, hercaimenekşeler, rezeneler, haseki küpeleri, sedef otları, papatyalar ve menekşeler bunların arasındadır. Stradford-upon-Avon, Viyana, San Francisco ve New York'tan başka bir Shakespeare bahçesi de Barselona'daki Süper Bilgisayar Merkezi'nin yanında yer alır.

Uzaktan gelen sokak lambalarının zayıf ışığında, haseki küpelerinin arasındaki bankta oturan Ambra Vidal, Prens Julián'la konuşmasını bitirdiği sırada Robert Langdon taş şapelden dışarı çıktı. Ambra telefonu kraliyet muhafızlarına verdikten sonra Langdon'a seslendi. Onu fark eden profesör, karanlıkta yanına doğru yürüdü.

Ambra, ona bakarken kendini tutamayıp güldü. Amerikalı profesör ceketini omzuna asmış, gömleğinin kollarını yukarı sıvadığı için Mickey Mouse saati ortaya çıkmıştı.

"Selam." Ağzını çarpıtarak gülümsediği halde, bitap düştüğü belli oluyordu

İkisi birlikte bahçede yürürken muhafızlar onları uzaktan takip ediyordu. Ambra, prensle yaptığı konuşmayı; Julián'ın özür dilediğini, masum olduğunu iddia ettiğini ve nişanı bozup baştan başlamayı teklif ettiğini anlattı.

"Gerçek bir yakışıklı prens." Langdon espri yapsa da sesinden etkilendiği belli oluyordu.

Ambra açıklama gereksinimi duymuş gibi, "Beni merak etmiş," dedi. "Zor bir gece geçirdik. Hemen Madrid'e gitmemi istiyor. Babası ölmek üzere ve Julián..."

Langdon yumuşak bir sesle konuştu. "Ambra hiçbir şey açıklamana gerek yok. Gitmelisin."

Ambra, profesörün sesinde bir hayal kırıklığı sezer gibi oldu. Aslında kendisi de böyle hissediyordu. "Robert, sana özel bir soru sorabilir miyim?"

"Elbette."

Biraz düşündü. "Senin için fizik kanunları tek başına yeterli mi?"

Langdon bambaşka bir soru bekliyormuş gibi gözlerini kaçırdı. "Hangi açıdan yeterli mi?"

"Manevi açıdan yeterli mi demek istiyorum. Kendi kanunlarıyla yaşam üreten bir evrende yaşamak yeterli mi? Yoksa sen... Tanrı'yı mı tercih ederdin?" Mahcup olmuş gibiydi. "Affedersin, bu gece yaşadığımız onca şeyden sonra bu soru tuhaf kaçtı."

Langdon küçük bir kahkaha attı. "Şey, sanırım iyi bir gece uykusu aldıktan sonra daha iyi bir cevap verebilirim. Ama hayır, bence tuhaf değil. İnsanlar bana hep Tanrı'ya inanıp inanmadığımı sorar."

"Peki, sen nasıl cevap verirsin?"

"Kodlar ve desenler birbirinden farklıdır. Pek çok kişi bu ikisini karıştırır. Benim işimde aralarındaki temel farklı bilmek gerekir."

"Yani?"

Langdon yürümeyi bırakıp ona döndü. "*Desen,* organize olmuş bir dizi demektir. Doğada her yerde desenlere rastlanır; ayçiçeklerinin sarmal şeklinde dizilmiş çekirdeklerinde, bal peteğinin altıgen şekillerinde, balık atladığında gölette oluşan dalgacıklarda vesaire."

"Peki. Ya kodlar?"

Langdon sesini biraz yükseltti. "Kodlar özeldir. Tanım itibarıyla kodların *bilgi* taşıması gerekir. Basit bir desen oluşturmaktan daha fazlasını yapmaları, veriyi iletmeleri ve anlam ifade etmeleri gerekir. Yazı dili, müzik notaları, matematik denklemleri, bilgisayar dili, hatta haç gibi küçük semboller bile kodlara örnek verilebilir. Tüm bu örnekler, sarmal ayçiçeğinin yapamayacağı bir yolla anlam ve bilgi iletir."

Ambra kavramı anlamıştı ama Tanrı'yla nasıl bağdaştıracağını bilmiyordu.

Profesör konuşmaya devam etti. "Kodlarla desenler arasında bir fark daha var. Kodlar dünyada kendiliğinden belirmez. Müzik notaları ağaçlarda yetişmez, semboller kendilerini kumlara çizmez. Kodlar, zeki bilincin incelikli icatlarıdır."

Ambra başını salladı. "Yani kodların ardında bir bilinç veya niyet var."

"Aynen öyle. Kodlar organik oluşumlar değildir; birinin var etmesi gerekir."

Ambra uzun bir süre Langdon'a baktı. "Peki ya DNA?"

Langdon'ın dudaklarında uzmanlara has bir tebessüm belirdi. "Bingo. Genetik kod. İşte çelişki burada."

Ambra birden heyecanlandı. Genetik kod elbette, organizmaların nasıl oluşacağına dair özel talimatlar içeren verileri taşıyordu. Langdon'a göre bunun tek bir anlamı olabilirdi. "DNA'yı bir zekânın oluşturduğunu düşünüyorsun!"

Langdon kendini savunurmuş gibi elini havaya kaldırdı. "Sakin ol kaplan!" Güldü. "Tehlikeli sularda yüzüyorsun. Şöyle söyleyeyim. Çocukluğumdan beri içsesim bana, evrenin ardında bir bilincin var olduğunu söyledi. Matematiğin kesinliğini, fiziğin güvenilirliğini, evrenin simetrisini öğrendiğimde yaşayan bir ayak izini gördüğümü hissettim... Gördüklerim, bizim anlayışımızın ötesinde çok daha büyük bir gücün gölgesiydi."

Ambra onun söylediklerinin gücünü hissedebiliyordu. Sonunda, "Keşke herkes senin gibi düşünebilse," dedi. "Tanrı üzerinden çok savaşıyoruz. Herkesin başka bir gerçek anlayışı var."

"Evet, Edmond bu yüzden bir gün bilim etrafında birleşeceğimizi umuyordu. Onun sözleriyle: 'Hepimiz yerçekimine tapsaydık, hangi yönde çektiğine dair aramızda hiç anlaşmazlık kalmazdı.'"

Topuğuyla yere bir şeyler çizdi. "Doğru mu yanlış mı?"

Şaşıran Ambra yerdeki Romen rakamlarıyla yazılmış denkleme baktı.

I + XI = X

Bir artı on bir eşittir on mu? Hemen, "Yanlış," dedi.

"Peki bunun doğru olmasının bir yolu var mı sence?"

Ambra başını iki yana salladı. "Hayır, denklemin kesinlikle yanlış."

Profesör nazikçe genç kadını elinden tutup kendi bulunduğu tarafa çekti. Ambra işaretlere onun durduğu noktadan bakıyordu. Denklem baş aşağı olmuştu.

X = IX + I

Ambra şaşkınlık içinde başını kaldırdı.

Langdon gülümsüyordu. "On eşittir, dokuz artı bir. Bazen başka birinin gerçeğini anlamak için tek yapman gereken bakış açını değiştirmektir."

Ambra başını sallarken Winston'ın otoportresini defalarca gördüğü halde asıl anlamının farkına varamadığını hatırladı.

Profesör birden keyiflenmiş gibiydi. "Saklı gerçeklerden söz açılmışken, çok şanslı olduğunu söyleyeyim. Hemen şurada gizli bir sembol var." Parmağıyla işaret etti. "Kamyonun yan tarafında."

Ambra başını kaldırıp baktığında, Pedralbes Caddesi'nde kırmızı ışıkta bekleyen bir FedEx kamyonu gördü.

Gizli sembol mü? Tek görebildiği bilindik şirket logosuydu.

FedEx

Langdon, "İsimleri kodlanmış," dedi. "İkinci bir anlamı var. Şirketin ilerleme hareketini yansıtan gizli bir sembol."

Ambra bakakalmıştı. "Sadece harfleri görüyorum."

"İnan bana, FedEX logosunda çok tanıdık bir sembol var ve ileriyi gösteriyor."

"İleriyi mi gösteriyor? Yani ok gibi mi?"

"Kesinlikle." Profesör geniş bir gülümsemeyle devam etti. "Müzede çalışıyorsun, negatif alanları düşün."

Logoya bakan genç kadın hiçbir şey göremedi. Kamyon gittiğinde yüzünü Langdon'a döndü. "Söylesene!"

Langdon kahkaha attı. "Söylemeyeceğim. Bir gün kendin görürsün ve bir kere gördükten sonra bir daha görmemezlik edemezsin."

Genç kadın üsteleyecekti ama kraliyet muhafızları yaklaşıyordu. "Bayan Vidal, uçağınız bekliyor."

Başını salladıktan sonra Langdon'a döndü. "Sen niye gelmiyorsun? Julián'ın şahsen teşekkür etmek isteyeceğine-"

Langdon hemen sözünü kesti. "Çok naziksin. Sanırım fazlalık olacağımı ikimiz de biliyoruz. Ayrıca hemen şurada odamı ayırttım." Bir zamanlar Edmond'la birlikte öğle yemeği yediği Gran Hotel Princesa Sofía'yı işaret etti. "Kredi kartım yanımda, laboratuvardan Edmond'ın telefonunu aldım. Her şeyim hazır."

Hoşça kal diyecek olmalarından ötürü birden Ambra'nın yüreği sızladı. Metanet göstermesine rağmen Langdon'ın da aynını hissettiğini sezmişti. Muhafızların ne düşüneceğini umursamadan cesaretle öne doğru bir adım attı ve kollarını Robert Langdon'a doladı.

Profesör, ona sıcak bir karşılık verdi ve sırtına koyduğu güçlü elleriyle kendine çekti. Birkaç saniye boyunca, belki de gerektiğinden daha fazla sarıldıktan sonra bıraktı.

Ambra o anda içinde bir kıpırtı hissetti. Birden Edmond'ın sevgi ve ışık enerjisiyle ilgili ne demek istediğini anladı. Sevgisi gerçekten de evreni doldurmak için dışarı doğru yayılıyordu.

Sevgi sınırlandırılabilecek bir duygu değil.

Paylaşacak çok şeyimiz var.

Kalplerimiz ihtiyacımız olan sevgiyi yaratıyor.

Tıpkı birbirlerine duyduğu sevgiden hiçbir şey eksiltmeden yeni doğan bebeklerini sevebilen anne babalar gibi Ambra da artık iki erkeğe birden sevgi besliyordu.

Sevgi gerçekten de sınırlandırılabilecek bir duygu değildi. Ortada hiçbir şey yokken bir anda türetilebiliyordu.

Kendisini prense götüren araba yavaşça ayrılırken bahçede tek başına duran Langdon'a baktı. Amerikalı profesör ona nazikçe gülümseyip el salladıktan sonra hemen başını başka tarafa çevirdi. Görünüşüne bakılırsa, ceketini yeniden omzuna atıp otele yürümeden önce biraz zamana ihtiyacı vardı.

103. BÖLÜM

Sarayın saati öğleni gösterdiğinde Mónica Martín notlarını toparlayıp Plaza de la Almudena'dan medyaya seslenmeye hazırlandı.

Prens Julián o sabah Hospital El Escorial'dan canlı yayına çıkmış ve babasının öldüğünü duyurmuştu. Babasının bıraktığı mirası ve ülkesi için duyduğu temennileri krallara yaraşır bir metanet ve samimi duygularla ifade etmişti. Bölünmüş bir dünyada hoşgörüye yer açılmasını istemişti. Tarihten ders alacağına ve kalbini değişime açık bırakacağına söz vermişti. İspanya'nın kültürünü ve tarihini övmüş, vatandaşlarına karşı derin bir sevgi duyduğunu belirtmişti.

Martín'in hayatında duyduğu en güzel konuşmalardan birini yapmıştı. Halkla ilişkiler koordinatörü, bir kral için daha güçlü bir başlangıç düşünemiyordu.

Prens konuşmasının sonunda, önceki akşam İspanya'nın kraliçe adayını korurken görev başında hayatını kaybeden iki kraliyet muhafızı için saygı duruşunda bulunmuştu. Kısa bir sessizliğin ardından başka bir üzücü gelişmeyi paylaşmıştı. Babasının çok sevgili arkadaşı Piskopos Antonio Valdespino, kralın ölümünden birkaç saat sonra hayata gözlerini yummuştu. Yaşlı piskopos, kralı kaybetmenin derin üzüntüsüne ve kendisine yöneltilen acımasız iddiaların yüküne dayanamayarak o sabah kalp krizine yenik düşmüştü.

Elbette Valdespino'nun ölüm haberi, soruşturma açılmasını isteyenlerin feveranını bastırmış, hatta bazıları özür dilenmesini isteyecek kadar ileri gitmişti. Ne de olsa piskoposun aleyhinde ikinci derece deliller vardı ve kolaylıkla düşmanları tarafından üretilmiş olabilirdi.

Martín meydanın kapısına yaklaşırken Suresh Bhalla yanında belirdi. "Sana kahraman diyorlar," derken duyduğu hayranlık belli oluyordu. "Çok yaşa monte@iglesia.org; gerçeklerin habercisi ve Edmond Kirsch'ün havarisi."

Mónica gözlerini devirdi. "Suresh, ben Monte değilim. Yemin ederim."

Suresh hemen karşılık verdi. "Ah, senin Monte olmadığını biliyorum. O her kimse, senden daha kurnazmış. Adresini izlemeye çalıştım ama imkânsız. Sanki hiç var olmamış gibi."

"İyi, peşini bırakma. Saraydan bir sızıntı olmadığı konusunda emin olmak istiyorum. Ve lütfen bana dün akşam çaldığın telefonların..."

"Prensin kasasında duruyorlar," diyerek onun içini rahatlattı. "Söz verdiğim gibi."

Prensin saraya az önce döndüğünü bilen Martín derin bir nefes verdi.

Suresh bu arada konuşmaya devam etti. "Bir şey daha var. Az önce sarayın kayıtlarını telefon şirketinden aldık. Dün akşam saraydan Guggenheim'a hiç arama yapılmamış. Birisi numaramızı taklit ederek Ávila'yı davetli listesine ekletmiş olmalı. Takipteyiz."

Mónica aramanın saraydan yapılmadığını duyunca rahatladı. Kapıya geldiğinde, "Lütfen gelişmelerden haberim olsun," dedi.

Dışarda toplaşan medya görevlilerinin sesi daha gürültülü çıkıyordu.

Suresh şöyle bir baktı. "Büyük kalabalık var. Dün gece heyecan verici bir şey mi yaşandı?"

"Eh işte, haber yapmaya değer bir iki konu."

Suresh neşeyle, "Sakın söyleme," dedi. "Yoksa Ambra Vidal ünlü bir tasarımcıdan yeni bir elbise mi giymiş?"

Mónica, "Suresh!" diyerek onu susturdu. "Saçmalama. Şimdi dışarı çıkmam lazım."

"Gündemde ne var?" Elindeki not kâğıtlarını işaret etti.

"Bir dolu detay. Tahta çıkma töreni için uygulanması gereken medya protokolleri, sonra da bakmam gereken-"

Bir çırpıda, "Aman Tanrım, çok sıkıcısın," dedikten sonra arkasını dönüp farklı bir koridora girdi.

Martín arkasından kahkaha attı. *Teşekkürler Suresh. Ben de seni seviyorum.*

Güneşten kavrulan meydandaki muhabirlerle kameramanlara göz gezdirdi. Daha önce böyle bir kalabalık, sarayın önünde hiç toplanmamıştı. Rahat bir nefes verip gözlüklerini düzeltti ve düşüncelerini toparladı. Daha sonra da İspanyol güneşinin alnına çıktı.

Kraliyet daireleri bölümünün üst katındaki Prens Julián giysilerini çıkarırken Mónica Martín'in basın konferansını televizyondan izliyordu. Çok yorgun olmasına karşın, Ambra'nın sağ salim döndüğünü ve rahat bir uyku çektiğini bildiğinden, kendini rahatlamış hissediyordu. Telefon görüşmelerindeki son sözleri içini mutlulukla doldurmuştu.

"Julián baştan başlamayı düşünmen benim için çok anlamlı. Gözlerden uzakta sadece sen ve ben oluruz. Aşk özel bir şeydir; kimsenin detaylarını bilmesine gerek yok."

Babasının kaybına üzüldüğü bir günde Ambra hayata daha iyimser bakmasını sağlamıştı.

Takım elbisesinin ceketini asmak üzereyken cebinde bir şey hissetti. Bu, hastanedeki morfin solüsyonuydu. Şişeyi Piskopos Valdespino'nun yanındaki sehpanın üstünde gördüğünde şaşırmıştı. İçi boştu.

Acı gerçeği fark ettiğinde, karanlık hastane odasında diz çöküp iki eski arkadaş için sessizce dua etmişti. Ardından da bu morfin şişesini kimseye belli etmeden cebine atmıştı.

Odadan çıkmadan önce piskoposun gözyaşı izleriyle dolu yüzünü babasının göğsünden kaldırmış ve ellerini dua eder pozisyona getirerek sandalyesinde doğrultmuştu.

Ambra, ona aşkın özel bir şey olduğunu öğretmişti. *Kimsenin detaylarını bilmesine gerek yok.*

104. BÖLÜM

Yüz seksen metre yüksekliğindeki Montjuïc Tepesi, Barselona'nın güneybatı köşesinde yer alır ve tepesinde Castell de Montjuïc bulunur. Bu on yedinci yüzyıl kalesi, dik bir yamacın kenarına inşa edilmiştir. Tepe aynı zamanda, göz alıcı Palau Nacional'a da ev sahipliği yapar. Rönesans tarzı devasa saray, 1929 Barselona Uluslararası Fuarı'nın merkezi konumundaydı.

Dağa çıkan teleferikte yolu yarılamış olan Langdon aşağıdaki zengin ağaçlıklı manzaraya bakınca şehir dışına çıktığına memnun oldu. *Bakış açımı değiştirmem gerekiyordu.* Dingin manzaranın ve öğlen güneşinin tadını çıkardı.

Gran Hotel Princesa Sofía'da sabah geç kalkmış, buharlı bir duş almış, ardından yumurta, yulaf ezmesi ve *churros* ile karnını doyurmuştu. Bir çaydanlık dolusu Nomad kahveyi tek başına içerken kanalları gezinerek sabah haberlerini izlemişti.

Tahmin ettiği gibi Edmond Kirsch haberi tüm kanallarda ön sıradaydı. Uzmanlar Kirsch'ün teorilerini, tahminlerini ve din üzerindeki olası etkilerini hararetle tartışıyordu. En büyük aşkı öğretmek olan Profesör Langdon kendini tutamayıp gülümsedi.

Diyalog, uzlaşıdan daima daha önemlidir.

Sabah, sokak satıcılarının, Bakire Meryem heykelleri ve kafası yayla sallanan Charles Darwin oyuncaklarının yanı sıra, YARDIMCI PİLOTUM KIRSCH ve YEDİNCİ ÂLEM TANRI'NIN ÂLEMİDİR yazan araba çıkartmaları sattığını görmüştü.

Kapitalizmin mezhebi yoktur. Sabah gördükleri arasında en çok bir kaykaycının üzerindeki tişörtü beğenmişti. Üzerinde elyazısıyla şöyle yazıyordu:

MONTE@IGLESIA.ORG BENİM

Medyaya bakılacak olursa, çok etkili olan internet muhbirinin kimliği hâlâ bir muammaydı. Diğer oyuncuların aldığı roller de belirsizliğini koruyordu: Naip, ölen piskopos ve Palmarian'lar.

Ortalıkta karmakarışık varsayımlar cirit atıyordu.

Neyse ki, halkın sunum sırasında yaşanan vahşete duyduğu ilgi, yerini içeriğe karşı duyulan heyecana bırakıyordu. Kirsch'ün finalde çizdiği ütopik gelecek portresi, milyonlarca izleyicide yankı bulmuş ve iyimser teknoloji klasiklerini bir gecede çoksatanlar listesinin tepesine oturtmuştu.

ABUNDANCE: THE FUTURE IS BETTER THAN YOU THINK (BOLLUK: GELECEK ÇOK DAHA GÜZEL OLACAK)

WHAT TECHNOLOGY WANTS (TEKNOLOJİ NE İSTER)

THE SINGULARITY IS NEAR (İNSANLIK 2.0 TEKİLLİĞE DOĞRU BİYOLOJİSİNİ AŞAN İNSAN)

Gelişen teknoloji hakkında duyduğu geri kafalı şüphelerine rağmen artık insanlığın geleceği hakkında daha iyimser düşünmeye başlamıştı. Haberlerde insanların okyanusları temizleyebileceğinden, sınırsız içme suyu üretilebileceğinden, çöllerde yiyecek yetiştirilebileceğinden, ölümcül hastalıkların iyileştirilebileceğinden, hatta az gelişmiş ülkelerin tepesinde dolaşacak "güneş enerjili dronlar" göndererek bedava internet sağlanabileceğinden ve fakir ülkelerin dünya ekonomisine kazandırılabileceğinden bahsediliyordu.

Tüm dünya teknolojik gelişmeler karşısında büyülenirken, Langdon kimsenin Winston'ı bilmediğine inanmakta zorlanıyordu. Kirsch yapıtı hakkında çok ketum davranmıştı. Dünyanın Edmond'ın Barselona Süper Bilgisayar Merkezi'ne bıraktığı, ikiloblu süper bilgisayar E-Dalga'yı öğreneceğine hiç şüphe yoktu. Edmond'ın araçlarını kullanarak programcıların yeni Winston'lar üretmesine ne kadar kaldığını merak etti.

Langdon gittikçe ısınmakta olan teleferikten inip temiz hava almak, kaleyi, sarayı ve ünlü "Sihirli Çeşmeyi" görmek için sabırsızlanıyordu. Bir saatliğine de olsa Edmond'dan başka bir şey düşünmeye ve başka yerler görmeye ihtiyacı vardı.

Montjuïc tarihini merak eden profesör, gözlerini teleferiğin içindeki bilgilendirici levhaya çevirdi. Fakat sadece ilk cümlesini okuyabildi.

"Montjuïc kelimesinin, Ortaçağ Katalancasında 'Yahudilerin Tepesi' anlamındaki *Montjuich* veya Latincede 'Jüpiter Tepesi' anlamına gelen *Mons Jovicus* kelimelerinden geldiği sanılmaktadır."

Aniden okumayı bıraktı. Beklenmedik bir bağlantı kurmuştu.

Bu tesadüf olamaz.

Düşündükçe şüphesi arttı. Sonunda Edmond'ın cep telefonunu çıkarttı ve Winston Churchill'den alıntı yapan ekran koruyucuyu yeniden okudu.

Tarih bana iyi davranacak, çünkü onu yazmaya çalıştım.

Uzunca bir süre geçtikten sonra W ikonuna bastı ve telefonu kulağına götürdü.

Hat hemen bağlandı.

Tanıdık bir ses İngiliz aksanıyla cevap verdi. "Sanırım Profesör Langdon'la görüşüyorum, doğru mu? Tam zamanında aradınız. Yakında emekliye ayrılıyorum."

Langdon hoşbeşi geçip hemen söze girişti. "*Monte* İspanyolcada 'tepe' demek."

Winston'ın imzası haline gelen o tuhaf gülüşü duyuldu. "Öyle herhalde."

"Ve *iglesia* 'kilise' demek."

"İkide iki bildiniz profesör. Belki de İspanyolca dersi vermelisiniz..."

"Yani monte@iglesia İngilizceye hill@church diye çevriliyor."

Winston kısa bir süre sustuktan sonra konuştu. "Yine doğru."

"Senin isminin Winston olduğunu ve Edmond'ın Winston Churchill'e hayran olduğunu da hesaba katarsak, İngilizce çevirisi 'hill@church' olan bir e-posta adresi bence pek..."

"Tesadüf olamaz mı?"

"Öyle."

Winston keyifli bir sesle konuştu. "Evet, istatistiksel açıdan sizinle aynı fikirdeyim. Bunları bir araya getireceğinizi biliyordum."

Langdon hayretle camdan dışarı baktı. "Monte@iglesi.org... sendin."

"Bu doğru. Nihayetinde birinin Edmond'ın yaktığı ateşi körüklemesi gerekirdi. Bunu benden daha iyi yapabilecek biri var mıydı? İnternette komplo teorisi yayını yapan sitelere haber göndermek için monte@iglesia.org adresini ben yarattım. Bildiğiniz gibi komplo teorilerinin belirli bir ömrü olur. Monte'nin internet faaliyetlerinin izleyici kitlesini yüzde beş yüz artıracağını hesapladım. Gerçekte bu sayı yüzde altı yüz yirmiye ulaştı. Daha önce söylediğiniz gibi, bence bundan Edmond da gurur duyardı."

Teleferik rüzgârla sallanınca Langdon'ın dikkati dağıldı. "Winston... bunu yapmanı senden Edmond mı istedi?"

"Açıkça söylemedi ama verdiği talimatlar, sunumunu mümkün olduğunca çok insanın izlemesi için yaratıcı yollar bulmamı gerektiriyordu."

"Peki ya yakalansaydın? monte@iglesia.com gördüğüm en iyi şifrelenmiş takma isim sayılmaz."

"Çok az kişi varlığımdan haberdar. Zaten sekiz dakika içinde kalıcı olarak silineceğim, bu yüzden kaygılanmıyorum. 'Monte' Edmond'ın çıkarı için hareket eden bir vekil gibiydi ve dediğim gibi, gecenin sona eriş şekli onu çok memnun ederdi."

"Sona eriş şekli mi?" Langdon ona katılmıyordu. "Edmond *öldürüldü*!"

Winston heyecansız bir sesle cevap verdi. "Beni yanlış anladınız. Sunumunun pazara girişinden bahsediyordum. Zaten öncelikli talimatı buydu."

Bilgisayarın duygusuz sesi, insan gibi konuşsa da öyle olmadığını Langdon'ın iyice idrak etmesini sağladı.

Winston bazı açıklamalar yapmaya başladı. "Edmond'ın ölmesi çok üzücüydü. Ben de yaşamasını isterdim. Yine de öleceğini kabul etmiş olduğunu bilmekte fayda var. Bir ay kadar önce benden en iyi intihar yöntemlerini araştırmamı istedi. Yüzlerce dosyayı okuduktan sonra 'on gram sekobarbital'in en iyisi olduğu sonucuna vardım ve o da alıp yanında bulundurdu."

Langdon, Edmond'ın acısını ta içinde duydu. "Kendini mi öldürecekti?"

"Kesinlikle. Bununla ilgili espri de yapıyordu. Guggenheim'daki sunumunun çekiciliğini artırmanın yaratıcı yolları üzerine beyin fırtınası yaparken sekobarbital haplarını sunumun sonunda yutup sahnede öleceğini söylerdi."

"Bunu gerçekten söyledi mi?" Langdon hayretler içinde kalmıştı.

"Bu konuda pek tasalanmıyordu. Bir TV programının reytingini, birinin ölümünden daha çok artıracak bir şey olmadığını söylüyordu. Elbette haklıydı. Eğer dünyada en çok izlenen medya içeriğini araştırırsanız görürsünüz ki..."

"Winston, sus. Bu hastalıklı bir düşünce." *Bu teleferik daha ne kadar gidecek?* Langdon birden küçük kabinin içinde sıkıştığını hissetti. Gözlerini kısıp öğlen güneşine bakarken sadece kuleleri görebildi. *Burada pişiyorum,* diye düşündü. Aklından bin bir türlü düşünceler geçiyordu.

"Profesör, bana sormak istediğiniz başka bir şey var mı?"

Evet! Zihninde huzursuzluk verici düşünceler şekillenirken haykırmak istedi. *Soracak çok şey var!*

Ama derin nefesler verip sakinleşmeye çalıştı. *Aklını başına topla Robert. Kendini aşıyorsun.*

Ne var ki aşırı çalışan zihni kontrolden çıkmıştı artık.

Edmond'ın insanların gözü önünde ölmesi, sunumunu tüm dünyada konuşulan konuların başına geçirmişti. İzleyici kitlesi birkaç milyondan beş yüz milyona çıkmıştı.

Edmond uzun zamandır Palmarian Kilisesi'ni yok etmek istiyordu. Bu kilisenin bir müridi tarafından öldürülmesi amacına tam hizmet etmişti.

Edmond'ın azılı düşmanlarını nasıl küçümsediğini düşündü. Eğer kanserden ölseydi, bağnaz insanlar kendini beğenmiş edalarıyla, Tanrı'nın onu cezalandırdığını iddia edeceklerdi. *Ateist yazar Christopher Hitchens öldüğünde öyle yapmışlardı.* Oysa şimdi halkın algısı, Edmond'ın dindar bir fanatik tarafından öldürüldüğü yönündeydi.

Dinin öldürdüğü Edmond Kirsch bir bilim şehidi oldu.

Langdon aniden ayağa kalkınca teleferik kabini sağa sola sallandı. Destek almak için açık pencereye tutundu. Teleferikten gıcırtılar çıkarken Winston'ın sözleri kulağında yankılandı.

"Edmond dine dayalı yeni bir din yaratmak istiyordu."

Dinin tarihini okuyan herkesin görebileceği gibi, insanın davası uğruna ölmesi kadar inançları perçinleyen başka bir şey yoktu. Çarmıha gerilmiş İsa. Yahudilikteki Kedoshim. İslam'daki şehitlik.

Şehitlik dinlerin kalbinde yatar.

Aklından geçen düşünceler her geçen saniye onu biraz daha tavşan deliğinden aşağı çekiyordu.

Yeni dinler hayatın en büyük sorularına taze cevaplar getiriyordu.

Nereden geldik? Nereye gidiyoruz?

Yeni dinler yarışı bitiriyordu.

Edmond dün gece yeryüzündeki tüm dinlere kara çaldı.

Yeni dinler daha iyi bir geleceği, cennetin beklediğini müjdeliyordu.

Bolluk: Gelecek Çok Daha Güzel Olacak.

Anlaşılan Edmond oluşturduğu plandaki tüm kutucukları işaretlemişti.

Tekrar konuşmaya başladığında Langdon'ın sesi titriyordu. "Winston? Edmond'ın katilini kim kiraladı?"

"Naip."

"Evet," diyen Langdon daha güçlü bir sesle konuşmasına devam etti. "Ama Naip kim? Canlı yayınlanan sunumun ortasında Edmond'ı öldürmesi için Palmarian Kilisesi üyesini kim tuttu?"

Winston bir süre cevap vermedi. "Sesinizdeki şüpheyi duyuyorum profesör ama endişelenmenize gerek yok. Ben, Edmond'ı korumaya programlandım. Onun en yakın arkadaşım olduğunu düşünüyorum." Biraz durdu. "Akademisyen olduğunuz için eminim *Fareler ve İnsanlar*'ı okumuşsunuzdur."

Langdon bu cevabı durumla hiç bağdaştıramamıştı. "Elbette okudum ama ne ilgisi-"

Kelimeler boğazında takılı kaldı. Bir an için teleferiğin kablodan kurtulduğunu sandı. Ufuk çizgisi yana eğilince yere düşmemek için duvara tutundu.

Sadık, cesur, merhametli. Edebiyattaki en ünlü arkadaşlığı tarif etmek için lisedeyken bu üç kelimeyi seçmişti. *Fareler ve İnsanlar*'ın final bölümünde bir adamın, çok sevdiği arkadaşını korkunç bir sondan korumak için öldürdüğü yazıyordu.

Langdon, "Winston," diye fısıldadı. "Lütfen... hayır."

Winston, "İnanın bana," dedi. "Edmond böyle olmasını *isterdi.*"

105. BÖLÜM

Barselona Süper Bilgisayar Merkezi Yöneticisi Doktor Mateo Valero, telefonu kapattığında sersemlemişti. Torre Girona Şapeli'nin ana mabedine girip yeniden Edmond Kirsch'ün iki katlı bilgisayarına baktı.

Valero bu çığır açıcı makinenin yeni "bakıcısı" olacağını o sabah öğrenmişti. Ama nedense ilk başta hissettiği heyecanı ve şaşkınlığı kaybediyordu.

Birkaç dakika önce Amerikalı tanınmış profesör Robert Langdon'dan bir telefon gelmişti.

Langdon hiç nefes almadan, daha bir gün öncesine kadar Valero'nun bilimkurgu kabul edeceği türden bir hikâye anlatmıştı. Ama Kirsch'ün şaşkınlık verici sunumunu izledikten ve E-Dalga'yı gördükten sonra içinde gerçek payı olabileceğini düşünüyordu.

Langdon'ın anlattığı bir masumiyet hikâyesiydi... Makinelerin tam olarak onlardan isteneni yaptığını gösteriyordu. Daima. Hiç aksatmadan. Valero hayatı boyunca bu makineler üzerinde çalışmıştı... Onların potansiyelini ortaya çıkartacak hassas vuruşların dansını öğrenmişti.

Asıl maharet nasıl soracağını bilmekte.

Valero yapay zekânın aldatıcı bir hızla geliştiği konusunda hep uyarılarda bulunmuştu. İnsan dünyasıyla etkileşime geçmeleri konusunda bazı katı kurallara uyulması gerekiyordu.

Hemen her gün heyecan verici yeni olasılıkların doğduğu bir dönemde, böylesi kısıtlamalar çoğu teknoloji tutkununa mantıksız geliyordu. Yeniliğe karşı duyulan heyecanın ötesinde, yapay zekâdan büyük servetler kazanılabilirdi ve ahlaki sınırları, insan hırsından daha fazla bulandıran bir şey daha yoktu.

Valero daima Kirsch'ün cesur dehasının hayranı olmuştu. Ama bu defa sanki Edmond son yapıtında sınırları tehlikeli biçimde zorlayarak dikkatsiz davranmıştı.

Bu yapıtını ben hiç tanımayacağım, diye düşündü.

Langdon'ın anlattığına göre Edmond, E-Dalga'nın içinde parmak ısırtacak kadar gelişmiş bir AI programı olan Winston'ı oluşturmuştu. Kirsch öldükten sonraki gün saat birde kendini silmek üzere programlanmıştı. Profesörün ikazı üzerine birkaç dakika önce bilgisayarı kontrol eden Valero, E-Dalga veribankasında önemli bir kısmın, tam bahsettiği saatte yok olduğunu teyit edebilirdi. Verilerin "üzerine yazılarak" geri döndürülemez bir biçimde silinmişti.

Bu haberi alınca endişesi biraz yatışan Amerikalı profesör, konuyu daha derinlemesine tartışmak için hemen görüşmeyi talep etmiş ve ertesi gün laboratuvarda buluşmak üzere anlaşmışlardı.

Valero, profesörün haberi hemen kamuoyuna duyurma içgüdüsünü prensipte anlıyordu. Bununla birlikte bir itibar sorunu yaşanacaktı.

Kimse inanmayacak.

Kirsch'ün AI programına ait tüm izler, iletişim ve görev verileriyle birlikte hafızadan silinmişti. Bununla birlikte Kirsch'ün yaratısı mevcut gelişmelerin öylesine ötesindeydi ki meslektaşlarının cehalet, kıskançlık veya kendilerini koruma içgüdüsüyle, Langdon'ı tüm hikâyeyi uydurmakla suçladığını duyar gibi oluyordu.

Elbette bir de halkın üzerinde yansımaları olacaktı. Langdon'ın anlattığı hikâye doğru çıkarsa E-Dalga bir tür Frankenstein canavarı gibi yadsınacaktı. Peşinden yabalarla meşalelerin geleceğine hiç şüphe yoktu.

Valero, *veya daha beteri olacak,* diye düşündü.

Terörist saldırıların kol gezdiği bir dünyada, birisi kendini insanlığın kurtarıcısı ilan ederek tüm şapeli havaya uçurmaya karar verebilirdi.

Langdon'la buluşmadan önce Valero'nun düşünmesi gereken çok şey olduğu açıktı. Ama o sırada, tutması gereken bir söz vardı.

En azından bazı cevaplar aldık.

Tuhaf bir melankoliye kapılan Valero iki katlı mucize bilgisayara bir daha baktı. Pompalar süper bilgisayarın milyonlarca hücresi arasında soğutucuyu dolaştırırken nefes alıp verişini dinledi.

Tüm sistemi kapatmak için güç odasına giderken hiç beklenmedik bir dürtü duydu. Altmış üç yıllık hayatı boyunca daha önce hiç hissetmediği bir istekti.

Hissettiği dua etme dürtüsüydü.

Castell de Montjuïc'in en tepedeki yürüyüş yolunda tek başına duran Robert Langdon, dik yamacın kenarından aşağıdaki limana baktı. Hafif bir rüzgâr başlamıştı ve sanki akli dengesi yeniden geri geliyormuş gibi hissediyordu.

Doktor Valero, ona yatıştırıcı sözler söylemiş olsa da hâlâ tedirgindi. Winston'ın umursamaz sesi kulaklarında yankılanıyordu. Bilgisayar en sonuna kadar sakinliğini korumuştu.

Winston, "Kendi inancınızın çok daha büyük ahlaki belirsizlikler üzerine kurulduğunu düşününce, üzüntünüzü anlayamıyorum profesör," demişti.

Langdon cevap vermeye fırsat bulamadan Edmond'ın telefon ekranında bir yazı belirmişti.

"Tanrı dünyayı o kadar sevdi ki, ona biricik oğlunu verdi."
Yuhanna 3:16

"Tanrı'nız kendi oğlunu feda etti. Onu saatlerce çarmıhta acılar içinde bıraktı. Bense, başardığı büyük işlere dikkat çekmek için ölmek üzere olan bir adamın acılarını dindirdim."

Bunaltıcı teleferiğin içindeki Langdon, Winston'ın sakin bir sesle sıraladığı rahatsız edici mazeretlerini hayret içinde dinlemişti.

Anlattığına göre, Edmond'ın Palmarian Kilisesi'ne karşı verdiği savaş, Winston'ın Amiral Luis Ávila'yı bulup kiralamasına ilham vermişti. Geçmişinde uyuşturucu kullanmış olması onu, Palmarian Kilisesi'nin itibarını yerle bir edecek mükemmel bir aday haline getirmişti. Winston için Naip taklidi yapmak ve banka hesabına para yollamak, mesaj göndermek kadar kolay olmuştu. Gerçekte Palmarian'lar masumdu ve cinayetle hiçbir ilgileri yoktu.

Ávila'nın merdivende Langdon'a saldırması aslında planlarında yoktu. "Ávila'yı yakalanması için Sagrada Família'ya göndermiştim," demişti. "Yakalanınca hikâyesini anlatacak, böylece ben de Edmond'ın yaptığı işe daha çok ilgi çekmiş olacaktım. Ona binaya doğu kapısından girmesini söylemiştim. İhbarım üzerine o noktada polis bekliyordu. Ávila'nın orada yakalanacağına emindim ama o, tel örgülerden atlamaya karar verdi. Belki de polisin varlığını sezinlemişti. Lütfen özrümü kabul edin profesör. Makinelerin aksine, insanların ne yapacağı tahmin edilemiyor."

Langdon artık neye inanacağını bilmiyordu.

En rahatsızlık verici olanı, Winston'ın son açıklamasıydı. "Montserrat'ta üç din âlimiyle görüştükten sonra, Piskopos Valdespino'dan tehdit edici bir sesli mesaj aldık. Piskopos diğerlerinin sunumdan çok çekindiğini, halka duyurulmadan önce bilginin güvenilirliğini sarsmak ve farklı bir çerçeveye oturtmak için kendilerinin de bir duyuru yapmayı düşündüklerini söyleyerek uyarmıştı. Elbette bu düşünce kabul edilemezdi."

Sallanan kabinin içindeki Langdon midesinin bulandığını hissetmişti. "Edmond senin programına tek bir satır daha eklemeliymiş. Öldürmeyeceksin!"

Winston üslubunu bozmadan karşılık verdi. "Ne yazık ki, bu o kadar kolay değil profesör. İnsanlar emirlere uymakla ders almaz, örneğini yaşayarak ders alır. Kitaplarınızdan, filmlerinizden, haberlerinizden ve eski efsanelerinizden yola çıkarak daha büyük bir amaç uğruna kişisel fedakârlıklarda bulunanların hep yüceltildiği sonucuna vardım. İsa gibi."

"Winston, ben yaptığın işte 'daha büyük bir amaç' görmüyorum."

"Görmüyor musunuz? O halde size şu ünlü soruyu sorayım: Teknoloji olmayan bir dünyada mı yoksa dini olmayan bir dünyada mı yaşamayı tercih ederdiniz? Tıp, elektrik, ulaşım araçları, antibiyotikler olmayan bir dünya da mı yoksa uydurma hikâyeler ve hayali ruhlar üzerinden savaş açan bağnazların olmadığı bir dünyada mı yaşamak isterdiniz?"

Langdon sesini çıkartmadı.

"İşte ben de bunu anlatmaya çalışıyordum profesör. Karanlık dinlerden kurtulursak, tatlı bilim hüküm sürer."

Kalenin tepesinde yalnız başına duran Langdon, uzaklardaki pırıltılı sulara bakarken kendi dünyasından koptuğunu hissetti. Kalenin merdivenlerinden yan taraftaki bahçeye inerken derin nefesler alarak çam ve kantaron kokusunu içine çekti ve Winston'ın sesini unutmaya çalıştı. Çiçeklerin arasında birden Ambra'yı özledi. Onu arayıp sesini duymak, son bir saat içindeki gelişmeleri anlatmak istedi. Ama Edmond'ın telefonunu çıkarttığında onu arayamayacağını anladı.

Prensle Ambra'nın baş başa zaman geçirmeye ihtiyaçları var. Bu iş bekleyebilir.

Bakışları ekrandaki *W* ikonuna takıldı. Sembol gri renk almıştı ve üzerinde küçük bir hata mesajı gözüküyordu: KİŞİ YOK. Buna rağmen tedbirli olmak gerektiğini hissediyordu. Paranoyak biri değildi ama yine de bir daha bu alete güvenemeyeceğini biliyordu. Hangi gizli yeteneklere sahip olduğunu veya programında hangi bağlantıların saklı bulunduğunu hep merak edecekti.

Ağaçlardan küçük bir korunaklı alan buluncaya kadar dar patikadan ilerledi. Edmond'ı düşünürken elindeki telefona bir göz attı ve cihazı düz bir kaya parçasının üstüne yerleştirdi. Ardından, bir tür kurban ayinindeymiş gibi, bulduğu iri bir taşı başının üstüne kaldırdı ve sertçe indirerek cihazı paramparça etti.

Parktan çıkarken kırık parçaları bir çöp kutusuna attı. Artık dağdan aşağı inmeye hazırdı.

Kendini daha hafif hissettiği muhakkaktı.

Ve nedense... kendini biraz daha insan hissediyordu.

SONSÖZ

Akşamüstü güneşi Sagrada Família'nın kulelerine vuruyor, Plaça de Gaudi'ye uzun gölgeler düşürüyor ve kiliseye girmeyi bekleyen turistlere sığınak sağlıyordu.

Aralarında duran Robert Langdon özçekim yapan sevgililere, video çeken turistlere, kulaklıktan müzik dinleyen çocuklara ve mesaj yazan insanlara baktı. Yanı başlarındaki bazilikayı unutmuş gibiydiler.

Edmond'ın dün geceki sunumu teknolojinin, "altı dereceli ayrılığı" "dört dereceye" indirdiğini ortaya koymuştu. Yeryüzünde yaşayan her ruh, diğer bir ruha en fazla dört kişiyle bağlıydı.

Yaklaşan tekilliği haber veren Edmond, *yakında bu sayı sıfıra inecek,* demişti. Yapay zekâ insan zekâsını geçecek ve ikisi birbirinin içine kaynayacaktı. *Bugün yaşayanlar o zamanın ataları olacak,* diye eklemişti.

Langdon böylesi bir gelecek manzarasını hayalinde canlandıramıyordu ama etrafındaki insanlara bakarken dini mucizelerin, teknolojik mucizelerle rekabette giderek zorlanacağını sezinledi.

Sonunda bazilikaya girdiğinde tanıdık bir ortam bulmak onu rahatlattı. Bir önceki gece gördüğü karanlık mağaraya hiç benzemiyordu.

O an Sagrada Família yaşıyordu.

Yanar döner ışık demetleri vitray camdan içeri süzülmüş ve binanın kolonlardan oluşan sık ormanı ışıl ışıl aydınlatmıştı. Yana yatık ağaç sütunların yanında cüce gibi kalan yüzlerce turist, tonozlu parlak gökyüzüne doğru bakıyor, hayret dolu fısıltıları fonda rahatlatıcı bir uğultu oluşturuyordu.

Langdon bazilikada ilerlerken organik biçimler birbiri ardına gözüne ilişti. Sonunda bakışlarını hücre benzeri biçimlerden oluşan kafes işi kubbeye kaldırdı. Kimilerinin söylediğine göre bu merkez tavan, mikroskopla görülen karmaşık bir organizmayı andırıyordu. Işıkla aydınlanmış halini gören Langdon aynı fikirdeydi.

"Profesör?" Tanıdık birinin seslendiğini duyunca arkasını dönen Langdon, Rahip Beña'nın yaklaştığını gördü. Ufak tefek rahip samimiyetle, "Çok üzgünüm," dedi. "Sırada beklediğinizi yeni duydum. Beni arayabilirdiniz!"

Langdon gülümsedi. "Teşekkür ederim ama bu arada cepheyi seyretme fırsatı buldum. Ayrıca bugün uyuyacağınızı düşünmüştüm."

"Uyumak mı?" Beña güldü. "Belki yarın."

"Dün geceden çok farklı bir havası var." Langdon eliyle narteksi gösterdi.

Beña hemen cevap verdi. "Doğal ışık mucizeler yaratır. İnsanların varlığı da öyle." Durup Langdon'a baktı. "Aslında, hazır siz buradayken, eğer zahmet olmayacaksa aşağıdaki bir şey konusunda fikrinizi almak istiyorum."

Rahibin peşinden gidip kalabalığın arasından geçerken yukarıda devam eden inşaat sesleri kulağına çalındı. Bu ona Sagrada Família'nın gelişen bir bina olduğunu hatırlattı.

Langdon, "Edmond'ın sunumunu izleyebildiniz mi?" diye sordu.

Beña gülümsedi. "Doğrusunu isterseniz üç kez izledim. Bu yeni entropi düşüncesi, enerjisini yaymak isteyen evren, bana biraz Yaratılış'ı çağrıştırdı. Büyük Patlama'yı ve evrenin genişlediğini düşündüğümde, uzayın karanlıklarına doğru gittikçe büyüyüp genişleyen bir enerji küresi görüyordum... önceden ışık olmayan yerlere ışığı götürüyor."

Langdon gülümsedi. Çocukluktaki rahibinin böyle biri olmasını dilerdi. "Vatikan resmi bir açıklama yayınladı mı?"

Beña omzunu silkti. "Uğraşıyorlar ama aralarında bir tür ayrılık çıkmış. Bildiğiniz gibi insanlığın kökeni konusu Hıristiyanlar, özellikle de köktendinciler açısından hep hassas bir nokta olmuştur. Bana soracak olursanız, tek seferde bir uzlaşıya varmalıyız."

Langdon meraklanmıştı. "Öyle mi? Sizce bunu nasıl yapmalı?"

"Pek çok kilisenin halihazırda yaptığı şeyi yapmalı, Adem'le Havva'nın var olmadığını, evrimin gerçek olduğunu açıkça itiraf etmeli ve bunun aksini iddia eden Hıristiyanlar yüzünden *hepimizin* aptal gibi göründüğünü söylemeliyiz."

Olduğu yerde kalan Langdon yaşlı rahibe baktı.

"Ah, lütfen!" Beña gülüyordu. "Bize sağduyuyu, mantığı ve zekâyı veren Tanrı'nın-"

"- bunları asıl amaçları dışında kullanmamız için yaratmadığına inanıyorsunuz."

Beña genişçe gülümsedi. "Galileo'yu iyi bildiğinizi görüyorum. Aslında çocukluk aşkım fizikti. Evrenin fiziğine duyduğum derin saygı sebebiyle Tanrı'ya yaklaştım. Sagrada Família'nın benim açımdan teşkil ettiği önemin sebeplerinden biri bu. Doğrudan doğayla bağlantılı olan bir gelecek kilisesi gibi görüyorum."

Langdon, Sagrada Família'nın, Roma'daki Pantheon misali bir ayağı geçmişte, diğer ayağı gelecekte, kaybolan inançla yeni başlayan inanç arasında bir köprü gibi durabileceğini düşündü. O zaman Sagrada Família kimsenin hayal edemeyeceği kadar önemli bir yer haline gelirdi.

Beña, Langdon'ı önceki gece kullandıkları aynı döner basamaklardan aşağı indiriyordu.

Kripta.

Beña yürürken bir yandan konuştu. "Yaklaşan bilim çağında Hıristiyanlığın yok olmamasının tek bir yolu var. Bilimsel buluşları reddetmekten vazgeçmeliyiz. Kanıtlanabilir gerçekleri kötülemeyi bırakmalıyız. İnsanlığın ahlaki bir çatı oluşturmasına yardımcı olmak için engin tecrübelerimizden faydalanarak bilimin manevi ortağı haline gelmeliyiz. Gelecekte teknolojinin bizi birleştirmesini, aydınlatmasını ve yok etmek yerine yüceltmesini sağlamak için bin yıllık felsefeden, kişisel araştırmalardan, meditasyondan ve vicdan muhasebelerinden faydalanmalıyız."

"Size katılıyorum." *Sadece, umarım bilim yardımınızı kabul eder.*

Merdivenin sonuna geldiklerinden rahip, Gaudí'nin mezarını geçip William Blake'in elyazmasının durduğu camlı vitrini eliyle gösterdi. "Size bunu sormak istemiştim."

"Blake'in kitabını mı?"

"Evet. Bay Kirsch'e kitabı burada sergilemeye söz verdiğimi biliyorsunuz. Bu resmi göstermemi istediğini düşündüğüm için kabul etmiştim."

Kitabın yanına geldiklerinde, evreni pergelle ölçen Blake'in Urizen ismini verdiği tanrı resmine baktılar.

Beña ne demek istediğini açıkladı. "Fark ettim ki, açık duran sayfada... Şey, belki de son satırı kendiniz okusanız daha iyi olacak."

Langdon gözlerini rahibinkilerden ayırmadı. "Karanlık dinlerden kurtulur ve tatlı bilim hüküm sürer."

Beña etkilenmiş görünüyordu. "Biliyorsunuz."

Langdon gülümsedi. "Biliyorum."

"Bu dizenin beni derinden rahatsız ettiğini söylemeliyim. 'Karanlık dinler' deyişi çok can sıkıcı. Blake burada sanki dinlerin karanlık, kötü hatta şeytani olduğunu iddia ediyor gibi geliyor."

Langdon hemen cevap verdi. "Bu genel bir yanlış anlama. Aslında Blake manevi yönü kuvvetli bir adamdı. Ahlaki açıdan, on sekizinci yüzyıl İngilteresi'nin dar kafalı Hıristiyanlarından çok ilerideydi. İki tür din olduğunu düşünüyordu: Biri yaratıcı düşünceyi baskılayan karanlık ve dogmatik dinler... diğeri de iç gözlemi ve yaratıcılığı teşvik edici açık ve geniş dinlerdi."

Beña şaşırmış gibiydi.

"Blake'in son dizesi şöyle de olabilirdi: Tatlı bilim karanlık dinleri uzaklaştıracak ve böylece aydınlanmış dinler çoğalacak."

Uzun bir süre sessizliğini koruduktan sonra rahibin dudaklarında hafif bir tebessüm belirdi. "Teşekkür ederim profesör. Beni tuhaf bir etik çıkmazdan kurtardınız."

Mabedin üst katında Rahip Beña ile vedalaştıktan sonra biraz oyalanan Langdon, yüzlerce insanın yanında kilise sıralarından birine oturdu ve güneş yavaşça batarken yüksek sütunların arasından dökülen renkli ışıkları seyretti.

Dünyadaki tüm dinleri, ortak kökenlerini, eski güneş, ay, deniz ve rüzgâr tanrılarını düşündü.

Bir zamanlar doğa merkezdeydi.

Hepimiz için.

Elbette bu birlik uzun zaman önce ortadan kaybolmuş, her biri Tek Gerçek'i söylediğini iddia eden farklı dinlere ayrılmıştı.

Ama o akşam olağanüstü tapınakta farklı inanışlardan, ırklardan, dillerden ve kültürlerden insanların arasında oturuyordu. Hepsi de ortak bir şaşkınlıkla gözünü yukarı dikmiş, mucizelerin en basiti olan güneşi hayranlıkla izliyordu.

Taşın üstüne düşen güneş ışığı.

Zihninden Stonehenge, Büyük Piramit, Ajanta Mağaraları, Ebu Simbel, Chichén Itzá gibi eski insanların toplanıp aynı manzarayı seyrettiği kutsal yerlerin görüntüleri geçti.

O anda ayağının altındaki dünyada çok ufak kıpırtılar yaşandığını hissetti. Sanki artık bir şeyler taşma noktasına gelmişti. Sanki dini öğretiler kendi yörüngelerinin en uzak noktasına ulaşmıştı ve yaptığı yolculuktan yorgun bir halde sonunda yeniden yuvasına dönüyordu.

TEŞEKKÜR

Öncelikle usta becerisi, üstün içgüdüleri ve benimle birlikte yorulmak bilmeden geçirdiği saatler için... ama her şeyden önemlisi, benzersiz espri anlayışı ve bu hikâyelerle nereye varmak istediğimi anladığı için editörüm ve dostum Jason Kaufman'a;

Bulunmaz bir şevk, enerji ve ihtimamla kariyerimi yönlendiren, eşsiz bir mümessil olan güvenilir dostum Heide Lange'nin benzersiz yeteneklerine ve kararlılığına sonsuza dek şükran duyacağım.

Bir zarafet ve nezaket örneği teşkil ettiği ve çok yerinde fikirler verdiği için sevgili arkadaşım Michael Rudell'a;

Yıllardır bana inanan ve güvenen Doubleday ve Penguin Random House'taki tüm ekibe, özellikle de üstün bir hayal gücü ve hassasiyetle yayın sürecini her yönüyle takip eden Suzanne Herz'e en derin şükranlarımı sunarım. Ayrıca gösterdikleri bitip tükenmeyen sabır ve destek için Markus Dohle, Sonny Mehta, Bill Thomas, Tony Chirico ve Anne Messitte'e;

Muazzam gayretleri için Nora Reichard, Carolyn Williams, Michael Windsor, Rob Bloom, Judy Jacoby, Lauren Weber, Maria Carella, Lorraine Hyland, Beth Meister, Kathy Hourigan, Andy Hughes ve Penguin Random House satış ekibini oluşturan tüm o harika insanlara;

Tükenmeyen yaratıcılıkları ve yayıncılık yeteneklerinden ötürü Transworld'deki inanılmaz ekibe, özellikle de pek çok alanda dostluğu ve desteği için editörüm Bill Scott-Kerr'e;

Dünyadaki tüm yayıncılarıma, bu kitaplara olan inançları ve gösterdikleri gayretlerden ötürü en naçizane ve içten teşekkürlerimi sunarım.

Bu romanı pek çok farklı dildeki okuyucuya ulaştırmak için özenle ve sebat ederek çalışan çevirmenlere ayırdıkları zaman, becerileri ve gösterdikleri özen için en içten teşekkürlerimi sunarım.

Başlangıç'ın araştırmalarına ve çevirisine paha biçilmez yardımlarından ötürü İspanyol yayıncım Planeta'ya, özellikle de editoryal yöneticisi Elena Ramirez'e ve María Guitart Ferrer, Carlos Revés, Sergio Álvarez, Marc Rocamora, Aurora Rodríguez, Nahir Gutiérrez, Laura Díaz, Ferrán Lopez'e; desteği, misafirperverliği ve bana paella yapmayı öğretme cesaretinden ötürü Planeta'nın CEO'su Jesús Badenes'e;

Başlangıç'ın çevirisi için ayrılan bölüme yardım edenlerin arasında Jordi Lúñez, Javier Montero, Marc Serrate, Emilio Pastor, Alberto Barón ve Antonio López'e;

Barselona'daki bu projeye destek olmak için her şeyi yapan MB Ajans'tan yorulmak bilmez Mónica Martín'e ve tüm ekibine, özellikle Inés Planells ve Txell Torrent'e;

Gece gündüz demeden benim için gayret sarf eden Sanford J. Greenburger Associates'in tüm ekibine, özellikle Stephanie Delman ve Samantha Isman'a;

Bu romanın araştırmasını yaptığım son dört yılda birçok bilim insanının, tarihçinin, müze kuratörünün, din âliminin ve örgütün desteğini aldım. Uzman görüşlerini ve düşüncelerini açık yüreklilikle paylaştıkları ve gösterdikleri cömertlikten ötürü bu kişilere duyduğum minneti tarif etmeye kelimeler yetmez.

Ziyaretlerim sırasında bilgilendiren, aydınlatan ve moralimi yükselten Montserrat Manastırı keşişlerine ve tüm çalışanlarına; özellikle Pare Manel Gasch, Josep Altayó, Òscar Bardají ve Griselda Espinach'a;

Fikirlerini, dünyalarını, tutkularını ve her şeyden önemlisi gelecekle ilgili iyimserliklerini benimle paylaşan Barselona Süper Bilgisayar Merkezi'ne; özellikle Yönetici Mateo Valero, Josep Maria Martorell, Sergi Girona, José Maria Cela, Jesús Labarta, Eduard Ayguadé, Francisco Doblas, Ulises Cortés ve Lourdes Cortada'ya;

Bilgileri ve sanatsal bakış açılarıyla modern ve çağdaş sanatı daha derinden takdir etmeme ve daha çok sevmeme sebep olan

Bilbao'daki Guggenheim Müzesi'ne; özellikle misafirperverlikleri için Yönetici Juan Ignacio Vidarte, Alicia Martínez, Idoia Arrate ve María Bidaurreta'ya;

Sıcak karşılamaları ve La Pedrera'yı benzersiz kılan şeyin ne olduğunu benimle paylaştıkları için Casa Milá kuratörlerine ve çalışanlarına; özellikle Marga Viza, Silvia Vilarroya, Alba Tosquella, Lluïsa Oller ve orada ikamet eden Ana Viladomiu'ya;

Araştırmalarımda yardım eden Palmar de Troya Palmarian Kilisesi Destek ve Bilgi Grubuna, Amerika Birleşik Devletleri Macaristan Büyükelçiliği'ne ve editör Berta Noy'a;

Cesur görüşleri bu romanı derinden etkileyen Palm Springs'de tanıştığım bilim insanlarına ve fütüristlere;

En başından beri bir bakış açısı sunan eski editörlerim Heide Lange, Dick ve Connie Brown, Blythe Brown, Susan Morehouse, Rebecca Kaufman, Jerry ve Olivia Kaufman, John Chaffee, Christina Scott, Valerie Brown, Greg Brown ve Mary Hubbell'a;

Hem mesleki hem kişisel alanda dikkatini benden esirgemeyerek sabahın beşinde telefonlarımı açan sevgili arkadaşım Shelley Seward'a;

Sosyal medya, internet iletişimleri ve sanal olan her şeyle titizlikle ilgilenen sadık dijital gurum Alex Cannon'a;

Sanata duyduğu tutkuyu, yaratıcı ruhunu ve ilham kaynağım olan tükenmek bilmez icat yeteneğini benimle paylaşmaya devam eden eşim Blythe'a;

Dostluğu, sabrı, farklı alanlardaki becerileri ve bunca işi bir arada sorunsuzca yürütebildiği için asistanım Susan Morehouse'a;

Bu romanın ilk kıvılcımını, eskiyle yeniyi bir araya getiren Missa Charles Darwin ile tutuşturan erkek kardeşim, bestekâr Greg Brown'a;

Ve son olarak, bana daima merak etmeyi ve zor sorular sormayı öğreten çok sevip saygı duyduğum annemle babam Connie ve Dick Brown'a en içten teşekkürlerimi sunarım.

RESİMLER(*)

Sayfa 20, 43, 62, 169, 282: Fernando Estel'in izniyle, Creative Commons 3.0 ile yaptığı Joselarucca çalışmasını temel almıştır.

Sayfa 28: Shutterstock'ın izniyle

Sayfa39: Blythe Brown'ın izniyle

Sayfa 65, 349: Dan Brown'ın izniyle

Sayfa 119: Shutterstock'ın izniyle

Sayfa 243: Darwin Bedford'ın izniyle

Sayfa 311: Dan Brown'ın izniyle

Sayfa 312: Dan Brown'ın izniyle

Sayfa 358: David Croy'un resmi

Sayfa 397: Pond Science Institute'un resmi

Sayfa 404: Mapping Specialists, Ltd.nin resmi

(*) Yukarıda belirtilen sayfa numaraları kitabın İngilizce versiyonuna aittir. Türkiye'deki hazırlık aşamasında eserin elimizde olmaması nedeniyle Türkçe versiyonunda sayfa numaraları belirtilmemiştir.

YAZAR HAKKINDA

Dan Brown dünyanın birçok ülkesinde çok satanlar listesine giren; *Kayıp Sembol, Melekler ve Şeytanlar, Cehennem, İhanet Noktası* ve *Dijital Kale* gibi kitaplarının yanı sıra tüm zamanların en çok okunan romanlarından biri olan *Da Vinci Şifresi*'nin yazarıdır.

New England'da eşi ile birlikte yaşamaktadır.